Selected Studies of Chinese Literature
in the 20th Century

20世纪中国文学研究论文选

Selected Studies of Chinese Literature in the 20th Century

Selected Studies of Chinese Literature
in the 20th Century

20世纪中国文学研究论文选

宋 代 卷

丛书主编　张燕瑾　赵敏俐

诸葛忆兵　选编

社会科学文献出版社

SOCIAL SCIENCES ACADEMIC PRESS (CHINA)

教育部人文社会科学重点研究基地

首都师范大学中国诗歌研究中心规划项目

目录

序

诸葛忆兵

　　宋人右文风气甚盛，文学才能出众者，往往能够出将入相，成就一番宏伟事业，光宗耀祖。宋代文学创作之繁荣昌盛，比起前代，则攀登上了一个新的颠峰。北京大学古文献研究所编纂的《全宋诗》，收录诗人"不下九千人，为《全唐诗》的四倍"（《〈全宋诗〉编纂说明》）。唐圭璋先生编纂的《全宋词》，共计辑录两宋词人 1300 余家，词作约 2 万首。孔凡礼先生又编得《全宋词补辑》，增收词人 100 余家，词作 430 余首。四川大学古籍所编纂的《全宋文》也已经完成，卷帙浩繁，令人瞠目。内容厚实、文从字顺的古文体式，也最终由宋人奠定。唐宋古文八大家，有六家在宋代。此外，宋代的话本、鼓子词与赚词、大曲与转踏、杂剧与南戏等诸多文体之创作，也各有千秋，蔚为大观。宋代，是中国古典文学创作与学术研究的全盛时期。

　　宋代文学之研究，一直是后代学术关注的中心。宋词委婉隐约言情所表现出的全新文学创作局面，令后代学者心驰神往；宋诗独辟蹊径，与唐诗比较，孰优孰劣，后人各有选择；宋代散文，更为后世选家所关注，甚至成为场屋临摹之范文。对宋代词、诗、文的研究，20 世纪以前，大都采用传统的片言支语、摘句点评的方式，言简意赅，精彩绝伦，或者富有诗意，形象感人。如云：词之创作，"盖有诗所难言者，委曲倚之于声，其辞愈微，而其旨益远"（朱彝尊《红盐词序》）；宋诗的特征乃"以文字为诗、以才学为诗、以议论为诗"（严羽《沧浪诗话》），等等，然缺乏系统性，缺乏必要的深入理论探讨。20 世纪初期，受"西学东渐"思潮的影响，古典文学研究的格局也在发生日新月异的变化，表现为从古典到现代的转移。最有代表性的学者是王国维先生，他是受"西学之输入"刺激，"第一个微悟醒觉而尝试着要为中国文学批评开拓新途径的先进人物"（叶嘉莹《王国维及其文学批评》）。其《人间词话》虽然采用传统的"词话"形式，却以"境界说"为核心，构筑起一个相对完整的理论体系。而后，传统的研究方式与受西学影响的新思维齐头并进，渐次融合，开辟出 20

世纪古典文学研究的全新格局，当然，也是宋代文学研究的全新格局。

诗、词、文为宋代文学创作的三大门类，如果仅仅从数量上比较，宋词保留至今作品肯定是最少的，甚至只是诗、文创作的一个零头。从文体的角度观察，宋人对歌词之创作也最为轻视。但是，历史似乎与宋人开了一个玩笑，最被轻视、数量最少的宋词，却成为宋代文学标志性的创作。宋词因此最为后人喜爱，被研究得最为广泛且深入。20 世纪的宋代文学研究，破除了传统的文体尊卑观念，而突出了对具有时代特色的"一代之文学"宋词的研究。宋词研究极度繁盛，在 20 世纪宋代文学研究的全局中，约占据了 90%的分量。宋诗与宋文之研究，被挤到了悄无声息的角落。尤其是宋文研究，几乎是空白。诗、词、文之外，宋代其他文体的研究现状，与宋文研究的情景相去无几。于是，一册《20 世纪宋代文学研究论文集》，差不多成了宋词研究的论文集，这真实地体现了 20 世纪宋代文学研究的现实局面。

宋词研究创新局面之形成，应该以 1933 年 4 月龙榆生先生主编的《词学季刊》创刊出版为标志。《词学季刊》共出版十一期（1985 年上海书店影印再版，增加当时未刊出者一期，共十二期），至 1936 年抗日战争爆发，遂中止出版。龙榆生先生在《词学季刊》第一卷第四号上发表专论《研究词学之商榷》，给出词学研究的定义，称："取唐宋以来之燕乐杂曲，依其节拍而实之以文字，为之'填词'。推求各曲调表情之缓急悲欢，与词体之渊源流变，乃至各作者利病得失之所由，谓之'词学'。"且因此提出词学研究的三方面任务，即：声调之学、批评之学、目录之学。本着这样一个建立相对完整的词学研究体系的目的，龙榆生先生于每一期《词学季刊》上都发表总论性质的专门论文，依次为：《词体之演进》、《选词标准论》、《词律质疑》、《研究词学之商榷》、《两宋词风转变论》、《今日学词应取之途径》、《东坡乐府综论》、《清真词叙论》、《漱玉词叙论》、《南唐二主词叙论》、《论贺方回词质胡适之先生》、《填词与选调》。龙榆生先生是 20 世纪建立现代词学研究体系的第一人。几乎每一期的《词学季刊》，又都有夏承焘、唐圭璋二先生的宏论发表，夏承焘先生侧重于词人年谱之研究，唐圭璋先生侧重宋词文本之辑录考定。而后，夏承焘先生有《唐宋词人年谱》出版，唐圭璋先生有《全宋词》问世。三位先生之有关宋词的研究，相得益彰，共同将 20 世纪的词学研究推向高峰。

新中国成立以后，与古典文学研究其他的领域一样，因受庸俗社会学思潮的冲击，宋词研究曾经走过一段弯路。"文化大革命"结束之后，迎来了宋词研究之复兴。词籍的整理、点校、笺注等工作全面铺开，中华书局和上海古籍出版社连续出版有厚重学术含量的宋代词人别集。同时，龙榆生先生等所开拓的现代词学研究之路，得到全面的光大发扬。学者除了坚持义理、考据、辞章并重的传统研究方法之外，开始以科学系统的眼光审视宋代词人之创作，出版了《唐宋词通论》（吴熊和）、《南宋词史》（陶尔夫）、《唐宋词史》（杨海明）等通史论性质的优秀学术专著。新的研究方法，不断地被引进宋词研究领域。如以女性主义立场观察宋词中关于男女情爱关系的描写与阐述，以阐释学、接受美学、传播学等观念反思宋词的接受史，以计量学的方式给某种文学现象或某位作家创作做更为精确的学术定位，从心理分析和精神分析的角度入手分析宋代词人创作之心态，从结构、解构的角度探讨词体之变迁，等等。20世纪80年代初期，由施蛰存等先生主编、华东师范大学中文系承办，出版了专门的学术刊物《词学》，与抗日战争前的《词学季刊》遥相呼应。华东师范大学中文系还前后编辑出版过两种《词学研究论文集》。20世纪90年代中期，王兆鹏先生等又编辑出版了《词学研究年鉴》，后发展成为《宋代文学研究年鉴》，一直延续出版至今。1996年10月，浙江教育出版社出版《中国词学大辞典》，此前宋词研究的诸多学术成果，在这里得到综合性的体现。台湾也出版了黄文吉编纂的《词学研究书目》和林玫仪主编的《词学论著总目》，为学者提供检索之便。凡此种种，共同拓展且拓深了宋词研究领域，将宋词研究引向一个全新的鼎盛时期。

宋诗研究相对于宋词研究，要萧条冷清了许多。其一，宋诗别集的点校、整理、笺注工作要相对滞后。宋诗在数量上虽然远远超过宋词，然其别集的整理出版反而不如宋词。其中，颇见学术功力的有朱东润先生对梅尧臣诗歌所作的编年笺注、白敦仁先生对陈与义诗歌所作的笺注，等等。其二，宋诗研究比较优秀的文章，往往是这些笺注工作的副产品，朱东润和白敦仁二先生皆有论述发表。其他关于宋诗的研究则零零碎碎，还不成体系。其三，已经出现的关于宋诗的整体框架之研究，由于文本和文献资料的匮乏而显得表面化，或由于出版商业行为的介入而仓促成篇，其研究依然停留在一个比较粗糙的阶段。宋词和宋诗以外，关于宋文和宋代其他文体之研究，几乎是空白，只有寥寥几种论著发表或出版。这样的研究现状，在这本论文集中都能够得到充分的体现。

受这一套论文选编体例上的限制，许多20世纪有关宋代文学研究的优秀论文都无法入选。细心的读者对照编选体例阅读这本论文选，便可明了编选者的诸多无奈和遗憾。作为卷主编，我在这里对这些优秀论文之不能入选，只能表示深深的歉意。

清真先生遗事

王国维

事 迹 一

周邦彦字美成，钱塘人。疏隽少检，不为州里推重，而博涉百家之书。元丰初游京师，献《汴都赋》万馀（馀万）言，神宗异之，命侍臣读于迩英殿，召赴政事堂，自太学诸生一命为正。居五岁不迁，益尽力于辞章。出教授卢州，知溧水县，还为国子主簿。哲宗召对，使诵前赋，除秘书省正字。历校书郎、考功员外郎、卫尉宗正少卿兼议礼局检讨，以直龙图阁知河中府。徽宗欲使毕礼书，复留之。逾年，乃知龙德府（当作隆德府），徙明州。入拜秘书监，进徽猷阁待制，提举大晟府。未几，知顺昌府，徙处州。卒，年六十六，赠宣奉大夫。邦彦好音乐，能自度曲，制乐府长短句，词韵清蔚，传于世（《宋史·文苑传》）。

案：先生献赋之岁，本传及《挥麈馀话》皆云在"元丰初"，《馀话》所载先生《重进汴都赋表》则云"元丰元年七月"（汲古、照旷二本皆同）。而近时钱塘丁氏《武林先哲遗书》中重刊明单刻本《汴都赋》前有《重进赋表》则作"六年七月"。《直斋书录解题》又作"元丰七年"。余案："元年"当为"六年"之误，赋中所陈有疏汴洛、改官制、修景灵宫三事。案《宋史·河渠志》：元丰二年三月，以宋用臣"提举导洛通汴"。《神宗纪》：元丰二年六月"甲寅，清汴成"。三年六月"丙午，诏中书省详定官制"。五年夏四月"癸酉，官制成"。三年九月"乙酉，诏即景灵宫作十一殿，以时王礼祀祖宗"。五年十一月"景灵宫成，告迁祖宗神御"。此三事皆在元年之后，此一证也。楼攻媿《清真先生文集序》云："未及三十作《汴都赋》。"时先生方二十八岁，若在元年则才二十三岁，当云"年逾二十"，不得云"未及三十"，此二证也。楼《序》、《咸淳志》、《直斋书录》皆云赋奏，"命左丞李清臣读于迩英殿"。案：清臣官至门下侍郎，此云"左丞"，非称其最后之官，乃以读赋时之官称之，而《神宗纪》及《宰辅表》，清臣以元丰六年八月辛卯自吏部尚书除尚书右丞，至元佑初乃迁左丞，则左丞当为右丞之误。献赋在七月，而读赋则在八月以后，亦与事实合。此三证也。若直斋所云"七年"，则又因六年七月而误也。

周邦彦字美成，钱塘人也。性落魄不羁，涉猎书史。元丰中献《汴都赋》，神宗异之，自诸生命为太学正。绍圣中，除秘书省正字。徽宗即位，为校书郎，迁考功员外郎、卫尉宗正少卿，又迁卫尉卿，出知隆德府，徙明州，召为秘书监，擢徽猷阁待制，提举大晟府。未几，知真定，改顺昌府，提举洞霄宫。卒，年六十六。邦彦能文章，世特传其词调云（《东都事略·文艺传》）。

周邦彦字美成，少涉猎书史。游太学，有隽声。元丰中献《汴都赋》七千言，多古文奇字，神宗嗟异，命左丞李清臣读于迩英阁，多以边旁言之，不尽悉也。徽宗即位，为校书郎，累迁卫尉卿，出知隆德府，徙明州。以秘书监召赐对崇政殿，上问《汴都赋》其辞云何，对以岁月久不能省忆，用表进入，帝览表称善，除徽猷阁待制，提举大晟府。知真定府，改顺昌府，提举洞霄宫。卒，年六十六。邦彦能文章，妙解音律，名其堂曰"顾曲"，乐府盛行于世，人谓之落魄不羁，其提举大晟亦由此。然其文，识者谓有工力深到处，磬镜乌几之铭，有郑圃、漆园之风，祷神之文仿《送穷》、《乞巧》之作，不但词调而已。自号清真居士。有集二十四卷（《咸淳临安志·人物传》以《东都事略》本传、王明清《挥麈录》、楼钥《清真集序》、陈直斋《书录解题》修）。

案：此以重进《汴都赋》在官秘书监后，本《挥麈馀话》，误，辨见后条。提举洞霄宫当从《玉照新志》王铚所手记者为正，乃南京鸿庆宫，非杭州洞霄宫也。楼钥《文集序》称其旅死亦合。

周美成邦彦，元丰初以太学生进《汴都赋》，神宗命之以官，除太学录。其后流落不偶，浮沉州县三十馀年，蔡元长用事，美成献《生日》诗，略云："化行禹贡山川内，人在周公礼乐中。"元长大喜。即以秘书少监召，又复荐之，上殿契合。诏再取其本来进。表云："六月十八日赐对崇政殿，问臣为诸生时所进先帝《汴都赋》，其辞云何？臣言曰：'赋语猥繁，岁月持久，不能省忆。'即敕以本来进者。雕虫末技，已玷国恩，刍狗尘言，再干睿览，事超所望，忧过于荣。窃惟汉晋以来，才士辈出，咸有颂述，为国光华，两京天临，三国鼎峙，奇伟之作，行于无穷。恭惟神宗皇帝，盛德大业，卓高古初，积害悉平，百废再举。朝廷郊庙，罔不崇饰；仓廪府库，罔不充牣；经术学校，罔不兴作；礼乐制度，罔不厘正；攘狄斥地，罔不流行；理财禁非，动协成算；以至鬼神怀，鸟兽若，搢绅之所诵习，载籍之所编记，三五以降，莫之与京。未闻承学之臣有所歌咏，于今无传，视古为愧。臣于斯时，自惟徒费学廪，无益治世万分之一，不揣所堪，裒集盛事，铺陈为赋，冒死进投。先帝哀其狂愚，赐以首领，特从官使，以劝四方。臣命薄数奇，旋遭时变，不能俯仰取容，自触罢废，漂零不偶，积年于兹。臣孤愤莫伸，大恩未报，每抱旧稿，涕泗横流。不图于今，得望天表，亲奉圣训，命录旧文，退省荒芜，恨其少作，忧惧惶惑，不知所为。伏惟陛下，执道御有，本于生知，出言成章，匪由学习。而臣也，欲晞云汉之丽，自呈绘画之工，唐突不量，诛死何恨。陛下德侔覆焘，恩浃飞沉，致绝异之祥光，出久幽之神玺，丰年屡应，瑞物毕臻，方将泥金泰山，鸣玉梁父，一代方策，可无述焉。如使臣殚竭精神，驰骋笔墨，方于兹赋，尚有靡者焉。其元丰元年七月所进《汴都赋》，并书共二册，谨随表上进以闻。"表入，乙览称善，除次对内祠。（《挥麈馀话》一）

案：此条所记抵牾最甚，"太学录"当依《宋史》、《东都事略》诸书作"太学正"；"浮沉州县三十馀年"，亦无此事。其重进《汴都赋》，参考诸书，当在哲宗元符之初，而不在蔡元长用事之后，征之表文，事甚明白。《寿蔡元长》诗云"化行禹贡山川内，人在周公礼乐中"，必作于崇宁、大观制作礼乐之后，时先生已位列卿，于此时进赋，不得云"漂零不偶，积年于兹"，一也。表文又云"陛下德侔覆焘，恩浃飞沉，致绝异之祥光，出久幽之神玺"，此正哲宗元符事。案咸阳段义得玉玺，《宋史·哲宗纪》云："在元符元年正月。"《舆服志》谓："在绍圣三年、四年上之。"《志》说较是。《志》又云："元符元年三月，翰林学士蔡京及讲议官十三员奏按所献玉玺云：'今得玺于咸阳。其玉乃蓝田之色，其篆与李斯小篆体合，饰以龙凤鸟鱼，乃虫书鸟迹之法，于今所传古书，莫可比拟，非汉以后所作明矣。今陛下嗣守祖宗大宝，而神玺自出，其文曰：'受命于天，既寿永昌！'则天之所畀，乌可忽哉？汉晋以来，得宝鼎瑞物犹告庙改元。肆眚上寿，况传国之器乎？'遂以五月朔御大庆殿降坐受宝，群臣上寿称贺。"所谓"出久幽之神玺"，正指此事。若徽宗崇宁五年，虽得玉印，然未尝以为神玺，则重进《汴都赋》明在哲宗时，二也。若《重进赋表》作于徽宗时，不应不及哲宗朝诵赋之事，三也。明清通习宋时掌故，不知何以疏漏若此。《咸淳志》亦仍其误，幸有《宋史》及表文可证耳。楼攻媿《清真先生文集序》云："哲宗既置之文馆，徽宗又列之郎曹，皆以受知先帝之故，以一赋而得三朝之眷"云云，则先生非由元长进用亦可知。至云"表入，乙览称善，除次对内祠"，则又并前后数事为一事。又，后日提举鸿庆宫亦外祠，而非内祠，其纰缪不待论也。

周邦彦待制，尝为刘昺之祖作埋铭，以白金数十斤为润笔，不受。昺无以报之，因除户部尚书，荐以自代。后刘缘坐王寀讠言事得罪，美成亦落职，罢知顺昌府宫祠，周笑谓人曰："世有门生累举主者多矣，独邦彦乃为举主所累，亦异事也。"（庄绰《鸡肋编》中）

案：《挥麈后录》（三）云："王、刘既诛窜，适郑达夫与蔡元长交恶，郑知蔡之尝荐二人也，忽降旨应刘炳所荐，并令吏部具姓名以闻，当议降黜。宰执既对，左丞薛昂进曰：'刘炳，臣尝荐之矣，今炳所荐尚当坐，而臣荐炳，何以逃罪？'京即进曰（中略）。上笑而止，由是不直达夫。即再降旨，刘炳所荐并不问。"则先生此时但外转，并未落职，亦未奉祠。季裕所记，但一时之言，故王铚记先生晚年事犹云"以待制提举南京鸿庆宫"也。

道君幸李师师家，偶周邦彦先在焉。知道君至，遂匿于床下。道君自携新橙一颗，云："江南初进来。"遂与师师谑语。邦彦悉闻之，隐括成《少年游》云："并刀如水，吴盐胜雪、纤手破新橙。"后云："严城上，已三更，马滑霜浓，不如休去，直是少人行。"李师师因歌此词，道君问："谁作？"李师师奏云："周邦彦词。"道君大怒，坐朝谕蔡京云："开封府有监税周邦彦者，闻课额不登，如何京尹不按发来？"蔡京罔知所以，奏云："容臣退朝呼京尹叩问，续得覆奏。"京尹至，蔡以御前圣旨谕之。京尹云："惟周邦彦课额增羡。"蔡云："上意如此，只得迁就将上。"得旨："周邦彦职事废弛，可日下押出国门。"隔一、二日，道君复幸李师师家，不见李师师，问其家，知送周监税。道君方以邦彦出国门为喜，既至不遇，坐久，至更初，李始归，愁眉泪睫，憔悴可掬。道君大怒，云："尔往那里去？"李奏："臣妾万死，知周邦彦得罪，押出国门，略致一杯相别，不知官家来。"道君问："曾有词否？"李奏云："有《兰陵王》词，今'柳阴直'者是也。"道君云："唱一遍看。"李奏云："容臣妾奉一杯，歌此词为官家寿。"曲终，道君大喜，复召为大晟乐正。后官至大晟乐府待制。邦彦以词行，当时皆称美成词，殊不知美成文笔大有可观，作《汴都赋》，如笺奏杂著，皆是杰作，可惜以词掩其他文也。当时李师师家有二邦彦，一周美成，一李士美，皆为道君狎客。士美因而为宰相，吁！君臣遇合于倡优下贱之家，国之安危治乱，可想而知矣！（张端义《贵耳集》下）

案：此条所言尤失实。《宋史·徽宗纪》："宣和元年十二月，帝数微行，正字曹辅上书极论之，编管郴州。"又，《曹辅传》："自政和后，帝多微行，乘小轿子，数内臣导从，置行幸局。局中以帝出日谓之'有排当'，次日未还，则传旨称'疮痍不坐朝'。始民间犹未知，及蔡京谢表有'轻车小辇，七赐临幸'，自是邸报闻四方。"是徽宗微行始于政和，而极于宣和。政和元年，先生已五十六岁，官至列卿，应无冶游之事。所云"开封府监税"，亦非卿监侍从所为。至大晟乐正与大晟乐府待制，宋时亦无此官也。

宣和中，李师师以能歌舞称，时周邦彦为太学生，每游其家。一夕，值祐陵临幸，仓猝隐去。既而赋小词，所谓"并刀如水，吴盐胜雪"者，盖纪此夕事也。未几，李被宣唤，遂歌于上前，问谁所为，则以邦彦对。于是遂与解褐，自此通显。既而朝廷赐脯，师师又歌《大酺》、《六丑》二解，上顾教坊使袁綯问，綯曰："此起居舍人新知潞州周邦彦作也。"问《六丑》之义，莫能对，急召邦彦问之，对曰："此犯六调，皆声之美者，然绝难歌。昔高阳氏有子六人，才而丑，故以比之。"上喜，意将留行，且以近者祥瑞沓至，将使播之乐府，命蔡元长微叩之，邦彦云："某老矣，颇悔少作。"会起居郎张果与之不咸，廉知邦彦尝于亲王席上，作小词赠舞鬟云："歌席上，无赖是横波。宝髻玲珑欹玉燕，绣巾柔腻掩香罗，何况会婆娑。无个事，固甚敛双蛾。浅淡梳妆疑是画，惺松言语胜闻歌，好处是情多。"为蔡道其事，上知之，由是得罪。师师后入中，封瀛国夫人。朱希真有诗云："解唱《阳关》别调声，前朝唯有李夫人。"即其人也。（周密《浩然斋雅谈》下）

案：此条失实，与《贵耳集》同，云"宣和中"先生"尚为太学生"，则事已距四十余年，且苟以《少年（游）》致通显。不应复以《忆江南》词得罪，其所自记，亦相抵牾也。师师未尝入宫，见《三朝北盟会编》。

周美成晚归钱塘乡里，梦中得《瑞鹤仙》一阕："悄郊原带郭，行路永，客去车尘漠漠。斜阳映山落，敛余红，犹恋孤城阑角。凌波步弱，过短亭，何用素约。有流莺劝我，重解绣鞍，缓引春酌。不记归时早暮，上马谁扶，醉眠朱阁。惊飙动幕，犹残醉，绕红药。叹西园，已是花深无地，东风何事又恶。任流光过却，归来洞天自乐。"未几，方腊盗起，自桐庐拥兵入杭。时美成方会客，闻之，仓皇出奔，趋西湖之坟庵。次郊外，适际残腊，落日在山，忽见故人之妾徒步亦为逃避计，约下马小饮于道旁旗亭，闻莺声于木杪。分背少焉，抵庵中，尚有馀醺，困卧小阁之上，恍如词中。逾月，贼平。入城，则故居皆遭蹂践，旋营缉而处。继而得请提举杭州洞霄宫，遂老焉。悉符前作。美成尝自记甚详，今偶失其本，姑追记其略，而书于编。（《挥麈馀话》二）

明清《挥麈馀话》记周美成《瑞鹤仙》事，近于故箧中得先人所叙，特为详备，今具载之。美成以待制提举南京鸿庆宫，自杭徙居睦州，梦中作长短句

《瑞鹤仙》一阕，既觉，犹能全记，了不详其所谓也。未几，青溪贼方腊起，逮其鸱张，方还杭州旧居，而道路兵戈已满，仅得脱死。始得入钱塘门，但见杭人仓皇奔避，如蜂屯蚁沸，视落日半在鼓角楼檐间，即词中所谓"斜阳映山落，敛馀晖，犹恋孤城阑角"者应矣。当是时，天下承平日久，吴越享安闲之乐，而狂寇啸聚，径自睦州直捣苏杭，声言遂踞二浙。浙人传闻，内外响应，求死不暇。美成旧居既不可住，是日无处得食，饥甚，忽于稠人中有呼"待制何往"，视之，乡人之侍儿素所识者也，且曰："日昃未必食，能舍车过酒家乎？"美成从之，惊遽间，连引数杯散去，腹枵顿解，乃词中所谓"凌波步弱，过短亭，何用素约。有流莺劝我，重解绣鞍，缓引春酌"之句验矣。饮罢，觉微醉，便耳目惶惑，不敢少留，径出城北。江涨桥诸寺，士女已盈满，不能驻足，独一小寺经阁偶无人，遂宿其上，即词中所谓"上马谁扶，醉眠朱阁"又应矣。既见两浙处处奔避，遂绝江居扬州，未及息肩，而传闻方贼已尽据二浙，将涉江之淮、泗，因自计方领南京鸿庆宫，有斋厅可居，乃挈家往焉，则词中所谓"叹西园，已是花深无路，东风何事又恶"之语应矣。至鸿庆，未几以疾卒，则"任流光过却，归来洞天自乐"又应于身后矣。美成平生好作乐府，将死之际，梦中得句，而字字皆验，卒章又应于身后，岂偶然哉？美成之守颍上，与仆相知，其至南京，又以此词见寄，尚不知此词之言，待其死乃竟验如此。（《玉照新志》二）

案：此二条当以《玉照新志》明清父铨所手记者为正。

周美成初在姑苏，与营妓岳楚云者游甚久，后归自京师，首访之，则已从人矣。明日饮于太守蔡峦子高坐上，见其妹，作《点绛唇》曲寄之，云："辽鹤归来，故乡多少伤心事。短书不寄，鱼浪空千里。凭杖桃根，说与相思意。愁无际，旧时衣袂，犹有东风泪。"（王灼《碧鸡漫志》二）

案：《吴郡志》自元丰至宣和，苏州太守并无蔡峦其人，仅崇宁间有蔡渭耳。渭故相蔡确之子，后改名懋，与峦字不类，义亦与子高之字不相应，以他书所记先生事观之，则此说疑亦附会也。

周美成为江宁府溧水令，主簿之室有色而慧，美成每款洽于尊席之间，世所传《风流子》词，盖所寓意焉。（中略）词中"新绿"、"待月"皆簿厅亭轩之名也。俞羲仲云。（《挥麈馀话》二）

案：明清记美成事，前后抵牾者甚多，此条疑亦好事者为之也。《御选历代诗馀·词话》引此条作"主簿之姬"，疑所见别有善本也。

著 述 二

《清真集》十一卷《宋史·艺文志》。

《清真先生文集》二十四卷《攻媿集》、《郡斋读书志》同，《直斋书录解题》作《清真集》二十四卷。

楼钥《清真先生文集序》："班孟坚之赋两都，张平子之赋二京，不独为五经鼓吹，直足以佐大汉之光明，诚千载之杰作也。国家定都大梁，虽仍前世之旧，当四通五达之会，贡赋地均，不恃险阻，真得周家有德易以王之意。祖宗仁泽深厚，承平百年，高掩千古，异才间出，曾未有继班、张之作者。神宗稽古有为，鼎新百度，文物彬彬，号为盛际。钱塘周公，少负庠校隽声，未及三十，作《汴都赋》凡七千言，富哉，壮哉！铺张扬厉之工，期月而成，无十稔之劳，指陈事实，无夸诩之过。赋奏，天子嗟异之，命近臣读于迩英阁，由诸生擢为学官，声名一日震耀海内，而皇朝太平之盛观备矣。未几，神宗上宾，公亦低徊不自表襮。哲宗始置之文馆，徽宗又列之郎曹，皆以受知先帝之故，以一赋而得三朝之眷，儒生之荣莫加焉。公之殁，距今八十馀载，世之能诵公赋者盖寡，而乐府之词，盛行于世，莫知公为何等人也。公尝守四明，而诸孙又寓居于此。尝访其家集而读之，参以他本，间见手稿，又得京本《文选》，与公之曾孙铸衰为二十四卷。中更兵火，散坠已多，然足以不朽矣。公壮年气锐，以布衣自结于明主，又当全盛之时，宜乎立取贵显，而考其岁月，仕宦殊为流落，更就铨部，试远邑，虽归班于朝，坐视捷径，不一趋焉。三绾州麾，仅登松班，而旅死矣。盖其学道退然，委顺知命，人望之如木鸡，自以为喜，此又世所未知者。乐府传播，风流自命，又性好音律，如古之妙解'顾曲'名堂，不能自已，人必以为豪放飘逸，高视古人，非攻苦力学以寸进者。及详味其辞，经史百家之言，盘屈于笔下，若自己出，一何用功之深而致力之精耶！故见所上献赋之书，然后知一赋之机杼，见《续秋兴赋后序》，然后知平生之所安。磬镜乌几之铭，可与郑圃、漆园相周旋，而祷神之文，则《送穷》、《乞巧》之流亚也。骤以此语人，未必遽信，惟能细读之者，始知斯言之不为溢美耳。居闲养疴，为之校雠三数过，犹未敢以为尽。方淇水李左丞读赋上前，多以偏旁言之，因为考之群书，略为音释，阙其所未知者，以俟博雅之君子，非敢自比张载、刘逵为《三都》之训诂也。钥先世与公家有事契，且尝受廛焉；公之诗文，幸不泯没，钥之愿也。公讳邦彦，字美成，清真其自号。历官详见志铭云。制使待制陈公，政事之馀，既刊曾祖贤良都官家集，又以清真之文并传，以慰邦人之思。君子谓是举也，加于人数等，类非文吏之所能为也。"

晁公武《郡斋读书志》："《清真先生文集》二十四卷。右周邦彦字美成之文也。神宗时尝奏《汴都赋》七千言，上命近臣读于迩英阁，由诸生为学官。哲宗置之文馆，徽宗列之郎曹，尝守四明，故楼忠简公钥序而刻之。"

陈振孙《直斋书录解题·集部·别集类》："《清真集》二十四卷，徽猷阁待制钱塘周邦彦撰。元丰七年进《汴都赋》，自诸生命为太学正。邦彦博文多能，尤长于长短句、自度曲，其提举大晟府亦由此，而他文未传。嘉泰中，四明楼钥始为之序，而太守陈杞刊之，盖其子孙家居四明故也。《汴都赋》已载《文鉴》，世传赋初奏，御诏李清臣读之，多古文奇字，清臣诵之如素所习熟者，乃以偏旁取之耳。钥为音释，附之卷末。"

案：杞曾刻其曾祖舜俞《都官集》三十卷。《都官集》为先生叔邠所编，邠为舜俞女夫，见蒋之奇《都官集序》，故并及先生集耳。

《清真杂著》三卷

《书录解题·集部·别集类》："邦彦尝为溧水令，故邑有词集，其后有好事者，取其在邑所作文、记、诗、歌并刻之。"

《操缦集》五卷

《书录解题·集部·诗集类》："周邦彦撰。亦有前集中所无者。"

国维案：右诗文集四种，今皆不传。《宋志》文集仅十一卷，疑即楼序中所谓家集，而二十四卷本则宋世通行之本也。今遗文尚存者，则有《汴都赋》（《宋文鉴》）、《重进汴都赋表》（《挥麈馀话》）、《敕赐唐二高僧师号记》（《严陵集》），遗诗则钱塘丁立中重刻《汴都赋》附录，除录《宋诗纪事》外，尚有补辑，其目为：《过羊角哀左伯桃墓》一首、《凤凰台》一首、《仙杏山》一首（出《景定建康志》）、《曝日》一首（出《齐东野语》）、《天赐白》一首（出陈郁《藏一话腴》）、《春帖子》一首（出《合璧事类》）、《春雨》一首（出后村《千家诗》）、《赠常熟贺公叔隐士》一首（出《琴川志》）、《竹城》一首（出《江宁志》）、《投子山》一首、《宿灵仙观》一首、《艺术歌》一首（均出《茅山志》）。而陈元靓《岁时广记》中尚有《内制》、《春帖子》诗二断句，为丁氏所未录。又《宝真斋法书赞》（卷十八）、《郁氏书画题跋记》（卷一）各有一帖。浈阳端制军方藏有先生手迹，亦未见。至遗文，则《圣宋文海》、《播芳文粹》尚有之，未及检也。

《清真词》二卷、《续集》一卷

《书录解题·集部·歌词类》："周邦彦撰。多用唐人诗语隐括入律，浑然天成。长调尤善铺叙，富艳精工，词人之甲乙也。"

《注清真词》二卷

同上歌词类。曹杓季中注，自称一壶居士。

《片玉词》二卷

晋阳强焕序（序文略。见本书附录七《序跋题识》）。

明毛晋跋（跋文略。见本书附录七《序跋题识》）。

《四库全书总目·集部·词典类》（文略。见本书附录七《序跋题识》）。

案：此疑旧本二卷为直斋著录之《清真词》，"晋所掇拾，乃其后集"，误，辨见下。

《清真诗馀》 见郑瑶《景定严州续志》、黄升《花庵绝妙词选》。

《圈法美成词》 张炎《词源》卷下。

《详注周美成片玉集》十卷

漳江陈元龙少章注。刘肃序（序文略。见本书附录七《序跋题识》）。

阮元《四库未收书提要》（文略。见本书附录七《序跋题识》）。

《清真集》二卷

明无名氏跋："隆庆庚午用复所司李藏元人巾箱本，命胥鲁颂照录讫。盟鸥园主人记。"

王鹏运跋（跋文略。见本书附录七《序跋题识》）。

案：先生词集行于世者，今惟毛刻《片玉词》二卷，王刻《清真集》二卷，陈注《片玉集》十卷，则元刻仅存。又见仁和劳葊卿手钞振绮堂藏《片玉集》十卷，目录之下，略有注释，词中注多已削去，殆亦从陈本出。其古本则见于《景定严州续志》、《花庵词选》者，曰《清真诗馀》；见于《词源》者，曰《圈法美成词》；见于《直斋书录》者，曰《清真词》、曰曹杓《注清真词》；又与方千里、杨泽民和清真词合刻者，曰《三英集》（见毛晋《方千里和清真词跋》）。子晋所藏《清真集》，与王刊元本不同，其《氐州第一》一首作《熙州摘遍》，此宋人语，非元以后人所知，则其源亦出宋本；加以溧水本，是宋时已有七本。而陈注《片玉集》十卷、王刻《清真集》二卷，则为元本。毛跋之《美成长短句》不识编于何时。别本之多，为古今词家所未有。溧水本编于淳熙庚子，故阙数虽多，颇有伪词。陈注十卷，与王刻二卷编次均同，方千里、杨泽民和词，既不据溧水本，又题《和清真词》则必据《清真词》，今其次序与陈注本、王刊本正同，则此二本疑即出于直斋著录之《清真词》三卷。今以此数本比较观之，方、杨和词均至《满路花》而止（陈注本卷八之末、王刊本卷二第五十三阕），而陈注本、王刊本尚有《绮寮怨》以下三十一阕。疑宋本《清真词》二卷当至《满路花》止，而《绮寮怨》以下即所谓后集。王刊元本以后集一卷，合于下卷，而陈本则分前集为八卷，后集为二卷，虽皆出于《清真词》，然皆非《清真词》之旧矣。由此观之，则《清真词》三卷之编次，亦复不难推测。至毛刊《片玉词》，子晋谓出宋本，或据陈注本，刘必钦序谓《片玉》之名乃必钦所改题，溧水旧本不应先有此名。然此本编次既与他本绝异，而所增词甚多，其中伪作间出，而其佳者又绝非清真不辨，且陈允平《西麓继周集》全从此本次第，足证宋末已有此本，又，子晋未见陈注本。则亦无从改题为《片玉》。余疑刘序乃释《片玉》二字，特措辞不伦，此又元明人常态，无足怪也。又疑《清真词》三卷，篇篇精粹，虽非先生手定，要为最先之本。考王灼《碧鸡漫志》，成于绍兴己巳，而书中已有"美成集中多新声"一语，则先生词集，绍兴间已盛行矣。《片玉》本，强焕所编，又益以未收诸词，既编于数十年后，屩入他作，自不能免，惟子晋宋本之说固无可疑也。

《大观礼书宾军等四礼》五百五卷 《看详》十二卷

《大观新编礼书吉礼》二百三十二卷 《看详》十七卷均见《宋史·艺文志》。

《祭服制度》十六卷大观三年成，见《礼志》。

《五礼》四百七十七卷政和元年成，见《礼志》。此四种疑即《五礼新仪》之长编也。

《政和五礼新仪》二百四十卷政和三年成，见《礼志》、《艺文志》。

《徽宗御序》（题政和新元三月一日。文烦不录。）

《尚书省牒议礼院知枢密院事郑居中等札子》奏：窃以礼有五经，而威仪至于三千，事为节文，物有防范，本数末度，形名比详，遭秦变古，书缺简脱。远则开元所纪，多袭隋馀，近则开宝之传，间存唐旧，在昔神考，跻时极治，新美宪章，是正郊庙，缉熙先献，实在今日。恭惟陛下，德备明圣，观时会通，考古验今，沿情称事，断之圣学，付之有司，因革纲要，既为礼书，纤悉科条，又载仪注，勒成一代之典，跨越三王之隆。臣等备员参订，复更岁月，悉禀训指，靡所建明，谨编成《政和五礼新仪》并序例，总二百二十卷，目录六卷，共一百二十六册。辨疑正讹，推本六经，朝著官称，一遵近制。上之御府，仰承乙览，恭候宸笔裁定，其当以治神人，以辨上下。从事新书，其自今始。若夫蒐补阙遗，讲明稀阔，告成功而示德意，则臣等顾虽匪材，犹当时顺圣志而成之，取进止。牒。奉敕，宜颁降。牒至。准敕，故牒。政和三年四月二十九日牒。

《书录解题》：《政和五礼新仪》二百四十卷，目录五卷，议礼局官知枢密院郑居中，尚书白时中、慕容彦逢，学士强渊明等撰。首卷祐陵御制序，次九卷，御笔指挥；次十卷，御制《冠礼》；馀二百二十卷，局官所修也。

案《宋史·职官志》：议礼局，大观元年诏于尚书省置，以执政兼领详议官二员，以两制充应，凡礼制本末，皆议定取旨。政和三年，《五礼仪注》成，罢局。今案《政和五礼新仪》卷首尚书省牒后修书官衔名，则检讨官有郭熙、丁彬、王俣、莫俦、李邦彦、叶著、苏恒七人，评议官有宇文粹中、张澍、刘涣、强渊明、慕容彦逢五人，评定官白时中一人，而郑居中则不署局中何官，盖总领局事也。中无先生衔名，盖时已出知隆德府，不在经进之列。《新仪》前诸札子中尚有检讨官俞桌（亦见《宋史·舆服志》）、张邦光（政和元年）二人，详议官薛昂（大观二年）一人，均未列衔，当同是例。此外如刘昺尝领局事，先生尝为检讨官，则仅见《宋史》本传。史谓先生出知河中府，徽宗欲使毕礼书，留之，固在秉笔之列。而乃太常礼就，大署欧阳；六典注成，但书林甫，虽进书之例宜然，亦后人所当考核者矣。局中成书千馀卷，至宋末仅存《五礼新仪》（见《宋史·礼志》）。今日传本除阁本外，常熟瞿氏、归安陆氏、仁和丁氏、江阴缪氏均有钞帙，中阙二十卷，各家相同。国维见汪钝翁家钞本，钝翁曾以传是楼宋本校正，后记云："宋本所缺者，无从校补。"则此书残阙久矣。

尚 论 三

先生家世钱塘，自祖父以上均不可考。有名邠者，乃先生之从父。《咸淳志》云："邠字开祖，嘉祐八年登进士第，熙宁间，苏轼倅杭，多与酬唱，所谓周长官者是也。轼后自密州改除河中府，过潍州，邠时为乐清令，以《雁荡图》寄轼，有诗，轼和韵有'西湖三载与君同'之句。后轼知湖州，以诗得罪，邠亦坐赎金。元祐初，邠知管城县，乞复管城为郑州，有兴废补败之力，由是通判寿春府，见苏辙所行告词。后知吉州，官至朝请大夫，上轻车都尉。其丘墓在南荡山。邠系元符末上书人，崇宁初，第为上书邪等，政和五年又为僧怀显序《钱塘胜迹记》，盖历五朝云。侄邦彦。"（《咸淳临安志·人物传》以《九朝通略》、《东坡年谱》及《乾道志》修）

案：《茅山志》载先生《芝术歌》序云"道正卢至恭得芝一本于术间，邦彦请乞于卢，持寿叔父"，中有句云"庐陵太守蕴仙风"，邠尝知吉州，故云"庐陵太守"，然则邠乃先生叔父也。《咸淳志·人物传》尚有周邦式，字南伯，著名钱塘，中元丰二年进士，官至提点江东刑狱，知宿州、滑州，皆不赴，提举南京鸿庆宫。十二年，起知处州，不行，积官中大夫。其传即在先生传后，盖先生兄弟行，而亦知处州，亦提举鸿庆宫，可谓盛事。

先生子姓无考。《四库全书总目》：《清波杂志》十二卷、《别志》三卷，宋周辉撰。辉字昭礼，邦彦之子。

案：辉书中载其父事至绍兴中尚存。又事绝不与先生类，决非一人也。

先生有孙，与岳倦翁相知，《宝真斋法书赞》云："嘉泰甲子十二月，舟过吴门，遇公之孙某，同上兰省。"但名字、官阶均不可考。曾孙铸则嘉泰中与楼忠简共编定先生文集者也。

案：《桯史》云："辛稼轩守南徐，予来筮仕委吏，时以乙丑南宫试，岁前莅事，仅两旬即谒告"云云。则倦翁于甲子十二月过吴门，实应乙丑省试，时先生之孙尚赴南宫，而曾孙已与攻媿编定先生文集，可知先生有数孙也。先生冢墓在杭南荡山（《咸淳志》、《梦粱录》均同），故后裔自明州复徙于此。《咸淳志》云"子孙今居定山之北乡"是也。

先生卒年，《宋史》、《东都事略》、《咸淳志》皆云"年六十六"，而据《玉照新志》则先生实以宣和三年辛丑卒，以此上推，则当生于仁宗嘉祐二年也。

宋太学生额，熙宁初九百人，后稍增至千人。至元丰二年诏增太学生舍为八十斋，斋三十人，外舍生二千人，内舍生三百人，上舍生百人。（《宋史·选举志》）先生入都为太学生，当在此时。词中《西平乐》序"元丰初，予以布衣西上，过天长道中"，亦足证也。

先生所历之官为太学正、国子主簿、秘书省正字、校书郎、考工员外郎、卫尉少卿、宗正少卿、卫尉卿、秘书监。所带之职，则为直龙图阁、徽猷阁待制。所任之差遣，则在朝为议礼局检讨官、提举大晟府，在外则教授庐州、知溧水县、知河中府、知隆德府、知明州、知真定府、知顺昌府、知处州。河中、真定、处州均未之官，故楼攻媿序但云"三绾州麾"。至《挥麈馀话》谓先生尝为秘书少监，《浩然斋雅谈》谓尝为起居舍人，均不足信。胡仔《渔隐丛话》、王楙《野客丛书》称先生为周侍郎，亦误也。

先生交游殊不易考，其见于遗诗者则有蔡天启、贺公叔。《片玉词》下《鬓云松令》一阕"送傅国华奉使三韩"，案《宋史·高丽传》："宣和四年，高丽王俣卒，诏给事中路允迪、中书舍人傅墨卿奠慰，留二年而归。"（徐兢《宣和奉使高丽圆经序》同）国华当即墨卿字，时为中书舍人，故词中有"凤阁鸾坡，看即飞腾去"之句，时先生已卒，即未卒，亦不应复入京师。此词必系他人之作。又《片玉词》上有《水调歌头》一阕"中秋寄李伯纪大观文"，案：忠定初罢宣抚使，除观文殿学士。知扬州，在靖康元年九月。其罢左仆射为观文殿大学士，在建炎元年八月，十月落职，至绍兴二年复拜观文殿学士、湖广宣抚使，均在先生卒后。且忠定为观文殿大学士仅历两月，其词亦不似建炎倥偬时之作，其伪无疑。则先生与二人有交际否，殊不可考。其在议礼局，则上官同僚有郑居中等十数人。其提举大晟府，则僚属有徐伸干臣（典乐）。田为不伐（初为制撰官，后为典乐大司乐）、姚公立（协律郎）、晁冲之叔用（大晟府丞。然大晟府官制无丞，疑即大乐令，官与太常寺丞同）。江汉朝宗、万俟咏雅言、晁端礼次膺（均制撰官，次膺后为协律郎）。其在顺昌，则与王性之相知。交游可考者如此而已。（徐伸见《挥麈馀话》，田为见《宋史·乐志》、《方伎·魏汉津传》，姚公立见《直斋书录》，晁冲之见《独醒杂志》，江汉诸人见《铁围山丛谈》、《碧鸡漫志》。唯徐伸、晁冲之官大晟府在政和初，未必与先生提举同时耳）

先生于熙宁、元祐两党均无依附。其于东坡为故人子弟，哲宗初，东坡起谪籍，掌两制，时先生尚留京师，不闻有往复之迹。其赋汴都也，颇颂新法，然绍圣之中，不因是以求进。晚年稍显达，亦循资格得之。其于蔡氏，亦非绝无交际。盖文人脱略，于权势无所趋避，然终与强渊明、刘昺诸人由蔡氏以跻要路者不同。此则强焕政事之目，或属谀词；攻媿"委顺"之言，殆为笃论者已。徽宗时，士人以言大乐颂符瑞进者甚多。楼《序》、《潜志》均谓先生妙解音律，其提举大晟府以此。然当大观、崇宁制作之际，先生绝不言乐。至政和末，蔡攸提举大晟府，力主田为而排任宗尧。（事见《宋史·乐志》及《方伎·魏汉津传》）先生提举适当其后，不闻有所建议，集中又无一颂圣贡谀之作。然则弁阳翁所记颇悔少作之封，当得其实，不得以他事失实而并疑之也。

先生少年曾客荆州，《片玉词》上有《少年游》"南都石黛扫晴山"一阕，注云"荆州作"。（《片玉集》无此注）又《渡江云》词云"晴岚低楚甸"，《风流子》词云"楚客惨将归"，均此时作也。其时当在教授庐州之后，知溧水之前。集中《齐天乐》"绿芜雕尽台城路"一首作于金陵，当在知溧水前后，而其换头云"荆江留滞最久。故人相望处，离思何限"，此其证也。又《琐窗寒》词云"似楚江暝宿，风灯零乱，少年羁旅"，时先生方三十馀岁，虽云少年可也。

先生《友议帖》：（见《宝真斋法书赞》）"罪逆不死，奄及祥除，食贫所驱，未免禄仕。此月挈家归钱塘，展省坟域，季春远当西迈。"此帖岁月虽不可考，味"西迈"一语，或即在客荆州之际。果尔，则在荆州亦当任教授等职。

先生游踪，或至关中，故有《西河》"长安道"一阕，惟此词真伪尚不可定，又无他词足证。至《苏幕遮》词所云"家在吴门，久作长安旅"，则以汴都为长安也。

先生出知隆德府当在政和二、三年之交，《五礼新仪》进于政和三年四月二十九日，书中不列衔，盖已莅潞州矣。至五年徙知明州，则在潞州盖及二年以上。

先生以直龙图阁知明州在政和五年，其次年即以显谟阁待制毛友代之，见《乾道四明图经》，《太守题名》记，（《宝庆》、《延佑》二志同）则其入为秘书监即在次年也。

先生出知顺昌府，据《鸡肋编》在王寀、刘昺获罪之后，而《挥麈后录》载开封尹盛章命其子并释昺《和寀诗》有"来年庚子"之语，则必在宣和己亥（元年）以前。又案昺传，"昺免死，长流琼州，乃刑部尚书范致虚之请"。考致虚于重和元年九月自刑部尚书为尚书右丞，则寀、昺获罪必在重和元年九月前，先生出外亦在是岁矣。

先生晚年自杭徙居睦州，故《严陵集》有先生《敕赐唐二高僧师号记》，《景定严州续志》载州校书板有《清真集》、《清真诗馀》。以此集中《一寸金》词，恐亦在睦州时改定也。

宋时钱塘词人以先生与潘阆为最著，而二人身后毁誉适得其反，可谓有幸有不幸矣。逍遥获罪之事，宋人所记亦不一。谓太宗晚年烧炼丹药，潘阆尝献方书，惧诛，匿舒州潜山寺为行者，《刘贡父诗话》之说也。谓阆为秦王记室参军，王坐罪下狱，捕阆急，阆自髡其发，后编置信上者，叶绍翁《四朝闻见录》之说也。谓坐卢多逊党追捕，变姓名，僧服入中条山者，沈括《梦溪笔谈》之说也。谓太宗大渐时，阆与内侍王继恩等谋立太祖之孙惟吉，寻悉诛窜者，《挥麈馀话》之说也。《宋史·王继恩传》言阆与继恩交通状，而不及易储事，《吕端传》言继恩等谋立楚王元佐而不及太祖孙惟吉。（案：元佐亦字惟吉，疑即一事）参考诸说，知阆曳裾王门，纳交宦侍，至以布衣与人家国事，决非高蹈之士，徒以东坡盛称其诗，陆子遹跋《逍遥集》，遂以杨朴、魏野比之，殊为失实。先生立身颇有本末，而为乐府所累，遂使人间异事皆附苏秦，海内奇言尽归方朔，廓而清之，亦后人之责矣。

先生《汴都赋》变《二京》、《三都》之形貌，而得其意，无十年一纪之研炼而有其工。壮采飞腾，奇文绮错。二刘博奥，乏此波澜；两苏汪洋，逊其典则。至令同时硕学，只诵偏旁；异世通儒，或穷音释，然在先生犹为少作已。

《重进汴都赋表》高华古质，语重味深，极似荆公制诰表启之文，末段仿退之《潮州谢上表》，在宋四六中颇为罕见。《五礼新仪》札子，语尤简古，又与《重进汴都赋表》同一机杼，时先生虽已在外，疑亦出其手也。

先生诗之存者，一鳞片爪，俱有足观。至如《曝日》诗云："冬曦如村酿，微温只须臾。行行正须此，恋恋忽已无。"语极自然，而言外有北风雨雪之意，在东坡和陶诗中，犹焉上乘，惜仅存四句也。

陈元靓《岁时广记》有先生内制《春帖子》三断句。案：宋制春帖子词均翰林学士为之，先生未任此官，殆为人代作耶？

先生诗文之外，兼擅书法。岳倦翁《法书赞》称其"体具态全"，董史《皇宋书录》谓其"正行皆善"。又《石刻铺叙凤墅堂帖》第二十卷中刻有周清真书。古人能事之多，自不可测也。

先生于诗文无所不工，然尚未尽脱古人蹊迳。平生著述，自以乐府为第一。词人甲乙，宋人早有定论。唯张叔夏病其意趣不高远。然北宋人如欧、苏、秦、黄，高则高矣，至精工博大，殊不逮先生。故以宋词比唐诗，则东坡似太白，欧、秦似摩诘，耆卿似乐天，方回、叔原则大历十子之流。南宋惟一稼轩可比昌黎，而词中老杜，则非先生不可。昔人以耆卿比少陵，犹焉未当也。

先生之词，陈直斋谓其"多用唐人诗句隐括入律，浑然天成"。张玉田谓其"善于融化诗句"。然此不过一端，不如强焕云"模写物态，曲尽其妙"为知言也。

山谷云："天下清景不择贤愚而与之，然吾特疑端为我辈设。"诚哉是言，抑岂独清景而已？一切境界，无不为诗人设，世无诗人，即无此种境界。夫境界之呈于吾心而见于外物者，皆须臾之物。惟诗人能以此须臾之物，镌诸不朽之文字，使读者自得之，遂觉诗人之言，字字为我心中所欲言，而又非我之所能自言，此大诗人之秘妙也。境界有二：有诗人之境界，有常人之境界。诗人之境界惟诗人能感之，而能写之，故读其诗者，亦高举远慕，有遗世之意；而亦有得有不得，且得之者亦各有深浅焉。若夫悲欢离合、羁旅行役之感，常人皆能感之，而惟诗人能写之，故其入于人者至深，而行于世也尤广。先生之词属于第二种为多，故宋时别本之多，他无与匹。又和者三家，注者二家，（强焕本亦有注，见毛跋）自士大夫以至妇人女子，莫不知有清真，而种种无稽之言，亦由此以起，然非入人之深，乌能如是耶？

楼忠简谓先生妙解音律，惟王晦叔《碧鸡漫志》谓："江南某氏者，解音律，时时度曲。周美成与有瓜葛，每得一解，即为制词，故周集中多新声。"则集中新曲非尽自度。然"顾曲"名堂，不能自已，固非不知音者。故先生之词，文字之外，须兼味其音律。惟词中所注宫调，不出"教坊十八调"之外，则其音非大晟乐府之新声，而为隋唐以来之燕乐，固可知也。今其声虽亡，读其词者，犹觉拗怒之中，自饶和婉，曼声促节，繁会相宣；清浊抑扬，辘轳交往。两宋之间，一人而已。

先生逸词，除毛氏所录《草堂》数阕外，罕有所见。祇《乐府雅词拾遗》下有《南歌子》一首《能改斋漫录》载先生增王晋卿《烛影摇红》半阕耳。惟伪词最多，强焕本所增，强半皆是，如《片玉词》上《青玉案》"良夜灯光簇红豆"一阕，乃改山谷《忆帝京》词为之者，决非先生作，不独《送傅国华》、《寄李伯纪》二首岁月不合也。

选自《清真集校注》中华书局，2002 年

宋江三十六人考实

余嘉锡

序

　　宋宣和间，宋江等三十六人起兵梁山泺（梁山泺即梁山泊，段玉裁《说文解字注》云"泺、泊，古今字"），驰骋山东，"官军"莫敢婴其锋，其后受招安，又率其众从攻方腊，此北宋末年一大事也。顾习见之史籍，如《东都事略》、《宋史》诸书，皆语焉不详。其见于《徽宗纪》、《张叔夜传》及《侯蒙传》者，皆不过数十百字，其疏略可知。至元、明之际，《水浒传演义》行世，描写宋江诸人事迹，极精细生动。明胡应麟尝记"嘉靖、隆庆间，某钜公案头左置《南华经》，右置《水浒传》"。又"某名士为《水浒》作歌，谓'奄有丘明、太史之长'"。可谓风行一时，誉满人口矣。清初文人如金圣叹（人瑞），亟推许《水浒传》，以之与《史记》、《国策》并论，而以施耐庵拟庄周、屈原，犹是推阐明人之意；复以意改窜原书为七十回，删去以后之事，于未删诸回，悉施评点，盛加称誉，其书益不胫而走。于是乡里妇孺，几无不知有宋江等聚义梁山泺之事矣。顾承学之士，虽喜其文辞之工，而疑其事之出于张大傅会，返而求诸史籍，则又记载简略，不能得其本末。通行之书，仅《宣和遗事》叙述为详。其书虽出宋、元间，读者以其为小说也，群疑其史料价值，无以远过于《水浒传》，不肯置信。其南宋初年之史籍，如《三朝北盟会编》、《建炎以来系年要录》、《续通鉴长编纪事本末》诸书，记事较详史料较多者，则迟至清末，刊本始通行。明、清两代，仅恃钞本流传，为不经见之秘籍。偶有寓目者，亦多半注意宋、金间和战以及两宋间诸关键问题，罕留意于宋江聚义之事者。以故，说部所传宋江起兵本末，以及其受招安后与攻方腊之事，无人肯置信。并不信其会结砦于梁山泺。于是纵横一时之英雄，无人能确切言其事迹者。嗜读《水浒传》者，于其本事茫昧无所知，不审其为出于文人虚构，抑或有所依据。斯于此一文学名著之研究，有所未尽，居尝引为遗憾焉。

案：记载宋江事最早而最详者，无过于《宣和遗事》。其书虽出于宋、元间，距宣和时已远，然其叙事实有所本。吴自牧《梦粱录》谓"说话有四家数，小说名银字儿，如烟粉、灵怪、传奇、公案、朴刀、棍棒、发发踪参（"发发踪参"四字，不可解。但《梦粱录》所根据之《都城纪胜》，则为"发迹变态"，而宋、元话本，又都改"态"为"泰"）之事"。又有谈经、讲史、商谜三家（见卷二十。周密《武林旧事》卷六，记诸色伎艺人，亦有此四家），其所讲之书，谓之话本。自牧谓"凡傀儡敷演烟粉、灵怪、铁骑、公案、史书、历代君臣、将相故事话本"，又谓"影戏、话本与讲史书者颇同，大抵真假相半"是也。《宣和遗事》盖合小说、讲史两家话本若干篇为之，故前后颇不联贯。其演宋江公案者，当属于小说家，殆南宋人所为也。

宋高宗偏安江左，居尝以欣赏诸色伎艺自娱，尤喜小说。《系年要录》卷一百六（绍兴六年）注引赵甡之《中兴遗史》曰："睿思殿祗候李纲者，能讴词，善小说，主养飞禽。"《武林旧事》卷六记小说人朱修、孙奇隶德寿宫，皆其证也。《三朝北盟会编》卷一百四十九云："绍兴元年十二月，邵青受招安。先是杜充守建康时，有秉义郎赵祥者，为青所得。青受招安，祥始得脱身归，乃依于内侍纲。纲善小说，上喜听之。纲思得新事编为小说，乃令祥具说青自聚众已后踪迹，并其徒党及强弱之将，本末甚详。编缀次序，侍上则说之。故上知青可用，而喜单德忠（单德忠为邵青部下统制官，劝青受招安者）之忠义。"可见小说喜演草泽英雄故事，所谓铁骑公案也。邵青聚众之时，声势不广，影响不大，且人尚生存，犹得编为话本，况宋江之声称赫然者乎！其缀成小说，流行民间，无足怪者。

夫话本既真假相半，自不能纯构虚词。故《宣和遗事》记"花石纲"、"生辰纲"、"阎婆惜"事，虽未必曲折如真，至于江等聚义梁山泺及受招安后率兵与攻方腊，则必不容诬。然《遗事》之写宋江，反不如内侍纲所编邵青踪迹之详。盖其书本讲史之体，意在演说南北宋兴亡，不为宋江而作。故取小说家梁山泺话本，删除繁文，存其大略耳。杨维桢《东维子集》卷六有《送朱女史桂英演史序》曰："朱氏名桂英，家在钱塘，世为衣冠旧族，善记稗官小说，演史于三国、五季，因延至舟中，为予说道君艮岳及秦太师事。"观此可以知元代讲史风气，及《宣和遗事》之所由作矣。

夫宋江兴兵山东时之徒党，据《宋史·侯蒙传》所记，《宣和遗事》所讲述，仅三十六人而已。宋、元之际，有伪撰江题壁词者，造为"六六雁行连八九"之语（详本文宋江条），是为一百八人之说所由起，当亦出于说话人之手。

元人杂剧颇有据以爨演梁山泺故事者。至元末明初，《水浒传》出，于一百零八人铺叙尤详。其写宋江等事，与《宣和遗事》，有合有不合。盖《遗事》所据者三十六人话本；杂剧及《水浒》所据者，百八人话本，又各以己意有所增饰，故不能尽同。胡应麟谓"施某于故书中得宋张叔夜禽贼招语一通，备悉一百八人所由起"（见《庄岳委谈》下）者妄也。本无一百八人，安所得招语乎！

宋江受招安后，即率师随童贯攻方腊，与刘镇等攻帮源洞，破之，擒方腊所署置之将相，事见《三朝北盟会编》、《十朝纲要》、《续通鉴长编纪事本末》诸书。《宣和遗事》谓"宋江和那三十六人归顺宋朝，收方腊有功"，最得其真。《水浒传》百回本谓宋江先破辽，后擒方腊，已失其实。然宣和四年，童贯伐辽，杨志实将"选锋军"以从，即宋江之兵也。但此役败而非胜，江又不在行间耳。《水浒》移甲就乙，将后作前，固小说之常态，其事不可谓无因，疑为宋、元间说话人所增益，而《水浒》从之。至其他各本，又有平田虎、王庆两事，则全出杜撰，毫无影响，盖明代人所羼也。

余自少有历史癖。读《水浒传》，喜其叙事之曲折逼真：凡所描写之人物，皆各具性情，各有面目，胥能与世情契合。顾以读书不多，颇疑其事实之出于虚构，则亦漠然视之，不复措意也。中年以后，从事考史之业，读书渐多，得见《三朝北盟会编》、《建炎以来系年要录》、《通鉴纪事本末》诸书，见有关宋江诸人事迹，足以订证《宣和遗事》、《水浒传》诸书者，随手摭录，日久积成篇帙。比而观之，知诸说部书所叙，大体有所依据，真假相半。即其傅会缘饰之处，亦多推本于宋、元社会风习，初非向壁虚造。详加考索，不仅于北宋末年震铄一时之英雄事迹，可以粗明大概；即《水浒传》所用之名辞、典制，昔所认为难于索解者，至是亦渐能得其真义矣。其后读黄以周《通鉴长编拾补》，甚佩其援引详博，考据精审。于宋江起兵山东之事，能订正旧说之讹误，使北宋末年之重要史实，复白于后世，有昭然发蒙之功。因取吾之所记录者与《拾补》比勘，则吾所记者或为黄氏所遗。其宋、元人文集、笔记所记典制、风习与《水浒传》所叙故事相关涉者，则以非宋江等个人行事所关，非黄氏所措意，故亦不遑论及。清人其他考证著作，偶尔牵涉及宋江梁山泺者，大抵为随笔摭拾，非经意之作，故因袭前人者十恒八九，鲜所订正；甚且治丝而棼，转增讹谬。因即就吾所笔记者，益扩充而采摭之。如是者累年，积稿达四五万言。一九三九年十二月勒为一篇，布之于《辅仁学志》（第八卷第二期）。窃自谓于宋江等聚义梁山泺以及相关之事，搜辑略备。于研究《水浒》者，或能有所裨益。刊布已后，今既十五年矣，同好者颇不以为谬。比来年衰多病，不复能在课室从事讲论，端居多暇，以读书自遣，所得关于梁山泺记载日益多，视旧作约增万余言。旧时《学志》印本，早已无复余存。因取旧稿重加订补，以成此篇。海内同好，苟于愚之所缀辑，匡正误谬，补益其所未逮，使读《水浒》者，于其书叙述所及，咸能通解无复疑滞，此又研究小说文学者之所夙夕跂望，非特愚一人之厚幸也。缀辑既竟，因复推论今本《水浒传》故事之根据，与夫故事之所由流传，以当本篇之绪论焉。

1953年9月余嘉锡记

凡　例

余作此文草创粗就，孙君子书（楷第）告我，尝欲作"梁山泺考"未成，仅抄撮史志若干条，并以康熙、光绪两朝《寿张县志》见借。遂采《康熙志》入梁山泺条下，并录孙君考证一条于注中。盖至是已数易稿矣。虽迭经修改，征引差详，犹以未得陈泰、陆友仁两诗出处为憾。质之吾友陈援庵先生，为从所藏《所安遗集》及《元诗选》内检出见示。《所安集》抄本，余所未见；《元诗选》则曾翻阅而未得者也。因复采掇著于篇，并志其事于此以志谢焉。大雅宏达，与吾同好，倘能匡其不逮，如二君子，是所望也。

史言"宋江以三十六人横行河朔"，而不著其谁某，独见于《宣和遗事》、《癸辛杂识》，然姓名绰号，互有不同。《诚斋乐府采遗事》作杂剧（此亦孙君子书见示者），而其次第名号颇异；《七修类稿》所引杂识，又与今本大异。诸家考证，益治丝而棼，今著其异同，列为一表，以清眉目。

此篇之意，在援引史传以明稗官小说街谈巷议之所由来，故凡三十六人姓名事迹见于史传者，悉加采取。案：《宣和遗事》次第，分条胪列。然才得十有四人耳。仍题为三十六人者，举其原数，以见所考不止宋江也。

宋江徒党本只三十六人，其谓别有七十二地煞合为一百八人者，乃后起之说耳。七十二人，如彭玘、李忠之徒，姓名虽见于史传，概不采入。惟因龚圣与作《燕青赞》，有"太行春色，有一丈青"之语，诸家遂疑梁山泺中果有一丈青其人，此则淆乱事实，不可以不辩。今具列建炎初马皋妻一太青之事，附于十四人之末，以祛其惑。

凡人之绰号，皆取俚俗打诨之语，故曰诨名。三十六人绰号，人多不晓。考之宋人俗语，人人可解，辄胪举例证，加以诠释。至于明白易解者，不复词费。其所不知，盖阙如也。

《宣和遗事》于宋江及三十六人之外，尚有一丈青李横一人。《遗事》谓宋江作梁山泺首领时，晁盖已死，若其说可信，似当以李横补其阙。考南北宋间实有李横其人，尝为黄河扫兵，后入桑仲之党。绍兴初，仲为襄阳镇抚使，以横知邓州。仲死，横继其任，举兵攻伪齐，复汝州颍昌府，迁京西招抚使，传檄收复东京，旋为伪齐所败，并失襄阳。归朝后，以其军属张俊。三十一年金主亮南侵，以横权都统制，败于瓜洲镇。事见《宋史·高宗纪》。《建炎以来系年要录》（始见卷四十三，终于卷一百九十五）、《三朝北盟会编》（始见卷一百五十，终于卷一百三十八）纪之尤详。余尝辑其事迹为一编，继念横本不在三十六人之内，史传之李横，是否即梁山之一丈青不可知，且其事又太多，仅《系年要录》一书已至三十余条，嫌于喧宾夺主，故遂删去，而记其大略于此。

此篇所列十有四人，除宋江外，考其平生事迹，可确定为梁山泺降将者，杨志、史斌（疑即史进）二人而已。龚圣与赞大刀关胜，盛称其义勇，亦可信其即济南死节之关胜。其余诸人，虽见于史传，姓名时代亦复相合。然人之同时同姓名者正复不少。宋时武人，多喜名"胜"、名"顺"、名"俊"、名"平"、名"横"、名"青"，而名"进"者尤多。裒各书所见，可得数百人。其名既如是之同，若其姓又为张、王、李、赵，则名氏皆易同，无由别其为一人二人也。今于显有可疑者，附著案语，余但条举事迹，以俟论定。盖与其过而费也，宁过而存之耳。

凡考史事，须明其地理。《宣和遗事》及《水浒传》，皆言宋江聚众于梁山泺，其事虽不见史传，然元人诗文中已明言之，明、清诸家地理书亦纪之甚详，旧说相传，决非诬妄。自明筑沙湾以后，梁山之下，无复滴水，致启后人之疑。故既备列诸家之说，复征引史志，参互考证，以著其疆域，明其变迁焉。

三十六人

《宋史》卷三百五十一《侯蒙传》："宋江寇京东，蒙上书言：江以三十六人横行齐魏，官军数万，无敢抗者。"《宣和遗事·亨集》（士礼居刻本作上下两卷，此据商务印书馆活字本）："是时郓城县官司得知，帖巡检王成领大兵弓手前去宋公庄上捉宋江。争奈宋江已走在屋后九天玄女庙里躲了。那王成跟捕不获，只将宋江的父亲拿去。宋江见官兵已退，走出庙来，拜谢玄女娘娘。则见香案上一声响喨，打一看时，有一卷文书在上。宋江才展开看了，认得是个天书，又写着三十六个姓名。"（姓名见后表）

案：宋江三十六人，史不言其姓名。仅《建炎以来系年要录》有一史斌为宋江之党（详见后史进条），余皆不可考。自《宣和遗事》及龚圣与赞，始有三十六人姓名绰号，然已大同小异。《水浒传》演为小说，与二书又不尽相同。龚氏赞以宋江为首，《遗事》宋江在三十六人之外，而皆有晁盖，《水浒传》则首宋江无晁盖；《遗事》明言宋江至梁山添时，晁盖已死。然则所谓"江以三十六人横行齐魏"者，固当无晁盖矣。《遗事》又云："宋江道，今会内只少了三人。那三人是花和尚鲁智深，一丈青李横（黄刻本、活字本此处均作张横，与下文不合。明刻一百二十回本《忠义水浒传》引作李横，今从之），铁鞭呼延绰。"又云："朝廷命呼延绰为将统兵，投降海贼李横等出师收捕宋江等，屡战屡败。朝廷督责严切，其呼延绰却带领得李横反叛朝廷，亦来投宋江为寇。……这三人来后，恰好是三十六人数足。"而天书三十六人姓名内，无所谓一丈青李横者。案：史称"江以三十六人横行齐魏"，"以"者能左右之也，则宋江之外当尚有三十六人。《遗事》亦称张叔夜招诱宋江和那三十六人归顺宋朝，则宋江自不在三十六人之内，而晁盖已死，实只三十五人，益以李横乃足其数。龚圣与赞无李横、杜千而有晁盖者，非也。故三十六人姓名，当以《遗事》为近是。特李横名不在天书之内，宋江不当先知其姓名，此则记叙之疏。事非信史，不足深论，且《遗事》自相矛盾之处不止此。如叙运花石纲十二指使有关胜，而天书内作关必胜；晁盖等八个大汉，劫蔡京生日礼物，有阮进、阮通、阮小七，而天书内作阮小七、阮小五、阮进皆是也。余欲考三十六人事实，不得不先考定其姓名，而诸事之参互如此。自郎瑛以下，为之考证者，又自生枝节，转益讹谬，故列为一表，附于此篇之后，览者得以详焉。

周密《癸辛杂识·续集》上："龚圣与作《宋江三十六赞并序》曰：'宋江事见于街谈巷语，不足采著，虽有高如李嵩辈传写，士大夫亦不见黜。余年少时壮其人，欲存之画赞，以未见信书载事实，不敢轻为。及异时见《东都事略》中载《侯蒙传》有书一篇，陈制贼之计云："宋江以三十六人横行河朔、京东，官军数万，无敢抗者，其材必有过人，不若赦过招降，使讨方腊，以此自赎，或可平东南之乱。"余然后知江辈真有闻于时者。于是即三十六人，人为一赞（赞不录），而箴体在焉。'"

案：龚开字圣与，号翠岩，山阳人，博学好古，游戏翰墨，为山水人物尤卓绝，事迹见程敏政《宋遗民录》卷十引《姑苏志》，及吴莱《桑海遗录序》（此序载《渊颖集》卷十二）。又《汤垕画鉴》云："近世龚圣与先生名开，淮阴人，读书为文，能成一家法，画马专师曹霸，得神骏之意；画人物亦师曹韩；画山水师米元晖，梅菊花卉杂师古作，卷后必题诗，或赞跋，皆新奇。"是则圣与既善画人物，又喜题赞。此三十六赞，盖自画而自赞之，所谓李嵩辈传写者，言传神写照也。意谓为宋江等作图画，前人已有为之者，非自我作古耳。近人据此以为李嵩有写梁山泺故事之书，非也。圣与生于宋末，其时民间所传江辈轶事必尚多。圣与以为街谈巷语，不足采著。而史学著述，如《续通鉴长编》之类，又复流传未广，圣与盖未之见。故仅就《东都事略》所载者，想象而为之赞，不足见江辈生平。特所著姓名绰号，为足资考证耳。

陈泰《所安遗集补遗江南曲序》："余童丱时，闻长老言宋江事，未究其详。至治癸亥（英宗至治三年）秋九月十六日，过梁山泊舟，遥见一峰，嵯峨雄跨，问之篙师曰，此安山也。昔宋江事处（按：此句有脱误），绝湖为池，阔九十里，皆蓄荷菱芡，相传以为宋妻所植。宋之为人，勇悍狂侠，其党如宋者三十六人。至今山下有分赃台，置石座三十六所，俗所谓'来时三十六，归时十八双'，意者其自誓之辞也。始予过此，荷花弥望，今无复存者，惟残香相送耳。因记王荆公诗云：'三十六陂春水，白首想见江南。'味其词，作《江南曲》（原注：曲因蠹损无存）以叙游历，且以慰宋妻植荷之意云。"

案：陈泰字志同，号所安，茶陵人，元延祐二年进士，官龙南令卒（见卷末《成化癸巳玄孙章后序》）。始余读鲁迅《小说史略》，见其引此序"宋之为人，勇悍狂侠"语，因求《所安集》观之，而《四库全书》本，谭钟麟刻本，涵芬楼秘笈影印旧钞本，皆无此序。吾友陈援庵闻之，示我以所藏陆心源写本。其卷末补录诗十余首，此序在焉（后有正德壬申来孙琦跋，陆氏自言从成化本补写，其实是正德本耳），因亟采录于此。序言其党如宋者三十六人，可见江在三十六人之外，与《宋史》及《宣和遗事》并合。"来时三十六，去后十八双"，亦见《遗事》，谓是宋江题于旗上之语，得此足以互相发明。《遗事》及《水浒》不言宋江有妻，今言宋妻植荷，尤可谓逸闻矣。考《苏魏公谭训》云："曹门外一巷数十家，夏末，梁山泊诸道，载莲子百十车，皆投此巷，锤取莲肉，货于莲子行。"魏公仁宗时人，则梁山泊之有荷花旧矣，或池中之荷为宋妻所植耳。《乾隆一统志》卷一百二十九"安山在泗水县东南三十五里"（唐宋地理书皆不言有此山）。观序所言分赃台，似不在梁山而在安山。
然考刘基《诚意伯文集》卷十七《分赃台诗》云："突兀高台累土成，人言暴
客此分赢，饮泉清节今廖落，可但梁山独擅名。"则此台当在梁山。岂宋江当
时分据两山，皆有分赃台耶？序文既有脱误，无以定之。

郎瑛《七修类稿》卷二十五："史称宋江三十六人横行齐魏，官军莫抗，
而侯蒙举讨方腊。周公谨载其名赞于《癸辛杂志》，罗贯中演为小说。但贯中
欲成其书，以三十六为天罡，添地煞七十二人之名，又易尺八腿为赤发鬼，一
直撞为双枪将，以至淫辞诡行，饰诈眩巧，耸动人之耳目，是虽足以溺人，而
传久失其实也多矣。今特书其当时之名三十六于左。"（姓名见表）

案：郎氏此条，仅取《癸辛杂志》与《水浒传》相较，考证殊不详审。如
"七十二地煞"之说，元曲中已有之（见后宋江条）。刘唐之绰号，《宣和遗
事》已作赤发鬼，而郎氏皆谓始于罗贯中，知其未尝参考他书也。又其所列三
十六人次序，与龚圣与赞大异。吴学究作吴用，花和尚无姓名，李应作李英，
皆与今本不同，岂所见为别一本耶？俞樾《小浮梅闲话》（即《曲园杂纂》之
第三十八卷）剿袭郎氏之说，引为《癸辛杂志》（周密书名"杂识"，不名
"杂志"，此亦袭郎氏之误）。今故列郎氏所载三十六人姓名于表，资参考焉。

胡应麟《少室山房笔丛》卷四十一《庄岳委谈》下："世所传《宣和遗
事》极鄙俚，然亦是胜国时间阎俗说。中有南儒及省元字面。又所记宋江三十
六人，卢俊义作李俊义，杨雄作王雄，关胜作关必胜，其余俱小不同。"

案：元有汉人、南人之分，《宣和遗事》引南儒咏史诗（一在前集上清宝
箓宫成后，一在后集钦宗悔不用种师道之言后），固似元人之语。若"省元"
则正是宋时进士第一人之称。宋制试进士于礼部，谓之省试，其奏名第一者，
谓之省元。《文献通考》卷三十《选举考》云："开宝八年，覆试礼部贡院合
格举人王式等于讲武殿内，以王嗣宗为首。盖自是年始有殿试、省试之分，省
元、状元之别云。"可以为证。谓之省者，宋之礼部，属尚书省也。明无尚书
省，故称举人之试于礼部为会试，中式之第一名为会元。应麟因不解省元之
称，误以为"行中书省"之省，遂认为元人语矣。《宣和遗事》引《吕省元宣
和讲篇》（在前集卷末），中有"全燕之地，我太祖、太宗百战而不能取"云
云，明是宋人手笔。而《通考》卷三十三所载有宋一代省元姓名，并无姓吕之
人，颇为疑窦。考《爱日精庐藏书志》卷二十，有旧钞本《皇朝大事记》，首
题"黄甲省元肇庆府学教授温陵吕中讲义"。中为淳祐七年进士（见黄虞稷
跋），是年省元为马廷鸾。盖流俗好诏，称人每逾其分，故于登进士第者率称

为省元，不必真第一人也。《宣和讲篇》，即大事记讲义之一篇（《吕中大事记》，今尚有传钞本，余未之见，当求其书考之），安得因此指《遗事》为元人书乎？《遗事》全书皆作宋人口吻，陈泰序所引"来时三十人六，归时十八双"，陆友仁诗所言碣石村（见宋江条），皆见于书中。可见元初已盛行。惟其两引南儒诗，疑出于国亡以后遗民之手耳。

陆容《菽园杂记》卷十四："斗叶子之戏，其形制一钱至九钱各一叶，一百至九百各一叶。自万贯以上，各图人形。万万贯呼保义宋江，千万贯行者武松，百万贯阮小五，九十万贯活阎罗阮小七，八十万贯混江龙李进，七十万贯病尉迟孙立，六十万贯铁鞭呼延绰，五十万贯花和尚鲁智深，四十万贯赛关索王雄，三十万贯青面兽杨志，二十万贯一丈青张横，九万贯插翅虎雷横，八万贯急先锋索超，七万贯霹雳火秦明，六万贯混江龙李海，五万贯黑旋风李逵，四万贯小旋风柴进，三万贯大刀关胜，二万贯小李广花荣，一万贯浪子燕青。"

案：余十余岁时，尚见此纸牌于开封，大抵为城市妇女所酷嗜，可见梁山泺故事之深入民间矣。

又案：褚人获《坚瓠癸集》卷一引《潘之垣叶子谱》云："叶子始于昆山，用《水浒》中人名为角觝戏耳。"黎遂球《运掌经》云："署之以宋江之徒者，必勇敢忠义然后能胜，而又非徒读书者所能知，故署之以不知书之人。"又引李东琪《纸牌说》云："自二十万以至万万数极矣。有其资者数拟乎封君，可以帝制，故尊之以宋江也。"

王士禛《居易录》卷二十四："宋张忠文公招安梁山泺榜文云：'有赤身为国不避凶锋拿获宋江者，赏钱万万贯，双执花红；拿获李进义者，赏钱百万贯，双花红；拿获关胜、呼延绰、柴进、武松、张清等者，赏钱十万贯，花红；拿获董平、李进者，赏钱五万贯，有差。'今斗叶子戏，有万万贯、千万贯、百万贯、花红递降等采，用叔夜榜文中语也。"

案：张叔夜榜文，不知见于何书，王氏既未引书名，余遍考之，终不得其出处。榜文于三十六人中，胪举九人姓名，卢俊义作李进义，呼延灼作呼延绰，与《宣和遗事》合。关胜不作关必胜，张清不作张青，与龚圣与赞合。惟李进不见于他书，据《菽园杂记》，乃知为李俊之误也。使此榜果出于叔夜，则梁山泺史料之可信者孰过于此。然余有疑焉者，宋时官司寻常悬赏告捕，多不过数千贯。仁宗时，赵元昊称兵，天下骚动，陕西经略使夏竦揭榜塞上，购元昊头，才五百万贯（见孔平仲《谈苑》卷一）。徽宗时，方腊举兵，建号改元，朝廷降御笔赏格，募生擒或杀获方十三者，仅白身补横行防御使，银绢各一万匹两，钱一万贯，金五百两（见《续通鉴长编纪事本末》卷百四十一）。绍兴十年，金人渝盟，诏募有能生擒兀术者，亦不过除节度使，赐银帛五万匹两，田千顷，宅一区而已（见《系年要录》卷一百三十五）。今宋江等聚众水泊，声势尚远不及方腊，而赏钱竟高出夏皇帝、金四太子数十倍不止，何其轻重不伦之甚也？且北宋皇祐、治平间，天下岁入仅一亿万以上（此据《宋史》卷一百七十九《食货志》及《文献通考》卷二十四引《曾巩议经费》。考李心传《朝野杂记》卷十四，谓"混一之初，天下岁入缗钱千六百余万，其后日增月广，至熙丰间，合苗役易税等钱，所入乃至六千余万"，与此不同）。徽宗时岁入总额不可知，第就宣和元年诸路上供钱物计之，才一千五百四万二千四百一十四贯正两耳（此据《通考》卷二十三引止斋陈氏所列诸路细数总计之如此）。若拿获宋江一人之赏钱，便至万万贯，是已抵仁、英两朝一岁之收入，而罄当时天下上供之钱，尚不足偿其五分之一也。古今宁有此政体？堂堂官府榜文，岂叶子格儿戏之比乎？此必后之人不谙典故，造作语言，渔洋不考而误载之，所谓"俗语不实，流为丹青"者也。

翟灏《通俗编》卷三十七："《癸辛杂志》（当作识）载龚圣与《三十六人赞》，备列名号，较小说多孙立、晁盖，无公孙胜、林冲；其吴学究不著名；尺八腿、一直撞，绰号大异；铁鞭先锋、赛关索、金枪班，小异；先后次序尤多不同。《宣和遗事》卢俊义作李俊义，杨雄作王雄，关胜作关必胜，并载'花石纲'等事，皆似是《水浒》事本，而呼保义等号无之。"

案：黄刻本及活字本《宣和遗事》，三十六人皆有绰号，且云："宋江看了人名，末后有一行字写道：'天书付天罡院三十六员猛将，使呼保义宋江为帅。'"则并宋江绰号亦明著之矣。不识翟氏何以云然。

俞樾《茶香室丛钞》卷十七："《癸辛杂识》载龚圣与作《宋江等三十六人赞》，名号与世所传，小有异同。铁天王今作托塔天王，然其赞有'顽铁铸汝'之句，则当时固作铁矣。尺八腿、一直撞，亦与今异。"

案：俞氏此条不误，与其所著《小浮梅闲话》，直抄《七修类稿》者不同。然亦似未见《宣和遗事》者，可怪也。

宋江三十六人名号、次第异同表：

余初取《宣和遗事》、龚圣与赞、《水浒传》、《七修类稿》制为此表，既脱稿，将付印矣。孙君子书示我以《周宪王诚斋乐府豹子和尚自还俗》杂剧，大致与《宣和遗事》同，而次第不合，其绰号姓名，亦复小异，遂取原表，增入《诚斋乐府》一阑，备参考焉。凡各书名号与《水浒传》不同者，字旁以一圈识之。

《宣和遗事》	龚圣与赞	《水浒传》	《诚斋乐府》	《七修类稿》
呼保义宋江 (不在三十六人内)	1.呼保义宋江	1.呼保义 宋江	宋江(不在三十六人 内,与《遗事》合)	1.宋江
1.智多星 吴加亮	2.智多星 吴学究	3.智多星 吴用	1.智多星 吴加亮	3.吴用
2.玉麒麟 李进义	3.玉麒麟 卢俊义	2.玉麒麟 卢俊义	3.玉麒麟李义 (不作李进义。与 《遗事》不同)	4.卢俊义
3.青面兽 杨志	26.青面兽 杨志	17.青面兽杨志	4.青面兽杨志	25.杨志
4.混江龙李海	16.混江龙李俊	26.混江龙李俊	5.混江龙李海	18.李俊
5.九纹龙史进	17.九文龙史进	23.九纹龙史进	7.九纹龙史进	6.史进
6.入云龙 公孙胜	无	4.入云龙 公孙胜	8.入云龙 公孙胜	无
7.浪里百跳张顺 (百跳黄刻作 白条。此从活 字本)	10.浪里白跳 张顺	30.浪里白跳张 顺(白跳通行本 作白条。此从明 本)	9.浪里白跳张顺 (白不作百)	15.张顺
8.霹雳火秦明	19.霹雳火秦明	7.霹雳火秦明	11.霹雳火秦明	20.秦明
9.活阎罗 阮小七	5.活阎罗 阮小七	31.活阎罗 阮小七	10.活阎罗 阮小七	10.阮小七

续表

《宣和遗事》	龚圣与赞	《水浒传》	《诚斋乐府》	《七修类稿》
10.立地太岁阮小五（本书又作阮通）	25.立地太岁阮小五	29.短命二郎阮小五	12.立太岁阮小五（少一地字）	9.阮小五
11.短命二郎阮进	12.短命二郎阮小二	27.立地太岁阮小二	13.莽二郎阮进（短命作莽）	8.阮小二
12.大刀关必胜（本书又作关胜）	4.大刀关胜	5.大刀关胜	14.大刀关必胜	5.关胜
13.豹子头林冲	无	6.豹子头林冲	15.豹子头林冲	无
14.黑旋风李逵	20.黑旋风李逵	22.黑旋风李逵	6.黑旋风李逵	21.李逵
15.小旋风柴进	21.小旋风柴进	10.小旋风柴进	16.小旋风柴俊（进作俊）	7.柴进
16.金枪手徐宁	35.金枪班徐宁	18.金枪手徐宁	17.金枪手徐宁	33.徐宁
17.扑天雕李应	36.扑天雕李应	11.扑天雕李应	18.扑天雕李应	34.李英
18.赤发鬼刘唐	6.尺八腿刘唐	21.赤发鬼刘唐	19.赤发鬼刘唐	11.刘唐
19.一撞直董平	28.一直撞董平	15.双枪将董平	20.一撞直董平	27.董平

续表

《宣和遗事》	龚圣与赞	《水浒传》	《诚斋乐府》	《七修类稿》
20.插翅虎 雷横	22.插翅虎 雷横	25.插翅虎 雷横	21.插翅虎 雷横	22.雷横
21.美髯公 朱同	30.美髯公 朱仝	12.美髯公 朱仝	22.美髯公朱彤 （同作彤）	30.朱仝
22.神行太保 戴宗	23.神行太保 戴宗	20.神行太保 戴宗	23.神行太保 戴宗	23.戴宗
23.赛关索 王雄	27.赛关索 杨雄	31.病关索 杨雄	24.赛关索 王雄	26 杨雄
24.病尉迟 孙立	9.病尉迟孙立	（在地煞内姓名 绰号皆同）	25.病尉迟 孙立	24.孙立
25.小李 广花荣	18.小李 广花荣	9.小李广花荣	26.小李 广花荣	19.花荣
26.没羽箭 张青	7.没羽箭张青	16.没羽箭张清 （地煞内别有菜 园子张青）	27.没羽箭 张青	12.张青
27.没遮拦 穆横	31.没遮拦 穆横	24.没遮拦 穆弘	28.没遮拦 穆横	31.穆横
28.浪子 燕青	8.浪子燕青	36.浪子 燕青	29.浪子 燕青	13.燕青
29.花和尚 鲁智深	13.花和尚 鲁智深	13.花和尚 鲁智深	花和尚鲁智深 （不言位次。又 作豹子和尚）	35.花和尚 （不言其姓名）

续表

《宣和遗事》	龚圣与赞	《水浒传》	《诚斋乐府》	《七修类稿》
30.行者武松	14.行者武松	14.行者武松	32.行者武松	36.武松
31.铁鞭呼延绰	15.铁鞭呼延绰	8.双鞭呼延灼	30.铁鞭呼延绰	22.呼延焯
32.急先锋索超	24.先锋索超	19.急先锋索超	31.急先锋索超	34.索超
33.拼命二郎石秀（黄本作三郎）	32.拼命三郎石秀	33.拼命三郎石秀	33.拼命二郎石秀	32.石秀
34.火船工张岑	11.船火儿张横	28.船火儿张横	34.火船攻张岑（工作攻）	16.张横
35.摸着云杜千	无	（在地煞内作模着天杜迁）	35.摸着云杜迁	无
36.铁天王晁盖	34.铁天王晁盖	（在地罡地煞外作托塔天王）	2.铁大王晁盖（天作大）	2.晁盖
一丈青李横（在三十六人外）	无	无（地煞内别有一丈青扈三娘）	无	无
	29.两头蛇解珍	34.两头蛇解珍	无	28.解珍
	32.双尾蝎解宝	35.双尾蝎解宝	无	29.解宝

案：《宣和遗事》，劫蔡太师金珠者八人，晁盖、吴加亮为首。运花石纲者十二人，杨志、李进义为首。及先后入梁山泺，落草为寇，以晁盖为首领，盖死而吴加亮、李进义继之。故其次第，吴加亮一，李进义二，杨志三，晁盖以先死附于末。其事虽不知信否，而实南宋人话本之旧。自龚圣与赞以下各书，皆失其初意矣。

凡史家叙事之书，一经删修重纂，辄往往失真，况于小说，本非实录，则其辗转傅会，愈久而愈失其初意，此事所宜然。如《水浒传》所叙梁山泺事，持较《宣和遗事》，其增益之处不具论，若其所修饰改易，可决其去事实益远。即以三十六人姓名言之，其中有阮小二、阮小五、阮小七三人。除阮小七同称活阎罗外，《水浒传》之立地太岁阮小二，《遗事》作短命二郎阮进；《水浒传》之短命二郎阮小五，《遗事》于玄女天书内作立地太岁阮小五，而其叙劫蔡太师生日礼物八个大汉姓名，则称为阮通（八人内有阮进、阮通、阮小七）。盖小二、小五、小七，乃其弟兄之行第，而非名也。故除小七之名不传外，余二人皆自有其本名，而短命二郎之绰号亦必不当属之阮小五。奚以明其然耶？宋人小说如《夷坚志》之类，称人行第者甚多。绍兴十八年同年小录、宝祐四年登科录，凡进士姓名下，均载行第，有称大几者，有称小几者（又有初几、重几、再几、百几、千几、万几其他字样。盖以为辈行之识别也）。如绍兴王佐榜（即十八年榜）三甲第九人李承第大八，五甲第一百十三人喻邦佐第小二。一甲第七人葛邲，三甲第七人蹇驹，四甲第十三人蒲尧仁，五甲第十四人范时中均第小五是也。又有即以行第为小名小字者，如四甲第四十二人毛介，第三九，小字三九；第七十四人方珇，第念五，小名念五哥是也。阮氏三雄盖以行第为小字，其人固当自有本名，《遗事》所载者是也。且阮进排行既是小二，则短命二郎之号自应属进而不得移小五亦明矣。由是观之，《宣和遗事》虽未必可信，要与宋时民间传说，或尚不至大相远，而《水浒传》之增改，直是以意为之而无所据也。其他如吴加亮、李进义、李海、一撞直名号之异同，皆可以此类推。

呼保义宋江

李埴《十朝纲要》卷十八："宣和元年十二月，诏招抚山东盗宋江。"

案：史不载宋江起事之年，《水浒传》叙事无年月。《宣和遗事》叙杨志、晁盖等同往梁山泺落草为寇，事在宣和二年五月。其后宋江杀阎婆惜，事发始投晁盖，则江之入梁山泺，当在是年六七月以后矣。今据《十朝纲要》，则元年已降诏安，安得二年五月后方起事乎。李埴为焘之子，其书盖即《长编》之目录，《长编》所据者，国史日历，最为可信。《宣和遗事》出于街谈巷议，不足据也。元年有诏招抚，而江至三年始降，知《水浒》所载两次招安不成，固非纯出虚构矣。夫必官军不能捕讨，然后降诏招安，其势已张甚。然则江之起，当在宣和纪元以前。《读史方舆纪要》谓"宋政和中，宋江结寨于梁山泺"，其言必有所本。考《宋史》卷四百六十八《杨戬传》云："有胥吏杜公才者，献策于戬……括废堤弃堰荒山退滩，及大河淤流之处，皆勒民主佃……号为西城所。梁山泺（宋史"梁"误作"筑"，今改正），古钜野泽，绵亘数百里，济郓数州赖其蒲鱼之利，立租算船纳直，犯者盗执之。"此时江必尚未至梁山。使江已结砦于此，戬安能就其地算船租乎？故江之起，当在政和四年以后，或所结山砦，即因戬所筑，逐官吏而据之也。《十朝纲要》此条及《方舆纪要》，从未经人引用，余故表而出之，亦读史者所不废也。

方勺《泊宅编》卷下（据稗海本）："宣和二年十月，睦州青溪县垱村居人方腊，托左道以惑众。……十二月四日，陷睦州。初七日，天章阁待制歙守曾孝蕴以京东贼宋江等出青、齐、单、濮间，有旨移知青社。一宗室通判州事，守御无策。十三日，又陷歙州。"

案：此可见宋江当时声势之盛，致朝廷有东顾之忧。孝蕴《宋史》卷三百十二附《曾公亮传》，不载宋江事。罗愿《新安志》（新安郡即歙州）卷九牧守题名："曾孝蕴，天章阁待制，二年（宣和）十月八日到官，十二月移知青州。"

《宋史》卷三百五十一《侯蒙传》："进尚书左丞中书侍郎……罢知亳州，旋加资政殿学士。宋江寇京东。蒙上书言：'江以三十六人横行齐魏，官军数万，无敢抗者，其才必过人。今清溪盗起，不若赦江使讨方腊以自赎。'帝曰：'蒙居外不忘君，忠臣也。'命知东平府，未赴而卒。"

案：据《宋史》卷二十一《徽宗纪》，蒙罢中书待郎在政和七年十月。《东都事略》卷一百三《侯蒙传》云："寻出知亳州，旋除资政殿学士，提举崇福宫。"余同《宋史》。惟"齐魏"作"河朔"，"居外不忘君"作"居闲不忘君"，"命知东平府"作"起知东平府"。盖蒙知亳州未久，即罢职奉宫祠，此书上于奉祠之日，不在亳州任，故云居闲，《宋史》误也。方腊以宣和二年十月起事，蒙书当上于十月以后，盖即《泊宅编》所言宋江等出青、齐、单、濮之时。元年有诏招抚，而江不降，其事旋寝，故蒙复有此请。于是朝廷以曾孝蕴知青州，蒙知东平，皆以备江，且谋招抚也。以诸书所载江事观之，江之徒党，少亦数千。此但言三十六人者，意欲盛言江之才能，故仅举其首领耳。

汪应辰《文定集》卷二十三《显谟阁学士王公墓志铭》："公讳师心，字与道，世为婺州金华人，登政和八年进士第，授迪功郎，海州沭阳县尉。时承平久，郡县无备。河北剧贼宋江者，肆行莫之御。既转略京东，径趋沭阳。公独引兵要击于境上，败之，贼遁去。"

案：梁玉绳《瞥记》卷七引此文，删去"登"字，及"进士第"以下二十一字，直以师心之败宋江为政和八年事，非也。师心虽以政和八年授官，然是年必不能即到沭阳。盖宋人初授官者，例须待阙（亦谓之待次，或须次，需次）。凡待某人之阙者，非其人死或去官，则必待其任满始得到任。官以三年为一任（高宗建炎间始改为二年，见《宋史》卷一百十一《选举志》），有待至两三任以上者。《续长编》四百九十载《蔡京疏》云："三岁一举，无虑万计，员多阙少，五岁而后调一官。"周辉《清波杂志》卷一云"选人改秩，今当员多阙少时，须次动六七年"是也。洪迈《夷坚志》中叙此类事甚多，不可胜数。今姑举两事证之。其《支癸志》卷十云："天台王居敬谒刘枢干问命。既退，改为居安，再诣刘肆。刘喜曰：'今名甚利，几于魁天下，而须待阙十年以上。'王默嗤笑其妄，曰：'乌有在魁甲，而需久次之理。'"由此观之，可见登第授官者，亦须待阙也。又《三志己》卷五云："陈茂英以乾道己丑登第，为长兴尉。淳熙己未，方赴官。"与师心出身官职皆同，尤为切证。己丑为乾道五年，十年改元淳熙，其二年岁在乙未，是已待阙六年矣。师心以政和八年登第，是年改元重和，明年又改宣和，其到沭阳尉任，当在宣和元、二年间，盖所待者犹近阙也。墓志云："宋江既转略京东，径趋沭阳。"考宋江以宣和三年二月曾进攻京东、江北，入楚、海州界（见后）。海州在楚州东北一百二十五里（见元丰《九域志》卷五）。由楚至海，沭阳为必经之路。江"径趋沭阳"，即在此时。盖其前锋顺道经过，志不在此，故为师心所败，要亦不过斩首数级耳。不然，江所至官军数万无敢抗者，张叔夜虽以奇计败江，尚用兵千余人。师心区区一县尉，所将不过土兵、弓手百数十人，乌能败之乎。

张守《毗陵集》卷十三《秘阁修撰蒋圆墓志铭》："未几，徙知沂州。宋江啸聚亡命，剽掠山东一路州县，大振，吏多避匿，公独修战守之备，以兵扼其冲。贼不得逞，祈哀假道。公昂然阳应，侦食尽，督兵麾击，大破之。余众北走龟、蒙间，卒投表请降。或请上其状。公曰：'此郡将职也，何功之有焉。'"《宋史》卷二十二《徽宗纪》："宣和三年二月，甲戌，降诏招抚方腊。……是月，方腊陷处州。淮南盗宋江等犯淮阳军，遣将讨捕；又犯京东、江北，入楚、海洲界，命知州张叔夜招降之。"

案：据招降之语观之，知徽宗尝命叔夜招抚宋江，会江为叔夜所败，遂承诏出降，即移军隶童贯攻方腊。盖犹用侯蒙前议也。

《东都事略》卷十一《徽宗纪》："宣和三年，二月，方腊陷楚州。淮南盗宋江犯淮阳军，又犯京东、河北，入楚、海州。夏，四月，庚寅，童贯以其将辛兴宗与方腊战于青溪，擒之。五月，丙申，宋江就擒。"

案：方腊未尝陷楚州，"楚"当作"处"，以字形相近而误。《事略》此节叙事谬甚。宋江为张叔夜招降后，即从童贯攻方腊，四月率师次帮源洞，六月破腊众于上苑洞，皆有明文可考。五月正江与腊驰驱鏖战之时，安得就擒乎。

《十朝纲要》卷十八："宣和三年二月，庚辰，宋江犯淮阳军，又犯京东、河北路，入楚州界。知州张叔夜招抚之，江出降。"

案："楚"下当有"海"字，传写脱去。江之攻淮阳入海州，非庚辰一日事也。盖江以是日降，遂牵连书之耳。云"张叔夜招抚之"，可与《宋史》互证。

《续宋编年资治通鉴》卷十八："宣和二年十二月，盗宋江犯淮阳及京西、河北，至是入海州界，知州张叔夜设方略讨捕招降之。"

案：陈均《九朝编年纲目备要》卷二十九，与此同。黄以周等《续资治通鉴长编拾补》卷四十二云："据诸史所书招降宋江事，俱在三年二月，而《续宋编年资治通鉴》独系之是年十二月，疑不无舛错。"此书题李焘撰，虽非焘书，然实宋末坊贾就焘《长编》删节为之，陈均书亦大体本之《长编》，皆不当有误。考童贯之授江浙宣抚使攻方腊，《长编纪事本末》系之宣和三年正月癸卯，而《宋史·徽宗纪》则系之二年十二月丁亥，《北盟会编》亦以为"宣和二年，贯率刘延庆、刘光世、辛企宗、宋江等军往讨之（见后）。使江之降在三年二月，则方贯出师之时，江尚未降，安得率之以往，疑江实以二年十二月末降于叔夜，而于次年正月随贯出师，诸史谓三年二月始降者，传闻异辞也。然李埴为焘之子，所撰《十朝纲要》，亦书三年二月，不应故与其父立异。《长编》原书既亡，无所折衷，仍当存疑。

《宋史》卷三百五十三《张叔夜传》："……以徽猷阁待制再知海州。宋江起河朔，转略十郡，官军莫敢婴其锋，声言将至。叔夜使间者觇所向。贼径趋海濒，劫巨舟十余，载卤获。于是募死士得千人，设伏近城，而出轻兵距海诱之战。先匿壮卒海旁，伺兵合，举火焚其舟。贼闻之，皆无斗志。伏兵乘之，擒其副贼，江乃降。"

案：诸史皆不言"擒其副贼"，独见于此传。金圣叹因《水浒传》言卢俊义坐第二把交椅，遂影射此事，改第七十一回"梁山泊英雄排坐次"为"英雄惊恶梦"，谓俊义梦见为张叔夜所缚，而一百七人情愿归附朝廷。后人习焉不察，亦以为《宋史》所言"副贼"，必卢俊义也。不知《宣和遗事》所载三十六人姓名，第一名为吴加亮，第二名始为李进义，而宋江为之帅。龚圣与赞则

宋江第一，吴学究第二，卢俊义第三，是宋人无以俊义为宋江之副者。若果稗
史可信，则张叔夜所擒"副贼"，当是吴加亮而非俊义也。俊义、加亮皆无他
事可考，故不别为专条，附辩之于此。

《东都事略》卷一百八《张叔夜传》："以徽猷阁待制出知海州。会剧贼
宋江剽掠至海，趋海岸，劫巨舰十数。叔夜募死士千人，距十余里，大张旗
帜，诱之使战。密伏海旁，约候兵合即焚其舟。舟既焚，贼大恐，无复斗志，
伏兵乘之，江乃降。"

案：李幼武《宋名臣言行续录》卷三，全与此同。

徐梦莘《三朝北盟会编》卷八十八："张叔夜，字嵇仲，有文武大材。起
知海州，破群盗宋江有功。"又同卷引张叔夜家传以病乞致仕宫观札子："臣
本无技能，徒以片文只字，误历华近。逮出守海壖，会剧贼猝至，偶遣兵斩
捕，贼势挫衄，相与出降，蒙恩进秩。"

《宋会要》第一百七十七册（兵十二第二十六叶）："宣和三年五月三日，
诏：'近缘诸州郡守臣，间非其人，以至盗贼窃发。唯徽猷阁待知海州张叔
夜，直龙图阁知袭庆府钱伯言，直龙图阁知密州李延熙，能责所部斩捕贼徒，
声绩著闻，寇盗屏迹，宜各进职一等，以为诸郡守臣之劝。'"

《北盟会编》卷五十二引《中兴姓氏奸邪录》："宣和二年，方腊反睦州，
陷温、台、婺、处、杭、秀等州，东南震动。以贯（童贯）为江浙宣抚使，领
刘延庆、刘光世、辛企宗、宋江等军二十余万往讨之。"

杨仲良《续资治通鉴长编纪事本末》卷一百四十一："宣和三年四月戊
子，初，童贯与王禀、刘镇两路预约会于睦、歙间，分兵四围，包帮源洞于
中，同日进师。至是王禀等已复睦州，将至洞前。刘显（显当作镇）等已复歙
州，驻军洞后。且密谕之，克日既定，当纵火为号，见焚燎烟升，则表里夹
攻，仍面缚伪囚，上副御笔四围生擒之策。刘镇将中军，杨可世将后军，王涣
统领马公直并裨将赵明、赵许、宋江，既次洞后。而门岭崖壁峭，坂险径危，
贼数万据之。刘镇等率劲兵从间道掩击，夺门岭，斩贼六百余级。是日平旦入
洞后，且战且进，鸣镝纵火。焚其庐舍。禀等自洞前望燎烟而进。禀领中军，
辛兴宗领前军，杨维中领后军，总裨将王渊、黄迪、刘光弼等与刘镇合围夹攻
之。贼二十余万众，腹背抗拒，转战至晚，凶徒糜烂，血流丹地。火其庐万
间，王禀以奇兵斩贼五千四十六级。刘镇等兵斩贼五千七百八十余级。生擒四
百九十七人，胁从老稚数万计，并释之，而未得伪酋方腊。翌日搜山。庚寅，
王禀、辛兴宗、杨惟忠，生擒方腊于帮源山东北隅石洞中，并其妻孥、兄弟，

伪相，侯王三十九人。振旅赴杭州宣抚司。"

《三朝北盟会编》卷二百十二《林泉野纪》曰："宣和三年，方腊反，光世别将一军自饶趋衢、婺，出贼不意，战多捷。腊走入清溪洞。光世遣谍察知其要险，与杨可世遣宋江并进，擒其伪将相，送阙下。"

案：此条诸家考证无举及之者。

《十朝纲要》卷十八："六月，辛丑，辛兴宗、宋江破贼上苑洞。"

案：《宋史》卷四百六十八《童贯传》、《宋会要》第一百七十六册（兵第十）、《续宋编年资治通鉴》卷十八及《泊宅编》、《青溪寇轨》诸书，叙方腊事，均一字不及宋江。盖以江非大将，故略之耳。然里巷传闻，固皆知江有随攻方腊事，南宋说话人遂编入小说（如《宣和遗事》之类）。作《水浒传》者，从而铺张之，尽以战绩归之于江。自金人瑞评《水浒传》，仅取其前七十一回（金并原本第一回入楔子，故其书七十回，实原本之七十一回也），伪撰卢俊义一梦以结之，托为施耐庵古本，而谓招安以下诸事为罗贯中所续，诋为"恶札"。其书盛行，几于家弦户诵，致后来考证家，如毕沅、俞樾等，皆不信江曾预攻方腊。今以《长编》、《纪事本末》诸书考之，江之从攻方腊无疑。其战绩虽不如《水浒传》所云，然非不预其事者。帮源洞形势，以洞后为最险，而江与刘镇诸军实次洞后。于时分兵两路，前后夹攻。其率先入洞纵火者，后路军也。而江实隶后军，且"擒其伪将相，送阙下"，又有上苑洞之捷。则江降后实曾隶童贯参与攻方腊之役。特以偏裨隶人麾下，史纪之不详耳。其盛为后来人所传称，不尽无因也。

《宣和遗事·亨集》："各人统率强人（各人谓宋江等），略州劫县，放火杀人，攻夺淮阳、京西、河北三路二十四州八十余县，劫掠子女玉帛，掳掠甚众（此下叙呼延绰等三人投宋江及江往东岳还愿事，今略去）。朝廷无其奈何，只得出榜招谕。有那元帅姓张名叔夜的，是世代将门之子，前来招诱宋江和那三十六人归顺宋朝，各受武功大夫诰敕，分注诸路巡检使去也。因此三路之寇悉得平定。后遣宋江收方腊有功，封节度使。"

案：《遗事》此节叙事皆有所本，不甚失实。惟宋江仅纵横十郡，无二十四州之多；张叔夜是知州，非元帅；皆不免夸大其词。至谓三十六人初降即授武功大夫，宋江以裨将有功，遽建节钺，皆太优，非故事。当攻方腊时，刘光世以鄜延路兵马都监蕲州防御使自将一军，方腊事定，仅授耀州观察使。王渊以故将为先锋，论功才授阁门宣赞舍人（均见《宋史》卷三百六十九《本传》）。江之战功不高于二人，安得独授节度使。《宋史》卷一百十九《职官

志》曰："宣和末，节度使五六十人，议者以为滥。"注曰："亲王皇子二十
六人，宗室十一人，前执政二人，大将四人，外戚十人，宦者恩泽计七人。"
宋江之资格与此各项皆不相当，其不得为节度使亦明矣。盖小说类多缘饰，不
可以史例绳之也。《遗事》叙宋江事止于此，不言其究竟。考之诸书，方腊事
定后，亦更不及江一字。观宣和四年童贯伐辽，江不从行，而以杨志代将（见
后杨志条）。疑江于攻腊后，不久即死矣。方南北宋之际，天下多事，江之为
人，非甘于老死牖下者，使其不死，必不脱身兵间，而《北盟会编》、《系年
要录》，于靖康、建炎间诸将及草莽英雄，纪述甚详，独不见江姓名。江于此
时非已死即远贬，宜乎《水浒传》有饮御酒被毒之说也。《遗事》又谓："宣
和五年七月一日，太史奏毛头星现。帝谓张商英曰：'今宋江叛于山东，方腊
反于荆、楚，妖星现于燕北，天下纷纷，何时定乎'"其说大误。江之降，腊
之死，至是皆已二年有余，安得复为此语。其书杂采传说，前后牴牾不合，类
如此。

杨慎《升庵词品拾遗》："《瓮天脞语》载宋江潜至李师师家，题一词于壁
云：'天南地北，问乾坤何处可容狂客。借得山东烟水寨，来买凤城春色。翠
袖围香，鲛绡笼玉，一笑千金值。神仙体态，薄倖如何销得。回想芦叶滩头，
蓼花汀畔，皓月空凝碧。六六雁行连八九，只待金鸡消息。义胆包天，忠肝盖
地，四海无人识。闲愁万种，醉乡一夜头白。'小词盛于宋，而剧贼亦工如
此。"

案：《瓮天脞语》、《宋史·艺文志》、《千顷堂书目》、《补元史·艺文志》
皆不著录，亦不见于各家藏书目，盖已久佚，胡应麟《少室山房笔丛》卷四十
一（《庄岳委谈》下）引《词品》此条论之云："此即水浒词，杨谓瓮天，或
有别据，"则应麟亦未见其书也。乃近人所著书如孙璧文《新义录》之类（其
卷八十五引《瓮天脞语》），辄从《词品》或《笔丛》转录，而讳所自来，一似
其书尚存者，其实莫知《瓮天脞语》为何等书，亦不辨何人所作也。考明钞本
《说郛》（涵芬楼排印本）卷五十七，录有邵桂子（姓名上下注曰："宋末国
初，字玄同，严陵人。"）《雪舟脞语》，其书名下注云："一卷，先名《瓮天
脞语》。"又考《万姓统谱》卷二百三云："邵桂子，字德芳，淳安人，号玄
同，吴攀龙之子也。鞠于所养，因从其姓。博学宏词，文声大著，登咸淳七年
进士第，任处州教授。弃官归隐，凿池构轩其上，名曰雪舟。所著有《雪舟脞
录》、《雪舟脞谈》、《雪舟脞稿》，传于世。又尝作忍、默、恕、退四卦以自
警。晚年游松江，遂居修竹乡。及终，乃归柩淳安之谏坡，葬焉。"（《宋诗·

纪事》卷七十五有邵桂子，叙其仕履，与《姓谱》同。）是其人为宋末遗民，入元高蹈不仕者。故《说郛》录其书十条，多黍离故国之思。但无升庵所引宋江事。案：百回本《水浒》第七十二回中，却有此词，字句与《词品》同，孙璧文疑为明代人附托。不知邵桂子非明代人。若谓《脞语》本无此词，出于升庵杜撰，则邵氏著书于元初，必有刻板行世，故陶南村及升庵皆得而见之。升庵虽好伪撰古书，恐不至依托近代人小说以取败露也。若其词则为宋、元间人所拟作，决不出于宋江之手。何者，江以三十六人横行河朔，见于《宋史》及《东都事略·侯蒙传》。他如《宣和遗事》及龚圣与赞、陈泰《江南曲》、陆友仁《题画赞》诗（见后），亦只言三十六人，无所谓七十二地煞者。至元曲中乃有两说，一仍为三十六人（见《元曲选甲集》下，无名氏撰《争报恩》），一则有三十六人大伙七十二小伙（亦见高文秀《双献功》），为《水浒传》所本。今此词中"六六雁行连八九"句，即指一百八人言之，是宋末元初已有此说。此必南宋说话人讲说梁山泊公案者，嫌其人数不多，情事落寞，不足敷演，遂增益为一百八人，以便铺张。好事者复撰此词以实之。信为宋江所作者固失之不考，疑为明代人所附托者，亦非也。

《七修类稿》卷二十五："宋江三十六人，周公谨载其名于《癸未杂志》。罗贯中演为小说，有替天行道之言。今扬子、济宁之地，皆为立庙，据是逆料当时，非礼之礼，非义之义，江必有之，自异于他贼也。"

案：民间迷信祠祀，多出于小说。明时《水浒传》已盛行，故为宋江立庙。彼无是公之流如齐天大圣者，犹为人所奉，况江乎。

《通俗编》卷二十："陆友仁《题宋江三十六人画赞》云：'睦州盗起尘连北，谁挽长江洗兵革。京东宋江三十六，悬赏招之使擒贼。后来报国收战功，捷书夜奏甘泉宫。'则江降后自有攻讨方腊等事，续传所演，不为无因。"

案：陆友字友仁，平江人，自号砚北生，柯九思、虞集荐于元文宗，未及用，卒。所著《杞菊轩稿》已佚（见《元诗选》及《四库提要》卷一百十五）。此诗见《元诗选·三庚集》。其全篇云："忆昔熙宁全盛日，百年曾未识干戈。江南丞相变法度，不恤人言新进多。蔡家京卞出门下，首乱中原倾大厦。睦州盗起嵊连城，谁挽长江洗兵马。（《通俗编》作"兵革"，非也，盖翟氏既加删节，有意改之以趁韵耳。）京东宋江三十六，白日横行大河北。官军追捕不敢前，悬赏招之使擒贼。后来报国收战功，捷书夜奏甘泉宫。楚龚如古在画赞，不敢区区逢圣公。我尝舟过梁山泊，春水方生何渺漠。或云此是碣石村，至今闻之犹犷魄。"友仁此诗，即为龚圣与画赞作也。《宋遗民录》卷十引《姑苏志》云："龚开居吴之日，高邮龚璛为忘年交，时人谓之楚两龚，以比汉之两龚。"故云："楚龚如古在画赞。""在"当作"存"。圣与《三十六人画赞序》云："余年少时壮其人，欲存之画赞。"友仁正用其语。后人不晓，妄改为"在"。"圣公"，谓方腊也。《青溪寇轨》云"方腊托左道以惑众，自号圣公"是也。友仁诗作于有元中叶，去宋亡未远，典籍具在，故老犹存，故所言与史传正合。碣石村，盖即《宣和遗事》中之石碣村。然《泊宅编》称睦州青溪县堨村居人方腊（见前）。《遗事》谓晁盖住郓城县石碣村，而此又以石碣村为即宋江所据之梁山泺。三人行事相类，乃其所居之地名，亦巧合如此。恐草野传闻，不免转相附会。诗言"或云此是碣石村"者，疑之也。宋江攻方腊始末，备见于此诗。翟氏能搜寻及此，洵不易得。《水浒传》本有攻方腊事，翟指为续传者，用金圣叹删削以后之本也。

汪师韩《谈书录》（书只一卷，在《丛睦汪氏遗书》内）："案：《侯蒙传》虽有使讨方腊之语，事无可考。宋江以二月降，方腊以四月擒，或藉其力。但其时擒腊者，据《徽宗本纪》以为忠州防御使辛兴宗，据《童贯传》以为宣抚制使童贯，而其实擒腊者乃韩世忠，以偏将追至青溪峒，问野妇得径，渡险数里，捣其穴，格杀数十人，擒腊以出。辛兴宗掠其俘为己功，故赏不及世忠。此事在韩传，于宋江何与焉。用宋江讨腊，《青溪寇轨》亦无其事。若陆次云《湖壖杂记》，谓'六合塔下旧有鲁智深像，追龙浦下有铁岭关，说是宋江藏兵处。国初江浒人掘地得石碣，题曰"武松之墓"，当日进征青溪，用兵于此。稗乘所传，不尽诬也'。此恐是杭人附会为之。不然，南宋人纪录多矣，何无一人言之，阅四百余年，始有此异闻乎。"

案：宋江攻方腊事，已具见于前。以为无可考者，正坐未见南宋人书耳。擒方腊者虽非宋江，而江实尝擒腊之将相。小说因之加以煊染，良不足异。据《续通鉴长编》："二月癸未，王禀等克杭州。"宋江等此时是否身在行间不可知（据《宋史》宋江始以是月降）。陆次云所记，不见他书，疑以传疑，存而不论，可也。梁章钜《浪迹丛谈》卷六宋江一条，剽窃汪氏之说，特于"稗乘所传，不尽诬也"下改云："汪韩门以为杭人附会为之，恐不足信耳。"

《续资治通鉴长编拾补》卷四十二："毕氏《通鉴考异》云：'《北盟会编》载《童贯别传》云："贯将刘延庆、宋江等讨方腊。"据《宋史·本纪》，宋江之降在次年，别传误，今不取。'案：毕氏此言，似亦失考。今据《长编》所载：'三年，四月，戊子，童贯与王禀等分兵四围包帮源洞，而王涣统领马公直并裨将赵明、赵许、宋江等次洞后。'《十朝纲要》亦载：'三年，六月，辛丑，辛兴宗与宋江破贼上苑洞。’是宋江之讨方腊，固有明证，而毕氏乃疑《童贯别传》为误，其说殊未审也。”

案：毕氏书殊㨾疏，去取亦多失宜。如此条所谓《童贯别传》，并无其书。《北盟会编》所引者，乃《中兴姓氏·奸邪录》耳。（此书本名《中兴姓氏录》，见《会编》引书目。《奸邪录》乃其中之一篇，犹正史之奸臣传也。）《长编拾补》于攻方腊事，考证甚精。摭拾《续通鉴长编纪事本末》、《续宋编年通鉴》、《十朝纲要》等书亦甚详（惟《十朝纲要》招抚宋江一条遗漏未引）。自来考宋江事者，莫能及之。譬如探骊龙，已得其珠，吾之为此文，直从而补苴之耳。

俞樾《小浮梅闲话》：“问宋江、方腊事。余曰：‘宋江事见《叔夜传》，方腊事见《童贯传》。’又《韩世忠传》：‘方腊反，世忠以偏将从王渊讨之。时有诏能得腊首者授两镇节钺。世忠穷追至睦州青溪峒，问野妇得径，即挺身伏戈直前，度险数里，捣其穴，格杀数十人，擒腊以出。辛兴宗领兵截峒口，掠其俘为己功。’是擒方腊者韩世忠也。乃生前既为辛兴宗冒功，而数百年后，稗官演说，又归之于武松，抑何蕲王之不幸也。惟《侯蒙传》：‘蒙上书言，不若赦江使讨方腊以自赎，命知东平府，未至而卒。’是赦宋江以讨方腊，侯蒙有此议而实未行。小说家即本此附会耳。”

案：《水浒传》叙事固非信史，然其言擒方腊者乃鲁智深，未尝归之武松，惟戏剧中有武松独手擒方腊之事耳。戏剧固与小说不同。俞氏谓宋江未尝攻方腊，盖为金人瑞、俞万春（万春作《荡寇志》，自序谓：“当年宋江并没有受招安平方腊的话，只有被张叔夜擒拿正法一句话。”）之说所惑，两人固不读书，且《北盟会编》诸书当时无印本，未可以此责之。俞氏以博雅负盛名，乃尽屏他书不观，独执一《宋史》为据，不谓之疏漏不可矣。

又《茶香室续钞》卷十六：“宋洪迈《夷坚乙志》云：“宣和七年，户部侍郎蔡居厚……疽发于背，卒。……夫人恸哭曰：‘待郎去年帅郓时，有梁山泺贼五百人受降，既而悉诛之，吾屡谏不听也。’案：此梁山泺贼，即宋江等也。宋江事见《宋史·张叔夜传》，但云：‘擒其副贼，江乃降。’至降后为蔡居厚所杀……则人所未知也。”

案：宋江之降张叔夜，在宣和三年二月，蔡居厚之杀降，在宣和六年，且一在海州，一在郓州，安得并为一谈。此似仅粗读《张叔夜传》，并《徽宗本纪》亦未考矣。若谓降而复叛，又降于蔡居厚为所杀，则诸书并无此说，岂可杜撰故事。《夷坚志》第言“梁山泺贼”，本无姓名，今谓即宋江等，不知何所见而云然。鲁迅《小说史略》，谓"乙志成于乾道二年，去宣和六年不过四十余年，耳目甚近，冥谴固小说家言，杀降则不容虚造，山泺健儿结局，盖如是而已"，盖亦未尝深考也。

《光绪山东通志》卷百十六：（民国重修本）"徽宗朝蔡京、童贯用事，淮南盗宋江掠京东十郡，张叔夜击降之。其党三十六人，《宣和遗事》能举其名，有军官失志从贼者。时方约金攻辽，不能用也。"

案：此所谓"军官失志从贼者"，盖据《宣和遗事》杨志等十二人皆押花石纲指使，呼延绰、李横二人，尝将兵收捕宋江故也。然其事信否不可知，至谓宋不能用江等，则不知江尝与攻方腊，而伐辽之役，杨志实在行间也。

又案：宋江绰号呼保义，莫知其何所取义。龚圣与赞云："不假称王，而呼保义，岂若狂卓，专犯忌讳。"语意仍不明。考《宋史》卷一百六十九《职官志》："政和二年，易武阶官以新名，以旧官右班殿直为保义郎。"宋江以此为号，盖言其武勇可为使臣（宋制自内殿承制至三班借职皆为使臣）云尔。呼者自呼之简词，殆亦当时俗语。曰呼保义者，明其非真保义也。或疑武选凡五十二阶，而保义郎为第四十九阶，宋江既自负武勇，曷不取其稍贵重者称之。不知江起于平民，以流俗所习知之卑秩自名，此犹王莽末，赤眉军之以三老祭酒称其将率耳。宋时称贵游子弟辄曰几承务（承务郎即旧官之校书郎正字，于文官三十七阶中为第三十阶），称文士辄曰某宣教（宣教郎，即旧官之著作佐郎，为第二十七阶），皆取其资地所能致者称之，不必真作此官。《夷坚志戊》卷六云："扬州人胡子者，其家颇赡，故有承务之称。"又《三志辛》卷九云："弋阳税户易生，以门族有仕者，故冒称承务。"可以为证。《挥麈录馀话》卷二云："靖康间有士子贾元孙者，多游大将之门，自称贾机宜。时有甄陶者，奔走公卿之前，以善干事，大夫多使令之，号甄保义。空青先生（曾纡）尝戏以为对云：'甄保义非真保义，贾机宜是假机宜。'"可见无官之人，皆可冒称保义，宋江以之自呼，亦若此而已。龚明之《中吴纪闻》卷六"朱氏盛衰"条记朱勔事云："园夫畦子，艺精种植，及能叠石为山者，朝释负担，暮纡青紫，如是者不可以数计。勔死，前日之受诰身者尽褫之，当时有谑词云：'做园子，得数载，栽培得那花林就中堪爱。时将介保义酬劳，反做了今日殃害。'又云：'叠假山，得保义。幞头上带省百般村气。做模样偏得人憎，又识甚条制。今日伏惟安置。'"曾慥《高斋漫录》云："近年贵人仆隶，称保义，又或称大夫。"慥为南、北宋间人，与宋江同时，由其言观之，可知北宋末年官爵之滥。保义郎一阶，尤为容易，几于尽人可得，故甄陶、宋江皆以此自称。然江自命英雄，而所称仅等于"贵人仆隶"。故龚氏赞曰"不假称王，而呼保义"，言其自呼甚卑也。其曰"岂若狂卓，专犯忌讳"者，盖以董卓比张邦昌、刘豫，言董卓、张邦昌、刘豫辈以狂妄为当时人所恶，江非其比也。《夷坚三志己》卷八云："宣和间，保义郎唐革，为城北壁巡检。有贵珰葬其父，革率众迎引，颇盛于当时。珰大喜，问：'目今是何官资？'曰：'保义郎。'又问：'做得怎差遣？'曰：'不过兵马监押耳。'"可见宋之保义郎，正当作巡检。宋江自称呼保义，而其投降后，得为诸路巡检使。则其所得官资，正与其所以自呼者相符合也。《宋会要》第一百七十七册（兵十二之二十六叶）云："宣和三年十二月十九日，奉御笔，江北群贼自呼赛保义等，昨于大名府界往来作过。"则宋江降后，又有自名赛保义者，与江之绰号适同，可为旁证。或者其人之取此为号，即欲赛过宋江之意欤。

青面兽杨志

《三朝北盟会编》卷六："宣和四年，六月，童贯至河间府，分雄州、广信军为东西路。以种师道总东路之兵，屯白沟。王禀将前军，杨惟忠将左军，种师中将右军，王坪将后军，赵明、杨志将选锋军；辛兴宗总西路之众，屯范村。杨可世、王渊将前军，焦安节将左军，刘光世、冀景将右军，曲奇、王育将后军，吴子厚、刘安将选锋军。并听刘延庆节制。"

《宋会要》第一百七十五册：（兵八第十三至十五叶）"宣和四年，三月二十七日，遣童贯为陕西、河东、河北路宣抚使，勒兵十五万巡边。五月十八日，续遣少保镇海军节度使开府仪同三司蔡攸为河东、河北路宣抚副使。于是西师稍集。种师道总东路之众，屯白沟。王亶（当作王禀）将前军，杨惟忠将左军，种师中将右军，王坪将后军，赵明、杨志将选锋；辛兴宗总西路之众屯范村。杨可世、王渊将前军，焦安节将左军，刘元国、冀景将右军，曲奇、王育将后军，吴子厚、刘光世将选锋。并听刘延庆节制。"

案：此伐辽之师也。两书人名小异，其言杨志将选锋军则同。余尝考之，即梁山泺三十六人中之青面兽也。何以言之，此伐辽诸将十八人，其中如刘延庆、王禀、杨惟忠、赵明、辛兴宗、杨可世、王渊、刘光世、冀景九人，皆贯攻方腊时旧将领（攻方腊将领姓名见《续长编纪事本末》卷一百四十一及《宋会要》第一百七十六册。《长编》无冀景姓名，仅见《宋会要》），盖移得胜之师以从。其不行者，郭仲荀、姚平仲、刘镇、王涣、马公直、黄迪、刘光弼、赵许、宋江九人而已。而帮源洞之役，宋江与赵明同为后路军禆将。今杨志复与赵明同将东路选锋军，是志所将者，即宋江之兵也。志在《宣和遗事》三十六人中，位居第三，仅次于吴加亮、李进义，为宋江军中大将，故遂以代江，此可以意会得之者。况《北盟会编》又称志为"招安巨寇"（见后），故知其即梁山泺之青面兽矣。《系年要录》卷二十七云："李允文禆将吴锡，自云子厚之族。子厚者，宣和末为河东北宣抚司选锋军统制。"志与吴子厚同将选锋军，班次当相等。然则志亦统制官也。

《三朝北盟会编》卷四十七引节要（《会编》引书目，有金虏节要，归正官张汇撰）："自贼入寇，两河、河北更无一战，河东大小虽有数战，惟孙翊、折可求、种师中之战，有可以与贼相持胜负之理，至于败也，诚可惜哉，故臣皆有说焉。其余焦安节败于团柏，冀景败于交城，杨志败于孟县，解潜败于南关，范琼败于介休，刘韐败于平定，张灏败于郭栅，皆望尘而走，或交锋而退，无足纪也。"

又同卷引《靖康小雅》："公讳师中。始斡离不拥众北还，公尾袭其后，因令公留屯真定。未几，趣公援太原，乃由土门下井陉至榆次。金人先屯兵县中，公遣击走之，遂入县休士。时军中乏食三日矣，战士人给豆一勺，皆有饥色。翌日，贼遣重兵迎战。'招安巨寇'杨志为选锋，首不战，由间道径归。前军参谋官黄友战没。胡骑四集，官军溃败。公独与亲兵小校数百搏战，遂力战而死。"

案：杨志降后，以攻方腊时尝立战功，故伐辽时得为选锋军统制。及从种师中援太原，遂首先溃退，陷师中于死。《靖康小雅》谓于时"人给豆一勺，皆有饥色"。《传信录》又言："师中至榆次，辎重犒赏之物，悉留真定，不以从行。金人乘间来突，诸军以神臂弓射却之。欲赏射者，而行司银盆只数十枚，库吏告不足而罢。于是皆愤怨，得与散去。"（亦见《会编》同卷引。）然则志军之溃也，徒以饮食犒赏不满所欲，遂愤而遁去耳。张汇言"志败于孟县"，盖志自榆次溃归，道遇金人，又望尘而走耳。此后遂不知所终。考《朱子语类》卷一百三十引《中兴遗史》曰："河北制置副使种师中军真定，进兵解太原围，去榆次三十里。金人乘间来突，师中欲取银赏军，而辎重未到，故士心离散。又尝约姚古、张灏两军同进，二人不至。师中身被数创，裹创力战，又一时，死之。朝廷议失律兵将，中军统制官王从道，朝服而斩于马行市。"考《宋史》卷一百四十六《兵志》曰："靖康元年，河北路制使刘韐奏：'榆次之战，顷刻而溃。统制、将佐、使臣走者，十已八九，军士中伤，十无一二。欲乞指挥应种师中下统制、将佐并依圣旨处分，仍令军前自效。如能用命立功，与免前罪。今后非立战功，虽该恩赦，不得叙复。'诏：'种师中下统制、将佐，并降五官，仍开具职位、姓名申尚书省，余依刘锜所奏。'"是当时朝廷赏罚，犹能行于军中。志倡逃陷帅，为一时罪魁，殆已与王从道同时处斩。纵或幸免，亦必例降五官不得叙复。宜其后来不见于史也。

混江龙李俊 （一作李海）

《三朝北盟会编》卷一百九十九："绍兴十年二月，先是单州砀山县染户宋从，因贩枣往南京界刘婆家，得一小儿曰遇僧，自谓少帝第二子，至泗州，具事奏闻，送阁门司。及阁门诸处勘当，渊圣皇帝即无第二子，旨：'决脊杖二十，刺配琼州牢城。'针笔人执笔不敢下手，既而刺字极细。小杖直李俊执杖不敢决，既而轻拂之，皮亦不伤。遇僧经过来安县，题诗于兴国寺曰：'三千里地孤寒客，七八年前富贵家。泛海玉龙惊雪浪，权藏头角混泥沙。'犹自谓为真耳。"

案：混江龙（应用混江龙治河，远在宋代以前，宋以前载记有之，一时未能检得出处。此《元史》一条乃王君利器检示，虽时代稍晚，亦足资参证）为治河之工具。《元史》卷一百四十三《泰不华传》云："黄河决，奉诏以珪玉、白马致祭河神，竣事上言：淮安以东，河入海处，宜仿宋置撩清史，用辊江龙铁扫撼荡沙泥，随潮入海。朝廷从其言。会用夫屯田，其事中废。"此所称辊江龙即混江龙。《水浒传》混江龙之姓名，《宣和遗事》作李海，龚圣与赞作李俊，竟不知孰是，若此人则又偶同姓名者耳。观刘遇僧所题诗，自谓玉龙混于泥沙，则混江龙之名，可以移赠，亦趣闻也。

九纹龙史进 （一作九文龙）

《宋史》卷二十四《高宗纪》："建炎元年，秋七月，关中贼史斌犯兴州，僭号称帝。"

又卷三百七十七《卢法原传》："绍兴元年，张浚承制起知夔州，进端明殿学士川、陕宣抚副使。金人攻关辅，叛将史斌陷兴州，诸郡多应者。法原命诸将坚壁，言战者斩，众以为怯。未几，河东经制使王璪以乏食班师，法原开关纳之，与璪同破斌，复兴州。"

案：此以为绍兴元年事，与《高宗纪》及诸书皆不合，误也。法原是时未为宣抚副使，开关纳瓒者，亦非法原，详见后。

又卷三百四十四《儒林·邵伯温传》："擢提点成都路刑狱。贼史斌破武休，入汉利，窥剑门。伯温与成都帅臣卢法原合谋守剑门，贼竟不能入。蜀人德之。"

李心传《建炎以来系年要录》卷七："建炎元年，秋七月，贼史斌据兴州，僭号称帝。斌本宋江之党，至是作乱，守臣向子宠望风逃去，斌遂自武兴谋入蜀。成都府利州路兵马钤辖卢法原，先与本路提点刑狱邵伯温共议，遣兵扼剑门拒之。斌乃去。蜀赖以安。"

案：宋江三十六人，史不言其谁某，《要录》于史斌独明著为"宋江之党"，是其当在三十六人之内，固已无疑。特《宣和遗事》诸书并无史斌其人，但有九纹龙史进耳。进与斌以北音读之，颇相近似。《水浒传》言进为华阴县人，而《宋史》亦称斌为"关中贼"，姓氏地域并合。然则史斌者，其即九纹龙欤？史又称斌为"叛将"，盖与宋江同降，后亦尝授官为将校。三十六人，类不知其所终，独斌降后复起，尝号称帝，而见戮于吴玠，最为彰明较著。史传皆称史斌，自当以史斌标目。今仍题为史进者，在使览者易晓，非敢竟定斌为进也。

又卷十一："建炎元年十二月，同州既陷，河东经制使王瓒之军溃乱不能整，率众由金商西入蜀，州县震恐，欲闭关拒之。利州路提点刑狱公事张上行破众议迎瓒屯兴元府，且供其衣粮。时叛贼史斌僭号兴州，将攻兴元府。瓒遣统制官韦知几、统领官申世景领兵扼之，复兴州。"

《宋史》卷二十五《高宗纪》："二年十一月，泾原兵马都监吴玠袭斩史斌。"

又卷三百六十六《吴玠传》："三年冬，剧贼史斌寇汉中，不克，引兵欲取长安。曲端命玠击斩之，迁忠州刺史。"

案：纪与传年月不合，传承碑志之误也。

杜大珪《名臣碑传琬琰集》上编卷十二，明庭杰吴武安玠功绩记："建炎三年，金人内侵已三载矣。侯以前军讨贼，进据青溪岭。冬，以本道兵复华州。剧贼史斌寇兴凤，据长安，谋不轨。侯进兵夜袭其城，出战，斩其首，转右武大夫。"

《三朝北盟会编》卷一百十六："建炎二年四月，史斌据长安，吴玠擒斌，克长安，又克华州。（《会编》之体，有纲有目，以上提纲也。）金人既退兵，泾原将曲端遂下兵秦州，而凤翔长安各为义兵收复。端大怒，执凤翔刘彦希杀之。会叛贼史斌侵兴元不克，引兵还。忠义兵统领张宗谔诱斌至长安而散其众，欲徐图之。端遣吴玠袭击斌，斌走呜犊镇，为玠所擒。端自袭张宗谔，杀之，收复长安。玠以斌凌迟处斩。"

案：擒斌之岁月，各书参差不同。此作二年四月者，盖本之赵甡之《遗史》也。观《要录》注自知。

又卷一百九十五："中书舍人王纶为公墓铭曰：'三年冬，剧贼史斌寇兴凤，据长安，谋为不轨，公击斩之，转右武大夫。'"

《建炎以来系年要录》卷十八："建炎二年十一月，泾原兵马都监兼知怀德军吴玠袭叛贼史斌，斩之。初，斌侵兴元，不克，引兵还关中。义兵统领张宗谔诱斌如长安而散其众，欲遂徐图之。曲端遣玠袭击斌，斌走呜犊镇，为玠所擒。端自袭击宗，杀之。玠以功迁右武大夫忠州刺史。"（原注：吴玠杀史斌。赵甡之《遗史》系之今年四月，明庭杰《功绩记》系三年冬，战青溪复华州之后，而云"金人内侵已三年矣"，其实二年冬也。王纶撰玠碑，分此三事作二年。案：三年九月，长安已陷，而纶碑乃云"三年冬，剧贼史斌据长安，谋为不轨"，实在误矣。其实战青溪在今年之夏，复华州擒史斌在今年之冬。但华州以十一月收复，而长安不知的在何月耳。今且附此月末。）

浪里百跳张顺（一作浪里白条）

《建炎以来系年要录》卷三十三："建炎四年五月，永兴军路部将姒逢与其徒四百人谋杀将官张顺，不克，亡去，引众犯金州。"

《宋会要》第一百八十一册（兵十八第二十九页）："建炎四年五月二十九日，诏金房州安抚使王彦，特补正右武大夫。以宣抚史司言'永兴军路部将姒逢，结连军兵，张害本将张顺，不捷，部领人兵作过。至五月二十六日，侵犯金州界。王彦于黄冈岭活捉姒逢等三人，并叛兵四百余人'故也。"

《宋史》卷四百四十九《忠义传》："马骏，太平州慈湖砦兵也。绍兴二年，砦军陆德、周青、张顺等据州叛，青为谋主。俊伺青上马，斫中颊，遇害。旬中，官军至，德、青遂伏诛。"

案：此两张顺非一人，盖顺既为将官，必不复作砦军也。

张纲《华阳集》卷八《张顺、孟涓各转右武大大制》："国家置武官，等秩不一，而横列处其最高。方时多艰，名器为重，非有显绩，不轻假人。具官某，勇闻一时，出入行阵。尝从大将，破敌有功。迨今累年，而幕府具名来上。兹用锡尔赞书，一新宠命，以光戎垒，以为众士之劝。往其祗服，图报勿忘。"

《建炎以来系年要录》卷七十六："绍兴四年五月丁巳，中卫大夫济州防御使孟涓知泗州。先是知泗州徐宗诚既罢去，而淮东宣抚使韩世忠言楚、泗、涟水军、招信县、洪泽镇五处，皆系沿淮边面，与齐地接界，水陆四冲要害去处。自来官属皆未得人，所以前后斥堠不明，探报诬罔，大失倚赖。翌日，遂以中卫大夫和州防御使淮东宣抚使前军统领张顺，充淮东兵马都监，洪泽镇把隘，用世忠奏也。既而金伪入寇，涓等望风逃遁，卒不能保其境焉。"

案：以此两条参互考之，知制词中所谓大将幕府即韩世忠。张纲以绍兴三年五月试中书舍人（见集后所附行状，及《要录》卷六十五），制当作于此年。右武大夫横班第十四阶，中卫大夫则第九阶也（见《宋史》卷一百六十九《职官志》）。《要录》谓金伪入寇，涓等不能保境者，指四年九月金人及伪齐分道渡淮，韩世忠自承州退保镇江府事言之（见《要录》卷八十，及《宋史》卷二十七《高宗纪》）。此张顺与前为永兴军将官者当是一人，惟是否即浪里白跳，无明文可考。至于《水浒》所叙张顺死事情形，则又因南宋末年之张顺而附会之者也。《宋史》卷四百五十《忠义传》云："张顺，民兵部将也。襄阳受围五年，宋闻知其西北一水曰清泥河，源于均房，即其地造轻舟百艘……出重赏募死士，得三千，求将，得顺与张贵。……汉水方生，发舟百艘，稍进团山下。越二日，进高头港口，结方陈，各船置火枪、火炮、炽炭、巨斧、劲弩。夜漏下三刻，起矴出江，以红灯为识。贵先登，顺殿之。乘风破浪，径犯重围，至磨洪滩以上。北军舟师布满江面，无隙可入，众乘锐凡断铁緪攒杙数百，转战百二十里。黎明，抵襄城下。……及收军，独失顺。越数日，有浮尸逆流而上，被介胄，执弓矢，直抵浮梁，视之，顺也，身中四枪六箭，怒气勃勃如生。诸军惊以为神，结冢殓葬，立庙祀之。"《水浒传》谓张顺于涌金门外被枪箭攒死，即于其地立庙者（见百回本九十四回至九十六回），南宋张顺之事。谓顺赴水至涌金门撞动水帘者，张贵所募勇士事也。特易襄阳城外为杭州涌金门耳。

梁玉绳《瞥记》卷六："涌金门外金华将军庙，人以为即张顺归神，非是。"

案：《水浒传》云："宋江想起张顺如此通灵显圣，去涌金门外靠西湖边，建立庙宇。后来回京奏知此事，特奉圣旨敕封为金华将军。"考《咸淳临安志》卷七十三云："金华将军庙，在丰豫门（即涌金门）内涌金池前。神姓曹名杲，真定人，仕后唐为金华令。时郡兵叛，神以计平之。吴越王嘉其功，就擢婺守。国初，钱氏来朝，委以国事。尝即城隅浚三池，曰涌金。邦人德之，为立祠池上。"《梦粱录》卷十四叙事同，而文稍略。然则杭之金华将军庙，所祀乃曹杲。杲尝为金华令，故称金华将军，与张顺无与也。小说之取材，移甲就乙，大都如此。梁氏虽知其非张顺，而不能有所考正，盖未检《临安志》耳。若阮葵生《茶余客话》卷四，以"金华将军"为"青蛙"二字之讹，益近无稽矣。

大刀关胜（一作关必胜）

《宋史》卷四百七十五《叛臣刘豫传》："宣和六年……除河北提刑。金人南侵，豫弃官避乱仪真。豫善中书侍郎张悫。建炎二年正月，用悫荐除知济南府。时盗起山东，豫不愿行，请易东南一郡。执政恶之，不许。豫忿而去。是冬，金人攻济南，豫遣子麟出战，敌纵兵围之数重。郡倅张柬益兵来援，金人乃解去，因遣人啖豫以利。豫惩前忿，遂畜反谋，杀其将关胜，率百姓降金。百姓不从，豫缒城纳款。……"《金史》卷七十七《刘豫传》："宋宣和末，仕为河北西路提刑，徙浙西，抵仪真，丧妻翟氏，继值父丧。康王至扬州，枢密使张悫荐知济南府。是时山东盗贼满野，豫欲得江南一郡，宰相不与，忿忿而去。挞懒攻济南。有关胜者，济南骁将也，屡出城拒战。豫遂杀关胜出降。"

案：关胜事不见于《伪齐录》、《北盟会编》、《系年要录》诸书，《宋史》载之亦不详。以《金史》相参证，其情事乃粗可睹。盖豫请江南郡不遂，忿忿而赴济南，早怀不轨之心。及金人来攻，胜为守将，骁勇善战，屡出城拒敌。豫所以不即投拜，且遣兵出战者，以有胜也。胜不死，豫不敢降。故反谋既决，遂先杀胜矣。胜诚烈丈夫也哉。

梁玉绳《瞥记》卷七："《宋史·刘豫传》：'豫将关胜，与俱降金。'"

梁学昌等《庭立记闻》（记其父玉绳之言）卷一："崔秋谷云：《金史·刘豫传》：'关胜者，济南骁将，屡出城拒敌，豫杀胜出降'。"又王象春《齐音》云：'金兵薄济南，守将关胜善用大刀，屡战兀术。金人贿刘豫诱胜杀之。'是胜未尝降金也，《宋史》误。"

案：《宋史·刘豫传》言杀其将关胜，与《金史》同，未尝误也。梁氏匆匆检阅，误读"其将关胜率百姓降金"作一句，而不觉其上尚有一"杀"字，遂以为胜与豫俱降金矣。崔氏又不检《宋史》，仅据《金史》以与之辩，遂以

《宋史》为误，皆疏谬可笑。惟所引齐音，谓关胜善用大刀，则其人当即《宣和遗事》中之关必胜，足为梁山添生色。虽不知所据何书，当非杜撰。然《金史》明言挞懒攻济南，《宗翰传》亦云："宋知济南府刘豫以城降于挞懒。"而《挞懒本传》言："分遣诸将趣磁、信、德，皆降之，刘豫以济南府降。"则挞懒尚非自行。《宗弼（即兀术）传》无至济南之事。象春谓胜屡战兀术者，误也。盖胜实与金别将战，流俗相传，但知有兀术耳。

《茶香室丛钞》卷十七："大刀关胜赞曰：'大刀关胜，岂云长孙？云长义勇，汝其后昆。'则俗传以关胜为关公之裔，亦非无因。"

案：此引龚圣与赞也。龚氏之赞皆就姓名、绰号字面牵合以成文，以此人姓关，遂曰"岂云长孙"，非真以为壮缪后昆也。《水浒传》即从此傅会，其实皆出臆造，无足深论。惟是圣与自言"即三十六人，人为一赞，而篯体在焉"。故其各赞，皆语含规讽。独胜赞略无贬辞，且谓其不愧云长之义勇，此其间必有事实可据，绝非空言称叹。岂龚氏亦以济南守将拒金被杀者为即此关胜，故从而许之欤？若然，则王象春之言，不为无稽矣。

《光绪山东通志》卷三十四《古迹》一："济南府历城县，关胜墓在县南渴马崖。"

又卷一百九十九《杂志》上："历城马跑泉，乃金兵薄济南时，关胜与兀术大战，一日，至渴马崖，求水不得，马跑地而泉涌出，因名马跑泉。今西门南濠外有马跑泉，泝水环流，是另一泉也。刘豫受金赂，杀关胜，其墓在渴马崖西。"

案：以胜之屡与金人接战，济南固宜有其遗迹。然《通志》此节不云出于何书，其以胜为与兀术战，误与王象春《齐音》同。

黑旋风李逵

《三朝北盟会编》卷一百十四："建炎元年十一月二十四日庚戌，密州军卒杜彦、李逵、吴顺反，杜彦自称知军州事，追执赵野，杀之。赵野弃城去，有守衙节级杜彦、乐将节级李逵、小节级吴顺三人者，因民汹汹，遂谋作乱。且曰：'方今盗贼纵横，一州生灵，岂可无主，谓自为知州。'军兵皆听命。彦遂知州事，而逵与顺左右之。彦遂遣人追野，至张仓镇，执野并其家属回。癸丑，彦等坐黄堂上，其徒党声喏报捉到赵野。彦曰：'尔为知州，自搬老小，欲向南去，不知一州生灵谁为其主。'野不能应。彦令取木驴来，钉其手足。野大惊，乃呼曰：'告太尉，愿诉一言。'彦嫭骂之。众已撮野跨木驴，钉其手足矣。推出谯门，迟而杀之，取其头签于市。……彦等取密州一城强壮，尽刺为军。"

案：《宋史》卷三百五十二《赵野传》不如此之详，但曰"军校杜彦等作乱"，不言李逵。逵适与黑旋风同姓名。考《宣和遗事》，谓"三十六人归顺后，各受武功大夫"，虽不可尽信，然观杨志于宣和四年已将选锋军，史斌亦于建炎前为将，不应逵于此时犹为节级。疑此李逵非黑旋风也。虽然，此人为密州乐将节级，而《水浒传》谓黑旋风是江州小牢子，宋时牢子亦称节级，又似颇相合者，岂志、斌辈因攻方腊有功受赏，而逵终屈于走卒，流落不偶，以至是欤？抑小说家取此李逵之事，传之黑旋风欤？是皆不可知也。姑汇其事，以俟考订耳。

《建炎以来系年要录》卷十："建炎元年十一月庚戌，杜彦据密州。赵野将辎重家属弃城而去。军民偶语，两日不定。彦守卫军校与军士李逵、吴顺谋曰：'方今盗贼纵横，一州生灵，岂可无主。'乃自称权知州事，而逵、顺左右之。追执野于张苍镇。后三日，彦坐黄堂上，数野以弃城之罪，命裔之而分其室。彦尽刺城中人以为军。"

又卷二十一："建炎三年三月癸卯，宫仪围安邱县。权知密州杜彦引兵救之。其徒李逵、吴顺皆不从，曰：'仪众甚盛，未可与战。'彦曰：'见敌不击，何以威众。'遂行，至泼石桥，与战大败。彦尽丧其步军。仪忿之，遂屠安邱县。彦还密州，逵、顺责其丧军，拒不纳。彦欲引去，而马军皆有家属在城中，出言纷纷。逵开门纳之，乃杀彦，枭其首。逵遂领州事。"

汪藻《浮溪集》卷十六戒谕李逵、宫仪、张成等敕书："敕李逵等：朕惟强寇（《三朝北盟会编》作胡虏，聚珍本《浮溪集》作强寇，盖四库馆所改）凭陵，山东震扰，保此数州之地，皆尔诸将之功，虽在艰难，颇宽忧顾。今还洪道制置之节，付宫仪济南之符，并召阎皋来朝行在。率抡材而显用，非因事而有他。尔等夙著忠诚，各膺委任，宜互倾其肺腑，以同奖于朝廷。速底成功，是为报国。"

案：据《北盟会编》卷一百二十九，此敕在建炎三年五月。

《宋史》卷二十九《高宗纪》："建炎三年闰八月，知济南府宫仪及金人数战于密州，兵溃，仪及刘洪道俱奔淮南。守将李逵以密州降金。"

《三朝北盟会编》卷一百三十一："建炎三年闰八月十四日庚寅，宫仪及金人战于密州，军败。李逵、吴顺以密州降于金人。宫仪经夏与金人相持，未有大胜败。七月，仪屯于磐石河，在密州之南八十里，分屯于常山王庙，去城二十里。金人屯于密州之北三十里，时时使人至城下招密州降。李逵、吴顺曰：'今南有宫仪，北有大金，安敢投降。若能破宫仪，即日投拜。如不能，或宫仪破大金军，亦降宫仪。今孤城无援，惟强是从。'金人主将特木也万户然其言，遂不为攻击，专谋破宫仪矣。南门外虽坦途，然两边皆山，在二十里之间，有常山王庙。仪以兵扼其路。金人不时出兵转城而南侵常山王庙，仪兵御之。金人佯若不胜而退去，以为常。凡月余，仪之军皆以金人为易与耳。金人知仪众皆懈，至是马步齐进。马军在前。方战，马军少却，步军齐进，而马军两翼亦进。仪兵不能当，皆两边奔山高处。金人以马军更趋八十里，直犯磐石河大寨。仪犹不知，众皆崩溃。仪及刘洪道奔九仙山，金人进逼之，仪及洪道以余兵数千奔海州，仪兵已败，金人责李逵、吴顺如约。逵、顺遂以密州降于金人。后逵为顺所杀。"

《建炎以来系年要录》卷二十七："建炎三年闰八月己丑，武功大夫忠州刺史知济南府宫仪屯磐石河，数与金战，胜负略相当。……金人屯密州北二十里，时出兵而南，仪御之，敌佯若不胜而退，仪易之。敌伺知其懈，至是引兵攻击，马步俱进。方战，马军少却，既而分为两翼，直犯中军，仪犹不知，众遂大溃。仪与京东经略安抚制置使刘洪道奔九仙山，敌又逼之。洪道以余兵二千奔海州。李逵、吴顺乃以密州降金。"

案：李逵、杜彦杀赵野以弃州遁走之罪，逵又杀杜彦而夺之位，逮宫仪与金人战，逵乃坐观成败，惟强是从，卒以密州拱手授金。其为人暴戾恣睢，背信蔑义，与诚笃爽直、尚意气之黑旋风行事殊不类。不能以其姓名时间之偶合，遽断为一人也。

一撞直董平（一作一直撞，一作双枪将）

《宋史》卷三百七十七《陈规传》："建炎元年，除直龙图阁知德安府。董平引众窥城，遣其党李居正、黄进入城求犒，规斩进，授居正兵为前锋，大破之。"

案：规破董平不在元年，此因规知德安，并叙其守城事耳。

《建炎以来系年要录》卷二十三："建炎三年五月，初，唐州既为金人所残，乃移治桐柏县。土豪董平尽攒集强壮为兵，朝廷因以为统制。平以兵势协制州郡，守臣滕牧不能堪，平怒，欲杀之，会京西转运判官范正己行部至唐州，牧告其状，正己阳数牧罪，下襄阳狱，言于朝。乙巳，诏免牧官，令疾速取勘。平尝引众犯德安府，遣其徒李居正、黄进入城议事。守臣陈规即推诚与语，且谕以忠义。居正曰：'诚所愿。'进不对，规斩进，以兵授居正，使为前锋，大破之。平乃去。"（原注：案：董平事迹全不见于史，今以赵甡之《遗史》、《陈规行状》、《程昌寓家传》参修。赵甡之载滕牧事于今年六月末，而《昌寓家传》载牧与正己自襄阳还攻董平，以八月十九日过蔡州，事亦相近。《日历》："绍兴二年正月二日，刑部状检，准建炎三年五月二十八日敕知唐州滕牧，治事不审，与董平有隙，使军民无缘安帖等事，奉圣旨：'滕牧先次放罢，疾速取勘，具案闻奏。'本部催促安襄阳府二年半有余，并无回报。"此即正己所劾也。未知正己过唐的在何时。今但书降旨之日，俟考。）

案：《要录》以董平为唐州土豪，而不言其为降将，似非梁山泺之董平矣。然宋江等之降，至是已八年，则一撞直者，未必不可去军籍还乡为土豪也。史传既无明证，当从阙疑。平之攻德安，《守城录》在四年三月，此作三年五月者，因滕牧事而附及之也。

无名氏《守城录》卷三（即汤璹《德安守御录》卷上）："建炎三年三月，群贼董平部领人马至应山县，称勤王兵，沿路劫掠。四月初四日，夜，掩劫孝感县，官吏居民逃走有不及者，悉为驱掳。乃烧尽一县官私屋宇。是日，在本县东旧镇札寨，分遣贼徒剽掠。本府差拨人兵六头项前去掩杀。董平起离取唐州去。九月十二日，有宣抚处置使司差知信阳军武经郎孙璘到本府，差兵护行，至信阳交割。至十二月二十日，董平破信阳，璘仅以身脱，其家并官属皆没于贼。平差人占据信阳，自往唐州大义山札寨。令随、唐、信阳三郡人户送纳粮草，并收逐处税钱。四年三月十六日，平领三万余众到本府。本府差正将辛选发兵往应山界迎敌，战数合，贼大败走，杀贼千余人，钲、鼓、旗、枪、弓、箭、器械，弃之满道。平寻走往西京界，为乡村把隘人所杀。"

《建炎以来系年要录》卷二十六："建炎三年八月乙丑，先是知唐州滕牧为董平所逐。会群盗八簿针、王民等犯京西，牧自襄阳遣使招之，皆听命。遂以其众还桐柏攻平。……牧以民之军与平战。平败，执通判事李祈以行。"

又卷二十九："建炎三年十有一月丁未，初，京西制置使程千秋既军襄阳……是时桑仲在唐州，尽取强壮为兵。唐州之民在桐柏者，先为董平攒集。其不属平者，进退无所依，皆尽室归于仲。仲之众渐盛……引兵犯襄阳……千秋弃城奔中庐，仲遂据襄阳。"（原注：赵甡之《遗史》："四年八月，桑仲陷襄阳。")

案：《北盟会编》卷一百四十一，系此事于四年八月，正据赵甡之《遗史》，其文与此同，今不重录。《要录》原注于襄阳之陷当在今年冬，辨证甚详。以与董平无关，亦从删节。

《三朝北盟会编》卷一百三十七："建炎四年二月十四日丁亥，聂渊入金师，留守上官悟出奔。渊以城献于金人。河南之地，尽已陷没。西京、南京，金人皆屯兵。惟京师与内县，犹为国家守，粮食乏绝，内外皆不通，民多饿死。聂渊者，与其徒十五五以食物与守城者博易，久而颇稔熟。至日（二字有脱误，《要录》作是日）渊以其徒数百人夜登城之北壁，纵火焚楼橹，犹不敢下城骚扰。是时城之东有夜猫儿李溃、苏大刀屯驻，留守上官悟皆招入城。既入城，则放火虏掠不止，而渊亦掘断城中慢道自守。城中乱，悟及副留守赵伦乃出奔。……渊遣人往南京金人军前献京师。三月，金人太师差镇国郎君入京师。……自此北京城遂失陷。悟在唐州（活字本误作门）遇董平，平逼令悟书填官告讫，杀之。"

案：平逼悟书填官告者，是时留守及宣抚制置等使多受空名告敕，得以便宜假人官爵，故平逼悟书告，迁己之官也。《宋史》卷二十六《高宗纪》但云："金人陷汴京，权留守上官悟出奔，为人所杀。"

《建炎以来系年要录》卷三十一："建炎四年二月丁亥，金人陷京师。时河南之北，悉为敌有，睢、洛皆屯重兵。惟京师及畿邑，犹为国家固守，而粮储乏绝，四面不通，民多饥死。有河北金军首领聂渊者，与其徒十五五以食物与守城者博易，积久稔熟，遂不之疑。是日，渊与其徒数百人夜登城之北壁，纵火焚楼橹，犹未敢下城，乃为慢道自守。是时城之东，有群盗李溃、苏大刀，权留守上官悟皆招入城。既入城，则焚掠不止，城中乱，悟及副留守赵伦出奔。悟至唐州，为董平所杀。金人得京师。……自是四京皆陷没矣。"（原注：《熊克小历》载京师之陷在今年三月，又云："城破，上官悟为敌所害。"而徐梦莘《会编》所载甚详，今从之。）

又卷四十九："绍兴元年十有一月丁未，德安府复州汉阳军镇抚使陈规奏本镇营屯田画一事件。自中原失守，诸重镇多失，惟规与群盗屡战。自杨进、李孝忠、孔彦威、董平、曹成、马友、桑仲、李横之徒、皆不能犯。由是德安独存。"

案：平已于建炎四年为西京乡村把隘人所杀。此因陈规奏营屯田，追叙其事也。

《嘉泰吴兴志》卷十四郡守题名："董平，绍兴三十年六月初一日，以右中大夫集英殿修撰到任。三十一年，移知潭州。"

案：此与唐州之董平，偶同姓名。其人乃文臣，必非一撞直也。

又案：董平绰号，《宣和遗事》作"一撞直"，龚圣与赞作"一直撞"，《水浒传》作"双枪将"，疑以"一撞直"为是。谓其每遇战斗，勇往直前，所向披靡也。《三水小牍》卷下云："唐广明岁，薛能失律于许昌，部将周岌代之。明年宰相王徽过许谓岌曰：'昔闻贵藩有部将周撞子，得非司空耶？何致此号？'岌赧愧良久，答曰：'岌出身走卒，实蕴壮心，每有征行，不避剑锋，左冲右捽，屡立微功，所以军中有此名号。'王笑，复谓岌曰：'当时襆落涡河里，可是撞不着耶？'岌顷总许卒，征徐方，为贼所败，溺于涡水，或拯之仅免，故有此言。""一撞直"之名，正与"撞子"之意同。此亦唐、宋俚俗之方言，作《水浒》时已无此语，嫌其义晦不甚可解，遂改为"双枪将"矣。

赛关索王雄（一作病关索杨雄）

许景衡《横塘集》卷七《王雄等转官制》："敕某官，属者逋卒侵扰冀方，尔等能率其徒，屏除斩获，奏功第赏，各进尔官，以为忠勇之劝，可。"

案：《宋史》卷三百六十三《许景衡传》云："钦宗即位……迁中书舍人……高宗即位，以给事中召。"则此制作于靖康中。雄以斩获逋卒进官，固当是武人。冀方指河北言之，与赛关索时地姓名并合，（陆心源《宋诗纪事补遗》卷三十九，据《韶州府志录·王雄游碧落洞》五言律诗一首，以为即《横塘集》中之王雄，殆非也。）然《宣和遗事》作王雄，龚圣与赞自作杨雄，姓氏尚不能定，何从考其事迹乎。以其名字之同，姑存之以广异闻可也。

熊克《中兴小纪》（此书本名《小历》，《四库全书》改名《小纪》）卷四："建炎二年，秋，七月，先是朝议大夫惠厚下及密院小吏杨雄，皆自金境逃归，言中原之人，闻上登极，咸以手加额曰：'圣明既立，将有息兵之望。'又有《录登极赦书》奏道君者，圣情甚悦，趣宣和皇后作宴相贺。辛亥，宰执早朝以奏，上敛容不语久之。"

案：梁山泺降人，流落而为军卒，犹或事理所有，若为枢密院小吏，则殊不伦。此杨雄必非赛关索也。

《茶香室丛钞》卷十七："宋范公称《过庭录》曰：'忠宣守信阳时，汉上有巨贼曰罗垄，拥众直压郡界。忠宣集郡僚谋守御，皆懦怯无敢当者。有酒吏秦生请行，独以数十骑直对敌垒。贼副小关索者，领十余骑饮马河侧，秦射中贼关索心而死。贼众窜走。'案：世俗以关索为汉前将军之子，实无其人，乃宋时草莽健儿中即有小关索之名，则其流传亦远矣。《癸辛杂识》载龚圣与《宋江等三十六人赞》，其《赛关索杨雄赞》曰：'关索之雄，超之亦贤。'则似古来真有关索其人也。"

案：宋时武夫，以关索为号者，除梁山泺之杨雄外，不独《过庭录》所称小关索已也。《北盟会编》卷一百二十，叙"建炎三年，杜充出兵攻张用，岳飞、桑仲、马皋、李宝等，皆率兵城南以捣用，用勒兵拒战，赛关索李宝被禽"。（此不知即后来归宋立功，《宋史》卷三百七十有传之李宝否。）又卷二百十一引《林泉野记》，谓"刘光世命王德斩邵谭、袁关索、刘文舜于饶州"。岳珂《金陀粹编》卷七，叙"绍兴六年，王贵等自伪齐回军至白塔，李成率刘复、李序、商元、孔彦舟、王爪角、王大节、贾关索等，并兵来，绝贵归路，以马军迎击，贼兵尽败"。《金史》卷八十《突合速传》云："宋陕西军帅张关索，合兵数万来援，败之。"又卷一百三十三《叛臣·余睹传》亦云："宋兵救太原，余睹、屋里海逆击于汾河北，擒其将郝仲连、张关索。"（此与见《突合速传》者是一人。）薛季宣《浪语集》卷三十三，先大夫行状笺，叙其伯父薛弼，绍兴间再知虔州，讨积年名贼俞三古、五官、朱关索、吴锦等，皆获之。《梦粱录》卷二十，载角觚人名，有赛关索，及女占赛关索。《武林旧事》卷六，诸色伎艺人名，有角抵张关索，赛关索（此与见《梦粱录》者疑是一人），严关索，小关索。然则宋人之以关索为名号者，凡十余人，不惟有勇而且有女矣。其不可考者，尚当有之。盖凡绰号皆取之街谈巷语，此必宋时民间盛传关索之武勇，为武夫健儿所忻慕，故纷纷取以为号。龚圣与作赞，即就其绰号立意，此乃文章家擒题之法，何足以证古来真有关索其人哉。观宋人多名赛关索，知《水浒传》作病关索者非也。至明、清人之记载，乃有谓关索为羽之子者。坊刊《毛宗岗评本三国志演义》，谓索为羽之第三子，全书凡五见。四见于八十七回，一见于八十九回，皆在诸葛亮用兵西南彝族之时。《图书集成·职方典·安顺府永宁州》条云："关岭在州城西三十里，上有汉关索庙。《旧志》：'索，汉寿亭侯子，从武侯南征有功，土人祀之。'"盖西南彝族早有关索武勇之传说。故南宋武夫健儿，竞取以为号。山川形胜，亦以索为名。至明初略定云、贵，利用彝族信仰，从而立庙祠祀，以慑其人民，使不敢背明神怀二心。此古帝王将相愚民之故智，不足为异。其时关壮缪之威灵，早著于民间，诸葛亮南征之故事，又盛传川、滇各地，故举关索之故事，与羽、亮相比传，于是关索遂为云长之子，武侯南征时之名将矣。凡民间传说，历时愈久，内容愈丰富，不仅关索一传说为然也。观于元至治建安《虞氏全相三国志》平话及弘治本《三国志通俗演义》，未尝涉关索一字，万历以后刊本始有云长第三子之说。其方志、文集、笔记，记此说者，亦皆出于明、清之际，则此说之后起可知矣。王士禛《池北偶谈》卷二十四曰："云、贵间有关索岭，有祠庙极灵，云明初师征云南，至此，见一古庙，庙中石炉插铁箭一，钑其上曰：'汉将关索至此，云南平。'遂建关索庙，今香火甚盛。《月山丛谈》云南平夷过曲靖、晋宁，过江川，皆有关索岭，上有各庙。盖前代凡遇高埠置关，关吏备索以挽舁者，故以名耳。传讹之久，遂谓有人而实妄也。"案：《月山丛谈》明李文凤著，其解关索字，亦是望文生义。观宋人之自名赛关索者如此之多，明是相传古来有此姓名，文凤果何所据为关吏所备之挽索而传讹也乎？田雯《黔书》卷二，有关索岭一条，云："壮缪二子，长曰平，次曰兴。平及于临沮之难，兴弱冠为汉侍中，有父风，武侯甚爱之，征讨未尝不与。此传志之可考者无所谓索也。尝试思之，古者帅与率通，'方伯连率'是也。意渡泸之役兴也实从，曾驻师于此，当时以关帅呼之。以帅为率，后遂以率为索，莫之考正焉耳。"此条后有丁炜评曰："或曰'蛮人呼索为父'。或曰'是岭以关锁黔、滇，故名'。是二说者，炜皆未之信云。"赵一清《三国志注补》卷三十五曰："《方舆纪要》卷一百十八：'永平县东北五里，有关索寨，周回二里，俗传蜀汉将关索所筑。'一清案：西南夷谓爷为索。关索寨，即关爷寨，皆尊称也。辰州府城南二酉山下有伍索滩，以伍子胥得名，亦其类尔。非别有关索其人。壮缪子兴，为武侯所器异，官侍中中监军，或从南征，寨以此名欤。"赵氏此说似有理。盖因西南夷谓爷为索，讹传为蜀汉勇将姓名，宋人遂纷纷取以为号。但夷呼爷为索，特丁炜载或人之说，炜已不信，不可为据，存以俟考。周寿昌《三国志注证遗》卷三则曰："关公传，'封为汉寿亭侯'。寿昌案：汉寿县，前汉属武陵郡，本名'索'，顺帝更名汉寿，后汉因之。后人因关汉寿之称，或谓关索，于是南中地有关索岭，并有云关索为公子者。俗语流为丹青，亦复何所不至云云。"此说亦不免穿凿。夫称云长为关汉寿，因其封邑以称其人可也。若谓汉寿旧名索，遂称为关索，则从来不闻此例。不免迂曲而难通矣。要之此不过宋代一种传说，不必因《三国志》之无其人，必剔求一说以解之也。必不得已，以田雯之说为善。

梁玉绳《瞥记》卷六："吾杭清泰门有时迁祠，行窃者祀之。石屋岭又有杨雄、石秀庙，其妄政同。"

病尉迟孙立

《三朝北盟会编》卷一百四十七："绍兴元年五月，邵青先受朝廷招安，授枢密院水军统制芜湖县驻札。遣人往太平州买卖，知州郭伟不放入城。邵青闻之怒，遂拥众攻城。青有众数万，大小舟数千艘，入姑溪河，上莲褐山，下至采石，东至三湖口，与其党单德忠、孙立、魏曦、阎应，分布遍满。又于城外四壁札立硬寨，开畎姑溪河水，尽滗圩碑，掘断援兵来路，焚烧屋宇，驱百姓沿江采斫草柴。于城下填叠慢道两所。百姓稍怠缓者，贼在后以刀杀之，并其尸和柴草叠路。一日之间，慢道与城相平，下瞰城中。纵火箭烧楼橹。自此攻城昼夜不息。伟亲率将士军民城上，与贼血战。会镇江府刘光世遣人来招安。壬戌，拔寨遁走，下水而去。"

案：事见《系年要录》卷四十四，但云"青与其徒单德忠、阎在等分寨四郊"，不及孙立。亦不知此孙立是病尉迟否也。

《宋会要》第一百七十六册（兵一十第二十八页）："绍兴元年五月二十四日，水贼邵青，发大小战舡三千余只，直临太平州城下。七月七日，侵犯江阴军界。诏'擒获邵青，白身与补修武郎，有官人转七官，仍带阁职。擒获单德、孙立、魏义、阎在，白身人与补秉义郎，有官人转七官'。九月二十三日刘光世言：邵青穷蹙乞降。只乞一放罪黄榜，诏'邵青既改过自新，可依所乞'。"

《宋会要》第一百八十一（兵十九第二叶）："绍兴三十二年七月十三日，淮南西路安抚司言：据知安丰军沿边都巡检使孙显忠申'躬率官兵，前去沿淮等处掩杀金人'（第二叶）。又据水寨孙立申'于颍河内烧杀粮舡二百余只，又招夺到人舡，又两见阵立功，乞赐推恩'。"

案：此孙立乃水军将领，或即邵青之党，降后立功者欤？

王明清《挥麈后录》卷十一："孙立者，寿春人，少为盗，败露，窜伏沚河中，觉有物隐然，抱持而出，乃木匣一，启视之，铜印一颗云，'寿州兵马钤辖之印'，印背云，'太平兴国八年铸'。后三十年，以从军之劳，差充安丰军钤辖。安丰即昔日寿州也，遂用此。明清为判官日，亲见之。"

案：《明清后录》作于绍熙甲寅，时已六十八岁。其任安丰军判官，乃其少年时事。（韩元吉《南涧甲乙稿》卷二十一《方公滋墓志铭》云："次女适安丰军判官王明清。"）再上数三十年，当在南宋初年。则此充安丰军钤辖者，正与邵青之党孙立同时，未知即一人否。

案：孙立所以诨名病尉迟者，殆以其善用鞭也。然尉迟敬德铁鞭，不见于《唐书》。张六《梵螺江日记》卷八云："唐李昌符《铁马鞭诗序》云：'长庆二年，义成军节度使曹华进献，且云得之汴水，有字刻云"贞观四年尉迟敬德"。'是尉迟用铁鞭有确据者。胡元瑞（应麟）疑《唐书》不载，谓出自委巷小说，过矣。"

没羽箭张青（一作张清）

《中兴小纪》卷五："建炎三年正月己卯，上至常州。群盗丁进等虽受招，而纵兵掠民，至是欲走山东。朱胜非至丹阳，都统制王渊遣使臣张青领五十骑驰护胜非，因令青围（围当作图）进。青以白胜非。胜非曰：'丁进不除，必为巨盗。闻渠有数百人，尔五十骑可敌否。'青曰：'不足畏。'于是以檄诱进至胜非所，诛之。其众慑息听命。"

案：据《系年要录注》，知熊氏原书本作二月乙卯，今作正月己卯者，盖讹乙为己，四库馆编辑时，又误系之正月。其实是岁正月庚辰朔，无己卯日也。

《建炎以来系年要录》卷二十："建炎三年二月丁巳，武经大夫阁门宣赞舍人丁进既受招，以其军从上行。遮截行人，恣为劫掠。且请将所部还江北与金人血战，其意欲为乱。会御营都统制王渊自镇江蹑至。进惧，欲亡入山东。朱胜非过丹阳，进与其徒匿远林中，以状遮胜非自诉。渊闻进叛，遣小校张青以五十骑卫胜非，因绐进曰：'军士剽攘，非汝之过，其招集叛亡来会。'青诱进诣胜非，至则斩之。"（原注：进之死《日历》在甲寅，《熊克小历》在乙卯，《闲居录》在初九日戊午，三书不同。案：胜非以初八日离镇江，则进之死当在其后。《闲居录》载进自诉事亦在初八日丁巳。今且并书之，俟考。）

《三朝北盟会编》卷一百三十四："建炎三年十一月二十一日乙丑，先是金人计置采石，欲渡江，为郭伟所拒，遂趋马家渡。统制陈淬及金人战于江上，败绩，淬被杀。金人遂济渡，南岸无兵。金人舟不多，但无人迎敌，致使渡长江如蹈平地。惟水军统制邵青以一舟载十八人，当金人于江中，梢工张青者，中十七矢，遂退于竹篸港。"

《建炎以来系年要录》卷二十九："建炎三年十一月甲子，陈淬与完颜宗弼遇于马家渡，凡战十余合，胜负略相当。王燮引西兵先遁，淬孤军力不能敌，还屯蒋山。水军统制邵青以一舟十八人当金人于江中，舟师张青中十八矢，遂退于竹篾港。"

案：此两张青非一人，前张青为王渊军中小校，渊尝与宋江同攻方腊，又与杨志同伐辽，其部曲皆有归渊之理，或者其没羽箭欤？若后张青，乃水师稍工，殆非也。

《三朝北盟会编》卷二百四十七："绍兴三十一年十二月十二日庚戌，成闵收复盱眙军泗州。闵分遣统领左士渊、张青、魏全部押官兵攻夺泗州南门，入城占据。闵再率官军戮力掩杀，贼兵败走，收复泗州了。"

《宋会要》第一百八十一册（兵十八第四十叶）："绍兴二十五年正月二十三日，鄂州驻札都统制田师中言：'武岗州徭贼杨再兴父子，累年作过，统制官李道前去拨置收捕，并已净尽，乞优与推恩。奇功军兵张青等二人，欲各与转两官资。'从之。"

案：此与前两张青非一人，以其既非小校，又非水师也。

《建炎以来系年要录》卷一百九十五原注："成闵声称……分遣统制官刘锐、陈敏、王公述、张师言，于十二月十五日夜，于泗州东城之东，潜师渡淮，有敌骑数千，于城东摆列前来，与官军相拒。闵又分遣统领官左士渊、张青、魏全，部押官军，攻夺泗州南门，入城占据。闵再率官军，戮力掩杀，敌兵败走，收复泗州了当。"

案：此又不知与前者三张青，是一是二也。

《宋会要》第五十一册《仪制门》十三："孝宗乾道四年四月十八日，宰执进呈：'统制官张青言韩世忠之功，乞追封王。'上曰：'事已历年，又无所因。'宰臣陈俊卿曰：'张俊、杨存中已封王，则于韩世忠似有不足。前此失于无人建白，若圣意行之，亦足劝有功而励将士。'上可之，遂封蕲王。"

案：此似是前为统领官之张青。

浪子燕青

《建炎以来系年要录》卷三十一："建炎四年二月，群贼犯应山。土居将仕郎连万夫，率邑人数千保山寨，贼不能犯。至是有'寇浪子'者，以兵至，围之，三日，卒破其寨。贼知万夫勇敢有谋，欲留以为用。万夫怒，厉声骂贼，为所害。后守臣陈规言于朝，赠右承务郎，官其家一人。"

案："寇浪子"，非姓寇也，以上文言贼不能犯，故变文称寇以避不词耳。浪子者，风流放浪之谓也。《宋史》卷三百五十二《李邦彦传》云："邦彦俊爽，美风姿，生长闾阎，习猥鄙事，应对便捷，善讴谑，能蹴鞠。每缀街市俚语为辞曲，人人争传之，自号李浪子。拜少宰，无所建明，阿顺趋诣，充位而已。都人目为'浪子宰相'。"《三朝北盟会编》卷三百三十六曰："韩之纯，轻薄不顾士行之人也，平日以浪子自名。喜嬉游娼家，好为淫媟之语。又刺淫戏于身肤，酒酣则示人。人为羞之，而不自羞也。"吴曾《能改斋漫录》卷十一云："洪觉范有《上元宿岳麓寺》诗。蔡元度夫人读至'十分春瘦缘何事，一掬乡心未到家'，曰：'浪子和尚耳。'"《岁时广记》卷十七引《古今词话》曰："柳耆卿沦落贫窭，终老无子，掩骸僧舍。京西妓者鸠钱葬于枣阳县花山。既出郊原，有浪子数人戏曰：'这大伯做鬼也爱打哄。'"《文山先生集》卷十三："《指南录》有《留远亭诗序》云：'十一日宿处，岸上有留远亭，北人然火亭前，聚诸公列坐行酒。刘岊数奉以淫亵，诸酋专以为笑具。于舟中取一村妇至亭中，使荐刘寝，据刘之交坐（案：此句有脱误）。诸酋又嗾妇抱刘以为戏。衣冠扫地，殊不可忍。其诗曰："落得称呼浪子刘，樽前百媚佞旃裘。当年鲍老不如此，留远亭前犬也羞。"'"观此数事，即浪子之义可知矣。

草泽健儿而名浪子，已自可异。不应南北宋间顿有两人，或者此浪子即燕青欤？

铁鞭呼延绰 （一作双鞭呼延灼）

《宋史》卷二百七十九："呼延赞，并州太原人，雍熙四年，加马步军副都军头。尝献阵图兵要及树营寨之策，求领边任。召见，令之作武艺。赞具装执鞭驰骑，挥铁鞭枣槊，旋绕庭中数四。又引其四子必兴、必改、必求、必显以入，迭舞剑盘槊。赐白金数百两，及四子衣带。"

案：《宣和遗事》及《癸辛杂识》所载三十六人姓名，均有铁鞭呼延绰。绰盖自谓赞之后，因赞善用铁鞭，绰传其术，故以为号。《水浒传》独作双鞭。其五十五回云："高太尉奏道：'此人乃开国之初，河东名将呼延赞嫡派子孙，单名唤个灼字，使两条铜鞭，有万夫不当之勇。'"又云："正是：开国功臣后裔，先朝良将玄孙，家传鞭法最通神，英武熟经战阵。"（据百二十回本。）夫既云呼延赞玄孙，家传鞭法，则不得忽变铁鞭为两条铜鞭，而其绰号亦不当作双鞭可知矣。盖作《水浒传》者，欲写呼延灼之勇，嫌铁鞭不如双鞭，遂以意改之耳。

《降平集》卷十七："呼延赞，并人，忠实有勇，遍体文以'赤心呼杀'

字。出入有破阵刀、降魔杵、铁幞头，两角有刃，皆十余斤。乘骓马，绛抹额，自谓慕尉迟敬德。"

案：此可想见赞之勇，宜乎其玄孙犹以铁鞭自表异也。赞有远孙通，为韩世忠军中统制官，败金人于大仪镇，有功。见《系年要录》卷八十一，及《中兴十三处战功录》。《水浒传》言呼延灼后领大军破大金兀术四太子，疑即因通事傅会之。洪迈《夷坚三志》己篇卷八有呼延射虎一条，言："通驰马与虎相当，伺其张口，发大羽箭中其舌死。"可想见其勇也。

船火儿张横（一作船火工张岑）

《中兴小纪》卷十九："自靖康以来，中原之民不从金者，于大行山相保聚。初，太原张横者，有众二万，往来岚、宪之境。岚、宪知州同知领兵一千五百人入山捕之，为横所败，两同知俱被执。"

案：此张横若是船火儿，则于三十六人中，亦关胜之流亚，惜史记其事不详。《水浒传》以横为"浔阳江盗"。龚圣与赞云："太行好汉，三十有六，无此火儿，其数不足。"则不得在浔阳江上矣。但龚赞中"太行"字数见，盖以三十六人为聚于太行，与此所云于太行山相保聚者，亦偶合耳。

周南《山房集》卷八《杂记》："建炎四年，程昌禹提兵入援，有诏改昌禹镇抚鼎、澧。偏将邵宏渊者隶帐下，有关、马之勇。贼党刘超犯澧阳将趋桃源。未至数十里间，有药山寺，寺之两旁，十步一松。宏渊单马闲行。贼将张横适至，两骑相蹑，环松而驰。横投以巨斧，斧着木，深不能出。宏渊负其多力，跃而前欲生致之。横因壮勇，力均敌之，不能得，则曳而俱坠。横以身压宏渊，且搊其阴。宏渊手攀枯桩，欲藉而起，相与力疲未决。宏渊亲兵至，擒之。宏渊患横凶暴，断其手而献于昌禹。横素以勇闻，昌禹命之酒，欲活而用之。宏渊曰：'贼无用。'遂杀之。自是超不敢复蹈武陵之境。"

案：此当别是一张横，非太行山之张横也。

又案："船火儿"，《宣和遗事》作"船火工"。江休复《嘉祐杂志》云："江南一节使，召相者，命内子立群婢中，令辨之。相者云：'夫人头上自有黄气。'群婢皆窃观之。然后告云某是。柁工火儿杂立，令辨何者是柁人，云：'面上有水波纹是。'亦用前术。"《宋会要》第一百八十三册兵二十三曰："打造七百料马船二十只，每只合铺梢工四人，摇橹四只，共用摇橹火儿四人。"然宋时称舟子，自柁工外，皆曰火儿。张横之得名以此。作火工亦通。

《景定建康志》卷十四《建炎以来年表》："绍兴二十年八月二日，以建康府选锋军使臣张横，除名勒停，送饶州编管。以横殴击百姓马皋，辜内身死，法当绞，特贷之。"

案：此事又见《宋会要》第一百七十册（《刑法志》），作绍兴十九年。

女将一丈青（附）

《三朝北盟会编》卷一百三十八："初，勍（淮南等处招抚使间勍也）迎奉神御起离西京也，循蔡河而下，至濠州，遇张用。勍说用归朝廷，以马皋之妻一丈青嫁用为妻。初，皋为郭仲荀所诛，勍周恤之以为义女，既嫁用，遂为中军统领。有二认旗在马前，曰"关西贞烈女，护国马夫人"。

案：《宣和遗事》内有一丈青李横，乃男子也。而《水浒传》七十二地煞内又有一丈青扈三娘，谓为扈成之妹，与林冲战，败被擒。成全家为李逵所杀，惟成逃去。后来中兴内做军官武将。宋江以一丈青配王矮虎为马军头领，其引军红旗上金书大字"女将一丈青"（见百回本及百二十回本第六十三回。金圣叹本改为美人一丈青）。考《系年要录》卷三十云："初，杜充之众既溃，其统制官岳飞、刘经自芳山（据《北盟会编》当作茅山）引众入广德军，后军扈成驻于金坛县，为戚方所杀。"《北盟会编》卷一百三十五纪叙尤详。其略云：飞与经、成议移军入广德军。飞等既行，成留老少在金坛，以其众往镇江。戚方劫金坛寨，尽虏老小而去。成大怒，急趋金坛，方伏兵杀成，乃进兵，其军败走，方尽取成父母及妻子，皆杀之。则南北宋间，果有武将扈成，然不闻有所谓一丈青扈三娘者。《夷坚志》支景（即支丙）卷四云："戚方既罢镇江都统制，谪窜长沙，后自便，卜居湖州。乾道七年，苦腰股沉重之疾，累月而死。正困棘时，侍妾秉烛进药，见灯焰上现人头数十，已则满帐皆然，殆以千计。其一差大，戚指曰（原本误作指戚曰）：'此扈宣赞也。'盖戚为巨寇时，破广德军，凡官吏自太守以下，皆举室屠戮。扈君任兵钤，罹祸尤酷。妻卞氏色美，戚以为妻，逮命绝之际，人皆知为冤业云。卞氏亦继死。"此所谓扈宣赞，必即是扈成，无可疑者。但成乃杜充所部后军统制官，而以为广德军兵马钤辖。成虽与岳飞等议入广德军，实未尝至，即死于金坛。而以为戚方破广德军，扈成被杀，皆传闻之误。惟谓扈妻卞氏为方所据，则《会编》等书所未言，颇足补其阙略。然亦非《水浒》之所谓一丈青也。要之扈成固确有其人，全家老小为人所杀，亦确有其事。但实死于戚方之手，于宋江等无与焉。

作《水浒传》者，习闻南北宋间有武将扈成者，全家为人所杀，又知其时有一女将名一丈青，因从而傅会牵合，以为梁山泺之事。所谓扈三娘者，实即影射张用之妻也。张用者，汤阴县弓手，聚众数十万，受东京留守宗泽降。杜充继为留守，虑用军盛难制，使岳飞、马皋等攻之，为所败，遂起义。详见《会编》卷一百二十。

又卷一百四十一："建炎四年，张用已受鄂州招安。曹成以马老爷事，执捉中军人，多被杀戮者。用之妻一丈青，奋身出招中军人隶麾下。中军人皆归之，有众二万余人，皆诉无粮食。一丈青曰：'待我措置。'犹未知用投鄂州受招安。俄有人报用已受措置司招安。一丈青乃率众趋鄂州，避马友，不由汉阳，取间道出汉阳之后，自下流渡江，复与用合。"

案：是年六月，用与曹成屯于德安府。七月，军乱，统领官马老爷为其将佐所杀，用奔汉阳，受鄂州路安抚使李允文降。曹成闻马老爷之死，又闻用自奔去，大怒，令执捉中军人，到即斩之。事见《会编》卷一百四十。

岳珂《金陀粹编》卷五《鄂王行实编年》："绍兴元年，辛亥岁，年二十九。相州人张用，勇力绝群，号张莽荡。其妻勇在用右，带甲上马敌千人，自号一丈青，以兵五万寇江西。俊（张俊）召先臣语曰：'非公无可遣者。'问用兵几何。先臣曰：'以飞自行，此贼可徒手擒。'俊固以步兵三千益之。先臣至金牛，顿兵，遣一卒持书谕之曰：'吾与汝同里人，忠以告汝。南薰门铁路步之战，皆汝所悉也。今吾自将在此，汝欲战则出战，不欲战则降。降则国家录用，各受宠荣。不降则身陨锋镝，或系累归朝廷，虽悔不可及矣。'用与其妻得书拜使者曰：'果吾父也，敢不降。'遂俱解甲。先臣受之以归。俊谓诸僚佐曰：'岳观察之勇略，吾与汝曹俱不及也。'"

李日华《六研斋二笔》卷四："一丈青，群盗马皋之妻，间劲（劲当作勋）者，说张用归朝延。马皋为郭仲荀所诛，劲（勋）以其妻配用，遂为中军统领。列二旗于马前，曰'关西贞烈女，护国马夫人'，亦女骁也，然非《水浒》中人。"

案：日华此节，即采自《北盟会编》，以两书对照自知。《二笔》同卷记刘遇僧事，亦取之《会编》，可以互证。

《通俗编》卷三十七："案：《别籍》言三十六人中有一僧一妇人。龚所赞未见妇人，而其《燕青赞》云：'平康巷陌，岂汝知名，太行春色，有一丈青。'然则时固有一丈青者，而不在数中，果复有所谓七十二煞乎。"

案：此盖翟氏偶记前人有此一说，而忘其书名，故但云别籍，然其说实不可据。三十六人中有僧人鲁智深，《宣和遗事》已明言之。若谓尚有一妇人，则不知其何所本。《燕青赞》中之一丈青，本不必实有其人。乃因此遂疑果有七十二煞，亦惑也。《辍耕录》卷二十八云："中原红寇未起时，花山贼毕四等，仅三十六人，内一妇女尤勇捷，聚集茅山一道宫，纵横出没，略无忌惮，始终三月余，三省拨兵不能收捕，杀伤官军无数。"翟氏所谓别籍，或即此欤？然所记自是元顺帝时事，其于梁山泺若风马牛不相及矣。既而考褚人获《坚瓠集》卷一云："宋江三十六人，聚众横行，周公谨载之《癸辛杂志》。又元顺帝时，花山贼毕四等亦三十六人，聚集茅山。宋江中有一丈青、花和尚，而毕四中亦有一妇一僧，岂真合天罡之数耶？"然后知翟氏所谓别籍者，系指此言之。以褚人获之书，纯由抄撮而来，故翟氏不欲举其名耳。

《瞥记》卷七："所谓一丈青者，据李日华《六砚斋二笔》，乃群盗马皋之妻，后以配张用，而龚赞燕青有其名，何也？"

案：梁氏未见《北盟会编》，故不能得其出处。

《茶香室丛钞》卷十七："今所传有一丈青，此则无之（指龚氏赞）。然《燕青赞》云：'平康巷陌，岂汝知名，太行春色，有一丈青。'未知何指。"

案：凡人之绰号，必当时民间有此流行之语，然后取以名之。一丈青三字，自是宋时俗语，不独不始于《水浒》，亦必不始于李横及马皋之妻也。翟氏、梁氏、俞氏皆以龚圣与《燕青赞》中有一丈青之名为疑，不知圣与自用俗语入文，并非实有所指。就"太行春色，有一丈青"二语推之，盖青为春色，一丈青者以喻春色之浓耳。是必闾里浪子相传俚语，以此指目男子妇人之年少美色者。而李横及马夫人，遂皆取以自号。吴自牧《梦粱录》卷十九举临安私名妓女有一丈白、杨三妈，正可与一丈青作对。一丈白者，盖亦时人调谑之语，讥其年华老大，秋色已深尔。《武林旧事》卷六记诸色伎艺人名，有乔相扑人一条黑、一条白，是亦一丈青之类，可知为当时俗语矣。

梁山泺

韩琦《安阳集》卷五《过梁山泊》："巨泽渺无际，齐船度日撑。渔人骇铙吹，水鸟背旗旌。蒲密遮如港，山遥势似彭。不知莲芰里，白昼苦蚊虻。"

苏辙《栾城集》卷六《和李公择赴历下道中杂咏梁山泊诗》："近通沂泗麻盐热，远控江淮粳稻秋。粗免尘泥污车脚，莫嫌菱蔓绕船头。谋夫欲就桑田变，客意终便画舫游。愁思锦江千万里，渔蓑空向梦中求。"（原注：时议者欲干此泊以种菽麦。)

大明《一统志》卷二十三《兖州府山川》："梁山泺在东平州西，宋宋江为寇，尝保此中，有黑风洞。"

案：黑风洞在梁山，不当载入梁山泺条下。同卷别有梁山一条，纪载尤略，第云："梁武王葬于此。"盖误以梁王武为梁武王，误猎为葬，纰缪可笑。

明嘉靖《山东通志》卷五《山川上兖州府》："梁山在东平州西南五十里寿张县界，一名刀梁山，上有虎头崖及古石盒迹，俗传为梵王太子出家。或曰，本名良山。《史记》孝王北猎良山。又古邑名曰良，汉县名曰寿良，皆以此。今案：汉都于雍，其曰葬梁山，当在雍梁山，此或附会云。"

案：《史记·梁孝王世家·索隐》曰："《汉书》作梁山。《述征记》云：'良山际清水。'今寿张县南有良山，服虔云：'是此山也。'"《正义》曰："《括地志》云：'梁山在郓州寿张县南三十五里，即猎处也。'"《索隐》又引《述征记》：砀有梁孝王之冢。则明《统志》谓孝王葬梁山者固误，《通志》以为葬雍梁山者亦非矣。《汉书·地理志》东郡寿良县注："应劭曰，'世祖叔父名良，故曰寿张。'"然则良山之改梁山，亦避赵孝王讳也。

又同卷："梁山泺在东平州西五十里，宋南渡时宋江为寇，尝结寨于此，中有黑风洞。"

案：以宋江为南渡时人，是并《宋史》亦未尝读也。

曹学佺《大明舆地名胜志·山东省》卷四《兖州府汶上县》："《河纪》云：'南旺湖在县西南三十里，济宁接界。其地特高，汶水西南流至此而分，上有禹庙及分水神祠。湖在漕河南岸，萦回百里，即钜野大泽东畔也。宋时与梁山泺水汇而为一，围三百余里，即南渡时宋江军所据梁山泊也。及会通河开，始画而为二，漕渠贯之，有蜀山湖在东涯，即南旺东湖也。周回六十五里，有山一区，在水中央，望之若螺髻焉，曰蜀山，上有圣母祠。'"

案：《明史·艺文志》及《千顷堂书目》卷八，均有谢肇淛《北河纪》八卷、《纪余》四卷，此所引疑谢氏书也。宋时梁山泺不止三百余里，宋江屯军亦不在南渡时，《河纪》所言皆误。胡渭《禹贡锥指》卷六，尝辨南旺湖非即大野泽，说详彼书，兹不具论。

又同卷《寿张县》："《寰宇记》云：'梁山在县南三十五里。'《郡志》：'在县南七十里，本名良山。梁孝王尝猎于此，改为梁山。周回二十余里，上有虎头崖及古石盒迹。又有石台，凿石为莲花，周围二丈。相传有神僧说法于上。其下有洞，俗名黑风洞。山南为古大野泽，《禹贡》所谓"大野既潴"

也。宋谓之梁山泺矣。'"

《明史》卷四十一《地理志·山东兖州府东平州》："寿张县南有梁山泺，故大野泽下流，东北有会通河，又有沙湾。弘治前，黄河经此，后湮。"

顾祖禹《读史方舆纪要》卷三十三《东平州》："梁山，州西南五十里，接寿张县界。本名良山。汉梁孝王常游猎于此，因改为梁山。《史记》'梁孝王北猎良山'是也。山周二十余里，上有虎头崖，下有黑风洞。山南即古大野泽。宋政和中，盗宋江保据于此，其下即梁山泺也。"

案：宋宣和元年，已降诏招抚宋江，故江之据梁山，当在政和中。顾氏此言，必有所本，说详宋江条下。

又同卷《寿张县》："梁山泺在梁山南，汶水西南流，与济水会于梁山。东北回合而成泺。《水经注》'济水北经梁山东'。袁宏《北征赋》所云'背梁山截汶波'者也。又为大野泽之下流，水尝汇于此。石晋开运初，滑州河决，浸汴、曹、单、濮、郓五州之境，环梁山而合于汶，与南旺、蜀山湖相连，弥漫数百里。（案：此所言与今本《旧五代史》不合，详见后《日知录》条。）宋天禧三年，滑州之河复决，历澶、濮、曹、郓，注梁山泺。（案：事见《宋史》卷九十二《河渠志》。）政和中，剧贼宋江结砦于此。《金史》'赤盏晖破贼众于梁山泺，获舟千余'，又'斜卯阿里亦破贼船万余于梁山泊'，盖津流浩衍，易以凭阻也。既而河益南徙，梁山泺渐淤。金明昌中，言者谓黄河已移故道，梁山泺水退地甚广。于是遣使安置屯田，自是益成平陆。今州境积水诸湖，即其余流矣。"

顾炎武《日知录》卷十二："《五代史》：'晋开运元年五月丙辰，滑州河决，浸汴、曹、濮、单、郓五州之境，环梁山，合于汶水，与南旺、蜀山连，弥漫数百里。'（案：《新五代史》卷九《晋出帝纪》，但云"河决滑州，环梁山，入于汶、济"，此所引乃薛史也。然今本《旧五代史》卷八十二《少帝纪》记此事，不言有汴州，且无"与南旺、蜀山湖连，弥漫数百里"二语，而两顾氏并引之，知所据薛史旧刻如此，今本辑自《大典》者有所伪脱也。唯新旧史均云"六月丙辰"，此作五月者，误。）河乃自北而东。《宋史》：'熙宁八年（案：《宋史》卷九十二《河渠志》，乃熙宁十年事，此作八年，误也。）七月乙丑，河大决于澶州曹村，北流断绝，河道南徙，汇于梁山张泽泺，分为二派，一合南清河入于淮，一合北清河入于海。'河又自东而南矣。元丰以后，又决而北。议者欲复禹迹，而大臣力主回东之议。降及金、元，其势日趋而南而不可挽。今之河，非古之河矣。"

又：“《元史·河渠志》谓：'黄河退涸之时，旧水泊污池，多为势家所据。忽遇泛溢，水无所归，遂致为害。繇此观之，非河犯人，人自犯之。'予行山东钜野、寿张诸邑，古时潴水之地，无尺寸不耕，而忘其昔日之为川浸矣。近有一寿张令修志，乃云：'梁山泺仅可十里，其虚言八百里，乃小说之惑人耳。'此并五代、宋、金史而未之见也。（原注：《五代史》："晋开运元年，滑州河决，环梁山，合于汶水。"《宋史·宦者传》："梁山泺，古钜野泽，绵亘数百里，济、郓数州，赖其蒲鱼之利。"《金史·食货志》："黄河已移故道，梁山泺水退，地甚广，遣使安置屯田。"沙湾未筑之前，徐有贞疏亦言"外有八百里梁山泺，可以为泄"。）书生之论，岂不可笑也哉。”

案：亭林先生此条，题为河渠，乃为考古今治河利害而发，然兼辨梁山泺之实有八百里，则亦言宋江事者之所当知也。两顾氏之考梁山泺形势，审矣，然尚有未详者。考《宋史》卷六十一《五行志》云："熙宁十年七月，河决曹村，下扫澶渊绝流，河南徙，又东汇于梁山张泽泺。凡坏郡县四十五，官亭民舍数万，田三十万顷。"（案：此事先见于《宋会要》，今载徐松辑本第五十二册《瑞应门》，及一百九十二册《方域门》。）卷九十二《河渠志》亦云"凡灌郡县四十五，而濮、齐、郓、徐尤甚，坏田逾三十万顷"（此数句《日知录》未引）。此四十五郡县，虽不必尽陷为梁山泺，而其田庐之没而不复者多矣。《宋史》言梁山泺广数百里。邵博《闻见后录》卷三十云："王荆公好言利。有小人诒曰：'决梁山泺八百里水以为田，其利大矣。'荆公喜甚，徐曰：'策固善，决水何地可容？'刘贡父在坐中，曰：'自其旁别凿八百里泊，则可容矣。'荆公笑而止。"（案：此事亦见《涑水纪闻》卷十五，但不云八百里。）然则《水浒传》谓"梁山泺方圆八百余里"（见第十一回柴进告林冲语），非夸大之词矣。《金史》卷四十七《食货志》云："大定二十一年八月，尚书省奏山东所刷地数。上谓梁肃曰：'黄河已移故道。梁山泺水退，地甚广，已尝遣使安置屯田。民昔尝恣意种之。今官已籍其地，而民惧征其租，逃者甚众，恐致失所。可免其征，赦其罪，别以官地给之。'御史台奏：'大名、济州因刷梁山泺官地，（孙楷第曰："案：据此则旧梁山泺水北已浸及大名，非止南连济州诸泺而已。宋江等宜可恃以为险也。"）或有以民地被刷者。'上复召宰臣曰：'虽曾经通检纳税而无明验者，复当刷问。有公据者，虽付本人，仍当体问。'二十二年，又命招复梁山泺流民，官给以田。"（金人于梁山泺屯田事，《日知录》及《韩门缀学》皆尝引用《食货志》而不详。）是当南宋之初（金大定二十一年，即宋孝宗淳熙八年也），梁山泺已多涸为陆地，非复八百里之广矣。《金史》卷二十七《河渠志》又曰："明昌五年春，正月，尚书省奏都水监水田栎同本监官讲议黄河利害，尝以状上，言：'可于北岸墙村决河入梁山泺故道，依旧作南北两清河分流。然北清河旧堤岁久不完，当立年限增筑大堤。而梁山故道多有屯田军户，亦宜迁徙。'三月，尚书省谓：'以黄河之水势，苦于墙村决注，则山东州县膏腴之地，及诸盐场，必被沦溺。城使修筑坏堤，而又吞纳不尽，功役至重，虚困山东之民，非徒无益，而又害之也。况长堤已加固护，复于南岸疏决水势，已寝决河入梁山泺之议。水所经城邑，已劝率作护城堤矣。先所修清河旧堤，已遣罢之。'四月，以田栎言河防事，集百官详议以行，百官咸谓：'栎所言弃长堤，无起新堤，放河入梁山故道，使南北两清河分流，为省费息民长久之计。臣等以为黄河水势，非人力可以斟酌、可以指使也。况梁山泺淤填已高，而北清河窄狭不能吞伏。兼所经州县，农民庐井非一。使大河北入清河，山东必被其害。凡栎所言无可用。'遂寝其议。"自大定二十一年，于梁山泺屯田之后，下至明昌五年，已十有四年矣。虽有决河入梁山泺之议，而其事不行。可见当时泺水日益淤塞，与黄河不复相通。然河水迁徙不常，不久而有复趋梁山故道之势焉。《元史》卷六十五《河渠志》云："武宗至大三年十一月，河北河南道廉访司言，近岁亳、颍之民，幸河北徙，有司不能远虑，失于规划，使陂泺悉为陆地，东至杞县三汊口，播河为三，分杀其势，盖亦有年。往岁归德、大康建言，相次湮塞南北二汊，遂使三河之水，合而为一。下流既不通畅，自然上溢为灾。由是观之，是自夺分泄之利，故其上下决溢，至今莫除。即今水势趋下，有复钜野、梁山之意。盖河性迁徙无常，苟不为远计预防，不出数年，曹、濮、济、郓，受害必矣。"袁桷《清容居士集》卷三，有次韵瑾子（桷之子）《过梁山泺诗》云："大野潴东原，狂澜陋左里。交流千寻峰，会合百谷水。量深恣包藏，神静莫比拟。碧澜渺无津，绿树失其涘。扬帆鸟东西，击楫鸥没起。长桥篙师歌，短渡贩夫止。天平云覆幕，湾回路成砥。鹰坊严聚屯，渔舍映渚沚。高桅列鱼贯，远吹生凤觜。前奔何无休，后进复不已。逖如林鸟旋，疾若坡马驶。"此诗之前二首，为题子昂人马图，自注有"时松雪下世一年"之语。考子昂卒于至治二年（见《元史》卷一百七十二本传），则此诗当作于至治、泰定间。（至治三年，英宗遇弑崩，晋王即位，改元泰定。）观诗中所言波澜之阔，舟楫之盛，知梁山泺在当时虽无八百里之广，犹为汪洋巨浸也。（元人咏梁山泺风景之诗尚多，兹不暇引。）自武宗以后，河水时时溃决，不及四十年，而廉访司所谓有复钜野、梁山之意者，竟不幸而言中矣，《元史》卷六十六云："至正四年夏，五月，大雨二十余日，黄河暴溢，水平地深二丈许，北决自茅堤。六月，又北决金堤。并河郡邑济宁、单州、虞城、砀山、金乡、鱼台、丰、沛、定陶、楚丘、武城，以至曹州、东明、钜野、郓城、嘉祥、汶上、任城等处，皆罹水患。民老弱昏垫，壮者流离四方。水势北侵安山，沿入会通运河，延袤济南、河间，将坏两漕司盐场，妨国计甚重。省臣以闻，朝廷患之，命集郡臣议廷中，而言人人殊。唯都漕运使贾鲁昌言必当治。十一年四月初四日，命鲁以工部尚书为总治河防使。是月二十二日鸠工，七月，疏凿成。八月，决水故河。十一月，水土工毕。诸埽诸堤成，河乃复故道南汇于淮，又东入于海。"夫宋之梁山泺，所以广至八百里者，盖历经晋开运、宋天禧、熙宁三次河决（均详见前），合汴、曹、单、濮、郓、澶、齐、徐数州所灌之水而汇于一也。今至正四年，黄河决堤，并河州县罹水患者，案之宋时地理，单州为宋旧治；曹州于宋为乘氏县，与定陶皆属曹州；砀山、鱼台属单州；丰、沛属徐州；汶上宋名中都，属郓州；济南即齐州，是皆宋时梁山泺之故道。余如济宁、金乡、钜野、郓城、嘉祥、任城，于宋、金时皆属济州。观其受灾之区，与元人高文秀《黑旋风双献功杂剧》（见《元曲选》丁集下）所谓"寨名水浒，泊号梁山，东连大海，西接济阳，南通钜野、金乡，北靠青、齐、兖、郓"者正复相合。《元史》虽不言水汇于旧泺，然《明史》卷八十二《河渠志》，谓"至正中，济宁、曹、郓间漂没千余里"，则昔之梁山泺淤而为田者，至此复成泽国，其势然也。虽贾鲁河成，旋复安流，然其积水之停于泺中者，必不能尽挟以去。胡翰《仲子集》有《夜过梁山泺》诗云："日落梁山西，遥望寿张邑。洸河带泺水，百里无原隰，葭菼参差交，舟楫窈窕入；划若厚土裂，中含元气湿；浩荡无端倪，飘风向帆集。野阔天正昏，过客如鸟集。"（亦见《钱谦益诗集》卷十五。）翰殁于洪武十四年辛酉，年七十五。《明史·文苑传》言其尝游元都，此诗必其自金华北上，取道运河之所作也。所写风景，与袁桷诗无以异。其时梁山泺之广阔，尚不止百里。《列朝诗集》甲集卷二十一黄哲《河浑浑诗序》云："洪武辛亥（四年）六月，工部主事仇公，中书宣郎欢公，奉旨按行黄河，北环梁山，逆折至钜野、曹、濮，达盟津，发民疏浚浅壅，俾通粮漕。予亦承乏，今领东平之役，诸公皆会梁山。余记元年春，奉命溯河北来，时兵始袭汴，舟师逾彭城，北入汴南塔张口，溯漫流而西。（《明史·河渠志》云："洪武元年，河决曹州双河口，入鱼台。徐达方北征，乃开塌场口引河入泗以济运。"此序所言，即其事也。塔场口即塌场口。）三年，余朝京师，道出其左。则塔张之津已淤，舟之汴、洛者，北趋戈泊口任城，开闸以西。今由梁山，则迁其故流，又及千里矣。且复晨夕徙迁无常，漕舟苦焉，盖其弥漫奔决，能困兖、豫、徐、冀数州之民，而深不足引舟漕。有司常具舫寻源标帜以前导。翌日，则又徙而他流矣。涂路朽坏，流沙数百里间，篙楫畚锸，无所施其功，故议者欲上闻，欲复堰黄陵冈之举。噫，此季元之覆辙，曷足与议哉。因赋河浑浑。"案：序所言洪武四年浚河通漕之事，《明史·食货》、《河渠》两志皆不载。然哲时方官东平府通判，躬董其役，则甚言固足补史之阙矣。虽其疏浚之功绩如何不可考，然足见自贾鲁河成之后，不过十余年，至洪武初元，黄河又复环梁山而流，折而至于钜野、曹、濮，犹是梁山泺之故迹也。其后不知何时淤塞，不复与黄河通，而断港残潢，未尝尽涸。故徐有贞于景泰间上治河三策，亦言有八十里梁山泊，可以为泄也。（《明史》实作八十里，《日知录》以为八百里者，误。）有贞以景泰四年五月，奉命治沙湾决口。六年七月功成。自此河流北出济、漕，而阿、鄄、曹、郓间，田出沮洳者百数十万顷（见《明史》卷八十三《河渠志》），盖至是并仅存八十里之梁山泺，亦涸而为田。《日知录》云"沙湾未筑以前，徐有贞……"云云，可见沙湾既筑以后，无复有梁山泺矣。虽犹有蜀山、南旺诸湖存，然其去梁山也远，不可谓为即梁山泺也。《方舆纪要》谓"金明昌中，于梁山泺安置屯田，自是遂成平陆"，乾隆《一统志》谓"明筑戴村灞，遏汶南流，梁山泺遂成平陆"者，皆非也。高文秀《双献功》杂剧，有"寨名水浒，泊号梁山，纵横河港一千条，四下方圆八百里"之语。文秀籍隶东平（见《录鬼簿》卷上），梁山泊即在境内，盖得之目验，证以传闻，故其词如此。《水浒传》因而袭之，原非虚构。后人徒见梁山下无复水泊，遂疑为小说家惑人，未免失考。亭林先生此条本不为梁山泺而发，故征引不能甚详。然所言独得要领，胜于诸家多矣。

康熙《寿张县志》（康熙五十六年知县滕永祯修）卷一《方舆志》："梁山在县治东南七十里，上有虎头崖，宋江寨，莲花台，石穿洞，黑风洞等迹。《旧志》云：'汉文帝第二子梁孝王田猎于此，因名梁山。'"

又同卷："凡天下山川，以史乘所纪为据。小说诬民，在所必禁。梁山为寿张治属，其山周围可十里。《水浒》小说乃云'周围八百里'，即宋江寨，山冈上一小垣耳。说中张皇其言，使天下愚民不至其地者，信以为然。长奸盟乱，莫此为甚。因拈出之，以告司治君子，并使天下之人知之，小说之不可信也如此。"

案：《志》于梁山泺下引《旧志》云云，此条附于山川之后，盖亦沿用《旧志》之文。《旧志》作于康熙元年（见卷首所录《分守东兖道左参政张弘

俊旧序》，序文有阙叶，不知修志者姓名），考《职官志》"知县陈璜，进士，
浙江临海县人，顺治十六年任"，康熙元年，正其任内，则《旧志》殆璜所修
钦），于时亭林先生年五十岁。先生与友人书，自言五十以后著《日知录》
（见《文集》卷四），则录中所谓近有一寿张令修志，乃云"梁山泺仅可十里"
者，殆即指此。惟志所辩为梁山周围仅十里，与《日知录》引作梁山泺不合，
不知是否为《新志》所删改，抑系先生误记也。考之诸书，并云山周二十余
里，志谓仅十里者，亦有意贬损之词。此人记所目睹，尚复失实，况欲望其检
寻史传，考梁山泺之实有八百里乎。

又卷八《艺文志·曹玉珂过梁山记》："往读施耐庵小说，疑当时弄兵璜池
者，不过数十百人耳。宋势虽弱，岂以天下之力不能即奏荡平，应作者议宋失
败，其人其事，皆理之所必无者。继读《续纲目》载'宋江以三十六人转掠河
朔，莫能婴锋'。又《宣和遗事》备书三十六人姓名。宋龚开有赞，侯蒙有传
（案：此谓《宋史·侯蒙传》中有蒙上书言宋江事也，而云龚开有赞，侯蒙有
传，似蒙尝为宋江作传矣，其拙于行文如此），其人既匪诬矣。意梁山者，必
峰峻壑深，过于孟门、剑阁，为天下之险，若辈方得凭恃为雄。丁未秋（案：
丁未，康熙六年也），改令寿张，梁山正在境内，拟莅止之后，必详审地利，
察其土俗，以绸缪于未雨。至寿半月，言迈瑕丘，纡途山麓。正午，停舆骑
马，流览其山，娄然一阜，坦然无锐。外有二三小山，亦断而不联。村落比
密，塍畴交错。居人以桔槔灌禾，一溪一泉不可得，其险无可恃者。乃其上果
有宋江寨焉。于是进父老而问之。对曰：'昔黄河环山夹流，巨浸远汇山足，
即桃花之潭，因以泊名，险不在山而在水也。'又云：'祝家庄者，邑西之祝
口也，关门口者，李应庄也。郓城有曾头市。晁、宋皆有后于郓。旧寿张则李
奎扰邑故治也。'且战阵往来，多能历述，多与《水浒传》合。更津津艳称忠
义之名，里闬犹余慕焉。"

案：本志卷四《职官志》："曹玉珂，进士，富平县人。康熙六年十月
任。"记中颇信宋江有据梁山泺事。且谓其险在山而不在水，似欲纠正旧志之
误者。惜不能旁引史事以证明之耳。

乾隆《一统志》卷一百二十九《兖州府·山川》："梁山在寿张县东南七十
里，本名梁山。以梁孝王游猎于此而得名。上有虎头崖、宋江寨，其下旧有梁
山泺。"

又："梁山泺在寿张东南梁山下，久湮。案：《五代史》：'晋开运元年，
河决滑州，环梁山入于汶、济。'司马光《通鉴》：'周显德六年，命步军都指

挥使袁彦浚五丈渠, 东过曹、濮、梁山泺, 以通青、郓之漕。' (见《通鉴》卷二百九十四。)《宋史·河渠志》: '天禧三年, 滑州河溢, 历澶、濮、曹、郓, 注梁山泺。熙宁十年, 河决于澶州、曹村、澶渊, 北流断绝, 河道南徙, 东汇于梁山张泽泺。'《宦者·杨戬传》云: '梁山泺, 古钜野泽, 绵亘数百里, 济、郓数州赖其蒲鱼之利。'盖梁山泺即古大野泽之下流, 汶水自东北来, 与济水会于梁山之东北, 回合而成泺。宋时决河汇入其中, 其水益大。故政和中, 剧贼宋江结寨于此。其后河徙而南, 泺亦渐淤。迨元开会通河, 引汶绝济。明筑戴村坝, 遏汶南流。岁久填淤, 遂成平陆。今州境积水诸湖, 即其余流也。"

案: 明筑戴村坝事在永乐九年 (见《明史》卷八十五《河渠志》)。其后四十余年, 梁山泺犹存八十里, 谓以筑坝遂成平陆者, 非也。《一统志》此条, 可与《方舆纪要》参看。嘉庆重修本卷一百六十五删去 "故政和中, 剧贼宋江结寨于此" 一句, 极谬。

又卷一百四十二《泰安府·山川》: "梁山在东平州西南五十里, 接兖州府寿张县界。《史记·梁孝王世家》'北猎良山'注:《索隐》曰: '《汉书》作梁山。'《水经注》: '济水北迳梁山东, 袁宏《北征赋》曰, "背梁山, 截汶渡", 即此处也。'旧志: '山周二十余里, 上有虎头崖, 下有黑风洞。宋政和中, 盗宋江等保据于此。'其下为梁山泺, 详见《兖州府》。"

案: 嘉庆重修《一统志》卷一百七十九沿用此条, 删去旧志以下四十一字, 盖纂修诸公不信宋江曾据梁山泺, 遂奋笔刊削, 殊失疑以传疑之意。然其兖州府梁山条, 因全袭乾隆志之旧, 致删除未尽, 尚存宋江寨三字, 不悟其前后矛盾。书有愈修而愈亡者, 此类是也。

汪师韩《韩门缀学续编》: "梁山泺在宋为盗薮, 世俗以为宋江据此。考《宋史·蒲宗孟传》云: '梁山泺素多盗, 宗孟痛治之, 虽小偷微罪, 亦断其足筋。盗虽为衰止, 而所杀不可胜计。'刘延世《孙公谈圃》云: '蒲宗孟知郓州, 有盗黄麻胡依梁山泺, 至是贼以绝食, 遂散。' (案:《谈圃》卷下云: "恭敏下令禁民毋得乘小舟出入泺间, 贼既绝食, 遂散去。"恭敏者, 宗孟谥也。) 此神宗时事, 在淮南盗宋江犯淮阳、京东事在宣和初者, 相隔四十年矣。《徽宗本纪》及《侯蒙》、《张叔夜传》纪宋江事者, 俱不及梁山泺。他若 '许几知郓州, 梁山泺多盗, 皆渔者窟穴。几籍十人为保, 使晨出夕归, 否则以告, 辄穷治, 无脱者' (案: 见《宋史》卷一百三十几本传)。又 '任谅提点刑狱, 梁山泺渔者习为盗, 荡无名籍, 谅伍其家, 刻其舟, 非是不得辄入, 他县地错其间者，刻名为表。盗发则督吏名捕，莫敢不尽力，迹无所容'（案：见《宋史》卷三百五十六谅本传）。此俱及徽宗时，而未至宣和。宋江横行在其后，其先或窟穴于此。逮至黄河移故道，梁山泺退地甚广，民得恣意耕种，地已不属宋矣。《金史·佞幸传》，'正隆六年（原注：即金世宗大定元年，宋高宗绍兴三十一年），海陵南伐。时梁山泺水涸，战船不得进。'《食货志》云，'金刷梁山泺地，遣使安置屯田，民惧征租，逃者甚众。大定二十二年，招复梁山泺流民，官给以田。'此乃宋孝宗淳熙九年，距宣和时又五十余年矣。元志河渠、食货，都不及梁山泺，惟于决堤偶序及之。明洪武初，胡翰（原注：字仲子，金华人）有《夜过梁山泺》云：'洸河带泺水，百里无原隰，葭菼参差交，舟楫窈窕入。'又云：'往时冠带地，孰踵崔蒲习，肆噬剧跳梁，潜谋固坏蛰。'是明时犹有水有盗也。景泰间，河决沙湾。徐有贞请开广济河，谓'其外有八十里梁山泺，可以为泄'，其地之洼下而闲空可知。今人见其无水，并疑小说言有水者为谬。岂知地在宋、元为众水之所聚哉。"

案：《宋史》无宋江据梁山泺事，他书亦不言其根据地所在。《宣和遗事》始言"晁盖八个，劫了蔡太师生日礼物，不免邀约杨志等前往太行山梁山泺去，落草为寇"。"宋江杀阎婆惜后，直奔梁山泺，晁盖已死，吴加亮等推让宋江做强人首领"。小说家言本不可尽信，汪氏疑之是也。然元人陈泰、陆友仁诗文（均见前），皆以宋江与梁山泺并言。袁桷《过梁山泺诗》有句云："飘飘愧陈人，历历见遗址，流移散空洲，崛强寻故垒。"所谓崛强故垒，意盖指宋江寨也。明、清《一统志》及《读史方舆纪要》，亦言宋江尝结寨保据于此，是则旧说相传，历历有据。顾祖禹史学名家，著述尤为不苟，又尝与修《一统志》，得见《永乐大典》及《天下郡国图经》。（杭世骏《道古堂文集》卷三十八《胡东樵墓志铭》云："昆山徐大司寇乾学总裁《一统志》，礼延太原阎若璩、无锡顾祖禹、常熟黄仪泊先生与修，因得纵观天下郡国之书。"刘献廷《广阳杂记》卷二云，"上因修《一统志》，令天下皆具与地图册以考疆域地理之远近，皆聚于统志馆中"。可见馆中地志之富。而《方舆纪要》凡例乃云："近代《一统》、《寰宇》、《名胜》诸志，及《十三司通志》，余皆得见之。其《天下郡县志》得见者十未六七也。踯躅田野，无从搜集。"云云。盖凡例作于未入《一统志》馆以前，故其言如此。然得见《天下郡县志》几十之六七，亦不为不富矣。）故《读史方舆纪要》，考据精密，具有本源。其凡例云："近世言方舆者，依据失伦，是非莫主，或一事而彼此相悬，一说而前后互异，称名偶同，漫为附会，传习不察，竟昧繇来。欲矜博洽之名，转滋缪庚之罪。余不敢妄为附和也。"又云："是书于宋、元诸史不能尽存，而近时闻见尤用阙如，盖不欲以可据之方舆，乱以无稽之记载也。"其体例之严如此。知书中所采，并出故书雅记，必不至撍拾小说，漫为附会，断可识矣。宋江据梁山泺，既历见于元人诗文及明、清地志，又为《方舆纪要》所取，自必确有其事，无可疑者。余尝考之《宋史·张叔夜传》，言"宋江起河朔"，汪应辰《文集》亦称为"河北剧贼"，似江本踞河北。然《东都事略》及《宋史·徽宗纪》，于宣和三年二月，书"淮南盗宋江犯淮阳军"，与《叔夜传》又复不同。盖因江自淮南路，出兵以进淮阳（淮阳属京都路），遂就其屯驻之地以为之目。其称"河北贼"，亦特追叙其初起一时之事。故方勺《泊宅编》记宣和二年十二月事，又称为"京东贼"。江之未尝久踞河北、淮南可知。然则江之根据地果在何处，未易明也。惟《十朝纲要》于宣和元年书"招抚山东盗宋江"，此其事载于诏旨，着于官文书，最可保信。是江之根据地，固明明在山东境内矣。但山东并非一地之专名，难于确指其处。顾亭林尝言，"古者自函谷关以东，总谓之山东。唐人则以太行山之东为山东，而非若今之但以齐、鲁为山东也"（见《日知录》卷三十一）。王西庄亦谓"唐以河北魏、博、镇、冀诸镇为山东"（见《十七史商榷》卷九十）。此其论唐以前之山东皆是也，而非所语于宋以后之山东。若阎潜邱之说，以为"山东之名起于金，本宋之京东东路、京东西路，金以都既不在汴，易'京'为'山'，而不知'山'字无著"（见潜邱《札记》卷三释地余论），则殊大谬不然。宋之所谓山东，正是指京东两路言之（即今之山东省），而非复唐以前之山东。今不暇远引他书，姑以记南北宋间事者证之。《系年要录》卷十一记建炎元年十二月事云："初，左副元帅宗维闻上幸维阳，乃约诸军分道入寇。宗维自河阳渡河攻河南，十二月，入西京。右副元帅宗辅与其弟宗弼自沧州渡河，攻山东。明年春，陷青、潍（原误作维）。"青州、潍州皆京东东路也。是时金人已尽陷河北，引兵渡河，则此山东非指河北矣。又卷二十二记建炎三年三月事云："金人陷京东诸郡。时山东大饥，人相食，啸聚蜂起。金再犯青州，守臣刘洪道弃城去。于是右副元帅宗辅、左监军昂摩乘势尽取山东地。惟济、单、兴仁、广济以水阻尚存焉。"陷京东诸郡而谓之尽取山东地，是山东即京东矣。济、单、兴仁、广济，皆京东西路也。又卷三十引张汇进论曰："粘罕（刻本改为尼玛哈，今用本名）止有五六千骑。自建炎二年秋九月离云中下太行，渡黎阳，攻澶（即开德府，属河北东路）、濮（属京东西路）、山东诸州郡，以至犯扬州。是时两河州郡尚有未陷者。山东州郡，十陷二三。"云云。上云两河，下云山东，非指京东两路耶？姑举此数条证之，知京东之称山东，由来已久，宋人著书，必不肯用金人所改之名也。阎氏之言，不然明矣。宋江据梁山，其地属京东西路之郓州，故称之为"山东盗"。《泊宅编》言："京东盗宋江出青、齐、单、濮间。"青、齐、单、濮，皆京东路滨梁山泺之地也。元陆友仁诗云："京东宋江三十六，悬赏招之使擒贼。"（详宋江条。）不曰河北，不曰淮南，并不曰郓城（小说言江为郓州郓城县人），而曰京东者，因梁山泺弥漫京东诸州郡，故举其根据地之所在以称之也。江所以能驰骋十郡，纵横于京东、河北、淮南之间者，以梁山泺水路可通故也。凡此皆可以意会得之者。汪氏所考，殊为未尽。梁山泺在宋江以前，已为盗薮，诚如汪氏之言。然宋江之后，其地亦未尝无人入据。洪迈《夷坚乙志》卷六："宣和七年，户部侍郎蔡居厚罢知青州，以病不赴，归金陵，疽发于背，命道士设醮，倩所亲王生作青词，少日而蔡卒。未几，王生暴亡，三日复苏，连呼曰：'请侍郎夫人来。'夫人至，王乃云：'初如梦中，有人相追逮，至公庭。俄西边小门开，狱卒护一囚，扭械联贯立庭下，细视之，乃侍郎也，回望某云："汝今归便与吾妻说，速营功果救我，今只是理会郓州事。"'夫人恸哭曰：'侍郎去年帅郓时，有梁山泺贼五百人受降，既而悉诛之，吾屡谏不听也。'"又徐梦莘《三朝北盟会编》卷一百四十三云："张荣，梁山泺取渔人也。聚梁山泺，有舟师二三百人（案：《系年要录》卷三十三作有舟数百，则不止二三百人矣），常劫掠金人。杜充为留守时，借补荣官至武功大夫，遥郡刺史，军号为张敌万。"盖自宣和三年宋江离去之后，梁山泺旋为他人所据，至六年降于蔡居厚，为所杀。逮建炎初，张荣又起兵于此。其后，地虽入金，仍为兴兵反抗者之根据地（见前引《方舆纪要》）。因其地芦苇丛生，烟波无际，聚众出没其间，易于逃匿，难于捕捉，故随扑随起，迄不能定也。俞荫甫乃以蔡居厚所杀者为即宋江（见宋江条），由其习读小说，而不考史事，第知梁山泺有宋江耳。

袁枚《随园随笔》卷十八《辨讹类》下："俗传宋江三十六人据梁山泺，此误也。案：《宋史·徽宗本纪》，侯蒙、张叔夜两传纪江事者，并无梁山泺之说。惟《蒲宗孟传》言'梁山泺多盗，宗孟痛治之，虽小偷必断其足，盗虽衰止，而所杀甚多'。《孙公谈圃》云，'蒲宗孟知郓州，有盗黄麻胡依梁山泺为患'云云，此是神宗时事，与宋江之起事宣和初者，已相隔数十年矣。"

案：以此条与《韩门缀学》两相比勘，所不同者才十许字，虽曰暗合，何其巧也。袁氏与韩门生同时（汪长于袁十岁，卒于袁前），疑其尝见《缀学》

而袭取之耳。如引《宋史》"所杀甚多"，引《谈圃》"依梁山泺为患"，皆非本书之语，盖只顾点窜字句以掩剽掇之迹，而忘其与原书不合也，可谓欲盖弥彰者矣。袁氏以文学著名，读其书者不少。嘉庆重修《一统志》，于梁山泺条下，删去宋江事，未必不由于此。故姑存其说云尔。

选自《余嘉锡论学杂著》（上），中华书局，1963年

北宋诗话考

郭绍虞

一 存本

《六一诗话》（附录附）《温公续诗话》《中山诗话》《诗病五事》《优古堂诗话》《临汉隐居诗话》《后山诗话》《石林诗话》

二 残本

《王直方诗话》《陈辅之诗话》《潘子真诗话》《潜溪诗眼》《西清诗话》《古今诗话》

三 佚本

《李希声诗话》《洪驹父诗话》《蔡宽夫诗话》《诗史》《唐宋诗话》《闲居诗话》《纪诗》《三莲诗话》《王禹玉诗话》《潘兴嗣诗话》《刘咸临诗话》《唐诗史》

四 辑本

《东坡诗话》《诗总》《诸家老杜诗评》《玉壶诗话》《沈存中诗话》《侯鲭诗话》

五 附录

《洛阳诗话》《桂堂诗话》《玉堂诗话》《朱定国诗话》

余旧有辑撰文史考之意，拟分内容为数编。（1）总论，凡总论或杂论诗文者属之。（2）论文，凡论散文，或骈文四六以及论赋论史制艺诸类均属之。（3）论诗，凡论诗及乐府，以及论词论曲诸属韵文者属之。（4）附辑，凡关于文史一类之丛书类书或伪书均属之。数年前曾整理此稿，选其一部印为讲义。顾以范围过广，卒卒鲜暇，未及写定。兹以积稿过多，散失堪虞，爰缩小范围先就诗话一类，依时论述。本文所论，仅及北宋。前此诸书如《诗品》、《本事诗》之属，非不与诗话相近，然衡其体制要自有别。故即北宋论诗之作，凡体近笔记或专论诗格者均不赘焉。

一　存　本

《六一诗话》一卷，欧阳修撰，存。附《附录》一卷，日人近藤元粹辑。

欧阳修，字永叔，庐陵人，《宋史》三百十九卷有传。是书前有自题一行，称"居士退居汝阴而集以资闲谈也"，是此书乃熙宁四年欧公致仕以后所作。《四库书目提要》称此为修晚年最后之笔是也。

诗话之体，当始于欧阳修，说详拙撰《宋诗话辑佚自序》。欧阳氏以前，非无论诗之著，如潘若同①《郡阁雅言》②、王举《雅言系述》，似均在欧阳氏之前，然非纯粹论诗之作，故《宋史·艺文志》均著录小说类，不入文史类。而晁公武《郡斋读书志》亦称其旁及贤哲遗事，则诗话之称，固始于欧阳修，即诗话之体亦可谓创自欧氏矣。

诗话之作，既创自欧公，故此书原只称诗话，初无"六一诗话"、"六一居士诗话"、"欧公诗话"、"欧阳永叔诗话"、"欧阳文忠公诗话"诸称；其加以特称者，皆出后人所加，取便称引而已。至赵翼《瓯北诗话》引其赠苏、梅二子诗谓载公《归田诗话》中，则不免巧立名目，易滋淆误，岂以公有《归田录》，遂误合为一耶？是书有全集本，《百川》本，《说郛》本，明刻《宋诗话五种》本，《津逮》本，《历代诗话》本，《萤雪轩》本。又据《千顷堂书目》有《古今汇说》本，未见。各本均作一卷，惟《江西通志·艺文略》诗文评类作六卷，并谓"谨案《郡斋读书志》作《欧公诗话》一卷，《书录解题》亦作一卷，今从《四库目录》"云云，实则《四库目录》亦作一卷，不云六卷也。

张邦基《墨庄漫录》卷八称"欧阳文忠又有杂书一卷，不载于集中，凡九事。其卷前自题一行云：'秋霖不止，文书颇稀，丛竹萧萧，似听愁滴，顾见案上故纸数幅，信手学书，枢密院东厅。'是其杂书九事当在嘉祐中官枢密副使时，今案其所言，如论九僧诗"马放降来地，雕盘战后云"，"春生桂岭外，人在海门西"诸好句，及论"鸡声茅店月，人迹板桥霜"，"野塘春水漫，花坞夕阳迟"二联之工，与讥贾岛《哭僧诗》"焚却坐禅身"为烧却活和尚，此数事均见《六一诗话》中。是则诗话之作，盖退居以后整理旧稿之所为也。杂书一卷，则诗话之前身也。

是书以杂书为前身，故撰述宗旨初非严正，《宋四库阙书目》列入小说一类③，盖非无因。后世诗话之作，与说部难以犁别，亦不可谓非是书为之先也④。日人近藤元粹复据欧公《试笔》、《归田录》二书辑其论诗之语，以为附录，亦可知诗话与笔记之本难犁别矣。

是书所论，常为后人诟病者有数事，然均不关重要。如九僧诗非无传本一事，自司马温公《续诗话》，已补正之，清王士禛《蚕尾文》，及张宗泰《鲁岩所学集》又均据陈起《高僧诗选》，以正其误，此则记忆偶疏，原不足怪。至如张继诗所谓半夜钟事，与"风暖鸟声碎"一联为周朴或杜荀鹤诗，此则原无定论，亦未可遽加非难也。许印芳《诗法萃编》录其状难写之景、含不尽之意诸语，甚称其得文章秘要，允为公论。当时欧、梅诸公论诗之旨，亦可于此窥测矣。

《温公续诗话》一卷，司马光撰，存。

光，字君实，陕州人，《宋史》三百三十六卷有传。光卒于元祐元年，后欧阳修凡十四年，据其自题称："诗话尚有遗者；欧阳公文章名声虽不可及，然记事一也，故敢续书之。"则是此书当亦熙宁、元丰间所撰也。

是书有《百川》本，明刻《宋诗话五种》本，《津逮》本，《历代诗话》本，《萤雪轩》本，又《说郛》本不全。今世所传各本，大率皆自《百川》本出。是书原无定称，故亦多歧称：《百川学海》本作《司马温公诗话》，《宋四库阙书目》作《司马光诗话》，《通志·艺文略》作《司马君实诗话》，《诗话总龟》引作《司马太师诗话》，《渔隐丛话》引作《迂叟诗话》，盖与欧阳修《六一诗话》同例。惟伍涵芬《说诗乐趣》采用书目有司马光《洛阳诗话》，则为无据⑤。又《宋史·艺文志》文史类有司马光《续诗话》一卷，复有司马光《诗话》一卷，当亦以误于歧称而复出者。至张宗橚《词林记事》所引，或称《温公诗话》⑥，或称《迂叟诗话》⑦，或又作《温叟话诗》⑧，则更为失检矣。

又是书撰述意旨，原与欧公相同，重在记事，故得云续。且是书中如"惠崇诗"条，"九僧诗集"条，均续《六一诗话》中"国朝浮图"一条者；"科场程试诗"条，即续《六一诗话》"自科场用赋"一条者；"王绅作宫词"条即续《六一诗话》"王建宫词"一条者；"梅圣俞之卒"一条即续《六一诗话》"郑谷诗名"一条者。他如"鲍孤雁"条近于《六一诗话》之言"梅河豚"，而"魏野"一条谓状难写之景，亦即《六一诗话》所述圣俞论诗之旨。则知所谓"诗话尚有遗"云云，信不诬也。

《四库书目提要》称"光德行功业冠绝一代，非斤斤于词章之末者，而品第诸诗，乃极精密"，所言极是。案温公论诗之语，除诗话外见《渔隐丛话》所引者，尚有《司马文正公日录》数则，若援近藤元粹《六一诗话附录》之例，则此亦可辑成《温公诗话附录》者也。又《渔隐丛话》前集十三引《迂叟诗话》一则云："唐曲江，开元天宝中旁有殿宇，安史乱后，其地尽废。文宗览杜甫诗云：'江头宫殿锁千门，细柳新蒲为谁绿。'因建紫云楼、落霞亭，岁时赐宴，又诏百司于两岸建亭馆。太宗于西郊凿金明池，池中有台榭以阅水戏，而士人游观无存泊之所，若两岸如唐制设亭馆，即逾曲江之盛也。"又《丛话》前集二十三引《迂叟诗话》云："《周礼》四时变国火，谓春取榆柳之火，夏取枣杏之火，季夏取桑柘之火，秋取柞楢之火，冬取槐檀之火。而唐时唯清明取榆柳之火，以赐近臣戚里。本朝因之，唯赐辅臣戚里帅臣节察三司使知开封府枢密直学士中使皆得厚赠，非常赐例也。"是二条均今传各本所无。

是书记载之误，惟载青州刘概一条，谓概"弃官隐居野原山"，野原为冶原之误。地有冶泉，或云欧冶铸剑之地。王士禛《池北偶谈》及《渔洋诗话》，均指为温公，不考证之误。然案王辟之《渑水燕谈录》卷四，亦言青之南有冶原，昔欧冶子铸剑之地。富郑公镇青时，知刘概欲久居其间为筑室泉上。司马温公《诗话》载其诗"读书误我四十年，几回醉把栏杆拍"云云，则是王辟之已知其误，亦不自渔洋始也。

《中山诗话》一卷，刘攽撰，存。

刘攽字贡父，临江人。《宋史》三百十九卷附其兄敞传。贡父以博洽滑稽著称，故是书所载多涉考据，又颇杂以诙谐。贡父吟咏虽不甚著，而此论诗之语独得流传，岂亦以其体近小说，易为人称述故欤？贡父卒于元祐三年，其书之成当亦在熙宁、元祐间。今传诗话，除《六一》、《温公》而外，当以此为最古。

是书，《郡斋读书志》及《通考》作三卷，《宋四库阙书目》作二卷，《直斋书录解题》及《通志》又作一卷。今世通行本，如全集本、《百川》本、《说郛》本、明刻《宋诗话五种》本、《津逮》本、《历代诗话》本及《萤雪轩》本，均为一卷，无作二卷三卷者⑨。窃疑是书卷帙或有繁简。考李心传《旧闻证误》有一则引《贡父诗话》云："乾德四年春平蜀，蜀宫人有入掖庭者，太祖览其镜背云：乾德四年铸。上大惊，以问陶、窦二内相。二人曰：'蜀少主尝有此号，镜必蜀中所铸。'上曰：'作宰相须是读书人。'自是大重儒臣。"又何溪汶《竹庄诗话》二十二引《刘贡甫诗话》云：海州士人李慎言尝梦至一处水殿中，观宫女戏毬，山阳蔡绳为之传，叙其事甚详，有抛毬曲十余阕，词皆清丽，今独记二阕云云。是均宋人著作，而所引为今本《中山诗话》所无者，或当时自有足本欤？

案：刘氏虽以博洽见称，而诗话所载时多误谬。如解杜诗"功曹非复汉萧何"句，时人议之者颇多。《王直方诗话》引江子载说云："《高祖纪》何为主吏，孟康曰，主吏，功曹也。"又吴可《藏海诗话》云："功曹非复汉萧何，不特见《汉书注》，兼《三国志》云，为功曹当如萧何也。"此后《郡斋读书志》亦指其谬。江、吴二氏之说均在晁公武前。《四库书目提要》只言为晁所纠，亦未详考。又论白乐天诗"请钱不早朝"谓"请作平声，唐人语也"。《王直方诗话》亦引江子载说云："颜师古注《汉书》请或音才性反，或不音，唐或以请作平声，误矣。"此均宋人之说。此外如《提要》称其引刘子仪诗误以《论语》"师也辟"为"师也达"，漫无驳正，张宗柟《带经堂诗话》称其以旂字当直音芹，为误后学不浅：是均此书可议之处。至其所述，如论锦瑟为令狐楚青衣之名，及潘阆题钟楼诗，均似无据，《提要》及吴骞《拜经楼诗话》亦已辨之。贡父虽博洽，而可议之处，转较他书为多。岂此为公不经意之作，不暇察其疵累邪？

《诗病五事》一卷，苏辙撰，存。

辙，字子由，眉山人，《宋史》三百三十九卷有传。其所撰《诗病五事》，仅五则，载《栾城三集》卷八。此本随笔记录之文，非能别出成书。《苕溪渔隐丛话》引其文只称"苏子由云"，知宋时犹不以为书名。自陶宗仪辑入《说郛》，于是《四川通志·经籍志》诗文评类且著录之，不复以是为篇名矣。日人近藤元粹复据《说郛》本辑入《萤雪轩丛书》中。

《优古堂诗话》一卷，吴开撰，存。

开，字正仲，滁州人。绍圣丁丑中宏词科；靖康中官翰林承旨，以主和又趋附金人，建炎后窜谪以死。瞿氏《铁琴铜剑楼》有旧钞本。题毛开平仲撰，当误。

是书除旧钞本外，有《读书斋丛书》本，《历代诗话续编》本。据其所载徐骏跋，知均自旧钞本出。是书旧无传本，亦殊可疑。考《培林堂书目》，有吴绮《漫堂随笔》一卷，不知与是书之关系何如？

是书所论，重在诗中用事出处。《四库书目提要》谓"夺胎换骨，翻案出奇，作者非必尽无所本，实则无心暗合，亦多有之，必一句一字求其源出某某，未免于求剑刻舟"，诚属通论。然如吴氏之必源其所出亦有二长：其一，论杜诗者，每称其每字有来历，如以杜《送蔡希鲁诗》"身轻一鸟过"句，为出张景阳诗"人生瀛海内，忽如鸟过目"。又杜《赠韦左丞诗》为仿鲍明远《东武吟》"主人且勿喧，贱子歌一言"。类此诸例则于杜氏所谓"熟精文选理"者，得一左证。近人李详撰《杜诗证选》即同此旨。其二，论黄诗者，如《山谷取唐人诗》一条谓："唐宋画《喜陈懿老至》诗云：'一别一千日，一日十二忆，苦心无闲时，今日见玉色。'乃知山谷'五更归梦三千里，一日思亲十二时'之句取此。"则又于黄氏所谓夺胎换骨，点铁成金者，得一左证。杜、黄论诗，本重在有来历，与钟记室所谓"古今胜语，多非补假，皆由直寻"者殊致，则知辗转推寻，搜求根原，本宜分别论之，未可遽以求剑刻舟矣。是书所论，如黄山谷诗，如韩子苍诗，如陈去非诗，如徐师川诗等，皆可以此意观之。意当时江西诗派风靡一时，故吴氏遂本其说以论诗耶？且观当时论诗诸家如《归叟诗话》、《高斋诗话》、《复斋漫录》，亦多如此者，更足证一时风气如是。

又案：徐骏跋称其"杂见他书"而未明言其所出，今考"二十八字媒"一条见《王直方诗话》，而"学诗如学仙"一条，亦略同《直方诗话》所引潘邠老说。"天北极殿中间"条，"时送红梅一阵香"条⑩，"望夫石"条，"船如天上坐人似镜中行"条，"阳关图"条，"一意两用"条，"谢惠含桃谢惠茶诗"条，"花应解笑人"条，"妓人出家诗"条，"咏叔孙通诗"条，"以玉儿为玉奴"条，"太液披香"条，"横陈"条，"鲈肥人脍玉"条，"裹饭非子来"条，"牛带寒鸦过远村"条，"褒公鄂公"条，"春在先生杖履中"条⑪，"山谷取唐人诗"条，"飞鸟外夕阳西"条，"耕田欲雨刈欲晴"条，"绝句"条，"门雀屋乌"条，"寒食疾风甚雨"条，"独鹊袅庭柯"条，"珠还合浦"条，"茶囊非芰荷之荷"条，"可人惟有秦淮月"条，"禅心竟不起"条，"谷口未斜日"条⑫，"咏妇人多以歌舞为称"条，"鱼遗子鹿引麑"条，"梦中梦身外身"条，均见《复斋漫录》。"诗可以观人"条，"两蜗角"条，均出《高斋诗话》。类此者不一而足，窃疑此书非吴氏之剽窃，即后人之依托。观《渔隐丛话》所引有《复斋漫录》、《高斋诗话》诸书而不及

《优古堂诗话》，是亦可疑也。又此书与吴曾《能改斋漫录》卷八所载多同。曾时代较忏稍后，其书杂录昔人之说，固不可免，然全部录入而没吴忏之名似不应如此。此我所以致疑于此书为出后人之依托也。

《临汉隐居诗话》 一卷，魏泰撰，存。

泰，字道辅，襄阳人。为曾布妇弟，恃其势为乡里患苦，其人殊不足取。其所为书，如《东轩笔录》，是非亦多不可信。鲍廷博跋称其撰《志怪集》、《括异志》、《倦游录》诸书，皆托之武人张师正而自为之序，最后复假梅尧臣之名作《碧云騢》至诬及范文正。其作伪及诬蔑前人类如此。《四库提要》称此书以党熙宁而抑元祐，不为无见。惟以泰颇能文章，故其书在宋人诗话中，传本独多，盖亦所谓不以人废言者耶？

此书诸本，如《知不足斋》本，《龙威秘书》本，《七子诗话》本，《湖北先正遗书》本，《古今说部》本，《萤雪轩》本，均为足本。此外，如《说郛》本，《古今诗话》本，《历代诗话》本，《奇晋斋》本，《学海》本等均有残缺。故今传诸本，以《知不足斋》本为最善。

魏氏论诗，主有余味，颇与石林为近。如云："诗者述事以寄情，事贵详，情贵隐。如将盛气直述，更无余味，则感人也浅。"又云："凡为诗当使挹之而源不穷，咀之而味愈长。至如永叔之诗，才力敏迈，句亦清健，但恨其少余味尔！"又云："诗主优柔感讽不在逞豪放而致怒张也。"凡此诸说，颇中当时苏、黄之病。岂其论诗宗旨本是如此，抑以欲敌苏、黄之故，遂主优柔感讽以攻之耶？泰虽金壬，要其言亦不无足取也。

其论诗谬误之点，王楙《野客丛书》曾举二事：（1）泰议杜牧之诗"珊瑚破高齐，作婢春黄糜"，以为李询得珊瑚，其母令衣青衣而春，无糜字，此为趁韵而非事实。殊不知既言衣青衣而春，则添一字何害。（2）刘禹锡自称《平淮西诗》，尽李愬宪宗之美，泰以为不知此句为何等语，此亦不知诗文意到自有所喜。张宗泰《鲁岩所学集》中《跋临汉隐居诗话》一文亦议其失。（1）泰讥韩退之诗"庚午憩时门，临泉观龙门"以为愈不获睹春秋时郑时门龙门之事。此不知诗人想象所及原不拘于实境。论诗若是，不免滞板。（2）谢伯初字景山，而泰误纽其名字为一而作"谢伯景"。（3）泰引王禹偁《送朱严诗》，有榜眼科名释褐初之语，则朱严当为第二人进士及第，乃谓为第三人亦误。凡此诸端，均足补《提要》之所未及。又张宗泰跋称："《提要》谓考王维诗颠倒之字亦颇有可采，而书只有孟浩然入翰苑访王维一语，其余无一字及王维，未知何故也。"案：张说甚是，考王楙《野客丛书》引《汉皋诗话》有字颠倒可用一条，岂以"临汉"、"汉皋"易相混淆，遂以是误记耶？

又案：《临汉隐居诗话》与《东轩笔录》虽别为二书，然其中颇多互见之条。如"苏舜钦自叹作诗被人比梅尧臣，写字被人比周越"条，"欧阳修即席赋《晏太尉西园贺雪歌》"条，均见《笔录》卷十一，"沈括、吕惠卿、王存、李常四人论诗"条，又与"王荆公评诗"条，均见《笔录》卷十二，"杨察谪守信州于饯筵作诗"条，"密翁翁对糖伯伯"条，均见《笔录》卷十五。是亦可知此书为秦晚年所撰，故有称录前著之处。

《后山诗话》一卷，陈师道撰，存。

师道，字履常，一字无己，彭城人。《宋史》四百四十四卷《文苑》有传。此书除全集本外，有《百川》本，《稗海》本，明刻《宋诗话五种》本，《津逮》本，《历代诗话》本，《萤雪轩》本及《说郛》本。案：是书诸家称引著录，或作陈无己，或作《后山居士诗话》；又卷数则或称二卷，或作一卷，如《直斋书录解题》、《通考》、《经籍考》均作二卷，而《宋史·艺文志·子部·小说家》则云一卷：知是书非出陈氏手定，故多岐异。考《后山集》二十卷，为其门人彭城魏衍所编。衍记《诗话》、《谈丛》各自为集，而今本皆入集中，则非魏氏手录之旧可知。毛晋以其在集中而信之，非也。然其书论诗论文，颇多精义，如所谓"宁拙毋巧，宁朴毋华，宁粗毋弱，宁僻毋俗"云云，自是西江派论诗宗旨。又是书所论兼及古文四六，实为其后《诚斋诗话》等书之所祖。即其言诗，不偏于论事，而论辞亦不限于摘句，则又为《沧浪诗话》、《对床夜语》诸书之所出。使诗话之作由说部而返于文史，则其关系至钜，正不必以依托病之矣。且魏衍既言《诗话》、《谈丛》各自成集，则后山之有是二书，自无可疑。今本所传，亦未必全出好事者以意补之。或后山原有此著，未及成书；后人编次，遂不免有所增益耳。考胡仔《渔隐丛话》云："无己《后山诗话》论黄独无苗山雪盛，及过时如发口，君侧有逸人，韦苏州书后欲题三百颗，评李白诗如黄帝张乐于洞庭之野，此四事皆见鲁直《豫章集》中。今《后山诗话》亦有之，'不差一字'。疑后人误编入也。"则陆游以前，胡仔早已疑之。今案：此数节在"鲁直与方蒙书"一条后，"与潘邠老书"条前[注]，盖原书于此前后数节当是杂录山谷语而未加编次。后人不知，遂致以鲁直与方蒙、洪朋二书与《潘邠老书》割裂为二。此正是出后人补编之证，而非好事者以意为之矣。且是书既经《渔隐丛话》诸书称引，则亦未必南渡后曾经散佚也。

王文诰《苏海识余》卷二,论查《注》引《陈无己诗话》之谬:称"细检王本载无己《注》,二十四条无不平正简当,是查《注》多引谬说,不独疵累本集,即无己亦冤也"。亦可知是书之误,当出后人编录之谬,非无己原书之咎矣。

又案:《升庵诗话》卷一"后山诗话"条有"鲍明远《行路难》壮丽豪放若决江河,诗中不可比拟,大似贾谊《过秦论》"云云。此数语不见今传各本中。岂此为佚文耶?抑升庵误记耶?

《石林诗话》三卷,叶梦得撰,存。

梦得,字少蕴,吴县人。绍圣四年进士,晚居吴兴弁山,自号石林居士,绍兴十八年卒。《宋史》四百四十五卷有传。

梦得所著,除《石林诗话》外,尚有《石林燕语》,《避暑录话》诸书,盖亦与《石林诗话》为同性质之书。《宋史》称其多识前言往行,谈论亹亹不穷,盖与魏泰为一流人物,固宜其所著多偏于诗话笔记一类矣。

此书著录,始见陈振孙《书录解题》。陈氏列文史类,作一卷。今世无单行宋本,不知此一卷本与今传三卷本有无异同。今世所传,惟《津逮秘书》与《唐宋丛书》又《四库》著录均作一卷。据毛晋《津逮》本《跋》谓"今春从吴兴贾人购得诗话十卷,《石林》其一也,腐蚀几半,亟为之补遗正讹"云云。是毛氏所得当亦为丛书,非单行宋本也。此书丛书本之最早者,为左圭《百川学海》本,凡三卷,是此书在宋时已有三卷本。瞿镛《铁琴铜剑楼藏书目》有影钞元陈仁子刻本,亦三卷,是宋、元均流行三卷本。毛氏所刻或是随意并合,非必见宋刻一卷本也。

是书卷数,除上述三卷一卷分合各异外,尚有二卷本,世人罕论及者。清代叶廷琯、叶德辉重刊《石林诗话》,于是书版本考证綦详,亦未言有二卷本。考马端临《文献通考·经籍考》文史类云:"《石林诗话》二卷,陈氏曰叶梦得撰。"是马氏所言卷数当据《书录解题》,乃与今本《书录解题》不同,何也?又《浙江通志·经籍志》文史类亦作二卷,并明言据《书录解题》,不知是否传写之误,抑或《通考》既误于前,而《浙江通志》未及详考原书,遂亦展转致误欤?第考明祁承爜《澹生堂书目》诗文评类,《石林诗话》二卷,《百川学海》本;又陈继儒《太平清话》论石林所著书,亦言诗话二卷,则似明时又有二卷之本。然与今传《百川》本之卷数又不同,何也?

今世所传诸丛书本有《百川》本，《说郛》本，《津逮》本，《历代诗话》本，《唐宋丛书》本，《萤雪轩》本。又有顾龙振《诗学指南》本，不全，且以叶梦得为高似孙，尤误。单行或附刊全集之本。有叶廷琯校刻之《楙花盦》本及叶德辉校刻之《叶石林遗书》本。此二种校刻精审，允推佳本。《楙花盦》本附有叶廷琯所辑之《石林诗话拾遗》，与《石林诗话附录》。《拾遗》足补今传各本之遗，《附录》则汇辑后人指正之语，足资辩证。叶德辉重刊《石林遗书》本，除转录上述二种外，复辑有《石林诗话拾遗补》与《石林诗话附录补遗》二种。至此书各本原委，叶德辉《重刊石林遗书本序》中论之綦详，兹不复赘。

是书论诗宗旨颇与沧浪相似。如谓"禅宗论云间有三种语：其一为随波逐浪句，其二为截断众流句，其三为函盖乾坤句"，因谓老杜诗，亦有此三种上语，但先后不同。是为沧浪以禅喻诗之所出。如论欧阳文忠公诗专以气格为主，律诗意所到处，虽语有不伦亦不复问，而学之者往往倾困倒廪无复余地。又云："长篇最难晋魏以前诗无过十韵者，盖常使人以意逆志，初不以序事倾尽为工。"此即沧浪所讥"以文字为诗，以才学为诗，以议论为诗"者。如论"池塘生春草"句，谓此语之工，正在无所用意，猝然与景相遇，借以成章，不假绳削，故非常情所能到。诗家妙处当须以此为根本，而思苦言艰者往往不悟。又云："古今论诗者多矣，吾独爱汤惠休称谢灵运为初日芙蕖，沈约称王筠为弹丸脱手，两语最当人意。初日芙蕖，非人力所能为，而精彩华妙之意，自然见于造化之妙，灵运诸诗可以当此者亦无几。弹丸脱手，虽是输写便利，动无留碍，然其精圆快速，发之在手，筠亦未能尽也。然作诗审到此地，岂复更有余事。韩退之赠张籍云'君诗多态度，霭霭春空云'，司空图记戴叔伦语云'诗人之词如蓝田日暖良玉生烟'，亦是形似之微妙者，但学者不能味其言耳。"是亦正与沧浪所谓"不涉理路，不落言荃"，及"透彻玲珑，不可凑泊"者同一意旨。如云："七言难于气象雄浑，句中有力，而纡徐不失言外之意。自老杜'锦江春色来天地，玉垒浮云变古今'与'五更鼓角声悲壮，三峡星河影动摇'等句之后，尝恨无复继者。"因论韩退之诗笔力最为杰出，然每苦意与语俱尽。此又正如沧浪所谓"坡、谷诸公之诗，如米元章之字，虽笔力劲健，终有子路未事夫子时气象，盛唐诸公之诗，如颜鲁公书，既笔力雄壮，又气象浑厚之意"。凡此诸说，均为石林论诗主旨所在。明此意旨，则知石林论诗，所以推重安石而讥议欧、苏者，亦自有因，固不仅如《提要》所谓出于门户之见矣[①]。且石林之于安石亦非一味推重者，如云："王荆公少以意气自许，故诗语惟其所向，不复更为涵蓄。后从宋次道尽仿唐人诗集，博观而约取，晚年始尽深婉不迫之趣。"则知其所以推重安石者，正在其深婉不迫之趣，与其论诗宗旨有合耳。日人近藤元粹附和《提要》之言，于是书多肆讥弹，是真所谓随人以为是非者矣。

二　残　本

《王直方诗话》 一卷，王直方撰，佚，有节本。

　　直方字立之，汴人。舍人槭之子。其所撰诗话，据晁公武《郡斋读书志》称有六卷，但今传世者无足本。宋曾慥所辑《类说》中有《王直方诗话》一种，已为删节之本。明末黄虞稷《千顷堂书目》类书类载司马泰《广说郛》，亦有《王直方诗话》之目。今《广说郛》不传，亦不知此本与《类说》本相同与否。考此书除《郡斋读书志》外，《遂初堂书目》及《通考·经籍考》亦均著录，惟不见明以来诸家著录，故疑其散佚已久。又明人校刻丛书风气，多于原文加以删节，则《广说郛》本即使流传，恐亦未必为足本矣。

　　又此书名称，诸家称引，颇不一致。《郡斋读书志》称为"归叟诗话"，《诗话总龟》及《苕溪渔隐丛话》，所引均称"王直方诗话"。此外有称"王立之诗话"者，有称"王子立诗话"者。考子立非直方之字，与二苏诗中所称之王子立为别一人。其称"王子立诗话"者当误。其尤异者，吴曾《能改斋漫录》卷三称为《兰台诗话》，方深道《诸家老杜诗评》卷三称为《归叟诗文发源》，王构《修辞鉴衡》亦称《诗文发源》。凡此比较特殊之称，均不知其何据。今考《修辞鉴衡》所引诸条有纯粹论文之语。或此书原称诗话，其后加入其他部份，始改称《诗文发源》欤？

　　直方仕宦不显，其生平惟见晁以道所撰《墓志铭》。晁氏文云："立之少乐与诸文人游，无他嗜好，惟昼夜读书，手自传录。非其所好，虽以势力美官诱致之，莫肯自枉也。常监怀州酒税，寻易冀州，擢官仅数月，投劾归，凡十五年，处城隅小园，啸傲自适，命其园之堂曰赋归，亭曰顿有，一时文士多为赋诗。"此数语颇能道其性情，即其自号归叟之意，亦于此可见。大抵直方颇好事。晁公武称"苏子瞻及其门下士……呕会其家，由是得闻绪言余论，因辑成此书"，所言当不谬。晁氏又言："其间多以己意有所抑扬，颇失是非之实。宣和末，京师书肆刻印鬻之，群从中以其多记从父詹事公话言，得之以呈，公取览之，不怿曰，皆非我语也。"今考其所称詹事公即晁说之，字以道，官至东宫詹事。《直方诗话》中引其说者凡四五见，大率讥弹时人之语，凡此恐即晁公武所谓以己意抑扬，颇失是非之实者。胡仔《苕溪渔隐丛话》于此书亦深致不满，谓其议论不公。然《渔隐丛话》采《王直方诗话》之处仍颇多，则以有关史料，足备一说，竟亦不能废也。

是书所论更有错误之处，如论杜甫"文章憎命达"之句，为出于李贺《高轩过》诗，称"胡地马牛归陇底，汉人烟火起湟中"二句为梅圣俞诗，称梅圣俞《春雪诗》为和欧公韵，称《荆公集》中《落星寺诗》谓非王氏所作，解东坡《橄榄诗》"纷纷青子落红盐"句谓橄榄木高大难采，以盐擦木身则其实自落。斯均不免妄作解人，胡仔《渔隐丛话》亦已辨之。他如议"东坡木杪见龟趺"句以为语病，叶梦得《石林诗话》亦曾纠之。至如《渔隐丛话》之议其好言诗谶，《复斋漫录》之言其不知徐师川"紫宸"早朝一联之所出，《优古堂诗话》之讥其不知东坡"相望落落如晨星"诸句之使事，则又关其学问之疏，见解之陋矣。

其佚文除《类说》本外，见于《诗话总龟》、《渔隐丛话》、《诗林广记》、《诗人玉屑》、《竹庄诗话》、《优古堂诗话》、《能改斋漫录》、《名贤诗旨》、《考古质疑》、《爱日斋丛抄》、《修辞鉴衡》、《诗话类编》、《说诗乐趣》、《艺苑名言》诸书，殆三百条，今辑入予所编《宋诗话辑佚》中。虽未能还其旧观，然按叶得辉言《渔隐丛话》引《石林诗话》多至八十余条，较单刻本仅少六条之例，则今兹所辑当亦与原书相差无几矣。

《陈辅之诗话》 一卷，陈辅撰，佚，有节本。

辅字辅之，金陵人，侨居丹阳，自号南郭子，人称南郭先生。有前后集三十卷。其为诗极有风致。王渔洋《香祖笔记》与《分甘余话》屡称其"北山松粉未飘花，白下风轻麦脚斜，身似旧时王谢燕，一年一度到君家"一绝。但其论诗，谓林和靖疏影横斜一联近似野蔷薇，颇为后人所弹。如王楙《野客丛书》与费衮《梁溪漫志》等均议其非。作诗有神韵而论诗乃未能深探诗人体物之意，抑又何也？是书不见宋以来诸家著录，尤袤《遂初堂书目》亦无之。曾慥《类说》所录有十三则，《说郛》所录仅十二则，去其中相重者一则凡二十四则。他书称引如《渔隐丛话》、《优古堂诗话》、《野客丛书》、《梁溪漫志》、《宾退录》、《说诗乐趣》诸书所引，大抵均不出此二十四条中。惟陈鹄《耆旧续闻》卷七有一则云："荆南进士为雪诗始用先字，后云十二峰峦旋旋添，以添为天也。向敏中镇长安，土人不敢卖蒸饼。"下注云"陈辅之，不知此亦为诗话中语否？惟此数语见刘攽《贡父诗话》，岂陈辅之亦引其说耶？

《潘子真诗话》一卷，潘淳撰，佚，有节本。

淳字子真，新建人，兴嗣之孙。《江西通志》卷一百三十四称其"少颖异，好学不倦，淹贯经史百家之言，师事黄庭坚，尤工诗。曾巩知洪州，乞录兴嗣后，尚书左丞黄履复以淳为请，补授建昌县尉。陈瓘劾蔡京，言者目淳为瓘亲党，坐夺官，不以介意，归，自称谷口小隐。所著诗并《诗话补遗》传世。"其生平可考者仅此。李之仪《姑溪居士后集》有《赠子真诗》亦谓其为黄九门人。故《诗话》中亦有问诗于山谷之语；且言与潘邠老、洪驹父、徐师川诸人均友善。是则亦当为江西诗社中人，惟不甚为时人称道，故名字较晦而已。

淳所撰诗话，除《江西通志》外，亦不见诸家著录，疑当时即不甚流传。《江西通志·艺文略》著录其祖兴嗣所著有诗话一卷而称是书为《诗话补遗》，不称《潘子真诗话》。大抵此书亦援温公《续诗话》之例，故以补遗称。考严有翼《艺苑雌黄》引作《诗话补阙》，知当时原有此称。厉鹗《宋诗纪事》无潘淳诗，其二十三卷录潘兴嗣诗，乃称兴嗣有《诗话补遗》，当误。

此书旧有《说郛》本，一卷，凡四则：（1）古乐府，（2）山谷，（3）试茶诗，（4）弦管语。此四则中，试茶诗见《西清诗话》，弦管语见《中山诗话》，而山谷一条又有脱文，疑《说郛》所据未为善本。今亦就诸书所称引，辑其佚文，编入予辑《宋诗话辑佚》中。

《潜溪诗话》一卷，范温撰，佚，有节本。

温字元实，祖禹之子。祖禹作《唐鉴》，名重天下，人称为"唐鉴翁"，故温亦有"唐鉴儿"之号。又温为秦少游婿，而少游词有"山抹微云"之句，故亦自称为"山抹微云女婿"焉。晁公武《郡斋读书志》与吕本中《紫薇诗话》均称其从山谷学诗，故此书所论亦以述山谷语为多。《紫薇诗话》称其论诗"要字字有来处"，此即江西诗派之论诗主张。故书中所论亦多重在字眼句法，如其病秦少游杜鹃声里斜阳暮之句，斜阳暮似觉意重，及杜子美"春水船如天上坐"一联谓本沈佺期"人如天上坐"之句，不免蹈袭。此均过泥字面之处。王楙《野客丛书》纠其失，宜也。然如知其论诗主旨所在，则此正不足为范氏病。此外所言亦大率承山谷衣钵，得诸山谷绪论者为多。如其推重建安诗则与徐师川之论相近，论诗主旨则与吕本中之言亦同。是则此书虽视为江西诗派之诗论可也。蔡绦《铁围山丛谈》称其议论卓尔过人，今以此书所言考之，亦觉其重在论辞，而不重述事，颇与北宋诸家诗话不同。袁枚《随园诗话补遗》卷三谓："唐齐已有《风骚旨格》，宋吴潜溪有《诗眼》，皆非大家真知诗者。"非特误"范"为"吴"，且以此书与《风骚旨格》并论，可谓大误。岂袁氏仅睹书名，未一考此著内容耶？此书著录惟见《郡斋读书志》、《直斋书录解题》及《文献通考》，而不见宋以后诸家著录，疑其佚已久。今传世者，惟有《说郛》本一卷，仅三则，已非其全，而《橄榄诗》、《都梁香》二则，则又与《王直方诗话》同。疑《说郛》所录当出传写之误。今亦辑其佚文，编入予所辑《宋诗话辑佚》中。

《西清诗话》 三卷，蔡绦撰，佚，有节本。

绦，蔡京子，字约之，别号无为子。是书著录始见《直斋书录解题》。其后《万卷堂书目》称为蔡涤撰，"涤"为"绦"之误。《近古堂书目》称为陈直斋撰，恐由于误据《直斋书录解题》之故。又《福建通志·经籍志》作《西清新话》，恐亦字误。曾敏行《独醒杂志》卷二称绦为徽猷阁待制时，作《西清诗话》一编，多载元祐诸公诗词，未几，臣寮论列，以为绦所撰私文，专以苏轼、黄庭坚为本，有误天下学术，遂落职勒停云云。吴曾《能改斋漫录》卷十二所载亦与之同。是彼于苏、黄势替之后，不党于其父，而独崇元祐之学，亦不可谓非独立之士矣。但此书仍多称述其父论诗之语，有时于苏、黄之诗亦多微辞，或且有变更事实之处。如"扈跸诗"条改东坡句以为讥曾肇诗有辣气，妄作雌黄，此则陈岩肖《庚溪诗话》已为东坡辩白。考《直斋书录解题》，谓此书或谓蔡绦使其客为之，然则其书所以多载元祐诸公诗词者，岂出其客所为欤？此书原有三卷，见《直斋书录解题》、《通考·经籍考》及《宋史·艺文志》。至明代，此书似不甚流传。《澹生堂书目》诗文评类作五卷，疑误。《万卷堂书目》杂文类作一卷，恐已是节本。以外见诸家著录者大都为抄本。如《述古堂书目》、《近古堂书目》以及《汲古阁珍藏秘本书目》、《季沧苇书目》所载皆然。今则即抄本亦未之见。今所知者仅有《类说》本，存六十条，又《说郛》本，存十一条，其中有数条与《类说》本同，已不能见其全。《千顷堂书目》卷十五谓司马泰《古今汇说》本第四十七卷有《西清诗话》一卷，恐亦非足本。惟此书虽晦于今日，在当时似颇为流行。宋人诗话如吴竿《优古堂诗话》，李颀《古今诗话》，胡仔《渔隐丛话》，陈岩肖《庚溪诗话》，严羽《沧浪诗话》，魏庆之《诗人玉屑》，何溪汶《竹庄诗话》，蔡正孙《诗林广记》

等均见称引。此外如吴曾《能改斋漫录》，王楙《野客丛书》，陈鹄《耆旧续闻》，黄朝英《湘素杂记》诸书也曾论及。凡此诸书所称引，均可为今日辑佚之据。此后如厉鹗《宋诗纪事》，孙涛《全唐诗话续编》，蒋澜《艺苑名言》所引亦间有出上述诸书所引之外者，岂清初犹获见其抄本与？又绦尚有《百衲诗评》，见《渔隐丛话》中，其论诗亦有见地。故此书如论"杜诗用事之妙"，及"诗格"诸条，均有新见，为论诗者所宗。

《说郛》本又有《金玉诗话》，亦题蔡绦所撰。其中如"用药名集句"、"天禀"、"诗吞云梦"、"谪仙诗"、"押葰字"、"凤子"、"李后主词"诸条，均见《西清诗话》中。不知何以有此异称。考《金玉诗话》中惟"重韵"一条论少陵《饮中八仙歌》用韵，不见诸家称引，而此条中有"予尝质之叔父文正"云云之语。考宋时蔡氏谥文正者惟沈。沈为元定子，少游朱子之门，与绦时代辈分均不相合，故疑《金玉诗话》为蔡氏子孙裒集其祖先论诗之语以为之者，固宜其与《西清诗话》颇多相同之处，然未可遽谓为一书也。《金玉诗话》之撰辑者，当是蔡沈之侄，故宋时已见此书。赵葵《行营杂录》中亦见称引。若即以为蔡绦所撰，恐非是。

《古今诗话》 《宋志》七十卷，题李顾撰，佚，有节本。

案：《古今诗话》所载诸条，时见《诗话总龟》、《苕溪渔隐丛话》、《全唐诗话》及《优古堂诗话》、《竹坡诗话》诸书称引，则其时代当在南宋初叶。但以其书不见诸家著录，故不能知其撰人。考《宋史·艺文志》文史类有李顾《古今诗话录》七十卷，列蔡绦《西清诗话》后。据此推测，则李顾当亦北宋末南宋初人，与蔡绦时代相近，而所谓《古今诗话》或即《古今诗话录》之简称，未可知也。今就所存诸佚文内容而言，亦觉此书所载，大率录昔人旧说。称为《古今诗话录》似为名实相符。大抵此书所录，多出下列诸书：（1）正史，如《旧唐书·文苑传》，《新唐书·文艺传》等；（2）别集，如《昌黎集》，《香山集》，《云台集》等；（3）地志，如《水经注》等；（4）野史，如《国史补》，《江表志》，《江南野录》，《吴越备史》，《南唐近事》等；（5）小说如《章台柳传》，《红线传》，《迷楼记》以及《酉阳杂俎》，《杜阳杂编》，《青琐高议》等；（6）笔记如《北梦琐言》，《梦溪笔谈》，《归田录》，《春明退朝录》以及《国老谈苑》，《玉壶清话》，《湘山野录》等；（7）类书，如《太平广记》等；（8）诗话，如《本事诗》，《中山诗话》，《温公续诗话》，《王直方诗话》等。其称引或直录原文，或稍加删节，或合数条性质相类之文而为一；其出于自撰者甚少，故称《古今诗话录》，实较惬当。此书世无传本。曾慥《类说》中有节本"仅五十九条"，又《千项堂书目》子部类书类有司马泰《广说郛》本，今未见，不能知其内容，但就明人刊书习惯而言，恐亦非足本也。今就诸书所称引，约得四百条，辑入予编《宋诗话辑佚》中。

三 佚 本

《李希声诗话》一卷，李锦撰，佚。

锦，字希声，豫章人，官至秘书丞，有《李希声集》，见《文献通考》。其为诗宗山谷，亦江西诗社中人。是书，《直斋书录解题》及《通考》均未著录，《宋史·艺文志》著录文史类称《李锦诗话》。惟诸家称引如《渔隐丛话》、《诗人玉屑》诸书皆作《李希声诗话》。其佚文见《渔隐丛话》、《诗人玉屑》、《诗林广记》、《修辞鉴衡》及《名贤诗旨》、王观国《学林》诸书。又《四库存目提要》有《竹窗诗文辨正丛说》，称其《诗辨正》二卷中多摘抄前人诗话，亦有《李希声诗话》中语，今未见。至《王直方诗话》中所引李希声语，当亦即其诗话中文。

《洪驹父诗话》一卷，洪刍撰，佚。

刍字驹父，豫章人。绍圣元年进士。崇宁三年入元祐党籍，靖康中为谏议大夫。汴京失守，坐为金人括财，流沙门岛，卒。所著有《豫章职方乘》，《老圃集》，《香谱》及编《楚汉逸书》若干卷。其人已入南宋，惟其所著诗话，已见《优古堂诗话》称引，则其著作之时，或犹在北宋之末。

洪氏兄弟四人，刍兄朋字龟父，弟炎字玉父，羽，字鸿父，为山谷甥，俱有才名，号为四洪。朋、刍、炎皆图入江西宗派，号三洪。故其所论亦以关于江西诗人者为多。

是书早佚，除《通志·艺文略》及《遂初堂书目》著录外，明以来诸家著录惟见《千顷堂书目》与《澹生堂书目》及焦竑《国史·经籍志》而已。《千顷目》云有《古今汇说》本，未见；《澹生目》云有《百川》本，考《百川学海》有洪刍《香谱》而无《诗话》，恐误。至焦竑《国史·经籍志》所载，则颇多佚书，不足为明以来流传之证。其佚文，亦见予所辑《宋诗话辑佚》中。

《蔡宽夫诗话》三卷，蔡启撰，佚，有钞本。

启字宽夫，崇宁初为检点试卷官。厉鹗《宋诗纪事》卷三十七谓蔡居厚字宽夫有《诗话》。朱绪曾据《王直方诗话》所载蔡宽夫启《和人治字韵诗》，及《南窗纪谈》所载蔡宽夫侍郎治第于金陵之语，考定此诗话为蔡启撰，当可信。

是书不见宋以来诸家著录，似当时已不甚流传。朱绪曾《开有益斋诗书志》谓于吴山书肆得旧抄本，不知其所自出。窃疑是书或出书贾据《渔隐丛话》所引钞集以牟利者，故劳季言遂有当日全部收入之语。考《渔隐诗话》之于《石林诗话》采至八十余条，较之单刻诸本，仅少六条，则其于蔡氏《诗话》全部收入固未可知。然蔡氏书既为当时所重，不应别无单刻本流传，今是书既不见宋明以来著录，而与《丛话》所载又是勘验悉合，则其出后人钞集断无可疑。岂其书以经《丛话》收入而单行者较不为人注意欤？抑以与《蔡宽夫诗史》名称相混而致误欤？今考除《渔隐丛话》所引诸则外，惟《诗人玉屑》卷十二有"老杜之仁心优于乐天"一条，为胡氏所未引者。意朱氏所获旧抄本亦必无此，否则劳季言不能有与《渔隐丛话》所引勘验悉合之语。故知此旧抄本虽不获见，亦不关重要，以此本出后人所录集也。

此书诸家称引颇与蔡绦《西清诗话》相混。吴景旭《历代诗话》，与吴瞻泰《陶诗汇注》中所辑《渊明诗话》，均有此误，亦不知其是否有据也。

《诗史》二卷，蔡居厚撰，佚。

居厚字宽夫，临川人，承禧子，《宋史》三百五十六卷有传。是书，《宋史·艺文志》著录文史类。

《宋志》以后，惟《千顷堂书目》类书类所载司马泰《文献汇编》中有《诗史》之目，不著撰人。今《文献汇编》亦散佚，莫由考其是否此著矣。光绪《江西通志·艺文略》诗文评类，《抚州府志·艺文志》诗话类，均有《蔡宽夫诗史》二卷，注云蔡居厚撰，见《宋史·艺文志》，则知是书并无传本，志书所录不过据《宋志》著录之耳。厉鹗《宋诗纪事》卷三十七谓蔡居厚有《诗话》，当误。考《诗史》中所举人名，无在熙宁后者，其为蔡居厚撰无疑。今案明月窗道人校刊阮阅《诗话总龟》，其前集引用书目有《蔡宽夫诗史》，后集引用书目有《蔡宽夫诗话》，疑《诗话》、《诗史》本为二书，《诗史》较多论事，《诗话》较多论辞，其性质体例固不相同。大抵阮阅《诗总》所引有《诗史》而无《诗话》，胡仔《渔隐丛话》所引又有《诗话》而无《诗史》，各不相同。至《总龟后集》所引《蔡宽夫诗话》则又据《丛话》所载以转引耳。《宋诗纪事》引《蔡宽夫诗话》，每误作《诗史》，疑失考。

《唐宋诗话》 撰人与卷数均未详，佚。

是书始见《遂初堂书目》著录文史类。方深道《诸家老杜诗评》卷二颇多称引。深道为宣和六年进士，则是书当为北宋时书。考《诗话总龟》前集所引有《唐宋遗史》，不知此书是否即辑自《唐宋遗史》者。宋人笔记每有随意易称，改题诗话者，如《桂堂诗话》、《玉堂诗话》之类皆是，不知此书亦同此性质否。又《宋史·艺文志》文史类有《唐宋名贤诗话》二十卷，不知撰人，亦不知即此书否。考严有翼《艺苑雌黄》引顾况得桐叶题诗事，谓出《名贤诗话》，又黄朝英《湘素杂记》卷一称王仁裕登繁台题诗，亦言据《名贤诗话》。严、黄二氏皆生北宋之季，其所引亦必北宋时书。是《遂初目》之《唐宋诗话》当与《名贤诗话》同，并为《宋志》所云《唐宋名贤诗话》之简称矣。又此书与《古今诗话》，当亦有甚深之关系也。

《闲居诗话》 卷数撰人均未详，佚。

是书不见诸家著录，疑其佚已久。《诗话总龟》前集引之较多。考核其文，多见《温公续诗话》及《中山诗话》，疑出时人窜窃为之者。伍涵芬《说诗乐趣》所引略与之同。惟有二则论贯休、惠崇诗，为《总龟》所未注出处者。然其文在《总龟》所引《闲居诗话》文后，则此即《闲居诗话》中文亦未可知。疑伍氏所据即此，未必见其原本也。又《总龟》前集四十二于"刘子仪"条后更有"周总"、"杨汝士"⑬二条，亦不注出处，或亦诗话中文。然"杨汝士"条见《南部新书》，而此条后亦有《南部新书》之文，则《总龟》所未注出处者，似未可据，其以前所引之书，即谓出其书也。考《宋诗纪事》九十一谓"释智圆字无外，钱唐人，俗姓徐，自号中庸子，居孤山玛瑙院与处士林逋为邻友，有《闲居编》"。书名闲居与之相同。又智圆原有《闲居笔记》，多论诗人逸事，今所辑诗话佚文仅十二则，而论僧诗有四则，论林逋诗者一则，此数则多不同《温公续诗话》及《中山诗话》，岂此即《闲居笔记》之误称，而其同于此二书者，出后人窜入耶？然佚文中《庞颖公》一则，称"余时为谏官"云云，则非温公不能有此语。

《纪诗》 卷数及撰人均未详，佚。

《诗话总龟》前集引此书，见其称引书目中，不言撰人。惟据所引诸条，除卷三十三"王平甫梦至灵芝宫诗"，及卷三十六"朱定国戏张天骥诗"诸条外，大率皆东坡诗，且"听惟贤琴诗"一条见《东坡题跋》卷六。王氏《集注分类东坡诗》引赵次公语，谓出先生诗话，然则此文亦见《东坡诗话》中矣。《纪诗》之作，疑亦与《东坡诗话》同例，并出时人纂集者耳。

《三莲诗话》 不知卷数，员逢原撰，佚。

逢原字资深，华阴人，仕至朝议大夫，有《三莲集》二十卷，见《郡斋读书志》卷十二。此书不见他家称引，当早佚。考韦居安《梅磵诗话》称华阴员资深有《三莲诗话》并谓"诗话系录本。员乃南渡前人，辛巳岁偶于朋友处见之"云云。然则其书在当时原无刊本，固宜其不显于世矣。《宋四六话》卷二十引作"玉莲诗话"则字讹也。

《王禹玉诗话》 一卷，王珪撰，佚。

珪字禹玉，成都华阳人，《宋史》三百十二卷有传。是书惟《通志·艺文略》著录诗话类，不见传本。焦竑《国史·经籍志》据以入诗文评类，疑亦未见其书，不足为明时流传之证。

《潘兴嗣诗话》 一卷，潘兴嗣撰，佚。

兴嗣字延之，号清逸居士，南昌新建人。与王安石、曾巩、王回、袁涉俱友善，初调德化尉，以不能俯仰上官，弃官归。是书不见诸家著录，惟厉鹗《宋诗纪事》称有《诗话补遗》，光绪《重修江西通志·艺文略》著录诗文评类。此外不见论述，知其早佚。

兴嗣弃官归后，筑室豫章城南，日读书其中，凡六十余年，则是书之作当亦欧阳修所谓"退居汝阴集以资闲谈"之意。其孙淳有《诗话补遗》，即后人所称为《潘子真诗话》者，得毋亦援《温公续诗话》之例耶？

《刘咸临诗话》 仅数十篇，未成书，刘和叔撰，佚。

和叔字咸临，南康人，早卒，年仅二十有五。黄庭坚《豫章文集》卷二十三有《墓志铭》。《东坡题跋》卷一亦有《跋刘咸临墓志》一文。

是书仅数十篇，盖未成之作。《诗话总龟》前集卷八引王直方《归叟诗话》有一则云："刘咸临醉中尝作诗话数十篇，既醒，书四句于后曰：坐井而观天，遂亦作天论。客问天方圆，低头惭客问。盖悔其率尔也。"则是此书为其不经意之作，刘氏亦且自悔之矣。

《唐诗史》无卷数，范师道撰，佚。

师道字贯之，长洲人，仲淹侄。是书不见他家著录，惟《苏州府志·艺文志》有之。疑未成或未刊之作，故仅方志著录之。是书内容当亦《唐诗纪事》、《全唐诗话》之类。

四　辑　本

《东坡诗话》一卷，旧题苏轼撰，存。

案：此非轼所撰书。《郡斋读书志》与日人近藤元粹《东坡诗话跋》均言为后人辑东坡论诗之语以为之者。《郡斋读书志》及《宋史·艺文志》均著录小说类。《诗话总龟》前集二十四有一则作《苏公诗话》，当即此书。

《萤雪轩》本又有《东坡诗话补遗》一卷，即近藤元粹所辑。其自序云："余已就《说郛》中取《东坡诗话》以置于此卷首，坡翁之大才而不过仅仅三十余条，未足以饱人意，乃就《东坡志林》中钞出其系于诗者，命曰《东坡诗话补遗》，附载于此，不复无益于后学也。"案：东坡论诗之语颇多，其见《诗话总龟》、《渔隐丛话》诸书所引者，即有多种，如《百斛明珠》之类皆是。按此诸书之体例，虽不尽同于诗话，然汇辑其文，以为《东坡诗话》，则固无可非议者也。惟即以此诸书为诗话，而辑其佚文则未当耳。

《诗总》十卷，阮阅撰，佚，有重编本。

阅，原名美成，字闳休，自号散翁，亦号松菊道人，舒城人。《方舆胜览》以"阅"为"闳"，盖传写之讹。月窗道人刊本误为"阮一阅"，而诸家著录如《万卷堂书目》、《澹生堂书目》等亦多仍之，未及考也。伍涵芬《说诗乐趣》引用书目亦有其书，作明舒某撰，则其误更甚矣。阅元丰中进士，知巢县，宣和中知彬州，建炎元年以中奉大夫知袁州，初至讼牒繁，阅乃书"依本分"三字，印榜四城墙壁，郡民化之，乃榜西厅，为无讼。喜吟咏，时号阮绝句。后致仕，居于宜春，所著有《总龟先生松菊集》五卷，《郴江百咏》二卷，《诗话总龟》一百卷，《巢令君阮户部词》一卷。其词《四库》未收，各家亦罕见著录，惟《皕宋楼藏书志》中有之。

是书原序有二：一载胡仔《渔隐丛话后集》三十六卷，一见宋闽中刊本。

其见《渔隐丛话》所引者，称"宣和五年十一月朔舒城阮阅序"。其见宋本所载者，称"绍兴辛巳长至日散翁序"。其《丛话》所引序云："余昔与士大夫游，闻古今诗句，脍炙人口，多未见全本，及谁氏所作也。宣和癸卯春，来官彬江，因取所藏诸家小史别传杂记野录读之，遂尽见前所未见者。至癸卯秋。得一千四百余事。共二千四百余诗，分四十六门而类之……以便观阅故名曰《诗总》。倦游归田，幅巾短褐，松窗竹儿，时卷舒之，以消闲日，不愿行于时也。"其宋本所载序云："戊辰春，余宦游闽川，因得尽市诸家诗话与夫小史僻书，补余之所无者，归于公宇，慨然患其丛帙之拿，乘退食之隙，编而类之，裒为一集，共二千四百余条，分为四十九门⑯……用商践猷故事，以《总龟》目之。……既以不欲秘藏，乃授诸好事者攻木以行，与天下共之。"是则是书原名《诗总》未及刊行，其后在闽中刊行，始易称《总龟》也。证以《丛话》前集十一所言"闽中近时又刊《诗话总龟》，此集即阮阅所编《诗总》也。阮阅《诗总》十卷，分门编集，今乃为人易其旧序，去其姓名，略加苏、黄门诗说，更号曰《诗话总龟》以欺世盗名"云云，则知《诗总》原仅十卷，分四十六门，今明嘉靖月窗道人本前集，卷数与之异而分门与之同，当即宋时闽中刊本之旧矣。

《集诸家老杜诗评》五卷，方深道撰，有抄本。

深道，莆江人，宣和六年进士，次彭子，或作方道深，当误，《四库全书存目》云；"旧本题元人，案是编见陈振孙《书录解题》，确为宋人，题元人者，误也。其书皆汇辑诸家评论杜诗之语，别无新义。"故为诗话中之辑本。《近古堂书目》诗话类有《诸家老杜诗话》，不著撰人与卷数，疑即此书。

又案：《福建通志·经籍志》著录《集诸家老杜诗评》一卷，方醇道撰。考陈振孙《书录解题》云，《诸家老杜诗评》五卷，《续》一卷，莆田方深道撰，则似为一人所著。又考《宋史·艺文志》云，方道醇《集诸家老杜诗评》五卷，则又似方深道与方道醇⑰实为一人非二人也。考《福建通志·经籍志》云：醇道字温叟，有《笔峰集》五卷，《类集杜甫诗史》三十卷，《集诸家老杜诗评》一卷，与方深道并附父次彭良吏传，则知深道、醇道乃兄弟行，正集续集乃出二人分编，陈氏合为一人，非也。

《玉壶诗话》一卷，旧题释久莹撰，存。

此《学海类编》本。《四库存目提要》云："考《宋史·艺文志》载

《玉壶清话》十卷，今其书犹存。或题曰《玉壶野史》，无所谓《玉壶诗话》者。此本为《学海类编》所载，仅寥寥数页，以《玉壶清话》校之，盖书贾摘录其有涉于诗者，裒为一卷，诡立此名，曹溶不及辨也。"案：此类之例，宋时亦已有之。如《容斋诗话》即自《容斋五笔》中辑出，而宋元以来已有此编，则《玉壶诗话》之辑，亦斯例也。清张宗泰《鲁岩所学集》卷十一有《跋僧文莹玉壶清话》一则多正其谈诗之误，是则即视为此书之跋亦可。

《沈存中诗话》卷数不详，沈括撰，未见。

案：是书未见诸家著录，惟《浙江通志·经籍志》文史类与《杭州府志·艺文志》诗文评类均著录之，并云据《续文献通考》，疑此书即就沈括《梦溪笔谈》中所辑出者。

《侯鲭诗话》一卷，赵令畤撰，日人近藤无粹辑，存。

令畤，字德麟，著有《侯鲭录》八卷。今世流传者有《稗海》、《知不足斋》诸本。《知不足斋》本经鲍廷博校注，较鲜错误。此《萤雪轩》本《侯鲭诗话》即据《知不足斋》本《侯鲭录》以辑出者。近藤氏并录《知不足斋》本原注颇为审慎。惟亦有未尽校正者，如"蔡持正谪新州，侍儿从焉，善琵琶"云云，"善"字不如据《苕溪渔隐丛话》前集卷六十所引易为"名"字，较为妥善。以琵琶乃侍儿之名，非称其善琵琶也。至其于"绿沈枪"条，附录诸家之说，虽出摘录，亦有足资考证者。

五 附 录

《洛阳诗话》疑即《洛阳旧闻》之异称。

《洛阳诗话》，卷数撰人均未详。阮阅《诗话总龟》，伍涵芬《说诗乐趣》引用书目中均有之。阮氏不言撰人，而伍氏言司马光撰，不知其所据。考温公虽居洛，而温公原有《续诗话》，其所著本不以洛阳名，且此则又不见《温公续诗话》中，谓出温公所撰，疑无据。又案：阮氏所引仅此一则，伍氏书中不见称引，惟卷七有《洛阳旧闻》，卷十四有《洛阳异记》，岂此著原从笔记中辑出，如《容斋随笔》之有《容斋诗话》，《玉壶清话》之有《玉壶诗话》耶？今以见宋人著作中，故著录之。

《桂堂诗话》 疑即《桂堂闲谈》。

《诗话总龟》前集引书目有《桂堂闲谈》，而卷三所引"真宗末年尝游禁中"一条，注云《桂堂诗话》，疑即《桂堂闲谈》之异称。伍涵芬《说诗乐趣》卷七引此条亦仍其旧。

《玉堂诗话》 疑即《玉堂闲话》。

《诗话总龟》前集引书目，有《玉堂闲话》而卷十二所引诸则注云《玉堂诗话》，疑即《玉堂闲话》之异称。伍涵芬《说诗乐趣》卷四、卷十二、卷十三、卷十六诸卷所引亦称《玉堂诗话》。细核其文，大率与《总龟》所引相同，惟卷十二仕官门所引钱惟熙诗，科弟门所引贺陈修诗，均《总龟》所无。岂伍氏见其原书欤？顾不见其采用书目中抑又何也？《玉堂闲话》三卷，王仁裕⑬撰，《宋史·艺文志》著录，又《玉堂诗话》一卷，《永乐大典》本，不著撰人名氏。《四库全书存目》著录小说家类，称其"所采皆唐宋人小说，随意杂录，不拘时代先后，又多取鄙俚之作，以资笑噱，此谐史之流，非诗品之体"。今未见其书，亦不知其与是书之关系何也？

《朱定国诗话》 疑即《续归田录》。

《诗话总龟》前集引书目有朱定国《续归田录》，而卷三十九所引郑毅夫榜一条作《朱定国诗话》，疑即《续归田录》之异称。宋人称引，往往如此，如《冷斋夜话》之称《冷斋诗话》，亦其例也。

———————————

注释：

① 《宋史》"同"作"冲"。

② 《宋史》"言"作"谈"。

③ 《宋四库阙书目》子类小说，《欧阳公诗集》二卷。叶德辉云：欧阳公诗集不应入此，疑是诗话之误。

④ 《宋史·艺文志》之著录诗话，有入集部文史类者，有入子部小说类者。

⑤ 阮阅《诗话总龟》所引有《洛阳诗话》，与《续诗话》不同。

⑥ 卷三"江南春"条。

⑦ 卷三"陈喜"条。

⑧ 卷三"石延年"条。

⑨ 惟钱曾《述古堂藏书目》有三卷本。

⑩ 《复斋漫录》作韩子苍事，《优古堂诗话》作李方叔事。

⑪ 此条亦同《直方诗话》所引秦少游《俞充衰词》一联。

⑫ 《优古堂》稍多数语。

⑬ 《百川学海》本，《古今诗话》本，《历代诗话》本，《萤雪轩丛书》本皆如此。惟张氏《适园丛书》所刻全集本，则在"与潘邠老书"等二条之后，盖以此二条亦本是鲁直文，正宜与前"与方蒙书"、"与洪明书"等并为一条，张氏移前是也。

⑭ 惟论荆公《百家诗选》则石林与沧浪异趣。

⑮ "汝士"原作"没上"，误。

⑯ 九字疑误，当作六。

⑰ 当即醇道之误。

⑱ 案五代时亦有王仁裕，字德辇，天水人，卒于周显德三年，著有《开元天宝遗事》四卷。今《玉堂诗话》中有林逋、钱昭度诸人诗，则当为别一人。

原载《燕京学报》第21期，1937年

论梅尧臣的诗

朱东润

　　梅尧臣（1002—1060）字圣俞，宣城人，是北宋时代一位杰出的诗人，文学家。从现在保存的资料看，他的创作活动开始于1031年，直到他临殁的那一年为止，前后整整30年，留下一部《宛陵先生文集》，共60卷，约2900首。包括诗歌、散文、赋，此外还有不在集内的诗、词各一首。他30岁的那一年，在河南县主簿任内的时候，和欧阳修、尹洙发动一次声势浩大的诗文革新运动，虽然后来欧阳修得到更大的声望，但是在发动之初，尧臣无疑地占有领导的地位。北宋诗人，如欧阳修，和稍后的王安石、刘敞，以及更后的苏轼都受到他的熏陶，对他加以高度的崇敬，欧阳修更是始终称尧臣为"诗老"，表示内心的钦慕。黄庭坚16岁的时候，尧臣已经去世，他和尧臣虽然没有什么接触，但是尧臣的妻侄谢景温，是庭坚的外舅，因此他们中间存在着一定的渊源。我们可以说，对于北宋诗坛，尧臣起过巨大的影响。

　　南宋初年诗人之中成就最大的，当然是陆游。陆游对于宋代诗人最佩服尧臣，他在《读宛陵先生诗》中说起：

　　　　李杜不复作，梅公真壮哉，岂惟凡骨换，要是顶门开。
　　　　锻炼无遗力，渊源有自来，平生解牛手，余刃独恢恢。

他在《书宛陵集后》又说：

　　　　突过元和作，巍然独主盟，诸家义皆堕，此老话方行。
　　　　赵璧连城价，隋珠照乘明，粗能窥梗概，亦足慰平生。

陆游认为尧臣是李杜而后的第一位作家，所谓"突过元和作"者，其义在此。一部《剑南诗稿》中，陆游自称"学宛陵先生体"、"效宛陵先生体"者共八处，他对于尧臣的推崇，决不是偶然的。南宋后期的诗人刘克庄，在《后村诗话》里，称尧臣为宋诗"开山祖师"，对于他的作品所起影响的巨大，提得非常鲜明。

但是元明而后，文学批评家对于尧臣的作品，很少这样肯定。诗人中学宋诗的本来不多，即是推崇宋诗的，一般都推崇苏轼、黄庭坚，或杨万里、陆游，重视王安石的为数已经寥寥，更少有重视尧臣的。直到清末，因为宋诗运动的出现，这才引起对于尧臣的重视，开始出现学习尧臣的专家，不过对于尧臣在诗人中的位置，究竟还没有放到应有的地位。

尧臣在宋代获得那样崇高的位置，为什么后人对他的作品认识不足呢？无疑地，这是由于对他的了解不够。尧臣的诗和他的时代是紧密结合的，同时也深刻地反映了他自己的身世。无论北宋或南宋，他的同时人或和他的时代相去不甚远的人都相当地了解他的时代或身世，因此对于和时代紧密结合或能深刻反映身世的作品，当然容易了解，也能作出正确的估计。反过来，不能了解他的时代和身世的人，怎样能理解他的作品，又怎样能作出正确的估计呢？对于作家的理解，有时受到现实的限制，并不是一件完全意外的事。

关于尧臣的家世，首先引起我们注意的，可能是宣城《梅氏家谱》。尧臣的父亲梅让，叔父梅询兄弟二人，见《欧阳文忠公文集》。可是《家谱》指出兄弟三人，让、询、谊。是不是有一位梅谊呢？从尧臣的诗中看，《宛陵集》卷二有《季父知并州》一首，卷六《会胜院沃州亭》言"当年吾叔读书处，夜夜湿萤来复去"。卷二十三《寄怀刘使君》言"昔年从仲父，三年在河内"。所谓"仲父"，所谓"吾叔"，所谓"季父"，其实都是指梅询一人。梅询既以一身兼仲、叔、季之称，那么是不是另外还有一位三叔梅谊，是未易解者一。尧臣在时，人称"梅二"，见张世南《游宦纪闻》引蔡忠惠帖，又称"梅二十五"，见刘敞《公是集》卷二十五《同梅二十五饮永叔家观所抄集近事》。可是，《家谱》称尧臣行三十二，是未易解者二。《宛陵文集》卷四有《寄公异弟》一首，诗言"池塘去后春，一日生绿草，无由梦惠连，诗句何能好"。用谢惠连典，公异为弟无疑。刘敞《公是集》卷八有"圣俞受诏行田，是时圣俞葬其弟公异未毕而去"一首，可为佐证。考之家谱，梅询次子宝臣，字公异，生于端拱己丑（989），死于祥符二年（1009），是公异为尧臣之兄，死时尧臣年八岁，《家谱》如可信，则《宛陵文集》、《公是集》皆不足信，是未易解者三。尧臣 58 岁得幼子，小字龟儿，欧阳修作《洗儿歌》贺之，见《欧阳文忠公文集》卷七，题嘉祐三年（1058），尧臣答诗，见《宛陵文集》五十九，自言"我惭暮年又举息，不可不令朋友知，开封大尹怜最厚，持酒作歌来庆之"。是年尧臣58岁，欧阳修以龙图阁学士权知开封府，与尧臣诗皆合。二年以后，尧臣死，欧阳修作《梅圣俞墓志铭》言尧臣有子五人，"曰增、曰墀、曰坦、曰龟儿，一早卒"。龟儿止称小字，以年仅三岁，尚未命名之故。乃以《家谱》考之，尧臣幼子曰坦，"小字龟儿，生于皇祐二年（1050）"。《家谱》如可信，则《宛陵文集》、《欧阳文忠公文集》皆不足信。《家谱》又说龟儿生时，"欧阳文忠公修、范文忠公仲淹、富郑公弼皆作洗儿诗以贺，圣俞公亦次韵焉"。富弼集未见，范仲淹死于皇祐四年（1052），在龟儿出生以前六年，范集无洗儿诗，《家谱》所记殆不足信，是未易解者四。大致《家谱》的写定，远在尧臣下世以后，关于尧臣的记载，有时出于辗转传达，所以不尽可据。

是不是可以相信《宋史·梅尧臣传》的记载呢？《宋史》本传的撰述，虽然出于元人，但是因为作者主要是根据欧阳修《梅圣俞墓志铭》，欧阳修是尧臣同时人，交游30年，是比较亲切的朋友，应当是可信的。可是欧阳修有他自己的一套认识，他有他的处世的规律，因此也就必然把他认为可写的写出来，不可写或不必写的就不写。关于梅尧臣的生活，倘使都得通过欧阳修的叙述，那我们所见的，必然是不全面的，因而也不一定是正确的。

要了解尧臣，首先必须了解他的父亲梅让。梅让的弟弟梅询，26岁考取进士，一直做到翰林侍读学士，虽然当时有人认为他是燥进，给他以一定的压抑，总算是一位名人了，可是梅让始终甘心在乡间务农，没有产生向上爬的动机。在宋代那个恩荫制度盛行的时代，一人做官，荣及门族，梅让的为人应当算是难能可贵的了。欧阳修在《太子中舍梅君墓志铭》里说起，"其弟后贵显，必欲官之，君坚不肯，乃奏任君大理评事，致仕于家"，这就指出梅让是如何始终拒绝做官。他活到91岁，但是没有做过官，太子中舍只是一条虚衔。从尧臣的诗里看，这一家人的生活始终是朴素的，没有脱离泥土的气息。这样就为尧臣的同情人民，站在人民的立场上，作出可以理解的说明。在我们读到《宛陵文集》里《田家》、《陶者》、《田家语》、《汝坟》、《岸贫》、《小村》、《淘渠》、《和孙端叟寺丞农具十五首》、《和孙端叟蚕具十五首》等诗，都仿佛看到一位同情人民的诗人。当然，这不是说尧臣不是官而是一位普通的劳动者，因为这样说不符合于事实。但是尧臣确实不是一位高高在上，或是骑在人民头上的，而是接近人民的官。

其次，欧阳修在尧臣墓志铭里，始终不曾提出尧臣应进士举不第的事。宋代，出身有科举和恩荫两途，但是一般读书人都重视科举，在政治制度上更突出这一点，对于科举出身的职官，有意识地加以表扬。尧臣十二三岁以后跟随叔叔在官，以后由恩荫历任主簿、县令，但他并不甘心于恩荫，甚至不止一次，离开官职，到东京去应考，可是没有录取，这就成为他终身的创伤。《宛陵文集》卷三《西宫怨》一首，实际上是他在下第以后的创作。他说"汉宫中选时，天下谁为校，宠至莫言非，恩移难恃貌"。在这里，他正抒写了一位下第举子的心情。集中凡是送人下第的诗，都写出同样的怨愤。《宛陵文集》卷十六《许生南归》就是这样的一首诗。他说："大盘小盘堆明珠，海估眩目眯精粗，斗量入贡由掇拾，未必一一疵颣无。不贡亦自有光价，此等固知鱼目殊，许生怀文颇所似，暂抑安用频增吁"。这里他说的是许生，但是何尝不是说的自己。所不同的是这首诗作于皇祐四年（1052），在他赐同进士出身以后一年，多少已经感到一些慰藉，所以有最后一句。杜甫 24 岁应进士举落第，后来在《壮游》诗说起："归帆拂天姥，中岁贡旧乡，忤下考功第，独辞京尹堂。"陆游 30 岁赴临安殿试落第，在《和陈鲁山十诗》中说起："言语日益工，风节顾弗竞，杞柳为桮棬，此岂真物性。病夫背俗驰，梁甫时一咏，奈何七尺躯，贵贱视赵孟。"从杜甫、梅尧臣、陆游这三位诗人看，一第的得失，岂足为他们重轻，但这样的打击，恰恰落到他们的心坎，是沉重的。诗人从亲身的感受，体验到统治者的腐朽和制度的失当，往往用郑重的辞句传达沉郁的心情。对杜甫、陆游和尧臣应试下第的经过，为了加强对他们创作的理解，是不容不知的，可我们对尧臣的下第，偏偏不很清楚。

当时国家大事对于尧臣的创作起了重大影响的是北宋和西夏的战争。现代的陕北榆林、横山一带，在唐末时代，由党项族在这里定居，他们的头领，反动贵族拓跋思恭在黄巢起义部队进占长安的当中，和唐王朝勾结，官拜检校司空同中书门下平章事，封夏国公，赐姓李。姓李也好，姓拓跋也好，实际上他在陕北长城线上，树立了自己的地盘。这个情形，通过五代，直到宋初，没有太大的变化。宋太宗时，思恭的后代出现了一位拓跋继迁，他利用契丹王朝和宋王朝的矛盾，有时进攻，有时求和，抓住一切可抓到的机会。终于割据银、夏、绥、宥、静五州，再向西扩展，拿下灵州，截断宋王朝和河西走廊的通道，建立自己的独立王国。天圣九年（1031），尧臣进行创作活动的那一年，继迁的孙子拓跋元昊继立，宋王朝和西夏的关系，进入了一个新的阶段。宝元元年（1038），元昊称帝，他一边向宋王朝称臣，请求封册，一边要求割地，希望把西北一带，连带在那里定居的汉人，放在他的统治之下。尧臣这时已经做过三任主簿，一任知县，小官僚的枯燥生活久已使他感到厌倦，想起早日还乡了，可是国家的地位，除了经常地在北边受到契丹的威胁以外，现在西边又添上了一重西夏的威胁，他感到首先必须把自己的思想武装起来，他的注《孙子》是从这个时期开始的。宝元二年（1039），西边的战事爆发了。腐朽的王朝，经不起几个回合，大将刘平、石元孙都被敌人俘虏，参知政事宋庠甚至请求严守潼关，准备放弃陕西的大片地区。这个时候，尧臣的朋友尹洙从军了，尧臣也跃跃欲动，进呈《孙子注》，自己在诗中说："信有一日长，可压千载魂。"（《依韵和李君读余注孙子》）可是他的地位只是襄城县知县，没有获得重用。甚至他的旧友范仲淹出任经略安抚副使，担负起西边重任的时候，他还没有得到重视，只能从《桓妒妻》一首诗中，抒写自己的愤慨。庆历元年（1041），尧臣奉命赴湖州盐税任，欧阳修、陆经二人为他钱行，尧臣在《醉中留别永叔子履》诗中说："六街禁夜犹未去，童仆窃讶吾侪痴，谈兵究弊又何益，万口不谓儒者知。酒酣耳热试发泄，二子尚乃惊我为。露才扬己古来恶，卷舌噤口南方驰。"欧阳修是十分同情尧臣的，他在这时所作的《圣俞会饮》说："诗工镵刻露天骨，将论纵横轻玉钤，遗篇最爱孙武说，往往曹杜遭夷芟。关西幕府不能辟，陇山败将死可惭，嗟余身贱不敢荐，四十白发犹青衫。"看来欧阳修对于尧臣的推荐，没有得到当时的重视，所以他在《答陕西安抚使范龙图辞辟命书》也曾提出："今奇怪豪隽之士，往往蒙见收择，顾用之何如尔。然尚虑山林草莽，有挺特知义，慷慨自重之士，未得出于门下也，宜少思焉。"尧臣抱着亲临前敌、为国效命的志愿，但始终没有机会实现。是不是他有什么个人企图呢？不是的，在西夏和宋王朝作战的当中，虽然从资源和人力方面讲，宋王朝占有无可比拟的优势，但是西夏是新兴的政权，而宋王朝是腐朽的势力，因此西夏常取攻势，宋王朝常取守势。在那个时期中，宋王朝的统治者是没有任何雄心的。尧臣的勇于请缨，主要还是由于他对国家的热爱，同时也由于看到将士的大量死亡，急于找出一些解救的办法。皇祐四年（1052），蔡襄给他看一些古代弩箭的机括，他在《蔡君谟示古大弩牙》诗里就说："愿侯拟之起新法，勿使边兵死似麻。"这正是很好的证明。

封建王朝统治阶级的内部，是不断地进行着或大或小的斗争的。从今天来看，在这些斗争中，无论哪一方面，无论是由某些统治者的利益，或是由王朝的利益出发，都是对被统治的人民不利的。可是在那个时代里，人们还不可能看到这一点，一般都把维护整个王朝利益的方面作为正当的，而把维护某些个人利益的方面作为不正当的。尧臣的一生经过了三次较大的政治斗争，他始终站在他认为正当的方面，立场坚定，爱憎分明。第一次的斗争在景祐三年

（1036），那时以范仲淹为首，他和一批新进的官吏向着丞相吕夷简进攻，认为吕夷简的用人处处徇私。仲淹指出人事调动必须按照一定的规律，不能由丞相擅权。吕夷简在反扑中，说出仲淹迂阔好进，有名无实，荐引朋党，离间君臣。在夷简的坚持之下，宋仁宗也认为群臣结党，威胁整个的统治机构，随即撤除仲淹权知开封府的任务，出知饶州。仲淹一去，他的朋友欧阳修、尹洙、余靖也相继罢斥。尧臣认为正义在仲淹的一面，他写了《彼鴷吟》、《巧妇》、《闻欧阳永叔谪夷陵》、《闻尹师鲁谪富水》、《寄饶州范待制》等篇。最辛辣的是他的一篇《猛虎行》。诗中提出猛虎的威风："不贪犬与豕，不窥藩与墙，当途食人肉，所获乃堂堂。食人既我分，安得为不祥，麋鹿岂非命，其类宁不伤。"这一套吃人的逻辑，对当权的吕夷简，进行了刻骨的鞭挞。第二次的斗争在庆历四年（1044），那时旧派的吕夷简已经下台，范仲淹为参知政事，韩琦、富弼为枢密副使，蔡襄、余靖、欧阳修等为谏官，其上又有声望素著的枢密使杜衍同情他们，支持他们。新派抬头，旧派当然不甘心失败，他们终于找到杜衍的女婿监进奏院苏舜钦的一次行为失检，进行反击。舜钦出卖了进奏院的旧档废纸，在照例祭神以后，准备酒席，宴会宾客。在封建社会，这只是一件寻常的风流罪过，可是一到旧派手里，他们小题大作，认为这是监守自盗。经过严劾以后，舜钦承认盗卖，得到革职的处分，凡是参加这次宴会的，一律贬斥，没有例外。杜衍看到这个情况，不安于位，要求下台，范仲淹、富弼也纷纷离开汴京，果然不出旧派的御史中丞王拱辰所料，真正做到一网打尽。尧臣认为正义在舜钦的一面，他写出《古剑篇送蔡君谟自谏省出守福唐》、《杂兴》、《送逐客王胜之不及遂至屠儿原》、《送周仲章太博之钜野》、《读后汉书列传》、《送苏子美》等篇。第三次的斗争在皇祐三年（1051），那一年殿中侍御史里行唐介对于丞相文彦博提出弹劾，激怒宋仁宗，被斥为春州别驾。彦博是一位名臣，可是因为他的提升，通过了张贵妃的汲引，为部分人士所不满。早在庆历七年（1047）的冬天，王则在贝州发动兵变，宋王朝出动大军前往镇压，一时还没有得手，参知政事文彦博得到内廷消息，为了讨好仁宗，自请前往督师。到第二年春初，王则的兵变失败，彦博带着沾满血腥的两手还朝，由参知政事提升为同平章事，是当时丞相的位置了。尧臣对于血腥镇压的暴行，理解不够深刻，但是对于彦博的结交宫闱，他是极端痛恶的。庆历八年的《宣麻》、《兵》，都是针对彦博而作的。因此三年以后，在唐介和彦博进行正面斗争的当中，尧臣更感到十分激动，他认为正义在唐介的一面，作了一首《书窜》。这首诗的战斗性，更是异常强烈。

除了这三次的斗争以外，附带地也可以提到尧臣和范仲淹之间的矛盾。他们是多年的朋友了，在仲淹和吕夷简斗争失败以后，尧臣显然地站在仲淹这一面，除了所作的若干诗篇以外，他还有一首《灵乌赋》。他说："乌兮，事将兆而献忠，人反谓尔多凶。凶不本于尔，尔又安能凶。凶人自凶，尔告之凶，是以为凶。尔之不告兮，凶岂能吉。告而先知兮，谓凶从尔出。"他指出仲淹所受的委屈，这一件事大大地感动了仲淹，因此仲淹也作了一首《灵乌赋》，表示共同的感受。可是在仲淹出任陕西经略安抚副使的时候，两人之间的关系开始疏远了。及至西夏和宋王朝的战争告一段落，仲淹入京，由枢密副使进参知政事，他们的关系进一步恶化。尧臣的《谕乌》、《灵乌后赋》，都对仲淹进行指责。实际上仲淹也确有可以指责之处，《宋史·范仲淹传》说他"日夜谋虑兴致太平，然更张无渐，规摹阔大，论者以为不可行"，也隐隐提出仲淹所以招致物议的所在。

在政治斗争中，尧臣的态度是鲜明的，他不但对于当时受到非议的吕夷简、王拱辰无所畏惧，同样地对于当时号称人望所归的文彦博、范仲淹也同样地搏击。欧阳修对尧臣的态度，始终是友好的，但是他的官大了，阅历也深了，因此感受到有必要对尧臣的斗争态度，给以一定的掩护。他在《梅圣俞墓志铭》说："圣俞为人，仁厚乐易，未尝忤于物，至其穷愁感愤，有所骂讥笑谑，一发于诗，然用以为欢而不怨怼，可谓君子者也。"这一段话恰恰抽去尧臣诗中的战斗性。我们能说他的作品只"用以为欢而不怨怼"吗？欧阳修为了给尧臣打掩护，无意中却有损于尧臣的作品，使后人受到蒙蔽，不能认识尧臣作品的精神面貌，因此更加深了理解的困难。

要了解尧臣的诗，必须理解他的身世和他的时代，这是前面已经说过的。认识了这一点，我们才可以理解尧臣论诗的主张。

本来，从唐代起，论诗就有两种坚决不同的主张。释皎然在《答权从事德与书》中说要"关于诗而不关于事"；可是白居易在《答元九书》里提出"文章合为时而著，歌诗合为事而作"。这两种主张是完全对立的。尧臣在河南县主簿任内的时候，在钱惟演的指导之下，没有和西昆派划清界限，可是也没有受西昆派太多的感染。庆历五年（1045），尧臣44岁，经历过三任主簿，两任知县，一任盐税，看到宋王朝在对外作战中的腐朽，和基层官吏的横暴，这就鲜明地揭出他论诗的主张。他在《答裴送序意》中说："我于诗言岂徒尔，因事激风成小篇，辞虽浅陋颇剋苦，未到《二雅》未忍捐。安取唐李二三子，区区物象磨穷年。苦苦著书岂无意，贫希禄廪尘俗牵，书辞弁说多碌碌，吾敢虚语同后先。"他的态度是很鲜明的，作诗必须"因事"而不能用"区区物象"销磨自己的岁月。尽管在作诗的当中，他的风格和白居易没有多少相同之处，可是他的主张是和白居易一致的，同样地提出诗三百篇的优良传统，作为学习的榜样。这一年他在仕途中不得意，到许州去担任签书判官，欧阳修也因受了诬蔑，从汴京外放，出知滁州。庆历六年（1046），尧臣有《寄滁州欧阳永叔》诗。他说："仲尼著《春秋》，贬骨常苦笞，后世各有史，善恶也不遗。君能切体类，镜照媸与施，直辞鬼胆惧，微文奸魄悲。不书儿女书，不作风月诗，唯存先王法，好丑无使疑。安求一时誉，当期千载知。"在这首诗里，他依然提出发扬古代的优良传统，把诗作为政治斗争的武器，而不是作为"区区物象"的画布。在襄城的时期，他的风格已经完成了，《田家语》、《汝坟贫女》都有卓著的成就，而庆历五年的《梦登河汉》更是嬉笑怒骂，把现实的批评和浪漫的夸张手法，结合一起，鞭挞所及，已隐隐接触到最高统治者。在许州的当中，他有《答韩三子华韩五持国韩六玉汝见赠述诗》一首。他又说："圣人于诗言，曾不专其中，因事有所激，因物兴以通。自下而磨上，是之谓《国风》、《雅》章及《颂》篇，刺美亦道同，不独识鸟兽，而为文字工。屈原作《离骚》，自哀其志穷，愤世嫉邪意，寄在草木虫。迩来道颇丧，有作皆言空，烟云写形象，葩卉咏青红，人事极诙诡，引古称辩雄，经营惟切偶，荣利因被蒙。遂使世上人，只曰一艺充，以巧比戏奕，以声喻鸣桐。嗟哉一何陋，甘用无言终。"他指出两种不同的主张，两种不同的诗歌，但是他的爱好是明显的，而他对于"烟云写形象，葩卉咏青红"那些作品的批判也是深刻的，尧臣有了坚定的主张，也找到了发展的道路。刘克庄说他是宋诗的"开山鼻祖"，他所开的山就是这样的一座山。

有人说尧臣论诗主张平淡，是不是有这一说呢？有的，但是我们要知道他是在什么情况下提出这个说法，又是在什么心境之下提出的。本来尧臣在许州，已经是穷途末路，正如欧阳修这一年在《梅圣俞诗集序》中所说的："年今五十，犹从辟书，为人之佐，郁其所畜，不得奋见于事业。"秋天以后，他道出颍州，那时晏殊正以工部尚书出知颍州，他对尧臣非常重视，尧臣多少也有一些知己之感。晏殊和尧臣论诗，很推重陶潜，但是不甚喜欢孟郊，又极力把尧臣推捧一番，指出他的作品，确实可以上比陶潜、韦应物。他说这是天下的公言，并不是他一个人的私言。当然，晏殊是一位老官僚，所说的不一定是由衷之言，可是尧臣为他所感动了，在《依韵和晏相公》中说："微生守贱贫，文字出肝胆，一为清颍行，物象颇所览。泊舟寒潭阴，野兴入秋菼，因吟适情性，稍欲到平淡。"他所说的平淡，只是说他到了颍州，和晏殊接触以后的认识，但是他并不否认自己过去"文字出肝胆"的主张。他的穷途不免使他在说话中有些迁就。但是对于自己的诗歌，提法没有变更。还有一次是在嘉祐元年（1056），他由宣城回汴的途中，读到邵必的诗以后，他说："作诗无古今，唯造平淡难，譬身有两目，了然瞻视端。"这是说邵必的诗以平淡为宗，可是他谈到自己，却说："既观坐长叹，复想李杜韩，愿执戈与戟，生死事将坛。"（《读邵不疑学士卷杜挺之忽来因出示之且伏高致辄书一时之语以奉呈》）他说邵必是平淡，但是自己所向往的是李杜韩，他的企图是手执长戈利戟，在斗争中决一番生死。世上有这样平淡的诗人吗？尧臣论诗，正面谈到平淡的地方，一共只有两处，没有第三处了。

我们可以看到，尧臣和白居易一样，都是强调诗的思想内容的。当然，他们所提出的思想内容和我们提出的思想内容，有不同的意义，不能等同起来。尽管尧臣一生，和作《与元九书》时的白居易一样，都是下层官吏，他们由于地位的关系，和一般人民比较容易取得联系，思想感情有一定的可以交流的成分，但是他们终究是统治阶级的成员，对于人民总还居于统治的地位。他们最多只是好心好意地希望人民生活得更好一些，也就是更服贴一些，归根到底，还是让统治阶级的地位更安稳一些。白居易如此，梅尧臣如此，尧臣所重视的年青人王安石亦复如此。尧臣在《得王介甫常州书》里提到"倪如龚遂劝农桑，倪如黄霸致凤皇，来不来，亦莫爱嘉祥"，正流露了封建社会里一个所称为好的统治者的希望。

是不是尧臣也提到艺术创作的要求呢？他自己没有说起。欧阳修在《诗话》里曾说："圣俞尝语余曰：'诗家虽率意而造语亦难。若意新语工，得前人所未道者斯为善也。必能状难写之景如在目前，含不尽之意见于言外，然后为至矣。'"梅欧二人的关系，前后达 30 年，这些话不知是尧臣那一年说的，因此也无从揣测说话时的心境。大体讲来，作为一位诗人，圣俞必然不会忽视艺术的要求，可是他正面提出的还是侧重思想内容的方面，因此在他的思想中，两者位置的先后也就可想而知。他的作品如《腊月雪》、《鲁山山行》、《春日拜垅经田家》、《江上遇雷雨》、《重过瓜步山》、《金陵三首》，《秋日家居》、《东溪》、《答高判官和积唐店夜饮》等，都是脍炙人口的名篇，也确实能体现他在艺术要求方面的主张。尤其可以注意的，在他的作品中，常常看到浪漫的手法。关于《梦登河汉》，前面已经说过，其他如《和江邻几学士画鬼拔河篇》，也是有浓厚的浪漫气息。

尧臣诗篇所以能具有强大的感染力，主要还是由于他有爽朗的人生态度。他在《依韵和达观禅师赠别》里说起："平生少壮日，百事牵于情，今年辄五十，所向唯直诚。既不慕富贵，亦不防巧倾，宁为目前利，宁爱身后名？文史玩朝夕，操行蹈贤英，下不以傲接，上不以意迎。众人欣立异，此心常自平，譬如先后花，结实秋共成。"有爽朗的人生态度，经过长期的艺术修养，看到艰危的国家形势，而自身又恰恰遭遇坎坷的政治生活，这一切都为尧臣创造了优良的条件，使他在诗歌创作上获得极大的成就。在这些上面，最主要的还是他的深厚的感情。他爱国家爱人民也同样爱妻室儿女。杜甫的《月夜》、《自京赴奉先咏怀五百字》都透露他对于家室的关怀，在这一点方面，尧臣经历了丧妻之悲，因此叙述得更深入、更沉痛。《悼亡三首》、《书哀》、《怀悲》、《椹涧昼梦》、《灵树铺夕梦》、《梦睹》、《悲书》、《麦门冬内子吴中手植》、《梨花忆》、《五月二十四日过高邮三沟》、《寄麦门冬于符公院》、《八月二十二日回过三沟》等篇，都充满了深沉的怀念。这并不是说尧臣没有一些"外遇"，他的《一日曲》、《花娘歌》都作过充分的暴露，可是这并没有影响他对于妻室的热爱。对于子女他也有深厚的情怀，《悼子》、《戊子三月二十一日殇小女称称》固然很深刻，可是《秀叔头虱》、《依韵答永叔洗儿歌》，也抒写了由衷的情感。

在介绍作品的时候，我们也得指出他的缺陷。在他的主张开始形成以后，为了贯彻创作的企图，他有时故意不忌俗恶，甚至破坏了诗的形象。在《扪虱得蚤》里，他说："兹日颇所惬，扪虱反得蚤，去恶虽未殊，快意乃为好。物败谁可必，钝老而狡夭，穴蚁不啮人，其命常自保。"这首诗当然不是恶诗，但是可以写得更好一些。尧臣可能欣赏"去恶虽未殊，快意乃为好"两句，这便走上散文化的道路。他的《田家》、《陶者》，都写得非常好，但是在他写《倡妪叹》的"万钱买尔身，千钱买尔笑，老笑空媚人，笑死人不要"，《八月九日晨兴如厕有鸦啄蛆》的"吉凶非予闻，臭恶在尔躬，物灵必自洁，可以推始终"，都使人感到诗的形象的破坏，这都是"开山"工作中可能碰到的障碍。为了开辟新路，有时不能不斩荆披棘，跋履险阻，要求十全十美，必然不易打开新的途径，这是无可避免的现实。

原载《复旦学报》1978 年第 1 期

南宋词之音谱拍眼考

任二北

一 引 言

词乃完全合乐之韵文，而其乐失传已久，元以后即多不能歌，论者惜之。顾歌必有谱，谱必有拍；若有谱而无拍，除非散序、散曲子乃可，否则不能成乐也。且南宋词之所谓谱者，与后世曲谱制度，不尽相同，盖其谱字不仅表示音阶高低而已，又另有表示声音之迟速，及吹窄箫管之指法者，杂于其间。张炎《词源》中有"管色应指字谱"，意乃"管色字谱"与"应指字谱"两种之合称也。管色字谱即表示音阶高下者，五、六、工、尺、上等是也；应指字谱即表示指法迟速者，丁、抗、掣、拽、顿、住等是也。宋乐之全谱，自来知有《乐府混成集》一书。据万历三十三年所编内阁书目之纪载，此书"内有腔、板、谱，分五音、十二律类次之，原一百二十七册全"。所谓"腔、板、谱"者，应是腔字、板式二者兼备之谱也。可见此书若传则宋词之音谱与拍眼如何，原皆不成问题。此书既佚，今所得见之词谱，惟有姜夔《白石道人歌曲》一种而已，其中既无拍板之式，所谓管色字谱，与应指字谱者，又疑其混杂一处；而字迹波磔，数百年来，展转翻刻，于描写刊凿之间复因毫厘而至千里，以致今日用《朱子大全集》，或《词源》，或《事林广记》等书所以译谱字者译之，总难完全贯通，强被箫管实拗戾不成腔韵，绝无张炎所谓抑扬抗坠、清圆流美者。盖今日非有如《混成集》者完备之书，或其他清晰严整正确统一之宋刊本歌谱重新发现于当世者，词乐之谱字殆难以确定而明显矣。然除却谱字与板式之外，固尚有音谱之说与拍眼之说在，可供学者研究，谱字之翻译既有所难通，不妨转换趋向，先求通解其说也。按其说俱见于张炎《词源》之内，即其他宋人之笔记中亦间有之，特甚少耳。后人于此，偶具疏解，尚少贯穿，且凡究词乐者对之皆不甚注意。以愚综合观之，其说虽亦不能正确要，其模糊影响之处，不必如谱字之甚。兹特以《词源》为主，以其余为辅，成此考略。明知单说不足以有为，特冀谱字一旦修明，则可以互相为用，而宋人词乐，或者尚有通晓之一日，不必如清人许宝善、谢元淮辈，于无聊之极，一意以昆腔唱宋词也。惟材料既少，又非知音，不免暗中摸索，舍谱倡说，徒事考证，终是纸上谈兵，无多足取耳。世有牙、旷，何不启而正之？

二　总　说

欲考宋词音谱与拍眼之说，最好仅限于南宋，因北宋情形如何，更鲜记载，是否与南宋全同，亦无凭证也。未考南宋词乐之谱与拍，需先知南宋时词之体类共有若干，即以之为纲领，方觉便利，因词谱与拍，固随体而异者也。南宋词类，共有九种：纯粹属词者五，兼合古今之曲体者四。由短以及长，则一曰令，二曰引、近，三曰慢曲，四曰三台，五曰序子，皆纯粹词体也，六曰法曲，七曰大曲，上继隋唐之曲体者也，八曰缠令，九曰诸宫调，下开金元之曲体者也；——此九种名目，皆见于《词源》论音谱与拍眼两节内。三台与序子，自来词人皆一概目之为慢词，不知按诸拍眼，则二者与慢词绝对不同，应另是两体。法曲、大曲，向有王静庵先生之《宋大曲考》一文，久白于世。诸宫调于先生《宋元戏曲史》内亦多说明，惟缠令与缠达，乃唱赚之二种，先生认缠达为传踏，因其字音相近，恐并缠令亦认为传踏矣，其实非也。近人有署南昌者，有《词调之研究》一文，载在旧日《时事新报·学灯》内（约在民国十年左右之报中，其详待查），谓"词视拍节，可分多类，百字以内，有令有破，有引有近，九十字以外有慢"，则谬误殊甚，盖破乃法曲、大曲之唱名，《词源》中"破、近"二字，曾一度联称，"破"字乃指法曲、大曲两种而言，何能限之在百字以内？至于慢曲在百字以外，《词源》亦有明文，九十余字，未必是慢也。总之，若执今人而问以宋词，体类若干，必对曰令、引、近、慢耳，他非所习矣。其实令、引、近、慢，不过是寻常散词，乃词中最普通之一部分，若欲得词体之全，终必依张氏之说，有上列九种也。

《词源》原有上卷之《讴曲旨要》三十二句，及下卷之《音谱》与《拍眼》两节。兹先就上列九体，系其说之可以分属者，列表如下；其为数体间所共有之情形，或不便分属者，则详于下文之说明中。其非《词源》原文所有者，则加括弧（　）以分别之。

名称	创始时代	唱名	片数	乐器	拍具	声音	音谱	拍眼
令	唐		(一或二)					四掯匀。
引近	唐	小唱	(二)	哑筚篥			有顿,不叠	六均。
慢曲	唐	小唱	(大头曲二)(叠头曲三)	哑筚篥	以手拍	清圆	有大小顿,大小住,掣,拽等字顿不叠	有打前拍,打后拍,前九、后十一,除去四艳拍,则前后八均拍。
三台	宋		(三)					慢二、急三(共三十拍)。
序子	宋		四		拍板			其拍颇碎。
法曲	唐		与大曲相上下	倍四头管	以手拍	清越	称停紧慢,调停音节	与大曲相类。散序无拍,歌头始拍,中序正合均拍。
大曲	唐	曲破	(十至二十四)	倍六头管	以手拍	流美	同法曲	每片不同,前衮中六字一拍,煞衮三字一拍。
缠令	宋	(唱赚)	(首尾成套)		拍板(鼓)			多用序子之拍。
诸宫调	宋	嘌吟说唱			手调儿(鼓)			

三　令

令为唐五代时歌唱极盛之体，至南宋作者较少，歌者亦不重视，此乃词乐变迁之所致也。九体之中，令之谱拍，独鲜材料考明，惟《词源·讴曲旨要》首句曰："歌曲令曲四掯匀。"谓"歌曲"者，乃《旨要》全部引起之辞也；谓"令曲"者，即指令之一体而言；"四掯匀"者，每首令曲，其节拍乃四掯排匀也。"掯"者，亦拍耳，与敲、打为一类。凡谱中若另有拍，则此三者退而为眼；不然，此亦即是拍耳。《旨要》曰："官拍、艳拍分轻重，七敲八掯皷中清。"先言拍，继言敲、掯，可见敲、掯乃次于拍而同于拍之举动也。郑文焯《词源斠律》曰："掯近于打，犹虚拍也。"意亦相合，惟虚拍之名不妥。令之节拍，全部惟有四掯，若掯皆虚拍，则令之实拍何在乎？南吕《词调之研究》内谓"令曲最短，节奏繁促，以掯分之，略住而已"。所谓节奏繁促，乃缠令，与令词无关，南吕盖误认缠令为令也；隐去张氏四掯之数不提，但含浑谓"以掯分"者，盖别有躲闪，详下文。

又所谓"四掯匀"者，乃指一片之中而言，若为前后两片之令，则无论换头与否，前后各有四掯，而全首总为八掯匀矣。张氏凡言各体之拍，皆指一首中之每一片而言，并非概指全首而言，参看下文。

四　引近

引与近，两名也，名虽异，其实相同。其命名之由，宋人无明文，清宋翔凤《乐府余论》内有所解释，亦不惬人意，兹篇专考谱拍，此外不泛及焉。南宋之时，歌者最重法曲、大曲、慢曲，若引、近，不过辅佐之歌耳。（《词源》曰："法曲、大曲、慢曲之次，引、近辅之，皆定拍眼。"语意甚明，乃郑文焯《词源斠律》谓"辅之"二字，指著《词旨》之陆辅之而言，不免可笑。）且对法曲、大曲而言则引、近与慢，同为小唱。凡小唱须唱得声字清圆，以哑筚篥合之，其音甚正，用箫则不及，其说俱见《词源》内。又引、近音谱中亦有顿声，顿而不叠，与慢曲同，详下文。

引、近之拍，与法曲、大曲内之入破同，每片六均。六均者，前后片中，各有六拍排匀，而共有十二拍也，参看下文慢曲之八均拍；《词源》曰："引、近则用六均拍。"《讴曲旨要》曰："破、近六均慢八均。"是其说之所本也。词调中有《郭郎儿近拍》、《隔浦莲近拍》、《快活年近拍》等，所谓"近拍"，概指六均而言；调名之下赘此二字者，不过表明其属近之体，而用近之拍，犹云某某令，某某慢耳。

五 慢 曲

慢曲唐时已有之，至宋方盛，至南宋极盛。《词源》曰："慢曲不过百余字，中间抑、扬、高、下、丁、抗、掣、拽，有大顿、小顿、大住、小住、打、捎等字，真所谓'上如亢，下如坠，曲如折，止如槁木，倨中矩，勾中钩，累累乎端如贯珠'之语，斯为难矣！"此其所云，乃慢曲音谱之情形也，在九体之中，最为复杂，故张氏以为难。"丁、抗、掣、拽"者，与"抑、扬、高、下"语性相同，皆陈相对之义，即丁之反面为抗，而掣之反面为拽也。惟此四字与下文之顿、住、打、捎，及此外之敲、反、折，共十一字，实皆音谱拍眼中之专门语。大概打、敲、捎三字以言拍之动作，而其余八字，皆以言音之状态，歌者必示之于喉，而吹者必应之于指者也。就中丁、顿、住、拽为一类，乃音之迟者，抗、反、掣为一类，乃音之速者，兹分订如下，折则作别论焉。敲、反、折三事，《词源》虽无明文属慢曲，而慢曲中亦必有之，兹为叙述便利起见，悉见于此。

丁、顿、住、拽此四字皆言字之停顿，而音之延长也。《旨要》云："丁、住无牵逢合、六。""丁"、"住"二字联举，可见其为同类。"顿"读平声，一作"敦"，一作"墩"。《旨要》云："大顿声长小顿促（"促"谓比较大顿为促），小顿才断大顿续。"原注云："顿，都昆切。"而"丁"与"顿"乃音之转，其实一也。故《事林广记》载《遏云要诀》，论唱赚之唱法，有曰："欲有墩、亢、掣、拽之殊。"《旨要》又云："顿前顿后有敲捎，声拖字拽疾为胜。"又云："反掣用时需急过，折拽悠悠带音汉。"明王骥德《曲律》载《乐府浑成集》林钟商一调之目，其中有"丁声长行"一项。元燕南芝《庵唱》论举曲之各声，其中有"敦声"一项，又记歌之格调，其中有"敦拖呜咽"一项。所谓"牵"，所谓"声长"，所谓延长"悠悠"，所谓"声拖字拽"，所谓"长行"，所谓"敦拖"，皆一义也，皆音之也，因延长之程度不同，于是有大顿、小顿、大住、小住之分。延长之程度，以当字多寡量之。当字之说，详于沈括《补笔谈》："乐中有敦、掣、住三声。一敦、一住（沈氏此所谓敦、住，乃张氏所谓小顿、小住也），各当一字；一大住当二字；一掣减一字——如此迟速方应节。"按沈氏之意原甚明白，掣乃声之急处，将两字之音长，并成一字；小顿与小住乃音之缓处，本字之音长以外，又延一字之长；大住则更缓，本字之音长外，又延二字之长。掣与大住乃两极端，而小顿、小住则居间也。

后人于此之解释，可以称述者有四家——方成培《词尘》曰："敦声者，重抑按而综也；掣声者，或轻或重，连抑按而疾也；住声则在敦、掣之间，或一敦、一住，或连掣而一住也。"揣其语意，视"住"为"敦"与"掣"间共有之继续动作，而不以"顿"与"住"并列，又解沈氏所谓"一敦一住"，乃一敦之后，又有一住，并非一敦或一住。郑文焯《词源斠律》因其说，牵混纠绕，反不明白矣。《词源斠律》释"丁、住无牵逢合、六"曰："合字音浊，六字音清，同起黄钟，而抗坠之音，相去太远，故须以丁、住过度。无牵者，盖谓不当字也。"此其解释"无牵"之意与上说合。惟过度之说含糊不明，殊难取信耳。南吕《词调之研究》中所释，则大不然。伊目"丁住"二字为一事，乃大住、小住之外之第三种住，且谓用于每片之末。其言曰："丁住停声当二字，经时最长，亦按一拍。此则在词调前后阕末，与杀声相合，故春水谓'大顿小住当韵住，丁住无牵逢合、六'。合、六是正宫杀声，此举宫调之首调以为例，故云尔也。"按合、六确系第一宫调正黄钟宫之杀声，举首调为例，以概其余，亦容或有之，殊见述者思想之颖悟；惟释"无牵"为"停声当二字，经时最长，亦按一拍"，则太觉离奇；而略去大住（参看下文），定出丁住，亦毫无根据。以上二家之说，各有短长，究竟如何，犹待考证也。又所谓顿与住者，乃一句之中，唱至某字而顿住，但延长其音，一时不连接吐出下字也；字虽顿住，而音实延长，与后世昆腔内短腔之顿住，显然不同。乃近人王季烈《螾庐曲谈》曰："今人唱曲，遇上声字用'霍'，'霍'即古所谓顿音，与唱去声字用'豁'者反。"又曰："霍音乃上声字，初唱稍高，即又转腔落低也。欲短不欲长，一出即须顿住。"王氏指古所谓顿音者乃如此，岂非误会乎？《词源斠律》中谓拽即周邦彦《瑞龙吟》调所谓双拽头之"拽"，因谓"拽宜用之曲中过片"，恐亦近于附会也。

大小顿、大小住之别，在大顿、小住用于句末叶韵处，而小顿、大住则用于句中或句末不叶韵处，因《旨要》有"大顿小住当韵住"一语，推想其为如此也。南吕《词调之研究》中谓"大顿多当句中韵，或节中韵"，全然不合，因大顿乃一调中常有之音，故张炎有"小顿才断大顿续"之语，句中韵乃罕见之物，一调之中，那有如许句中韵以应大顿耶？至于所谓"节中韵"，则不知何指，节为何物，亦莫名其妙也。又凡有缠声之处，顿与住之为用亦各别，因

《旨要》有云"住乃哩罗顿呛唛"也。又慢曲及引、近之顿处，其声不叠，因《旨要》有云"慢近曲子顿不叠，歌飒连珠叠顿声"也。郑氏《词源斠律》云："顿必当字，叠但复其字中之声；若叠、顿并用，斯字字轻圆，古人谓之'如贯珠'是也。"按如此云云，何谓当字，何谓复其字中之声，愈说愈不明白矣。信如其说，叠、顿不并用，则不如贯珠而不轻圆，彼慢、近者，既顿而不叠，岂非无复轻圆如贯珠之望？试问张炎《词源》内，又何以明言慢、近为小唱，而其声清圆欤？郑氏盖牵就"连珠"之字面，以为解释如此，其实未必然耳。

惟前引《旨要》有"顿前顿后有敲揸，声拖字拽疾为胜"二语，今归纳各方面之说，丁、顿、住、拽，实皆音之迟者，何以"声拖字拽"又以"疾为胜"？其语意何属，抑有讹字，亦待考者也。

抗、反、掣　此三字皆音之急者也。《旨要》云："抗声突起直需高，抗与小顿皆一揸。"郑氏《斠律》云："抗声无依附而起，故宜高，所谓'上如亢'也。与小顿皆一揸者，一顿当一字，抗声压字而起，声出字上，故皆以一揸收本字之音也。"按：抗既与小顿同一揸，故知其音不但高，而且急。又南吕《词调之研究》内，谓"调中过处，声音高起，是为抗声"。过处即前片既完，后片开始之处，其声音何以必定高起？抗声何以必定限在此处？实不可解，且亦不知其何本。掣之义已明于上文所引《笔谈》"一掣减一字"是也。减一字乃二字音长减剩一字，一字音长只当半字，其音自急，故《旨要》曰"反掣用时需急过"也。惟反与掣之分别，不知又在何处。《事林广记》卷九纪音乐，有所谓《总叙诀》者，前四句曰："抑声上声四位（此"上声"之"声"，恐系讹字），掣声下隔二宫，反声宫闰相顶，丁声上下相同。"折、掣、反、丁，四声既经分别，可知《旨要》谓"反掣"，并非一声，乃反与掣两声也。（此四句未详来源，郑焞《律吕精义》引之，原文未及检。方氏《词尘》又义引《精义》，而谓"丁声未解"。按方氏前已解敦声、住声，此独未解丁声，其未贯通也如此。）《广记》又载《寄煞诀》曰："土五、金水八，木六火无凭。轮顶两斯顶，折、掣四相生。谱中无乱字，敦指依数行。"（"敦指"之"指"，恐系讹字。）凡此所以释反声之如何相顶，折、掣之如何相生，以及释丁与敦者，皆未明其说，亟有待于知音者之疏证也。

折　折之为义，在词乐音谱中有三说；因所见材料尚少，于三说明知其必贯通，而仍有所未明，故仅陈其说，有待知音者加以论断也。上文所引《事林广记》语，以折与掣、反、丁三声并立，其《寄煞诀》中，且谓"折、掣四相生"，是折有同于掣者也；《讴曲旨要》又谓"折、拽悠悠带汉音"，是折又有同于拽者也；足见折之作用，兼有于缓急二类声音之间，此第一义也。姜夔《白石道人歌曲》于《越九歌》后，载有《折字法》曰："篥笛有折字。假如上折字，下'无'字，即其声比'无'字微高；余皆以下字为准。金、石、弦、匏无折字，取同声代之。"此所谓"折"，乃折向高处者，第二义也。《词源》与《事林广记》之《结声正讹》一节内，共分六条，其中有"折"、"不折"、"折而下"、"微折而下"云云者凡五条；沈括《补笔谈》曰："合字无折一分，折二分，至于折七八分者，皆是举指有深浅，用气有轻重。"此所谓折，皆折向低处者，第三义也。第二义不观实例无以明，兹录《越九歌》内《庞将军》及《蔡孝子》二歌之末章如下。《越九歌》虽为古乐府而非词，然为其谱字未用符号，明白无讹，兹特藉以明折字之情形耳。

南	应	折字	应	蕤	林	南	应	南	太清	太	姑	折字	姑
尔	**泽**	**毋**	**三，**	**尔**	**煦**	**毋**	**五，**	**益**		**严**	**祀，**	**其**	**终**	**古**

按益字，谱通行本皆作"林"，兹从影宋本改为"南"。

无	太清	黄清	无	林	夷	无	无	夷
雨	**鸣**	**荷**	**兮**	**风**	**入**	**苇，**	**若**	**伊**

林	仲	大	夹	仲	夷	无	太清	黄清	无
优	**兮**	**泣**	**未**	**已，**	**率**	**我**	**子**	**兮**	**与**

仲	夷	黄清	无	夷	折字	无
弟，	**屋**	**阳**	**阿**	**兮**	**招**	**尔。**

《蔡孝子》乃《越九歌》之末一篇，其后即载《古今谱法》与《折字法》，姜氏特引上文之较近者为例，故曰：如"招尔"二字之谱，上折字，下"无"字，即"招"字之声，比"尔"字之声"无财"微高也。盖凡折字者，其声皆以下字为准，如"毋三"二字，"毋"字谱之折字，乃以"三"字谱之"应钟"为准，"终古"二字，"终"字谱之折字，乃以"古"字谱之"姑洗"为准也。"为准"者，非相等之谓，乃比较微高之谓也。

姜氏所谓"下无字"，此"无"并非"有无"之"无"，乃"无财"之"无"，《古今谱法》中所谓"无乃下凡"是也。乃方成培认作"有无"之"无"，而于第二第三两义，强作贯穿曰："或问培何以谓之'上折字下无字'？答曰：一字折至七八分，是此一声低到极处，不复能低，故曰'下无字'也。即其声比无字微高，余皆以下字为准，是又斟酌逐渐高上去也。此正抗坠抑扬之妙。"按此说后三句最为含糊不明，上数句则甚觉可笑。折字之下，既然无字，此折字必属每片之末一字，所谓杀声者必矣，一片之末字，其发声乃低到极处，不过比无声微高而已，岂非异事！所谓"微高"，有何标准？若唇吻略动，细作哑声，亦可谓之比无声微高也，顾词之杀尾，乃有作极细微之哑声，全调即如此以阒者，古今歌乐，乃有如此之怪唱法耶？郑文焯《词源斠律》全用其说，亦曰："盖谓一字折至七八分，其音不复能低，故曰'下无字'，又渐以起下字之声，故曰'以下字为准'。"又曰："折宜用之曲破尾声，有一分折二分，至折七八分者，白石旁谱可辨。"按验诸白石旁谱，内有折字则可辨，每折字究竟折至几分，则绝对不可辨。且凡折字之下面皆有字，无一无字者，因折字多在每词前后阕末字之上一字，前后阕之末字，即其下面之一字也。据此，姜氏所谓"下无字"之"无"，实属不能解作"有无"之"无"矣。再如前举折字之例，"终古"之"终"，"招尔"之"招"，虽位在每片末字之上，若"毋三"之"毋"，则且位在首句之内也；即姜氏其他令、慢之谱中，折字不在末句者，亦每每见，则郑氏所谓"宜用之曲破尾声"者，亦不确耳。

南吕《词调之研究》谓："谱中（参看后文之《秋宵吟》谱）有曰掣折者，乃使曲声缓急之用。掣处皆减一字，折处皆延一字。"夫掣之减一字，已如上文所云，若折之延一字，不知何所见而云然也，上列折之三义之外，此为第四义矣。

折在《词源》所载《管色应指字谱》中有符号，但与"上"之谱字极相似，于《白石道人歌曲》令、慢各调之谱中辨之，则此项符号之旁，十九另有一"凡"字符号相随。夫既有"凡"为谱字，则何所用其又作折字？且折于七种管色字谱中，何以又独与"凡"字相辅成谱者多？皆不可解。再则"凡"之谱字，又与"打"之符号相近，折字固无与"凡"字合谱之理，更无与打合谱之理。论符号则有两种，究竟折欤？"上"欤？"凡"欤？打欤？非折非"上"非"凡"非打欤？皆难订正。于此亦可见谱字实不易整理，难得贯通也。

以上考慢曲之音谱，以下考慢曲之拍眼。

《词源》曰："慢曲有大头曲、叠头曲，有打前拍、打后拍，拍有前九、后十一，内有四艳拍。"又叙序子之拍，谓"绳以慢曲八均之拍不可"，又《讴曲旨要》有"破、近公均慢八均"一语。此其所述，有不能确实明了者，打前拍、打后拍是也，有各种解释不同者，八均之拍是也。兹分别论之：

揣张氏词意，先言慢曲有大头、叠头二种，既言慢曲之拍有打前、打后二种，岂彼此之间，有何种密切之关系在欤？何谓大头、叠头，宋人自来无明文，惟《讴曲旨要》有曰："大头花拍居第五，叠头艳拍在前存。"可以略得二者之区别。按花、艳二拍，同为官拍以外之辅拍，犹昆腔中正板以外之赠板，此乃一定无疑者，至于花、艳之间，恐无甚歧异也。所谓"居第五"，《词源斠律》释谓"花拍用之大头曲中则宜后"，盖以居后与艳拍之"前存"相对也，语近敷衍，未足注意。惟何谓"在前存"，则颇可借《斠律》之释叠头者，相互以明。《斠律》曰："周邦彦《片玉词》注有双拽头，犹叠头曲之类。"此语诚合，盖大头曲乃普通两片之慢，而叠头曲乃双拽头或三换头三片之慢也。"前存"者，艳拍存于三片之前两片中也。

大头、叠头，义既如此，打前、打后，义又何属乎？江藩《词源跋》曰："花十六、前衮、中衮、打前拍、打后拍者，乃今之起板、收板、正板、赠板之类。"揣其意，盖谓打前拍乃起板，而打后拍乃收板也。惟起拍、收拍事极简单，而打前、打后，则张氏郑重言之，含义恐不止于起拍收拍也。《词源斠律》曰："敲、揖施之顿之前后，犹拍之有打前后。"其说似亦难通。盖顿前后有敲、揖，乃声音延长处前后有眼也，打前后有拍，乃眼前后有板也，彼此性质不同，难以相"犹"。若如郑氏此语，是顿亦类于打、敲、揖之如拍眼者矣，可乎？南吕《词调之研究》曰："慢、近曲调，皆大顿、小顿相间而有，故无叠拍之处。每阕起处，或先打后拍，或先拍后打，故有打后拍、打前拍之别。"揣其意，盖谓二者皆所以定起板之情形，与江藩说相近而有别。然板与眼相间而有，自属常情，打前有拍，或拍前有打，都不足异，即每阕起处先打后拍，或先拍后打，似亦无需多立名目也。且拍主而打辅，犹之板主而眼辅，若于拍之前后以定打，其事自顺，若于打之前后以定拍，得毋反辅为主，而反轻为重乎？向疑此所谓"打"，犹"按拍"之"按"，乃动词而非名词，并非指"打、敲、揖"之"打"而言；所谓"前"与"后"，疑是大头曲两片之前后，或叠头曲内前两片与后一片之前后，与上文张炎所谓"前九、后十一"之"前"、"后"相同也。凡慢曲之两片或三片中，按拍情形，前后不同，如"前九、后十一"，"花拍居第五"，"艳拍在前存"等皆是，故当时对于慢曲之拍，或分两段打去，打前段之拍则言"打前拍"，打后段之拍则言"打后拍"也。特江说、郑说、南吕之说，固皆令人不满，即此说亦同为臆测，未必可靠，究竟如何，尚待考证耳。

顾打前拍、打后拍虽不明了，尚不要紧，以其并非慢曲拍节之主要说明也。慢曲拍节之最要者为"前九、后十一，内有四艳拍"与"八均之拍"两层。两层意义，自当一贯，而自来考释者每每略去上—层不谈，专释八均，殊失当也。综其说有彼此不同者四：

（一）"八均"乃八字一拍说　　此说郑文焯《词源斠律》内主之，其言曰："六均者六字一拍，所谓'前衮、中衮六字一拍'也；八均者，八字一拍，慢曲字多于引、近，其音悠缓，元戚辅之《佩楚轩客谈》纪赵子昂说，歌曲八字一拍。"按郑氏此说，未曾求贯连于张氏"前九、后十一"一语，是其失也。盖按之此语，倘凡慢曲皆八字一拍，则凡慢曲前片必限七十二字，后片必限八十八字，而全首总限一百六十字矣，事实上果如此乎？或于前九、后十一中，除去四艳拍，只余十六拍，而谓慢曲皆限一百二十八字又可乎？张炎既说明慢曲正拍十六，艳拍四，总为二十，则吾人于八均拍即断难认为八字一拍矣。法曲、大曲之拍节，与令、引、近、慢迥然不同，不能因张氏谓法曲、大曲之前衮、中衮六字一拍，遂援用之，来释引、近之六均拍即六字一拍，更推而及于慢曲之八均拍亦即八字一拍也。窃疑张氏正所以明其不同，惟恐牵混，故一则曰"六字一拍"，一则曰"六均拍"；不然，使二者果然相同者，何不前后概称"六均拍"或"六字一拍"欤？《佩楚轩客谈》所云，方成培《词塵》卷三亦引之，郑氏或即转引自《词塵》，亦未可知，原书愚未见也。《词塵》曰："元戚辅之《佩楚轩客谈》纪赵子昂说：'歌曲八字一拍，当云乐节，非句也。夫乐不同拍，板以鼓为节。'戚云：'当改曰板与鼓同节尤佳。'观此，知元曲以八字为一拍，板以鼓为节，此语甚精。"此一段文字中，有赵氏语，有戚氏语，有方氏语，殊欠分明，兹姑为标点如此。然藉令元曲确以八字为一拍者，殆亦难以之例南宋慢词，因元曲乃北曲，用弦索，劲切而促，南宋慢词近于南曲，用箫管，柔远而缓，二者时代上前后相续，声乐上普通情事，容多沿袭，若拍节一层，恐难相同也；而况戚书、赵说，均未得其详，仅仅据此，即认元曲八字一拍，究竟有无讹误，尚是疑问耳。

（二）"八均"乃"八韵"，每韵二拍说　此说南吕《词调之研究》内主之，兹先引其原文，然后予以评论：

令曲最短，节奏繁促，以指分之，略住而已。引、近皆分六均，慢分八均。沈义父云："词腔谓之均，均即韵也。"今观引、近词多六韵，慢词多八均可知（破同于引，今不别说）。每韵两拍为常式，故引、近前后共十二拍。有时一均二拍之前，更增一拍或数拍，是为艳拍，盖取古曲前有艳声之意。又慢曲别有大头曲、叠头曲之二种，大头曲第五韵即过起处，有花拍。王灼云："花拍盖非其正也。"今观诸慢曲，过处多有句中韵（此常为二字读，如少游《满庭芳》过云"消魂当此际"，"魂"即句中韵。近人昧于声律，遂以字断句，实大非），沈义父谓当按拍，此当第五韵，又在应有二拍

之外，或即是花拍也。叠头曲均前有艳拍，其详无考。宋人笔记谓慢曲更有
前九、后十一拍者，内即有四艳拍，疑此即叠头曲也。

此段中所述，根源实皆在张炎《词源》内，而作者并不叙明，仅于结处指为宋
人笔记。其所以如此者，殆即因其所立之说中，于"前九、后十一"一语，未
能贯通，不便明引《词源》原文，或说明根源于其分也。且其首叙令词之拍
眼，亦略去张氏"四揭匀"之全说，而仅含糊其词曰"以揭分之"，皆为欲自
圆其说，遂不恤隐蔽古人意旨，此其态度，首欠忠实矣。综其所述，盖有下列
六点：

（甲）"六均拍"乃"六韵拍"，"八均拍"乃"八韵拍"。

（乙）引、近全首多六韵，慢词全首多八韵。

（丙）每韵二拍为常式。

（丁）大头曲乃慢词过片处之有二字叶韵者也。此项二字叶韵处，只能视
为句中韵，不能断句。

（戊）张炎所谓"大头花拍居第五"，乃第五韵，并非第五拍。

（己）前九、后十一仅限于叠头曲。

此六点中，（甲）为主，（乙）、（丁）辅之，无（乙）、（丁）则（甲）
甚且不能成立。（丙）不知何所根据，当由推想而定之如此。（戊）与（己）
均曲说，矫揉造作，更难取信。按沈伯时《乐府指迷》曰："词腔谓之均，
'均'即'韵'也。"盖谓均乃词腔，凡词腔各有其韵致、韵味、风韵，故曰
"均即韵也"。沈氏谓韵之义如此，并未谓即句末叶韵之"韵"；不然，腔韵见
于各字之工尺音谱，叶韵见于一句之末字谐声，截然两事，未可牵混，沈氏何
能并为一谈？《词源》又有曰："盖一曲有一曲之谱，一均有一均之拍。"即谓
每一词腔，有一词腔之拍也。姜夔《凄凉犯序》末云："使以哑觱栗角吹之，
其韵极美。"即谓其词腔之韵致极美，沈氏所谓"均即韵也"之例也。沈氏之
说，应本于蔡绦《铁围山丛谈》。《丛谈》曰："乐曲凡有'谓之均'、'谓之
韵'，均也者，宫、徵、商、羽、角，合变宫、变徵为之，此七均也。……韵
也者，凡调各有韵，犹诗律有平仄之属，此韵也。"凌廷堪《燕乐考原》曰：
"案《说文》无韵字，均即韵也。蔡绦所谓均者，即燕乐一均七调者是也；所
谓韵者，即各调所用之高下字谱也。字谱高下，本由于平、上、去、入四声，
故曰'犹诗律有平仄'。"此二家说，谓均是七调，韵是词腔，虽与沈说均、韵
同是词腔者小异，而所谓韵之意义，并非句末叶韵之韵，则三家皆同也。据

此，（甲）条之意，实根本不能成立矣。再则纵观诸词调中，引、近不止六韵，慢词不止八韵者，不知凡几，而为六韵、八韵者，实居少数。他勿论，即就南吕原文内所举之二例以观，姜夔《秋宵吟》（全词见后）前片，"皎"、"悄"、"晓"、"葆"、"表"、"草"六韵，后片"老"、"绕"、"早"、"杏"、"了"五韵，共十一韵；《疏影》前片"玉"、"宿"、"竹"、"北"、"独"五韵，后片"绿"、"屋"、"曲"、"幅"四韵，共九韵，其中且皆无（丁）条所谓二字句中韵在内，已可知（乙）条八均即八韵之说，亦无以通过也。况词调中换头处以二字叶韵者甚多，若只视作句中韵，而不算句末韵，其全首韵数，即恰巧为八者则甚少，而换头二字既已叶韵，按照文义，有时固可断句可不断句，有时却非断句不可（如姜夔《霓裳中序第一》"幽寂，乱蛩吟壁"。"寂"字若不断，则一句之中，文意矛盾矣），宋人亦从无明文谓不必断句，此（丁）之为说，亦未必确当也。且（乙）如果成立，慢词前片只限四韵，此后片换头二字叶韵者方轮在第五，若（乙）既不成立，则此处何由见其为第五？更何由见"大头花拍居第五"乃第五韵，而非第五拍？而换头具有此项二字叶韵之慢，又何由见其即为大头曲？故（乙）既推翻，（丁）、（戊）亦随之同废矣。更揣（丙）、（己）之意，拍随韵以增减，而一韵必系两拍，故八韵为十六拍，换头处多一个句中韵者，必增出二花拍，则增入四艳拍为前九、后十一者，其为十韵必矣。所谓"前九"者为四韵半必矣，"后十一"者为五韵半必矣，夫拍数固不妨成单，试问韵数果如何有半耶？不然，每韵二拍，又何得谓之为常式哉？故（丙）、（己）两条，亦殊难凭信也。

（三）"八均拍"乃一板七眼说　此说近人童伯章先生《中乐寻源》内主之，谓："慢曲之八均，盖即一板七眼之说也。"按一板七眼，即正板之一板三眼，再加赠板之一板三眼也，词中艳拍即赠板，则所谓一板七眼者，于张氏"前九、后十一，内有四艳拍"二语，又作何贯通之解说乎？《寻源》又谓："引、近用六均拍，有似乎西乐之六拍子。"盖视"均"之非"韵"，而为"均匀"之"均"，是已与下一说相同者也。

（四）"八均"乃前后片八拍均匀说　此说乃愚之所揣度者也。按第二说独认"均"为"韵"，势不可通，第一、第三说皆已认"均"为均匀之意，特所均者，或在字数间，或在拍眼间，若此说所均者，则在前后片间也。三说之短，同在未曾求通于"前九、后十一，内有四艳拍"二语，此说则全从此二语出。盖第二说之每词八韵，与每韵两拍，虽不可靠，而普通慢曲之官拍之数，仅限于十六，则确实无疑。王灼《碧鸡漫志》卷四曰："又有大石调《兰陵王慢》，殊非旧曲。周齐之际，未有前后十六拍慢曲子耳。”慢曲子为前后十六拍，与张氏“前九、后十一，内有四艳拍”二语吻合无间，然后知前九、后十一，前后共二十，内有四艳拍，除去之则为十六官拍；且有四艳拍于前后片中，其多寡配搭不匀，方成前九、后十一之参差之势，若除去艳拍，只余官拍，则前后均匀，各有八拍，故曰八均拍也。因得演八均拍之式如次：

$$(\text{前 }9+\text{后 }11-4)\div 2=8$$

因知所谓“前九、后十一”者，乃专指普通前后两片之慢而言，即专指大头曲而言，恰与第二说之（已）条，谓专指叠头曲而言者相反。“大头花拍居第五”者，其“前九”之中，第五拍为赠拍，余八拍皆正拍，其“后十一”之中，第五拍以下之七拍内有三赠拍，而其前四拍，则皆正拍也（惟此一层尚欠证据）。“叠头艳拍在前存”者，所有四赠拍俱存于前二片中，连正拍共十二拍，若后一片内，则无一赠拍，净存八正拍也。且所谓“均拍”者，固不止慢曲八均之一种矣；在法曲、大曲各片中，则有九均之拍，如《花十八》是也；又有六均之拍，如入破是也（俱见下文法曲、大曲一节）；在引、近则为六均之拍，即前后片各六拍也；在令则为四均之拍，即所谓“四掯匀”，前后片各四拍也。——凡此皆前后各说之可以贯通者也。

打前拍，打后拍，前九，后十一，四艳拍，八均拍等等，皆所以言拍也，拍之外尚有眼，则打、敲、掯三者是也，《词源》云：“若唱法曲、大曲、慢曲，当以手拍。”夫拍节既皆用手，然后“打”、“敲”、“掯”等从“手”之字遂以为名矣。（南吕《词调之研究》中先有此说。）此三者实际动作上，恐无甚区别。若唱令与引、近，当亦以手拍，张氏虽无明文，据令用四掯匀，引、近用六均拍两层，已可以知矣。（凡绝对不用均拍者，方用拍板为节，参看下文。）至于令较简单，故单掯一种，已足应用，若引、近则除六均拍外，应亦与慢曲等同有打、敲、掯之诸眼以为辅也。

以上分考慢词之音谱与拍眼，以下合考二者间之关系。

音谱八种——丁、顿、住、拽、抗、反、掣、折，与拍眼各种——官拍、艳拍、打、敲、掯，彼此配合之情形如何，不得其详。观于《讴曲旨要》中四语“大顿声长小顿促，小顿才断大顿续”，“顿前顿后有敲、掯”，“抗与小顿皆一掯”，略可得其线索。盖小顿既为一掯，则大顿或为两掯，一掯才断两掯续，再领以一拍，岂非俨然今日昆腔内之一板三眼乎？其有四艳拍之处，若亦有打、敲、掯随之者，又岂非果成一板七眼之情形乎？

自来于宋词音谱之结构，无写定其式者，惟南吕《词调之研究》一文内曾有之。盖其式依据七点而造成：（一）慢词前后两片，每片四韵；（二）每韵二拍；（三）有小顿、大顿、小住，而无大住；（四）别有“丁住”一种，用在每片之尾；（五）抗声用在后片之首；（六）打后拍乃先打后拍；（七）掯即是打。此七点中，除末一点外，其余皆靠不住，上文已逐一驳过，其所列之式，亦完全靠不住，更何待言！惟式中能将音谱、拍眼，列出关系，以各见其用，则大足启发研究者之思想，虽所列不足信，要亦不妨存而备考也，因录之如次：

小顿（打）大顿（第一均第一拍）小顿（打）小住（第一韵第二拍合起韵）

小顿（打）大顿（第二均第一拍）小顿（打）小住（第二韵第二拍合叶韵）

小顿（打）大顿（第三均第一拍）小顿（打）小住（第三韵第二拍合叶韵）

小顿（打）大顿（第四均第一拍）小顿（打）小住（第四韵第二拍合叶韵杀声前半阕终）

抗（打）大顿（第五均第一拍）小顿（打）小住（第五均第二拍合叶韵）

小顿（打）大顿（第六均第一拍）小顿（打）小住（第六均第二拍合叶韵）

小顿（打）大顿（第七均第一拍）小顿（打）小住（第七均第二拍合叶韵）

小顿（打）大顿（第八均第一拍）小顿（打）丁住（第八均第二拍合叶韵杀声曲终）

观于此式，不但韵限于八，拍限于十六，且小顿限于十五，大顿限于八，打限于十六，小住限于六，丁住限于二，抗限于一，毋乃太呆板！《讴曲旨要》中所纪各项，果如此乎？南宋慢词事实上果如此乎？再则八均既然即指八韵而言，何所用其于叶韵之处，又赘“合起韵”“合叶韵”？至于大住一项，因没处安插，遂强为搁起，不提一字，尤觉无理也。此式作者说明是属于打后拍者，若打前拍者又如何，则亦略而未提。此式之后，又继列姜夔自制调二种，以证其说，兹引其一如下：

《秋宵吟》谱（慢调，越调，杀声“六”）

凡（掣）　　工尺（打）　　合一尺（拍）　　工凡（打）

古　　　　帘空，　　　坠月皎，　　　坐久

工尺勾（折）　尺（拍小住）　一（掣）　　四合（打）

西窗人　　悄。　　　　蛩　　　吟苦、

一尺工五六（拍）　　凡（掣）　　六（打）　　五六（拍小住）

渐漏水丁丁，　　箭　　壶　　催晓。

凡（掣）　　工尺（打）　　合一尺（拍）　　工凡（打）

引　　　凉飔，　　　动翠葆。　　　露脚

工尺勾（折）　尺（拍小住）　一（掣）　　四合（打）

斜飞云　　表。　　　因　　嗟念、

一尺二五六（拍）　凡（掣）　　六（打）　　五六（拍丁住）

似去国情怀，　　暮　　帆　　烟草。

工（折打）　　凡（折）　　工（折）　　凡（折拍）

带　　　眼　　销　　磨，

一尺工（打）　　一四合一（拍小住）　　尺工勾一（打）

为近日、　　愁多顿老。　　　卫娘何在，

尺工五六（拍）　　工凡（打）　　六（折）　　五六（拍小住）

宋玉归来，　　两地　　暗　　萦绕。

工六（打）　　凡（掣）　　工尺（拍）　　一尺工尺（打）

摇落　　江　　枫早。　　　嫩约无凭，

一四合一（拍小住）　　一工尺（打）　　一凡（掣）

幽梦又杳。　　　但盈盈、　　　泪洒

工尺（拍）　　五六凡五（打）　　尺工六（拍丁住）

单衣，　　　今夕何夕　　　恨未了。

观于此谱文字，前后共十一韵，但拍数仍前后十六拍。除韵脚各占一拍外，其余五拍，安置于"丁"、"怀"、"磨"、"来"、"衣"五字，与上文八均拍第二说作八韵解者虽未能合，而与第四说作八匀解者转相合，惟其间尚缺四艳拍耳。每拍之前，各有一打，打皆小顿；每韵之中，第一拍即大顿，第二拍为小住，两结拍为丁住——凡此皆与前列之式相合者也。惟"小住"、"丁住"字样既未略去，何以"小顿"、"大顿"字样独行略去？不可解者一。前式换头处用抗，此式何以忽改用折？不可解者二。此式较上式所增出者，为八掣与七折，其数目与位置，又如何定订？不可解者三。若谓根据于姜氏原谱欤？则原谱今日俱在，所谓"掣"与"折"者，谱中固无一毫影响也。至于其他谱字，尚多待考订处，因整理谱字，不在本篇所讨论范围之内，不赘及焉。

总之：运用音谱、拍眼之说，以列出音谱、拍眼之式，其旨极是，其事极要，惜乎今日所得知之说，尚属破碎不完，未曾十分明白，不足以成式；况南吕于诸说多所武断与不根之解，其所列不确，盖无足怪矣。惟愚一人于其所撰之观察如此，且无力为之订正，他人对之，或别有见解，别有领会，亦未可知；要之，其所列各式，于此项研究之中，确有供献，并非无用，故为援引于此也。

六 三 台

三台本为唐教坊曲名，六言四句。《唐音统签》云："唐曲有《三台》、《急三台》、《宫中三台》、《上皇三台》、《怨陵三台》、《突厥三台》。三台为大曲。"《乐苑》云："唐《三台羽衣曲》，一名《开元乐》，一名《翠华引》。"《词律》云："平仄不拘，所赋不论何事，咏宫闱者即曰《宫中三台》，亦名《翠华引》，亦名《开元乐》，咏江南者即曰《江南三台》，又有《突厥三台》。其长调则为宋人所撰，而袭取其名。"按宋人所撰者，有万俟雅言之三叠百七十一字体，恐即就唐调中之《急三台》一种转变而出者也。李济翁《资暇录》云："《三台》，三十拍促曲名。昔邺中有三台，石季龙常为宴游之所，而造此曲以促饮。"（冯鉴《续事始》曰："汉蔡邕三日之间，周历三台，乐府以邕晓音律，为制此曲。"刘禹锡《嘉话录》曰："邺中有曹公铜雀、金虎、冰井三台，北齐高洋毁之，更筑金凤、圣应、崇光三台，宫人拍手，呼上台送酒，因名其曲为《三台》。"此二则尤可考见《三台》命名之渊源。）张表臣《珊瑚钩诗话》云："乐部中有促拍催酒，谓之《三台》。"张炎《词源》则谓"三台乃慢二急三拍"（详下一节内）。李张张三家所云，彼此正合，必皆指此三叠百七十一字之三台而言也。三叠中前后字数、句法完全相同。三叠三十拍，其为每叠十拍可知矣。每叠十拍之中，疑又分为两节，每节五拍，慢二而急三。所谓"急"，所谓"促"者，即全因有此急三之拍也。而统计全词三十拍中，慢拍应有十二，而急拍应有十八焉。夫慢之所以得名者，为其节拍完全缓慢也，三台之拍，慢拍仅五分之二而急拍有五分之三，当然非慢曲所能强同矣。更考《乐府混成集》林钟商目，三台列于慢曲子之外，元燕南芝庵《唱论》内歌声变件一条曰："有慢、衮、序、引、三台、破子、遍子、擞落、实催、全篇、尾声。"足见三台确系另一种歌法，而非慢曲之所可包括者也。

又观于三台中有《突厥三台》、《伊州三台》等，《统签》又谓其为大曲，可知其音谱之源，实为唐时边地胡乐，与法曲、大曲同一情形。宋之三台，虽由六言四句变为百余字长短调，而其中之急拍，必沿袭于唐调，而间接因缘于胡乐者，是亦不可不知耳。

七　序子缠令

序子一体，向来无人提及，只有《词源》论慢曲与引、近之拍眼后，继续有曰："外有序子，与法曲散序、中序不同，法曲之序一片，正合均拍（此二句中，恐有讹字，详下文）；俗传序子四片，其拍颇碎，故缠令多用之。绳以慢曲八均之拍不可，又非慢二急三拍，与三台相类也。"据此，序子四片，较三台尤长；而拍颇碎，既异于法曲之序，又异于法曲引、近，复异于三台，当然别为一体。考宋词中一调有四片者极少，如《集贤宾》，如《梁州令叠韵》，皆四片，但皆用一种两片之调重叠而成（宋调四片之《集贤宾》仍用唐调两片之《集贤宾》重叠而成），原非前后各异之四片也；郑意娘作之《胜如花》，亦四片，并非叠韵，但并不以"序"为名，犹不敢认为即序子一体；惟有《莺啼序》一调，既属四片，又以"序"名，殆确为序子一体无疑矣。乃自来词家，皆目此调亦属慢词，不过最长而已，盖未尝注意张氏之说耳。

"缠令多用之"者，序子先有一种繁碎之拍，而后缠令之中亦多援用之也。缠令为唱赚之一种，《都城纪胜》云："唱赚在京师只有缠令、缠达。有引子、尾声为缠令，引子后只以两腔递互循环间用者为缠达。"（《梦粱录》所载者同。）据此，缠令有引有尾，缠达有引无尾，皆绝似后世南北套曲中之情形，比较当时词调所有之正当唱法，缠声为多，故名缠令，与令词之令无涉也。

缠令既属唱赚之一种，按《事林广记》内《遏云要诀》记唱赚之音谱、拍眼曰："夫唱赚一家，古谓之道赚，腔必真，字必正，欲有墩、亢、掣、拽之殊，字有唇、喉、齿、舌之异，抑分轻清、重浊之声，必别合口、半合口之字。……假如未唱之初，执拍当胸，不可高过鼻，须假鼓板村掇（"村"疑是"衬"之讹）。三拍起引子，唱头一句，又三拍，至两片结尾三拍煞，入序尾三拍巾斗煞；入赚头一字当一拍，第一片三拍，后仿此；出赚二拍，出声巾斗又三拍煞（以上句读，恐未必尽确）；尾声总十二拍：第一句四拍，第二句五拍，第三句三拍煞，此一定不逾之法。"此段所云，有得解者，有不得解者，他姑勿论，第一既亦有墩、亢、掣、拽之殊，足见一切音谱，凡慢曲中所有者，唱赚亦皆有之；第二既有一字当一拍者，尾声三句又有十二拍之多，完全与后世南曲尾声十二拍之情形相同，则较之慢曲前后片连艳拍统共不过二十拍者，当然觉其"颇碎"矣。夫唱赚之谱与拍如此，缠令之谱与拍可知，缠令之谱与拍如此，序子之谱与拍可知矣。

八　法曲大曲

关于法曲大曲体裁之考订，有王静庵先生之《宋大曲考》及《宋元戏曲史》已详之。兹仅据《词源》等书，推详其音谱与拍眼如次：

《词源》曰："若曰法曲，则以倍四头管品之（原注："即筚篥也。"），其声清越；大曲则以倍六头管品之，其声流美，即歌者所谓曲破。如《望瀛》，如《献仙音》，乃法曲，其源自唐来；如《六幺》，如《降黄龙》，乃大曲，唐时鲜有闻。法曲有散序、歌头，音声近古，大曲有所不及。若大曲亦有歌头（"头"，传本《词源》原作"者"，必误），有谱而无曲，片数与法曲相上下，其说亦在歌者称停紧慢，调停音节，方为绝唱。"——此一段乃言法曲、大曲之音谱也。法曲声音清越而近古，大曲不及。《唐书·礼乐志》云："初，隋有法曲，其音清而近雅，其器有铙、钹、钟、磬、幢箫、琵琶，其声金、石、丝、竹以次作。"据此，张氏所谓倍四头管，岂即隋之所谓幢箫欤，大曲声音流美盖泛声已较多，故谓古雅不如法曲也。惟其曲唐时确已有之，张氏"唐时鲜有闻"一语甚怪。洪迈《容斋随笔》云："今世所传大曲，皆出于唐。"蔡宽夫《诗话》云："近时乐家，多为新声，其音谱转移，类新奇相胜故古曲多不存。顷见一教坊老工言，惟大曲不敢增损，往往犹是唐本，而弦索家守之尤严。"仅此两证，已足明张氏前语之非。且观于蔡氏所言，吾人又可推定者：大曲音谱，与法曲比较，虽然已觉不古，而与当时所谓新声，慢曲、三台、序子等等比较，则毕竟仍觉古雅，一也；大曲乐器，虽以倍六头管为主，而弦索亦复相辅而用，犹之隋时法曲，幢箫以外，尚用琵琶，所谓"金、石、丝、竹以次作"一层，法曲、大曲，二者必然相同，学者不可为《词源》之言所限，二也。至于倍四头管、倍六头管，及哑筚篥等，《词麈》及《中乐寻源》中考之甚详，兹以其为乐器之制，非直接关于音谱者，不备录焉。

《词源》又曰："法曲之拍，与大曲相类，每片不同，其声字疾徐，拍以应之。如大曲《降黄龙花十六》当用十六拍，前衮、中衮六字一拍，要停声待拍，取气轻巧；煞衮则三字一拍，盖其曲将终也。至曲尾数句，使声字悠扬，有不忍绝响之意似，余音绕梁为佳。惟法曲散序无拍，至歌头始拍。"——此一段乃言法曲、大曲之拍眼也。据上文云，大曲之片数与法曲相上下，而《碧鸡漫志》卷三纪大曲之分片，则为散序、靸、排遍、攧、入破、虚催、实摧、衮遍、歇拍、杀衮，共十种，法曲之分片，当然即与此大同小异也。论其拍眼，以"每片不同"一语最为扼要。试就此十片次第数之：第一散序，无拍；第二靸，仅有敲捐而已，亦尚无拍之名义，因上文引《讴曲旨要》有"七敲八捐靸中清"语也；第三排遍，即歌头、全曲之拍，于此开始，为十六拍或十八拍，外加四艳拍，则为二十拍或二十二拍，语详下文；第四攧，拍法失考，或与排遍相近；第五入破，六均拍，因《旨要》有"破近六均役八均"一语也；第六虚催，第七实催，拍法俱失考；第八衮遍，六字一拍；第九歇拍，亦失考，斟酌前后之间，或为五字、四字一拍；第十杀衮，三字一拍。

散序无拍，歌头始拍一层，略有考证——白居易和元微之《霓裳羽衣歌》曰："散序六奏未动衣，阳台宿云慵不飞，中序擘騞初入拍，秋竹竿裂春冰坼。"注云："散序六遍无拍，故不舞。（按所谓六遍，乃散序一种之所有。上举大曲之分片名目，乃十种之名目，至于每一种，少则二片，多则二十余片不等也。）中序始有拍，亦名拍序。"据此，唐之大曲于中序开始有拍，而张氏乃谓歌头方始拍，是唐大曲之中序，与宋大曲之歌头，二者地位相当也。《宋大曲考》谓："唐以前中序即排遍，宋之排遍亦称歌头。"又云："如《水调歌头》即新水调之排遍，宋之大曲恒不用散序与靸，故歌者自排遍起也。"据此，中序即排遍，排遍即歌头，故中序亦即歌头，三而一，一而三者，法曲、大曲之拍，至此方名实俱备也。

何以知排遍为十六拍或十八拍而外加四艳拍乎？曰：前引《词源》论序子之拍有曰："与法曲散序、中序不同，法曲之序一片，正合均拍。"末二句中，疑有讹字，疑应作"法曲中序，每片正合均拍"。所谓"均拍"者，前引《词源》又曾云："如大曲《降黄龙花十六》当用十六拍。"十六拍即八均拍，一也；《碧鸡漫志》卷三云："欧阳永叔云：'贪看《六幺花十八》。'此曲内一叠名《花十八》前后十八拍，又四花拍，共二十二拍。"十八拍即九均拍，二也。因或为八均，或为九均，无定，故《词源》上文仅曰"正合均拍"，而不曰正合几均拍也。九均拍既能加四艳拍为二十二拍，则八均拍想来亦何尝不可加四艳拍而为二十拍，与慢曲同乎？非排遍无以为中序，非中序无以合均拍，非均拍无以言前后十八拍或十六拍，因此可以定法曲、大曲排遍拍眼之数，确为十六或十八，二十或二十二也。且吾人于此，更应知《花十八》既乃《六幺》（亦作《绿腰》）大曲之排遍之名，则《花十六》亦必为《降黄龙》大曲之排遍之名；《六幺花十八》既是"《六幺》之《花十八》"，则《降黄龙花十六》亦必为"《降黄龙》之《花十六》"，二名实指一曲而言，并非两曲，若认《降黄龙》为一曲，《花十六》又为一曲，则大谬矣。

第五入破，与张氏上文所云"其声流美，即歌者所谓曲破"二语，显然有关。《唐书·五行志》云："天宝后诗人多为忧苦流寓之思，及寄兴于江湖僧寺，而乐曲亦多以边地为名，有《伊州》，《甘州》，《凉州》等。至其曲遍繁声，皆谓之'入破'。"张端义《贵耳集》云："天宝后曲遍声繁，皆名入破，破者，破碎之义也。"王建宫词亦早有"忽觉管弦先破拍，急翻罗袖不教知"之句。据此，破则其声流美，而所以流美者，则为繁声加多；声既多繁，拍亦随之而碎也。此种繁声与碎拍之由来，实因受当时边地胡乐之影响，固不仅用边地为名而已，实已援用其声拍矣。愚意入破之片名虽居第五，而曲破之唱名，应从第三排遍起，即包含在内。盖入破为六均拍，排遍亦为八均、九均拍，凡此正合均拍者。在法曲、大曲之中，其声应皆所谓曲破也。观于耐得翁《都城纪胜》云："唱叫小唱，谓执板唱慢曲、曲破，大率重起轻杀，故曰'浅斟低唱'。"可知曲破为均拍，慢曲亦为均拍，故二者相同，而总为小唱也。此所谓"小唱""低唱"，应皆是细唱之意，盖八均、九均之拍既有敲捎，又有艳拍，即不啻后来昆腔有赠板之曲，自可以有细唱之说矣。惟《词源》曾谓"慢曲引近方曰小唱，与法曲、大曲不同"，推曲破于小唱之外，与耐得翁说不同；《曲律》载《乐府混成集》林钟商目，大曲与曲破分列二项，又另有破子，与《词源》之说不同，未知此中是非，究竟如何也。

上列十种片名，其实皆各由其拍法而定，即可作十种拍名观。——散序之散，谓无拍也；排遍之排，谓排匀也；入破之破，谓破碎也；虚实催之催，亦拍也，黄庚夜宴诗云："艳曲喜听催拍近，狂歌自觉入腔难。"前中衮之衮，亦拍也，刘克庄《贺新郎》云："笑杀街坊拍衮。"歇拍无论矣，报与攧，应亦拍之作用也（攧谓攧落，已见上文引芝庵《唱论》之语中），惜皆不得其详耳。然则《词源》谓"法曲、大曲之拍，每片不同"，审其名称，亦既可以知之矣。

以上法曲、大曲之谱拍可论者如此。余若上文引《讴曲旨要》有"慢、近曲子顿不叠，歌讽连珠叠顿声"二语，所谓"歌讽连珠"者，既不在慢、近曲子之内，究竟何在乎？或者即在法曲、大曲之内，亦未可知也。至于顿声如何叠法，亦待考索，《词源斠律》所有之说，未足信耳。再则法曲、大曲于前后诸体之中，独有舞容，其拍眼不但节乐而已，且所以应舞，故《词源》曰："'按拍'二字，其来亦古，所以舞法曲、大曲者，必须以指尖应节俟拍，然后转步，欲合均数故也。"（此"均"字亦以均匀之意为较可通）此二层亦在本篇所应叙述范围之内，故附见于此。

九　诸宫调

诸宫调之体裁，《宋元戏曲史》中已详之。兹所疑者：今传诸宫调，惟《董西厢》最为完备，则词调与曲调相间为用者，王伯成《天宝遗事》零星散见于《雍熙乐府》内，则纯粹用曲调而不用词调者，是同一诸宫调，金与元之情形，即有不同，又安能必南宋者即与其余同耶？《词源》中于此体，仅在论拍具内略一提及曰："若唱法曲、大曲、慢曲，当以手拍，缠令则用拍板，嘌吟说（"说"原作"洗"）唱诸宫（"宫"原作"公"）调，则用手调儿，亦旧工耳。"其余于谱、拍两面，俱无说明，究竟南宋人作，与董、王之作，同异何似，无以断定。然董、王二家之说唱，已是北曲，用弦索为主，若南宋之一切歌唱中，皆属南词，用箫管为主，从无用弦索为主者，南与北、弦与管之间，音谱与拍眼之差异，固甚悬远，即此一端，似已可言南宋之诸宫调，必不同于金元之诸宫调矣。大概南宋之诸宫调，可以谓之南词之诸宫调，金元之诸宫调，可以谓之北曲之诸宫调，此向来言诸宫调者，所未尝判别者也。南词者兹所当论，若北曲者无庸泛及矣。

南词中何谓诸宫调？专就音谱方面说，则《事林广记》早有明文。《广记》论各宫调之结声，足以校正今日传本《词源》内《结声正讹》一节之误不少，论后有云："右数宫调，腔韵相似，极易讹入别调。若结声不分，即谓之'走腔'，驱驾高下不匀，即谓之诸宫调。故分别用声清浊高下，折与不折以辨之。"所谓"驱驾高下不匀"者，乃嘌唱也。《乐府指迷》云："亦有嘌唱一家，多添'了'字，吾辈只当以古雅为主，如有嘌唱之腔不必唱。"《都城纪胜》云："嘌唱谓上鼓面唱令曲、小词，驱驾虚声，纵弄宫调，与叫果子唱耍曲儿为一体。"据此，可见诸宫调不但联合纵弄许多宫调，而且与法曲、大曲、慢曲等不同之点，尤在音谱中之驱驾虚声。虚声既多，高下不一，而各宫调原来应有之结声乃乱矣。此种音谱，当时于诸宫调一体中为最著，此外于寻常要唱小曲中亦有之，实乃一种不规矩之唱法也。再则唱曲之外，又具说白，故曰

"嘌吟说唱"，尤为他体所无者。至于虚声既多，拍眼必繁，观其用手调儿以外，兼上鼓面，与缠令之"须假鼓板村掇"，及元曲之"板与鼓同节"，先后无异，亦即后来唱昆腔时之拍节，鼓板连用者耳。手调儿疑即绰板，不知与序子、缠令所用之"拍板"，有何分别。"调"字不知误否，待考。

十 结 论

以上依南宋词九种体制，由短而长之次序，论列其音谱、拍眼。惟缠令一种体制虽长，而拍法多同于序子，故与序子合见。慢曲为南宋词中最多部分，亦最要部分，故张炎于其谱拍所述特详，后人解说纷纭，莫衷一是，兹为论断，因亦特为辞费。大概九种谱拍之中，以法曲最为古雅，上与雅乐较为接近；以缠令与诸宫调最为繁促，下与金元曲乐较为接近。音谱约分三类：一类乃法曲所独有，较为简质，犹存唐音者也，一类乃有丁、顿、住、拽、抗、反、掣、折，八项声音，吹管者应于指，而歌唱者应于喉，以成其迟速缓急，抑扬高下，除法曲而外，其余各体之音谱中，殆皆有之，蔡宽夫所谓"音谱转移，新奇相胜"者也，下至金元北曲内，恐亦沿袭其法不少：一类乃诸宫调所独有，驾驭虚声，纵弄宫调，且间说白者也。拍眼则约分四类：一类乃均拍，最慢，于前后片中，或四或六，或八或九，排匀其数，并可加四艳拍，则或十或十一，拍之前后复有打、敲、�之眼，辅佐其间；一类乃依字数而分，较快，从一字一拍起，至六字一拍止，多寡有差；一类乃仅用敲、揞点眼而已，拍之名实尚未备；一类乃并敲、揞而无之，直无拍眼耳。此四类之拍眼，实全备于法曲、大曲之各遍，后起各体，只取其密者，而舍其疏者，于是第一类之均拍乃最为发达。论时代原以法曲、大曲为最早，后起各体，谱、拍两层，大抵发源于此；而法曲、大曲之谱拍，其成就也，实受唐时边地胡乐之影响不少。序子、缠令、诸宫调中，种种繁声促拍，骤然而来，其为受当时辽金元音乐之影响，则亦无待言而无可掩之事实。考南宋九种词体之音谱、拍眼，初不料其远源与近因，固多在外域音乐之侵入也。

最后于《词源》音谱、拍眼两节中，犹可得有二义：一乃音谱非歌者一人之事，一乃歌时按拍，并非可羞之事。《词源》曰："听者不知宛转迁就之声以为合律，不详一定不易之谱，则曰失律。矧歌者岂特忘其律，抑且忘其声字矣。（按"声字"谓字之四声阴阳。）述词之人，若只依旧本之不可歌者，一字填一字，而不知以讹传讹，徒费思索；当以可歌者为工，虽有小疵，亦庶几耳。"据此，可见词在宋时，虽旧本已多不可歌者，遑论后世！当时之词，即能歌矣，而歌者动忘音律，甚且并忘其字声；即歌者所歌准确矣，而听者复鲜知音，往往以耳代律，如其意则以为合律，而不知正是歌者故为宛转牵就之声耳，不如其意则以为失律，而不知固为一定不易之谱也。可见音谱一事，并不能专门责诸歌者，乃作者、歌者、听者三方面所当同究者焉。《词源》又曰："曲之大小，皆合均声，岂得无拍？歌者或敛袖，或掩扇，殊亦可哂。唱曲苟不按拍取气，决是不匀，必无节奏。是说非习于音者不知也。"据此，如法曲、慢曲等，皆以手拍者，当时歌人，每以为羞，不愿以其动作示人，而有敛袖、掩扇之举，张氏则以为毋庸，既歌唱则应明白按拍，惮于拍则节难准矣。后人之唱清曲，一笛而外，至少有鼓板为具，必不可废，非此意耶？

以上所考，限于材料，驳难多而订正少，推想多而论断少。用《词源》内音谱、拍眼两节，及《讴曲旨要》之三十二句，在原书原为整片联贯之文字，而兹乃割裂零碎以引之，不无断章取义之嫌。好在原书具在，阅者可以检核，如于上下文义之中，觉此所论，有误会失当者，加以纠正，至所愿也。

原载《东方杂志》第 24 卷第 12 号，1927 年

宋朝说话人的家数问题

孙楷第

一 四科说的讨论

元人词话平话及明以来的通俗演义，都从宋人说话出。考查起来，不唯其气息体裁与说话有密切关系，即其门风宗派也显然是说话的人遗留。如《三国》及《五代史》在当时为专门之学，即说话中讲史之一家，《水浒传》当出于公案；《西游记》等出于灵怪；讲儿女之情的种种小说出于烟粉传奇。又凡言征战诸事，则铁骑儿一派所揣摩演说者。宝卷即说经之苗裔。如此一一求其根源，不但没有附会之嫌，而且是极稳便的话头。凡对于通俗文学史留心之人，都不会否认。说话对于通俗小说，既有如此的渊源，则研究当时说话人及说话之情形如何，在今日当然成为极有趣味的工作，而且，在小说史上也是重要的。

在中国，则鲁迅先生首先注意说话人的家数问题。他在《小说史略》第十二篇规定宋朝说话人有四科。即：

一 小说 名银字儿 二 谈经 三 讲史书 四 合生

他的说法，根据吴自牧《梦粱录》，但同时即发生了文字上的问题：即现行的《梦粱录》本子，如《学津讨原》本，《知不足斋丛书》本，《武林掌故丛编》本，都没有合生二字。校以《都城纪胜》之文，知道是脱去了，其实应当有的。《梦粱录》文：

> ……盖小说者能讲一朝一代故事，顷刻间捏合，与起令随令相似，各占一事也。

就文理上说，起令随令，各占一事，与小说之顷刻间捏合，意思不相连属，必有脱误。《梦粱录》此文，本《都城纪胜》，再看《都城纪胜》文：

> ……盖小说者能以一朝一代故事，顷刻间提破。合生，与起令随令相似，各占一事。

原来《都城纪胜》之"顷刻间提破"，在《梦粱录》改作"顷刻间捏合"，抄书人又把合生一段文字，接连上文写在一处，结果成了"盖小说者能讲一朝一代故事，顷刻间捏合。合生与起令随令相似，各占一事也"。后来读书的人不知合生之义，觉得两个合字不妥，索性把合生二字勾销，于是乎《梦粱录》遂无"合生"之文，但究竟是脱去了，不是真没有。鲁迅先生补此二字，是对的。然而四科的问题，并不在这种文字增订上，而在四科所属诸子目之如何分配。鲁迅先生四科之目，根据《梦粱录》。倘《梦粱录》原文恰如鲁迅先生所说，那当然是毫无问题。但细考校下去，《梦粱录》之文，并不如鲁迅先生所说之明白正确，而且第四"合生"之外，还有第五"商谜"，这不能不启人疑窦了。因此四科问题遂仍有重复申明之余地。现在不惮琐细，将《梦粱录》原文引在下面，《梦粱录》卷二十《小说讲经史》篇：

> 说话者，谓之舌辨。虽有四家数，各有门庭。且小说名"银字儿"，如烟粉，灵怪，传奇，公案，朴刀杆棒发发踪泰之事（按文有误。当云：说公案皆是朴刀杆棒发迹变泰之事）；有谭淡子，翁二郎，雍燕，王保义，陈良甫，陈郎妇枣儿，徐一郎等，谈论古今，如水之流。谈经者，谓演说佛书。说参请者谓宾主参禅悟道等事，有宝庵管庵喜然和尚等。又有说诨经者戴忻庵。讲史书者谓讲说《通鉴》汉唐历代书史文传兴废争战之事；有戴书生，周进士，张小娘子，宋小娘子，邱机山，徐宣教。又有王六大夫元系御前供话，为幕士①，请给②，讲诸史俱通，于咸淳年间，敷演《复华篇》③及《中兴名将传》，听者纷纷。盖讲得字真不俗，记问渊源甚广耳。但最畏小说人，盖小说者能讲一朝一代故事，顷刻间捏合。（合生）与起令随令相似，各占一事也。商谜者先用鼓儿贺之，然后聚人猜诗谜，字谜，戾谜，社谜，本是隐语。……如有归和尚及马定斋记问博洽，厥名传久矣。

此说话有四家数。四家数之下，举了小说，谈经，说参清，说诨话，讲史书，合生六目。合生之下，还有商谜。共是七种。应该用什么方法把这七种或六种分配于四家数之下，这是值得注意的。《梦粱录》此文，全本《都城纪胜》。《都城纪胜·瓦舍众伎》篇云：

……说话四家，一者小说谓之银字儿，如烟粉，灵怪，传奇。 说公案皆是搏刀赶棒及发迹变泰之事。 说铁骑儿谓士马金鼓之事。 说经谓演说佛书。 说参请谓宾主参禅悟道等事。 讲史书讲说前代书史文传兴废争战之事，最畏小说人，盖小说者能以一朝一代故事顷刻间提破。合生与起令随令相似，各占一事。 商谜旧用鼓板吹《贺圣朝》聚人，猜诗谜字谜戾谜社谜，本是隐语。 有道谜……

说说话有四家，一者小说。小说之下有说公案，说铁骑儿，说经，说参请，讲史书，合生，商谜，与《梦粱录》同，只多了说铁骑儿一种。但二者三者以至四者，还是不知其名目。

《都城纪胜》、《梦粱录》都是说南宋杭州的故事。至于记东京的众伎情形，还要数《梦华录》。《梦华录》卷五《京瓦伎艺》篇云：

……孙宽、孙十五、曾无党、高恕、李孝祥讲史；李慥、杨中立、张十一、徐明、赵世亨、贾九小说；……毛详、霍伯丑商谜；吴八儿合生；张山人说诨话……霍四究说三分；尹常卖《五代史》。……其馀不可胜数。……

这里讲史与小说毗连，合生与商谜毗连，与《梦粱录》、《都城纪胜》同。但无说经。此外有说诨话，疑亦说话之一支。有说三分，说五代史，二者实亦讲史，特以其为专门之学另为立目。在这书中，并无四家之说。因为不说有四家，关于四家的分配问题，亦无从说起。

与《梦粱录》同时的《武林旧事》，在第六卷，也有《诸色伎艺人》一篇：

…………
演史　乔万卷等二十三人
说经诨经　长啸和尚等十七人
小说　蔡和等五十二人
…………
弹唱因缘　童道等十一人
…………
说诨话　蛮张四郎一人
商谜　胡六郎……
…………
合笙　双秀才一人

....

说药　杨郎中……

演史，说经，诨经，小说毗连，和《都城纪胜》、《梦粱录》一样。而合笙（合笙即合生，鲁迅先生谓《武林旧事》无合生非也）、商谜则与其他伎艺搀杂。别出弹唱因缘一目，当亦说经者流。说药似是演说药名。宋元人有用药名作诗填词的。金院本有《神农大说药》，见《辍耕录》。

总括起来，则四书所叙有如下文：

（一）孟元老《东京梦华录》　无说话四家说。讲史与小说毗连，合生与商谜毗连。无说经，别出说诨话，说三分，《五代史》三目。

（二）灌园耐得翁《都城纪胜》　始云说话有四家说。一者小说如烟粉灵怪传奇。小说下举说公案，说铁骑儿，说经，说参请，讲史书，合生，商谜七目。但那是二者、三者、四者，并未明言。

（三）吴自牧《梦粱录》　谓说话有四家数，与《都城纪胜》同。下列小说，谈经，说参请，说诨经，讲史书，合生，商谜七目。小说下举烟粉，灵怪，传奇，公案四目。分四家之意，较《都城纪胜》为明了，但亦未明言其次第。无说铁骑儿，有说诨经。

（四）周密《武林旧事》　无说话四家说。演史，说经诨经，小说毗连。说诨话，商谜，合生与其他伎艺搀杂。别出弹唱因缘一目。

以上四书，唯《都城纪胜》、《梦粱录》所记，分别部居，不相杂厕，其余二书排列的均不规则，而且各书所记，此出彼入，颇为参差。但在不统一之中，却有共同之点，即（一）小说，说经，讲史毗连，诸书完全相同（《梦华录》无说经）。（二）合生，商谜毗连，除《武林旧事》外，亦皆一律。由此知《都城纪胜》、《梦粱录》，以说话统摄小说说经讲史合生诸目，是极有意思的，并非偶然。四家之说，亦自系当时事实，虽然同时的《武林旧事》没有提起。但说话四家之纲目次第如何，因书中语意不明，尚有待于讨论。

《都城纪胜》虽有四家之说，而仅小说上冠以数字（以意推之，无举一数字之理，其余必系脱落）。以下诸目并列，无由知其统系。至于《梦粱录》虽目亦相同，而其文稍有条理可寻，故鲁迅先生即据之以定四科之目。但细按之，亦有困难。如所云说话有四家数，以下举小说及烟粉灵怪传奇公案诸子目，以谭淡子等七人承之，此当为第一类。次举谈经，说参请，以宝庵等三人承之，又附带着举说诨经之戴忻庵一人，此当为第二类。次举讲史书以戴书生等七人承之，此当为第三类。次举合生无业人（大约合生一科，业之者少，如

《梦华录》及《武林旧事》合生下亦仅有一人），此当为第四类。次举商谜，以有归和尚、马定斋二人承之。如此已得五类，仍不足以解释四家之说。据我个人的意思，商谜如后来之灯谜，其性质与说话本不相近，在《都城纪胜》、《梦粱录》或以其无类可归，姑附于说话之后，不入四家。但其性质或类合生，或以商谜附合生后与合生同为第四类，亦未可知。总之，因记载之简古及文字方面尚待于考证，今日欲确定其说，诚不免有多少困难。今斟酌鲁迅先生之说，以《梦粱录》为主，参以各书，姑定四科之纲目如下：

说话四家

（一）小说，即银字儿。

烟粉　灵怪　传奇　说公案　说铁骑儿

按传奇二字，疑是通称。如《清平山堂·简贴和尚》篇题"公案传奇"是也。然《武林旧事》诸宫调下注云："传奇。"则谓其说唱者为传奇，似传奇实有此一目。今姑与诸子目并列。

（二）说经（此据《都城纪胜》，《梦粱录》作谈经）

说参请　说诨经　弹唱因缘

（三）讲史书。

讲说《通鉴》汉唐历代书史文传兴废争战之事。专门有说三分、说《五代史》。

（四）合生、商谜（说诨话拟附此科，合生之解见下文）。

《梦华录》、《都城纪胜》、《梦粱录》、《武林旧事》所记说话诸目，列表于后：

《东京梦华录》	《都城纪胜》	《梦粱录》	《武林旧事》
1 小说(2)	1 小　说 烟　粉 灵　怪 传　奇 说公案 说铁骑儿	1 小　说 烟　粉 灵　怪 传　奇 公　案	1 小说(3)
2 缺	2 说　经 说参请	2 谈　经 说参请 说诨经	2 说经诨经(2) ………… 弹唱因缘(4)
3 讲史(1) ………… 说三分(6) 说《五代史》(7)	3 讲史书	3 讲史书	3 演史(1)
4 ………… 合生(4) 说诨话(5) 商谜(3)	4 合　生 商　谜	4 合　生 商　谜	4 ………… 合　生(7) ………… 说诨话(5) 商　谜(6)

说明:数字示四家次序,数字加( )示原书先后次序。……示在原书中与上目不毗连。

二　银字儿与合生

上文所说,"说话四家":一小说名银字儿,二说经,三讲史,四合生商谜。讲史,小说,说经,商谜,事皆易明,唯"银字儿"与"合生"之意不明。今参之载籍,间出己意,略为考释如左。

"银字"见《新唐书》卷二二《礼乐志》:

> 自周陈以上，雅郑淆杂而无别。隋文帝始分雅俗二部，至唐更曰部当。凡所谓俗乐者二十有八调。……其后声器浸殊，或有宫调之名，或以倍四为度，有与律吕同名而声不近雅者。其宫调乃应夹钟之律，燕飨用之。丝有琵琶，五弦，箜篌等；竹有觱篥，箫，笛；匏有笙；革有杖鼓，第二鼓，第三鼓，腰鼓，大鼓；土则附革而为鞚；木有拍板方响，以体金应石，而备八音。倍四，本属清乐，形类雅音而曲出于胡部，复有银字之名，中管之格，皆前代应律之器也。后人失其传而更以异名，故俗部诸曲悉源于雅乐。……

银字，唐诗中屡见。白乐天诗“高调管色吹银字”（《白氏长庆集》卷五十六《南园试小乐》诗），“月中银字韵初调”（《白氏长庆集》卷六十四《秋夜听高调凉州》诗）。杜牧之诗“调高银字声还侧”（《樊川文集》卷四《寄珉笛与宇文舍人》诗）。李宣古诗“觱篥调清银字管”（《云溪友义》卷中《澧阳谳》条引）皆此银字也。宋东西班乐，乐器独用银字觱篥，小笛，小笙，见《宋史》卷一四二《乐志》。银字乃管色之一。清戴长庚《律话》卷中《银字管考》，谓“银字管乃内狭之管，可以平吹，制如近世之雌笛”。徐养源《管色考》“银字中管”条，谓“银字中管，两器。中管高调，银字平调”。又引或者说云：“镂字于管，钏之以银，谓之银字管，乃管色之总名，不论平调高调。”以为此说亦通。其书具在，今不详引。至中管屡见宋张炎《词源》。宋沈括《梦溪笔谈》卷六记燕乐，《明史》卷六十三《乐志》记十二月按律乐歌，亦有中管。盖别于头管而言。头管即觱篥也。说话第一类之小说，既以银字儿命名，必与音乐有关。大概说唱时以银字管和之。银字外也许还有其他乐器，可惜现在不能详考。

“合生”始见《新唐书》卷一一九《武平一传》：

> ……后宴两仪殿，帝（中宗）命后兄光禄少卿婴监酒。婴滑稽敏洽，诏学士嘲之。婴能抗数人。酒酣，胡人袜子何懿等唱合生，歌言浅秽。因倨肆欲夺司农少卿宋廷瑜赐鱼。平一上书谏曰……伏见胡乐施于声律，本备四夷之数。比来日益流宕，异曲新声，哀思淫溺。始自王公，稍及闾巷——妖妓，胡人，街童市子。或言妃主情貌，或列王公名质，咏歌蹈舞，号曰合生……

据武平一所说，合生（一）是胡乐；（二）是舞曲；（三）咏事实人物。指目妃主，在唐朝是常有的事。李肇《国史补》卷上，载贞元二年，驸马王士平与义阳公主反目。蔡南史、独孤申叔播为乐曲，号"义阳子"，有"团雪散云"之歌。德宗闻之，怒，欲废科举。"义阳子"大概就是"合生"一类的乐曲。

宋张齐贤《洛阳搢绅旧闻记》卷一"少师佯狂"条也谈到"合生"：

> 有谈歌妇人杨苧罗，善合生杂嘲，辨慧有才思，当时罕与比者。少师（杨凝式）以侄女呼之，每令讴唱，言词捷给，声韵清楚，真秦青、韩娥之俦也。少师以侄女呼之，盖念其聪俊也。时僧云辨能俗讲。云辨于长寿寺五月讲。少师诣讲院，与云辨对坐，歌者在侧。忽有大蜘蛛于檐前垂丝而下。云辨笑谓歌者曰："试嘲此蜘蛛。如嘲得著，奉绢两匹。"歌者更不待思虑，应声嘲之，意全不离蜘蛛，而嘲戏之辞正讽云辨。少师闻之，绝倒久之，大叫曰："和尚取绢五匹来！"云辨且笑，送以绢五匹奉之。歌者嘲蜘蛛云："吃得肚鼜撑，寻丝绕寺行；空中设罗网，只待杀众生。"盖讥云辨体肥而肚大故也。

嘲是中国魏晋以来的风俗。嘲的对象，或是人，或是物。嘲的语言，或韵，或不韵。大抵以敏捷见长。《太平广记》有"嘲诮"类，专记此事。合生是胡乐，二者本不同源，但唱合生人若把当时人的姓名事迹编入歌词，出言轻俳浮薄，便与嘲一样。所以张齐贤以合生杂嘲相提并论，不甚分别。这是五代的事。宋洪迈《夷坚支乙集》卷六"合生诗词"条：

> 江浙间路歧伶女，有慧黠知文墨，能于席上指物题咏应命辄成者，谓之合生。其滑稽含玩讽者谓之乔合生。盖京都遗风也。

下举一例，是咏诗。

> 张安国守临川，王宜子解庐陵郡守印归，次抚。安国置酒郡斋，招郡士陈汉卿参会。适散乐一妓言学作诗。汉卿语之曰："太守呼为五马，今日两州使君对席，遂成十马。汝意作八句！"妓凝立良久，即高吟曰："同是天边侍从臣，江头相遇转情亲，莹如临汝无瑕玉，暖作庐陵有脚春，五马今朝成十马，两人前日压千人，便看飞诏催归去，共坐中书布化钧。"安国为之叹赏竟日，赏以万钱。

又举一例,是唱曲子。

> 予守会稽。有歌诸宫调女子洪惠英正唱词次,忽停鼓白曰:"惠英有述
> 怀小曲,愿容举似!"乃歌曰:"梅花似雪,刚被雪来相挫折。雪里梅花,
> 无限精神总属他。梅花无语,只有东君来作主。传与东君,且与梅花作主
> 人。"歌毕,再拜云:"梅者惠英自喻,非敢僭拟名花,姑以借意,雪者指
> 无赖恶少者。"官奴因言其人在府,一月而遭恶子困扰者至四五,故情见其
> 词。在流辈中诚不易得。

这是南宋的事。洪迈所谓"指物题咏,应命辄成",与《洛阳搢绅旧闻记》所
记嘲蜘蛛事合;与《都城记胜》、《梦粱录》所云"合生与起令随令④相似"
者,意思亦极相近。今以《都成纪胜》、《梦粱录》所释合生测之,言"起令
随令",则似唱和;言"各占一事",则非一人。《新唐书》记袜子何懿等唱合
生,似亦非一人之事。大概合生以二人演奏。有时舞蹈歌唱,铺陈事实人物;
有时指物题咏,滑稽含讽。舞蹈歌唱,则近杂剧;铺陈事实人物,则近说话;
指物题咏,滑稽含讽,则与商谜之间因题咏而射物者,其以风雅为游戏亦同。
所以,我假设合生是介乎杂剧、说书与商谜之间的东西。《太和正音谱》卷下
《中吕篇》引无名氏散套内《剔银灯》曲云:"折末商谜、续麻、合笙,折末
道字、说书、打令,诸般儿乐艺都曾领。"道字即字谜,所谓拆白道字。顶针
续麻⑤,元人常语。续麻似指联句。凡诗词前后二篇,后篇首句首字与前篇末
句末字同者为顶针。此曲所叙诸乐艺,皆性质相近者,可以证明我的假设是对
的。《梦华录》、《武林旧事》叙合生与众伎杂厕,不加分别,可以是解释之;
《都城纪胜》、《梦粱录》以合生入说话,可以是解释之;《都城纪胜》、《梦
粱录》把合生放在小说讲史说经之后,商谜之前,亦可以是解释之。

合生在宋朝也叫"唱题目"。见高承《事物纪原》卷九。金、元时教坊院
本有"唱题目"。所以元陶宗仪《辍耕录》卷二十五,记院本名目,有"题目
院本";关汉卿《金线池》杂剧第三折,记杜蕊娘行酒令,也有"止(指)题
目当筵合笙"⑥之语。并且北曲调名有"乔合笙",南曲调名有"合笙"。这是
谱"合笙"的唱声入曲。更可以证明合笙有唱词了。

附　录

《董解元西厢记》，记张生向红娘诵莺莺所赠五言八句诗一段内，有《乔合笙》曲。其曲有唱有和。唱者为生。唱词衍莺莺诗为七言八句。和者为红娘。自第一句和起至第七句止，皆泛声。可见合生之体。曲在通行暖红室刊本第三卷，在新出明刊张羽序本第五卷。今据张羽序本录此段词白于下：

生曰：汝欲闻此妙语，吾能唱之，而无和者奈何？红娘曰：妾和之可乎？张生曰：可。

[仙吕调河传令缠] 不须乱猜这诗中意思，略听我款款地开解。谁指望是他劣相的心肠先改。想咱家不枉了为他害。红娘姐姐且宁耐。是俺当初坚意。这好事终在。一句句唱了，须管教伊喝采。那红娘道：张先生快道来！

[乔合笙] 休将闲事苦萦怀。和哩哩啰哩哩啰哩哩来也。取次摧残天赋才。和不意当初完妾命。和岂防今日作君灾。和仰酬厚德难从礼。和谨奉新诗可当媒。和寄语高堂休咏赋。和今宵端的雨云来。

[尾] 那红娘言：休怪。我曾见风魔九伯。不曾见这般个神狗乾郎在。

原载《学文杂志》1930 年创刊号

注释：

① 幕士是禁卫军之直殿廷者。

② 清训领，唐宋人谓领俸禄为请给。

③《复华篇》当作《福华篇》，乃贾似道门客廖莹中作，以谀似道援鄂之功。

④ 令指酒令言。

⑤ 续麻即缉麻。刘后村《宿庄家》诗：邻媪头如雪，灯前自续麻。见《后村大全集》卷四。

⑥ 此句在《醉高歌》曲内。止字据顾曲斋本，《元曲选》作正。

两宋词人与诗人与道学家

陈子展

我们已经知道五代只有许多词人，没有几个值得称述的诗人了。可是到了两宋，300 年间（960—1280）不但出了许多伟大的词人，同时还出了许多伟大的诗人。而且这些大诗人没有不兼为词人的，他们以词为一种新的诗体，自成一种"诗人的词"。比如大诗人苏轼就是以诗为词的。所以他的朋友陈师道说：

> 退之以文为诗，子瞻以诗为词。如教坊雷大使之舞，虽极天下之工，要非本色。〔按雷大使为雷中庆，宣和中以善舞隶教坊，见蔡绦（《铁围山丛谈》）〕

晁补之也说：

> 东坡居士词，人谓多不谐音律，然横放杰出，自是曲子内缚不住者。

晁补之又评黄庭坚的词说：

> 鲁直间作小词，固高妙，然不是当行家语；自是著腔子唱好诗。

后来女词人李清照说：

> 晏元献、欧阳永叔、苏子瞻，学际天人，作为小歌词，直如酌蠡水于大海，然皆句读不葺之诗尔！又往往不协音律。

可见当时有许多大诗人都是以诗为词，而且这些词不必可歌。虽然据杨守斋《作词五要》说，两宋词家，每作一词，起先按月择律，其次按腔择谱，再次按律定韵，最后按谱填词，我想当日应制词人如周邦彦、晁端礼、万俟雅言、康与之一流，自然如此。其他词人和几个大诗人作词，恐怕未必都这样顾到音律罢。苏轼的词有一部分如《贺新郎》、《哨遍》、《江城子》、《采桑子》之类，从他的题序里可以知道他是为着歌唱而作，其他就未必可歌。陆游说：

> 世言东坡不能歌，故所作乐府词多不协。晁以道谓：绍圣初，与东坡别于汴上。东坡酒酣，自歌《古阳关》。则公非不能歌，但豪放不喜裁剪以就声律耳。试取东坡诸词歌之，曲终觉天风海雨逼人。

其实，苏轼或者只认词为诗之一体，尽管豪放，不协音律，那也是无妨的。

两宋大诗人如欧阳修、王安石、苏轼、黄庭坚、陆游、范成大、杨万里、刘克庄，同时兼为词人，虽然词是他们的余事。大词人如张先、柳永、周邦彦、李清照、辛弃疾、姜夔，却不一定都能诗。只有张先、姜夔略有诗名，然而张先的诗集 20 卷失传；姜夔《白石诗集》仅只两卷，白石歌曲却有 6 卷之多。辛弃疾于词虽和苏轼、陆游齐名，却不工诗。叶德辉先生所藏清嘉庆间辛启泰辑刻《永乐大曲》本《辛忠敏集》，其中有诗一卷，备体而已，不能追踪苏、陆。总之，这几个大词人虽有诗流传，也只算诗是他们的余事。其他一般词人兼能作诗的自然还有，但都不算什么大作家，这里无暇提到他们了。

还有两宋道学家也都是诗人，兼为词人的却极少。只见晚清江标《灵鹣阁汇刻名家词》收有朱熹《晦庵词》，又吴昌绶《双照楼汇刻词》收有魏了翁《鹤山长短句》。又《绝妙好词选》有真德秀的词几首。真德秀、魏了翁固然大有道气，但在《宋史》里他们都只列入儒林，还不是《道学传》中的人物。朱熹算是纯正的道学家了，他却了解孔圣人删《诗》不废淫奔之诗。似乎他是认为偶用管弦冶荡之音填词，只要守著孔圣人"思无邪"的《诗》教，那也是无妨的。不过朱熹究竟是圣人之徒，遇有机会卫道，他总是挺身出来卫道的。据罗大经《鹤林玉露》说，那位慷慨上书，请诛秦桧的胡铨，流放吉阳军十年，孝宗才把他召回。他饮于湘潭胡氏园，有侍妓梨倩侑酒。他高兴极了，有诗道："君恩许归此一醉，旁有梨颊生微涡。"后来朱熹看见了他这两句诗，很为他这点白璧微瑕惋惜，也题诗一首道：

> 十年浮海一身轻，归见梨涡却有情。世上无如人欲险，几人到此误平生！

又据周密《齐东野语》和洪迈《夷坚志》说，朱熹提举浙东，听了陈亮的话，奏参台州守唐与政（仲友）与营妓严蕊相狎，捕蕊下狱。两月之间，蕊虽备受笞楚，而一语不及唐。后来岳霖提点刑狱，颇哀怜严蕊，命她作词自陈，她就应声口占一词道：

> 不是爱风尘，似被前缘误。花落花开自有时，总赖东风主。　　去也终须去，住也如何住？若得山花插满头，莫问奴归处。（《卜算子》）

岳霖因判她从良。其实，这一桩公案，说来很好笑。陈亮虽和朱熹一样讲学，他自己却不废狭邪之游，而且他的《龙川词》又有很多纤丽的。他和唐与政都跟严蕊相狎，因而有隙，所以他就假朱熹之手报复。朱熹为他所卖，还不自知。我为什么不惮烦地提到这桩公案呢？一则，我们要知道那个时候的所谓官妓或营妓，不仅有好的歌喉，还有能够自己动手填词的，严蕊便是这样一个。《齐东野语》、《夷坚志》、《古今词话》以至《词苑丛谈》所载宋时妓女能够作词的还很多。二则，我们要知道南宋虽是道气弥漫的时代，也是敌气披猖的时候，贵族、官僚乃至颇有道气的学者如陈亮其人，都不免挟妓酣歌。南宋之初，几于国破家亡，宗室赵彦端还和京口角妓萧秀、萧莹、欧懿、刘雅、欧倩、文秀、王婉、杨兰、吴玉九人相狎，作《鹧鸪天》十阕，歌以侑酒。又陈正晦《遯斋闲览》载词人毛忓为郡，因陈蝶妇人立雨中，而作《清平调》，词颇猥亵。岳飞算是有志规复中原、报仇雪耻的大将了。据李弥逊《筠溪乐府》有《鹏举座上歌姬唱夏云峰》一首，可知精忠报国如岳飞，当戎马倥偬之际，有时还不免酣沉声伎。辛弃疾、范成大不离声伎，那是不足怪的。叶绍翁《四朝闻见录》载韩侂胄喜陆游附己，至出所爱四夫人号满头花者索词，游有"飞上锦烟红绉"之句。韩侂胄本是一位颟顸的大官僚，纵情声色，固不足怪；爱国诗人陆游却也替他作这样的词，真是习俗移人，贤者不免了。还相传有这样一段趣话：道学家陆象山的弟子谢希孟，也是一个词人，少年豪放，酣沉声色，和一个妓女陆氏相好。象山知道了，不免责备他。他也不顾。又有一日，他为陆氏建造一座鸳鸯楼，象山再去责问他，他干脆的答道："非特造楼，且为作记。"象山本来欢喜他的文章，不觉问他："楼记云何？"他就口占起笔道："自逊、抗、机、云之死，天地英灵之气，不钟于男子，而钟于妇人。"这显然是在调侃他的陆先生不及一个姓陆的妓女了。陆先生听了，只好相对默然。可见在道学极盛的时候，受了道学洗礼的人还不免有时破戒，其余的人酣沉声色，又算做什么一回事呢！

若是回头说到北宋，那时道学初起，道气还不曾弥漫，许多文人远承南朝、李唐、五代士大夫风流放浪的结习，狎妓酣歌，更不算怎样得罪名教。大官僚如晏殊、寇准、韩琦、宋祁，乃至谥为文正的范仲淹、号为理学名儒的司马光，都有艳词绮语流传。此外，不仅柳三变一生常过着倚红偎翠、浅斟低唱的生活。其余词人自然常和妓女们厮混一起，他们的词多为歌妓、舞姬、侍儿、家僮而作。他如刘敞本不甚措意于词，有时也不免自托风雅。当他知永兴时，惑于官妓，得惊眩疾。张耒也不甚措意于词，当他官许州时，却为了营妓刘淑奴而作《少年游》：

> 含羞倚醉不成欢，纤手掩香罗。偎花映烛，偷传深意，酒思入横波。
> 看朱成碧心迷乱，脉脉敛双蛾。相见时稀隔别多，又春尽，可奈何？

不待说，他的朋友秦观更多淫媟之词，最为歌妓、舞姬所爱。相传秦观死于藤州，丧还长沙，有妓殉情自缢。至于黄庭坚于小妓杨妹、衡阳妓陈湘，周邦彦于名妓李师师、岳楚云，也都有风流佳话。尤其是苏轼在杭州，似乎是受了白居易的影响，狎妓酣歌，豪放已极。我们只须举出他和名妓秀兰的一段韵事就得。他的《贺新郎》一词序云：

> 余倅杭日，府僚湖中高会，群妓毕集。惟秀兰不来。营将督之再三，乃来。仆问其故。答曰："沐浴倦卧，忽有叩门声急，起询之，乃营将催督也。整妆趋命，不觉稍迟。"时府僚有属意于兰者，见其不来，恚恨不已，云必有私事。秀兰含泪力辩，而仆亦从旁冷语，阴为之解，府僚终不释然也。适榴花开盛，秀兰以一枝藉手献座中。府僚愈怒，责其不恭。秀兰进退无据，但低首垂泪而已。仆乃作一曲，名《贺新郎》，令秀兰歌以侑觞，声容妙绝。府僚大悦，剧饮而罢。

这样，你就不难想像苏轼在杭州是一个怎样风流自赏的小官僚。而且他的词有许多自己注明是为歌妓、侍儿、小鬟、家僮而作。还有和他同时的一位道学家程颐，有一次听到人家读晏几道的词："梦魂惯得无拘检，又踏杨花过谢桥。"连忙呼道："鬼语，鬼语！"可见受了戒的人也怕邪魔外道魅惑的，难怪那位隐逸的高士陈烈老先生遇着绮筵艳曲，竟至跳墙而逃了！在这样的社会环境里，自非道气十足如程颐、陈烈之流，难免不为习俗所移，就是那位"蓄道德，能文章"的欧阳修，亦复如此。赵令畤《侯鲭录》载欧阳修居汝阴时有狎妓事，并载其诗。令畤和修同时，又是朋友，当然不会说谎。何况《六一词·醉翁琴趣外篇》许多曲子是在"好妓好歌喉"的生活里产生出来的呢！

总之：我以为词在两宋所以发展，有两个重大的意义。一则因为同时道学家的逐渐发展，不仅思想界大受影响，文学上也沾染了不少的道气。有道学的诗人，有道学的古文家，邵雍、朱熹可为代表。只有词毕竟是剪红刻翠，滴粉搓酥的东西，本来就只有富贵气，勉强可以有一点蔬笋气，却不许你有头巾气，——或说道气、腐气。所以尽管有道学家偶然填词，也不能不稍入情语，而不能成立一种道学的词。正因为词的本质如此，所以它就能够在被道气侵袭的文坛里保存最后的一角，作为文学上避难的桃源，也就在无形之中替被压抑了的"人欲"留了一条出路。因而就发生了严守"诗教"的诗人兼为"语涉淫亵"的词人，满口"天理流行"的道学不废"人欲横行"的词体，现出这种似乎不可解的矛盾。再从它的社会根据来说，词在两宋适应统治阶级生活上的要求，而表现了他们的姿态，正继续着五代而没有两样。不过，五代是一个大乱的时代，两宋是一个苟安的时代。尤其是在北宋盛时，除掉北方契丹民族建立的辽国占据了燕云十六州（今属北平山西的北境）以外，中国本部还算保持了一种统一的局面。直到女真民族强大起来，建立了金国并吞了辽国，宋朝君臣还抱着苟安的态度，过着歌舞升平、醉姿享乐的生活。这在《宣和遗事》以及蔡绦《铁围山丛谈》等书可以看得到的。南渡以后，虽然那位皇帝词人——徽宗赵佶——早已被金人掳去，重演了南唐李后主一样的悲剧，可是当时君臣宴安的生活依然如故。高宗洞达音律，尝自制曲，命小臣赋词，俾内人歌以侑筋。唐兴之就以会做谄谀粉饰的应制歌词而得到高宗的宠眷。孝宗也和高宗一样，《齐东野语》载孝宗内宴酒酣，内人以帕子从曾觌乞词。曾觌、吴琚、张抡、王千秋一流词人，都以会作应制酬贺的歌词有名于当时。南渡以来号为三大奸相的秦桧、韩侂胄、贾似道，他们的门下都搜罗了一些贡谀献媚的词人。例如朱希真依附秦桧，陆游依附韩侂胄，吴文英依附贾似道，贤者如此，其他可知了。醇酒、妇人、歌唱之外，再加谄谀，这是两宋词坛的风气所以异于五代的地方。在粉饰太平的苟安的社会，统治阶级的生活上要求享乐，也要求谄谀。何况粉饰太平，歌功颂德，更足以掩饰他们自己的罪恶，和他们不能抵御外侮的耻辱呢！

在当时的社会环境里产生的词如此，诗呢？代表"人欲"的词和代表"天理"的道学同时发展的关系如此，诗和道学的关系呢？自然，被"诗教"支配了的诗，和道学最为接近。有许多诗人的作品就免不了发空论，谈哲理。所以前人评论宋诗，总要加它一个"腐"字。说到这里，我要举出宋末诗人乐雷的一首《乌乌歌》：

> 莫读书，莫读书！惠施五车今何如？请君为我焚却《离骚赋》，我亦为君劈碎《太极图》。渴来相就饮斗酒，听我仰天呼乌乌！深衣大带说唐虞，不如长缨系单于。吮毫搦管赋《子虚》，不如快鞭跃的卢。君不见前年贼兵破巴渝，今年贼兵屠成都！风尘澒洞兮豺虎塞途，杀人如麻兮流血成湖。眉山书院嘶哨马，浣花草堂巢妖狐。何人笞中行？何人缚可汗？何人丸泥封函谷？何人三箭定天山？大冠若箕兮高剑挂颐，朝谈回轲兮夕讲濂伊。绶若若兮印累累，九州博大兮君今何之？有金须碎作仆姑，有铁须铸作蒺藜。我当赠君以湛卢、青萍之剑，君当报我以太乙、白鹊之旗。好杀贼奴取金印，何事区区章句为？死诸葛兮能走生仲达，非孔子兮孰却莱夷！噫！歌乌乌兮使我心不怡。莫读书，成书痴！

这位诗人眼见蒙古兵骎骎南下，社会里死气沉沉。他不仅骂倒道学家和诗人都属无用的废物，他简直深恶痛绝一切文人，要高唱"莫读书，莫读书"了！不久，宋朝也就亡了！

原载《文学》创刊号，1933 年

姜石帚非姜白石辨

夏承焘

《吴梦窗词集》有《赠姜石帚》词六首，其《惜红衣序》云"予从姜石帚游苕霅间，三十五年矣。重来伤今感昔，聊以咏怀"。前人以《惜红衣》乃姜白石自度曲，苕霅又白石旧游地，遂以为石帚即白石之别号。近代易顺鼎、王国维始以为疑，顾皆未详其说。梁启超著《吴梦窗年齿与姜白石》一文，申易、王之旨，亦未有显据。其定梦窗与白石年代不相及，尤为失考。予曩曾撰论辨此，而因梁文不足定二姜非一人，遂疑易、王之说亦不可信。顷稍稍钩稽杂书，乃悟石帚确非白石，易、王之说，未尝误也。请举四证，以申谬见。（易说见郑文焯《梦窗词校稿》，王说见梁启超文，梁文见《图书馆学季刊》三卷三期。）

一 白石客苕霅，尚在梦窗生前。

白石以淳熙十三年冬，随妇翁萧德藻发汉阳，十四年至苕霅；自此历绍熙至庆元元年，八九载间，皆依萧寓苕。庆元三年以后，始卜居杭州，不复返苕：此案之《白石集》，历历可稽也。梦窗生年约在宁宗开禧初，予旧为《梦窗遗事考》，曾据吴潜庆元元年和《翁处静桃源洞》词，《浙江通志》翁逢龙登第年代，并排比《梦窗集》中甲子，参互考定，以辨诸家误说。（杨铁夫先生作《梦窗事迹考略》，亦定其生开禧前后。）开禧初年上距淳熙、绍熙间，为时十五六载。即白石客苕霅时，犹在梦窗生前十五六载也。白石老死杭州，晚年未尝重游苕霅（参陈思《白石道人年谱》）；断无与梦窗同游之理。其与梦窗同游苕霅之姜石帚，非即白石，此一证也。

二 梦窗《拜星月》赠石帚词，作于白石卒后。

梦窗赠石帚六词，皆不注甲子。明朱存理《铁网珊瑚》载"文英新词稿"十六阕，其第十二首为"姜石帚以盆莲百馀本移置中庭宴客同赏，赋《拜星月》"。郑文焯《梦窗词校议》上，以其第一首《瑞鹤仙》题"癸卯岁为先生寿"，证以汲古阁本作"寿方蕙岩寺簿"，定其所录词稿即写似方蕙岩者，谓

"十六阕又皆其一时之作，故曰'新词'"。今案郑说是也。新词稿第六首为《思佳客》"赋闰中秋"，据《宋史本纪》淳祐三年癸卯闰八月，正与郑说合。然则，赠石帚《拜星月》词，亦作于淳祐三年也。白石卒年，据吴潜《暗香》序"犹记己卯庚辰之间，初识尧章于维扬，己丑嘉兴再会，自此契阔闻尧章死西湖，尝助诸丈为殡之，今又不知几年矣"数语推之，必在绍定二年己丑之后，绍定二年白石已七十五六，卒年当在八十左右，陈思《白石年谱》定其卒于绍定四年，大致可信。绍定四年在淳祐三年之前十二载，是梦窗作《拜星月》之时，白石年久已前卒矣。石帚非白石，此二证也。

三　姜石帚之名又见于《随隐漫录》。

或疑二姜若非一人，何以石帚之名不见于他书。今案陈世崇《随隐漫录》卷三云："林可山称和靖七世孙，不知和靖不娶，已见于梅圣俞序中矣，姜石帚嘲之曰：'和靖当年不娶妻，何因七代有孙儿，盖非鹤种并龙种，定是瓜皮搭李皮（节）。'"世崇南宋人，与林洪可山同时，据此，可信石帚另有其人；且世崇之父郁作《藏一话腴》，时时称道白石，亦无石帚之称，足以互证。又此诗另见于元人韦居安《梅涧诗话》题无名子作，不云石帚；若是白石诗，韦氏必不致目为"无名子"矣。石帚非白石，此三证也。

四　梦窗赠石帚词，与白石晚年身世不合。

白石嘉泰四年杭州舍毁，其《寄上张参政诗》云："应念无枝夜飞鹊，月寒风劲羽毛摧。"《临安旅邸答苏虞叟》云："万里青山无处隐，可怜投老客长安。"其栖泊无依可知。陈郁《藏一话腴》记白石平生有"家无立锥"之语，陈造《江湖长翁集饮姜尧章赠诗卷中韵》云："念君聚百指，一饱仰台馈。"其衣食穷迫可知。苏泂《泠然斋集》金陵杂咏云："白石邻姜病更贫，几年白下往来频。"陈思《年谱》考定苏泂此诗作于白石暮年；参之吴潜《暗香》序，知白石七十以后，犹仆仆津梁，其一生潦倒困厄之情，尤足想见。今观梦窗赠石帚各词，一则曰："几酬花唱月，连夜浮白，省听风听雨，笙箫向别。"（《解连环》"留别姜石帚"。）再则曰："暂赏吟花，酌露尊俎，冷玉红香叠洗。""雾盍浅障青罗，洗湘娥春腻，荡兰烟、麝馥侵浓醉。吹不散，绣屋重门闭。"（《拜星月》"姜石帚以盆莲数十置中庭宴客其中"。）三则曰："笙歌醉里，步明月丁东，静传环佩。更展芳塘，种花招燕子。"（《斋天乐》"别姜石帚"。）此其人必豪华贯游，擅园宅服食之胜，其非生老贫困殁不能殡之白石，尤显然矣。石帚非白石，此四证也。（此条参用杨铁夫先生说。）

予定二姜非一人之证据，大较如此，以予之固陋，所见宋元人书，从无字白石为石帚者，明张羽为《白石道人传》，尚未有此称。至清乾隆间，陆钟辉、江春诸人刊《白石集》，于酬赠诗词中，误收梦窗六词，始传此缪种。后来何起瀛拟《姜夔传》致不检《白石答潘柽诗》，而谓“所居近白石洞天，因号石帚”。陈思为《白石年谱》，又附会谓白石开禧间曾卜居西湖葛岭之扫帚坞，庐名“石帚渔隐”，举不可信。若梁启超谓“石帚二字或白石之子增减乃父之号以自号”，则尤好奇过甚，邻乎谈谐矣。

后　记

旧为《白石道人遗事考》，辨此数百言，香山杨铁夫先生引以入其《梦窗词各项政笺释》，见者或不以为然，复承著论为予申辨。因以二日力，撰此报之。侏儒一节，不自知其细已甚也。杨先生来札及其《石帚非白石之考证》，足与拙文相发并录于左，以见盛意。

臞禅先生足下，环云奉到，蒙指点各节，朗若发蒙。（中论乐律，节去。）尊见四证，一、四与拙证不相差，二、三则超群绝伦矣。翻季刊初集，见尊著《梦窗词后笺》，已发其凡，惜未畅其说，故向未注意。今应请演为长篇畅发之，以拙著附后。拙著不能圆到不能透亮之处，请执事弥缝而张皇之。（或本此大更张，而参以新说。亦任便。）使人知：（一）梦窗先后绝无与白石同游苕霅之机缘。（二）梦窗与石帚倡和，在白石已死之后。（三）《随隐漫录》另出石帚，二石当是二人。（四）《拜星月慢》证得作于淳祐三年，则石帚断非还魂之白石。合此四说，可为此案之结论，断定石帚非白石矣，弟何为忽有此作，因前以《梦窗词笺释》寄呈座师□□□先生，接其回信大以弟过信兄说为非。其立说：以石帚名无章，屡见诸人论说，（嘉案：宋元人无此说。《惜红衣》为白石自制曲，使石帚非白石，何为梦窗怀旧游而必填此调，且必效白石词体？焘案：郑文焯亦主此说，以定石帚即白石。实则宋人填白石自度曲者，不止梦窗一人；梦窗以怀苕霅旧游，故用白石咏苕霅之调，亦犹咏梅者之填《暗香》、《疏影》，游石湖者之填《石湖仙》，不足引据，杨考已辩之。）又石帚果另有其人，何以不见他书，何以无词传后？其致邵次公函，亦斤斤以为言，弟当时欲以兄说寄之，因循未果。今忽有所得，已录拙说寄之。若得足下畅演前说，当可破此疑案矣。（下节。）

弟杨铁夫顿首。

原载《词学季刊》1934 年第 1 卷第 4 号

令词出于酒令考

夏承焘　瞿禅

唐人名词曰令，自来不得其义。以予所考，知出于酒令。

酒令盛于唐，《全唐诗》三十二所载"打令"、"政令"之辞，多为韵语。有三言两韵者，张祜、令狐绹之《上水船》是。有六言绝句者，方千之《措大喫酒点盐》是。有五七言绝句者，沈询之《莫打南来雁》，白敏中、卢发之《十姓胡中第六胡》是。若吴越王与陶毂酬赠之"白玉石，碧波亭上迎仙客"，"口耳王，圣明天子要钱塘"，则宛然长短句之体。《全唐诗》记沈询《莫打南来雁》本事曰："咸通中，为昭义节度使，尝宴府中宾友，改令歌此云云。"知当时酒令有可歌者，其令辞多为韵语，以此。

白居易就《花枝诗》云，"醉翻衫袖抛小令，笑掷骰盘呼大采"，此小令一名之最早见者，《花间集》张泌《浣溪沙》亦云，"令才抛后爱微嚬"。其谓之"抛"者，刘攽《中山诗话》有曰，"唐人饮酒，以令为罚，节今人以丝管歌讴为令者，即白传所谓。大抵欲以酒劝，故始言送而继承者辞之，摇首接舞之属皆却之也。至八遍而穷，斯可受矣"。此文"始言送"与"摇首接舞"数语不能尽解。《全唐诗》有《打令口号》一首云，"送摇招由，三方一圆，分成四片，送在摇前"，略可与刘文相参证。知行令之时，有"送"、"摇"、"招"、"抛"诸动态。令辞叶歌，殆以配此。唐人《云谣集》杂曲子咏饮席云"纤手令行匀翠柳（翠柳谓眉），素咽歌罢绕雕梁"亦可见也。《中山诗话》"俗有谜语曰，急打急圆，慢打慢圆，分为四段，送在窑前。初以为陶瓦，乃为令也"，此谓"窑"、"摇"、"瓴"、"令"，谐音。

范摅《云溪友议》十记裴诚曰："举不温歧为友好作歌曲，迄今饮席多是其词焉。"又曰："二人又为新添声杨柳枝词，饮筵竞唱其词而打令也。"此等倚声曲子而兼可充饮筵打令，足知二者之关系。尊前歌唱，为词之所由起，得此殆益可瞭然矣。

25 年 4 月 14 日

后　记

撰此文成，唐君圭璋自陈元靓《事林广记》（《癸集》卷十二》）录得酒令数词邮示，虽宋人之制，而可推想唐时"抛令"情状。亟备录于下。其即以词体为酒令，亦予说一显证也。

卜算子令

先取花一枝，然后行令。口唱其词，逐句指点。举动稍误，即行罚酒，后词准此。

我有一枝花（指自身复指花），斟我些儿酒（指自令斟酒）。唯愿花心似我心（指花指自心头），几岁长相守（放下花枝叉手）。满满泛金杯（指酒尽），重把花来嗅（把花以鼻臭）。不愿花枝在我旁（把花向下座人），付与他人手（把花付下坐接去）。

浪淘沙令

今日（玳）筵中（指席上）酒侣相逢（指同饮人）。大家满满泛金钟（指众宾指酒盏）。自起自斟还自饮（自起自斟酒举盏），一笑春风（止可一笑）。传语主人翁（执盏向主人），俩且饶侬（指主人指自身）。侬今沈醉眼朦胧（指自身复拭目），此酒可怜无伴饮（指酒），付与诸公（指酒付邻座）。

调 笑 令

花酒（指花指酒）。满筵有（指席上）。酒满金杯花在手（指酒指花），头上戴花方饮酒（以花插头上举杯饮）。饮罢了（放下杯）。高叉手（叉手）。琵琶拨尽相思调（作弹琵琶手势）。更向当筵□舞袖（起身举两袖舞）。

花酒令（《词律·甘草子》四十七字）

花酒（左手把花右指酒）。是我平生结底亲朋友（指自身及众宾）。十朵五枝花（以手伸五指反覆应十朵又舒五指应五枝仍指花），三杯两盏酒（伸三指又伸二指应三杯两盏数指酒）。休问南辰共北斗（伸手作休问状指南北）。任从他乌飞兔走（以手发退作任从状又作飞走状）。酒满金卮花在手（指酒尊指酒盏指花）。且戴花饮酒（左手插花右手持酒饮）。

原载《词学季刊》第 3 卷第 2 号，1936 年

姜白石议大乐辨

——白石道人遗事考之一

夏承焘

宋代词家，最精乐律者，推美成、白石、梦窗。白石自度曲十七谱，系七百年词乐之一线，尤为声家之瑰宝。顾《宋史》无白石传，以其庆元间曾上书议大乐，仅附见其名于《乐志》，盖以词人小之也。（《十驾斋养新余录》载邵二云拟《南宋史·文艺传》，亦无白石，殊陋。）论者谓其议乐之精，非建隆已来胡瑗、阮逸、李照、范镇诸家空谈钟吕、漫无心得之比；有宋乐学，堪相骖靳者，中朝沈括一人而已[①]。其议今略具于《宋史》；虽当时不用其说，视为具文；然以胥疏江湖、连蹇终身之白石，得以此挂名于史戺，不可谓非其平生一大事矣。（徐养源拟南宋《姜夔传》，止详此一事。）《庆元会要》云：

> 庆元三年丁巳四月□日，饶州布衣姜夔上书论雅乐，并进《大乐议》一卷、《琴瑟考古图》一卷。诏付奉常有司，以其用工颇精，留书以备采择。

《宋史·乐志》云：

> 理宗享国四十余年，凡礼乐之事，式遵旧章，未尝有所改作；当时中兴六七十载之间，士多叹乐典之久坠，类欲搜讲古制，以补遗佚；于是姜夔乃进《大乐议》于朝。（中略。）书奏，诏付太常。

其事之简略仅此，本无待于考辨。惟宋、元人小说，于其议乐不被采用之故，附会野言，颇涉谬悠；以白石之深于乐记，而蒙"正乐不识乐器"之讥。谈词林掌故者，于此词家巨子之平生唯一大事，亦不可不详其真相也。

宋、元人传白石议乐不用之故，凡有二说：一谓有嫉其能者沮之；一谓白石本不知乐。后者即出于前者之构诬，其理甚显。惟嫉之者究何人？其诬辞何所从来？皆吾人所呕呕欲知者；其事之先后演蜕，今约略可考。兹先述其前者：

徐献忠《吴兴掌故》云：

> 姜尧章长于音律，尝著《大乐议》，欲正庙乐；庆元三年，诏付奉常有司收掌，令太常寺与议大乐。时嫉其能，是以不获尽其所议，人大惜之。

明人张羽作《白石道人传》，谓嫉其能者，乃丞相谢深甫。今案《宋史·宰辅表》，深甫庆元三年正月，以参知政事兼枢密院事。正白石上书议乐之年。与张《传》合。然白石晚年作自述有云："丞相谢公爱其乐书，使次子来谒焉。"谢公即深甫，据自述所云似非嫉白石者。张《传》又云："谢使次子来谒，夔遇之无殊礼，衔之。"深甫之子可考者三人：采伯、渠伯、樨伯（皆见《宋史》）。其行次则无可考。采伯字元若（仕履见《四库提要》一二一《密斋笔记》下），嘉泰戊辰曾刻《白石续书谱》于台州，时白石尚健在。今其书尚载采伯序，谓"略识尧章，于友人处"。采伯若即深甫之次子，尤不似衔其无理者。张羽作白石传在明洪武间，去白石之卒几二百年，其时张辑白石小传久已失传，故羽惟据白石自述及其诗词附会为之，不足深信。（其传违忤尚多，不仅此节。）案自述谓丞相京镗爱其礼乐之书；宋无名氏《白獭髓》亦谓镗主白石之议。深甫与镗同官，又皆爱白石乐书；然则，白石议乐，或即由谢京之怂恿；嫉之者另有人，非深甫也。宋无名氏《白獭髓·姜夔正乐条》云：

> 庆元间，有士人姜夔上书乞正奉常雅乐。京仲远丞相（即京镗）主此议，送斯人赴太常寺，同寺官校正。斯人诣寺，与寺官列坐。召乐师赍出太（常）乐；首见锦瑟，姜君问曰："此是何乐？"众官已有慢文之叹，"正乐不识乐器"！斯人又令乐师弹之。师曰："语云'鼓瑟希'，未闻弹之。"众官咸笑散去，其议遂寝。至今其书流行于世，但据文而言耳。（此条见《说郛》卷二十五引。《吴兴掌故寓贤录》引林兆珂《宙合编》，略同。）

此记当时太常乐官揶揄白石之情状，跃然如见。白石曾著《琴瑟考古图》，《宋史·乐志》备载其说，称其"于琴瑟之议，其详如此"！何致乎不识锦瑟；且《大乐议》明有"锦瑟之声"一语，又何致乎不知奏瑟曰"鼓"！由此可知白石议乐而不见采用，实被沮于此辈嫉能忌贤之太常乐官，与深甫无涉。《白獭髓》作者，今虽不可考，而其说之得于当时乐官，则明白无疑。张羽漫尔以加罪于深甫；清人作《南宋杂事诗》者复据以咏之，不知辨白②。皆厚诬古人矣。

复次，考此谰辞之由来，今可据以得其线索者，以有元人陆友之《研北杂志》。《杂志》载白石议乐，于《白獭髓》所云外，复增益一事曰：

> 姜尧章从奉常议乐，以弹瑟之说不合，归番阳；过吴，见陆务观谈其事。务观曰："何不忆'二十五弦弹夜月'之诗乎！"尧章闻之，不觉自失。

此说按之白石与务观之行踪，有不可通者：白石庆元三年丁巳四月议乐之后，未尝返番阳。其诗集有《丁巳七月望湖上书事》一首及《和转庵丹桂韵》一首，皆在杭州作，可证。（白石虽番阳人，而晚年投老杭州，实未返番。《和转庵诗》云："野人复何知，自谓山泽好；来裨奉常议，识筦鼓羽葆；谁怜老垂垂，却入闹浩浩！"乃议乐后在杭作。）务观自绍熙元年至嘉泰二年，十余载间，皆罢官居越，亦未尝至吴晤白石。（姜、陆交游皆甚广，且同时地，而二人集中交谊无考。）两家遗集具在，可覆按也。陆友妄说，何所从来，久以为疑；后读《白石诗集·戊午春帖子》一绝，乃恍然有悟，并于以得《白獭髓》谰辞之根源，黎邱幻技，识破不值一笑也。白石《春帖子》诗云：

> 晴窗日日拟雕虫，惆怅明时不易逢，二十五弦人不识，淡黄杨柳舞春风。

诗题"戊午"，正丁巳议乐之次年；"二十五弦"云云，本白石致慨于知音之难，而浅人妄传，乃由"二十五弦"而联想"弹夜月"之诗，于是有《研北杂志》见陆务观之说；又因"弹瑟"而联想"鼓瑟"，于是有《白獭髓》乐官之嘲；此或先由浅人妄解姜传，乐官嫉白石者，因从而涂饰之。"俗语不实，流为丹青"，致有此不情之诬；辞而辟之，乌可以已耶！

以上订宋、元小说之妄，既为白石辨诬矣。惟律吕之学，累代聚讼；白石虽名知乐，而其《大乐议》亦确有未审者，是又不当强为阿护也。《大乐议》主以十二宫为雅乐，其说曰：

> 古乐止用十二宫，周六乐，奏六律，歌六吕，惟十二宫也。王大食《三侑注》云"朔日月半、随月用律"。亦十二宫也。十二管各备五声，合六十声；五声成一调，故十二调。古人于十二宫，又特重黄钟一宫而已。齐景公作徵招、角招之乐，师涓、师旷有清商、清角、清徵之操，汉、魏以来，燕乐或用之，雅乐未闻有以商角徵羽为调者；惟迎气有五引而已。《隋书》

云："梁陈雅乐并用宫声。"是也。

陈澧《声律通考》驳之曰：

> 案姜氏之说误也。但引《周礼》大司乐奏六律歌六吕及王大食《三侑注》，以为止用十二宫，何不引三大祭之乐而亦以十二宫解之乎。齐景公作徵招、角招，安知其非雅乐！至汉、魏以来，则《晋书》、《宋书》载荀勖笛有正声调、下徵调、清角调，其清角调下自注云："不合雅乐。"然则，下徵调固雅乐也。姜氏岂未闻乎？且既云"雅乐未闻"，又云"惟迎气有五引"，则更不能自守其说矣。（原注：姜氏之说，盖本于《隋书·音乐志》牛宏等议无用商、角、徵、羽为别调之法。［节。］案宏等亦不能自守其说。《隋志》言宏等"不能精知音律"，则其说固未可依据矣。）

此其一也。《大乐议》又谓"郑译之八十四调，出于苏祗婆之琵琶"。陈氏引旧《五代史·乐志》张昭之说，及《隋书·万宝常传》，讥白石"但据《隋书·乐志》郑译有八十四调，而未考梁武帝万宝常亦有八十四调。白石之意，欲不使胡乐乱古乐；而于古乐所有者亦弃去之，以与胡乐相避，则矫枉而过直！"（详见《声律通考》卷一，有节文。）此其二也。又其词集各小序，诠释乐律，亦有未安者。如：（一）《霓裳中序》第一序引沈括《梦溪笔谈》，定《霓裳》为道调。而不知《霓裳》实商调，沈括误说，王灼《碧鸡漫志》、葛立方《韵语阳秋》，皆已辨之[3]。（二）《徵招》序谓自古少徵调曲。而不知唐人五弦弹及宋太宗之五弦阮皆有徵调[4]。（三）《徵招序》说黄钟下徵调、黄钟清角调，推寻唐谱，实亦未解晋笛三调之制[5]。凡此千虑一失，皆不必为白石讳。

当时寺官乐师之嫉白石者，不能举此相稽，而惟撏拾倍谩之辞，架诬求胜，足知其蒙然无识矣！

附 记

王国维《唐宋大曲考》，引白石《大乐议》："'大食'、'小食'、'般涉'者句胡语'伊州'、'石州'、'甘州'句。"（依王氏句读。）《二语》驳之曰：

> 此说误也。"大食"、"小食"亦作"大石"、"小石"；《唐书·地理

志》："西北渡拨换河、中河、距思浑河、北二十里至小石城，又二十里至于阗境之胡芦河，又六十里至大石城，一曰于祝、曰温肃州。""大石""小石"当由此二城得名。"般涉"，《隋志》作"般赡"，又与"大石"、"小石"均为调名，而"伊州"、"石州"、"甘州"则曲名，不得混合为一也。

今案王氏考"大石"、"小石"得名之由，是也。其谓白石"混调名为曲名"，则实失照。白石《大乐议》原文云：

> 若郑译八十四调，出于苏祗婆之琵琶，"大石"、"小石"、"般涉"者胡语；"伊州"、"石州"、"甘州"、"婆罗门"者胡曲；"绿腰"、"诞黄龙"、"新水调"者华声而用胡乐之节奏。惟"汉府"、"献仙音"谓之法曲，即唐之法曲也。

此文当断于"胡语"、"胡曲"为句，显无违连。王氏偶舛其句读，致以不狂为狂耳。以此亦妄诋白石之一事，故附书之。

原载《文学》第 2 卷第 6 号，1934 年

注释：

① 见《诂经精舍文集》徐养源拟南宋《姜夔传论》。

② 《南宋杂事诗》卷一沈嘉辙咏白石云："书法申韩孰并肩，铙歌鼓吹似前贤；太常锦瑟还惊讶，律吕而今不再传。"即据《宙合编》。

③ 白石《霓裳中序第一序》云"按沈氏《乐律》、《霓裳》道调；此乃商调。"沈氏论《乐律》，在《梦溪笔谈》卷五。其论《霓裳羽衣曲》云："或谓今燕部有《献仙曲》，乃其遗声；然《霓裳》本谓之道调法曲，今《献仙音》乃小石调耳。未知孰是。"今案王灼《碧鸡漫志》卷三云："按明皇改《婆罗门》为《霓裳羽衣》，属黄钟商，云'时号越调'，即今之越调是也。"白乐天《嵩阳观夜奏霓裳》诗云："开元遗曲自凄凉，况近秋天调自商。"又知其为黄钟商无疑。（节。）予谓《笔谈》知《献谈音》非是，乃指为道调法曲，则无所著见。葛立方《韵语阳秋》卷十五，亦引乐天论证《霓裳》用商调，与王说同。是《霓裳》本商调而非道调，沈括误说，王葛已正之，白石偶未考耳。（王灼绍兴间人，见《四库·糖霜谱提要》。葛书成于隆兴初，皆在白石之前。）

④ 白石《徵招》词序云："予尝考唐田畸《声律要诀》云：徵与二变之调，咸非流美，故自古少徵调曲也。"凌廷堪《燕乐考原》卷六引《琵琶录》记五弦、元稹五弦弹诗，以证唐人五弦之器有徵调。又引《文献通考·乐类》，宋太宗制五弦阮，亦有徵调，讥宣和时补作徵调不知以此为法，乃借宫弦为之，实大晟府诸人之陋。白石亦似未达此也。

⑤《徵招序》又云："此曲依《晋史》名曰黄钟下徵调，角招曰黄钟清角调。"陈澧《声律通考》卷三辨之曰："案姜氏之说非也。《晋史》之黄钟下徵调者。用黄钟笛而以林钟之孔为宫，黄钟清角调者，用黄钟笛而以体中姑洗为宫也。姜氏《徵招序》云：'不可多用变徵蕤宾、变宫应钟。'然则，姜氏之徵招以黄钟为宫，以蕤宾为变徵，应钟为变宫，非《晋史》之黄钟下徵调；以此推之，其角招亦非《晋史》之黄钟清角调矣。姜氏实未解晋笛三调之制也。"案晋笛三调者，谓黄钟笛大吕笛等十二笛，每笛有"正声调"、"下徵调""清角调"也。《声律通考》有晋十二笛一笛三调考。

论词之作法

唐圭璋

夫文章各有体制，而一体又各有一体之作法。不独散文与韵文有异，即韵文中之诗歌词曲，亦各有特殊作风，了不相涉。苟不深明一体中之规矩准绳，气息韵致，而率意为之，鲜有能合辙者。昔李易安谓："王介甫、曾子固，文章似西汉，若作一小歌词，则人必绝倒。"秦少游为词，出色当行，独步一时，但诗则靡弱，大类女郎。至若元曲本以白描见长，而明人则施以丽藻，失其精诣。此皆文人好奇务胜，不尊文体之故也。

词以两宋为极盛，治词各家，无不屏绝他业，殚精竭虑于一途，各树标帜，各放异彩。吾人欲学词，自当求其所以上不类诗、下不类曲之故，努力专攻。兹因先论作词之要则，次论词之组织，再次论词之作风，以供学者参证。作词之要则有三。

一　读词

作词必先读词，犹作文必先读文，作诗必先读诗也。唐人谚云："文选熟，秀才足。"杜诗云："读书破万卷，下笔如有神。"惟词亦然。不读词，不能解词，不能解词，何能作词？就一词论：一词之结构如何？一词之命意如何？一词之衬副如何？以及承接转折、开合呼应之法如何？俱非熟读深思，不能剖析精微，体察分明。就一家论：一家之面目如何？一家之真价如何？一家之弊病如何？以及渊源如何？影响如何？亦非熟读深思，不能真知灼见，融会贯通。使不熟读深思，但取古人词集，翻阅一过，必不能知古人之甘苦。古人之纤巧浅俗处，或且以为上品；而古人之惨淡经意、精力弥满处，反不能见及。以此评论，必不免颠倒黑白；以此创作，必不免乱杂无章。宜兴蒋香谷云："作词当以读词为权舆。声音之道，本乎天籁，协乎人心。词本为乐府，可被管弦。今虽音律失传，而善读者，辄能锵洋和均，抑扬高下，极声调之美。其浏亮谐顺之调固然，即拗涩难读者，亦无不然。及至声调极熟，操管自为，其声响随文字流出，自然合拍。"观蒋氏之语，可知作词非先读不可。至所读之书，初当读选本，以博其趣；继乃读专集，以精其诣。选本若张惠言《词选》、周介庵《四家词选》、成肇麟《唐五代词选》、朱古微《宋词三百首》，皆至精当。专集则随人性之所近耳。

二 作词

未作词时，当先读词。既作词时，则当以用心为主。此荆溪周止庵之言也。周氏云："学词先以用心为主，遇一事，见一物，即能沉思独往，晏然终日，出手自然不凡。次则讲片段，次则讲离合。成片段而无离合，一览索然矣。次则讲色泽、音节。"是知作词非用心不可。用心则精，不用心则粗，精则虽少无妨，粗则虽多无益。欲作一词，首须用心选调、选韵，其次布局铸词，无一不须用心。若须依四声之调，必字字尽依四声，决不可畏守律之严，辄自放于律外，或托前人未尽善之作以自解。若有字复、意复之处，更须用心琢磨，决不可苟简从事，为识者所讥。昔柳永作《轮台子·早行》词，颇自以为得意。其后张子野见之云："既言'匆匆策马登途，满目淡烟衰草'，则已辨色矣。又言楚天空阔未晓何也？何语意颠倒如是？"此子野讥柳词之前后语意冲突也。又如宋子京之《好事近》词，上言"沉香帷箔"，下又言"珠帘"；梅尧臣之《苏幕遮》词，上言"嫩色宜相照"，下又言"翠色和烟老"；刘龙洲之《沁园春》词，上言"微褪些跟"，下又言"微尖点拍频"；周草窗之《曲游春》词，上言"暖丝晴絮"，下又言"乱丝丛笛"，此皆古人用字犯重，为后人所指出者。吾人若存苟完、苟美之念，而惮于用心结撰，则罅漏更不待言。其实凡为诗文，皆须用心，不独作词。特词法细密，此律严谨，词旨婉曲，更非处处用心，不能佳胜也。

三 改词

作词时须用心，词作成后，尤须痛改。往往一词初成，尚觉当意，待越数日观之，即觉平淡，若越数月或数年观之，更觉浅薄。故有人常焚毁少作之稿，即以此故。宋张炎《词源》亦尝论改词之要。其言："词既成，试思前后之意不相应，或有重叠句意，又恐字面粗疏，即为修改。改毕，净写一本，展之几案间，或贴之壁。少顷再观，必有未稳处，又须修改。至来日再观，恐又有未尽善者。如此改之又改，方成无瑕之玉。"而近日临桂况蕙风更论及改词之法。其所撰《词话》云："改词之法，如一句之中，有两字未协，试改两字。仍不惬意，便须换意，通改全句，系连上、下，常有改至四五句者，不可守住原来句意，愈改愈滞也。"又云："改词须知挪移法，常有一两句语意未协，或嫌浅率。试将上下互易，便有韵致。或两意缩成一意，再添一意，更显厚。"此皆金针度人之语，作词者所当深体实践也。近日词若王、郑、朱、况诸家，无不几经锤炼，几经修改，始存定稿。未有出手无瑕，一成不易也。

词之组织，亦分三则：一字法，二句法，三章法。盖积字以成句，积句以成片段也。诗不分片段，词则有二片、三片、四片者，故其法与诗不同。又以词体之异于诗、曲，故用字缀句，亦迥异也。

一　字法

《词源》论用字云："词中一个生硬字用不得，须是深加锻炼，字字敲打得响，歌诵妥溜，方为本色语。"其后元陆辅之《词旨》云"炼字贵响"，即本之立说。予谓此特就炼动字或形容字言之。他若虚字最足传神，代字妙有含蓄，叠字善于描摹，俱不可不注意也。至于去声字，极关音响，俗字大伤词格，尤不可不特加注意，以为去舍之资。

动字　词中动词最要，往往一字能表现一种境界。海宁王静安云："'红杏枝头春意闹'，著一'闹'字，而境界全出。'云破月来花弄影'，著一'弄'字，而境界全出矣。"可见一字之要。当时至称红杏枝头春意闹尚书，云破月来花弄影郎中，亦以一字警动之故。又欧公词"绿杨楼外出秋千"，晁无咎谓："只一'出'字，自是后人道不到处。"予谓晏元献公之"曲阑干影入凉波"，"入"字正堪与欧公"出"字匹敌。他若少游"华灯碍月，飞盖妨花"之"碍"字、"妨"字，美成"衣润费炉烟"之"费"字，白石"波心荡，冷月无声"之"荡"字，"千树压、西湖寒碧"之"压"字，梅溪"做冷欺花，将烟困柳"之"欺"字，皆响亮新隽之字，足以表现境界。而所用仄声字，大抵非去即入。

形容字　李易安之"绿肥红瘦"，甚为人所称。宋黄叔旸则云："前辈尝称易安'绿肥红瘦'为佳句，予谓此篇'宠柳娇花'之语，亦其奇俊，前此未有能道之者。"陆补之《词眼》二十六则，此二则，即被甄录。实则形容浅俚，并非极胜之字。余如潘元质之"莺娇燕姹"，吴梦窗之"醉云醒雨"，杨守斋之"蝶凄蜂惨"，杨西村之"柳腴花瘦"，李秋崖之"渔烟鸥雨"，张东泽之"恨烟颦雨"，翁处静之"愁罗恨绮"，亦非佳妙之形容。惟所录梅溪之"柳昏烟暝"一则，足称警句。至竹山之"峰缯岫绮"，则过炼涩滞，亦不佳已。

虚字　句中虚字，传神极妙。如李后主词"往事只堪哀"，一"只"字即见万念俱灰，有不堪回首之痛。晏小山词"聚散真容易"，一"真"字亦见人生无常，懊恨之切。其在句首作领字者，往往直贯到底，神韵尤胜。如后主词云："多少事，昨夜梦魂中。还似旧时游上苑，车如流水马如龙。花月正春风。"梦中盛况，只用"还似"二字绾住，灵动异常。又如柳永词云："想佳人妆楼凝望，误几回天际识归舟。争知我倚阑干处，正恁凝愁。"一"想"字亦一气贯注，深情若揭。至如白石词云："莫似春风，不管盈盈，早与安排金屋。还教一片随波去，又却怨玉龙哀曲。等恁时重觅幽香，已入小窗横幅。"所用虚字更多，"莫似"、"不管"、"早与"、"还教"、"又却怨"、"等"、"已"诸字，分著于每句之上，使每句自为开合，空灵夭矫，余韵无穷。梦窗词云："念秦楼也拟人归，应翦菖蒲自酌。但怅望一缕新蟾，随人天角。"所用"念"字、"也拟"字、"应"字、"但"字，亦是运用虚字，笔妙如环。《词源》云："词与诗不同。词之句语有二字、三字、四字，至六字、七八字者，若堆叠实字，读且不通。况付之雪儿乎？合用虚字呼唤，单字如'正'、'但'、'甚'、'任'之类，两字如'莫是'、'还又'、'那堪'之类，三字如'更能消'、'最无端'、'又却是'之类。此等虚字，却要用之得其所。若能尽用虚字，句语自活，必不质实。"观此可知虚字足以流通质实，调畅气脉，然平声字少。《词旨》所载单字集虚，凡三十三字，其中平声，不过"嗟"、"凭"、"方"、"将"四字而已。

俗字　词忌俗，故俗字亦当深恶痛绝之。宋沈伯时《乐府指迷》云："下字欲其雅，不雅则近乎缠令之体。"故曲中俗字，如"你我"、"这厢"、"那厢"、"哥奴"、"姐耍"、"虽则是"、"却原来"之类，皆不可用。宋人当筵游戏，爱作俳词，爱用俗字，即大家不免。然吾人作词，当取古人胜处，勿取古人最劣之作。山谷词云："虫儿真个恶灵利，恼乱得道人眼起俊。"屯田词云："但愿我虫虫心下，把人看待，长似初相识。"皆俗劣不堪。欧公亦多用俗字，如《渔家傲》之"今朝斗觉凋零瘦"、"花气酒香相斯酿"，《宴桃源》之"都为风流煞"，《减字木兰花》之"拨头憤利"，《玉楼春》之"妖冶风情天与措"，《迎春乐》之"人前爱把眼儿札"，《宴瑶池》之"恋眼哝心"，《渔家傲》之"低难奔"，亦与山谷之用"髅"、"㝛"俗字不殊。嘉兴沈子培疑为小人谬托，但少游、清真咸有之。是知一时风气使然，偶尔作戏，以为调笑之资耳。吾人不可不力避之。

叠字　词中叠字，足以增加形容之美。然不宜多用，多则不免纤巧也。梦窗作最长之《莺啼序》一词，仅用"晴烟冉冉吴宫树"一处叠字，则作短调，更不宜多用。大抵上片已用者，则下片可以不用；下片若用，则上片即须不用。至偶以叠字作对者亦可。如温飞卿之"一叶叶，一声声"，则三字对也。欧公之"寸寸柔肠，盈盈粉泪"，则四字对也。东坡之"山雨萧萧过，溪风浏浏清"，则五字对也。少游之"片片飞花弄晚，蒙蒙残雨笼晴"，则六字对也。子野之"锦帐重重捲暮霞，屏风曲曲斗红牙"，则七字对也。惟葛立芳作《卜算子》，每句皆有叠字，虽是创制，确非高调。词云："裊裊水芝红，脉脉兼葭浦。淅淅西风澹澹烟，几点疏疏雨。草草展杯觞，对此盈盈女。叶叶红衣当酒船，细细流霞举。"又有四字两用叠字者，如"三三两两"、"朝朝暮暮"、"点点行行"、"潇潇飒飒"、"风风雨雨"之类皆是。然鲜有三用叠字者，李易安《声声慢》云："寻寻觅觅，冷冷清清，凄凄惨惨戚戚。"竟七用叠字，偶然创意出奇，亦实非高调，不可效也。元人乔孟符效之，竟成曲矣。又有叠三字者，如《钗头凤》之"错错错"是也。

代字　用字不可太露，于是每用代字。《乐府指迷》言："说桃不可直说破桃，须用'红雨'、'刘郎'等字；说柳不可直说破柳，须用'章台'、'灞岸'等字。又用事如曰'银钩空满'，便是书字了，不必更说书字；'玉箸双垂'，便是泪了，不必更说泪。如'绿云缭绕'，隐然鬓发；'困便湘竹'，分明是簟，正不必分晓。如教初学小儿，说破这是甚物事，方见妙处。"盖恐一经说破，便直率无味也。至于用事，使人姓名，亦须委曲得不用说出。咏物之题字，尤忌说出，俱恐蹈浅露之失。予谓沈氏所言，正合修辞之例。"红雨"、"绿云"、"银钩"、"玉箸"，皆以表象代其物。"章台"、"灞岸"，则以产地代其物。"湘竹"以原料代其物。如用之适当，自具蕴藉含蓄之妙。惟用之不当，往往流于晦涩。王静安先生反对沈氏之说，以为词忌用代字，是根本不承认修辞之例，殊非确论。

去声字　万红友《词律》谓词中去声最要，"名词转折跌荡处，多用去声"。此语颇得倚声三昧。然亦本之《乐府指迷》。盖三仄之中，入可作平，上界平、仄之间。惟去声由低而高，最为响亮，故领头处，往往藉以发调。如李白"灞陵伤别"之"灞"字，"汉家陵阙"之"汉"字皆是，读之最为警动。又如温飞卿"照花前后镜，花面交相映"两句，竟用五去声字。两句又适当换头之处，故觉疏宕异常。盖换头处另起，声响高朗，故辄用去声字。无论小令、长调，无论唐人、宋人，皆特重去声字，以增其跌宕飞动之美。柳词《夜半乐》一首，所用去声字尤多。起句"冻云黯淡天气"六字，即四用去声。二片换头"望中酒旆闪闪"、三片换头"到此因念"，皆用去声振起。此外如"乘兴离江渚。度万壑千岩……更闻商旅相呼。片帆高举。泛画鹢……数行霜树。……败荷零落……岸边两两三三……避行客……绣阁轻抛，浪萍难驻。叹后约丁宁竟何据。……断鸿声远长天暮"，或以去声字领句，或于协韵后用去声字转折。南宋白石、梦窗，用去声字振起之处亦多。梦窗有《惜黄花慢》二首，其十二句领头字，皆为去声，两首一一相同，可见守律之严。又去声字远扬，用在收处，极有余韵，故小令中如《渔家傲》、《踏莎行》、《蝶恋花》，多用去声收束，令人讽诵不厌。《渔家傲》如范希文之"将军白发征夫泪"；张子野之"为君将入江南去"，朱行中之"而今乐事他年泪"，《踏莎行》如大晏之"天涯地角寻思偏"、"斜阳却照深深院"，欧公之"行人更在春山外"，少游之"为谁流下潇湘去"；《蝶恋花》如冯延己之"惊残好梦无寻处"、"乱红飞过秋千去"、"平林新月人归后"、"依依梦里无寻处"，耆卿之"为伊消得人憔悴"，小晏之"断肠移破秦筝柱"、"夜寒空替人垂泪"，清真之"露寒人远鸡相应"，皆用去声字也。昔《指迷》但言去声字之要，万红友则言转折跌宕处多用去声，吴瞿安先生又言协韵后转折处多用去声，予则更谓换头处、收尾处，亦往往用去声也。至如去、上连用，亦不可用他声。如《齐天乐》四用去、上，《梦芙蓉》五用去、上，《眉妩》三用去、上是也。清真《花犯》，更十二用去、上，音律愈细矣。

二 句法

词为长短句，故句法变化极多。有单句，有对句，有叠句，有领句。又有设想句、层深句、翻案句、呼应句、透过句、拟人句，其用意深，用笔曲，皆足以促进词之美妙也。兹析论之：

单句 单句大率有七：一字句，惟《十六字令》首句有之。二字句，换头首句或句中暗韵应有之，如少游《满庭芳》换头之"消魂"，梦窗《木兰花慢》之"金狨"是也。三字句，《三字令》有之，其他词中，亦多用之。四字句，亦普通句法，随处有之。五字句，《生查子》全用之，《菩萨蛮》则半用之，此外如《南歌子》、《临江仙》及《水调歌头》起句，皆有五字句。六字句，《清平乐》下片，《风入松》末二句并用之，又有《折腰》一种，《江城子》、《贺新郎》之末句皆是。七字句有二种：一为上四下三，如"棹沉云去情千里"之类。一为上三下四，如"金波淡玉绳低转"之类。

对句 三言对句，如"鬓云松，眉叶聚"。四言对句，如"小径红稀，芳郊绿遍"。五言对句，如"帘烘泪雨干，酒压愁城破"。六言对句，如"冠剑不随君去，江河还共恩深"。七言对句，如"隔苑兰馨趁风远，邻墙桃影伴烟收"。此外尚有一四句法之五字句对句，如"绣鸳鸯枕暖，画孔雀屏高"是也。又有三四句法之七字句对句，如"惊粉重、蝶宿西园，喜泥润、燕归南浦"是也。

领句 以一字或二字领起，谓之领句。其以一字领三字者，如《水龙吟》之结尾是也。无名氏此句作"有和羹美"，东坡作"作霜天晓"，稼轩作"揾英雄泪"，他人亦多如此，可见此为正格。又柳永《八声甘州》之"倚阑干处"

句，亦作一三。此句梦窗作"上琴台去"，玉田作"有斜阳处"，亦皆不作通常四字句，至以一字领四字，如"登孤迭危亭"；一字领七字，如"见步袜江妃弄明镜"。又有一字领三字对句，如"对宿烟收，春禽静"；一字领四字对句，如"爱停歌驻拍，劝酒持觞"；一字领五字对句，如"观露湿缕金衣，听叶映如簧语"；一字领六字对句，如"有翩若惊鸿体态，暮为行雨标格"；一字领八字偶句，如"念小奁瑶鉴，重匀绛腊；玉笼金斗，时熨沉香"。更有以两字领者，如两字领七字句，则有"何况旧欢新宠阻心期"句；两字领六字对句，则有"似觉琼枝玉树相倚，暖日明霞光烂"句；两字领四字对句，则有"望处旷野沉沉，暮云黯黯"句。当以一字、二字领起之句，亦不可混淆不分，致违律法。

　　叠句　词中常有叠句之例。如《思帝乡》之"花花"，则为一字叠句。《调笑令》之"弦管，弦管"，则为二字叠句。《如梦令》、《江城梅花引》，亦皆有二字叠句。《忆秦娥》之"秦楼月，秦楼月"则为三字叠句。《添字采桑子》之"点滴凄清，点滴凄清"，则为四字叠句。《东坡引》之"愁随烟树簇，愁随烟树簇"，则为五字叠句。《摊破丑奴儿》之"真个是可人香，真个是可人香"，则为六字叠句。

　　设想句　以上论单句，对句，领句，叠句，皆词之体式。以下更就作意方面，以论词人常用之几种句法。设想句，是设想如此，而不得如此。故颇有一种凄凉怨慕之感存乎其中。如东坡《水调歌头》云："我欲乘风归去，又恐琼楼玉宇，高处不胜寒。"上句我欲如此，下句又恐，即不得如此也。类此之句法，并举数例如下：

> 拟把疏狂图一醉，对酒当歌，强乐还无味。（柳永《蝶恋花》）
> 欲买桂花同载酒，终不似、少年游。（刘过《唐多令》）
> 梦魂欲渡苍茫去，怕梦轻、还被愁遮。（周密《高阳台》）
> 待把宫眉横云样，描上生绡画幅。怕不是、新来妆束。（蒋捷《贺新郎》）
> 欲共柳花低诉，怕柳花轻薄，不解伤春。（黄孝迈《湘春夜月》）

李易安《武陵春》下阕云："闻说双溪春尚好，也拟泛轻舟。只恐双溪舴艋舟，载不动、许多愁。"亦用此法，倍见宛转情深。此类句法，常有"拟"、"欲"、"待"等字与"只恐"、"只怕"等字关合。

　　层深句　此类句法，常用"更"字、"又"字、"尤"字，以示层层深入之意。其在写景方面：如范希文《渔家傲》之"山映斜阳天接水。芳草无情，更在斜阳外"，欧阳永叔《踏莎行》之"平芜尽处是春山，行人更在春山外"，王碧山《长亭怨慢》之"水远。怎知流水外，却是乱山尤远"，皆描摹如画，含思绵邈已极。至抒情方面：如薛昭蕴《谒金门》之"早是相思肠欲断。忍教频梦见"，杜安世《卜算子》之"才欲歌时泪已流，恨应更、多于泪"，田为《江神子慢》之"此恨对语犹难，那堪更寄书说"，皆深揭内心，凄苦异常。又如：

> 叹西园、已是花深无地，东风何事又恶。（周邦彦《瑞鹤仙》）
> 落花已作风前舞，又送黄昏雨。（叶梦得《虞美人》）
> 已是黄昏独自愁，更著风和雨。（陆游《卜算子》）
> 庾郎先自吟愁赋，凄凄更闻私语。（姜夔《齐天乐》）

皆双层浮起，不嫌单薄。此外如张子野《青门引》下阕云："楼头画角风吹醒。入夜重门静。那堪更彼明月，隔墙送过秋千影。"始言闻声而悲，继言见影更悲，亦用层深之法。王碧山《醉蓬莱》云"一室秋灯，一庭秋雨，更一声秋雁"，无名氏《青玉案》云"花无人戴，酒无人劝。醉也无人管"，皆用层深句法，写足当前环境，加重悲哀成分，故读之令人倍增感慨。

翻转句　撇去一层，另转一层，此词中翻转之法也。如东坡《水龙吟》云"不恨此花飞尽，恨西园落红难缀"，两句用在换头，倍显怅惘之深。其后梦窗《高阳台》两效之，皆极其妙。其一云"南楼不恨吹横笛，恨晓风千里关山"，其二云"伤春不在高楼上，在灯前欹枕，雨外熏炉"，于境中见情，沉厚异常。程垓《水龙吟》亦有句云"不怕逢花瘦，只愁怕、老来风味"，语意亦佳。稼轩则更有豪放之语，如其《贺新郎》云"不恨古人吾不见，恨古人不见吾狂耳"，亦用此法抒愤，豪气凌云，一时无两。

呼应句　上句呼，下句应，最为灵动。兴化刘融斋谓方回词"试问闲愁都几许，一川烟草，满城风絮，梅子黄时雨"，好处全在"试问"句呼起。予谓李易安词"莫道不消魂，帘卷西风，人比黄花瘦"，好处亦在"莫道"句呼起也。此类呼应句，前人甚多，复举数例以观：

> 何处是归程，长亭更短亭。（李白《菩萨蛮》）
> 问君能有几多愁，恰似一江春水向东流。（李后主《虞美人》）
> 为问家何在，夜来风雨，葬楚宫倾国。（周邦彦《六丑》）

白石用此法尤妙。其《点绛唇》一阕，通首只写眼前景物，而结尾云 "今何许。凭阑怀古，残柳参差舞"，感时伤事，只用 "今何许" 三字一呼，其下仅用 "残柳" 五字咏叹应之，其味无穷。又其《庆宫春》云 "如今安在，惟有阑干，伴人一霎"，亦用此法。只用 "如今安在" 四字提呼，则吊古伤今之意俱明矣。

透过句　此种句法，多用 "纵" 字，意谓纵然如此，亦无可奈何，何况不如此也。透过一层立说，亦甚表心中哀伤之极也。此较层深句更加曲折。清真《夜飞鹊》云："华骢会意，纵扬鞭亦自行迟。"夫不扬鞭，固已行迟，即使扬鞭，仍是行迟，此所谓透过句法，更形容马意之苦。夫马意之苦犹若此，则人意之苦更甚矣。清真用重笔，往往如此。又其《解连环》云 "纵妙手能解连环，似风散雨收，雾轻云薄"，亦深厚之至。类此之句法，宋人尚多。如云：

> 梦魂纵有也成虚，那堪和梦无。（秦观《阮郎归》）
> 便做春江都是泪，流不尽，许多愁。（秦观《江城子》）
> 便纵有千种风情，待与何人说。（柳永《雨霖铃》）
> 千金纵买相如赋，脉脉此情谁诉。（辛弃疾《摸鱼儿》）
> 纵豆蔻词工，青楼梦好，难赋深情。（姜夔《扬州慢》）
> 纵玉勒、轻飞迅羽，凄凉谁吊荒台古。（吴文英《霜叶飞》）
> 纵收香藏镜，他年重到，人面桃花在否。（袁去华《瑞鹤仙》）
> 如今处处生芳草，纵凭高不见天涯。（王沂孙《高阳台》）

所写皆沉痛无匹。总以心中有无限委曲，故有此沉痛之呼声。吾人如能善用此法，亦能生色少也。

拟人句　以物拟人，使无情之物，化作有情之人，此修辞法也。用此法入词，饶有韵味。如鹿太保《临江仙》下阕云："烟月不知人事改，夜阑还照深宫。藕花相向野塘中。暗伤亡国，清露泣香红。"体会藕花情态，入细入微。末句尤凝重，真不啻字字血泪也。又如清真《六丑》"长条故惹行客。似牵衣待话，别情无极"，写蔷薇之长条，亦细切生动。南宋白石用此法，佳胜尤多。如《扬州慢》"自胡马窥江去后，废池乔木，犹厌言兵"，将废池乔木之感觉都写出来，则人之感时伤乱，更可知矣。又如《念奴娇》云 "高柳垂阴，老鱼吹浪，留我花间住"，写鱼柳留人，何等亲切。至其《点绛唇》云 "数峰清苦。商略黄昏雨"，体会深山幽静之境，亦极微妙。"清苦" 二字，写山容欲活。

盖山中沉阴不开，万籁俱寂，故觉群峰都似呈清苦之色也。"商略"二字亦生动。盖当山雨欲来未来之际，谛视峰与峰间之状态，似商略如何降雨也。他如范石湖《霜天晓角》云"惟有两行低雁，知人倚、画楼月"，李易安《凤凰台上忆吹箫》云"惟有楼前流水，应念我终日凝眸"，韩元吉《好事近》云"惟有御沟声断，似知人呜咽"，皆将外物写得如知己也。小山云"绛蜡等闲陪泪"，清真云"败壁秋虫叹"，一"陪"字，一"叹"字，亦将外物，写得一往情深。

三　章法

词集句以成节，集节以成片。有单片无换头者，有两片、三片、四片者，而以两片为最普遍。大抵每一韵，即是一节。节与节之间，最要脉络分明，层次井然。无论小令、长调，莫不皆然。特长调更须前后调度，布置周密。例如温飞卿《菩萨蛮》云：

> 小山重叠金明灭，鬓云欲度香腮雪。懒起画蛾眉，弄妆梳洗迟。　　照花前后镜，花面交相应，新贴绣罗襦，双双金鹧鸪。

通篇写闺怨，层次极清，章法极密。首句写绣屏掩映，可见环境之富丽。次句写鬓丝撩乱，可见人未起之容仪。三、四句叙事，画眉梳洗，皆事也。然"懒"字、"迟"字，又兼写人之情态。"照花"两句承上，言梳洗停当，簪花为饰，愈增艳丽。末句言更换新绣之罗衣，忽睹衣上有鹧鸪双双，遂兴孤独之哀与膏沐谁容之感。有此收束，振起全篇。上文之所以懒画眉、迟梳洗者，皆因有此一段怨情也。文情含蓄，无一字虚设。长调如柳耆卿《雨霖铃》云：

> 寒蝉凄切，对长亭晚，骤雨初歇。都门帐饮无绪，留恋处、兰舟催发。执手相看泪眼，竟无语凝咽。念去去、千里烟波，暮霭沉沉楚天阔。
> 多情自古伤离别，更那堪、冷落清秋节！今宵酒醒何处，杨柳岸、晓风残月。此去经年，应是良辰好景虚设。便纵有、千种风情，更与何人说。

此写别情，兼浑厚绵密之长。而中间层层叙述，亦一丝不乱。起三句，点明时地景物，盖从未别时写起，已凄然欲绝。长亭已晚，雨歇欲去，此际不听蝉鸣，已觉心碎，况蝉鸣凄切乎。"都门"两句，写饯别时之心情，极委婉，欲饮无绪，欲留不能，怅惘曷极。"执手"两句，写临分时之情事，更是传神之笔。"念去去"两句推想别后所历之境。以上文字,皆郁结蟠屈,至此凌空飞舞,信有如冯梦华所谓"曲处能直,密处能疏"也。换头重笔另开,叹从来离别之可哀。"更那堪"句,推进一层,言己之当秋而悲,更甚于常情。"今宵"两句,又推想酒醒所历之境,惝恍迷离,丽绝凄绝。"此去"两句,更推想别后经年之寥落。"便纵有"两句,仍从此深入,叹相期之愿难谐,纵有风情,亦无人可说,余恨无穷,余味不尽。综观温、柳二家之作,可知小令宜含蓄,令人得言外之意为佳。长调则尤重布局,首尾换头,皆须匀称。唐宋名作甚多,难以悉举,但无不脉络明晰,归于浑成自然。兹复就"起"、"结"、"换头"三面论之。

起 词中起法,不一而足。然以写景起为多。如欧公之"候馆梅残,溪桥柳细",晏同叔之"小径红稀,芳郊绿遍",少游之"梅英疏淡,冰澌溶泄,东风暗换年华",玉田之"接叶巢莺,平波卷絮,断桥斜阳归船"是也。然此皆平平写起,尚有高空远望,极显外界伟大之气象与作者浩荡之胸襟者。如云:

> 青灯暮处,碧海飞金镜。(晁补之《洞仙歌》)
> 楚天千里清秋,水随天去秋无际。(辛弃疾《水龙吟》)
> 渺空烟四远,是何年、青天坠长星。(吴文英《八声甘州》)
> 山空天入海,倚楼望极,风急暮潮初。(张炎《渡江云》)

至东坡《念奴娇》起云"大江东去,浪淘尽、千古风流人物",稼轩《永遇乐》起句云"千古江山,英雄无觅、孙仲谋处",则是将古今兴亡之感,尽融入景中也。至咏物则往往从物态写起,如徽宗写杏花,起云"裁剪冰绡,轻叠数重,淡著胭脂匀注",梅溪《咏春雪》起云"巧沁兰心,偷黏草甲,东风欲障新暖",梦窗《落梅》起云"宫粉雕痕,仙云堕影,无人野水荒湾",玉田写荷叶起云"碧圆自洁。向浅洲远浦,亭亭清绝"皆是。写人则往往从容貌写起,唐五代人,多用此法。如飞卿云"蕊黄无限当山额。宿妆隐笑纱窗隔",端己云"云髻坠,凤钗垂。髻坠钗垂无力",李后主云"云一缗,玉一梭。淡淡衫儿薄薄罗,轻颦双黛螺"皆是。此外尚有以抒情起者,如方回之"厌莺声到枕",清真之"怨怀无托",鹏举之"怒发冲冠",幹臣之"闷来弹鹊"皆是。惟以问语起,更表出内心之沉痛。如云:

> 春花秋月何时了,往事知多少。(李后主《虞美人》)

谁道闲情抛弃久。每到春来，惆怅还依旧。（冯延已《蝶恋花》）

明月几时有，把酒问青天。（苏轼《水调歌头》）

更能消几番风雨，匆匆春又归去。（辛弃疾《摸鱼儿》）

此种起法，是从千回百折之中，喷薄而出。故包含悔恨、愤激、哀伤种种情感，读之倍觉警动。又有以叙事直起者，如李中主之"手卷真珠上玉钩"，飞卿之"梳洗罢，独倚望江楼"皆是。更有从闻声写起者，如子野云"数声鹈鴂，又报芳菲歇"，介甫云"别馆寒砧，孤城画角。一派秋声入寥廓"，鲁逸仲云"风悲画角，听单于三弄落谯门"，白石云"空城晓角。吹入垂杨陌"皆是。

　　结　词中有以情语结者，有以景语结者。景语含蓄，较情语尤其有意味。唐、五代词中，温飞卿多用景语结，韦端己多用情语结。温词如《遐方怨》结云："不知征马几时归。海棠花谢也，雨霏霏。"韦词如《女冠子》结云："觉来知是梦，不胜悲。"虽各极其妙，然温更有余韵。宋人以景结者，好语亦多。如晏同叔云"一声愁梦酒醒时，斜阳却照深深院"，清真云"断肠院落，一帘风絮"，方回云"厌厌睡起，犹有花梢日在"，李重元云"欲黄昏。雨打梨花深闭门"，袁宣卿云"唤觉来厌厌，残照依然花坞"，皆写庭院中景色，令人对之，怅惘不已。更有写远景至佳者，如云：

人面不知何处，绿波依旧东流。（晏殊《清平乐》）

更回首、重城不见，寒江天外，隐隐两三烟树。（柳永《采莲令》）

休去倚危栏，斜阳正在，烟柳断肠处。（辛弃疾《摸鱼儿》）

西山外，晚来还卷，一帘秋霁。（姜夔《翠楼吟》）

正碧落尘空，光摇半壁，月在万松顶。（张炎《迈坡塘》）

或于景中见怅望之情，或于景中寄忠爱之情，或于景中见闲适之情。至李白之"西风残照，汉家陵阙"，竟将怀古之情纳于八字之情中，气象雄伟，冠绝今古。柳词气魄亦厚，并惯以景结，其《竹马子》结云："极目霁霭霏微，暝鸦零乱，萧索江城暮。南楼画角，又送残阳去。"五句皆写景，将眼前境界，曲曲写出，可谓有声有色，大气包举矣。梦窗亦有两词，结尾云：

水涵空，栏干高处，送乱鸦、斜日落渔汀。连呼酒，上琴台去，秋与云平。（《八声甘州》）

溪雨急，岸花狂。趁残鸦、飞过苍茫。故人楼上，凭谁指与，芳草斜阳。（《夜合花》）

其劲气直达之处，盖从柳出。世谓梦窗出于清真，予谓梦窗运意用笔出清真，而妍炼字句，则出贺方回；驱使灏瀚流转之气，则出于柳耳。天祚斯文，成就一家，往往融贯诸家之长，而自具面目也。至以声音作结者，如少游之"正销凝，黄鹂又啼数声"，耆卿之"断鸿声远长天暮"，稼轩之"江晚正愁予，山深闻鹧鸪"，龙川之"正消魂，又是疏烟淡月，子规声断"皆是。又有以问语作结者，如欧公之"可惜明年花更好，知与谁同"，清真之"夜游共谁秉烛"稼轩之"谁伴我，醉明月"，龙川之"谁为我，唱金缕"，李玉之"谁伴我，对鸾镜"。然此类问语，犹直率少余味，若清真之"酒已都醒，如何消夜永"，少隐之"明朝且做莫思量，如何过得今宵去"，则含哀更深，用笔更曲矣。然仍不及少游与白石。少游云："郴江幸自绕郴山，为谁流下潇湘去。"白石云："念桥边红药，年年知为谁生。"柔情宛转，令人叹惋。词之可以上通风骚者，此类庶足以当之。

　　换韵　词之下片开端，即为换头。换头所领起之一片，与上片异。有上景下情者，有上情下景者；有上今下昔者，有上昔下今者；有上外下内者，有上去下来者，有上昼下夜者，有上问下答者，有上虚下实者，又有上下相连者，上下不连者，上下相反者，并举例明之：

　　上景下情　如范希文《苏幕遮》云：

碧云天，黄叶地。秋色连波，波上寒烟翠。山映斜阳天接水。芳草无情，更在斜阳外。　　黯乡魂，追旅思。夜夜除非，好梦留人睡。明月楼高休独倚。酒入愁肠，化作相思泪。

此首上片，即纯是一片空灵境界，下片则抒怀乡之情。清真《满庭芳》"风老莺雏"一首，上片亦只写江南景色，而下片则抒飘流之感。刘一止《喜迁莺·晓行》词，上片写晓行景色，下片则追念离别之情，并与范词同法也。荆公《桂枝香·金陵怀古》，亦用此法。

　　上情下景　如张子野《天仙子》云：

水调数声持酒听，午醉醒来愁未醒。送春春去几时回？临晚镜，伤流景，往事后期空记省。　　沙上并禽池上暝，云破月来花弄影。重重帘幕密遮灯，风不定，人初静，明日落红应满径。

此首上片，并写午睡醒来之愁情，下片则纯写晚来月出之境界。
　　上今下昔　如周清真《解语花》云：

　　风消焰蜡，露邑烘炉，花市光相射。桂华流瓦，纤云散，耿耿素娥欲下。衣裳淡雅，看楚女、纤腰一把。箫鼓喧，人影参差，满路飘香麝。因念都城放夜，望千门如画，嬉笑游冶。钿车罗帕，相逢处，自有暗尘随马。年光是也，惟只见、旧情衰谢。清漏移，飞盖归来，从舞休歌罢。

上是清真在荆南时之上元，下是回忆当年在京城之上元。此种作法，换头往往用"因记"、"犹念"一类领起。
　　上昔下今　如陈简斋《临江仙》云：

　　忆昔午桥桥上饮，座中多是英豪。长沟流月去无声，杏花疏影里，吹笛到天明。　　二十余年如一梦，此身虽在堪惊。闲登小阁看新晴，古今多少事，渔唱起三更。

上片言昔日之豪情，下片言今日之悲感。又如张抡《烛影摇红》一首，上片言去年京城元夜之盛，下片言今年流落他乡之悲，亦用此法。
　　上外下内　如贺方回《浣溪沙》云：

　　楼角初消一缕霞，淡黄杨柳暗栖鸦，玉人和月摘梅花。　　笑撚粉香归洞户，更垂帘幕护窗纱，东风寒似夜来些。

上片写外景极美。"楼角"一句，写残霞当楼，"淡黄"一句，写新柳栖鸦，于余红初消之际，有淡黄杨柳相映；而淡黄杨柳之中，更有雏鸦相映，情景已美。"玉人"一句，再写新月，月下玉人，月下梅花，相映愈美。下片写撚花入内，垂帘障寒，亦生动活泼，如闻如见。前乎此者，晏同叔《踏莎行》"小径红稀"一首，亦是上写外景，下写内景。
　　上去下来　如周清真《夜飞鹊》云：

河桥送人处，凉夜何其。斜月远，堕余辉，铜盘烛泪已流尽，霏霏凉露沾衣。相将散离会，探风前津鼓，树杪参旗。华骢会意，纵扬鞭，亦自行迟。

迢递路回清野，人语渐无闻，空带愁归。何意重径满地，遗钿不见，斜径都迷。兔葵燕麦，向残阳，影与人齐。但徘徊班草，啼嘘酹酒，极望天西。

上片述送客去时情景，下片则述送客以后归来情景，去时缱绻难舍，来时凄寂难堪，融情入景，意致浓厚。

上昼下夜 如韦端己《应天长》云：

绿槐影里黄莺语，深院无人春昼午。画帘垂，金凤舞，寂寞绣屏香一炷。 碧天云，无定处，空有梦魂来去。夜夜绿窗风雨，断肠君信否。

上片写昼情，下片写夜景，景则幽绝，情则凄惋。

上问下答 如敦煌曲子中有《鹊踏枝》云：

叵耐灵鹊多谩语，送喜何曾有凭据？几度飞来活捉取，锁上金笼休共语。 本拟好心来送喜，谁知锁我在金笼里。欲他征夫早归来，腾身却放我向青云里。

上片问鹊何以无凭，下片鹊致答辩之辞。元刘敏中《沁园春》"石汝何来"一首，上片为石问，下片为石答，一时游戏，亦非正格。

上虚下实 如冯正中《长命女》云：

春日宴，绿酒一杯歌一遍，再拜陈三愿。 一愿郎君千岁，二愿妾身常健。三愿如同梁上燕，岁岁长相见。

上片只虚说三愿，而下片则实说三愿。又稼轩《玉楼春》"有无一理"一首，上虚说"事言无处，未尝无"之理，而下则实举伯夷仲尼之事，以证其理。

上下相连 如晏同叔《踏莎行》云：

祖席离歌，长亭别宴，香尘已隔犹回面。居人匹马映林嘶，行人去掉依波转。 画阁魂消，高楼目断，斜阳只送平波远。无穷无尽是离愁，天涯地角寻思遍。

此首为送别之作，自送别至别后，以次描摹，历历如画。上下片一意连贯，并无两两对照之意。又如张玉田《壶中天》"瘦筇访隐"一首，下片亦承上片叙述。换头处亦未用另起之法。

上、下不连　如苏东坡《卜算子》云：

> 缺月挂疏桐，漏断人初定。谁见幽人独往来，缥缈孤鸿影。　　惊起却回头，有恨无人省。拣尽寒枝不肯栖，寂寞沙洲冷。

上片写夜境，下片则单就鸿说。又如东坡《贺新郎》"乳燕飞华屋"一首，上片写画景，下片则单就石榴说。《蝶恋花》"花褪残红"一首，上片写景，下片则另写佳人戏秋千之事。

上、下相反　如吕本中《采桑子》云：

> 恨君不似江楼月，南北东西，南北东西，只有相随无别离。　　恨君却似江楼月，暂满还亏，暂满还亏，待得团圆是几时。

片言"恨君不似江楼月"，下片言"恨君却似江楼月"上下相反，亦是一法。

以上综论上下两片之作法，大抵以抚今思昔、即景生情之法为多。至于三片作法，则不取对照方式，而重在由浅至深，以次叙述。如柳永之《夜半乐》，第一片写道途所经，第二片写目中所见，第三片则极写去国离乡之感。清真之《瑞龙吟》，第一片写景，第二片写人，第三片则极写人面桃花之感。袁宣卿之《剑器近》，第一片写见，第二片写闻，第三片则极写寂寞怀人之感。至于四片作法，如梦窗之《莺啼序》，亦不外层深之法。其第一片写独处之情况，第二片回忆生离，第三片痛悼死别，第四片则尽情发抒哀感。又片与片间之衔接，即在换头。玉田《词源》谓换头"不要断了曲意"，并举白石词释之云："'曲曲屏山，夜凉独自甚情绪'，于过片则云'西窗又吹暗雨'，此则曲之意脉不断矣。"盖上片自成一气，于歇拍处，不妨稍顿。至换头另起，则似断而实连，所谓气断意不断也。通常换头，往往平平叙述，似承似转。然亦有陡转拗怒，笔力极雄健者。如白石《一萼红》之换头云"南去北来何事，荡湘云楚水，目极伤心"，梦窗《夜合花》之换头云"十年一梦凄凉，似西湖燕去，吴馆巢荒"，皆语激声宏，魄力雄浑。

词之作风，略分四点论之：一曰"雅"，二曰"婉"，三曰"厚"，四曰"亮"。古人名作，无不具此四种作风。而后人词之所以不为人所称道，或竟遭人斥责者，亦以违反此四种原则也。兹更拈四字，申释其旨：

雅——清新纯正。
婉——温柔缠绵。
厚——沉郁顿挫。
亮——句隽高华。

雅　词之所以异于曲者，即在于雅。曲不避俗，词则决不可俗。故《蕙风词话》谓："俗者，词之贼也。"观宋人词集，有《乐府雅词》、《复雅歌词》、《典雅词》、《宝文雅词》、《书舟雅词》、《紫薇雅词》。知宋人为词，皆以雅相尚。山谷、耆卿，好作俗语，最不可学。惟须注意，所谓"俗"，是反对庸俗，不是反对通俗，庸俗是低级趣味，通俗是明白如话。词自避俗外，尤须避熟，盖熟亦俗也。予所谓清新者，即不熟。《词源》云"词以意为主，不要蹈袭前人语意"，亦戒人力避熟也。即如范希文云"都来此事，眉间心上，无计相回避"，意固清新而沉着，但李易安云"此情无计可消除，才下眉头，又上心头"，无名氏云"今宵眼底，明朝心上，后日眉头"，皆觉熟矣。又如牛松卿云"弹到昭君怨处，不抬头"，固写出弹者之姿态及弹者之无限幽怨。张子野效之云"弹到断肠时，春山眉黛低"，则觉熟矣。顾太尉云"换我心为你心，始知相忆深"，固甚新妙，但李之仪云"只愿君心似我心，定不负相思意"，徐山民云"妾心移得在君心，方知人恨深"，则皆熟矣。此犹就意熟说。至于字面：如"莲子空房"、"人面桃花"、"花自飘零水自流"、"一样东风两样吹"之类，皆须避之。盖初创为美，继袭则熟，拾人唾余，才士不为也。此外若怪词、淫词，亦不可作。怪则不纯，淫则不正，不纯不正，亦非雅也。孙月坡《词迳》云"牛鬼蛇神，诗中不忌，词则大忌"，此戒人不可作怪诞离奇之词也。金应珪论词有三弊：淫词、鄙词、游词是也。而淫词居其首，盖金氏亦深恶人之为淫词也。

婉　词之所以异于诗者，在于婉。诗有婉，有不婉，词则非婉不可。诗过婉嫌弱，词则不婉嫌率。故少游以婉为诗，则为元遗山所讥。而以婉为词，则为一代正宗。飞卿词云："鸾镜与花枝，此情谁得知。"韦端己词云："凝恨对斜晖，忆君君不知。"柳耆卿云："衣带渐宽终不悔，为伊消得人憔悴。"欧阳永叔词云："日日花前常病酒，不辞镜里朱颜瘦。"论其佳处，皆在于婉。少游远祖温、韦、冯、李，近承晏、欧，其词温柔缠绵，一往情深，既非急管繁弦之音，又非哀丝豪竹之音，一种和平悠扬之音，读之令人荡气回肠，哀乐不能自主，宜人称之为婉约之宗也。或谓词之质宜轻者，若少游之词，温婉深厚已极，其质岂果轻哉。若谓少游词小，愈小视少游矣。少游风神俊朗，寄慨遥深，谓其词精深华妙则可，谓之曰小，亦乌乎可？《艺概》云："叔原贵异，方回赡逸，耆卿细贴，少游清远，四家词趣各别，惟尚婉则同耳。"实则名家佳词，无不尚婉。苏、辛两家，天纵豪放，似不尚婉矣。然而二公性情深厚，百炼钢往往化为绕指柔，其词亦尚婉。苏词如云"秾艳一枝细看取，芳心千重似束"，辛词如云"试把花卜归期，才簪又重数"，又何婉丽耶！若豪放而不尚婉，则不免粗犷之失。此陈其年所以被人讥为粗才也。冯梦华论稼轩《摸鱼儿》、《西河》、《祝英台近》诸作，摧刚为柔，缠绵悱恻，尤与粗犷一派，判若秦越，可谓深知稼轩矣。

厚　厚与雅、婉二者，皆相因而生。能婉即厚，能厚即雅也。盖厚者薄之反，薄则俗矣。自常州派起，盛尊词体，谓词上与诗、骚同风，即侧重厚之一字。其后谭复堂所标柔厚之旨，陈亦峰所标沉郁之旨，冯梦华所标浑成之旨，况蕙风所标重、拙、大之旨，实皆特重厚字。惟拙故厚，惟厚故重、故大，若纤巧、轻浮、琐碎，皆词之弊也。明词之所以不振者在不厚，浙派之流弊，为人所诟病者，亦在不厚。坊间通行之《白香词谱》，所选多纤巧不厚之作，故非善本。况蕙风尝论词之大要，首曰"雅"，次曰"厚"，探原立论，至为精当。周止庵选碧山、梦窗、稼轩、清真四家词，而以清真为领袖，亦以清真之特长在深厚也。清真词处处沉郁，处处顿挫，其所积也厚，故所成也既重且大，无人堪敌。实则不独清真，其他各家之作，无不皆然。温柔敦厚，诗词固一本也。

亮　止庵论温、韦云："飞卿下语镇纸，端已揭响入云，可谓极两者之能事。"盖以温词为重，而以韦词为高也。重则潜渊，高则腾天，予之所谓亮，即高朗揭响之意也。亮者，哑之反，字句拖沓，音揭不起，斯为下乘。清音直揭，若鹤唳太空，斯为佳制。玉田谓作词要"字字敲打得响"，即词须亮也。而范石湖谓白石词"有敲金戛玉之声"，亦称白石词能亮也。词中所谓豪放、清空之说，俱不外一亮字。韦词之佳，在一亮字，白石词之佳，亦在一亮字，其他名家，亦无不具亮字之美。沉郁厚重之作，如有亮字以疏宕其气，则更极灵动飞舞之妙。清真、梦窗，不独厚重，音响亦亮也。清真如云"怒涛寂寞打孤城，风樯遥度天际"，梦窗如云"自怜两鬓清霜，一年寒食，又身在云山深处"，皆振拔警动，笔无沉滞。即为小令，亦不可不亮。试读韦词云"春水碧于天，画船听雨眠"，李后主词云"归时休放烛花红，待踏马蹄清夜月"，小山词云"斜月半窗还少睡，画屏闲展吴山翠"，白石词云"淮南皓月冷千山，冥冥归去无人管"，意境何等杳渺，而音响何等嘹亮，所谓名隽高华者，不其然乎！

以上雅、婉、厚、亮四种词风，皆消息相通，相因相济，学者守之，趋向自正矣。

原载《中国学报》第 1 期，1943 年 1 月

柳永事迹新证

唐圭璋

柳永是北宋杰出的词家。他适应着当时都市的繁荣和广大市民的需要，突破了唐五代以来花间、南唐词人所制小令的局限，继承了唐代民间乐曲的传统，发展了唐代民间的慢词①，奠定了宋词昌盛的基础。尽管宋代有好多著名的词家，如苏轼、秦观、贺铸、周邦彦、辛弃疾、姜夔、吴文英、张炎、周密、王沂孙等，各标新境，各呈异采；但溯流寻源，却不得不归功于柳永以毕生精力，开拓了词的疆土，替他们准备了有利的条件。

《宋史·乐志》卷一百四十二，记宋太宗曾因旧曲创新声，作了三百九十曲。所谓旧曲，就是唐代的乐曲。柳永深习于唐代乐曲和民间流传的令词、慢词②，也可能受了宋太宗大创新声的影响，因而更进一步地运用当时民间的新声，为歌妓和乐工大量创制新词。他以明白如话的语言，宏伟的气魄，热烈地歌颂祖国都市的繁荣和祖国自然景物的秀丽；并尽情地铺叙他对歌妓的一往真挚、深厚的情谊和他自己飘泊天涯的苦闷心情。这就使得广大市民喜爱他的词，并同情他的遭遇。陈师道在《后山诗话》里，说他的词"天下咏之"，吴曾在《能改斋漫录》卷十六里，说他的词"传播四方"，叶梦得在《避暑录话》卷下里，记西夏的归朝官说："凡有井水饮处，即能歌柳词。"而《高丽史·乐志》里也多载柳词；这都可见他的词在当时流传之广与影响之大。又，王灼在《碧鸡漫志》卷二里说："今少年……十有八九不学柳耆卿，则学曹元宠。"又说，当时沈公述、李景元、孔方平处度叔侄、万俟雅言等作词源流都从柳氏来，这也可见宋人学柳之多。后来话本有《柳耆卿诗酒玩江楼记》、《众名妓春风吊柳七》，戏文和杂剧都有《柳耆卿诗酒玩江楼》，杂剧还有《钱大尹智宠谢天香》、《风流塚》，院本还有《变柳七》，都写的是柳永故事。在《醉翁谈录》丙集卷二里，也有有关柳永的《花衢实录》。

虽然他的词为广大市民所喜爱，流传很广，影响也很大；可是当时从皇帝、宰相到一般文人学士都以为他是"多游狎邪"的浪子，轻视他"无行"，鄙视他的词俚俗。宋仁宗曾深斥过他"浮艳虚华"，不取他为进士③；晏殊曾责备他作"彩线慵拈伴伊坐"一类的情词④；张先曾讥诮他的早行词"语意颠倒"⑤；苏轼曾怪秦观沾染柳词作风⑥；李清照曾笑他"词语尘下"⑦；此外，如王灼、黄升、沈伯时等无不诋毁他的词俚俗，王灼甚至说他是"野狐涎之毒"⑧。不过宋人也有称赞他的词的，如吴曾《能改斋漫录》卷十六引晁无咎的话说："世言柳耆卿曲俗，非也。如《八声甘州》云：'渐霜风凄紧，关河冷落，残照当楼。'此真唐人语，不减高处矣。"⑨祝穆《方舆胜览》卷十引范镇的话说："仁宗四十二年太平，镇在翰苑十余载，不能出一语咏歌，乃于耆柳词见之。"还有人以为柳词可比《离骚》的，如王灼《碧鸡漫志》卷二引前辈的诗说："《离骚》寂寞千年后，《戚氏》凄凉一曲终。"《戚氏》，就是柳永的词；也有人以为柳词可比杜诗的，如张端义《贵耳集》卷上引项平斋的话说："学诗当学杜诗，学词当学柳词……杜诗、柳词皆无表德，只是实说。"可见宋人对柳永也有不同的看法，反对他的人并不能压倒一切，掩没他的词的真价。在宣和年间，刘季高因为反对柳词，竟遭到一位老宦者的攻击。当时老宦者拿了纸笔，跪在刘季高面前，请他作一首词看看，结果弄得刘季高无言可答。⑩这也说明宋时人喜爱柳词的情况。

可惜的是《宋史》没有柳永的传；当时文人学士的诗文集里也没有关于柳永的材料；宋人笔记里，偶有零星记载，但各书传闻异词，也不完全一致。现在我主要从方志方面搜辑他的事迹，并结合宋人笔记和他所作的《乐章集》来研究。

一　柳永的家世

在《福建通志》、《福建建宁府志》和《福建崇安县志》诸书中，都有柳永的家世和柳永事迹的记载，但诸书详略不一，事实也有出入。今参合诸书，叙述他的家世梗概：

柳永是福建崇安县五夫里人（朱彝尊《词综》卷五误作乐安人）。他的先世由河东移来，住在崇安五夫里的金鹅峰下，从此就为五夫里人了。他的祖父名崇，字子高，十岁丧父，母丁氏亲自抚养他、教育他，后来长成，以儒学著名。当王延政据福建时，闻他的名，召补沙县丞，他以母老辞谢，终身不仕。南唐灭福建王氏，子柳宜、柳宣都入仕南唐；他们迎崇到建康，但崇自己却不愿推恩受封。宋灭南唐，柳宜、柳宣入宋，服官山东。宋太宗太平兴国五年，柳崇渡江到济州去看柳宜、柳宣二子。到了柳宣的济州官舍，忽患重病，遗嘱说："吾读圣人书，朝闻道夕死可矣。毋得以浮屠法灰吾之身。"后来死了，柳宣奏请守孝三年，朝议不许（《八闽旧志》误以为柳宏事，柳宏这时还未登第）。当时人对柳宣守孝这件事，都很称赞。

柳崇有子六人——宜、宣、寘、宏、寀、察，都有官职：

柳宜：仕南唐，官监察御史（郑文宝《江表志》卷下，载柳宣官监察御史），入宋为沂州费县令。后登宋太宗雍熙二年梁灏榜进士，官至工部侍郎。

柳宣：仕南唐，官大理评事。入宋以校书郎为济州团练推官，后为大理司直、天太军节度判官。

柳寘：字朝隐，宋真宗大中祥符八年蔡齐榜进士。

柳宏：字巨卿，宋真宗咸平元年孙仅榜进士，历知江州德化县。天圣中，累迁都官员外郎，终光禄寺卿。

柳寀：官礼部侍郎。

柳察：年十七，举应贤良，待诏金马门。仕至水部员外郎。

柳永的父亲柳宜是柳崇的长子。柳永弟兄三人，柳永最幼。他和哥哥柳三复、柳三接都知名，当时号称"柳氏三绝"。

柳三复：宋真宗天禧二年王整榜进士。

柳三接：字晋卿，宋仁宗景祐元年张唐卿榜进士，与柳永同榜登第。官至都官员外郎。

柳永有子名涚，字温之，宋仁宗庆历六年贾黯榜进士，曾官著作郎及陕西司理参军。又柳永有侄名淇，字润之，柳三接之子，宋仁宗皇祐五年郑獬榜进士，官至太常博士。相传柳淇工书，李泰伯的袁州学记就是他手写的。

二　柳永的名字和登第时间

宋陈师道《后山诗话》、王辟之《渑水燕谈录》卷八、吴曾《能改斋漫录》卷十六、胡仔《苕溪渔隐丛话》后集卷三十九，都以为柳永初名三变，后来改名永。惟有叶梦得《避暑录话》卷三说，柳永初名永，后来改名三变。我以为柳永弟兄原来都以"三"字排行，兄名三复、三接，他名三变，正是初名如此；并且诸家记载柳永未登第以前的事迹，都称他为"三变"，而他自己也说"奉圣旨填词柳三变"[①]，可见他原名三变，后来因为宋仁宗"以无行黜之"，只好改名永以图进取。叶说改名三变是不可信的。《苕溪渔隐丛话》又说，

"三变字景庄"，其他的书也没有提过。至于登第时代，《能改斋漫录》说在宋仁宗景祐元年（1034），《渑水燕谈录》说在景祐末年。按《避暑录话》记柳永在举进士后，曾为睦州掾官，并未说明何时举进士，但叶梦得在他所著的《石林燕语》卷六中，却说柳永于景祐中为睦州推官，可见叶氏也以为柳永登第在景祐元年。又按文莹《湘山野录》卷中说：

> 范文正公谪睦州，过严陵祠下。会吴俗岁祀，里巫迎神，但歌《满江红》，有"桐江好，烟漠漠。波似染，山如削。绕严陵滩畔，鹭飞鱼跃"之句。公曰："吾不善音律，撰一绝送神曰：'汉包六合网英豪，一个冥鸿惜羽毛。世祖功臣三十六，云台争似钓台高。'"

其中所歌《满江红》一首全词，今见柳永《乐章集》，可见范仲淹谪睦州时，已有柳永的《满江红》词流传民间。又据范仲淹年谱，范仲淹于景祐元年四月被贬谪到睦州，正是柳永登第后，为睦州推官之时，《渑水燕谈录》所记柳永景祐末登第之说，显然不可凭信。只惜《严州图经》、《严州府志》、《桐庐县志》都不载柳永睦州事迹，以致除他曾在睦州为人民作过这首《满江红》的祀神词以外，其他就一无所知了。

三　柳永的政绩

一般人都以为柳永是浪子词人，方志也多半把他归入《文苑传》，却不知道他另一面也是注意民生疾苦的名宦呢！首先，在张津《乾道四明图经》卷七里，就记晓峰盐场在县西十二里，柳永曾为晓峰场盐官，并有《留客住》词石刻在官舍中[12]，后来罗濬《宝庆四明志》卷二十也有这样的记载。祝穆《方舆胜览》卷七，也记："名宦柳耆卿，尝监定海晓峰盐场，有题咏。"但他所谓题咏，并没有记下来。所幸元冯福京《大德昌国州图志》卷六，既载名宦柳永曾监晓峰盐场，并把柳永所作的一首《鬻海歌》也全记下来：

> 鬻海之民何所营，妇无蚕织夫无耕。衣食之原太寥落，牢盆鬻就汝输征。年年春夏潮盈浦，潮退刮泥成岛屿。风干日曝盐味加，如灌潮波溜成卤。卤浓盐淡未得闲，采樵深入无穷山。豹踪虎迹不敢避，朝阳出去夕阳还。船载肩擎未皇歇，投入巨灶炎炎热。晨烧暮烁堆集高，才得波涛变成

雪。自从潴卤至飞霜，无非假贷充饯粮。秤入官中得微直，一缗往往十缗偿。周而复始无休息，官租未了私租逼。驱妻逐子课工程，虽作人形俱菜色。鬻海之民何苦辛，安得母富子不贫。本朝一物不失所，愿广皇仁到海滨。甲兵净洗征输辍，君有余财罢盐铁。太平相业何惟盐，化作夏商周时节。

诗中具体地叙述了海滨劳动人民制盐的过程和他们辛苦艰难的实情，充分表现了人道主义精神。另外，诗中也揭露了当时地主、官僚和奸商对人民进行残酷的剥削，这确是一篇很宝贵的文献，足以与白居易的《新乐府》比美。宋元方志把他列入名宦一类，不是偶然的。可惜宋人笔记中，既未提到柳永名宦的事迹，更没有记载他这一类富于人民性的诗歌。清朱绪曾《昌国典咏》卷五，极称这篇《鬻海歌》"洞悉民瘼，实仁人之言"，并有诗说："积雪飞霜韵事添，晓风残月画图兼。耆卿才调关民隐，莫认红腔昔昔盐。"也能认识他是名宦。

结合柳永自己所作的词来看，他确也作过不少地方的官吏，例如《长相思》说："又岂知名宦拘检，年来灭尽风情。"《定风波》说："奈泛泛旅迹，厌厌病绪，迩来谙尽宦游滋味。"《思归乐》说："晚岁光阴能几许。这巧宦不须多取。"都可看出他对宦途的厌倦。实际在当时的封建社会，又哪能容许一个名宦久于其位呢？因此，他抒写了很多"游宦成羁旅"（《安公子》）的词，引起我们无限的同情。

四　柳永的行踪

柳永的少年光阴是在开封帝里度过的，我们看他的《戚氏》词说："帝里风光好，当年少日，暮宴朝欢。况有狂朋怪侣，遇当歌、对酒竞留连。"正说明他在开封时候的浪漫生活。在登第以后，他可能就离开开封，到东南一带来做地方官了。据《避暑录话》，我们知道他曾做过睦州掾官；据《乾道四明图经》，我们又知道他曾做过定海盐官；此外，我们就无法确知他曾在什么地方做过什么官了。不过，在方志和他的词里，我们还可以知道他到过下面这些地方：

杭州　他的《望海潮》词，首先描写杭州是"东南形胜，江吴都会"的繁华地区，然后写出杭州"市列珠玑，户盈罗绮"的繁华景象，再后又写出杭州有"三秋桂子，十里荷花"的美丽景色。正因为他写足当时杭州盛况，竟引起金主亮南侵的野心。（《鹤林玉露》卷十三）

苏州 柳永词中也不止一处提到苏州，他写苏州繁荣景象也和写开封、杭州一样的出色。如《瑞鹧鸪》说："万井千闾富庶，雄压十三州。触处青蛾尽舸，红粉朱楼。"《木兰花慢》说："晴景吴波练静，万家绿水朱楼。"想见当日苏州繁华景象。

扬州 他没有具体描写扬州繁华景象，但他南来北往，扬州也是经常驻足的。如《临江仙》说："扬州曾是追游地，酒台花径仍存。"可见他到扬州不止一次了。

会稽 宋施宿《嘉泰会稽志》卷八，记广慈禅院在县南七十里，院中有会景亭，柳永曾题有"分得天一角，织成山四围"诗句，可惜全诗不传了。

建宁 在《建宁府志》中有柳永《题建宁中峰寺》诗说："攀萝蹑石落崔嵬，千万峰中梵石开。僧向半空为世界，眼看平地起风雷。猿偷晓果升松去，竹逼清流入槛来。旬月经游殊不厌，欲归回首更迟回。"足证柳永是到过建宁的。

长安 柳永词中也常提到西征，可能他是到过洛阳、襄阳和长安的。他的《少年游》词说："长安古道马迟迟，高柳乱蝉嘶。"又说："参差烟树灞陵桥，风物尽前朝。"都写的是长安风物。

此外，自然他还到过不少其他的城市，如万里桥就在成都，九疑山就在湖南，但由于词里未点明，其他的书里也未记明。那也就无法指明了。

五　柳永作《醉蓬莱》词的原因及时间

宋陈元靓《岁时广记》卷十七引杨湜的《古今词话》说，柳永因为"祝仁宗皇帝圣寿，作《醉蓬莱》一曲"。案《宋史·仁宗本纪》，仁宗于四月十四日生，而词里写的却是"素秋新霁"的景色，这显然不是祝仁宗的寿词。陈师道《后山诗话》以为柳永听说"仁宗颇好其词，每对酒，必使侍从歌之再三"，因而作这首《醉蓬莱》词，希望能够进用。叶梦得《避暑录话》卷下又以为不是柳永要作这首《醉蓬莱》词，而是有人要帮助他进用，叫他作这首词应制的。至于在仁宗什么时期作这首词，他们都没有提到，不过他们都以为作在为屯田员外郎以前。我以为陈、叶所说都不具体，惟有王辟之《渑水燕谈录》卷八记得比较详明。首先，他以为这首词作在仁宗皇帝期间，而所以作这首词的是：因为天上出了老人星，仁宗非常高兴；当时入内都知史某怜他"久困选词"，因乘仁宗高兴，叫他献词应制。柳永走笔写成，词名《醉蓬莱》。可是仁宗一看开头有"渐"字就不高兴；后来看到下面有"宸游凤辇何处"的语句，与御制的真宗挽词暗合，更感到不快；以下又看到"太液波翻"，便气着说："为什么不说波澄呢？"因把原词掷在地下，从此，柳永就再也不被进用了。

黄升（号花庵）《唐宋诸贤绝妙词选》卷五，也录柳永这首《醉蓬莱》词，下面附注本事，大致与《渑水燕谈录》相同，可见他是剪裁《渑水燕谈录》附注的；不过他没有说皇祐年间作这首词，却说为屯田员外郎时作这首词。根据《渑水燕谈录》和《花庵词选》所说，可知柳永作《醉蓬莱》词是在皇祐间他为屯田员外郎之时。胡仔《苕溪渔隐丛话》后集卷三十九引《艺苑雌黄》也说，皇祐间，老人星出现，柳永应制作词，与《渑水燕谈录》合。王辟之是英宗治平四年进士，《渑水燕谈录》作于哲宗元祐以前（见涵芬楼校印《渑水燕谈录》夏敬观跋），时代很早，所说当较可信。

六　柳永的葬地

关于柳永葬地，也有几种说法：祝穆《方舆胜览》卷十一，说他："卒于襄阳，死之日，家无余财，群妓合金葬之于南门外，每春月上冢，谓之吊柳七。"宋曾敏行《独醒杂志》卷四说他："风流俊迈，闻于一时。既死，葬于枣阳县花山，远近之人，每遇清明日，多载酒肴饮于耆卿墓侧，谓之吊柳会。"一说襄阳，一说枣阳，已不一致；清王士禛别有不同的说法，他在《池北偶谈》里说："仪徵县西，地名仙人掌，有柳耆卿墓。"他并有诗说："江乡春事最堪怜，寒食清明欲禁烟。残月晓风仙掌路，何人为吊柳屯田。"当时吴骞《拜经楼诗话》就说："仪徵实无其地，不知渔洋何据。"赵翼《瓯北集》卷二十六据《独醒杂志》说，以为柳墓不在仪徵，而在枣阳。他并有诗说："一邱两地各争高，只为填词绝世豪。汉上有坟人吊柳，漳南多塚客疑曹。《金荃》名竟移沙渚，铁板声休唱《浪淘》。我趁晓风残月到，纵无魂在亦萧骚。"不过道光三十年《仪徵县志》卷八引明隆庆元年申嘉瑞所修的《仪徵县志》说，柳耆卿墓在县西七里，近胥浦。可见王渔洋也是根据过去的旧说。

我以为襄阳、枣阳、仪徵之说，都是传闻，未必可信。据《避暑录话》说："永终屯田员外郎，死旅殡润州僧寺。王和甫为守时，求其后不得，乃为出钱葬之。"又据明万历《镇江府志》卷三十六说，他的墓在丹徒境土山（即北固山）下。志中并有较详的附注：

永字耆卿，始名三变，好为淫冶之曲。仁宗临轩放榜，特绌之，后易名永登第。文康葛胜仲《丹阳集·陈朝请墓志》云，王安礼守润，欲葬之，藁殡久无归者。朝请市高燥地，亲为处葬具，三变始就窀穸。近岁水军统制羊滋命军兵凿土，得柳墓志铭并一玉箆。及搜访摩本，铭乃其侄所作[13]，篆额曰："宋故郎中柳公墓志"。铭文皆磨灭，止百余字可读云："叔父讳永，博学，善属文，尤精于音律。为泗州判官，改著作郎。既至阙下，召见仁庙，宠进于庭，授西京灵台令，为太常博士。"又云："归殡不复有日矣，叔父之卒，殆二十余年云。"

按叶梦得曾在丹徒做过官，葛胜仲也是丹阳人，他们都说王安礼守润州（即镇江）时葬柳永，这是比较可信的。可惜王安礼原集及葛胜仲原集都已失传，不能考见营葬柳永的事。今《大典》本的王安礼《王魏公集》及《大典》本的葛胜仲《丹阳集》又都没有提到葬柳永的事，竟使我们找不出更多的材料来证实营葬柳永的详细经过。潘承弼先生以为柳永原来死在润州，王安礼把他葬到仪徵，这也是揣测之词，并无根据。[14]

七　柳永生卒的推测

《能改斋漫录》卷十六引晁无咎的话，说张先与柳永齐名，可见柳永的生年与张先是差不多的（李易安并说张先是继柳永而起的）。按《鹤林玉露》卷十三说，孙何帅钱塘时，柳永曾作《望海潮》词送他。词中有"千骑拥高牙"语，正指的孙何。在这以前，杨湜《古今词话》也说，柳永与孙何为布衣交，孙何知杭州，门禁很严，柳永不得进见，因作《望海潮》词，托名妓楚楚歌于孙何座前，孙何听了，才迎柳永入座。《古今词话》所记，出于市井传闻，或不可信，但《鹤林玉露》记此事竟引起金主南侵，恐不是无因的。查《宋史》卷三百六孙何本传，知道孙何是宋太宗淳化三年进士，做过两浙转运使。宋真宗景德元年（1004）就死了，年四十四岁。由此上推，孙何应生于宋太宗建隆二年（961）。柳永就在孙何死的一年作《望海潮》词送他，至少也应是冠年了。由此可证，柳永约生于宋太宗雍熙四年（987），比张先大三岁，比晏殊大四岁[15]。储皖峰先生因晏殊曾称柳永为"贤俊"，就断定柳永年龄一定不会大于晏殊，这是不可靠的。古代主考官常称举子为"贤"或"贤俊"，不一定就是晚辈。例如张先比晏殊还大一岁，可是张先是晏殊知贡举时所取的进士，所以晏殊也称呼他为"贤"⑯。清宋翔凤《乐府余论》说："耆卿蹉跎于仁宗朝，及第已老。"我觉得这话是可信的。如我所推测，柳永生于雍熙四年，到景祐元年登第（987 到 1034），时年四十七岁，也合宋氏"及第已老"之说。至于柳永卒年，我以为可能在仁宗皇祐五年（1053 年）。因为据嘉定《镇江志》卷十四说，王安礼于神宗熙宁八年（1075）守润，而柳永侄所作的墓志说，这时柳永已经死了二十余年。由此上推，当是他在皇祐间官屯田员外郎时，作了《醉蓬莱》词，忤旨不用，不久便死了。又储皖峰先生据《高斋词话》以为秦观曾亲从柳永学过词，因而断定他死于宋神宗元丰二年（1079）⑰，这是他引了误本《高斋词话》作出的论断，与当时事实是不符的。误本的原文说：

> 少游自会稽入都，见东坡。坡云："久别当作文甚胜，都下盛唱公'山抹微云'之词。"秦逊谢。坡遂云："不意别后，公却从柳七学词。"少游曰："某虽无识，亦不至是。先生之言，勿乃过乎。"坡云："'销魂，当此际'，非柳七句法乎?"秦惭服。

这段事实原见黄升《唐宋诸贤绝妙词选》卷二引东坡《永遇乐》词注，但并未言出《高斋词话》。其中，"从柳七学词"一语原作"学柳七作词"，以后如《古今词选》（沈雄编的）、《历代诗余》、《词苑丛谈》、《词林纪事》引用这事，也无不作"学柳七作词"。所谓《高斋词话》以及"从柳七学词"语显然都是错误的（宋人笔记有引《高斋诗话》的，却没有引《高斋词话》的）。《避暑录话》说，柳死后，旅殡润州僧寺，到熙宁八年，王安礼守润时，才出钱葬他。可见熙宁八年（1075），柳永已死了很久，更不会活到元丰二年（1079）了。

原载《文学研究》1957 年第 3 期

注释：

①宋翔凤《乐府余论》说慢词创始于柳永，这是不符事实的。早在柳永以前，如《花间集》所载薛昭蕴的《离别难》就有八十七字，《尊前集》所载李存勖的《歌头》就有一百三十六字，杜牧的《八六子》就有九十字，钟辐的《卜算子慢》就有八十九字，尹鹗得《金浮图》就有九十四字；在敦煌所发现的《云谣集》里，《内家娇》就有一百四字，《倾杯乐》

就有一百十字。可见慢词早有，并不始于柳永。柳永不过为适应市民需要，在原有的基础上变化多方，进一步发展了它。

②任二北《敦煌初探》中，认为柳词与《云谣集》里的慢词直接间接有关的有《玉女摇仙佩》，《斗百花》次首，《昼夜乐》前首，《大石调倾杯乐》，《凤衔杯》次首，《传花枝》，《慢卷细》，《征部乐》，《婆罗门令》，《法曲》第二，《古倾杯》次首，《少年游》八、九两首等。

③见吴曾《能改斋漫录》卷十六。

④见张舜民《画墁录》。

⑤见阮阅《诗话总龟》卷三十二引《艺苑雌黄》。

⑥见黄升《唐宋诸贤绝妙词选》卷二苏轼《永遇乐》词注。

⑦见胡仔《苕溪渔隐丛话》后集卷三十三。

⑧王灼语见《碧鸡漫志》卷二，黄升语见《唐宋诸贤绝妙词选》卷五，沈伯时语见《乐府指迷》。

⑨赵令畤《侯鲭录》卷七作东坡语。

⑩见徐度《却扫编》卷下。

⑪见《苕溪渔隐丛话》后集三十九引《艺苑雌黄》。

⑫《留客住》词今存《乐章集》中，其中有"遥山万叠云散，涨海千里，潮平波浩渺"语，正写的是海滨景象。

⑬高熙曾先生以为此人当系柳淇。《崇安县志》载柳淇为柳永之侄，且为书法家（见《皇宋书录》），则此墓铭当出柳淇之手。

⑭见前北平研究院《史学集刊》第二期潘承弼《柳三变事迹考略》一文。

⑮张先和晏殊生年见夏承焘《唐宋词人年谱》。

⑯见《画墁录》。

⑰见前《浙江大学季刊》一卷一期储皖峰《柳永生卒考》一文。

李清照事迹作品杂考

王仲闻

我国过去妇女作家极少。梁钟嵘《诗品》共列诗人一百二十二人，其中妇女仅有班婕妤、徐淑、鲍令晖、韩兰英四人；萧统《文选》三十卷，所收妇女作品，仅班婕妤之诗、徐悱妻之文；《全唐诗》九百卷，妇女作品止有九卷；宋代词人可知者约一千三百人，其中妇女约六十人，比较稍多，但每人作品流传至今者，大都只有一首，有二首或二首以上者无多，而当时有词集者，现俱散佚不存。仅李清照一人，虽其全集已佚，而传世之词仍比较最多，且在文学史上占有重要之地位。其事迹与作品亦仍有若干问题可资探索。

本文就李清照之事迹及其作品，作简略之考证。凡昔人或今人已考之事迹，不再复述，只略加补充或考订，殿以年谱式之事迹简述。凡难以遽下结论，或证据不足者，概从阙疑。

甲　李清照事迹

李清照之名，《宋史》仅附见《李格非传》中，云："女清照，诗文尤有称于时。嫁赵挺之之子明诚，自号易安居士。"寥寥数言，语焉不详。在《山东通志》、《济南府志》、《历城县志》、《诸城县志》等方志中，其传亦甚简略。清俞正燮始搜罗排比李清照事迹为《易安居士事辑》，资料颇备，考证亦详。然以俞氏旨在为李清照辨白所谓再嫁之诬，未免有欠客观，学术价值亦不免因之减低；此外亦间有考证不甚正确之处，未能谓为尽善。1957年《文学研究》第三期所载黄盛璋先生之《李清照事迹考》，考明若干李清照事迹；于改嫁一事，列举确证，驳斥俞氏及其后各家之说，成绩超越前人。黄先生又另有《赵明诚李清照年谱》，于1959年发表于山东省某刊物上，亦颇精审。考证李清照事迹著作，盖莫善于此二种矣[①]。

壹 关于李清照之改嫁

李清照事迹，昔人注意者不少；其注意力多集中在改嫁张汝舟一事，考证文字最多。致力最勤者，首为俞正燮。俞氏所举理由，大都难以成立，黄盛璋先生《李清照事迹考》中已详加指出。兹就黄氏所未及、或稍可补充其说者，另行考证如下：

（一）俞氏引"谢枋得《叠山集》亦言：《系年要录》为辛弃疾造韩侂胄寿词"，说明李心传所载不可恃，以之证明《建炎以来系年要录》所载李清照告张汝舟一事之伪。黄氏云："谢枋得《叠山集》无此记载。"案谢枋得《叠山集》原有六十四卷，久已不传。今传明黄溥辑本只十六卷。俞氏不可能见有足本，所引或出自元吴师道《吴礼部诗话》。吴师道所见《叠山集》，当为足本，惟诗话原文云："近读谢叠山文论李氏《系年录》、《朝野杂记》之非。"俞氏略去"朝野杂记"四字，以实《系年要录》之非，殊非实事求是之道。《吴礼部诗话》原只引《清平乐》一首、《西江月》一首，云："世传辛幼安寿韩侂胄词也。"并未言："《系年要录》为辛弃疾造韩侂胄寿词。"俞氏所引谢枋得《叠山集》，既实无所引之言，俞氏不免厚诬古人。且《系年要录》编年，止于绍兴三十二年（1162），并不下及开禧（1205—1207），不可能载有辛弃疾寿韩侂胄词，俞氏不应不知。传本《建炎以来朝野杂记》亦无辛弃疾寿词。

（二）俞氏引（1）谢伋《四六谈麈》称清照为"赵令人李"，（2）张端义《贵耳集》称"易安居士，赵明诚妻"，证明清照未曾再嫁。黄氏已引洪适《隶释》跋赵明诚《金石录》谓其妻李清照表上于朝，而同时亦言清照更嫁以驳之。案陈振孙《直斋书录解题》卷二十一《漱玉集》条明言：李清照"晚岁颇失节"，而在卷八《金石录》解题仍云："其妻易安居士为作后序，颇可观。"盖李清照虽改嫁张汝舟，而旋即离异。改嫁之后，与赵明诚生前之夫妇关系，并不因改嫁而消灭；与张汝舟离异之后，李与张之夫妇关系，自不再存在。各家称李清照为赵明诚妻，自是情理之常，不足为未改嫁之证。夏承焘先生《易安居士事辑后语》以为：陆游称李清照为故建康赵明诚之配，时在谢伋称赵令人李之后十余年，亦可助证俞正燮氏易安未改嫁之说。按陆游之言出自所作《夫人孙氏墓志铭》（苏洞之母），作于绍熙四年或稍后，在谢伋作《四六谈麈》之后约五六年，夏先生以为十余年，或推算问题。陈振孙更后于陆游，而仍称"其妻"。夏先生之说实亦与俞氏说同,难以成立。

(三)俞氏云:"易安,老命妇也,何以改嫁复与官告?"俞氏以李清照谢启中之官文书为与李清照之官告,未有所据。据宋宝仪等《新详定刑统》中不同地方之解释,官告不在官文书之列。且此"官文书"三字,原不指宋代任何文书,乃借用韩愈《试大理评事王君墓志铭》中语,未必张汝舟真以文书伪为告身往也[2]。如谓此为官告,给李清照者,则在未嫁张汝舟以前,不可能得有张氏方面之官告。俞氏以清照启中所云官文书为官告,乃与清照者,实毫无根据。据《续资治通鉴长编》卷二十二载太平兴国六年十二月壬辰诏,告身亦官文书之一,与《刑统》解释不同。

(四)俞氏又云:"闺房鄙论,竟达阙廷,帝察隐私,诏之离异。""南渡仓皇,海山奔窜,乃舟车戎马相接之时,为一驵侩之妇,从容再降玉音,宋之不君,未应若此。"案:据宋《刑统》规定:妻告夫者,纵使所告属实,亦以违反容隐律,仍须徒二年,被告之人则以自首论。宋代处刑,多据敕令格式,常较刑统为重[3]。清照告张汝舟妄增举数入官,以妻告夫,乃仅被拘九日[4],虽有翰林学士綦崇礼从中援手,似非通过皇帝不可,无所谓"宋之不君"。

(五)俞氏云:《四朝闻见录》有劾朱文公闺间中秽事疏及朱谢罪表,盖其时风气如此。案朱熹被劾疏及谢罪表,并非出自捏造。所劾各事自出诸诬构,而疏及表实见于李心传《道命录》卷七,至朱之谢表亦另见《朱文公文集》卷八十五,即《落秘阁修撰依前官谢表》。俞氏盖未深考。

其后继俞正燮之后为清照改嫁辩诬者,有陆心源、李慈铭以致夏承焘先生,其说亦多与俞正燮所举理由情形相类似,难以成立。陆氏曾列五证:

(一)汝舟先官秘阁直学士,后官显谟直学士,故曰飞卿学士。陆氏盖以为张汝舟即《金石录后序》中之张飞卿学士,与俞正燮意见相同,惟俞氏未举出任何佐证。案宋代官职始称学士[5],其后学士之称极滥,至渡江后,苟有一官,未有不称学士者,据吴曾《能改斋漫录》卷二所载,当时曾有旨禁之,不能据学士之称以推知其官爵。宋代为学士者并不称为学士,如观文殿大学士称大观文、资政殿大学士称大资、端明殿学士称端明、龙图阁学士称老龙、龙图阁直学士称龙学、枢密直学士称密学、翰林学士称内翰等等。至秘阁直学士,则宋代贴职并无此称。张汝舟之贴职乃直秘阁与直显谟阁,陆氏竟以为秘阁直学士及显谟阁直学士,所考全误。张飞卿确另有其人,据王诜画《梦游瀛山图》田亘跋[6],乃阳翟人;曾授直秘阁之张汝舟乃昆陵人。此二人决非同一人(清照所讼之张汝舟则又为另一人)。

（二）綦崇礼官中书舍人，故曰内翰。案宋代只有翰林学士方能称内翰⑦，中书舍人例称舍人或紫微。李清照告张汝舟时，綦正为翰林学士，非中书舍人。

（三）《要录》无赵明诚三字。案《建炎以来系年要录》卷五十八明云：汝舟妻李氏，"格非女，能为歌词，自号易安居士"。此易安居士非李清照而谁？虽未言其为赵明诚之妻，决不能移之他人。

（四）启云：弟既可欺，持官文书来辄信。当指蜚语上闻置狱而言。案"持官文书来辄信"一语，乃用韩愈文中语，当为未改嫁张汝舟以前之事，与其后置狱无涉。

（五）若改嫁确有其事，何得云不根之言。案"不根之言"四字，出李清照《谢綦崇礼启》中，系指张李二人讼事言，盖当时二人对狱，必有飞短流长之语，传说纷纷，故云不根之言，与改嫁事亦无涉。

李慈铭引《金石录后序》所署"绍兴二年玄黓岁壮月甲寅朔易安室题"及绍兴三年《上韩肖胄诗》⑧自称为"嫠"两点，用以证明在绍兴二三年间，清照确未改嫁。夏承焘先生亦以"易安室"三字为清照未改嫁之证。惟吴庠先生云："妇人对其夫自称为室，固属罕见，而又置室字于易安下，甚不安。"盖已疑之而未得其说。案易安室之"室"，并不指"妻室"，而系指一般房屋中之室。"易安室"实与"雪浪斋"、"龟堂"、"芳兰轩"等相同，为一室名，岳珂《宝真斋法书赞》卷十九米元章《灵峰行记帖》之岳珂赞可证。如果易安室三字确为"妻室某某"之意，则《金石录后序》或可勉强言其乃李清照对赵明诚之自称；但李清照在《上韩肖胄诗序》中、在《打马图经序》中，亦俱称"易安室"，将如何解释？岂对他人亦自称为妻室某某乎？至清照自称为嫠，则其时赵明诚已死，与张汝舟亦已离异，又何以不能称"嫠"？称"嫠"又何以能证明其未改嫁？

李慈铭又以为清照改嫁一事，乃秦楚材或张九成等以他人之事移之易安。此与俞正燮论点相同，惟俞氏未指明何人所移。案张九成素性正直，似决不至因诮而出此；且易安"露花倒影柳三变，桂子飘香张九成"一联，与见于叶梦得《避暑录话》卷三之苏轼"山抹微云秦学士，露花倒影柳屯田"一联类似，出于游戏，原无讥诮之意。秦楚材即秦梓，乃秦桧之兄，虽未必为正人君子，但进帖子词事小，未必因此结怨；而清照与秦桧之妻王氏乃中表，投鼠忌器，秦楚材亦未必出此。李氏之假设，毫无佐证。

宋人视改嫁一事，本极寻常，并不以为耻辱，与明、清人观点大不相同。

黄盛璋先生已指出：叶适《水心文集》中各墓志铭，于改嫁皆直书不讳。叶适属永嘉学派，尚有异于程朱之理学派。朱熹为理学派最主要人物，乃所撰《荣国夫人管氏墓志铭》⑨，亦载其有五女，次适承直郎沈程，再适奉议郎章驹，足见当时并不讳言改嫁。朱熹尚且如此，他可知矣。无怪魏了翁之女夫死再嫁，人争欲娶之，刘震孙竟因之结怨于人，乃见于周密《癸辛杂识》别集卷上之记载。当时人如有憾于清照，流言诬蔑，必不出诸捏造改嫁事实之一途。

改嫁一事，从当时社会观点而论，并无损于李清照之人格；在今日更不应成为问题。自俞正燮以来有不少学人竭力为李清照辨诬，似亦不足以为李清照增重。黄盛璋先生云，"这里牵涉到史科之真伪与事实的是非两个问题"，列举宋人胡仔、王灼、晁公武、洪适、陈振孙等人之说，证明其确曾改嫁。各家辩诬之说，殆全已落空。深恐尚有人纷纷为改嫁一事翻案，故不惮辞费，就黄先生所未及，或已及而未周者，稍加补充，供研究李清照事迹者参考。

贰　李清照事迹述略

元丰七年（1084）清照生。

《金石录后序》。

如全依《容斋四笔》卷五所载，则或生于元丰六年。

建中靖国元年（1101）清照十八岁，适赵明诚。

《金石录后序》。

崇宁元年（1102）清照十九岁。是年，定党籍，清照以诗上赵挺之救其父。

《洛阳名园记》张抃序。张抃称赵为赵相，盖追叙之辞，其时赵为尚书左丞。

崇宁四年（1105）清照二十二岁。赵挺之拜相，清照献诗。

《昭德先生郡斋读书志》卷四下。

赵挺之曾两次为相，第一次自崇宁四年三月至六月，第二次自崇宁五年二月至大观元年（1107）三月；清照献诗在赵挺之为相时，大致定在第一次为相时似较妥。

宣和三年（1121）清照三十五岁。秋八月，自青州赴莱州，在昌乐作《蝶恋花》词一首，至莱后作《感怀》诗一首。时赵明诚守莱州。

《蝶恋花》词据《新编事文类聚翰墨大全》后丙集卷四所载词题，《感怀》

诗据自序。

建炎元年（1127）清照四十四岁，自青州载书南下，之江宁，时赵明诚守江宁。

《金石录后序》、《宝真斋法书赞》卷九蔡襄书《赵氏神妙帖》赵明诚跋。

建炎二年（1128）清照四十五岁，于春初抵江宁。作二诗诋当时士大夫。

《宝真斋法书赞》卷九蔡襄书《赵氏神妙帖》跋。作诗事据《鸡肋编》卷中及《苕溪渔隐丛话》后集卷四十引《诗说隽永》。

建炎三年（1129）清照四十六岁。二月，明诚罢守江宁，五月，至池阳，六月，明诚赴建康，七月末，明诚病，清照亦赴建康。八月十八日，赵明诚卒，清照有祭文。

《金石录后序》。祭文事见《四六谈麈》。

闰八月，王继先以黄金三百两从赵明诚家市古器。

《建炎以来系年要录》卷二十七。

清照携古铜器赴越投进。

《金石录后序》。

十一月，抵越州，旋往台州。

《金石录后序》。

建炎四年（1130）清照四十七岁，至温州。又返越州。十二月，往衢州。

《金石录后序》。

绍兴元年（1131）清照四十八岁。春三月，赴越州，书画砚墨等五簏被盗。

《金石录后序》。

绍兴二年（1132）清照四十九岁。春赴杭。三月，张九成廷试第一，清照作一联咏之。

《金石录后序》。作联事见《老学庵笔记》卷二。

夏，清照再适张汝舟。秋八月，清照讼张汝舟妄增举数入官，汝舟除名柳州编管，二人离异。清照作启谢翰林学士綦崇礼。

《云麓漫抄》卷十四、《建炎以来系年要录》卷五十八。清照启云"友凶横者十旬"，自八月推之，清照再适张汝舟当在四、五月间。

绍兴三年（1133）清照五十岁。夏五月，作古、律诗各一首上韩肖胄。

《云麓漫抄》卷十四。

绍兴四年（1134）清照五十一岁，秋八月，作《金石录后序》。

《容斋四笔》卷五及《瑞桂堂暇录》。传本《金石录后序》署绍兴二年作，非。

冬十月，清照赴金华，卜居陈氏第。路过钓台，作七绝一首。

《打马图经·序》。《钓台》诗是否作于是年，尚难断定。

十一月，作《打马图经》。

《打马图经·序》。

绍兴五年（1135）清照五十二岁。春赋《武陵春》词，又作《八咏楼》诗。

《武陵春》词云"见说双溪春尚好"。双溪及八咏楼，俱在金华，诗及词殆作于是年在金华时。

夏五月，赵明诚家檄进《哲宗实录》。

《宋会要辑稿》第五十五册崇儒四、《建炎以来朝野杂记》甲集卷四。

绍兴十三年（1143）清照六十岁。夏，清照撰端午帖子词因内命妇进之。

《浩然斋雅谈》卷上。

绍兴十九年（1149）清照六十六岁。

绍兴二十年（1150）清照六十七岁。十九年四月至二十一年正月间，清照两次以米芾帖求米友仁跋。

《宝真斋法书赞》卷十九、卷二十米元章《灵峰行记帖》米友仁跋、又另一帖跋。

绍兴二十一年（1151）清照六十八岁。

按李清照实卒于绍兴二十年以后，确切卒年不明，或在绍兴二十五年（1155）左右。据岳珂《宝真斋法书赞》卷十九米元章《灵峰行记帖》米友仁跋、卷二十米元章《寿时宰词帖》所附他卷米友仁跋，清照曾两次访米友仁求跋。米跋署衔为"敷文阁直学士、右朝议大夫提举佑神观"，而米为敷文阁直学士，乃在绍兴十九年（1149）四月至绍兴二十一年一月间，见李心传《建炎以来系年要录》卷一百五十九、一百六十二，是绍兴十九、二十年间，清照乃在临安，其后行踪不明。黄盛璋先生考定清照卒于绍兴二十一年，原据衢本晁公武《郡斋读书志》自序所署绍兴二十一年推定；惟袁州本《郡斋读书志》自序，出自川本者，并未署有作序岁月，书内（衢本、袁本同）且称宋高宗为太上皇，书必成于孝宗时，不能以衢州本《读书志》自序为据。

叁　与李清照及其有关之宋人事迹杂考

与李清照平生事迹有关，或有清照作品记载之宋人，其生卒年、登第年、事迹等，昔人所考，多有错误或遗漏。兹就管见所及，按年代排列于下：

康定元年（1040）赵挺之生。

赵挺之乃赵明诚之父，清照曾以诗上之。

皇祐五年（1053）晁补之生。

补之尝对客称清照之诗，见《风月堂诗话》卷上。

熙宁三年（1070）赵挺之登第。

《石林燕语》卷三云：叶祖洽榜。

熙宁九年（1076）李格非登第。

《太平治迹统类》卷二十八。

元丰四年（1081）朱敦儒生。赵明诚生。

敦儒有《和李易安金鱼池莲·鹊桥仙》词。

《金石录后序》云：建中元年，年二十一，赵明诚应生于是年。

元丰六年（1083）綦崇礼生。

清照有《上綦崇礼启》。

元丰八年（1085）朱弁生。

弁有《风月堂诗话》载有清照诗。

大观元年（1107）赵挺之卒，年六十八。

大观四年（1110）晁补之卒。

政和七年（1117）洪适生。

适有《隶释》，言清照会表上《金石录》于朝。

宣和五年（1123）洪迈生。

迈曾撮《金石录后序》大概载于《容斋四笔》卷五。

宣和七年（1125）陆游生。

靖康元年（1126）周辉生。

辉生于丙午年，见《清波杂志》卷七。

《宋诗纪事》马曰琯以为辉应名煇。《四库全书目提要》以辉为周邦彦之子，俱误。

建炎元年（1127）赵明诚母郭氏卒。

《金石录后序》。

建炎三年（1129）。赵明诚卒。黄大舆《梅苑》成。

　　《金石录后序》。

　　《梅苑》载有清照梅词多首。黄大舆《梅苑》自序称：书辑于己酉之冬，《四库全书总目提要》已疑之。殆辑书始于己酉之冬，或序有误。

建炎四年（1130）朱熹生。

　　《朱子语类》言清照能文。

绍兴二年（1132）赵存诚卒。

　　据《夷坚志》支癸卷三及《南宋制抚年表》推测，《夷坚志》误作赵思诚。

绍兴三年（1133）庄绰《鸡肋编》成。

　　其书卷中载有清照诗。

绍兴四年（1134）谢克家卒。

　　《宋宰辅编年录》卷十五。

绍兴八年（1138）张琰序李格非《洛阳名园记》。

　　"序"言清照上诗赵挺之救其父。

绍兴十年（1140）辛弃疾生。朱弁《风月堂诗话》书成。

　　辛有《博山道中效李易安体·丑奴儿近》词。

　　朱弁于建炎元年使金，诗话在金所作。所收清照诗必作于北宋。

绍兴十一年（1141）谢伋《四六谈麈》书成。

　　此书载有清照《祭赵明诚文》。

绍兴十二年（1142）綦崇礼卒，年六十。

　　《攻媿集》卷五十一《北海先生文集序》。卒年六十，见《宋史》本传。

绍兴十四年（1144）朱弁卒，年六十。

　　《宋史》本传及《晦庵先生朱文公文集》卷九十八《奉使直秘阁朱公行状》。

绍兴十六年（1146）曾慥《乐府雅词》成。秦梓卒。胡松年卒。

　　《乐府雅词》录清照词二十三首。

　　秦梓卒年见《建炎以来系年要录》卷一百五十五、《夷坚丁志》卷十。

　　胡松年卒年见《建炎以来系年要录》卷一百五十五。

绍兴十七年（1147）赵思诚卒。

　　《建炎以来系年要录》卷一百五十六。

绍兴十八年（1148）胡仔《苕溪渔隐丛话》前集成。

　　书内载有清照词。

绍兴十九年（1149）王灼《碧鸡漫志》成。

　　此书对清照词深致不满。

绍兴二十年（1150）韩肖胄卒。

　　《建炎以来系年要录》卷一百六十一、《宋宰辅编年录》卷十五。

绍兴二十一年（1151）米友仁卒。

　　《建炎以来系年要录》卷一百六十二。姜亮夫先生《历代人物年里碑传综
　　表》以为卒于乾道二年，疑误。

绍兴二十五年（1155）曾慥卒。

　　《建炎以来系年要录》卷一百六十八。

绍兴二十九年（1159）朱敦儒卒，年七十九。

　　《建炎以来系年要录》卷一百八十一、《宾退录》卷六。其得年据桑世昌
　　《兰亭考》卷五推算。唐圭璋先生《两宋词人时代先后考》以为朱生于元
　　丰年间，卒于淳熙年间，年九十余。胡云翼先生《宋词一百首》以为朱得
　　年八九十，疑皆非。

绍兴三十二年（1162）陆游赐进士出身。

　　《建炎以来系年要录》卷二百。或以为陆乃隆兴元年进士，非。

乾道二年（1166）洪适《隶释》成。李心传生。

　　《隶释》中言清照更嫁。

乾道三年（1167）胡仔《苕溪渔隐丛话》后集成。

　　此书引《诗说隽永》载清照诗。

乾道间　　侯寘卒。

　　杨万里《诚斋集》卷七十二《怡斋记》。朱彝尊《词综》言其以直学士知
　　建康，乃误以其母舅晁谦之之官职为侯之官职。唐圭璋《两宋词人时代先
　　后考》从之，非。侯仅官知县。侯有《效易安体·眼儿媚》词。

淳熙六年（1179）张端义生。

　　《贵耳集》卷上。

淳熙十一年（1184）洪适卒。

绍兴三年（1192）周辉《清波杂志》成。

　　此书载有清照诗。

庆元三年（1197）洪迈《容斋四笔》成。

　　此书撮《金石录后序》大纲载之。

庆元六年（1200）朱熹卒。

嘉泰二年（1202）洪迈卒。

开禧元年（1205）赵不谫重刻《金石录》于龙舒郡斋，始附刊清照后序。

开禧二年（1206）赵彦卫《拥炉闲记》易名《云麓漫抄》，重刊于信安郡斋。

　　此书载有清照诗文。

开禧三年（1207）辛弃疾卒。

嘉定二年（1209）陆游卒。

　　据苏泂《泠然斋诗集》卷五《金陵杂兴》二百首之一曰："除夜还家翁已
　　仙。"陆殆卒于嘉定二年底。

淳祐元年（1241）张端义《贵耳集》成。

　　此书载有清照词。

淳祐三年（1243）李心传卒。

　　心传所著《建炎以来系年要录》载有清照讼张汝舟事。

淳祐九年（公元1249年）黄升《唐宋诸贤绝妙词选》成。

　　此书载有清照词。

　　以上所列，凡已见于姜亮夫先生《历代人物年里碑传综表》，或唐圭璋先
生《两宋词人时代先后考》者，不再注明其出处。凡此二书所未及，或与之有
出入者，余所考或有错误，仍希姜、唐二先生加以指正。

　　宋人著作中涉及清照事迹或作品者，尚有他书。或不知其成书年岁，或不
详其撰人之生卒年，或关系甚微，如赵闻礼《阳春白雪》，罗大经《鹤林玉
露》，陈郁《藏一话腴》，祝穆《方舆胜览》，无名氏《萍洲可谈》[⑩]、《瑞桂堂
暇录》等，未列入。

肆　其　它

　　李清照母王氏，《宋史·李格非传》云："王拱辰孙女，善属文。"昔人俱
从之。惟宋庄绰《鸡肋编》卷中云："岐国公王圭，元丰中为宰相。父准、祖
贽、曾祖景图皆登进士第。汉国公准子四房，孙婿九人：余中、马玿、李格
非、闾邱旰、郑居中、许光疑、张焘、高旦、邓洵仁皆登科，邓、郑、许相代
为翰林学士。曾孙婿秦桧、孟忠厚，同时拜相、开府。"则清照之母乃王准之
孙女，非王拱辰孙女。清照与秦桧妻王氏为中表。庄绰与清照同时，所言当有
据。疑《宋史》所云非也。

有若干宋人资料，未经有人征引，可以说明清照行踪事实者，录附于此，供参考。

《宝真斋法书赞》卷九蔡襄书《赵氏神妙帖》有赵明诚跋云：此帖章氏子售之京师，余以二百千得之。去年秋西兵之变，余家所资，荡无遗余，老妻独携此而逃。未几，江外之盗再掠镇江，此帖独存，信其神工妙翰，有物护持也。建炎二年三月十日（后阙）。又有岳珂跋云：右蔡忠惠公《赵氏神妙帖》三幅，待制赵明诚字德甫题跋真迹共一卷。法书之存，付授罕亲，此独有德甫的传次第，而蒋仲远猷、晁以道说之、张彦智缜俱书其后，中有彦远者，未详其为难。承平文献之盛，是盖蔚然可观矣。德甫之夫人易安，流难兵革间，负之不释，笃好又如此！所憾德甫跋语，糜损姓名数字，帖故有石本，当求以足之。嘉定丁亥十月，予在京口，有鬻帖者持以来。叩其所从得，靳不肯言。予既从售，亦不复诘云。赞曰：公书在承平盛时，已售钱二十万，赵氏所宝也。题跋皆中原名士，今又一百年，文献足考也。易安之鉴裁，盖与以身存亡之鼎，同此持保也。予得之京口，将与平生所宝之真，俱供吾老也。

《宝真斋法书赞》卷十九米元章《灵峰行记帖》有米友仁跋云：易安居士一日携前人墨迹临过，中有先子留题，拜观不胜感泣。先子寻常为字但乘兴而为之。今之数字，可比黄金千两耳。呵呵！敷文阁直学士、右朝议大夫、提举佑神观友仁谨跋。又有岳珂跋云：右宝晋米公《灵峰行记》真迹一卷，天下未尝无胜游，惟人与境称，而后传久，其次以文，其次以字画。考乎此亦足以观矣。宝庆丙戌秋得之京口。故藏易安室，有元晖跋语系焉。

《宝真斋法书赞》卷二十米元章《寿时宰词帖》有米友仁跋：先子真迹也。昔唐李义府出门下典仪，宰相屡荐之，太宗召试讲武殿赐坐，而殿侧有鸟数枚集之，上令作诗咏之。先子因暇日偶写，今不见四十年矣。易安居士求跋，谨以书之。敷文阁直学士、右朝议大夫、提举佑神观友仁谨跋。又有岳珂跋云：右宝晋米公《寿诗帖》真迹一卷。词不知上于何岁月。《山林集》有吕汲公生日诗，岂同时耶。嘉定辛巳二月，得之建康。元晖跋本他卷物，以同得，故并标之。

乙 李清照作品

壹 版 本

李清照文集及词集，宋时早已刊行。有《李易安集》十二卷，见晁公武《郡斋读书志》卷四下，无名氏《萍洲可谈》卷中云是"文集"。又有《漱玉集》一卷，见陈振孙《直斋书录解题》卷二十一，陈氏云：别本分五卷。黄升《唐宋诸贤绝妙词选》卷十云："有《漱玉集》三卷。"《宋史·艺文志》著录者，有《易安居士文集》七卷，又《易安词》六卷。以上各本，今昔不传。现存最早之本，属毛晋所刻之《诗词杂俎》本《漱玉词》。清《四库全书》所收者，亦即此本。另有汲古阁未刻本《漱玉词》，清末王鹏运、况周颐曾见之，今不知何在。清末光绪七年（1881），王鹏运重辑《漱玉词》，刊入《四印斋所刻词》；至光绪十五年（1889），王氏又嘱况周颐补遗，先后辑得词五十八首。同时云南杨文斌辑《三李词》①，所收清照词四十首，全从《历代诗余》录出，无所增补，远不如王况二氏所辑《漱玉词》⑫。此后赵万里先生又重辑《漱玉词》，较四印斋本虽仅多词一二首，但校勘、考证，均极精审，后来居上。赵先生后又在《新编通用启札截江网》一书中，发现大批不见于他书之宋人词，中有"易安夫人"一首，业经唐圭璋先生收入《全宋词》中。近人李文裿氏并曾搜罗李清照诗、词、杂文等为《漱玉集》五卷，颇为完备；惜疏于考证，误以《梅苑》中无名氏词十余首等为清照作，辑入《漱玉集》，不甚谨严。不久以前，黄盛璋先生从《永乐大典》卷八百九十诗字韵中发现清照七言绝句一首，此后未见有新发现之清照作品。余曾多方搜罗，仅从宋胡伟《宫词》所集成句中发现诗句或词句七句而已，其中一句亦见李郛《梅花衲》中。此七句为诗为词，尚难断定，惟观其句法，似多为词句。胡伟所集词句，有时或加以裁剪，如李后主词"自是人生长恨水长东"，胡伟删去"自是"二字，只作"人生长恨水长东"。清照佚句是否皆为完整之句子，亦不得而知。七句如下：

犹将歌扇向人遮。

水晶山枕象牙床。

彩云易散月长亏。

几多深恨断人肠⑬。

罗衣消尽恁时香。

闲愁也似月明多。

直送凄凉到画屏。

黄盛璋先生《李清照事迹考》据《知不足斋丛书》本《世善堂藏书目录》鲍廷博跋语，以为世善堂害书佚于清乾隆年间，颇冀其旧藏《李易安集》十二卷、《漱玉集》词一卷，或尚在人间，有重见之日。案世善堂藏书，清初即已散佚净尽，所藏孤本秘笈，绝不见诸其后各藏书家之著录，盖已无可踪迹矣。

贰　作品系年辩证

俞正燮《易安居士事辑》，依时代先后，排比清照作品，颇多错误。今依其次第列后，其有误编者一一注明之：

（一）《一剪梅》词：俞氏以为结缡未久，明诚出游时所作，盖本明桑悦伪造之《琅嬛记》（署元伊世珍撰），与事实不符。二人结缡后，明诚在太学，家住东京，并未负笈出游。此词盖作于北宋时代，惟无法断定其作于何年。

（二）《如梦令》词"昨夜雨疏风骤"一首：此首作于北宋何时，不可考。

（三）《壶中天慢》词：同上。

（四）《声声慢·秋》词：俞氏云："《贵耳集》以为晚年作，非也。"案此词依其内容所表达之思想情感而推之，必晚年所作。《贵耳集》所云，当得其实，俞氏以不误为误，殊非。

（五）《重阳·醉花阴》词：此首当作于北宋，不知其在何时。

（六）《词论》一篇：此篇作于北宋，时代当颇早，或在大晟府未成立以前。

（七）《上赵挺之诗》"炙手可热心可寒"一句：当作于赵挺之为尚书右仆射时，详见后。

（八）《上赵挺之诗》"何况人间父子情"一句：作于上一句之前，详见后。

（九）《和张文潜浯溪中兴颂碑》诗二首：不知作于何时。

（十）断句"诗情如夜鹊"二句：作于北宋，不知其在何年。

（十一）断句"少陵也自可怜人"二句：同上。

（十二）《春残》诗：不知何时作。

（十三）《元宵·永遇乐》词：此乃晚年作品，非南渡初作。俞氏以为在江宁所作，不知何据。

（十四）《祭赵明诚文》：此首必作于建炎三年（1229），俞氏所考不误。

（十五）《谢綦崇礼启》：俞氏以为作于建炎三年，殊误。此首应是绍兴二年（1132）作。

（十六）《金石录后序》：俞氏以为作于绍兴二年，盖据传本《金石录》，非。依宋刊本《容斋四笔》卷五、明抄《说郛》本《瑞桂堂暇录》，此首应是作于绍兴四年（1134）。

（十七）《帖子词》三首：依《浩然斋雅谈》卷上，此三首乃作于绍兴十三年（1143）者。俞氏以为作于绍兴三年（1133），李文裿以为作于绍兴十一年（1141），殊误。据《建炎以来系年要录》卷一百四十八，绍兴十三年春正月"辛丑，立春节，学士院始进贴子词，百官赐春幡胜。自建炎以来久废，至是始复之"。俞氏未考。

（十八）《上韩肖胄诗》：作于绍兴三年，俞氏所考未误。惟俞氏以下半首为《上胡松年诗》，盖误从厉鹗《宋诗纪事》所载。

（十九）诗句"南来犹怯吴江冷"二句：作于建炎二年间[⑬]。俞氏以为作于绍兴三年，非。

（二十）诗句"南渡衣冠思王导"二句：同上。

（二十一）"露花倒影柳三变"一联：张九成乃绍兴二年进士，廷试第一，此联当作于其时。俞氏以为作于绍兴三年，非。

（二十二）《感怀》诗：案此首有序，自云作于宣和三年（1121）。俞氏编于绍兴三年，殊非，盖未检《诗女史》或《彤管遗编》。

（二十三）《钓台》诗：此诗当作于绍兴四年自杭州赴金华途中，或其后自金华回杭州途中。

（二十四）《晓梦》诗：此首不知作于何时。俞氏以为绍兴四年作于金华，未知何据。

（二十五）《打马图经·序》：绍兴四年作于金华，俞氏所考不误。

（二十六）《打马赋》：同上。

（二十七）《武陵春》词：俞氏云，在金华作，不误，大约作于绍兴五年（1135）。

俞正燮氏乃清代著名学者，而所考清照作品写作年代，颇多错误，殊不可解。殆多注意于改嫁一事，而对于其他则未遑详考也。

李清照作品多不能知其写作年代，如强为编年，主观臆断，必蹈俞正燮氏之覆辙。兹就可知者编年于下，其所不知，盖阙如也：

崇宁元年　上赵挺之诗："何况人间父子情。"

此诗当作于崇宁元年。张揆序《洛阳名园记》云："文叔在元祐，官太学。丁建中靖国，再用邪朋，窜为党人。女适赵相挺之子，亦能诗，上赵相救其父云……"据《通鉴长编纪事本末》卷一百二十一，定党籍事在崇宁元年，清照上诗，必在其时。赵挺之时为尚书左丞，未为相。张揆云赵相，殆后来追称之辞。

崇宁四年　上赵挺之诗："炙手可热心可寒。"

晁公武《郡斋读书志》卷四下云："其舅正夫相徽宗朝，李氏尝献诗云……"据《宋宰辅编年录》卷十一：挺之于崇宁四年三月拜尚书右仆射，六月罢；崇宁五年二月又拜，大观元年三月罢，寻卒。清照作此诗，殆在挺之初拜相时。

宣和三年　《蝶恋花》词："泪湿罗衣脂粉满"阕。《感怀》诗。

此词或以为寄赵明诚于莱州者。案此首原载《乐府雅词》卷下，无题，《新编事文类聚翰墨大全》后丙集卷四作无名氏词，题作"晚止昌乐馆寄姊妹"，前为无撰人《寄妹·踏莎行》词、《寄季顺妹·鹊桥仙》词、《寄季玉妹·更漏子》词，更前一首为延安夫人《立春寄季顺妹·临江仙》词，后之选本如《诗女史》、《彤管遗编》、《古今女史》等等，俱多以为延安夫人所作。《乐府雅词》以此词为李清照作。曾慥与清照同时，自较可信。赵明诚家青州，赴官莱州，必经昌乐。此盖宣和三年八月清照赴莱，途宿昌乐所作，寄在青姊妹者。

《感怀》诗有自序云："宣和辛丑八月十日到莱，独坐一室，平生所见，皆不在目前。几上有《礼韵》，因信手开之，约以所开为韵作诗，偶得子字，因以为韵，作《感怀》诗云。"是此诗实作于宣和三年八月。

建炎二年　诗："南来尚怯吴江冷，北狩应悲易水寒。"诗："南渡衣冠少王导，北来消息欠刘琨。"

据《苕溪渔隐丛话》后集卷四十引《诗说隽永》，此二诗作于赵明诚守建康时。明诚于建炎元年八月，起复知江宁府；建炎三年二月，移知湖州。而清照于建炎二年之春，始抵江宁。此二首盖作于建炎二年春至三年二月之间。

建炎三年　　《祭赵明诚文》。

　　明诚卒于建炎三年八月，祭文当作于其时。文云："白日正中，叹庞翁之机捷。……"必非后来所作。

绍兴二年　　"露花倒影柳三变，桂子飘香张九成"一联。《谢綦崇礼启》。

　　《建炎以来系年要录》卷五十二：绍兴二年三月，策试诸路类试进士于讲殿，以张九成为第一。此联必作于同年三四月间。

　　《云麓漫钞》卷十四载谢启，称綦崇礼为内翰。高承《事物纪原》卷四云："今亦呼翰林学士为内相，亦曰内翰。"洪遵《翰苑群书》下《翰苑题名》载：綦崇礼于绍兴二年九月除翰林学士，四年七月，出知越州。清照讼张汝舟，在二年九月；汝舟除名编管，十月行遣。清照作启当在绍兴二年九十月间或稍后。

绍兴三年　　上韩肖胄古、律诗各一首。

　　《建炎以来系年要录》卷六十五载：绍兴三年五月丁卯，尚书吏部侍郎韩肖胄为端明殿学士、同签书枢密院事，充大金军前奉表通问使，给事中胡松年试工部尚书，充副使。清照二诗当作于其时。《宋诗纪事》卷八十七以古诗一首分为两首，一首上韩肖胄，一首上胡松年，而删去其七律一首，俞正燮《易安居士事辑》及《绣水诗钞》俱从之，皆非。

绍兴四年　　《金石录后序》。《打马赋》。《打马图经序》。《钓台诗》。

　　各本《金石录》所附后序，俱署"绍兴二年玄黓岁壮月朔甲寅易安室题"，据宋刊本洪迈《容斋四笔》卷五及明抄说郛本《瑞桂堂暇录》，后序实作于绍兴四年八月。或以为作于绍兴五年，理由不甚充分，盖亦非。

　　据《打马图经序》所署岁月，《打马赋》及《打马图经序》作于绍兴四年十一月。

　　《钓台》诗殆绍兴四年十月，清照自临安赴金华路过钓台所作，但亦有下一年清照自金华还临安途中作可能。

绍兴五年　　《武陵春》词。《八咏楼》诗。

　　此一词、一诗当作于绍兴五年清照避地金华时。《武陵春》词中两云双溪，双溪在金华，八咏楼亦在金华。

绍兴十三年　　《立春帖子词》皇帝阁、贵妃阁各一首。《端午帖子词》皇帝阁、皇后阁、夫人阁三首。

　　《建炎以来系年要录》卷一百四十八载：绍兴十三年辛丑立春节，学士院始进帖子词，百官赐春幡胜，自建炎以来久废，至是始使之。绍兴十三年春，有吴贵妃，自十三年闰四月立为皇后后，贵妃阁即久虚。春帖子二首，必绍兴十三年立春前作。

《浩然斋雅谈》卷上明载《端午帖子词》三首乃绍兴十三年所作。

此外作品，至多只能推测其在南宋或北宋所作，如见于朱弁《风月堂诗话》之诗四句"诗情如夜鹊，三绕未能安"，"少陵也自可怜人，更待来年试春草"，作于北宋时期；《永遇乐》词作于南宋时期；亦有无从推测者，如见于《朱子语类》卷一百四十之《咏史诗》四句。

叁　作品真伪

李清照作品传世虽为数不多，而可疑之词殊不为少。赵万里先生辑《漱玉词》，有存疑者九首，辨伪者八首，尚未能尽之。《永乐大典》梅字韵中有李清照梅词五首，为赵先生当时所不见。此五首黄大舆《梅苑》中无名氏词，《永乐大典》误题李清照作。《永乐大典》梅字韵中误题作者姓名之词甚多，不下三十余首，极不可信。

今人研究李清照词，间有将存疑词及伪词肯定为李清照作品而加以分析评论，如：北京大学中文系 1955 年级集体编写之《中国文学史》1958 年版第三章九〇页引《浣溪沙》"绣幕芙蓉一笑开"一首，断定为李清照作而加以批判；1959 年版第二册四三二页则引了一首《点绛唇》词："蹴罢秋千，起来慵整纤纤手。露浓花瘦，薄汗轻衣透。见有人来，袜划金钗溜。和羞走，倚门回首，却把青梅嗅。"并言其"非常传神的塑造了一个顽皮、活泼而美丽的少女的形象，情调都是健康、明快的"。《文学评论》1961 年第四期载夏承焘先生《李清照词的艺术特色》一文中云："敢于写少女的爱情'眼波才动被人猜'，敢于写夫妇的幽情'今夜纱厨枕簟凉'……"案"眼波才动"一首乃《浣溪沙》词，"今夜纱厨"一首乃《采桑子》词。上面所引三词，赵万里先生所辑《漱玉词》，俱列入存疑词内。《点绛唇》、《采桑子》二首，出自明杨慎之《词林万选》；《浣溪沙》一首出自明长湖外史之《续草堂诗余》⑮。此二书中误题作者姓名之词甚多：《词林万选》约有二十余首，《续草堂诗余》约有三十余首，殊不可靠。而且《点绛唇》一首，明嘉靖三十三年杨金刻本《草堂诗余》前集卷下题苏东坡作，万历二十八年刻《续草堂诗余》卷上题无名氏作；《采桑子》一首，杨金刻本《草堂诗余》后集卷下题无名氏作，鳙溪逸史《汇选历代名贤词府全集》卷一题康伯可撰。此三首是否清照所作，颇有问题，原应存疑。辨伪存真，实至为重要，不能稍有忽略。在未能证明此三首确为清照作品以前，似宜存而不论，或亦较为审慎也。

李清照之诗文可疑者少，仅《过钓台诗》及《贺孪生启》或有问题，尤以《贺孪生启》出自伪书《琅嬛记》，极不可信。其词则有问题者殊多，即可断定为清照作品，毫无疑问者，有时亦误题为他人所作，情况复杂。现将各有关之词，列表于下：

（一）清照词误题他人作：

（1）《如梦令》"常记溪亭日暮"阕，原出《乐府雅词》卷下，乃杨金刻本《草堂诗余》前集卷下误题苏轼作，《历代名贤词府》卷一、《唐词纪》卷五误以为吕洞宾作，《词林万选》卷四以为无名氏词。

（2）《浣溪沙》"小院闲窗春色深"阕，原出《乐府雅词》卷下，而《历代名贤词府》卷一、明陈钟秀本《草堂诗余》卷上误题周邦彦作，明周瑛《词学筌蹄》卷五误题欧阳修作，吴文英《梦窗词集》误收此首，洪武本《草堂诗余》前集卷上、杨金本《草堂诗余》后集卷上又误以为无名氏作。

（3）《浣溪沙》"淡荡春光寒食天"阕，原出《乐府雅词》卷下，而又误入宋仲并《浮山集》卷三，非《永乐大典》误，即清四库馆臣误辑。《浮山集》中尚误收他人之诗，其情况与此词相同。

（4）《一剪梅》"红藕香残玉簟秋"阕，原出《乐府雅词》卷下，而误入宋赵长卿《惜香乐府》卷九，《续草堂诗余》卷下又误以为无名氏作。

（5）《蝶恋花》"泪湿罗衣脂粉满"阕，原出《乐府雅词》卷下，而明田艺蘅《诗女史》卷十一、《留青日札》卷四十、郦琥《彤管遗编》后集卷十二等俱误作延安夫人词，《新编事文类聚翰墨大全》后丙集卷四又误作无名氏词。

（6）《怨王孙》"湖上风来波浩渺"阕，原出《乐府雅词》卷下，《词谱》卷二则以为无名氏作。

（7）《忆秦娥》"临高阁"一阕，原出《全芳备祖》后集卷十八桐门，而杨金本《草堂诗余》前集卷下则误作无名氏词，《花草粹编》卷四从之。

（8）《声声慢》"寻寻觅觅"一首，张端义《贵耳集》卷上曾引之，而明代有误作康与之词者，见《草堂诗余别集》卷二此首注。

（二）有疑问或甚可疑者：

（1）《武陵春》"风住尘香花已尽"阕，《类编草堂诗余》卷一、明叶盛《水东日记》卷二十一并作李清照词，而明洪武本《草堂诗余》前集卷上、杨金本《草堂诗余》前集卷上则并作无名氏词。赵万里先生云："玩意境颇似李作，姑存之。"《古今别肠词选》卷二又误作马洪词。

（2）《临江仙》"庭院深深深几许，云窗雾阁春迟"阕，《花草粹编》卷七作李清照词，而《梅苑》卷九则作曾子宣妻词。王鹏运云："此首亦疑有伪。"赵万里先生云："自是李作无疑。"

（3）《怨王孙》"梦断漏悄"阕，《词学筌蹄》卷三、《类编草堂诗余》卷一作李清照词，而洪武本《草堂诗余》前集卷上、杨金本《草堂诗余》前集卷下并作无名氏词。

（4）《怨王孙》"帝里春晚"阕，《类编草堂诗余》卷一作李清照词，而杨金本《草堂诗余》前集卷下则作秦观词。

（5）《浣溪沙》"髻子伤春慵更梳"阕，《续草堂诗余》卷上作李清照词，《花草粹编》卷二作无名氏词。

（6）《浣溪沙》"绣面芙蓉一笑开"阕，《续草堂诗余》卷上作李清照词，而《金瓶梅》第十三回则无撰者姓名。

（7）《生查子》"年年玉镜台"阕，《历代名贤词府》卷一、杨金本《草堂诗余》前集卷下作李清照词，而《乐府新编阳春白雪》卷一则作朱淑真词，《词林万选》卷四又作朱敦儒词。

（三）他人作品误题李清照撰：

（1）《玉烛新》"溪源新腊后"阕，乃周邦彦作，见《片玉集》卷七，而《梅苑》卷三则误为李清照作。

（2）《品令》"零落残红"阕，曾纡词，见《乐府雅词》卷下，而《京本通俗小说·西山一窟鬼》则误为李清照作品。

（3）《春光好》"看看腊尽春回"阕，无名氏作，见《梅苑》卷九。《永乐大典》卷二千八百零八梅字韵误作李清照词。

（4）（5）（6）《河传》"香苞素质"、《七娘子》"清香浮动到黄昏"、《忆少年》"疏疏整整"三阕，并《梅苑》卷九无名氏词，《永乐大典》卷二千八百十梅字韵并误作李清照词。

（7）《玉楼春》"腊梅先报东君信"一阕，亦《梅苑》卷九无名氏词，《永乐大典》卷二千八百十一梅字韵误作李清照词。

（8）《柳梢青》"子规啼血"阕，乃蔡伸作，见《友古居士词》。而《词学筌蹄》卷五、明郎瑛《七修类稿》卷三十四则误作李清照词，《草堂诗余》前集卷上、杨金本《草堂诗余》卷下并作无名氏词，陈钟秀本《草堂诗余》卷上、《类编草堂诗余》卷一又并误作贺铸词。

（9）《点绛唇》"红杏飘香"阕，苏轼作，见曾慥本《东坡词拾遗》。《草堂诗余》前集卷上、陈钟秀本《草堂诗余》卷上、杨金本《草堂诗余》前集卷上并误作无名氏词；《历代名贤词府》卷一、《类编草堂诗余》卷一又误作贺铸词；《词学筌蹄》卷五又误作李清照词。

（10）《青玉案》"凌波不过横塘路"阕，乃贺铸作，见《乐府雅词》卷上、《中吴纪闻》卷三、《诗人玉屑》卷二十一等书；黄庭坚且有诗云："解道江南断肠句，只今惟有贺方回。"而《词学筌蹄》卷五则误为李清照词。洪武本《草堂诗余》前集卷上无撰人姓名。

（11）《丑奴儿》"晚来一阵风兼雨"阕，杨金本《草堂诗余》前集卷下作无名氏词，《历代名贤词府》卷一、《花草粹编》卷二作康与之词，而《词林万选》卷四则以为李清照词，《古今别肠词选》卷一又误作魏大中词。

（12）《点绛唇》"蹴罢秋千"阕，杨金本《草堂诗余》前集卷下作苏轼词，《续草堂诗余》卷上作无名氏词；《词的》卷二误作周邦彦词；而《词林万选》卷四则以为李清照词。

（13）《浪淘沙》"帘外五更风"一阕，杨金本《草堂诗余》前集卷下作无名氏词，《续草堂诗余》卷上作欧阳修词，《花草粹编》卷五作幼卿词，《词林万选》卷四则以为李清照词。

（14）《如梦令》"谁伴明窗独坐"阕乃向滈作，见各本《乐斋词》，《续草堂诗余》卷上误作李清照词。

（15）《菩萨蛮》"绿云鬓上飞金雀"阕，牛峤作，见《花间集》卷四。《续草堂诗余》卷上误作李清照词。

（16）《浪淘沙》"素约小腰身"阕，赵子发词，见《花草粹编》卷五引《古今词话》。《续草堂诗余》卷上误题李清照作。

（17）《殢人娇》"玉瘦香浓"阕，《梅苑》卷九无名氏词。《花草粹编》卷七误作李清照词。

（18）《青玉案》"征鞍不见邯郸路"阕，乃《新编事文类聚翰墨大全》后丙集卷四无名氏词，《花草粹编》卷七误题李清照作。

（19）《生查子》"去年元夜时"阕，欧阳修作，见《近体乐府》卷一，而《历代名贤词府》卷一、杨金本《草堂诗余》前集卷下则作秦观词，《词品》卷二又作朱淑真词，方回《瀛奎律髓》卷十六⑯、茅暎《词的》卷一并作李清照词。

（20）《浣溪沙》"楼上晴天碧四垂"阕，周邦彦作，见《片玉集》卷三。《便读草堂诗余》卷三误作李清照词。

（21）《孤鸾》"天然标格"一阕，无名氏作，见洪武本《草堂诗余》后集卷下、杨金本《草堂诗余》后集卷下。而陈钟秀本《草堂诗余》卷下、《类编草堂诗余》卷三又并误作朱敦儒词，此首别又误作李清照词，见沈际飞本《草堂诗余正集》卷四（朱希真）此词注。

（22）《品令》"急雨惊秋晓"阕，《花草粹编》卷七原作无名氏词，清康熙《词谱》卷九误以为李清照作。

（23）《鹧鸪天》"枝上流莺和泪闻"阕，无名氏作，见洪武本《草堂诗余》前集卷下、杨金本《草堂诗余》前集卷上。别误作秦观词，见陈钟秀本《草堂诗余》卷一、《类编草堂诗余》卷一；别又误作李清照词，见汲古阁未刻本《漱玉词》[17]。

（24）《青玉案》"一年春事都来几"阕，无名氏词，见洪武本《草堂诗余》前集卷上、杨金本《草堂诗余》后集卷上。别误作欧阳修词，见陈钟秀本《草堂诗余》卷上、《类编草堂诗余》卷二；别又误作李清照词，见汲古阁未刻本《漱玉词》。

（25）近人况周颐《蕙风词话》卷二引李清照词"几日不来楼上望，粉红香白已争妍"二句，实清初顾贞观之姊顾贞立作《浣溪沙》词，见《众香词》礼集、《绝妙近词》卷下。况周颐氏或笔误所致。

（26）《捣练子》"欺万木"阕，《梅苑》卷八无名氏词，李文祇辑《漱玉集》卷三误作李清照词。

（27）《喜团圆》"轻攒碎玉"一阕，亦《梅苑》卷八无名氏词，朱之赤旧藏抱经斋钞本《小山词·补遗》引《花草粹编》误作晏几道词。李文祇辑《漱玉集》卷三又误作李清照词。

（28）（29）《清平乐》"寒溪过雪"、《二色宫桃》"镂玉香苞酥点萼"二阕，皆《梅苑》卷九无名氏词，李文祇辑《漱玉集》卷三俱误作李清照词。

（30）《小桃红》"后园春早"一首，乃晏殊《玉堂春》词，见《珠玉词》，《梅苑》卷八误作无名氏词，李文祇辑《漱玉集》卷三又误作李清照词。

（31）《行香子》"天与秋光"阕，乃无名氏作，见《乐府雅词·拾遗》卷下[18]，李文祇辑《漱玉集》卷四误作李清照词。

（32）《泛兰舟》"霜月亭亭时节"一阕，乃《梅苑》卷一无名氏词，李文祇辑《漱玉集》卷四误作李清照词。

（33）《远朝归》"金谷先春"一首，乃赵眘孙词，见《花草粹编》卷八，《梅苑》卷一作无名氏词，李文裿辑《漱玉集》卷四误作李清照词。

（34）《远朝归》"新律才交"一阕，乃《梅苑》卷一无名氏词，《花草粹编》卷八误作赵眘孙词，李文裿辑《漱玉集》卷四又误作李清照词。

（35）《十月梅》"千林凋尽"阕，《梅苑》卷一无名氏词，李文裿辑《漱玉集》卷四误作李清照词。

（36）《真珠髻》"重重山外"阕，《梅苑》卷一无名氏词，《历代诗余》卷八十七误作晏几道词，李文裿辑《漱玉集》卷四误作李清照词。

（37）（38）《击梧桐》"霜叶红凋"、《沁园春》"山驿萧疏"二阕，乃《梅苑》卷一无名氏词，李文裿辑《漱玉集》卷四误作李清照词。

（39）断句"凝眸，两点春山满镜愁"乃周邦彦《南乡子》词句，见《片玉集》卷三，明马嘉松《花镜隽声》所附《花镜韵语》误作李清照词。

李清照词并不甚多，李文裿辑《漱玉集》，词仅二卷，共七十八首，只以所误收之词极多，总数超过其他辑本；上面所举有问题各词共五十四首，以此比例计算，几等于李辑本所收之词总数百分之七十。情形复杂，不言可知。

昔人往往以各选本中无撰人姓名之词误认为与前一首同一撰人，因此平空增加不少伪词，《类编草堂诗余》中尤多此误，误题作者姓名者不下五六十首，即《花草粹编》亦不免有此种错误。以上误题李清照撰之词，因此而误者，约有二十余首，李文裿辑《漱玉集》所误收之词，皆此类也。

唐圭璋先生《宋词互见考》中，于上面所举各词，包括断句亦作一首计算，有三十八首未见其考内；赵万里先生所已考者，亦有七八首未收入考内。且各词出处，或不以最早者为根据，如《品令》"零落残红"一首，不引《京本通俗小说·西山一窟鬼》而引《花草粹编》；《生查子》"年年玉镜台"一首，不引《历代名贤词府》、杨金本《草堂诗余》或《古今女史》而引《历代诗余》等等；所考或未完备，故重考之。

夏承焘先生《李清照词的艺术特色》一文，引用李清照词句来解释李清照词之思想情感，内有"魂梦不堪幽怨"一句，未见于现存李清照词中，疑是引用他人词句而未注明。

《新编通用启札截江网》卷六有《长寿乐》寿词一首，题易安夫人作，已收入《全宋词》，前曾述及。按宋人极少有称清照为易安夫人者；元刘应李《新编事文类聚翰墨大全》中有延安夫人、易少夫人、易安夫人词。延安、易少与易安俱只一字不同，未知《截江网》、《翰墨大全》中"易安夫人"四字有误否？《截江网》未有别本可校，姑识其疑于此。

以上所考，已见于昔人及今人著作者，如《浣溪沙》"淡荡春光寒食天"一首，误入仲并《浮山集》卷三，清劳格《读书杂志》卷十二即已指出；又如赵万里先生、唐圭璋先生多有考证，本文引用其说者，未一一注明。

附　记

1958 年，余应约编订《李清照集》，为之校注；又撮述其生平行事为《李清照事迹编年》，附诸集后。《编年》底稿，曾举以赠黄盛璋先生。其后复兴黄先生往来切磋，得助匪浅。余书荏苒未出，黄先生之《赵明词李清照年谱》已再次修正，附录于中华书局上海编辑所所编《李清照集》后，考证精密，远在余书之上，且不弃刍荛，采及鄙说，令人惶愧。其中有少数枝节问题，或尚可商略补充，聊举于下，不敢云一得之见也：

（一）大父及父格非，俱出韩琦门下。（原书 115 页）案李格非乃熙宁九年进士，见彭百川《太平治迹统类》卷二十八，而韩琦则卒于熙宁八年，见《续资治通鉴长编》卷二百六十五、《宋宰辅编年录》卷七等书，格非似不可能出于韩琦门下。疑或出韩忠彦门下。

（二）母王氏亦善文章。（116 页）黄先生云：《宋史·李格非传》多本王偁《东都事略》。案《东都事略》卷一百十六《李格非传》，未录一字及于李格非妻王氏及女清照，《宋史·李格非传》似难谓为多本《东都事略》，疑另有所本。

（三）元丰八年，赵挺之召试馆职。（117 页）黄先生云：召试在蔡确执政之时。又云：召试馆职，不得在司马光执政日。案《续资治通鉴长编》卷三百八十云：元祐元年六月壬寅，中书侍郎张璪举承议郎赵挺之堪馆阁之选，诏：侯过明堂，令学士院试。是召试乃在元祐元年，而非元丰八年；其时正司马光执政，而蔡确已罢政。

（四）潞公富太师年九十。（123 页 8 行）黄先生以为富弼。案富弼卒于元丰六年闰六月丙申，年九十，见《宋宰辅编年录》卷七。富弼人称富郑公，无潞公之称；称潞公者乃文彦博。文彦博卒于绍圣四年，年九十二，见曾敏行《独醒杂志》卷六、《续资治通鉴长编》卷四百八十七等书。如为富弼，则元丰六年年九十；如为文彦博，则绍圣二年年九十。疑应是文彦博而误为富弼。

（五）元符三年六月，格非在樊口，送张耒。（126 页）案其时李格非不在黄州或樊口。《张右史集》中屡见李文举之名。文举曾自武昌渡江至齐安过张耒。此李文叔殆李文举之讹。

（六）崇宁二年，明诚出仕。（129页）案幕容彦逢《摛文堂集》卷四有《秘书郎赵思诚可著作郎制》，是思诚曾为秘书郎，不知何年事。

（七）简政堂。（133页11行）案黄裳《演山先生集》卷一有《简政堂》诗。黄于崇宁元年守青州，见同书卷十四《青州坊门记》。足证青州郡舍确有简政堂。

（八）谢克家跋蔡襄《进谢御赐诗卷》。（157页9行）案谢克家跋于癸丑九月，乃绍兴三年事。现系于绍兴四年，相差一年。又其时法慧寺尚未为秘书省，此帖无由入秘书省，所考疑误。

1962年10月17日

原载《文史》1962年第2辑

注释：

① 赵明诚乃诸城人，昔人颇以为赵家诸城，故有归来堂旧址在诸城，以及诸城有赵明诚、李清照题名之云巢石、清照画像等传说。据赵明诚《金石录》、杨仲良《续通鉴长编纪事本末》、徐自明《宋宰辅编年录》等书，明诚实家青州，非诸城。归来堂旧址等盖皆出自依托。

② 官文书出韩愈文，乃黄盛璋先生见告者。

③《朱子语数》卷一百二十八。

④ 清照《谢蓁崇礼启》云："幽图固者九日。"

⑤ 见沈括《梦溪笔谈》卷一、费衮《梁溪漫志》卷二。聚珍本程俱《麟台故事》卷五云："馆阁官许称学士，载于《天圣令文》。"

⑥ 明张丑《清河书画舫》申集。

⑦ 宋高承《事物纪原》卷四。

⑧ 原误作《上胡松年》诗，盖承《宋诗纪事》或《癸巳类稿》之误。清照自序云"作古、律诗各一首"，俱上韩肖胄者。《宋诗纪事》分古诗一首为二首，一上韩肖胄、一上胡松年，与清照自序不合，殊误。

⑨《晦庵先生朱文公文集》卷九十二。

⑩《萍洲可谈》有两种不同之传本：一为朱彧所撰，清四库馆臣从《永乐大典》中辑出，列入《守山阁丛书》；一署九夷清隐朱无惑撰，只有钞本。朱无惑即朱彧。二本俱分三卷，内容完全不同。朱无惑序内有"嘉祐五年辞绍倅"语，而书内所叙之事下及宝祐年间，殊有可疑。朱彧上不能至嘉祐，下不能及宝祐。惟书中所载多见于唐宋人载籍，清照一条出自仅有钞本之《萍洲可谈》，称本朝女妇，殆亦出诸宋人也。兹题作无名氏撰。

⑪ 李白、李煜、李清照。

⑫李清照词集，旧多云《漱玉集》，或《易安词》，自《诗词杂俎》本《漱玉词》以来，各藏书家著录者，除陆谬《佳趣堂书目》及朱彝尊《词综·发凡》以外，俱为《漱玉词》，盖旧本《漱玉词》不传已久。其后各家辑本，俱名《漱玉词》，只有李文裿所辑全集名《漱玉集》。今或有以《直斋书录解题》、《世善堂藏书目录》所著录之《漱玉集》为《漱玉词》；又有以《诗词杂俎》本、《四印斋所刻词》本、赵万里辑本《漱玉词》为《漱玉集》；云南杨氏刻《三李词》，首李白，次李后主，又次李清照，虽每人另页起，但并不分卷，亦未题有《太白词》、《漱玉词》等名称，而或以为《三李词》本《漱玉词》一卷；李文裿辑本《漱玉集》分为五卷，词占二卷，而或以为李文裿《漱玉词》一卷；亦有以毛晋所刻《漱玉词》为有两种不同之版本，一名《诗词杂俎》本，一名汲古阁本，而同据洪武三年钞本，所收之词数目亦相同，殆以一本误为二本。书名版本，不可不辩明也。

⑬李蓥《梅花衲》亦集有此句，作"几多深意断人肠"。

⑭《苕溪渔隐丛话》后集卷四十引《诗说隽永》。

⑮明钱允治笺释本作《续选草堂诗余》、沈际飞本作《草堂诗余续集》，附于清康熙刻韩俞臣本《类编草堂诗余》之后者，名《续编草堂诗余》。

⑯《瀛奎律髓》仅引"月上柳梢头，人约黄昏后"两句，亦未言其为诗为词。

⑰原书未见，据《四印斋所刻词》本《漱玉词》。

⑱《全宋词》此首失收。

两宋词风转变论

龙榆生

一 引 论

词以两宋为极则，而论者或主北宋，或主南宋。此皆域于门户之见，未察风气转变之由，而妄为轩轾者也。

前人论词，皆以作家为标准。如张炎、陆辅之、沈义父辈，其所评骘，虽各有所偏，而于南北宋间，初未强分畛域。自张南湖（綖）论词派，有"婉约"、"豪放"之说，而词苑之纷争以起。朱锡鬯（彝尊）氏为"浙派"开山，实始标举姜张，崇尚南宋。其《词综发凡》云：

> 世人言词，必称北宋。然词至南宋始极其工，至宋季而始极其变。

自是言词，咸以南北宋对举。周止庵（济）氏《介存斋论词杂著》云：

> 两宋词各有盛衰。北宋盛于文士，而衰于乐工。南宋盛于乐工，而衰于文士。

又云：

> 北宋有无谓之词以应歌，南宋有无谓之词以应社。

又云：

> 北宋词多就景叙情，故珠圆玉润，四照玲珑。至稼轩、白石，一变而为即事做景，使深者反浅，曲者反直。

凡此所言，一似南北宋词，俨有"鸿沟"之界。至其宋四家《词选序论》又称：

> 北宋主乐章，故情景但取当前，无穷高极深之趣。南宋则文人弄笔，彼此争名，故变化益多，取材益富。然南宋有门径，有门径，故似深而转浅。北宋无门径，无门径，故似易而实难。

南北宋词之大较如此。所谓"词至北宋而始大，至南宋而遂深"者，盖各有其环境关系，非可以一概言之也。刘融斋（熙载）氏《艺概》又就其技巧上为差别之谈云：

> 北宋词用密亦疏，用隐亦亮，用沈亦快，用细亦阔，用精亦浑，南宋只是掉转过来。

其说与周氏亦相彷佛。清代论词学者，往往蔽于宗派之见，议论纷歧，断断于南北宋之争，而恒忽略客观之事实。如上述诸家之说，其影响于词苑者至深。其言或当或否，或能示吾人以研寻之径，或反予吾人以惑乱之邮。执一先生之言，局于一隅以自限，吾未见其可也。两宋词风之转变，各有其时代关系，"物穷则变"，阶段显然。既非"婉约"、"豪放"二派之所能并包，亦不能执南北以自限。吾虑世之学词者，将南北二字，横亘胸中，而不能观其通，转滋瞀乱也。聊申微旨，以明风气转变之由，与夫各作家得失利病之所在，期与海内宏达，共商榷焉。

二 南唐词风在北宋之滋长

西蜀南唐，为五代歌词繁殖之地。变"胡夷里巷之曲"，而为士大夫之词，其风大扇于温庭筠，而韦庄、冯延己继成两大系，分据吴蜀词坛。于是小令尊前，玉箫低唱，佳人绣幌，丽锦频抽，"娱宾遣兴"之资，盖莫不以此相竞矣。蜀地僻处边垂，五代干戈之际，恒与外人间隔。观赵崇祚所辑《花间集》，作者十之七八为蜀人，或流寓蜀中，则知西蜀词坛固自别为风气，而与其他各地，殊尠流通。谓北宋初期作家，为受《花间》影响者，是犹未考当时情势，以作者皆工小词，而漫为之说也。

从词学上之系统言之，则北宋初期作家，实承南唐之遗绪。南唐中主，以疆土日蹙，曾徙都洪州（南昌），又尝读书于庐山。中主故工词，马令《南唐书》称："元宗（中主）尝作《浣溪纱》二阕，手写赐乐人王感化。"而其臣冯延己，尤喜为乐府词。据陆游《南唐书》云：

> 元宗尝因曲宴内殿，从容谓曰："'吹皱一池春水'何干卿事？"延己对曰："安得如陛下'小楼吹彻玉笙寒'之句？"

似此君臣谐谑，乃各标举小词，则知南唐词风，其盛况乃不亚于西蜀。陈世修序延己《阳春集》云：

> 公以金陵盛时，内外无事，朋僚亲旧，或当燕集，多运藻思，为乐府新词，俾歌者倚丝竹而歌之，所以娱宾而遣兴也。

以"乐府新词"，"娱宾遣兴"，此种风气，实开北宋初期作家之先河。且如欧阳修、晏殊、晏几道皆籍江西，江西故南唐属地，二主一冯，流风遗韵，必有存者。宋下江南，后主夷为降虏，南都文物，悉随后主入汴梁。《宋史·乐志》称："宋初置教坊，得江南乐。"后主词所谓"教坊还唱别离歌"者。已并歌词所依之声，亦相随而俱北。歌词种子之移植，其线索可得而寻也。

北宋声歌繁衍之地，自推汴梁。欧晏诸家，既早闻风而起，而历居显要，出入汴京，为"乐府新词"，以"娱宾遣兴"，一时相尚，固亦文人才士之所优为。欧阳修咏西湖《采桑子》有小引云：

> 因翻旧阕之辞，写以新声之调，敢陈薄伎，聊佐清欢。（《乐府雅词》）

以"薄伎"佐"清欢"，至宋初已大行于各地。其词既多出于文人之手，故一以清壮雅丽为归，而冯氏《阳春》一集，遂为一时所宗尚。刘攽《贡父诗话》云：

> 元献（晏殊）尤喜冯延己歌词，其所自作，亦不减延己乐府。

刘熙载《艺概》又称：

> 冯延己词，晏同叔得其俊，欧阳永叔得其深。

此一脉之相承，并以"清讴"为主，而极其致于晏几道。几道自序《小山词》云：

> 补亡一编，补乐府之亡也。叔原往者浮沉酒中，病世之歌词，不足以析
> 酲解愠，试续南部诸贤绪馀，作五七字语，期以自娱。不独叙其所怀，兼写
> 一时杯酒间闻见所同游者意中事。尝思感物之情，古今不易。窃以谓篇中之
> 意，昔人所不遗，第于今无传尔。故今所制，通以补亡名之。始时沈十二廉
> 叔、陈十君龙家，有莲鸿、𬞟云，品清讴娱客。每得一解，即以草授诸儿。
> 吾三人持酒听之，为一笑乐而已。已而君龙疾废卧家，廉叔下世。昔之狂篇
> 醉句，遂与两家歌儿酒使，俱流转于人间。自尔邮传滋多，积有窜易。

由此自序观之，则小晏填词之动机，实以世行歌曲，不足以餍高尚文人之听
觉，乃更以高格调摹写身世所经悲欢离合之情，而又"积有窜易"，益求技术
上之精巧，乃至无可指摘。故黄庭坚称其"嬉弄于乐府之馀，而寓以诗人之句
法，清壮顿挫，能动摇人心"（《小山词序》）。令词境界之高，盖至小晏而叹
"观止"矣。所谓"诗人句法"，即《阳春》以下逮《珠玉》、《六一》诸家，
所以异于闾巷俚歌。《花间集序》所称之"诗客曲子词"，亦于此始极其致。
惟其"清壮顿挫，能动摇人心"，足为诗人"析酲解愠"，而未必为俚俗所共欣
赏。故必得名门家妓，如莲鸿、𬞟云之属，乃能"品清讴"，资笑乐。迨习之
既久，始"与两家歌儿酒使，俱流转于人间"。此与南宋姜夔、张镃诸人之自
制曲，恒由家妓歌以侑尊者，后先辉映。特此属令词，彼多慢曲耳。

北宋慢曲未盛之先，作者多致意于提高令词之风格，而尤着重于句法之变
化。例如几道《阮郎归》：

> 天边金掌露成霜，云随雁字长。绿杯红袖趁重阳，人情似故乡。兰佩
> 紫，菊簪黄，殷勤理旧狂。欲将沉醉换悲凉，清歌莫断肠。

况周颐云："'绿杯'二句，意已厚矣。'殷勤理旧狂'，五字三层意。狂者，
所谓一肚皮不合时宜，发见于外者也。狂已旧矣，而理之，而殷勤理之，其狂
若有甚不得已者。'欲将沉醉换悲凉'，是上句注脚。'清歌莫断肠'，仍含不
尽之意。此词沉着厚重，得此结句，便觉竟体空灵。小晏神仙中人，重以名父
之贻，贤师友相与沾溉，其独造处，岂凡夫肉眼所能梦见？"（《蕙风词话》
二）《小山词》针镂之密，与意境之厚，洵如况氏所云。学者举一反三，可悟

令词之极则，固以提高风格为主，而句法之变化，亦宜深切讲求者也。

小晏而后，慢曲盛行。而诸家间作小词，终以"嬉弄于乐府之余，而寓以诗人之句法"为极轨。而后起之最工者，莫如贺铸。贺氏《东山寓声乐府》，张耒称其"盛丽如游金张之堂，而妖冶如揽嫱施之祛，幽洁如屈宋，悲壮如苏李"（《东山词序》）。铸又自言："吾笔端驱使李商隐、温庭筠，当奔命不暇。"（叶梦得《建康集·贺铸传》）以诗人句法入词，小晏而后，贺氏其嗣响矣。其《陌上郎》（《生查子》）云：

> 西津海鹘舟，径度沧江雨。双橹本无情，鸦轧如人语。挥金陌上郎，化石山头妇。何物系君心？三岁扶床女。

如此风调，不几与南朝乐府相彷佛乎？又如《半死桐》（《思越人》，亦名《鹧鸪天》）云：

> 重过阊门万事非，同来何事不同归？梧桐半死清霜后，头白鸳鸯失伴飞。原上草，露初晞，旧栖新垅两依依。空床卧听南窗雨，谁复挑灯夜补衣！

情感之浓挚，笔力之沉着，小晏而下，谁与抗手？吾谓令词之发展，由《阳春》以开欧晏，至小晏而集大成。令慢递嬗之交，贺氏实其后劲。此南唐词风，影响北宋文坛之最为深切著明者也。

上述一系统之词，其内容多悲欢离合之情，其技术则"寓以诗人之句法"，其风格则"沉着重厚"，而其应用，则在士大夫间，藉为"析酲解愠"之资，而授诸贵家歌儿之口，此北宋初期词风之所以特盛于文人学士也。

三　教坊新曲促进慢词之发展

小令在北宋初期，既发达至最高之境，渐不为普通社会所理解，而教坊乃竞造新声。里巷间谣歌淫冶之词，亦乘时竞作，《宋史·乐志》云：

> 宋初置教坊，得江南乐，已汰其坐部不用。自后因旧曲创新声，转加流丽。

宋翔凤《乐府余论》叙慢词之兴起云：

慢词盖起宋仁宗朝，中原息兵，汴京繁庶，歌台舞席，竞赌新声。耆卿（柳永）失意无俚流连坊曲，遂尽收俚俗语言，编入词中，以便伎人传习。一时动听，散播四方。其后东坡、少游、山谷辈，相继有作，慢词遂盛。

今所称慢词，宋人谓之"今体慢曲子"。王灼《碧鸡漫志》云：

> 今大石调《念奴娇》，世以为天宝间所制曲，予固疑之。然唐中叶，渐有今体慢曲子。

据此，则慢词起宋仁宗朝之说，殊不可信。然仁宗朝，汴京繁庶，新声竞作，为慢词发达之主因，则吾人未能加以否认。令词行于士大夫杯酒交欢之际，慢曲则盛于倡馆酒楼间。虽柳永与晏殊同作曲子，其形式与作风，固俨然二派。叶梦得《避暑录话》称：

> 柳耆卿为举子时，多游狭邪，善为歌辞。教坊乐工，每得新腔，必求永为辞，始行于世。于是声传一时。余仕丹徒，尝见一西夏归朝官云："凡有井水处，即能歌柳词。"

陈师道《后山诗话》又言：

> 柳三变游东都南北二巷，作新乐府，骩骳从俗，天下咏之。

此与吴曾《能改斋漫录》"柳三变好为淫冶讴歌之曲，传播四方"，皆可互证。慢词至柳永而大盛，而《宋史·乐志》，恒以"慢曲"与"急曲"对举。"慢曲"多为教坊所造新腔，而柳词又多"淫冶讴歌之曲"，则慢曲者，当由其声调之靡曼，所谓"迟其声以媚之"者，庶几近之。后人率以"长调"当之，失其旨矣。柳氏慢词之创制，出于教坊乐工之要求，"骩骳从俗"，即所以迎合社会普通心理。《艺苑雌黄》称：

> 柳之乐章，人多称之。然大概非羁旅穷愁之词，则闺门淫媟之语。若以欧阳永叔、晏叔原、苏子瞻、黄鲁直、张子野、秦少游辈较之，万万相辽。彼其所以传名者，直以言多近俗，俗子易悦故也。

北宋词风之转变，实以教坊新腔，为最大枢纽。而柳氏以"薄于操行"，一扫卑视里巷歌谣之心理，不惜士大夫之唾骂，转为乐工填词。于是盛行士大夫间之令词，始渐为流传四方之慢曲所压倒。惟其易取悦于俗耳，故其发展乃有不可遏抑之势。柳永之外，以慢曲擅长者，如张先、秦观，莫不受其影响。盖慢词之创制，必倚新声，而教坊官妓，与倡馆酒楼，则新声之策源地，而歌词之传达所也。《后山诗话》称：

> 张子野（先）老于杭，多为官伎作词。

《避暑录话》又云：

> 秦少游亦善为乐府，语工而入律，知乐者谓之作家。元丰间盛行于淮楚。

苏轼对《淮海词》，颇以气格为病。（《避暑录话》）又尝谓少游云："不意别后，公却学柳七作词！"柳秦二家词，皆以应歌为主，故不期然而与之俱化。又如秦黄（庭坚）二集中之俳体，亦多采俚俗语言，填入词中。其作用固在迎合社会普通心理，而使听者之易入，不似《阳春》一派令词，仅为士大夫间"娱宾遣兴"之资也。

北宋词风，至柳永出而一大变。永以穷愁潦倒，至日与儇子从游娼馆酒楼间，无复检约，自称云："奉圣旨填词柳三变。"（《艺苑雌黄》）李易安称其"变旧声作新声，出《乐章集》，大得声称于世。虽协音律，而词语尘下"（《苕溪渔隐丛话》引》。推其"词话尘下"之故，则又以"变旧声作新声"，必借助于教坊乐工，而教坊乐工之要求，固不在仅求士大夫之欣赏而已也，词体之恢张，非永之日与乐工接近，深识声词配合之理，谁能开此广大法门？且柳固旷代才人，文学修养，迥非恒流可比。其《乐章集》中，虽"大概非羁旅穷愁之词，则闺门淫媟之语"（《艺苑雌黄》），然前者"为我"，后者"依他"，所抒写之情境与作用不同，正不容相提并论。近人冯煦尝称：

> 耆卿词曲处能直，密处能疏，縟处能平，状难状之景，达难达之情，而出之以自然，自是北宋巨手。（《宋六十一家词选例言》）

郑文焯益畅其说，谓：

柳三变乃以专诣名家，而当时转述其俳体，大共非訾。至今学者，竞相与咋舌瞠目，不敢复道其一字。……冥撑其一词之命意所注，确有层折，如画龙点睛，神观飞越，只在一二笔，便尔破壁飞去也。（陈锐《裒碧斋词话》引文焯《论柳词书》）

柳词之佳处，正在此而不在彼。由冯郑二家之说，可以推见柳词技术之高，盖不仅创调至多，足为北宋词坛生色而已也。

柳氏既极意于慢词，而自成一系，其功用则在使歌词复与民众接近，而变旧声为新声，使词体恢张，有驰骋才情之余地。其长篇巨幅，开阖变化，顿挫淋漓，而后来法门不少。迨秦观起，而以清丽和婉出之，风格益遒上，而慢词复归于淳雅，为士大夫所乐闻。作风转变之由，其来者渐，较然可睹矣。

四　曲子律之解放与词体之日尊

北宋令词，至二晏而臻极诣。柳永极意慢曲，别辟法门。于是词体形式上之进展，与技术上之讲求，并突奥全开，渐进于无以复加之境。而歌词流行既广，骎欲夺五七言诗体之席而代之，于是"以诗为词"之作家，乘时而起。假社会流行之新兴体制，以抒写作者之浩气逸怀，音律渐疏，而内容日趋充实，疆宇益见扩大，作者之性情抱负，得充分表现于"曲子词"中，词体日尊，而距原始曲情益远。此亦词学发展必至之境，不容以其非"本色"而少之也。

在苏轼以前，填词者率出之以游戏。如欧晏诸作者，并以诗文余力为之。或由环境关系，为乐工官妓而倚新声，亦辄以"小道"目之，不敢自跻于"大雅"之林也。胡寅序向子谌《酒边词》云：

> 词曲者，古乐府之末造也。古乐府者，诗之傍行也。诗出于《离骚》、《楚词》，而《离骚》者变风变雅之怨而迫，哀而伤者也。其发乎情则同，而止乎礼义则异。名之曰曲，以其曲尽人情耳。方之曲艺，犹不逮焉，其去曲礼，则益远矣。然文章豪放之士，鲜不寄意于此者，随亦自扫其迹，曰谑浪游戏而已也。唐人为之最工者，柳耆卿后出，掩众制而尽其妙，好者以为不可复加。及眉山苏氏，一洗绮罗香泽之态，摆脱绸缪宛转之度，使人登高望远，举首高歌，而逸怀浩气，超然乎尘垢之外，于是花间为皂隶，而柳氏为舆台矣。

由胡氏之言，知在东坡以前之作者，虽心好词曲，而必自托于"谑浪游戏"。此其故由于词所依声，原出"胡夷里巷之曲"，士大夫之所作，既仍须迎合社会普遍心理，不得不偏重男女慕悦，或伤离念远之情，为保持身分尊严，遂不能无所规避。小山淮海，虽或"寓以诗人句法"，风格渐高，而尚有以严肃态度，着意尊体者。东坡出而以灵气仙才，开径独往。其能别树一帜之故，正以其确认词曲，虽出于教坊里巷，亦不妨假以自写胸怀，固不仅为发抒儿女私情而设。东坡词卒得压倒柳氏者在此，所以能独建一宗，历万古而不敝者亦在此。王灼《碧鸡漫志》云：

> 东坡先生，非心醉于音律者，偶尔作歌，指出向上一路，新天下耳目，弄笔者始知自振。

苏词之妙谛，王氏此语尽之矣。晁补之亦称：

> 居士词，人谓多不谐音律。然横放杰出，自是曲子内缚不住者。（《词林纪事》引）

"横放杰出"，足征东坡在词苑之解放精神。宋人论词，恒以声律与词情并重。其严于声律者，往往曲谱亡而声价亦随之以减。独此"逸怀浩气"，永留于天地间，足以"开拓万古之心胸，推倒一世之豪杰"。东坡词派之所以后来转盛者，正以其精神所寄，不随曲调以即于消沉也。元好问云：

> 唐歌词多宫体，又皆极力为之。自东坡一出，情性之外，不知有文字，真有"一洗万古凡马空"意象。虽时作宫体，亦岂可以宫体概之？人有言：乐府本不难作，从东坡放笔后便难作。此殆以工拙论，非知坡者。所以然者，诗三百所载，小夫贱妇，幽忧无聊赖之语，时猝为外物感触，满心而发，肆口而成者尔。其初果欲被管弦，谐金石，经圣人手以与六经并传乎？小夫贱妇且然，而谓东坡翰墨游戏，乃求与前人争胜负，误矣。自今观之，东坡圣处，非有意于文字之为工，不得不然之为工也。坡以来，山谷、晁无咎、陈去非、辛幼安诸公，俱以歌词取称，吟咏情性，留连光景，清壮顿挫，能起人妙思。亦有语意拙直，不自缘饰，因病成妍者，皆自坡发之。（《遗山文集·新轩乐府序》）

词至东坡又为一大转变。其境界之超绝，绝非"曲子词"之所能笼罩。元氏所谓"不自缘饰，因病成妍"者，尤见苏氏词派之特殊精神，而"以诗为词"之"优人圣域"已。

自东坡别出手眼，树之风声，同辈如王安石，后起如晁补之、黄庭坚、叶梦得、向子諲、陈与义等，相与辅翼而倡导之。既而流入中州，与"深裘大马之风"相融洽，遂开金源一代之盛。辛弃疾以豪杰之士，复挟之以南，开南宋豪壮一派之风。解除音律之束缚，以自成其"长短不葺"之新诗体，千汇万状，使人知此体亦无所不包，非东坡"横放杰出"之才，谁能辟此疆宇耶？

北宋词风，至东坡为第三转变。其特点则在破除狭隘之观念，与音律之束缚，使内容突趋丰富，体势益见恢张。刘辰翁所称"词至东坡，倾荡磊落，如诗，如文，如天地奇观"（《须溪集·辛稼轩词序》）者，足以想见其伟大。惟其悍然不顾一切，假斯体以表现自我之人格与性情抱负，乃与当时流行歌曲，或应乐工官妓之要求，以为笑乐之资者，大异其旨趣。虽目之以"别派"，足以掩其精光也。

五 大晟府之建立与典型词派之构成

词至东坡而大，而当世咸以"要非本色"（《后山诗话》）讥之，以其多不协音律故也。柳氏《乐章》，最为东坡所诟病。然其流传之广，与其在民间之潜势力，直至宣政之际，犹未全衰。王灼称当时作家，如沈公述、李景元、孔方平、处度叔侄、晁次膺、万俟雅言六人者，源流皆从柳氏来，病于无韵。又谓："田中行极能写人意中事，杂以鄙俚，曲尽要妙，当在万俟雅言之右，然庄语辄不佳。"又谓："元祐间王齐叟彦龄、政和间曹组元宠，皆能文，每出长短句，脍炙人口。彦龄以滑稽语噪河朔，组潦倒无成，作《红窗迥》及杂曲数百解，闻者绝倒，滑稽无赖之魁也。"（《碧鸡漫志》二）由柳氏之"骫骳从俗"，以至曹组诸人之"滑稽无赖"，类皆为求取悦于俗耳，与东坡恰立反对地位。苏词高处，"出神入天"（王灼说），自不易为时俗所理解。其他滑稽尘下之作，又不足以登大雅之堂。折中于二者之间，于音律和谐之内，益求词句之浑雅，于是典型词派兴焉。

典型词派之作家，以周邦彦称首，周济所谓"清真集大成者"（《宋四家词选序论》）是也。清真词成就之原因，一由其"好音乐，能自度曲"（《宋史·文苑传》），一由其"尽力于辞章"，植基深厚。词以协律为主，而长调尤尚铺叙。

辞赋家以铺叙为主，更以其法变而入歌词，乃极壮丽之观，而为士大夫所同矜尚。清真之造诣，洵非诸家之所及已。

词风之转变，恒随乐曲为推移。柳氏《乐章》以应教坊乐工之要求，冀得取悦于俗耳，而不免"词语尘下"。至徽宗朝，制礼作乐，乃出于朝廷之命，所造曲自不能为淫靡之音。且当时掌管乐制之官，如周邦彦万俟咏等，皆词林宗匠，故所作一以雅丽出之。大晟府之设置，所以促成乐曲之发展，亦即北宋后期词风转变之总枢也。《碧鸡漫志》云：

> 崇宁间，建大晟乐府，周美成作提举官，而制撰官又有七。万俟咏雅言，元佑诗赋科老手也。政和初，召试补官，寘大晟乐府制撰之职。新广八十四调，患谱弗传。雅言请以盛德大业，及祥瑞事迹，制词实谱。有旨：依月用律，月进一曲。自此新谱稍传。时田为不伐亦供职大业，众谓乐府得人云。

张炎《词源》亦云：

> 崇宁立大晟府，命周美成诸人，讨论古音，审定古调，沦落之后，少得存者，由此八十四调之声稍传。而美成诸人，又复增演慢曲引近，或移宫换羽，为三犯四犯之曲，按月律为之，其曲遂繁。

大晟所造新曲既多，其影响于当世词坛者必大。且主持其事者，又为"负一代词名"（《词源》）之周美成，与"诗赋科老手"之万俟雅言，其涵养既深，故能戛戛独造，凡所制作，遂为后代典型。近人王国维论清真词云：

> 读先生之词，于文字之外，须兼味其音律。……今其声虽亡，读其词者，犹觉拗怒之中，自饶和婉，曼声促节，繁会相宣，清浊抑扬，辘轳交往，两宋之间，一人而已。（《清真先生遗事》）

周词风格之高，乃多受乐曲影响，则北宋后期词风之转变，实由大晟府有以促进之，殆非"向壁虚造"之谈矣。

张炎称：清真"所作之词，浑厚和雅，善于融化诗句，而于音谱且间有未谐"（《词源》）。可见协律之难，而以浑雅之作协律，尤为不易。清真笔力之变化，与技术之精巧，为后来开无数法门。沈义父《乐府指迷》云：

凡作词当以清真为主。盖清真最为知音，且无一点市井气，下字运意，皆有法度，往往自唐宋诸贤诗句中来，而不用经史中生硬字面，此所以为冠绝也。

据此，知清真词之特点，一在"知音"，二在备诸法度，三在修辞之醇雅，此其所以为典型之作欤？

总之，慢词发展至清真，既无柳永"词语尘下"之病，又无苏轼"多不律协"之议，为文人学士所乐闻亦为伶工歌妓所喜习。故其流传之广且久，据张炎《山中白云词》之所记载，盖至元初而其曲度犹存于朱唇皓齿间。至其遗韵流风，尤为百代词人法式，信为北宋词坛之光荣结局矣！

六 南宋国势之衰微与豪放词派之发展

自金兵南侵，二帝北狩，江山仅余半壁，繁华尽付流水。一时慷慨悲歌之士，莫不攘臂激昂，各抱恢复失地之雄心，藉展"真捣黄龙"之素愿。而高宗误信谗佞，不惜腼颜事仇，逼处临安，以度其"小朝廷"生活。坐令士气消阻，一蹶而不可复振。不平则鸣，于是横放杰出之歌词，宛若天假之以泄一代英雄抑塞磊落不平之气。（参考拙撰《苏辛词派之渊源流变》）此时外逼于强寇，内误于权奸。在长短句中所表现之热情，非嫉谗邪之蔽明，即痛仇雠之莫报，苍凉激壮，一振颓风。然词风转变之由，一方固由时势造成，一方亦有渊源可述：

南宋初期作家，如向子諲、张元干辈，皆上接东坡之系统。胡寅序向氏《酒边词》，力崇东坡，而推"芗林居士步趋苏堂而哜其胾"。元干为子諲甥，人称其长于悲愤。（毛晋《芦川词跋》）其渊源所自，从可推知。稼轩南来，领袖一代。其直接所受影响，当由于金国之好尚苏词。稼轩以二十三岁，自金归宋。（《宋史·辛弃疾传》）其词格之养成，必于居金国时，早植根柢。《宋史》称其"少师蔡伯坚（松年）"，而元好问谓："百年以来乐府，推伯坚与吴彦高（激），号吴蔡体。"（《中州集》）彦高为米芾婿。东坡喜誉米诗。（《宋史·文苑传》）彼此声气相通，彦高当挟苏氏词风以北，《中州》一集，和东坡诗词韵者至多。伯坚以《念奴娇》"《离骚》痛饮"一阕负盛名，其词激昂慷慨，即用东坡《赤壁》词韵。且题云"用韵者六人"。（《明秀集》）于此足见苏词之大盛于金，而稼轩词格之养成，其来有自矣。近人况周颐谓："金词清劲能树骨。"（《蕙风词话》）北人"深裘大马"之风，正合为"横放杰出"之词。东坡词风之由南而北，复由稼轩挟以归南，转相流播，益以地域土风民情国势之推移摩荡，复与南渡初期向张诸家之风气相翕合，以造成悲凉感愤盘礴磊砢之稼轩词派，此又词坛风气之一大转关也。

且自金兵入汴，风流文物，扫地都休。士大夫救死不遑，谁复究心于歌乐？大晟遗谱，既已荡为飞烟，而"横放杰出"之词风，更何有于音律之束缚？此南宋初期之作者，惟务发抒其淋漓悲壮之情怀，不暇顾及文字之工拙，与音律之协否，盖已纯粹自为其"句读不葺之诗"，视东坡诸人之作，尤为解放，亦时会使之然也。

宋室南渡以来，既以时势关系，与乐谱之散佚，不期然而词风为之一变。稼轩郁起，"激昂排宕，不可一世"（彭孙遹说），且名将如岳飞，亦以悲壮激烈之词，倡导于前。于是一时英雄志士，如张孝祥、朱熹、陈亮、刘过、韩元吉、陆游之属，更从而辅翼鼓吹之，藉以激励人心，恢宏士气。然成就之大，与用力之专，无有能过稼轩者。盖"稼轩当弱宋末造，负管乐之才，不能尽展其用，一腔忠愤无处发泄。观其与陈同甫抵掌谈论，是何等人物！故其悲壮慷慨，抑郁无聊之气，一寄于词"（《词苑丛谈》引梨庄说）。以稼轩一派为"豪杰之词"，名符其实矣。

稼轩词绍东坡之遗绪，又以身世关系，从而发辉光大之。周济称："稼轩不平之鸣，随处辄发，有英雄语，无学问语，故往往锋颖太露。然其才情富艳，思力果锐，南北两朝，实无其匹，无怪其流传之广且久。"（《介存斋论词著》）苏、辛词风之差异，于此可见一斑。至其特殊风硌，则宋末刘辰翁所为《辛稼轩词序》，言之最为中肯。略云：

> 词至东坡，倾荡磊落，如诗，如文，如天地奇观，岂与群儿雌声学语较工拙？然犹未至用经，用史，牵《雅》、《颂》入郑卫也。自辛稼轩前，用一语如此者，必且掩口。及稼轩横竖烂熳，乃知禅宗棒喝，头头皆是。又如悲笳万鼓，平生不平事并厄酒，但觉宾主酣畅，谈不暇顾，词至此亦足矣。……嗟乎！以稼轩为坡公少子，岂不痛快灵杰可爱哉？而愁鬓龋齿，作折腰步者，阔然笑之。《勒勒》之歌拙矣，"风吹草低"之句，与《大风》起语，高下相应，知音者少。顾稼轩胸中今古，止用资为词，非不能诗，不事此耳。斯人北来，暗呜鸷悍，欲何为者？而谗摈销沮，白发横生，亦如刘越石陷绝失望，花时中酒，托之陶写，淋漓慷慨，此意何可复道。而

或者以流连光景，志业之终恨之，岂可向痴人说梦哉？（《豫章丛书》本《须溪集》）

由此可知稼轩词之特点，一为英雄抱负之充分表现，二为语汇之无所不包，慷慨淋漓，一洗儿女情态，而距原始里巷歌词之情调，便已判若天渊。"宋人以东坡为词诗，稼轩为词论"（毛晋《稼轩词跋》），真词坛之别开生面者。刘克庄又称："公所作大声镗鞳，小声铿鍧，横绝六合，扫空万古。其秾丽绵密者，亦不在小晏、秦郎之下。"（《后邨诗话》）辛词虽间有秾丽之作，然终以激昂横绝为主，与小山淮海迥不相侔矣。

宋室偏安局定，士气日即消沉，而悲壮词风，未全歇绝。至于末季，犹有刘克庄、刘辰翁诸人，推重稼轩，勉绵坠绪。然自姜夔一派清空俊雅之词作，风气即早转移矣。

七 文士制曲与典雅词派之昌盛

词依声而成。北宋以教坊新腔，而有柳永一派"讴歌淫冶"之词作。至大晟制曲，而周邦彦"浑厚和雅"（张炎说）之典型词派以兴。苏辛激扬排宕之风，应运而起，渐与音乐脱离关系，虽别开生面，而就词之本体言之，固不能不目之以"别派"。知音识曲之士，慨旧谱之散亡，思所以挽救之，乃各潜心乐律，腔由自度，音节闲雅，歌词典丽，制作悉由文士，讴歌尽付名姬，以环境与需要之不同，而风格随之转变。姜吴一派之昌盛，盖有由矣。

南宋迁都临安，凤擅湖山之胜。偏安局定，士习苟安，激昂蹈厉之风，恒触时忌。于是名门世胄，权相遗贤，异轨同奔，极意声乐。池台亭榭之盛，声色歌舞之娱，燕衎湖山，聊以永日。文人才士，既各有所依归，杯酒交欢，联吟结社。于是对于音律之研索，文字之推敲，乃各竭精殚思，以相角胜。其影响于词风者至巨，而关系于世运者尤深。世人对南宋姜吴一派词，或过于袊尚，或妄加诋毁，皆非穷本探源之论，而为蔽于一曲之言也。

论南宋词者，或主白石，或主梦窗。张炎谓："词要清空，不要质实。清空则古雅峭拔，质实则凝涩晦昧。姜白石词如野云孤飞，去留无迹。吴梦窗词如七宝楼台，眩人眼目，碎拆下来，不成片段。此清空质实之说。"（《词源》）就"二家风格言之，虽清空质实殊途，然其并重音律而崇典雅则一也。白石故"知音，通阴阳律吕，古今南北乐部。凡管弦杂调，皆能以词谱其音"（张羽

《白石道人传》)。又喜自度曲，而与范成大、张镃厚善。范张固豪家，以声伎驰誉苏杭者也。《白石暗香》序云：

> 辛亥之冬，予载雪诣石湖（成大别业在苏州），止既月，授简索句，且征新声，作此两曲。石湖把玩不已，使工妓隶习之，音节谐婉。

又《玉梅令》题云：

> 石湖家自制此声，未有语实之，命予作。

据此，知石湖家故多妙解音律者，而又有工妓隶习歌声。其作曲作歌，及唱曲听歌之人，又皆为特殊阶级，故宜其清空峭拔，不同凡响也。《砚北杂志》称：

> 小红、顺阳公青衣也。有色艺。顺阳公之请老，姜尧章诣之。一日，授简征新声，尧章制《暗香》《疏影》两曲。公使二妓肄习之，音节清婉。姜尧章归吴兴，公寻以小红赠之。

姜诗有"小红低唱我吹箫"之语，可想见姜范二家契合之雅，与姜词风格峭拔之由。又白石《齐天乐序》云：

> 丙辰岁，与张功父（镃）会饮张达可之堂。闻屋壁间蟋蟀有声，功父约予同赋，以授歌者。功父为张循王诸孙。周密称其"能诗，一时名士大夫，莫不交游。其园池声伎服玩之丽甲天下"。

功父又能自制曲，恒令家妓歌以侑尊。（《齐东野语》）《浩然斋雅谈》云：

> 放翁（陆游）在朝日，尝与馆阁诸人，会饮于张功父南湖园。酒酣，主人出小姬新桃者，歌自制曲以侑尊。

由此可证南宋达官富厚之家，又往往为新曲产生之地。各蓄歌妓，以度新声。文士知音，从而商订。于是词家文字益求典雅，声律益务精严。此证之《白石道人歌曲》，其自制曲，必旁缀音谱，以便工妓之肄习，可以推知也。

范张分居苏杭，而白石往来其间，或自度曲以付二家歌妓肄习，或依二家所制新声，而为之填词实谱。由是词家必兼通乐律，乃为世所矜尚。观诸载籍所记，范张家皆能自造新声，而范之《石湖词》，张之《南湖诗馀》，所用曲调，反多寻常旧曲。即如《玉梅令》，亦必藉白石之词，而其调始传。此又可证南宋词家之注重音律，往往以达官贵人之嗜好，为其创制之主因。一如周美成、万俟雅言之居大晟，制词实谱，而其曲遂繁也。

白石而后，词家益致意于音律之考求。张炎称其"先人（张枢）晓畅音律，有《寄闲集》，旁缀音谱，刊行于世。每作一词，必使歌者按之，稍有不协，随即改正"（《词源》）。沈义父记与梦窗讲论作词之法，亦言"音律欲其协，不协则成长短之诗"（《乐府指迷》）枢为功父诸孙（朱孝臧《南湖诗馀跋》），家风不坠。梦窗曳裾侯门，亦尝往来于苏杭间，集中有寿荣王及贾相（似道）词，又多自制曲，其对音律之讲求，当亦不免受贵家工妓之影响。且临安为帝都所在，人文荟萃之区，结社联吟，蔚为风气。周济谓"南宋有无谓之词以应社"，而社作以"咏物"为多。声律之商量，字面之锻炼，张炎所谓"字字敲打得响，歌诵妥溜，方为本色"（《词源》）者，可见一时风尚之所在矣。

由白石、梦窗以下迄张炎、周密，又自成一系统。而杨缵、张枢，以知音为词流所宗尚，领袖群伦。《浩然斋雅谈》称：

公（缵）洞晓律吕，尝自制琴曲二百操。……所度曲多自制谱，后皆散失。

《癸辛杂识》又云：

余（周密）向登紫霞翁（缵别号）门，翁妙于琴律。时有昼鱼周大夫者，善歌，每令写谱参订。虽一字之误，翁必随证其非。余尝叩之云："五凡工尺，有何妙理，而能暗通默记如此？既未接管，又安知其误耶？"翁叹曰："君特未深究此事，其间义理之妙，又有甚于文章，不然安能强记之乎？"

据此，则南宋歌词，又往往参以琴曲，宜其与北宋之作，音节多殊也。炎与密同受声律之学于紫霞翁，密又盛称炎父枢家歌乐之盛。其《蘋洲渔笛谱·一枝春》叙云：

寄闲（枢）饮客春窗，促坐款密。酒酣意洽，命清吭歌新制。

又《瑞鹤仙》叙云：

> 寄闲结吟台，出花柳半空间，远迎双塔，下瞰六桥，标之曰"湖山绘幅"，霞翁饮客落成之。初筵，翁俾余赋词，主客皆赏音。酒方行，寄闲出家姬侑尊，所歌则余所赋也，调闲婉而辞甚习，若素能之者。坐客惊诧敏妙，为之尽醉。

家妓娴习声歌，即席赋词，便尔发之朱唇皓齿。其制词订律，又悉出诸文人，故所作非沈博艳丽，即清空拔峭。此又南宋词风转变之一大关纽也。

上选一系统之词，以所依之声，恒出文人自度，严于订律，精于铸词，其肄习者多世族家姬，其欣赏者又为达官贵戚，或文人雅士，湖山沉醉，以遣劳生。凌夷至于宋亡，乃一变而为危苦凄酸之调。南宋姜张一派词，风格之典雅，与其锻炼之精深，音律之闲婉，盖非偶然矣。

八 结 论

综观上所论列，两宋词风转变之由，各有其时代与环境关系，南北宋亦自因时因地，而异其作风。必执南北二期，强为画界，或以豪放婉约，判作两支，皆"囫囵吞枣"之谈，不足与言词学进展之程序。吾人研究词学，不容先存门户之见，尤不可拘于一曲以自封。循吾说以观宋词，或可稍空障碍。然而挂一漏万之讥，自知难免矣。

原载《词学季刊》第2卷第1号，1934年

论填词可不必严守声韵

詹安泰

一

历来讲论词之声韵者，大都着眼在严紧方面，辨四声，调九音，判阴阳，审口法，无微不至，以为讲得越严紧，越足为斯道增重。这在古词的唱法失传以后而思保存其本真，故不得不点滴以求合上说，也自有其研求的代价。然而，古词毕竟是可以歌唱可以协乐的，徒作文字观，即使曲尽精微之能事，究不能付之歌喉，播诸弦管。况且，一般文学的过程是这样的：第一，在形式上讲求得太繁琐了，每每忽略了内容，至少也减少了一部分内容上的注意；第二，内容上的注意力削弱了，感动人的力量会随之而削弱的，结果，就变成了没有灵魂的躯壳，不得不"寿终正寝"；第三，人家看见你讲求得太苛细了，打算学起来终不易出人头地，消极的就望而生畏，避之若浼，积极的就只首提倡解放或废止，另自打开一条出路了；第四，规律下得太无伸缩的余地时，常常不易范围一切而失却了普遍性与真实性，因而使学之者疑窦丛生乃至弃置不理。这么一来，曩之欲为斯道增重者，反而足为斯道之累了，岂不枉抛心力！所以，我这儿专从宽泛方面讨论词之声韵问题。我自信我并非妄诞者流，我也曾做过从严紧方面讨论词之声韵的工作；不过那工作似乎再不需要我们讲求了，讲求的人委实太多，尤其在近数十年来的词人，方其发为议论腾为辞说时，几乎无一不主张严守声韵，只有这方面在大多数人们以词为要不得的时候还有提出来讨论的必要。我并没有抱着怎样发扬光大这词的宏愿，小小的希望，也不过一方要使古词的真相得以保存，一方要使人觉到词并非怎样繁难或严紧的东西而不加摈绝，得以延续词之生命而已。

二

词之声韵，不得随便运用，在宋人虽也曾有论及者，但人各异说，说各有因，只求谐适，不必一律。举例来说，如李清照云："《玉楼春》本押平声韵，又押上去声，又押入声。夫押仄声韵，如押上声则协，如押入声则不可歌矣。"① 而郭沨则云："词中仄字上去二声可用平声，惟入声不可用上三声，用之则不协律。近体如《好事近》、《醉落魄》，只许用入声韵。"② 沈义父又云："腔律岂必人人皆能按箫填谱，但看句中用去声字最为紧要，然后更将古知音人曲一腔两三只参订，如都用去声，亦必用去声；其次如平声却用得入声字替，上声字最不可用去声字替。"③ 于三个仄声字中，或严上声，或严入声，或严去声，究竟要严守哪一声好？但，这还可说是所填的调不同而所守之声也应随之而异。再举个例来说：《二郎神》一曲，杨缵谓应用平入声韵者④。而柳永、徐伸、汤恢、杨元咎等填此调均用上去声韵。谓守斋不谙音律，固必不然⑤。谓柳、徐、汤、杨诸作俱不可歌，俱不协乐，尤乖事实，"凡有井水处，即能歌柳词"，柳作自在可歌之列，即徐作也经群妓竞唱过的。这可见宋人的词说，既各不相谋；把宋人的词说以衡量宋词，也不能尽合了。

我曾推求其所以"不相谋"和"不尽合"之故，觉得不出下列几种原因：大抵唐五代词，歌者多用弦索，以琵琶色为主器；两宋词，歌者多用新腔，以管色为主器。弦索用按、用弹，以指出声，以流利为美；管色用吹，以口出声，以的砾为优。用弦索与用管色者，其审音下字自难一律。此其一。中州音韵之读法，与南方滨各省之读法不能尽同。如入声读法，中州音可用以分配三声，而江、浙、闽、粤等地则否。北宋都中州，南宋都江左，都会所在，人文萃焉，标准之音，每由是出，故两宋人之词说，时相矛盾，而持南宋人之词说以考校北宋之名作，也不能铢两悉称。此其二。王之涣"黄河远上"一诗，最宜于雏伎歌唱，因之压倒侪辈，名噪一时，在词中这种情形，也必不少。所以唐宋人词尽有极负时誉而就文字看来一无足取的，这就因为声情之美与歌唱之人均有关系，不是光靠文字就可以看出它的真价值的。⑥例如蜀主王衍的《醉妆词》："者边走，那边走，只是寻花柳。那边走，者边走，莫厌金杯酒。"假使除掉歌唱的声情不说，更复成何句调，而可传唱一时！然则词之便歌协乐与否，不全系乎文字上之声韵可见了。这样，词人论声韵之所以各异其说，都各有其里因在，又何足怪。况周颐谓："北宋人手高眼低，其自为词诚复乎弗可及，其于他人词，凡所盛称，率非其至者，直是口惠不甚爱惜云尔。"⑦不知从文字表面上看来，"率非其至者"耳，其至者固别有在，称赞它的人，诚诚悦而心爱，不徒"口惠"而已。刘体仁云："古词佳处，全在声律见之。今止作文字观，正所谓'徐六担板'。"⑧像况氏这种说法，恐不免"徐六担板"之讥了！此其三。再专就用韵上说，宋人的主张各各不同，也不足异。宋人词韵的专书，可惜久已佚去。⑨现存词韵，以陈铎《菉斐轩词林韵释》为最古，戈载《词林正韵》为最精。⑩今即以戈《韵》为根据和宋人的词一加比勘。如庚、青与真、文，戈《韵》是不同部的，而柳永《少年游》，崔敦礼《江城子》，蔡伸《行香子》，周密《梅花引》、《声声慢》、《浣溪沙》都两部合用。侵部戈《韵》是独用的，而周邦彦《柳梢青》，周密《江城子》、《眼儿媚》，毛滂《于飞乐》，李莱老《高阳台》，把它和庚、青、清、蒸等同用；康与之《江城子》，以"阴"字协第十一部外，且协及第六部谆韵的"春"字。江、阳、唐与庚、耕、清等戈《韵》是不同部的，而吴文英《木兰花慢》以第十一部耕韵之"莺"字与香、江、黄等同协。那么，戈《韵》第六部与第十一部可通协，甚或也可与第二部通协了。又如歌韵与桓韵，在戈《韵》不同部，而崔敦礼《西江月》歌字与欢字通协；寒、山与覃、咸，在戈《韵》不同部，而刘子翚《满庭芳》南、岩、缄、凡、山等通协，刘过《唐多令》湾、帆、滩、衫，寒、安、南等通协。那么，戈《韵》第七部与第十四部可通协，甚或也可与第九部通协了。或用古韵通协，或用方音通协，诸如此类，其例实繁，不能遍举。总之，以谐适为主，是不受任何限制的。毛奇龄云："词本无韵，故宋人不制韵，任意取押，虽与诗韵相通不远，然要是无限度者。"（《西河词话》一）说虽似若过火，然若撇开成见，一以宋词为凭，委很难定出严密的标准来。此其四。

上述四事，已足见宋人对于词之声韵是漫无定准的了，同时，也足见词之声韵是可宽泛地运用的了。以下再申述四声之移用、声字之增减与及韵部之活用、用韵之变化种种以实吾说。

三

欲证实四声之不必拘守，大约不出两途：一、取精通音律的词家的作品中调之各词互相比勘；二、于各个精通音律的词家中取其同调或唱和之作品互相比勘。这样，一方既可避免"非名家不足为据"的驳议，一方更可下一个"虽名家犹复如是，则非名家者更可推知"以偏概全的断语，而且也可以见那些自我作古而作茧自缚者之无谓。现在先把柳永〔中吕宫〕《昼夜乐》二首一为比勘：

　　洞房记得初相遇，便只合长相聚。何期小会幽欢，变作离情别绪？况值阑珊春色暮，对满目乱花狂絮。直恐好风光，尽随伊归去。　　一场寂寞凭谁诉？算前言，总轻负。早知恁地难拼，悔不当初留住。其奈风流端正外，更别有系人心处。一日不思量，也攒眉千度。（《乐章集》各本不同，此据《强村丛书》本。）

秀香家住桃花径，算神仙才堪并。层波细翦明眸，腻玉圆搓素颈。爱把歌喉当筵逞，遏天边乱云愁凝。言语似娇莺，一声声堪听。　洞房饮散帘帏静，拥香衾，欢心称。金炉麝袅青烟，凤帐烛摇红影。无限狂心乘酒兴，这欢娱渐入嘉景。犹自怨邻鸡，道秋宵不永。（有·处表示四声不同。下同）

字数同，调名同，所入之宫调又同，全词九十八字中，竟有三十三字四声不合。耆卿深通音律，所作俱堪传唱，而前后四声乖异若此，则"解人"之不系乎四声可知。再者，以周邦彦词与方千里、毛滂、陈允平诸人的和作比勘之，周邦彦《塞垣春》：

暮色分平野，傍苇岸，征帆卸。烟深极浦，树藏孤馆，秋景如画。渐别离气味难禁也，更物象，供潇洒。念多才，浑衰减，一怀幽恨难写。追念倚窗人，天然自风韵娴雅。竟夕起相思，漫嗟怨遥夜。又还将两袖珠泪，沈吟向寂寥寒灯下。玉骨为多感，瘦来无一把。

方千里和作：

四远天垂野，向晚景，雕鞍卸。吴蓝滴草，塞绵藏柳，风物堪画。对雨收雾霁初晴也，正陌上，烟光洒。听黄鹂，啼红树，短长音韵如写。怀抱几多愁，年时趁欢会幽雅。尽日足相思，奈春昼难夜。念征尘满堆襟袖，那堪更独游花阴下。一别鬓毛减，镜中霜满把。

毛滂和作：

绣阁临芳野，向晚把，花枝卸。奇容艳质，世间寻觅，除是图画。这欢娱已系人心也，更翰墨，新挥洒。展蛮笺，明窗底，把（缺）心事都写。谢女与檀郎，清才对真态俱雅。凤枕乐春宵，绛帏度秋夜。便同云黯淡，冰雪纵横，也并眠，鸳衾下。假使过炎暑，共将罗扇把。

陈允平和作：

> 草碧铺横野，带暝色，归鞍卸。烟茛露苇，满汀鸥鹭，人在图画。渐一声雁过南楼也，更细雨，时飘洒。念徽容，都清瘦，漫将纨素描写。
> 临镜理残妆，依然是京兆柔雅。落叶感秋声，啼蛩叹良夜。对黄花共说憔悴，相思梦顿醒西窗下。两腕玉挑脱，素纤悭半把。

方和作与周词四声不同者十一字，毛和作四声不同者十六字，陈和作四声不同者二十一字，毛和作"下"字韵，句读且与原作不同①，那么，词之不必拘守四声可知了；《四库提要》谓方、毛和作与周氏原作不易一字的尚且参差若是，其他不以谨严著称的词家之不拘守四声又可推知了。

四声之说，宋人偶一言及，犹多活用，不主严守；②元、明作家，则并四声，也绝口不谈，核其所作，也不过仅守平仄；到了清初万树作《词律》，始倡言四声——尤是其去上必当严守，可是清初的词人对他的学说并不注意到，所作的词，依然是仅守平仄；直到道、咸以后，四声严守之说，乃风起云涌，今日诸老辈言词者没有不兼及四声的了。平心而论：百数十年的卓著的词家，其成就之大实有突过前贤者，但这大半是由于时代的环境和个人的学养的关系，守律的精严，并非造成他们伟大的主因。人们震于这些词家的惊人的成绩，就连他们严守四声的主张也不敢稍加违忤，煞像他们的成功都关乎他们能够很精严地株守四声一样，于是乎和古人声韵之作，触目皆是，"音律虽已失传，而近世填词家后起益精，不精即不得与于作者之列"③。对于词底本质的美恶，反成次要的意义了。这样，要把这我国所独有的一种文学体制——"词"发扬光大起来，不，把它的生命继续延长下去，岂不戛戛乎难哉！即退一步说：四声就算有意严守了，各地的读法和韵书的记载也有不同④，仍有可议的余地。所以我以为还是大开方便之门许人仅守平仄罢了。假使填词可以仅守平仄的话，尽有许多新材料、新境界、新意识为历来词作所未曾见及的，词的生命不但可以延续，甚或在词里可以另辟一新天地出来也说不定。

其次说到词的声字之增减。词中添、减、偷、衬之字，虽已无成法可按，不易求得其所以然之故；可是，花样虽多，总不出声律与文义两种关系。其关于声律者，往往于本调中附着多少字眼而另成调名，如《添字采桑子》、《偷声木兰花》、《减字木兰花》、《添字渔家傲》之类，此外大概都是关系文义的。关系文义的，比勘古词，犹可考见，凡同调或和作而字句互有出入的皆是。沈际飞曾说："文义偶不联贯，用一二字衬之，密接其音节虚实间，正文自在。"[15]因为只有"衬"字无附着于调名的，故即以这类字都叫"衬字"，也无不可。例如周邦彦《浪淘沙慢》"正拂面垂杨堪揽结"句，陈允平和作"恨人垂杨千万结"，各家填此调均如周词，则陈词系减少一字。又如周邦彦《风流子》"羡金屋去来，旧时巢燕，土花缭绕，前度莓墙"，以"羡"字领四句，各家皆同此格，而贺铸词作"彩笔赋诗，禁池芳草，香鞯调马，辇路垂杨"[16]。去一领字，则贺词系减少一字。又如《满庭芳》过阕第一句，各家均用五字句[17]，而张耒作"嗟吁人生随分足"，则张词此句有两添衬字。又如《满江红》后阕两七字句，各家皆然，而赵鼎作"欲待忘忧除是酒，奈酒行欲尽愁无极"，则"奈"字为衬字。又如《烛影摇红》第二句，各家皆作七字句。而王诜词作"向夜阑乍酒醒心情冷"，则"向""乍"两字为衬字，又如《唐多令》第三句，各家均作七字句，而吴文英词作"纵芭蕉不雨也飕飕"，则"纵"字为衬字[18]。又如《青玉案》第二句，各家均作六字句，史浩填此调凡三首均作七字句，则史作多一衬字。又如《浪淘沙慢》后阕第三句原为七字句，吴遵岩填此调作八字句，则吴作多一衬字。像这样的例子多得很，不能遍举，在已经把虚声添入实字的词的领域里，仍然免不了这种现象，这就可见古人填词并不胶执定谱，有时也得圆活运用之一斑了。其实，这也不足怪的，词的本来就是为了在口吻上或意义上的谐适而把五七言诗所不能容的虚声统统填入实字而成的，这些减、添字在词已成定谱之后加以变化，也无非是为着口吻上或意义上的谐适而已，与词之所以为词的本旨并不相背。到后来觉得这些必要减少或添加的部分未免太多了，就不得不再变而为"曲"。所以词中可以减、添这条路线是上承诗、下开曲贯串了整个的词的领域而未始或断的。不过我们处在词的唱法失传之后，既没有随便增损声字的资格，又在这得以比较自由地附着添衬字的曲谱大都依然存在的当儿，再不能混词于曲，假使，非万不得已的话，不必破坏词体罢了（"所谓万不得已"，自然是指通首都很谐适，只有一二字作梗，非活用不可的时际）。

四

古词用韵，非戈韵所得范围，上面已经说过了。上去通协、上去入通协，戈氏也曾举例说明；惟上去平三声通协的，除句句用韵如贺铸之《水调歌头》之类以外，历来的词谱，均作为定格。如《西江月》之前后段两结句换用同部之仄韵，《渡江云》之过片换用一同部之仄韵，《浣溪沙慢》之过片换一同部之平韵等等，均须依填，不得稍有出入，这么一来，名为通协，实则比较一韵到底的反觉更为束缚了。当我初读这类词的时候，就觉有点怀疑：这在声情意义各方面都找不出比较专用一声更加优越的理由出来，为什么古人必要这样矜奇立异悬为定式呢？后来渐渐发现到变用的例子，才知道初制这些词调的人，偶然用了同部的平仄字来通协，只要读起来或唱起来能够谐适，是不限定在某一句韵要换仄协或换平协的。最明显的例，好像《采桑子慢》（即《丑奴儿慢》），潘元质一首，吴文英三首，卢祖皋一首，均第二句用仄韵起，以下即转同部之平韵到底。而蔡伸友古词中《采桑子慢》云：

> 明眸秀色，别是天真潇洒。更鬈发堆云，玉脸淡拂轻霞。醉里精神，众中标格谁能画？当时携手，花笼淡月，重门深亚。　　巫峡梦回，已成陈事，岂堪重话。漫赢得罗衾清泪，鬓边霜华。怀念伤嗟！凭阑烟水渺无涯。秦源目断，碧云暮合，难认仙家。（有·处是韵）

平仄三声，随意取押，前后错综，无式可按，作者有没有依据，我们无从考见，但这已显然地指示出一条门径：凡是有平仄通协的词，尽可以通协下去，不必限定在某部位了。推之，像柳永《曲玉管》以"久"、"偶"与秋、眸、洲、悠、愁、游、楼等通协，《戚氏》以"限"、"绊"与连、颜、寒、残、眠等通协，诸如此类，其中用仄韵的部位是否要限定，都在可疑之列。可惜《曲玉管》本唐教坊曲，久已不传，《戚氏》除柳作外，同时也无别首可校，于是后之填此等调者，就不得不依柳词在某句协仄韵某句协平韵了。

不特同部之平仄韵，时可通协，韵部之转换，有时也可不拘定格。其调名虽同而各成体式者，固不必说，属于同调同体者也有变通用法。如顾夐的《虞美人》六首，其第二首云："触帘风送景阳钟，鸳被绣花重。晓帏初卷冷烟浓，翠匀粉黛好仪容，思娇慵。起来无语理朝妆，宝匣镜凝光。绿荷相倚满池塘，露清枕簟藕花香，恨悠扬。"通首用平韵。又第六首云："少年艳质胜琼英，早晚别三清。莲冠稳篸钿筐横，飘飘罗袖碧云轻，画难成。迟迟少转腰身袅，翠靥眉心小。醮坛风急杏花香，此时恨不驾鸾皇，访刘郎。"前段不转韵。这两首的体式，他人从未用过；即顾夐在这六首中，其他四首也用普通的格式，那么，这两首系随意变用，非别有依据可见。

古人为词，也有像古诗一样不妨用重韵的——义解不同或叠句的重韵当然不算，如毛熙震《后庭花》第二首云："轻盈舞妓含芳艳，竞妆新脸。步摇珠翠修蛾敛，腻鬟云染。歌声慢发开檀点，绣衫斜掩。时将纤手匀红脸，笑拈金靥。"两用"脸"字协。又如蔡伸《点绛唇》第三首云："背壁灯残，卧听檐雨难成寐。井梧飘坠，历历蛩声细。数尽更筹，滴尽罗巾泪。如何睡？甫能得睡，梦到相思地。"两用"睡"字协[19]。又如李清照《凤凰台上忆吹箫》，两用"休"字韵，也不以为妨，虽然曾慥《乐府雅词》里把它换头的"休休"改作"明朝"，然而辞义便觉远逊原作了。此外，如史浩《浪淘沙令》云："祝寿祝寿！筵开锦绣，拈起香来，玉也似手；拈起盏来，金也似酒。祝寿祝寿！命比乾坤久，长寿长寿！松椿自此碧森森底茂，乌兔从此汩辘辘底走。长寿长寿！"篇中前段两用"祝寿祝寿"，后段两用"长寿长寿"。黄庭坚《阮郎归》第二首云："烹茶留客驻金鞍，月斜窗外山。别郎容易见郎难，有人思远山。归去后，忆前欢，画屏金博山。一杯春露莫留残，与郎扶玉山。"每隔一韵即用同字协。辛弃疾《柳梢青》云："莫炼丹难！黄河可塞，金可成难。休辟谷难！吸风饮露，长忍饥难。劝君莫远游难。何处有，西王母难！休采药难！人沉下土，我上天难。"全首用同字协[20]。陆游《钗头凤》："红酥手，黄藤酒，满城春色宫墙柳。东风恶，欢情薄，一怀愁绪，几年离索。错！错！错！春如旧，人空瘦，泪痕红浥鲛绡透。桃花落，闲池阁，山盟虽在，锦书难托。莫！莫！莫！"则仄韵转仄韵。刘光祖《长相思》："玉樽凉，玉人凉，若听离歌须遭肠。休教鬓成霜！画楼西，画桥东，有泪分明清涨同。如何留醉翁！"则平韵转平韵。孙光宪《上行杯》："草草离亭鞍马，从远道此地分襟。燕宋秦吴千万里，无辞一醉。野棠开，江草湿。伫立，沾泣。征骑骎骎。"则以起韵与结韵协，而中间两转韵自协。[21]——上举数例，虽体式不同，均在寻常绳检之外，均足以表现用韵之自由、不拘。而最自由不拘的，要算用方音协韵。说到用方音协韵一层，那在初期接近民间歌谣的词里随处可见：如《敦煌掇琐》中所载无名氏失调词第二首以"婆"字协"娘"；又同书无名氏《酒泉子》词以"辔"字协"边"之类，用音韵的原理怎样也解释不清的，都是用方音协。这在戈韵的发凡里已举得不少例子，此地我不再说了。

五

从最宽泛处论词的声韵，词的声韵可以圆活地运用，这自然不是词的声韵问题的总解答，同时也只限于从文字表面上的观察，针对那些专主严紧者以立论，希望给与学古词的人们以些少方便，不至望而生畏，庶几这垂死的词学得有一线生机而不至于平白地枉死！至于把词学作为研究的专业的人们，自不应惮于繁琐畏其束缚而一切以"宽泛"了之，因为古词的声乐配合问题，现在还是一个悬案，急待专门研究词学的人们去解决的，倘若这些人也不去理会它，那就永远不再见到词乐的真面目了。原来从事这富有音乐性的文学作品的人们，其所致力的方向，大约有下列三种：一据乐以制词，二制词以配乐，三只讲文字，不问乐律。这三种各有其研究之对象与方法。假如为了第一种目的而工作，要把古代的词乐作为制词的依据，在这古词的乐律已难复识的当儿，自不能不用很严密的方法点点滴滴地去探讨，即古人研究的态度也不少是这样的，记得张载曾说过："今之〔黄钟〕《醉花阴》，〔中吕〕《粉蝶儿》之类，其句之长短，字之多寡，声之平仄，悉按旧作，不敢毫厘移易，此正微之所请由乐以定词，非选以配乐者，失古人度曲之义远矣。"②这虽是驳斥当时那般按照词的乐谱填词不敢稍有出入的人的说话，然而古人守词乐的严谨的态度可由此窥见其一斑。无如那些主张严守声韵的人，根本就不注意到乐律，尽管呆笨地在那辨四音，调九音，判阴阳，审口法种种，结果和词乐还是无多大关系，这样，就似乎近于枉费精力了。假如为了第二种目的而工作，要制定新腔以配合音乐，这就应该兼事音乐，与音乐家携手，研究古词的声韵，充其量不过是"借镜"的作用。然而那些主张严守声韵的人，根本就是最反对人家制造新腔的人，那么，就连"借镜"的作用也失掉了，更不必管他们有没有兼事音乐和音乐家携手。他们之所以严守声韵者，毕竟还是为了第三种——只讲文字而已。文字之美，自不能说与声韵无关，但这是一切韵文通有的质素，仅资讽诵，不关歌唱或协乐的，即使专守平仄，当也不失其节奏之美。至"神而明之，存乎其人"的境界，又不是区区的文字所能表达的了，所谓"梓匠轮舆能与人规矩，不能使人巧"，文字的职能只限于"规矩"而已。所以我主张学词而专以填词为目的的人不必严守声韵，想也不至于触犯了词体的尊严吧。

原载《文史杂志》第5卷第1、2期合刊，1945年

注释：

① 见《渔隐丛话》。

② 见张拣《侃词词话》。

③ 见《乐府指迷》。

④ 杨守斋《作词五要》第四要,见张炎《词源》附。

⑤ 守斋精音律,说见《蘋洲渔笛谱》,《词源》及《宋稗类钞》。

⑥ 说见《挥麈余录》。

⑦《蕙风词话》一。

⑧《七颂堂词绎》。

⑨ 朱希真《应制词韵》十六条及张辑之"衍义"冯取洽之"增补",仅见称陶宗韶记,原书已佚。

⑩ 所谓最精自然是指大多数人所承认的。

⑪ 虽梦窗有此种句法,究不可与和作同论。

⑫ 而上面所举的,或单严上,或单严去,或单严入,都不算是严守四声。

⑬ 蒋兆兰《词说》,声韵和音律本不同,但此地所谓音律即指声韵。

⑭ 北音无入声不必说,上去声也许多地方的人辨别不清,检起书来也不无出入,比方"似"、"是"两字,《广韵》隶属上声,《中原音韵》就隶属去声。一字数音的更在所不计了。

⑮《古香吟草堂诗余发凡》。

⑯ 康与之和方回此词亦同。

⑰ 后来强有作七字句的,后起不足为据。

⑱《词统》注:"纵"字为衬字是也,或以"也"字为衬字,去"也"则文义又不通了,是不对的。

⑲ 这两用睡字句,并非叠句。

⑳ 蒋捷《水龙吟》"醉兮"首同此,谓之福唐体,或独木桥体。

㉑ 此例最奇特,只见此首。

㉒ 按元微之说,见其所作《乐府古题序》。

宋词风格流派略谈

詹安泰

　　一般谈宋词的都概括为豪放和婉约两派。这是沿用明张綖（世文）评价东坡、少游的说法（见张刻《淮海集》），是论诗文的阳刚阴柔一套的翻板，任何文体都可以通用，当然没有什么不对。不过，真正要说明宋词的艺术风格，这种两派说就未免简单化。清初顾咸三（仲清）说："宋名家词最盛，体非一格，辛、苏之雄放豪宕，秦、柳之妩媚风流，判然分途，各极其妙；而姜白石、张叔夏辈以冲淡秀洁，得词之中正。"（见高佑釲《迦陵词全集序》引）对姜、张的评价对不对是另一问题，但把他们划出豪放、婉约两派之外，则较为切合实际。此外如周济的四家说，戈载的七家说，郭麟的四体说，陈廷焯的十四体说（包括唐五代）等等，各有所见，莫衷一是。

　　其实，如果细加区别，即使一个作家一生的创作，风格也不是一律的。大家知道，写"大江东去"（《念奴娇》）的苏轼，也写过"彩索身轻长趁燕，红窗睡重不闻莺"（《浣溪沙》）这么娇媚的作品，以精艳著称的贺铸，也不无慷慨激越的名篇（《六州歌头》、《水调歌头》）。就以被看成"词语尘下"（李清照评柳词）的柳永词来说，除通俗浅显、细密妥溜的表现之外，有如《八声甘州》一类的壮阔浑融，有如《双声子》一类的沉顿苍凉，有如《满江红·桐川》一类的高雅精健，都不能说不是他的艺术风格的表现。我们说某一作家属于某一流派，也只是就其总的表现说，不能看成他的绝对唯一的表现。老练的作家，是能够随物赋形，因宜应变的。

　　照我的浅见，宋词的艺术风格，可归纳为真率明朗、高旷清雄、婉约清新、奇艳俊秀、典丽精工、豪迈奔放、骚雅清劲、密丽险涩等派，每派各有代表作家和附属作家。此外，北宋前期还有一些继往开来的风格流派。

　　在这里，我想对每一流派略加疏说。至北宋前期的风格流派，则另文论述。

一　真率明朗

以柳永为代表。不事假借，极少粉饰，有甚说甚，而委曲详尽，妥帖谐叶，既明朗，也深切。这是民间词的特色，应该是柳词的来源。项安世说，"杜诗柳词，皆无表德，只是实说"；李之仪说，"耆卿词，铺叙展衍，备足无余"；周济说，"柳词总以平叙见长，或发端，或结尾，或换头，以一二语勾勒提缀，有千钧之力"；刘熙载说，"耆卿词，细密而妥溜，明白而家常，善于叙事，有过前人"：这类说法，都是从柳词总的艺术风格着眼的。柳词确有这类特色，这在以前的文人词中还没有出现过。《乐章集》中绝大多数都是这种风格的表现，我们如果把它们细加比对（如以《迎春乐》比对敦煌曲的《送征衣》，以《斗百花》比对敦煌曲的《倾杯乐》之类），还可以看出它们和民间词一脉相承的线索。不过，柳永毕竟是一个"才子词人"，他也发挥了文人词的长处。晁补之（一说苏轼）就曾这么评过他的《八声甘州》："世言柳耆卿曲俗，非也，如'霜风凄紧，关河冷落，残照当楼'，此语于诗句，不减唐人高处。"后来的词评家如宋翔凤说它"高处足冠群流"，如周济说它"言近意远，森秀幽淡之趣在骨"，如郑文焯说它"能以沈雄之魄，清劲之气，写奇丽之情，作挥绰之声"，都是从柳词这一方面着眼的。由于这一方面更适合封建文人的口味，因而学柳词的人也偏于这一方面，逐渐走上典丽的路上去，而对于柳词的真率明朗的风格却由削弱而至于消失。

沈唐、李甲、孔夷、孔处度、晁元礼、曹组都是学柳词的嫡派。聂冠卿、杜安世等属于这一派而不及柳之自然。受柳词影响而另成派别的有婉约清新派和典丽精工派的词人。

二　高旷清雄

以苏轼为代表。这是文人词的提高和发展，源于五代十国的韦庄和李煜。北宋的范仲淹、欧阳修、王安石都有部分词显示出这种风格，到苏轼才达到成熟阶段，并提倡这种风格和柳永一派相对立。"高处出神入天，平处当临镜笑春，不顾侪辈"（王灼《碧鸡漫志》）；"一洗绮罗香泽之态，摆脱绸缪婉转之度，使人登高望远，举首高歌，而逸怀浩气，超乎尘垢之外"（胡寅《酒边词序》）；"无意不可入，无事不可言"（刘熙载《艺概》）。这是苏词的特色，既高旷，又清雄，《东坡乐府》中大部分是表现这种风格的作品，《西江月》（三过平山堂下）、《水调歌头》（明月几时有、落日绣帘卷）、《永遇乐》（明月如霜）、《八声甘州》（有情风万里卷潮来）等充分证明了这一点。苏轼扩大了词的境界，使词抒写的范围等同于诗歌，甚至展延到散文的领域，这在词的发展史上是一种很大的贡献。

苏词也有写得很豪放的，除上举"大江东去"一首外，如《念奴娇》（凭高眺远）、《南乡子》（旌旆满江湖）等都是。也有写得很妍丽的，除上举"道字娇讹苦未成"（即含有"彩索"一联的）一首外，如《蝶恋花》（花褪残红）、《鹧鸪天》（笑撚红梅）等都是。但这类词为数不多，不能把它们来代表这派词的独具的风格。

由于取材太易，出笔太快，这派词也不无庸滥肤浅之作。

自苏轼以下，黄庭坚、晁补之、叶梦得、朱敦儒、陈与义等，都是有意学苏的，可以归入这一派。当然，他们中间也有受到柳永影响的。张元干、李纲、张孝祥等继承这一派而较沉着悲壮，是由这一派过渡到豪放派的桥梁。

三　婉约清新

以秦观、李清照为代表。秦观远师南唐，近承晏、欧而参以柳永；时有凄怨之音，似李煜中期之作，比晏、欧伸展，比柳永雅丽。《淮海居士长短句》中，不少工细精刻的描写，但一般不露着力痕迹，故看来仍极和雅，浑融而不陷于纤巧；表情重婉转含蓄；有铺排，但颇凝整。这和他的"女郎诗"有共通之点，都标志着他个人的性格特征。在当时柳、苏之外自成一种风格，而和柳较接近。蔡伯世说："子瞻辞胜乎情，耆卿情胜乎辞，辞情相称者唯少游一人而已。"这是说秦词的情辞兼胜。《四库提要》："观诗格不入苏、黄，而词则情韵兼胜，在苏、黄之上。"这是说秦词的情韵兼胜。把秦词抬高到压倒柳、苏的地位，固然是一种主观的看法，但也可见秦词是另一种面目，不能把它隶属于柳派或苏派。《踏莎行》（雾失楼台）、《八六子》（倚危亭）、《望海潮》（梅英疏淡）、《满庭芳》（山抹微云）等是他的代表作，可看出他的风格所在。张炎说它"清丽中不断意脉，咀嚼无滓，久而知味"（《词源》），张绫说它"婉约"（张刻《淮海集》），周济说它"和婉醇正"（《宋四家词选序论》），刘熙载说它"自出清新"（《艺概》），都能道出秦词的艺术风格。不过，秦词毕竟缺乏独创性。到了李清照，这派词才真正达到了高峰。

李清照虽说过这样的话："秦少游专主情致而少故实，譬如贫家美女，虽极妍丽丰逸，而终乏富贵态。"（《论词》）实则她的词风和秦词还是一脉相承的。她的词也没有什么"故实"，创作和理论并不一致。只是由于她所处的时代和她自己的经历的关系，使她的词风前后有所不同：前期较妍媚，后期较凄怨。可是，它的总倾向还是婉约。她的造句遣辞不少新创，她的描写手法曲折深透，往往出奇制胜，即平易近人之作，也摒绝庸滥，独标清新，在婉约派中，比较秦观，实已跨进了一大步，达到了最成熟的阶段。王士祯谓"婉约以易安为宗"（《花草蒙拾》），并非过誉。《渔家傲》（天接云涛）、《一剪梅》（红藕香残）、《声声慢》（寻寻觅觅）、《永遇乐》（落日镕金）等是她的代表作。

这派词，除秦、李外，赵令畤、谢逸、赵长卿、吕渭老等都在不同程度上朝着这个方向走。

四　奇艳俊秀

以张先、贺铸为代表。张先和晏、欧、柳同时，但他的词的接触面比他们广，已有不少标题，也有部分创调和慢词，可以看出他不是一个墨守故常的词家，而是一位创作的高手。他抒写平凡的景物情事都富有韵味。晁补之说："子野韵高。"（《复斋漫录》引）这"韵高"确是张词的一种特征。《张子野词》中还有不少奇横的意境，不少精警的句调，这都是他匠心独运，卓尔不群的表现。《醉垂鞭》（双蝶绣罗裙）、《天仙子》（水调数声）、《千秋岁》（数声啼鴂）、《倾杯》（飞云过尽）等词，表现了他的独特的风格。

贺铸词，绝大部分是写骚情艳思的，但创新的意境和精美的语言层出不穷。他善于驱使古人的辞句，做到"推陈出新"的境地。一些平凡的事物，他也写得精力饱满，神采飞动，使人耳目一新。《东山寓声乐府》中还有小部分雄奇俊伟之作，实为南宋张孝祥、辛弃疾的前驱。《半死桐》（重过阊门）、《横塘路》（凌波不过横塘路）、《伴云来》（烟络横林）、《六州歌头》（少年侠气）等标志着他的词的风格特征。

张、贺的词风，虽各有所长，也各有所偏，而笔力精健，采藻艳逸，则是他们的共通之点。比起柳永、苏轼、秦观来，用笔较着力，色采较秾丽，因而他们别成一种风格。由于张词的命笔遣辞较有迹象可寻，有人就说张先是"偏才"（《宋四家词选序论》），贺词喜运用前人辞句，有人就说贺铸是"拾人牙慧"（《词绎》），其实，这是不公允的。

属于这一派的词人，有王观、李廌、李之仪、周紫芝等。

五 典丽精工

以周邦彦为代表。他继承柳永而着重其中文人词的因素，并吸取"花间派"以后所有非苏派的文人词的特色。他是重视诗歌传统的，但他是"融化诗句"入词，而不是使词的抒写范围等同于诗歌，所以和苏词大异其趣。一般说来，他遣辞造句，用意命笔，都十分矜慎，辞语精练，结构严密，思力深透，音律谐叶，已达到了很高的艺术境界。陈振孙说他"长调尤善铺叙，富艳精工"（《直斋书录解题》），王国维说他"言情体物，穷极工巧"（《人间词话》），都是很恰当的。常州派词人把他抬高到自有词人以来最高的地位，那就未免过分了。《兰陵王·柳》、《六丑·蔷薇谢后作》、《夜飞鹊·别情》、《瑞龙吟》（章台路）、《苏幕遮》（燎沈香）、《少年游》（并刀如水）等，是为人传诵的名篇。

由于周邦彦曾做过大晟乐府的提举官，他在艺术技巧上又达到了文人词中很高的地位，因而周词在当时就有不小的影响，如万俟咏、晁端礼、徐伸、田为等都可以说和周词是同一派系的。李清照在《论词》中虽然没有提到周邦彦，但从她所指摘的各家的缺点来看她的主张，如高雅、协乐、浑成、典重、铺叙等，都是周词所具有的，可见周词在当时的支配力量。

南宋词人，除走苏、辛一路的以外，或多或少都受到周邦彦的影响，不过不能看成是他的嫡派。

六 豪迈奔放

以辛弃疾为代表。其源出于苏轼，经过贺铸、张元干等悲壮激昂之作，益以时代的剧变，使这一派词走上雄奇跌宕、豪迈奔放的道路而另成一种独特的风格。苏词虽然是"无意不可入，无事不可言"，但毕竟是"以诗为词"（陈师道语），是"衣冠伟人"（谭献语）。到了辛弃疾，那就经、史、子、集任意驱遣，自然合度，是英雄豪杰、"弓刀游侠"（谭献语）了。这是辛词的特色，学辛词的人都学他这种特色。实际上，辛弃疾是一位才大、学博、有丰富的阅历、有深厚的感情，而又创造性很强的作家，他的词是兼有婉约、俊秀、典丽种种面貌的，这就不是学辛词的人都做得到，不过他不是用这些来独开户牖和影响别人罢了。刘克庄在《辛稼轩集序》中说："公所作，大声镗鞳，小声铿鍧，横绝六合，扫空万古，自有苍生以来所未见（"未见"一作"无"）。其秾纤绵密者，亦不在小晏秦郎之下。"是符合实际情况的。

辛弃疾词，现存六百二十余首，杰作甚多，《摸鱼儿》（更能消几番风雨）、《永遇乐》（千古江山）、《菩萨蛮》（郁孤台下）、《祝英台近》（宝钗分）、《青玉案》（东风夜放花千树）等最脍炙人口。辛词中有部分文字游戏之作，当然不值得重视。

这一派词人有陆游、陈亮、刘过、刘克庄等。陆游比辛稍前，词风在苏、辛之间，以内容和辛接近，故不归苏派而归辛派。刘克庄比辛稍后，词风在陆、辛之间，"与放翁、稼轩，犹鼎三足"（冯煦《宋六十一家词选例言》）。

七 骚雅清劲

以姜夔为代表。他自周邦彦来而有新变。有时也学东坡之高旷，而无其襟抱；也学稼轩之劲健，而无其魄力。极意创新，力扫浮艳，运质实于清空，以健笔写柔情，自成一种风格，仿佛诗中的江西诗派。他精乐律，有十七首自注工尺旁谱，为流传下来的宋词所仅见。宋人评他的词，或说"精妙"（黄升），或说"清空"、"骚雅"（张炎），或说"高远"（陈郁），或说"清劲"（沈义父），各有所见，其中"骚雅"、"清劲"的评语似更恰当。《点绛唇》、《扬州慢》、《齐天乐》、《凄凉犯》、《惜红衣》、《暗香》、《疏影》等都是姜词中的杰作。

姜词在当时以至后代，都有较大的影响。朱彝尊谓："词莫善于姜夔，宗之者张辑、卢祖皋、史达祖、吴文英、蒋捷、王沂孙、张炎、周密、陈允平、张翥、杨基，皆具姜夔之一体。"（《黑蝶斋诗余序》）这是浙派词人有意抬高姜词的说法，实则除特别推重姜词的张炎外，都是探源周邦彦，甚至还有更接近辛弃疾的（如蒋捷）。说他们受姜词的影响很深则可，把他们都看成姜词的嫡派，那是不切合实际的。勉强可以归入姜派的是史达祖、高观国、周密、王沂孙和张炎，而史太丽，高太粗，周太密，王太深，张太空，各有所失，仍不能和姜词等量齐观。

八 密丽险涩

以吴文英为代表。远祖温庭筠，近师周邦彦。讲究字面，烹炼句法，极意雕琢，工巧丽密，往往陷于险涩，而貌略近诗中的李贺和李商隐，而更为隐晦。

　　吴词也有较为疏宕流畅的，如《八声甘州》（渺空烟四远）《风入松》（听风听雨）、《唐多令》（何处合成愁）之类，但为数不多。

　　吴词在当时就有两种截然不同的评价：尹焕誉它可以媲美清真，冠绝两宋（《绝妙词选》引）；张炎讥它"如七宝楼台，眩人眼目，拆碎下来，不成片段"（《词源》）。都不免一偏之见。吴词最吃香的时期是在清中叶以后，常州派词人周济《宋四家词选》标揭他和周邦彦、辛弃疾、王沂孙为四派的首领，把他们来领导两宋的词家，说他"奇思壮采，腾天潜渊，返南宋之清泚，为北宋之秾挚"。之后，如陈廷焯、朱祖谋、况周颐、陈洵等都极力抬高吴词的声价，作为学习的典范，直至今天，还有不少写旧词的人受到他们的影响；甚至还有人故神其说，说"梦窗之词，与东坡、稼轩诸公，实殊流而同源"（《香海棠馆词话》）。这是不正确的。

　　明显地可以看出走吴词一路的有尹焕、黄孝迈、楼采、李彭老等。

　　　　　　　　　　原载香港《大公报》艺林专刊，1966年2月27日

"词"的原始与形成

在历史上说词之起源者，略可分为两派：一是"词由诗变来"，二是"词与诗相并而行"。主张由诗变来的这派，朱熹说得最明白：

> 古乐府只是诗中间却添了许多泛声，后来人怕失了那泛声，逐一声添个实字，遂成长短句，今曲子便是。（《朱子语类》）

这是说词由诗来。后来因为唐人多半以绝句为乐府，所以遂由普通的"诗"而变为"律诗"，如：

> 唐人乐府，原用律绝等诗杂和声歌之，其并和声作实字，长短其句，以就曲拍者，为填词。（《全唐诗》）

这种从"诗"字衍变成"律绝"的渐层的屡积，到方成培更说得准切：

> 唐人所歌，多五七言绝句，必杂以散声，然后可被之管弦，其后遂谱其散声，以字句实之，而长短句兴焉！故词者，所以继近体之穷，而上承乐府之变者也！（《啸园丛书·香研居词麈》）

这是明言词自五七言绝变来，这种渐层式的变迁，是否可信，到后来再说。

至于主张词非由诗变衍而来的人，宋以前的张子野、王柏厚已有这样的意思：

> 粤自隋唐以来，声诗间为长短句。……（张炎《乐府指迷》）（编者按：此处作者有误。）

> 古乐府者，诗之旁行也。词曲者，古乐府之末造也。（《困学纪闻》）

后来的汪森、成肇麟、张惠言、郑叔问、刘师培诸人，更有许多精到的解说：

> 自有诗而长短句即寓焉，《南风》之操、《五子》之歌是已，周之《颂》三十一篇，长短句居十八，汉《郊祀歌》十九篇，长短句居其五，至《短箫铙歌》十八篇，篇皆长短句，谓非词之源乎？迄于六代《江南》、《采莲》诸曲，去倚声不远，其不即变为词者，四声犹未谐畅也。自古诗变为近体，而五七言绝句传于伶官乐部，长短句无所依，则不得不更为词。当开元盛日，王之涣、高适、王昌龄诗句，流播旗亭，而李白《菩萨蛮》等词，亦被之歌曲。古诗之于乐府，近体之于词，分镳并骋：非有先后。谓诗降为词，以词为诗之余，殆非通论矣！ （汪森《词综序》）
>
> 十五《国风》息，而乐府兴，乐府微而歌词作。其始也皆非有一成之律，以为范也。抑扬抗队之音，短修之节，运转于不自已，以蕲适歌者之吻。而终乃上跻于《雅》、《颂》，下衍为文章之流别，诗余之名，盖非七朔也。唐人之诗未能胥被管弦，而词无不可歌者。 （成肇麟《七家词选序》）
>
> 古之乐章皆歌诗，歌诗之外又有和声，所谓曲也。隋唐以来，声诗间为长短句，至唐贞元、元和间，新奏竞作，乃以词填入曲中，不复用和声，是为歌词之始。 （郑叔问《瘦碧词自序》）

按郑说本张子野，然词义稍晦。

> 上古之时，六艺之中，诗乐并列，而诗有入乐不入乐之分……降及秦汉，乐经遂亡，然汉设乐府之官，而依永和声，犹不失前王之旨。及乐府之官废，而乐教尽沦。——夫民谣里谚，皆有抑扬缓促之音，声有抑扬，则句有长短，乐教既废，而文人墨客无复永言咏叹，以寄其思。乃创为词调，以绍乐府之遗。…… （《国粹学报》刘师培《论文杂记》）

按张氏言已见前引。

我觉着这两种说法，也都"是"，也都"不是"。因为以词生于诗的那种人，他们的观点跑不了从词的"质"上说；那种以词与诗并行的人，他们的观点跑不了从"形"上说：各都得了一偏。但是，从质上立说的人，他们根本不知道诗中的"绝句"乃是六朝以前的南方民谣，而被唐人割取为律诗之一体的事实。既已把"绝句"的系统生骗进入了律诗去，而"词"也附带被绑。在文体的衍变里，算是一个大错。（参看拙著《文学概论·讲述通论之部·中国文学流变交纽表》）所以说他"不是"。至于从形上著手的人，虽然他们有"长短句是自然的抑扬"的精微底解说，并且又从历史上寻出根据，如刘师培举《殷其雷》为三五言调，《鱼丽》为二四言调，《还》为六七言调，《东山》为换均调，《行露》为换头调。这在原理上虽也可以成说，但一切事象的因子，虽只一个，而其成立，决不仅是这个因子自身的完成。至小限度他们是忘记了个最重要的六朝以后的声律，与至于帮助他（词）成立的音乐。所以他也只得一偏，而不能说全"是"。总上两说看来，一个是知其成因而不知其源始，一个是知其源始而不知其成因。我以为词的源流是：

六朝以前长短句的自然歌、诗，到了唐初，感染了快要过去的那入乐底、修饰底、绝句的声律，——即是被文人采取而稍修饰的意思，——而渐与声诗相近。到了中唐以后，因他的声调底缓急更能使文人与乐工自然地得以控制，遂替代绝句而成为当时的新乐府！

自然，我这节话，除了对于上面二种说法加以调合外，还有不少的新义。现在想更为详细底说明。

自然诗歌与修饰诗歌

欧西是屈折语系（Inffectional Language），便是想要如何地修饰，也不能成为音节整齐的歌诗！咱们中国本是单音系（monasyllabic）的文字，虽然照文字本身的理论上说，易于整齐，但是理论上的易于整齐，乃是修辞者的事，而我们人间自然的音调，是事实上——或说自然的情势上——决不容许你语语同调底！况且在"击壤"而歌、"投足"而吟的时候，还要"五言"、"七言"，闹个整齐的句法，除非咱们中国古人都是天生的诗人！——其实所谓真正的宝贝诗人宁可不要！所以在古代一切尚未经过十分修改的诗歌，如《帝王世纪》的《击壤歌》、《史记》箕子的《麦秀歌》、夷齐的《采薇歌》、《淮南子》甯戚《饭牛歌》，都是长短其句，以舒其情底！即以一部被孔子所删修的《诗经》来说罢，十五《国风》是自然的民歌，所以自然长短的诗篇较多。《颂》这一体是文人加以修饰的东西，便不免有很整齐的现象，而《雅》也不免有点"正"气。（《诗序》"雅者正也"）这也是个好例。头等流氓的汉高祖，自然地歌出

"大风起兮"的长短句。头等粗戆的楚霸王，自然地叫出"拔山"、"盖世"的长短歌。这些长短不齐的诗歌，都是上古以来的自然之音呢。

从上面看来，他们只是高兴了便自然地唱，痛苦了便自然地哭。他们并不是诗人，更不是学者，决不会把句子弄得整齐规矩。可见这种长短句是自然的诗歌！到了汉代才有以诗歌来换饭吃的人。——便是我们所说的文丐。

> 按此从会稽章实斋之义，实则文丐之起，至迟当在吕不韦纂《吕氏春秋》时，详拙著《文学概论》第三篇第十二章第二十三节"中国文学者的经济背景研究"一节。

所以从古未有的整齐方块的诗，到汉才出现。这种整齐方块的诗，乃是修饰的诗歌，也即是文人之诗，而不是自然之诗了！这种装点雕砌的诗歌，决不是我们那只有丰富内情而无华美外衣的自然诗人所能梦想得到的！自然他们还是耕耨他们自己的园地。可是历史本只是为资本家而搬演的！所以贫寒的自然诗人的作品，除了留下很大的遗痕结汉人的所谓乐府而外，流传者甚少，不能详考。不过油腻了也想点清淡的吃！锦衣玉食的诗人，也不免有时光顾到菽水藿羹的自然之味、山间水涯的自然之景。阿弥陀佛！我们后人便借了他们这点散淡的消遣，窥见了流传的隐秘。

总括上面的意思是：长短句的诗歌是自生民以来的自然诗歌。更可以断定他是万世不朽的"真实"。整齐方块的"诗"是汉以后的文丐弄的玄虚，也即是随世而移的"价格"。

自然的长短诗词的正宗

万世不朽的长短句，自与汉世的"诗"并世而驰以后，俨然分为两派。翠袖红裙的美人，在有闲阶级的锦簇里流行著。村姑娘自然也只伴著积柴黄日中的健壮者挣扎！到了六朝时，这个早熟的翠袖红裙的美人，被过暖过饱所袭，已无能保持她少女的风态，不能不承时趋利，而更加以描眉添鬓的装点，尽量放发其少妇的妖艳，而成为唐诗。少妇是最能知道"恋爱"这件事的一个对手，自然她也可以睥睨一时，不过终尽不能制服她家老爷的情念，最初他只觉得村姑之自然可爱，从自由适情底消遣，而渐至于与村姑恋爱。这时的村姑受了时髦的移化，已渐改装。——即六朝时南方吴楚民谣有与绝句相同之形式者！

按文学演进，先受自民间，及其由文人固定其形式而更恢潢之后，俗文学又反而效尤。此几成一种通例！又按《宋书》谓："吴歌雅曲，始皆徒歌，既而被之管弦，又因金石作歌以被之。"唐人以绝句入乐之情事益可概见。

渐至于私与人通而生子。——即唐人绝句，详《语丝》五卷四十期《绝句探原》一文。不幸她随即被弃。而她的爱子，又已受了贵人的胎气，而为适夫人所攘夺了！——即唐人以绝句为"截律诗"之义。待到爱子成人以后，因为"子贵"的关系，她那自然的身上，也依据著得穿戴些锦绣之饰，——这便是后世词源于绝句的颠倒之说所由生。但这个时候名分上仍在偏房，备妾媵之位，她的爱人对他的适妇称她为"诗余"。到后来她日渐得宠，遂攘适夫人——即律诗——之位而代之。于是这位村姑变成了锦簇里的美人。虽然她"村"的体态始终未脱，可是已渐被脂粉之毒而渐向死的路去了！此是后话，表过不提。

总括起来说，后来成为锦衣玉食的这个人，依然是从前的那个村姑的本身。即后世之词，乃前世自然诗体的长短句之被以声律者。我们现在便征实述叙如下，看看她历世变迁的情形。至于绝句本身前后的问题，请参《语丝》五卷四十期《绝句探源》一文。

六朝长短诗歌的演进与绝句的并行

因为自然长短句存流者少，许多材料都在文人的集子里。

东汉时的《东门行》、《西门行》、《孤儿行》以及"悲歌可以当泣"的悲歌，"失我焉支山"的《匈奴歌》，"秋风萧萧愁杀人"的《古歌》，都可以作长短句自然诗歌的实例。这种自然诗歌，不仅适于民情之自然，亦且合于音乐之调节，所以这便是那最讲修饰的廊庙乐府也不能不屈就三分。西汉的乐府如《郊祀》、《房中》等不必说！东汉与曹魏的乐府也长短不齐。其理盖可想见。在张华《上寿食举歌诗表》中说：

按魏《上寿》、《食举诗》，及汉氏所施用，其文句长短不齐，未皆合古。盖以依咏弦节，本有因循。而识乐知音，以制是声度曲，法用率非凡近所能改。二代三京，袭而不变，虽诗章词异，兴废随时，至其韵逗曲折，皆系于旧。有由然也。是以一皆因就，不敢有所改易！（《汉魏百三家集·张司空集》）

因为要求合于旧有的韵逗曲折，而一皆因就，不敢改易。这可见诗歌之自然长短，是音乐之自然节奏的匹配。而依声填词的风气，在聪明的唐代诗人以前，早有人了！

这种自然诗体，一方面在他的本家——民间——流行著；一方面已选入禁苑——乐府。于是诗人的仿作，一天天加多，而都赠与乐府的嘉名。我现在便从这两方面——自然诗歌与乐府——随顺著时代述叙如下：

近来好奇一点的朋友，有举左延年的《秦女休行》为词体之始的！其实倘若要这样说，则在魏时我们还可以举出曹子建的《来日大难行》、《当墙欲高行》等早已具备长短自然之式了呢！但毛奇龄以为鲍照的《梅花落》，可名为古词。似乎也不妥当！

> 按此为五七言杂诗，照另有《夜坐吟》一首，乃七言三言组成者，更与词体近。

因为我们读读晋人的：

> 绣幕围香风，耳节朱丝桐。不知理何事？浅立经营中。爱惜加穷袴；防闲托守宫。今日牛羊上丘陇；当年近前面发红。（晋人《乐辞》）

已是很与词近的作品了！而《绵州巴歌》及荀勖的《王公上寿酒歌》等篇更是居然词格风味！而晋时《西曲歌》中的《月节折杨柳歌》十三首，每首中用"折杨柳"三字为一种调儿，每首字数，每句字数，都有定形。以及《寿阳乐》九曲，每曲三句，首尾五言，中一句三言，都像是按谱填词一般。还有无名氏的《休洗红》二首，《女儿子》二首，也都可算是后来的词的雏形。

> 按《古今乐录》曰："儿女子，依歌也。"又冯舒《诗纪匡缪》以《休洗红》二首为新都杨氏慎所讹，然赵则古《学范》已引之矣！杨氏固善造膺者，然此二诗，清上爽切，不似杨氏繁泣促节者所能拟，故不用冯说！

这些都是萧梁以前的材料，但是这些在梁以前的东西，我实在不愿意承认他有这么一回事，我只想说他只有这么一个景象！经过宋齐的流衍，如：

谢灵运《上留田》，陆厥《临江王节士歌》，刘涌《饯谢文学离夜》，东昏时《百姓歌》。

到了梁以后至于初唐，这个时期，因了南北的接触，胡乐的输入，而时有新声。

《旧唐书·音乐志》云：

> 宋梁之间，南朝文物，号为最盛，人谣国俗，亦世有新声。……

又曰：

> 自周、隋以来，管弦杂曲，将数百曲，多用西凉乐，鼓舞曲多用龟兹乐，其度曲皆时俗之所知也。……

歌声既有变迁，歌词也不能不变。又因为这次的变迁，乃民族间的大相参合，不比张骞入西域得胡角的事实，只于国家的廊庙的歌诗发生影响，于民间无甚关系者可比。既已是"俗之所知"，又得在上位者的提倡——如北齐后主的制《无愁曲》，胡乐歌人有至开府封王者。及隋炀帝的御史大夫裴蕴的杂取西凉、龟兹、天竺、康国、疏勒、高丽等曲，以合于清乐皆是。不仅民间一般的无名作家的作品，日益加多，即是文人的仿作，亦日益进步。梁武帝的《江南弄》七首的调子，是七、七、七、三、三、三字句的组合。简文帝、沈约诸人之作亦完全相同，沈约《六忆》六首也好似照谱填就的六首词。而简文的哥哥昭明太子的《拟古》一首，更是情辞并茂，居然唐人小令矣，其词曰：

> 窥红对镜敛双眉，含愁拭泪坐相思，念人一时许多时。眼语笑靥近来情，心怀心想甚分明。亿人不忍语，衔恨独吞声！

按此诗《玉台》作简文，兹从宋本《明昭集》。

你看他起首三句，句句用韵。后来换了韵，做四句。而在后两句上，换七言为五言。俨然俱备词的双调的情势了！同时的张率（士简）的《长相思》二首也为后来拟作诸家的体式。他的调子是三、三、七、三、三（此二句，第一首合作一个七字句）、五、五、五、五。后来如陈后主、徐陵、陆琼、江总诸人之作，都完全相同。并且都是以"长相思"句为首的。

> 按昭明又有《长相思》一首，则纯五言诗也！

这些都是在梁时已隐具排调的身份，已足以说明词之来源。另外还有许多与词体相近的东西，如陶宏景的《寒夜怨》，徐勉的《迎客》、《送客》两曲，王筠的《楚妃吟》，北魏胡太后的《杨白花》及广平《李波小妹歌》等，以及同后来陈后主《听筝》诗相同的简文帝的《春情》，都是俨然词的体态，而陈陆玢的《赋得杂言咏栗》一首，句法是六、六、六、六、三、三、三、三，在题上又用了"杂言"二字，这可见词体之渐渐昌明的事实。而我尤爱苍茫的《敕勒歌》，这是一首翻译鲜卑语为齐语的长短歌。

> 敕勒川，阴山下。天以穹庐，笼盖四野。天苍苍，野茫茫。风吹草低见牛羊。

我也爱清凉凄婉的《咸阳王歌》，因为他是情词清真的。

> 可怜咸阳王，原何作事误！金床玉几不能眠，夜踏霜与露。洛阳湛湛弥长岸，行人那得渡！

我更爱卢士深妻崔氏的《靧面辞》，因为他是母爱的"摇篮曲"。

> 取红花，取白雪，与儿洗面作光悦；取白雪，取红花，与儿洗面作妍华。
> 取花红，取雪白，与儿洗面作光泽；取雪白，取花红，与儿洗面作华容。

按此诗本为一首，余以为前后两次反复，俨然是一词调，与蜀王衍《醉妆词》"者边走，那边走，只见寻花柳"一调相同，一至少限亦与《休洗红》相比，故妄为分写。

到了隋时，因为国祚的短促，事实上所表现者甚少，毛奇龄以为炀帝的《夜饮朝眠曲》（又题《效刘孝绰杂忆诗》二首）可为隋词，这是沈约《六忆》的长子。至于毛氏又举炀帝《望江南》，这首诗完全与后世的词体词名等都相同，词家也都以为是词之祖。但这是见于唐韩偓的《山海记》里底。据段安节

《乐府杂录》，徐钅《词苑丛谈》等书作言，则这诗是中唐以后的作品。大概必不是隋时的东西了。至于杨慎《词品》所载的《回纥曲》、韩偓《迷楼记》所载的侯夫人《一点春》，都在可信不可信之间，我也不以为例。但在当时有首奇怪的诗，想是游戏之作罢？但颇能考见词的风味，便是释慧英的《一三五七九言诗》。

> 游！
> 愁！
> 赤县远，丹思抽。
> 鹫岭寒风驶，龙河激水流。
> 既喜朝闻日复日，不觉年颓秋更秋！
> 已毕耆山本愿诚难住，终望持经振锡往神州。

你看这样和谐的声音，这样参差的排调，以及这样清壮的词句，那里还不能算词的体吗？

> 按此为白居易《一七令》词所本。其词曰："诗。绮美，怀奇。明月夜，落花时。能助欢笑，亦伤别离。调清金石怨，吟苦鬼神悲。天下只应我爱，世间惟有君知。自从都尉别苏句，便到司空送白辞。"

初唐古曲之灭亡，胡夷里巷之杂糅新乐府之放发，绝句之入乐，三事为词之所胎袭。

唐人长短句，不仅是形式与词体近，而神韵风格，决不能说于词无关了！简单地写点在下面。譬如长孙无忌的《新曲》。

> 家住朝歌下，早传名。结伴来游淇水上，旧长情。玉佩金钿随步动，云罗雾縠逐风轻。转目机心悬自许，何须更待听琴声！
> 回雪凌波游洛浦，遇陈王。婉约娉婷工语笑，侍兰房。芙蓉绮帐还开摭，翡翠珠被烂齐光。长愿今宵奉颜色，不爱闻箫逐凤凰。

太白的《长相思》：

长相思，在长安。络纬秋啼金井阑，微霜凄凄簟色寒。孤灯不明思欲绝，卷帷望月空长叹！美人如花隔云端，上有青冥之高天，下有渌水之波澜。天长路远魂飞苦，梦魂不到关山难。长相思，摧心肝！

以及如顾况的《长安道》、《公子行》，孟东野的《湘弦怨》。而白居易、元微之所作尤多。

在这许许多多的唐人新乐府里，虽也只是一些自然的长短句，但他的风态情趣，可决然与六朝以前不同，自然这些作家都不免受点声律的影响，所以长短句也有点"诗"的胎气，因这样的长短要生出拘于声律的"词"，自然是较易的事。第一次正式与诗结婚的事，便是绝句之入乐，所以能结合的原因，是"古曲之亡佚"，介绍人，却又是四夷乐器之输入。我现在先从他们结合的原因与介绍人说起，再说它们结合的实情！

《唐书·音乐志》里有这样的一段话：

宋梁之间，南朝文物，号为最盛，人谣国俗，亦世有新声。后魏孝文、宣武，用师淮、汉，收其所获南音，谓之《清商乐》。……遭梁、陈亡乱，所存盖鲜……武太后之时，犹有六十三曲，今其辞存者，惟有《白雪》、《公莫舞》、《巴渝》、《明君》……《子夜》、《吴声四时歌》……及《欢闻》、《团扇》、《懊侬》……《乌夜啼》、《石城》、《莫愁》、《襄阳》、《栖乌夜飞》……《采桑》、《春江花月夜》等三十二曲，《明之君》、《雅歌》各二首，《四时歌》四首，合三十七首，又七曲有声无辞，《上林》、《凤雏》、《平调》、《清调》、《瑟调》、《平折》、《命啸》，通为四十四曲存焉。……自长安以后，朝庭不重古曲，工伎转缺，能合于管弦者，唯《明君》、《杨伴》、《骁壶》、《春歌》、《秋歌》、《白雪》、《堂堂》、《春江花月》等八曲，旧乐章多或数百言，武太后时，《明君》尚能四十言，今所传二十六言，就之讹失，与吴音特远。……

古曲这样地陵替，正为他那相依为命的乐器底凭虚而入的散亡！乐器的散亡，也即是曲调标准的散亡。

本来在北朝的各国，多半是北方的鲜卑种，根本不晓得什么是古曲，自然他们是自己带著音乐而来的，于是乎"下武之声，岂姬人之唱，登歌之奏，叶鲜卑之音"，"制氏全于胡人，迎神犹带边曲"矣。当时的南朝，虽然有一二敝帚自珍好古敏求的君主，总敌不了六朝绮靡之气，除了喜好"自我作古"而外，也采了不少的代北之音。所以到了隋的开皇七部伎、大业九部伎，便不能不是胡乐醇化的乐府。这我们只消一读《隋书》及《唐书》的《音乐志》，便会明白。

> 永嘉之后，咸、洛为墟……曲章始尽，江左掇其遗散，尚有治世之音。而元魏宇文，代雄朔漠，地不传于清乐，人各习其旧风。虽得两京工胥，亦置四厢金奏。……（《唐书·音乐志》）

> 魏氏本自云、朔，肇有诸华，乐操土风，未移其俗。至道武帝皇始元年，破慕容宝于中山，获晋乐器，不知采用，皆委弃之。……乐章既阙，杂以簸逻回歌……至太武帝平河西，得沮渠蒙逊之伎，宾嘉大礼，皆杂用焉。此声所兴，盖苻坚之末，吕光出平西域，得胡戎之乐，因又改变，杂以秦声，所谓秦汉声也。……（《隋书·音乐志》）

> ……后主嗣位，眈荒于酒。……尤重乐道，遣宫女习北方箫鼓，谓之代北，酒酣则奏之，又于清商乐中，道《黄鹂留》及《玉树后庭花》、《金钗臂垂》等曲，与幸臣等制其歌词。……

> 开皇初定会置七部乐：一曰国伎，二曰清商伎，三曰高丽伎，四曰天竺伎，五曰安国伎，六曰龟兹伎，七曰文康伎。又杂有疏勒、扶南、康国、百济、突厥、新罗、倭国等伎。……大业中，炀帝乃定清乐、西凉、龟兹、天竺、康国、疏勒、安国、高丽、礼毕以为九部。……（并见《隋书·音乐志》）

一方面古乐古曲之散亡，一方面胡乐势力之膨胀，所以到唐修雅乐，便不能不取"斟酌南北，参以古音"（《唐书》祖孝孙奏书语）的方法。

以国家的权力，而不能恢复古曲，仍本胡乐，则胡乐、胡曲之影响于民间、影响于文人，也是自然的趋势。所以自"开元以来"的歌者，便不能不"杂用胡夷里巷之曲"。这便是词的启蒙。于是词的来源，我们大概可以寻出两条路子，一条是把胡乐的调子原样底或者加以稍许改变底填进词去。一是采取民间已有——旧有或新生——的词，谱入乐里去。在第一条路所生的词，我们只消看看崔令钦《教坊记》、王灼《碧鸡漫志》、段安节《乐府杂录》里所载的曲调，同万氏《词律》以及《钦定词谱》里所载的词调，比较一看，便可知道。譬如《胡旋》、《胡腾》、《绿腰》、《垂手罗》、《回波乐》、《阿辽曲》、《八拍蛮》、《归国遥》、《忆汉月》、《阿也黄》、《女王国》、《南天竺》、

《望月婆罗门》、《穆护子》、《赞普子》、《蕃将子》、《胡攒子》、《穿心蛮》、《龟兹乐》、《胡僧破》等等，这明明是胡乐的曲调，而词调里也用。生在现在的我们，虽然不敢断定其必是相同。但是"必相因袭"一语，总不至太冒失、太唐突罢！至于那个采取民间已有的词，谱而入乐的事，在唐初所存清商乐曲三十二曲的《阿子》、《欢闻》、《懊恼》、《督护》、《襄阳王》、《杨伴》、《三州》诸调，不说而外——因为他们是"其词皆浅俗而绵世不易"（《唐书·音乐志》）——单在万氏《词律》所载的六百余调里，还可以寻出《竹枝》、《讫那曲》、《欸乃曲》、《河满子》、《盐角儿》等调。

除了这两条路外，还有自度腔的词数，却也不少，后来的变化，益加繁复。此是后话，这儿不详讲了。

在上面我们已承认唐初同"曲调"所结合的词是绝句，在此不能不稍加说明，虽然这样的分析愈说愈长，但有什么法子呢？——自然"这"！是文人争论过的，它们原始的结合，只是五七言四句诗，不过已往的历史，本来只是预备给有闲阶级用的，我们自然之歌是不易流传下来。——本来我们在《诗》那一章里说："绝句是南方的民诗。"（详《文学概论·讲述》第五章二节三项）在本章的上面又说过，唐初的乐府，是"斟酌南北，考以古音"的。所谓斟酌南北者，便是用北方替代古乐的新乐，采南方文彩较盛的"词"，以补目那种"绵世不易"的缺憾。因了这两种关系，得了胡乐做媒介，他们便牵起手结婚了。——我现在想把这个事实，稍稍申说一下。在胡仔的《苕溪渔隐丛话》里有这样的一段话：

> 唐初歌曲，多是五七言诗，以《小秦王》为最早，即七言绝句也。如《清平调》、《渭城曲》、《欸乃曲》、《竹枝》、《杨柳枝》、《浪淘沙》、《采莲子》、《八拍蛮》则其体同，其律不同。……

这些曲现在都载在《乐府诗集》里，当时不仅这些小调是如此，便是长调也都是许多绝句组合拢来的，在《乐府诗集》七十九卷里，所载的《水调》、《凉州》、《大和》、《伊州》、《陆州》等等，都是。譬如《凉州》的组织是：

第一歌七绝　第二歌七绝　第三歌五绝　其次：
排遍第一七绝　第二七绝

最长的如《水调》，其组织是：

第一歌七绝　第二歌七绝　第三歌七绝　第四歌七绝　第五歌五绝　其次：入破第一七绝　第二七绝　第三七绝　第四七绝　第五七绝　把第六的部分叫作"彻"，五绝。

其附注曰："按唐曲凡十一叠，前五叠为歌，后六叠为入破。其歌第五叠五言调，声最为切怨云云。"所谓排遍，所谓入破，所谓彻，这都是乐歌上的一种名称。

这大概便是严绳孙《词律序》所谓的"六朝或用五言八句，而唐世所传，若沈香被诏之作，旗亭画壁之诗，及江南红豆之曲，大抵其可歌者多为七言绝句"者，是也。这都是由形式上考查的。再从内容考查一下，譬如《凉州歌》底第三歌乃是裁用高适的《单父梁九少府》的前四句："开箧泪沾襦，见君前日书。夜台空寂寞，犹见紫云车。"《陆州歌》的第一歌用王维《终南山》五律诗的后四句："分野中峰变，阴晴众壑殊。欲投人处宿，隔浦问樵夫。"又有如《盖罗缝》曲，它所用的歌是王昌龄"秦时明月汉时关"《从军行》七绝诗。《昆仑子》，它所用的辞是王维底五言律《从岐山过杨氏别业》底前半。《戎浑》一调，它底歌辞是王维底五言律诗《观猎》底前半。由这点看来，这种绝句，不问它与曲调的长短如何，是把它直接合上去的！

按论绝句入乐一节，略本铃木虎雄君。

除了这些而外，譬如《集异记》所载的高适、王昌龄、王涣之三人旗亭上听歌妓唱的词，《张说集》里的《臆岁乐》的《苏幕遮》，圣代升平乐的《舞马词》，都是五六七言绝句。这便是后人言词从绝句生出来的口实。其实只是初期底野合呢！

加减绝句的调儿成为小令为词的雏儿

这种勉强整齐的绝句，与不能整齐的曲调相配，削足适履的事，是多么的难而不自然！于是聪明的文人，才袭取绝句的精神——声态——以撑持它自个儿的门面。现在稍为分析一点，说之如下：

(1) 变平均为仄均者　如杨太真《阿那曲》：

> 罗袖动香香不已，红蕖袅袅秋烟里。轻云岭下乍摇风，软柳池塘初拂水。

这在许多七绝用平均的词调里，是个异象。又譬如李端的《拜新月》词是：

> 开帘见新月，便即下阶拜。细语人不闻，北风吹裙带。

杜文澜《词律补遗》曰："调见《词谱》，用仄均叶，而语气微拗，与叶平韵者不同。"这大概是因声调之变而变的。

(2) 平仄通叶与每句用韵者　譬如王建的《乌夜啼》：

> 章华宫人夜上楼，君王望月西山头。夜深宫殿门不锁，白露满山山叶堕。

《杨升庵集》以为"此商调也，《玉台新咏》徐陵《乌夜啼》，凡四句。亦平仄通叶，为此体之自出"。大概这是古调，而唐人填以词者。每句用韵者，如王丽真《字字双》：

> 床头锦衾斑复斑，架上朱衣殷复殷，空庭明月闲复闲，夜长路远山复山！

(3) 加添句子而变者　譬如有四句变为六者：

> 彩女迎金屋，仙姬出画堂。鸳鸯裁锦袖，翡翠贴花黄。歌响舞分行，艳色动流光。（唐崔液《踏歌辞》）

这不是明明白白在五绝的后面加了两句吗？又如张曙的《浣溪沙》词：

> 枕障熏炉隔绣帷，二年终日苦相思。杏花明月始应知。　天上人间何处去，旧欢新梦觉来时。黄昏微雨画帘垂。

这不是把七言绝句的第三句稍稍改变为均句，而在第四句之后，用了二个叠句吗？（"旧欢"二句的平仄基本相同。疑此处的调子是个重音。）或者又稍稍加添变成了八句的。如皇甫崧的《怨回纥》：

> 祖席驻征棹，开帆候信潮。隔筵桃叶泣，吹管杏花飘。
> 船去鸥飞阁，人归尘上桥。别离惆怅泪，江路湿红蕉。

这是五言律，至于七言八句的词，除了《瑞鹧鸪》一调用平韵外，如徐昌图《木兰花》，是用仄韵。其词曰：

> 沈檀烟起盘红雾，一箭霜风吹绣户。汉宫花面学梅妆，谢女雪诗裁柳絮。
> 长垂夹幕孤鸾舞，旋炙银笙双凤语。红窗酒病嚼寒冰，冰损相思无梦处。

　　（4）掺合五、七而成者　譬如无名氏的《回纥曲》：

> 曾闻瀚海信难通，幽闺少妇罢裁缝。缅想边庭征战苦，谁能对镜治愁容。久戍人将老，须臾变作白头翁！

只在第五句上减少了二字。后来冯延已的《抛球乐》全仿于此，不过平仄稍有差别。他如相传为李太白所作的《菩萨蛮》虽不是太白的作品，大概也是唐人作品——也是七五言掺合的词。又如崔液的《踏歌辞》：

> 庭际花微落，楼前汉已横。金壶催夜尽，罗袖拂寒轻。乐笑畅欢情未半，看天明。

这只是在五言六句的式子里，把第五句延长了二字，而减去第六句的两个字罢了！

　　（5）变为长短句者　上面这些整齐的诗句，其不能合于调子，是必然的情势。到后来宫调失传，遂变为长短句以求和声。譬如李德裕为谢秋娘而作的《忆江南》是整齐的五言诗。

> 按《李卫公集》有《锦城春事忆江南五言三首》，题存而诗亡，然曰五句三首，其必非长短句明矣！

而同时的白乐天、刘禹锡依曲而作的《忆江南》，便是"长短句"。白词是：

> 江南好，风景旧曾谙。日落江花红胜火，春来江水绿如蓝。能不忆江南。

刘禹锡 "和乐天春词依《忆江南》曲拍为句" 的词是：

> 春去也，多谢洛阳人。弱柳从风疑举袂，丛兰挹露似沾巾。独坐亦含颦。

曰 "依《忆江南》曲拍" 云云，是很足证明依曲填词的实例。这大概就是《全唐诗注》所谓：

> 唐人乐府，元是律绝等诗，杂和声歌之。……自宫调失传，遂并和声亦作实字矣。……

蔡宽夫《诗话》更说得明白，而且引了小例：

> 大抵唐人歌曲，本不随声为长短句，多是五言或七言诗。歌者取其辞与和声相叠成音耳。予家有古《凉州》、《伊州》辞，与今遍数悉同，而皆绝句诗也。岂非当时人之辞，为一时所称者，皆为歌人窃取而播之曲调乎。

蔡氏的话，大概不是 "托古" 之言。因这与我们前面所陈的《水调歌头》、《凉州歌》、《大和》等调之采唐诗，是相合无间的。

这类的变化法，大概可以分成两类。一是增加的变，即是 "填实字于和声" 之说。二是减少的变，便是在律绝里某句或某几句中减少几个字者是。我们先说增加的例罢？譬如在唐玄宗的《好时光》里：

> 宝髻（偏）宜官样，（莲）脸嫩，体红香。眉黛不须（张敞）画，天教入鬓长。莫倚倾国貌，嫁取（个）有情郎。彼此当年少，莫负好时光！

我们把在括弧的各字去了，居然是首毫无瑕疵的五言诗。所以以和声填实字的话，不是毫无理由。他如皇甫崧的《天仙子》：

> 晴野鹭鸶飞一枝，水葓花发秋江碧。刘郎此去别天仙，登绮席，泪珠滴，十二晚峰青历历。

这只是在七绝的第三句下加个三字的叠句罢了!

　　按上虞罗叔言所集《敦煌零拾》中《云谣集杂曲子》三十首中亦有《天仙子》二首,为双调。作者不知为谁,然以此词比类而载之各词考之,则可视作双调者尚有《柳青娘》、《破阵子》诸调,其他如《凤归云偏》四首、《竹枝子》二首、《洞仙歌》二首,字句之增损皆剧。盖词之初兴,本按谱填词,声不能无长短,故词不能无出入。比如《竹枝》一词,刘禹锡本四句,而皇甫崧则有二句者矣。至唐末曲调既亡,词调遂由一二文人定之。后世尊从,莫敢度越,而词遂成为稳慎声律之死文学矣。

又譬如无名氏的《柳青娘》词:

　　青丝髻绾脸边芳,淡红衫子掩素胸。出门斜拈同心弄,意恂惶,固使横波认玉郎。　　叵耐不知何处去,教人几度挂罗裳。待得归来须共语,情转伤。断却妆楼伴小娘!

也是在七言四句中加个三字句。又譬如从添声的《杨柳枝》而变成《太平时》,乃是在七言绝句的每句中间添个三字句。杜文澜说:“如《竹枝》、《渔父》,有和声也。”这首虽是宋词,其理正相同。所谓和声,便是那唱完以后的余声,如皇甫崧的《竹枝》是用“竹枝”、“儿女”,《采莲子》是用“举棹”、“少年”。则把这等字换成个有实义的字,也是种自然现象呢!又譬如张曙的《浣溪沙》,本只是首七言绝句之添多两句者。可是到了南唐后主变用仄韵,而南唐元宗则在每三句后,加了一个三字句。这虽然也是后来的衍变,其理与此亦同。

　　除了这种增加的变而外,也还有减少的变。譬如张志和的《渔歌子》是把七绝的第三句减了一字而成的。

　　西塞山前白鹭飞,桃花流水鳜鱼肥。青箬笠,绿蓑衣,斜风细雨不须归。

韩偓的《章台柳》是把仄韵七绝的第一句减了一字的。

　　章台柳,章台柳,往日依依今在否?纵使长条似旧垂,也应攀摘他人手。

刘禹锡的《潇湘神》，与韩氏此词全同，不过是用平韵，更与绝句相合。

> 斑竹枝，斑竹枝，泪痕点点寄相思，楚客欲听瑶瑟怨，潇湘深夜月明时。

元稹的《樱桃花》是仄韵七绝减去首句四字而成者。

> 樱桃花，一枝两枝千万朵。花砖曾立摘花人，窣破罗裙红似火。

郑符的《闲中好》只是仄韵五绝减去首句二字而成者。

> 闲中好，尽日松为侣。此趣人不知，轻风度僧语。

吕俨的《梧桐影》是七言三句，

> 落日斜，秋风冷。今夜故人来不来，教人立尽梧桐影。（故或作幽）

到了刘禹锡的《春去也》，白居易的《花非花》、《如梦令》，已是衍变无方的了！

> 春去也，多谢洛阳人，弱柳从风疑举袂，丛兰浥露似沾巾。独坐亦含颦。（刘禹锡《春去也》）
> 花非花，雾非雾，夜半来，天明去；来如春梦不多时，去似朝云无觅处。（白居易《花非花》）
> 前度小花静院，不比寻常相见。见了又还休，愁却等闲分散。肠断，肠断，记取钗横鬓乱。（白居易《如梦令》）

上边所说的一段，大都是从绝句衍化而来。这便是后人所谓的"小词"的初期。唐人的乐器曲调，即不传于后世，我们也只好从纸片上讨究。但在宋人留下来的一首《古阳关》词，还可以帮助我们上面一段话不至于是武断而无依据。

本来唐人王维的《阳关曲》是七绝（亦名《渭城曲》）：

> 渭城朝雨浥轻尘，客舍青青柳色新。劝君更尽一杯酒，西出阳关无故人。

这本是一首送人的诗，大概因为很有名，后来唐人都作了送别的歌曲歌唱着，叫做《阳关三叠》。到了宋朝，大概歌曲已不全在，所以秦七的《淮海集》说："《渭城曲》绝句，近世多歌入《小秦王》。"这大概是借《小秦王》调的声以歌之。《渔隐丛话》说："唐初歌舞，今止存《瑞鹧鸪》，《小秦王》二阕，《瑞鹧鸪》是七言八句字，犹依字易歌，《小秦王》是七言绝句，必须杂以虚声，乃可歌。"《小秦王》既要杂以虚声才能歌，则《阳关曲》之必杂以虚声从可知了。后来曲调既亡，所以后来的人，把那许多泛声加以实字，而成为：

渭城朝雨"一霎"浥轻尘。"更洒遍"客舍青青，"弄柔凝"，"千缕"柳色新。"更洒遍客舍青青，千缕柳色新"。"休烦恼"，劝君更尽一杯酒，"人生会少，自古富贵功名有定分，莫遣容仪瘦损。休烦恼，劝君更尽一杯酒"。"只恐怕"西出阳关，"旧游如梦"，"眼前"无故人。"只恐怕西出阳关，眼前无故人"。（宋无名氏《古阳关词》）

我们从这两首衍化的词，一方面可以看出唐时曲调的情形，一方面可作我们上面一大段话的根据。

词的一切完成

上面我们所说的绝句衍化一段，大概是从盛唐、中唐至于晚唐这个时期中的事。自唐末至于五代，其衍变的事实，日益繁复，但是还仍不能算大成的时期。所以足为唐末五代词的代表选本的《花间》、《尊前》诸集，仍是小令占十之九。这时大概可算新婚时期罢！要到了宋朝才是婚后的艳发时期。宋南渡以后，已是"宜尔子孙绳绳兮"的时期了！这是他的"史的遗痕"。我们仍从它变迁蝉蜕的术蛾上来看！譬如《教坊记》里的《三台》一曲，我们在《韦江州集》里，可以寻出一首词来。它是与张说的《舞马词》，沈佺期、裴谈、李景伯诸人在唐中宗面前所作的《回波乐》以及唐无名氏的《塞姑》，都同是六言绝句诗。这首曲调，大概是种游戏的歌曲，故又名《调笑》，到了冯延己的《调笑令》则变为：

明月，明月，照得离人愁绝。更深影入空床，不道帏屏夜长。长夜，长夜，梦到庭花阴下。

这只是在句首同第三句后加了两个二字叠句。而毛滂的三十八字一体，则为：

> 香歇，袂红颭。记立河桥花自折，隼於绀帻城西阙。教妾惊鸿回雪，铜驼春梦空愁绝，云破碧江流月。

衍变而益多了。及到了万俟雅言来，变成了百七十一字的长调。赵师侠的《伊州三调》，更是四十八字者，后来还有什么《宫中三台》（亦名《翠华引》，一名《开元乐》）、《江南三台》、《突厥三台》等等。又譬如张志和的《渔歌子》（见前）是二十七字的小令，后来孙光宪变为五十字的双调。又后来本调既亡之后，苏东坡遂增句用《浣溪沙》的调子歌之，黄山谷又增句增字用《鹧鸪天》的调子歌之。又譬如上面所举的白居易、刘禹锡的《忆江南》，是二十七字小调。皇甫崧所作亦同，到了吴梦窗裁有五十四字的双调，冯延己又有五十九字的双调。又如白居易、刘禹锡、温庭筠诸人的《杨柳枝》，都是二十八字的七绝诗。到顾夐有四十字的双调，朱敦儒有四十四字的双调。而由白居易、刘禹锡、皇甫崧诸人二十八字的《浪淘沙》转出来的双调，更为多了。除了南唐后主与宋初五十四字双调而外，还有柳永的五十二字的《浪淘沙令》，又成了柳永与周邦彦为百三十三字的《浪淘沙慢》。又譬如刘禹锡的《抛球乐》是五言六句诗，共三十字，后来有冯延己的四十字调，柳永的百八十七字的双调。又譬如前面说过的《天仙子》本是三十四字调，后来又有六十八字调。又譬如白居易的《长相思》，是三十六字调。后来有一百字调（如杨无咎的"急雨回风"一首），有百三字调（如柳永的"画鼓喧街"一首）。又譬如张曙的《浣溪沙》是四十二字调，南唐后主的《摊破浣溪沙》便是四十八字。周邦彦的《浣溪沙慢》便是九十三字。又譬如被后人传为李太白的《忆秦娥》"箫声咽"一首，是四十六字调，后来有用平韵的四十六字调（如孙夫人"花深深"一首），又有三十七字调（如毛滂的"夜夜夜了花开也"一首），三十八字调（如冯延己"风渐渐"一首），四十一字（如张先"参差竹"一首）。

上面所说这一大段，都是根据唐人的曲调而衍变的。到宋以后，这类的衍变日益加多。我们根据万氏《词律》一加考查，则变调最多的，如《酒泉子》有二十调，《河传》十七调，《临江仙》十四调，《诉衷情》八调，《青玉案》、《喜迁莺》等七调，《洞仙歌》十调，《卜算子》连同慢调共九调。可算是衍变无方了！本来在最初的这种变化，只是因切声调而为字句间的添损，毫无一定标准可言。到后来，他的子孙既已繁昌，于是才有制礼作乐的孝子贤孙，——其实这只是乐已渐亡的表征——，于是才有所谓"慢"、"引"、"令"、"近"、"遍"、"犯"、"摊破"、"促拍"、"偷声"、"减字"、"转调"诸等色目。《乐府余论》说：

> 词由小令而有引词，又曰近词，谓引而近之也，又次而有慢辞。

这便是很简短的源流述叙。这类的事，我们要在词体一段去讲。但是词自从有了这许多规矩以后，后人都是"袨衣相从"，"莫敢度越"，其中有一二知音晓律之士，也不妨自度几曲，譬如姜白石的《暗香》、《疏影》等等。这便是为人间所推崇的"一二人"，但是已不是所谓普通人所能者了。

于是这种本来是很天真自然的长短句，因了胡乐的介绍，与律体一类的诗结合而生的所谓"词"，后来竟自失去了自由，成为文人的附属！

原载《现代文学》第1卷第5期，1930年

总论词体的特质

缪　钺

漫云景物当前语，"要眇宜修"贵细参。云影天光摇荡处，微言多少此中涵。苏、辛健笔开新境，言志抒怀体自殊。须识东坡"韶秀"处，莫将豪放误粗疏。

凡是一种文学艺术，都有它产生的特殊条件，因此，构成了此种文学艺术的特质与特长，同时，也包含了它的局限性。

词是唐代创始的一种新文学体裁。中、晚唐诗人采用民间流行的曲子词体，按拍填词，提高其艺术风格。温庭筠是诗人填词之奠基者。经过五代、两宋三百余年之发展变化，词遂由应歌之作而变为言志之篇，然终有其特点与局限，与诗体不尽相同。王静安先生谓："词之为体，要眇宜修，能言诗之所不能言，而不能尽言诗之所能言；诗之境阔，词之言长。"（《人间词话》）这几句话很能说出词的特质。

晚唐、西蜀词多作于酒筵歌席之间，所以"娱宾而遣兴"，为歌唱而作。当时唱词者多是少年歌女，故词之内容亦多是写男女之间的闲情幽怨，作者与歌者都会感到亲切，而其相应的风格则是婉约馨逸，有一种女性美，亦即是王静安所说的"要眇宜修"。南唐冯延己、李煜之作，扩大堂庑，提高意境。两宋以还，名家辈出，在内容与风格方面都有新发展，苏轼、辛弃疾贡献尤大。这时，词可以咏史，可以吊古，可以发抒抗敌爱国之壮怀，可以描述农村人民之生活，风格亦变为豪放激壮。词似乎已由附庸之邦蔚为大国矣。

尽管如此，但是在内涵上与作法上，词仍有其不同于诗之处。词是长短句，音节谐美，音乐性强，又因篇幅短，要求言简意丰，浑融蕴藉，故词体最适合于"道贤人君子幽约怨悱不能自言之情，低徊要眇，以喻其致"（张惠言语，见《词选序》），而可以造成"天光云影，摇荡绿波，抚玩无斁，追寻已远"（周济语，见《介存斋论词杂著》）的境界。这是诗体所不易做到的。但是在内涵方面，则又有其局限性。因为词体要受词调的限制，篇幅既短，且须遵守严格的韵律。虽然苏轼、辛弃疾以高才健笔尽量开拓词的内容，作出榜样，但是仍然有许多东西在词中是无法容纳的。譬如杜甫的"三吏"、"三别"，白居易的《秦中吟》、《新乐府》诸诗陈述民生疾苦、弹劾暴政的内容，是很难用词体表达的；又如杜甫的《八哀诗》，白居易的《长恨歌》、《琵琶行》等长篇叙事诗的内容，也是词体所无能为役的。所以王静安说，词"能言诗之所不能言，而不能尽言诗之所能言"，就是这个道理。

还有，词体初兴时，形成了婉约的风格。强调这一标准而忽视后来的发展，固然是不对的，但是词终究不宜过于浅露、直率、粗犷。苏轼词的豪放旷逸，辛弃疾词的悲壮激宕，是人所共推的；但是苏、辛词还是保存了词体深美宏约的特点，后世有识的论者往往指出。周济说："人赏东坡粗豪，吾赏东坡韶秀。韶秀是东坡佳处，粗豪则病也。"（《介存斋论词杂著》）刘熙载说，苏、辛词"潇洒卓荦，悉出于温柔敦厚；世或以粗犷托苏、辛，固宜有视苏、辛为别调者哉"（《艺概》卷四）。夏敬观说："东坡词如春花散空，不着迹象，使柳枝歌之，正如天风海涛之曲，中多幽咽怨断之音，此其上乘也。若夫激昂排宕、不可一世之概，陈无己所谓'如教坊雷大使之舞，虽极天下之工，要非本色'，乃其第二乘也。"（《映庵手批东坡词》，转引自龙榆生《唐宋名家词选》。）这些评论，都是很有见地的。

譬如苏轼的《水调歌头》（明月几时有）、《八声甘州》（有情风万里卷潮来）、《永遇乐》（明月如霜）、《木兰花令》（霜余已失长淮阔），辛弃疾的《摸鱼儿》（更能消、几番风雨）、《菩萨蛮》（郁孤台下清江水）、《水调歌头》（落日塞尘起）、《水龙吟》（楚天千里清秋）、《贺新郎》二首（把酒长亭说、凤尾龙香拨）、《汉宫春》（春已归来）诸名篇佳什，都是符合上文所引周济、刘熙载、夏敬观诸家所提出的标准的。这些词都是伤时感事、义蕴丰实之作，并非闺房儿女之言，而在艺术风格方面，则于豪宕激壮之中，有韶秀深美、浑融蕴藉之致，并无浅直、率易、粗犷、叫嚣之弊。使人读起来，觉得意味渊永，纵然变化多端，仍不失词体"要眇宜修"之特美。读古人词而欣赏其境界、研究其流变者，正宜在此等处深悟参悟，不必沾沾着眼于所谓"豪放"与"婉约"两种风格之不同，而区别泾渭、强分高下也。

本文论词体之特质，只是粗陈梗概，未作详尽阐述。以后我与叶嘉莹教授分别撰写的各篇《词说》中，都将根据具体情况，评述各位词人在其作品中所表现之词的特质。

原载《四川大学学报》1982年第3期

论姜夔词

缪 钺

一

江西诗法出新裁，清劲填词别派开。幽韵冷香风格异，湘皋月坠见红梅。情辞声律能相济，"骚雅""清空"自一途。若觅浑成深厚境，令人回首望欧、苏。

姜夔字尧章，号白石道人，是南宋词的大家，与辛稼轩风格殊异而平分词坛，南宋中叶以后之词人，大抵分别受到辛、姜两家之影响。宋、元之际著名词人张炎著《词源》一书，特尊姜白石，称其"清空"、"骚雅"。清初朱彝尊编选《词综》，谓："词至南宋，始极其工……姜尧章氏最为杰出。"（《词综·发凡》）又谓："词莫善于姜夔，宗之者张辑、卢祖皋、史达祖、吴文英、蒋捷、王沂孙、张炎、周密、陈允平……皆具夔之一体。"（《曝书亭集》卷四十《黑蝶斋诗余序》）由于此种倡导，遂开以姜、张为主之浙西词派，其影响甚为深远。

姜白石词，自南宋末历明、清迄于近、现代，评论者甚多。1944年，我曾撰写《姜白石之文学批评及其作品》一文（先发表于《思想与时代》月刊，后收入我所著论集《诗词散论》中，1948年开明书店出版，1982年上海古籍出版社重印，对于姜白石词的特点有所评述。迄今四十年，我仍然保持此文中之许多意见。兹根据旧作，稍加补充，先写此篇，对姜白石词作一个总的综述，然后再论其他方面。

姜白石兼工诗词，而且著有《白石道人诗说》，甚有卓见，所以必须合而论之，才能看出白石才情造诣的全面。

姜白石作诗最初是学江西派的，取法黄庭坚，步趋惟谨，"一语嗫不敢吐"，很用苦心，后来"始大悟学即病，顾不若无所学之为得"（《白石道人诗集自序》），于是从黄诗中摆脱出来，自辟蹊径，而归本于自然。他曾说："作者求与古人合，不若求与古人异；求与古人异，不若不求与古人合而不能不合，不求与古人异而不能不异。"（《诗集自序》二）这就到了自然而然的境地。白石称赞杨万里的诗说："箭在的中非尔力，风行水上自成文。"（《白石道人诗集》卷下《送朝天续集归诚斋，时在金陵》）实际上，这也是白石自己所蕲向者。

姜白石作诗，体悟到自然的妙境，并非轻易得到，乃是用苦功而济以深思之效。所以他论诗极重精思。其所著《诗说》中说："诗之不工，只是不精思耳。不思而作，虽多亦奚为？"他又说："诗有四种高妙：一曰理高妙；二曰意高妙；三曰想高妙；四曰自然高妙。碍而实通，曰理高妙。出于意外，曰意高妙。写出幽微，如清潭见底，曰想高妙。非奇非怪，剥落文采，知其妙而不知其所以妙，曰自然高妙。"此四种高妙，前三种言立意之贵新奇、超远、深邃，皆由苦思得来，至于"自然高妙"，则由奇返常，用思而不见痕迹，到炉火纯青的境界了。姜白石论作诗之法，如所谓"学有余而约以用之，意有余而约以尽之，乍叙事而间以理言"。又谓"难说处一语而尽，易说处莫便放过，僻事实用，熟事虚用，说理要简切，说事要圆活，说景要微妙"等等，都是要避熟求新，这也是需要精思的。至于思有窒碍，白石认为，这乃是"涵养未至，当益以学"。以学养思，精思入神，真积力久，即能与自然相合。所以又说："沈著痛快，天也。自然与学到，其为天一也。"白石论诗之见解，大概也是受到江西诗派的启发。黄庭坚、陈师道作诗，都贵立新意，用活法，而由精思悟入。

姜白石作诗不多，在南宋不能成为大家，然亦有其独特的造诣，所以当时名诗人如萧德藻、杨万里、范成大等，都推重他。白石的诗，气格清奇，得力江西；意境隽澹，本于襟抱；韵致深美，发乎才情。陈郁称赞姜白石的诗是"奇声逸响，率多天然，自成一家，不随近体"（《藏一话腴》卷下）。清王士禛也说："宋姜夔尧章《白石集》……盖能参活句者。白石词家大宗，其于诗亦能深造自得。"因此，他又说："余于宋南渡后诗，自陆放翁之外，最喜姜夔尧章。"（《香祖笔记》卷五、卷九）这些话都能指出姜诗的特点。姜白石自述其作诗之心得乃是由苦思而进入浑成，其《送项平甫池阳》诗曰："我如切切秋虫语，自诡平生用心苦。神凝或与元气接，屡举似君君亦许。"

姜白石在文学上最大的成就不在于诗而在于词。他的诗仅是名家，而词则是大家。在北宋时，作词能开拓新局面而发生影响者，当推柳永、苏轼、周邦彦，而在南宋，则是辛稼轩与姜白石。

姜白石在词中开拓之功，即在于他能以江西派的诗法运用于词中，遂创造出一种清劲、拗折、隽澹、峭拔的境界，为前此词中所未有者。黄庭坚作诗，戛戛独造，瘦劲深隽，别具风味，苏东坡譬之于"食江瑶柱"，刘熙载谓其诗如"潦水尽而寒潭清"。但南宋人词中尚少此种境界。姜白石少时学黄诗，用力勤劬，深得其妙，因为不愿依附江西派的门墙，故作诗另走新路，避免陈陈相因。但是，他运用黄庭坚的诗法于填词之中，却能独创新境。沈义父评姜词说："姜白石清劲知音，亦未免有生硬处。"（《乐府指迷》）此语虽简而极中肯綮。江西诗派之长在"清劲"，而其短处在"生硬"。姜白石用江西诗法作词，故长处短处亦相同。所谓"清"者，即洗尽铅华，屏弃肥酽；所谓"劲"者，即用笔瘦折，气格紧健。黄庭坚、陈师道之诗如此，姜白石之词亦如此。举例如下：

> 为春瘦。何堪更绕西湖，尽是垂柳。自看烟外岫。记得与君，湖上携手。君归未久。早乱落、香红千亩。一叶凌波缥缈，过三十六离宫，遣游人回首。（《角招》）
>
> 渐吹尽、枝头香絮。是处人家，绿深门户。远浦萦回，暮帆零乱向何许。阅人多矣，谁得似、长亭树。树若有情时，不会得、青青如此。（《长亭怨慢》）
>
> 迤逦剡中山，重相见、依依故人情味。似怨不来游，拥愁鬟十二。一丘聊复尔。也孤负、幼舆高致。水洗晚，漠漠摇烟，奈未成归计。（《征招》）
>
> 人间离别易多时。见梅枝，忽相思。几度小窗，幽梦手同携。今夜梦中无觅处，漫裴回。寒侵被，尚未知。（《江梅引》）
>
> 雁怯重云不肯啼，画船愁过石塘西。打头风浪恶禁持，春浦渐生迎棹绿，小梅应长亚门枝。一年灯火要人归。（《浣溪沙》）

这些词都是清空如话，一气旋折，辞句隽濒，笔力遒健，细玩味之，与黄、陈诗有笙磬同音之妙。这在当时是一种新风格，与传统的仅贵婉媚柔厚者有所不同。如果用传统的标准来衡量，则确实是"亦未免有生硬处"。然而这种生硬，正是白石词特殊造诣之所在。

唐、宋词都是要唱的，所以必须注重音律。但是当时词人不一定都是精通音律者。李清照曾说："至晏元献、欧阳永叔、苏子瞻，学际天人，作为小歌词，直如酌蠡水于大海，然皆句读不葺之诗尔。又往往不协音律者，何耶？"（见《苕溪渔隐丛话》后集卷三十三所引）宋代词人中精通音律者，前有周邦彦，后有姜白石。姜白石能自度曲，他对于音律斟酌研讨之细，在其所作《满江红》、《征招》、《凄凉犯》、《湘月》诸词序中，可以考见。他的歌曲中有十七调，自注工尺旁谱，为后世研究宋词歌法的重要资料。姜白石所以谨守音律，是要藉音律的谐美以衬托词中的情辞（现在宋词歌法虽已失传，但是我们吟诵姜词时，仍然可以感到其声情相得之妙），而并不要拘守音律以妨害情辞。白石自述作词之法说："予颇喜自制曲，初率意为长短句，然后协以律。"（《长亭怨慢》小序）可见白石是以律就词，而非尽以词就律，调和二者之间，使各得其所。所以他的词作，音律极协，而又不损伤情辞之美。张炎论作词音律与情思的关系时说："音律所当参究，词章宜先精思，俟语句妥溜，然后正之音谱，二者须兼，则可造极玄之域。"（《词源·杂论》）张炎这种见解，认为作词应以"精思"为主，然后以"音谱"配合之，而不可以音律妨害情思，可能即是承继姜白石的主张。近来有的论者认为："由于姜派词人精通音律，偏重词的格律，词的思想内容往往受到一定程度甚至很大程度的忽视和阉割。"（胡云翼《宋词选·前言》）这是不能深解姜词的一种偏颇之见。

姜白石深通音律，作词精美，与周邦彦相近，故论者或以白石上拟周邦彦。然周词华艳，姜词隽澹，周词丰腴，姜词瘦劲，周词如春圃繁英，姜词如秋林疏叶。姜词清峻劲折，格澹神寒，为周词所无。黄升说，白石"词极精妙，不减清真乐府，其间高处有美成所不能及"（《中兴以来绝妙词选》卷六），大概就指的是这一点。

姜白石一生未尝仕宦，性情孤高，襟期洒落，"似晋宋间人"（陈郁《藏一话腴》），所以他在花中最喜欢梅花与荷花，屡见于词，大概这两种花最能象征他的为人。白石咏梅之词有《小重山令》、《玉梅令》、《夜行船》、《一萼红》、《清波引》、《暗香》、《疏影》诸阕；咏荷花的有《念奴娇》、《惜红衣》诸阕；其余诸词中偶尔提到梅与荷的还有。《小重山令·赋潭州红梅》云：

> 人绕湘皋月坠时。斜横花树小、浸愁漪。一春幽事有谁知。东风冷、香远茜裙归。

《清波引》咏梅云：

> 冷云迷浦。倩谁唤、玉妃起舞。岁华如许，野梅弄眉妩。屐齿印苍藓，渐为寻花来去。自随秋雁南来，望江国、渺何处。

《念奴娇》咏荷云：

> 三十六陂人未到，水佩风裳无数。翠叶吹凉，玉容销酒，更洒菰蒲雨。嫣然摇动，冷香飞上诗句。

又云：

> 日暮。青盖亭亭，情人不见，争忍凌波去。只恐舞衣寒易落，愁入西风南浦。高柳垂阴，老鱼吹浪，留我花间住。

这些词都不是从实际上描写梅花与荷花的形态，乃是从空际摄取其神理，并将自己的感受融合进去。换句话说，白石词中所写的梅与荷，并非常人所见的梅与荷，乃是白石于梅与荷中摄取其特性，而又以自己的个性融透于其中，说他是写梅与荷固然可以，说他是借梅与荷以写自己的襟怀亦无不可，所以意境深远，不同于泛泛咏物之作。姜白石所以独借梅与荷以发抒而不借旁的花，则是由于荷花出淤泥而不染，其品最清；梅花凌冰雪而独开，其格最劲，与自己的性情相合。而白石之词格清劲，也可以说就是他人格的体现。刘熙载说："姜白石词幽韵冷香，令人挹之不尽，拟诸形容，在乐则琴，在花则梅也。"（《艺概》卷四）也指出姜白石词的风格类似梅花。

姜白石论诗主张"精思"，他作词也是"精思"而成，用心虽苦，而以此为乐。他的《庆宫春》小序说："……朴翁以衾自缠，犹相与行吟，因赋此阕，盖过旬涂稿乃定。朴翁咎予无益，然意所耽，不能自已也。"作《庆宫春》词如此，作其他词大约也有类似情况。所以姜白石平生作词仅存八十余首，几乎每首都可读，很少率意的败笔。当然，也有人指出："白石号为宗工，然亦有俗滥处，不可不知。"（周济《宋四家词选》）又有人说："姜白石《石湖仙》一阕，自是高境，而'玉友金蕉，玉人金缕'八字纤俗，固不能为白石讳。"（陈廷焯《白雨斋词话》卷五）但是这些疵病在整个白石词作中所占比例很小。总之，白石对于作词，确是精思独运的。所以黄晦闻（节）先生《寒夜读白石道人集题后》云"每从闲处深思得，讵向人前强学来"（《蒹葭楼诗》），很能说出姜白石创作的苦心孤诣。

姜白石作词，虽然开创新途，影响后世，有其独特的造诣，但亦有不足之处。刘熙载评江西派诗时说："杜诗雄健而兼虚浑，宋西江名家学杜，几于瘦劲通神，然于水深林茂之气象则远矣。"（《艺概》卷二）姜白石词亦有类似情况。五代北宋词中，如柳永《八声甘州》（对潇潇暮雨洒江天）、苏轼《水调歌头》（明月几时有）、《八声甘州》（有情风万里卷潮来）之超浑自然、兴象高妙；又如冯延己、晏殊、欧阳修诸令词之含蕴丰融，烟水迷离，能兴发读者，使其从中参悟宇宙人生之哲理。这些境界，在《白石道人歌曲》中是难以遇到的。所以王国维说："古今词人格调之高无如白石，惜不于意境上用力，故觉无言外之味，弦外之响，终不能与于第一流之作者也。"（《人间词话》）所论虽似稍刻，然亦自有见地。所谓"无言外之味，弦外之响"者，即是说，姜词中缺少北宋词人佳作中的义蕴丰融、精光四射，能兴发读者的远想遐思而从多方面有所领悟也。

<h2 style="text-align:center">二</h2>

窥江胡马伤离黍，金鼓长淮寓壮心。若比稼轩豪宕作，笙箫钟鼓不同音。

　　南宋偏安半壁，强敌侵凌，当时人士，愤慨国难，主张抗击金兵，恢复中原，于是发为壮怀激烈之词作，如辛稼轩一派词人之所为，这是应当充分肯定的。姜白石为南宋词中大家，但是在其八十余首《歌曲》中，这类词作不多，而且多是含蓄的慨叹，不是高亢激烈的正面抒写。对于这种现象，应当如何理解呢？古今人有不同看法。宋翔凤《乐府余论》说："词家之有姜石帚，犹诗家之有杜少陵，继往开来，文中关键。其流落江湖，不忘君国，皆借托比兴于长短句寄之。如《齐天乐》，伤二帝北狩也；《扬州慢》，惜无意恢复也；《暗香》、《疏影》，恨偏安也。盖意愈切则辞愈微，屈、宋之心，谁能见之，乃长短句中复有白石道人也。"陈廷焯《白雨斋词话》说："南渡以后，国势日非，白石目击心伤，多于词中寄慨，不独《暗香》、《疏影》二章发二帝之幽愤，伤在位之无人也。特感慨全在虚处，无迹可寻，人自不察耳。感慨时事，发为诗歌，便已力据上游，特不宜说破，只可用比兴体。即比兴中亦须含蓄不露，斯为沈郁，斯为忠厚。"王昶也说："姜、张诸人（引者按：指姜白石、张炎）……托物比兴，因时伤事，即酒席游戏，无不有《黍离》周道之感，与诗异趣同其工。"（《春融堂集》卷四十一《姚茝汀词雅序》）邓廷桢《双砚斋词话》："其时临安半壁，相率恬熙，白石来往江淮，缘情触绪，百端交集，托意哀丝，故舞席歌场，时有击碎唾壶之意。"以上是清人的评论。但是晚近论词者的看法则不同，认为："关怀国家命运的作品，在姜词中也占一席地。……可惜这种正视现实的思想感情在他的词中常是'昙花一现',很少组织成为贯彻全篇的完整作品。"(《宋词选》第339页)或认为姜白石"回避现实斗争"。不过,"姜夔的某些词,还多少反映了当时的民族矛盾"(《唐宋词选》377页、17页)。对于古今人这两种很不相同的看法,我们试作一点解释。

姜白石是有忧国哀时之情的,不过,他终生布衣,未尝仕宦从政,更不能将兵杀敌。他既不能说出像岳飞那种"待从头、收拾旧山河,朝天阙"(《满江红》)的豪言壮语,也没有像辛稼轩那种"壮岁旌旗拥万夫"、呈献"万字平戎策"的雄才大略。又因为他作词的艺术手法是深婉蕴藉,所以感伤国事之作,常是用比兴衬托之法,"意切词微","感慨全在虚处,无迹可寻",需要深明词法者细心体会,而不可以肤浅之见,皮相求之。下面试举两首词作说明。

先看他在孝宗淳熙三年(1176)所作《扬州慢》词:

> 淮左名都,竹西佳处,解鞍少驻初程。过春风十里,尽荠麦青青。自胡马、窥江去后,废池乔木,犹厌言兵。渐黄昏、清角吹寒,都在空城。　　杜郎俊赏,算而今、重到须惊。纵豆蔻词工,青楼梦好,难赋深情。二十四桥仍在,波心荡、冷月无声。念桥边红药,年年知为谁生。

宋高宗绍兴三十一年(1161),金主完颜亮大举渡淮南侵,滁、庐、和、扬诸州均被攻陷,惨遭兵燹之祸。姜白石于十六年后来到扬州,看到战乱后的荒凉情况,愤强敌之侵凌,伤国势之微弱,感愤赋此,极为凄怆。当时名诗人萧千岩(德藻)"以为有《黍离》之悲"。后人亦都推崇为是姜词的佳作。陈廷焯《白雨斋词话》卷二说:"'犹厌言兵'四字,包括无限伤乱语,他人累千百言,亦无此韵味。"特别称赞其含蓄深沉的艺术手法。但是晚近论者亦有提出贬议的,说:"在姜词中这本是一首反映现实比较深刻动人的作品,正由于包括得太含浑,如'犹厌言兵'究竟是'厌言'什么样的兵,说得不够明确。又如'青楼梦好'、'难赋深情',都很容易使读者误解为追求过去的绮梦。"(《宋词选》343页)我认为,这种说法是不对的。姜词中明明说:"自胡马窥江去后,废池乔木,犹厌言兵。"从上下文义体会,所"厌言"之"兵",当然指的是"胡马窥江"之兵,亦即是金主南侵之兵。怎么能说姜白石"说得不够明确"呢?如果必须写出"犹厌金兵"才算"明确",这就未免太笨拙了。不但姜白石决不会这样作,任何善于作词的人也不至于写出这种句子的。至于此首下半阕,是借用杜牧"扬州梦"的事迹及其诗句以作衬托,更加深摹写了上半阕所慨叹的荒凉，这也是作词的一种艺术手法，显得更加沉郁。正如俞平伯先生所阐释的："'杜郎俊赏'以下是想像譬况，未必自此。想扬州旧日如此繁华，现在变成这等的荒凉，假如牧之果真重来，不知当如何吃惊，纵有春风词笔也写不出深情来，大意不过如此。"（《唐宋词选释》218页）至于词中融化杜牧诗句，也是为的使形象鲜明，增加文采。俞平伯先生说："虽多用侧艳字面，系杜牧原诗，且未必以之自况。"（《唐宋词选释》219页）以上所引俞先生的解释，是深明填词三昧者之言。如果有人"误解为追求过去的绮梦"，那确实是"误解"。或者说："后段竟把在扬州有过许多风流往事的杜牧和他的艳诗对照着来写，原来'《黍离》之悲'的严肃意义便大为冲淡了。"（《宋词选》340页）这也是不了解词人的用心及作词方法的外行话。

下面再看姜白石的另一首感伤国事的词：《翠楼吟》

> 淳熙丙午冬，武昌安远楼成，与刘去非诸友落之，度曲见志。（下略）
> 月冷龙沙，尘清虎落，今年汉酺初赐。新翻胡部曲，听毡幕元戎歌吹。层楼高峙，看槛曲萦红，檐牙飞翠。人姝丽，粉香吹下，夜寒风细。
> 此地，宜有词仙，拥素云黄鹤，与君游戏。玉梯凝望久，叹芳草萋萋千里，天涯情味。仗酒祓清愁，花消英气。西山外，晚来还卷，一帘秋霁。

这是淳熙十三年（1186）姜白石离汉阳往湖州经武昌时所作。陈廷焯《白雨斋词话》卷二谓此词后半阕"一纵一操，笔如游龙，意味深厚，是白石最高之作。此词应有所刺，特不敢穿凿求之。"陈氏说"此词应有所刺"，所讽刺的是什么呢？俞平伯先生解释得好，他说："其时北敌方强，奈何空言'安远'。虽铺叙描摹得十分壮丽繁华，而上下嬉恬、宴安酖毒的光景便寄在言外。像这样的写法，放宽一步便逼紧一步，正不必粗犷'骂题'，而自己的本怀已和盘托出了。"（《唐宋词选释》221页）南宋孝宗时，君臣苟且偷安，不敢抗金，则所谓"安远"，实是自欺欺人之谈。姜白石此词，用微妙的手法讽刺当时的上下嬉恬、宴安酖毒。"此地宜有词仙"数语，盼望能出济世之才，而人才难得，空付浩叹（用周济《宋四家词选》评语意）。"天涯情味。仗酒祓清愁，花消英气"数语是说，在无聊中，只好用花与酒消除英气与清愁。貌似消沉，内含愤激。结处"西山外，晚来还卷，一帘秋霁。"俞平伯谓："结写晚晴，又一振起……若与辛弃疾《摸鱼儿》'斜阳正在，烟柳断肠处'参看，其光景情怀正相类似。"（《唐宋词选释》221~222页）

总之，姜白石这首词，感慨深而用笔婉，意愈切而辞愈微，"不犯正位，切忌死语"，是真能将江西派诗法运用于词中者。诚如俞平伯氏所谓，"正不必粗犷'骂题'，而自己的本怀已和盘托出"。但是晚近有些论词者，对于"粗犷'骂题'"之作备加推崇，而对于意切辞微、蕴藉沉郁之词，则漠然视之，甚至加以非议，其鉴赏能力，不是很有问题吗？

姜白石忧国哀时之词，大都是用含蓄比兴之法。除去上文所举《扬州慢》、《翠楼吟》两首之外，如《八归》词"最可惜、一片江山，总付与啼鴂"，叹山河之破碎，即陈亮《水龙吟》"恨芳菲世界，游人未赏，都付与莺和燕"之意也。《惜红衣》"维舟试望，故国眇天北"，伤怀中原沦陷，即辛稼轩《菩萨蛮》"西北是长安，可怜无数山"之意也。而《疏影》"昭君不惯胡沙远，但暗忆江南江北"，伤徽、钦二帝被虏北去，葬身胡尘，前人多已指出。

直到白石晚年，与辛稼轩往还唱和，受其影响而词风一变。白石与稼轩相识，在宁宗嘉泰三年（1103）。是年六月，稼轩从家居起知绍兴府兼浙东安抚使，白石方居杭州（据夏承焘《姜白石词编年笺校·行实考》）。白石有《汉宫春》二首，一首题为《次韵稼轩》，另一首题为《次韵稼轩蓬莱阁》，盖皆是年所作。两词豪健、疏宕、明快，如"知公爱山入剡，若南寻李白，问讯何如。年年雁飞波上，愁亦关予。临皋领客，向月边、携酒携鲈。今但借、秋风一榻，公歌我亦能书。"这种风格与白石以前诸词不同，盖有意效稼轩体者。白石《自述》谓："稼轩辛公深服其长短句。"（《齐东野语》引）可见辛稼轩也很欣赏白石的词。嘉泰四年（1204），辛稼轩建议伐金，旋即差知镇江府，预为恢复之图，稼轩作《永遇乐》（千古江山）词，以寄其豪情壮志。白石亦作《永遇乐·次稼轩北固楼词韵》云：

云隔迷楼，苔封很石，人向何处。数骑秋烟，一篙寒汐，千古空来去。使君心在，苍崖绿嶂，苦被北门留住。有尊中酒差可饮，大旗尽绣熊虎。
前身诸葛，来游此地，数语便酬三顾。楼外冥冥，江皋隐隐，认得征西路。中原生聚，神京耆老，南望长淮金鼓。问当时、依依种柳，至今在否？

此词气格豪壮，词中以诸葛亮、桓温比拟稼轩，都是能抗击北方强敌者。"中原生聚，神京耆老，南望长淮金鼓"数句，鼓励稼轩恢复中原，不负遗民之渴望，与张孝祥《六州歌头》词"闻道中原遗老，常南望翠葆霓旌"句同其沉痛悲愤。这是白石晚年在稼轩影响下所作的壮词，在《白石道人歌曲》中是仅见的。

总之，同为忧国哀时之作，稼轩词如钟鼓鞞鞳之响，白石词如箫笛怨抑之音，二者是不同的，读词者须分别观之。谭献《复堂词话》云：“白石、稼轩，同音笙磬，但清脆与鞞鞳异响，此事自关性分。”可谓知言。

原载《四川大学学报》1984年第4期

张孝祥世系、里贯考辨

宛敏灏

张孝祥，字安国，学者称于湖先生①，为南宋初期爱国词人之一。今传于湖词二百余首，大抵骏发踔厉，寓以诗人句法，风格介苏、辛之间，在文学史上自有其一定地位。可惜古今著作关于他的记载时有疏误，兹特详考其世系、里贯，以正旧说之讹，至于生卒行实，则别祥年谱。

一 诗人张籍之后

安国原非"蜀之简州人"（说详后），但民国十六年（1927）重修的四川《简阳县志》竟载有安国世系：原籍始祖俱无考。一世衮（原注一作兑），二世祁、邵，三世孝祥、孝伯、孝览、孝曾、孝忠、孝才、孝章，四世太平，五世永通，六世仕倩。祠堂谱牒俱缺（士女篇氏族）。

这是根据《舆地纪胜》、《宋史·张即之传》、《于湖集》附录和清乾隆、咸丰、光绪三旧志杂凑而成的。不仅二世遗漏张郊，三世以下分不清是谁的子孙，一世张衮更是错误的。

按安国先世可考者从唐诗人张籍始，其后数世无闻。到安国伯父邵、父祁、叔父郊才先后俱显，而安国尤卓然有声，诸兄弟亦多著称者。不过从郊孙即之以后又复隐晦。

《于湖居士文集》（商务四部丛刊影宋本，下简称《于湖集》）附录《张安国》传云："籍之七代孙。"宣城张氏信谱传（宋陆世良撰，亦见附录）也说："唐司业张籍七世孙。"

籍《唐书》无传，事迹附载《韩愈传》中。辛文房《唐才子传》云："籍字文昌，和州乌江人也。贞元十五年，封孟绅榜及第……仕终国子司业。"

籍子暗，见《和州志》乡贤张籍传。

陆游《朝议大夫张公（郊）墓志》说："曾大父讳延庆，大父讳补，蓄德深厚，然皆不仕。父讳几，才尤高，以子贵赠金紫光禄大夫。"（《渭南集》三十七）按安国有《代总得居士（祁）回张推官书》（《于湖集》三十七）言"自先祖始易农为儒"，因知延庆是务农的。

又安国《代诸父祭伯父文》（《于湖集》三十）云："我家故微，我祖则振；何以振之，曰德与仁。逮我先君，其艰其勤；益扬厥光，而卒不信。我观于乡，莫我之贫；人孰我怨，而咸我亲。化贪以廉，易浇以醇；巍巍阴功，与天理并。"据此可略见补与几的为人。查张邵于宣和三年登进士，祭文有"擢第以归，谓当荣亲；陟岵告凶，衔哀茹辛"等语，知几卒于宣和间。又安国《亡妻时氏菆文》（《于湖集》三十）及《与明守赵敷文书》（《于湖集》三十五）皆称"王母冯夫人"，与《严守朱新仲书》（《于湖集》三十五）称"大母冯夫人"，据此知几妻为冯氏。依祭文所述，冯夫人就养于浙，直到邵使金回国后始卒。

以上从张籍到张几，五世皆可考。（暗与延庆关系未明见记载，因既难证明张籍不止一子，故可根据籍至安国为七世来推断。）

因子系狱的张祁

几子今可考者凡三，邵、祁、郏②。祁子除安国外，尚有孝章、孝直。祁字晋彦，负气尚义，工诗文，赵鼎、张浚都很器重他。张端义《贵耳集》称淳熙间淮有三士，舒州张永晦、和州张晋卿、真州章冠之，晋卿就是晋彦。他和胡寅友善，秦桧向来恨寅，因祁初为小官是胡寅推荐的，遂并疑祁。

绍兴二十四年，安国由乡荐应延试，考官已定秦埙（桧孙）为冠，安国次之，曹冠又次之（依《宋史》本传，《齐东野语》谓考官置安国第七）。胪传前夕，高宗览安国笔墨精妙，擢为首选，而置埙第三。桧不能堪，啮曰："胡寅虽远斥，力犹能使故人子为状元耶！"已而廷唱，高宗又称其诗。安国诣谢，桧问学何书，曰："颜书。"又曰："上爱状元诗，常观谁诗？"曰："杜诗。"桧色庄笑曰："好底尽为君占却。"时曹泳亦以请婚未答憾安国，于是风言者诬祁有反谋，诏系狱。会桧死，高宗郊祁之二日，魏良臣密奏散狱释罪获免。（按《齐东野语》十三张才彦条谓邵因忤秦桧惧祸，遂杜门佯狂。初出使未还，妻李卒于家已累年，至是妄言其妻死于非命，且指祁为辞，盖是时实由己病，言或出于狂易。抑亦安国得罪，冀以自免。语传上闻，于是逮祁赴大理狱，鞠杀嫂事，囚系甚苦。其年十月秦死，逼岁，安国叫阍，中批命刑部尚书韩仲通特入棘寺，始得释去。……然因是祁亦病狂惑云云。）累迁直秘阁，为淮南转运通判，探知金主亮将背盟，积粟阅兵，为备甚密，竟以张皇生事论罢。

祁才气过人，然急于进取。方安国在西掖时，祁犹未老，每见汤思退自荐，思退戏之曰："太师尚书令兼中书命，是公合作的官职，余何足道。"这些都是辅臣赠父官，意谓安国即将大用，祁终身以为憾（见《老学庵笔记》一）。后以安国仕渐显，遂不复出，卜居芜湖升仙桥西。置园近郊，种莳花竹，岁时出游，里中老幼都欢然迎拜道左。有江氏者，筑别墅与祁邻，祁即诗为券以让。为人谦恕，居官廉静有守。

他爱好吟诗，清丽和雅，有刘、白风格，杂以选体。其《渡湘江》诗云：

> 春过潇湘渡，真观八景图。云藏岳麓寺，江入洞庭湖。晴日花争发，丰年酒易沽。长沙十万户，游女似京都。

《瀛奎律髓》评此诗"通省壮浪，所以子有父风"。《苕溪》也称其"云藏岳麓寺，江入洞庭湖"两句为宋南渡后之可参唐集者。晚年好禅学，号总得翁（或称总得居士、总得老人），以寿终。有文集若干卷（《和州志艺文志》著录晋《彦文集》、《总得翁集》两种）。

妻孙氏、时氏（《于湖集》三十《亡妻时氏茔文》及卷三十五《与明守赵敷文》书皆曾言皇姒孙夫人。据卷十五《赠时起之》则安国时氏出。又卷二十五有《设九幽醮荐所生母青词》）。女无可考，仅《于湖集》二十六载有《为第二妹设水陆疏》及《代总得追荐六二小娘子水陆疏》。（参考《和州志·乡贤传》、《历阳典录人物》二，《宋史·张孝祥传》等。）

孝章字平国，陆世良《安国传》谓孝章以文学著。按《于湖集》二十六释语有《总得居士命作为平国弟度僧疏》，又卷三十有《鹧鸪天平国弟生日》词云：

> 楚楚吾家千里驹，老人心事正关渠；风流合是阶除玉，爱惜真成掌上珠。纤彩绶，荐芳壶，老人还醉弟兄扶。问将何物为儿寿，付与家传万卷书。

同卷又有《鹊桥仙平国弟生日》词一首。

孝直，字未详。仅《于湖集》二十五载《代总得居士保安第三弟设醮青词》，有"伏念臣第三男臣孝直趸于福植，幼也多艰"等语。卷三十二有《虞美人代季弟寿老人》，卷三十四有《西江月代五三弟为老母寿》想都是给孝直代作的。又卷六有《过昭亭哭二弟墓》诗云：

陌上春风久矣归，墓头衰草正迷离。白头未扻三年泪，黄壤长埋短世悲。忆昔追游常并辔，只今独往更题诗。两觅二弟俱冥漠，顾影伶俜欲语谁！

据此推测，孝章、孝直皆早卒。

安国后嗣及其他

《宣城张氏信谱传》："公甫数岁，豫章王德机一见而奇之，遂许以女焉。"《宋史·喻樗传》又载：樗尝谓沈晦、张九成、樊光远当中进士第一，后皆如其言。有二女择婿，及见汪洋、张孝祥曰，佳婿也，皆妻之。二人后亦得状头。查《于湖集》十五《赠时起之》谓："某于时氏既外诸孙，又娶仲舅之女。"卷三十并载有'亡妻时氏宿告文'云：

> 呜呼哀哉！自癸未至戊子，吾妇之死于是六日矣。越己丑，将殡于宝林之佛寺，以俟卜吉而藏焉。呜呼哀哉！尔尚知之乎否?

葰云：

> 呜呼哀哉！吾王母冯夫人，皇妣孙夫人，实葬四明。吾父母之命，将以汝从之。吾官于朝，未能持汝丧以往也，是以卜葬于此。呜呼哀哉！汝奉佛素谨，属纩而诵佛之声犹不绝。今使汝依佛以居，吾又时节视汝惟谨，汝其安之。呜呼哀哉！

据此则安国实娶时氏。以"吾官于朝"及"时节视汝"等语推之，当在孝宗隆兴间卒于临安。

安国子太平，孙永通。安国易簀时，太平方髫年，当非时氏出。太平后从诸父徒宣城。光宗绍熙元年，授登仕郎（见《张氏信谱传》）。

又《于湖集》谢尧仁序有"先生之子同之"一语，同之如非太平别名，是亦安国子之一。尧仁为安国门下士，倘该序传写无脱误，所言当可信，不知陆传何以未及。惟《和州志》人物志隐逸又载："宋张同之字野夫，孝祥诸子行，为宋部使者。尝乘传至浮山游而乐之，辟一岩，遂弃官辞家隐于其中，辟谷仙去。桐城龚惟慕题为张公岩，至今药杵丹灶犹存。"（此条《和州志》重出，又见《杂类志仙释》）《历阳典录》二十三杂缀二据《浮山志引同上》但无"孝祥诸子行"句。今桐城《浮山志》仅《岩洞纪略》云："壁立岩即张公岩也，宋部使者张同之，字野夫，和州人，游浮山乐之，遂弃官学道于此。今岩辰刻张公岩，旁署嘉祐六年，盖当时人为同之题者。"更求之《于湖集》中，只《送仲子弟用同之韵》五律一首。亦不足据以确定同之与安国关系。惟安国不止一子，则可断言，以《过昭亭哭二弟墓诗》有"两儿二弟俱冥漠"一语。至安国《送仲子弟》五律所称的同之如系野夫，则与太平决非一人，其惟一可能或系安国嗣子。

下面将安国旁系亲属亦作简略叙述：

伯父邵字才彦，哲宗绍圣三年丙子（1096）六月乙未生，高宗绍兴二十六年（1156）六月甲午卒。使金被拘留于幽、燕凡十五年，屡濒于死。归复为秦桧所抑，居四明杜门不出，佯狂绝交。桧死始起知池州。生平事迹具《宋史》本传。著有文集十卷，又《辎轩唱和集》一卷，系与洪皓、朱弁归宋道间唱酬，邵为之序，见《书录解题》。子孝览、孝曾、孝忠。

孝览行实未祥。孝曾淳熙中知鄂州，祀湖北名宦。后以出使殁于金，金人知为邵子，尚怜之。著有《富水志》十卷，《和州志》艺文志史类著录。

孝忠，字王臣（《书录解题》作正臣，误），别号山堂居士（《和州志》引《张氏家谱序》）。孝宗乾道九年癸巳（1173）曾官大冶（见《王质雪山集》五）。著有《野逸堂词》一卷，今佚。周泳先据《永乐大典》辑存其词五首，《全宋词》从之。《于湖集》二十八有《题所赠王臣弟字轴后》云："王臣弟不见二年，颀然而长，学业甚进，以此轴求作字，不能佳也。"

安国叔父郯，字知彦。徽宗崇宁二年癸未（1103）生，孝宗淳熙十六年己酉（1189）八月七日卒。尝知真州、鄂州，积九迁至朝奉大夫，遂请老。郯为人魁磊不凡，学问识其大者。他人极思虑不能可否者，郯一言处之常有余裕。详陆游《张公墓志铭》（《渭南集》三十七）。郯有子六人，孝伯、孝仲、孝叔、孝季、孝稚、孝闻。孙六人，守之、宜之、约之、及之、即之、能之。仅知即之为孝伯子。

孝伯《宋史》无传，惟查《宰辅表》知以宁宗嘉泰三年癸卯自华文阁学士知镇江府，召除同知枢密院事。次年四月丙午自同知枢密院事兼参知政事，八月罢。孝伯以隆兴元年登进士第。方韩侂胄当国时，孝伯尝劝弛伪学党禁，始复赵汝愚官，一时贬斥者得还故职（《和州志·乡贤传》）。嘉泰元年十月孝伯序

《于湖集》云："于湖先生长孝伯五岁，垂髫奉书追随，未尝一日相舍。别后十余年，先生再冠贤书，会于临安，时绍兴癸酉也。明年魁多士，又明年入馆，寖登清华。孝伯亦入太学为诸生，无时不在左右。"

即之字温夫，号樗寮。累官知嘉兴，未赴，以言者罢。见《宋史·文苑传》。即之以善书法闻天下，金人尤宝其翰墨。

此外如陆游《张公墓志》云："初待制公（邵）治命以遗恩官诸侄，兄秘阁公祁辞不取，以予公之子，初不告也。公闻亦固辞而乞官孤侄孝严。"《宣城张氏信谱传》云："孝才、孝章以文学著。"孝严、孝才都未详为何人之子。至于永通以下一世，仅知士倩为即之从孙（《宋史·即之传》）。

兹就上述关系明确者表列于次：

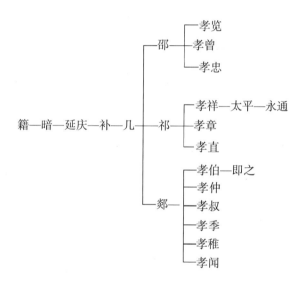

二 里贯歧异与致误原因

关于安国里贯有几种不同的说法：① "历阳乌江人"；② "本贯和州乌江县"；③ "蜀之简州人"；④ "本籍温江"；⑤内江、中江、简池。

《宋史》本传说："历阳乌江人。"《于湖集》附录《张安国传》与此同。《宣城张氏信谱传》则谓 "本贯和州乌江县"。因后述 "金人寇和州，随父渡江居芜湖升仙桥西"。又说："子太平，公易簪时方髫年，从诸父徙宣城。"故特指出和州乌江为其本籍。又叶绍翁《四朝闻见录》乙集张于湖条云："张乌江人，寓居芜湖。"按《谱传》末署 "绍熙五年甲寅历阳居士陆世良书于芜湖介清堂",世良字君晋,尝知德安府。自言"生则同乡,徒则同邑",其撰传距安国之殁才二十五年（1194）。叶绍翁未及见安国,尝闻真为人于真德秀。真卒于理宗端平二年（1235）,《四朝闻见录》载有为真议谥事,其行辈似稍晚,但距安国时代亦不甚远。

至近世著述如朱彝尊《词综》,查为仁《绝妙好词笺》称为乌江人,《历代诗余》词人姓氏、杜文澜《词人姓氏录》、吴梅《词学通论》称为历阳人,盖皆从《宋史》本传。

作温江人者有刘甲《蜀人物志》及《温江县志》等;作简州人者,最常见的书有明杨慎《词品》及毛晋《于湖词跋》。其影响较前者为大,近年高等学校交流讲义中仍有称其为"四川简阳人",并将"后卜居历阳"一语略去者。

《词品》四云:

> 蜀之简州人,四状元之一也。后卜居历阳。

《于湖词》毛晋跋云:

> 蜀之简州人也。后卜居历阳,故陈氏称为历阳人。

陈氏为《书录解题》著者。

更查今四川温江、简阳两县志纪载如下:

《温江县新志》为民国九年（1920）修,纂修曾学传。志中除载安国外,仅及晋彦。其惟一根据为:"嘉定刘甲《蜀人物志》载孝祥温江人,甲淳熙二年进士,距孝祥登第仅二十二年,时代里居皆相近,当得其实。"（见卷五艺文杂著集类《于湖集》四十卷注）故谓"孝祥本籍温江,迁历阳乌江,《宋史》从其迁也"。遂"据嘉定刘甲《蜀人物志》祀之乡贤祠"。（见卷八人物《上乡贤张孝祥传附》曾学传按语）。又卷二地理古迹载有张祁故宅,注云:"祁,孝祥父,东游侨寓乌江。其故宅在城东南郭,今湖广馆。"

《简阳县新志》成于民国十六年（1927）,主修胡忠阆。所载除安国父子外,并及张邵、孝忠、孝伯、即之等而遗张郯,径谓孝伯为孝祥弟。其载孝祥的根据如下:

按《嘉庆通志》辩伪云:《朝野杂记》四川类试榜首甲戌岁张舍人安国。明毛晋张孝祥《于湖词》跋:字安国,号于湖,蜀之简州人也。后卜居历阳,故陈氏称为历阳人。《简州志》旧志州人，祀乡贤。据此孝祥为简州人无疑。《宋史》云历阳乌江人，从其迁也，犹魏野以蜀人居陕而史遂以为陕州陕人；杨天惠以郏人居郫，而即以为郫人也。《蜀人物志》讹作温江人，旧通志沿其误，今正之。又按《舆地纪胜》载孝祥为简州人，一据图经，一据刘越述。《纪胜》成于嘉定辛巳，距孝祥登第六十余年，图经与刘越述在《纪胜》前，里居既同，世代亦近，较嘉定刘甲《蜀人物志》尤为得实。况《朝野遗记》、《升庵外集》并以孝祥为简州人，又皆先于毛晋者。近世《温江志》云：明毛晋跋《于湖词》谓孝祥为简州人，不知何据，似未考也。再按《于湖集附录张安国传》及《张氏信谱传》并未著孝祥祖为何名，即孝祥《代总得居士回张推官书》但云先祖易农为儒，亦未言其名。《纪胜》谓张衮为孝祥祖，足补其阙。故仍从乾隆、咸丰两志，列孝祥于宦迹，又从《光绪志》引《宋史·孝祥传》附之。至于乾隆志谓孝祥《通志》温江人，又曰内江人，《咸丰志》谓何明礼《成都府志》孝祥温江人，旧《通志》作内江人、中江人并未确，今故概削不录（卷八《士女篇宦迹》）。

又卷五舆地篇古迹载有张衮墓，注云：

> 衮一本作兑，张紫微孝祥之祖也，紫微后寓历阳。其墓去城十四五里，古塚巍然，樵牧侵犯，必有惊怪，见前溪刘越述。（《舆地纪胜》）（卷末考证：按《纪胜校勘记》引张氏鉴云，述上当有"所"字）

至于作内江人，或中江人者都不确，《简阳志》业已指出，今《内江县志》亦未载有安国。其作"简池人"者只王易《词曲史》（神州国光社再版199页），想"池"字系"阳"字误排。因后面又说寓居历阳，似仍沿袭《词品》或《于湖词》毛晋跋语。

按搜罗历代名人指为乡贤，实志书通病。《温江》、《简阳》两志虽各举依据，惜都不能自圆其说。《简阳志》列引用书目达七百余种，可谓广博。但其中虽列有陆游《渭南文集》及《于湖居士文集》，似乎并未认真翻捡。《渭南集》三十七《朝议大夫张公墓志铭》里明明说过郊字知彦，和州乌江人，曾大父讳延庆，大父讳补，父讳几，志中并及邵、祁、孝祥、孝伯、即之等。该志就没有引用这一材料，甚至错误地根据《舆地纪胜》谓张衮为孝祥祖。《于湖集》里的《代总得居士回张推官书》明明说："承喻宗盟，深悉雅意。某家世历阳之东鄙，自先祖始易农为儒，或云唐宋远祖自若湖徙家，盖文昌之后。

文昌讳籍，见于《唐书》，乌江人也。"《简阳志》提及这封信只说"但云先祖易农为儒，亦未言其名"，竟置"某家世历阳之东鄙"诸语于不顾，真所谓明知故昧。

《温江志》考证本疏。如谓"孝祥十八岁时即有《点绛唇》流水泠泠一词为朱希真所惊赏"（卷五《艺文·于湖词》三卷注），当沿《四库总目提要》之误，没有参阅《耆旧绪闻》原书。刘甲《蜀人物志》孤证原不足据，所谓张祁故宅，安知非后人据《蜀人物志》而复加以傅会。

至杨慎、毛晋俱明人，《升庵外集》曾误安国为才彦子，毛晋自言"恨全集未见"，所称籍贯自未可信。若谓宋人著作亦有称安国为简州人者，则《于湖集》中安国自述当更正确，本证俱在，何待他求。

本贯和州乌江县

根据多方面证明，我们可以肯定安国原籍是和州乌江县。宋室南渡，以避金寇迁芜湖，也在宣城住过。又曾"寓居鄞郭余十年"（见《于湖集》三十《与明守赵敷文书》）。按鄞县故治在今浙江鄞县，其伯父邵迁居于此，盖尝往依。兹以安国生于乌江而卒于芜湖，分述于次：

安国为张籍七世孙。籍和州乌江人，并见《唐书韩愈传》及辛文房《唐才子传》。惟《全唐诗》云："苏州吴人，或曰和州乌江人。"又韩愈《张中丞传后序》前称吴郡张籍，后谓籍大历中于和州乌江县见于嵩。似乎他原为吴籍而迁居于和州，其遗迹在和州的尚多可考。

更查《于湖集》三十五《代总得居士上相府书》云："某家世历阳，兵火之后，未尝轻去坟墓。"卷三十七《与蒋乌江书》云："平昔未遂识面，而今兹乃得公为吾父母国之宰，抑何幸耶！"同卷《代总得居士回张推官书》叙述尤详明，已引见前节。所谓"自若湖徙家"，查陈廷桂《历阳典录》五云："若湖在赤堁、黄堁之间。"又云："州东北十五里曰亦堁，更五里曰黄堁，旧时若湖灏淼，直接江涛，故筑此以备水涝。云赤黄者，以土色别之也。"据"家世历阳"、"父母国"、"家世历阳之东鄙……远祖自若湖徙家"等语，知安国先世卜居历阳已久。

历阳古扬州地，秦灭楚，置历阳县及乌江亭。项羽败于垓下，东走至乌江，亭长舣船以待，即其处。晋太康六年，始置乌江县。宋和州治历阳，乌江为其共属县。绍兴五年废为镇，七年复。（见《宋史·地理志》）元因之。至明始裁，今安徽和县东北四十里有乌江镇。安国《与蒋乌江书》曾述及乌江风景之胜："项亭面山枕江，四时风烟皆可以寓目，若湖渺漫百里，方舟载酒，不减水乡胜处。"

籍之故居，载于县志。宋贺铸《庆湖集》有《百福寺诗》注云："与县廨邻，按县谱即唐诗人张司业籍之故居也，籍绘像今存。"宋吴龙翰《古梅吟稿》亦有《过和州报恩寺诗》序云："唐张籍故居也。"《历阳典录》谓百福寺或南渡后改为报恩寺。又载："文昌读书堂在乌江东一里；今只知桃花坞为文昌读书处，鲜有能及此者。"附录安国七言古诗一首，序谓"读书堂在乌江，即唐文昌公读书处，自五代至今皆世守之，渡江后为史氏之所有。"诗中有"吾家文昌读书处，好在溪山落君手"句。（按此诗商务四部丛刊影宋本《于湖集》未载，疑陈廷桂辑《阳历典录》系另据一本。）

至桃花坞据《典录》卷七载在"州大西门外，唐张司业别墅。司业尝与孟东野载酒游此，今荡为寒烟矣"。清王善榑《石壁山房集》有《游桃花坞记》，谓自含山往游，"有白头田父杖而至，言文昌与孟东野载酒游坞事甚津津。又言文昌七世孙安国亦读书此坞，以杖指道旁卧碑实之。安国状元也，尤艳称焉。其他所说虽无据，然皆闻诸前人，亦足见风流云"。是野老相传安国亦尝读书于桃花坞，而《历阳典录》同卷古迹更载有"于湖读书处"，谓在"州大西门外云来社旁"，并附录安国《秋日郊居诗》以实之。按《谱传》谓渡江时甫数岁，则传说殆未可尽信。《郊居》诗是否作于其地，似更待证。

其他古迹之有关安国者，如：杨林河以南宋时曾产芝一本，又名灵芝河。《于湖集》有《寿芝颂代总得居士上郑漕》，盖其父曾献此芝为郑寿。百福寺旁的三贤祠则祀唐何蕃、张籍及安国者。（《历阳典录》九）至如香泉等名胜，集中亦多吟咏及之。

又本集卷三十九有《与刘西府书》略谓："某以久不省祖茔，自宣城暂归历阳村落。"因知安国过江后亦尝归故里扫墓。

词人的第二故乡——芜湖

芜湖，春秋时为吴的鸠兹邑。《左传》襄三年楚子重伐吴，克鸠兹。汉武帝元封二年，改鄣郡为丹阳郡，领县十七，芜湖是其中之一。（见《汉书·地理志》）以地卑蓄水而生芜藻，因名。（见顾祖禹《读史方舆纪要》二十七）后汉因之。这是古芜湖城，其遗址在今芜湖县东。晋太康二年分丹阳县置于湖县，其地本吴督农校尉治。《括地志》谓在芜湖县东四十里的咸保圩，当即古芜湖城所在。晋太宁初，王敦自武昌移屯于湖。咸和初，侨置当涂县及淮南郡于此。宋大明六年以淮南郡并入宣城郡，移宣城郡治于湖，又南豫州亦治此。寻复为淮南郡治。隋省郡并入当涂县，并徙当涂于姑孰（即今当涂县治）。旧籍有载于湖故城在今当涂县南三十八里者，就今日咸保圩位置观之亦合。

至芜湖今治实移置于三国吴黄武初，现在的城隍庙，犹传为亦乌年间始建。晋宁康初侨立上党郡及襄垣县，寄治芜湖，寻改芜湖为襄垣。宋、齐因之，属淮南郡。隋省襄垣入当涂。唐为芜湖镇。大顺中杨吴始复置芜湖县，属升州。宋初属宣州，太平兴国三年，改属太平州（今当涂县治）。陆游《入蜀记》中所称之芜湖，即今治也。记云：

> 至芜湖县，泊舟吴波亭……按汉丹阳郡有芜湖县，吴陆逊屯芜湖。又杜预注春秋，楚子伐吴克鸠兹，亦云在芜湖。至东晋乃改名于湖，不知何自。王敦反，屯于湖，今故城尚在。又有玩鞭亭亦当时遗迹。唐温飞卿有湖阴曲叙其事。近时张文潜以《晋书》所云帝至于湖，阴察营垒，当以于湖为句，飞卿盖误读也，作于湖曲以反之。

按陆氏谓"至东晋改名于湖，不知所自"，盖未尝深考。

两县名所以相混，似由于以下原因：（1）古芜湖、于湖，先后皆治古鸠兹。晋置的于湖县，实即汉芜湖县故址。今咸保圩东犹有鸠兹港可证。故就东吴移治后而言，二者即不容相混；但就县境说，今咸保圩犹属芜湖，则以为"芜湖即于湖"（《通鉴》注），亦无大误。（2）由于"于、芜"二字音近，南北朝人著述中已有错乱。如孙盛《晋阳秋》、魏收《后魏书》叙王敦移镇事皆作"屯芜湖"，《通鉴考异》业已辨及。《晋书·王敦传》亦称帝微服至芜湖。惟《明帝纪》仍云"下屯于湖"；《王敦传》所载王导与王含书谓"大将军来屯于湖，渐失人心"，皆不误。至于"湖阴"之名，实由断句错误而来，宋人沿用甚多，安国集中亦有之。

总之：自宋以来，盖已视于湖与芜湖为古今名。惟安国所寓之地在芜湖今治而非于湖故城，这是可以肯定的。

《谱传》云："绍兴初年，金人寇和州，随父渡江居芜湖升仙桥西。"《芜湖志》三十七亦载："状元张孝祥宅在县西升仙桥，有归去来堂。堂畔有池，群蛙鼓噪，邻人汪氏让之；孝祥取砚投池，应手绝，因名禁蛙池。后无存。清乾隆庚戌，邑命陈圣修于来佛亭旁设位祀之，并题归去来堂额，今俱废。"
(《谱传》亦载掷砚禁蛙事③，惟称"转运公（祁）尝面池筑室为读书所"。按归
去来堂为安国致仕后所筑，据《四朝闻见录》应在陶塘上，县志谓在升仙桥故
宅误。）来佛亭者因湖浮一砖，上有佛像，嵌置茶亭而名。东有澹人居，遂割
其南半为于湖祠。（见《芜湖志》五十九《清黄钺诗注》）其地后归王泽，辟
为希右园。泽有《湖上新葺小园杂诗》十首（见《芜湖志》五十九），其二云：

> 归去来堂久矣无，一间茅屋祀于湖；后生获践前贤迹，整理荒园当旧
> 庐。（原注：张于湖先生旧居有归去来堂，并有祠，祀久废。乾隆庚戌，左
> 田夫子请陈邑侯立主祀于园之西，今复题扁设供于园之前厅，悬归去来堂
> 额。）——按黄钺字左田。

上面所谓湖当指镜湖（镜湖细柳，为芜湖八景之一）。通称陶塘，近渐恢复旧
名，此湖原是安国废田凿成的。叶绍翁《四朝闻见录》说："寓居芜湖，捐己
田百亩汇而为池。圜种芙蕖杨柳，鹭鸥出没，烟雨变态。扁堂曰归去来。"
《于湖集》中有《蝶恋花·怀于湖》词云：

> 恰到杏花红一树，撚指来时，结子青无数。漠漠春阴缠柳絮，一天风雨
> 将春去。　　春到家山须小住，芍药樱桃，更是寻芳处。绕院碧莲三百亩，
> 留春伴我春应许。

"绕皖碧莲三百亩"，想见当年风景之胜；从"家山"两字也可看出他已把芜湖
当作故乡。陶塘在赭山南，解放后辟为公园。其附近旧有渡春堤、柳春园诸地
名，颇疑"柳春"原为安国词中"留春"二字（犹记二十余年前湖上有医院曰
"留春"），久乃讹"留"为"柳"。
又黄钺有《于湖竹枝词》云：

> 升平桥畔状元坊，曾寓于湖张孝祥；一自归来堂没后，顿教风月属陶塘。

注谓："升平桥即升仙桥，在城西。张中绍兴甲戌状元，故宅在焉。陶塘在其
坊后半里，当即归来遗址。张旧有祠，久废。乾隆庚戌，余请陈明府圣修重祀
来佛亭旁。"按道光八年戊子夏，谢崧（骏生）复移祀安国于赭山之滴翠轩，

轩传为黄山谷读书处，旧名桧轩，久废。重葺于乾、嘉之际而毁于咸丰间。同治初修复，又毁于民国七年（1918）重九日。现在的滴翠轩是后来重建的。钺有《骏生观察移祀于湖先生于赭山之滴翠轩》诗云：

公昔备马游赭山，对雪分韵凌屛颜，一览亭高最空旷，扁舟遥认沧江湾。（原注：《于湖集》有"赭山分韵得成叶五言"二首，又一览亭诗：沙尾是我船，烟波更空旷。）兹山与公素相委，置公此坐公应喜，参差竹树似当年，咫尺江山来万里。谢公词翰今玄晖，倜傥何减张紫微，登山移主荐脯食，顿令岩壑生光辉。炷香再拜长太息，和战纷纷谋孔亟；公言自治还应人，谁是同心为戮力！（原注：史言公对孝宗张、汤二相当戮力同心以副恢复之志，且靖康以来，和战两言遗无穷祸，要当先自治以应人，此岂两持者。）况时宿将已无人，淮南河北多嚣氛。长城先自坏道济，细柳旋失真将军。谓公两持为公惜，直是深文非史笔，即令抗论与浚同，难救符离师失律。荒祠再徙山之阴，明湖百亩鉴公心，早是轩前苍桧死，免教按剑扣霜镡。（原注：宋季处士胡褒者，愤秦桧之奸，题其堂曰六桧，盖以隐戮也。见《篁墩文集》。滴翠轩在宋为桧轩。）

按《宋史》本传谓安国出入张（浚）汤（思退）二相之门，于和战两持其说，黄钺此诗特力为辩诬。又钺等一再为之移祀。可见虽在数百年后，芜人对于安国仍有深厚的感情。

安国以乾道五年（1169）请祠侍亲，进显谟阁直学士致仕。《谱传》云：

既归芜湖，凡缙绅之士，莫不晋接。宗戚渡江而贫窭者，公辄赈之。新观澜亭以集同志，讲论之余，徜徉山水。寺观台榭吟咏殆遍，而悉为之题识。芜湖都水陆之冲，舟车辐辏，民甚苦之，屡藉公为之庇。会邵宏渊拥兵还镇，所过市肆皆空，芜民甚恐。转运公与渊有识，公作书以逆之。至则自籴米数百斛，父子着紫衣乘使者车犒师江上。众得饷扬帆而去，遂秋毫无犯。丞袁益之迎至江浒，士民夹道指目夸艳。

他就是这样和芜湖人民相处的，所以"卒之日，商贾为之罢市，两河之民，惶惶如失所恃"（谱传）。

《于湖集》四十有与朱编修（熹）书，系致仕离荆州时写的：

> 某有田在谢家青山下，屋十余间，下俯江流；今归真不复出矣。元晦异时或欲览江淮山川之胜，乘兴东游，则仆可以奉从容于梁山、博望、慈湖、采石之间也。

青山在今当涂县境内。又《谱传》谓安国子太平后从诸父徙宣城，按本集二十八有《题王朝英梅溪竹院》云："壬午春，余自建康还宣城。"壬午为绍兴三十二年（1162），是在宣城早别有寓所。当涂、宣城都是芜湖的邻居。

安国在芜遗迹，因代远年湮，往往不甚可考。明章嘉祯《醉歌行吊古》（《芜湖志》五十九）已经说"升仙桥西张氏宅，今日谁家烟漠漠"。其大略可以指出的，如升仙桥当在芜湖市石桥港附近，因辟路关系，港已改为下水道。状元坊早成为长街与二街相通的巷名，《芜湖志》四十《庙祀志》云："状元祠在县西长街巷内。祀宋状元张孝祥，前为状元坊。明嘉靖二十二年榷使许用中重修，有祠堂碑记，今祠坊重新。"《芜湖新志》修于民国八年（1919），大约祠坊在民国初年曾加参修葺。通常认为其地即状元第所在，但据《图书集成》在明代原为惠地庵，正德间始改。归来堂遗址相传即陶塘上的烟雨墩，今芜湖市图书馆设此。至赭山滴翠轩现属广济寺，亦不祀黄、张诸贤。山谷尚有刻像，涉及安国的只壁嵌谢崧诗石刻一方。谢诗亦载《芜湖县志》，兹附录于次：

> 移祀张于湖于桧轩
>
> 此戊子岁五月十八日，移祀张于湖先生于桧轩，即今滴翠轩，東左田、予卿两先生（按即黄钺及王泽）旧作也。阅四年，邑人赵竹轩葺而新之，崧病不能作记，录此以记其原委焉。
>
> 张公古淡传轩鹤，复有文孙相继作（先生为文昌裔孙）。大廷献策气凌云，宗尚程门言谔谔。格天高阁凶方张，老牛舐犊天无光（谓秦埙）。高宗此事独不受桧制，三头拔置何轩昂（唐张又新进士状头，宏词敕头，京兆解头，谓之张三头）。先生亦于绍兴中贤书、里选皆第一，延试时高宗亲擢第一，人品迥乎不同，科名偶尔符合，故借用之。是时张（浚）汤（思退）水火成门户，议和议战纷无主。先生两可费调停，与人家国虚何补。归来父子使者车（公之父祁），父老纵观空里闬；自开别墅缘调鹤，喜舍良田为种鱼（今之陶塘乃先生舍田百亩所凿）。词翰风流七百载，归去来堂已何在？夜雨空祠古木寒，春风茶社芳篱改。我今移祀赭山之桧轩，轩前万竹交柯动叶堪

寻源。况有二黄共香火（祠之中楹祀黄涪翁暨黄靖南），云车来往灵旗掀。尚书太守闲无事，篮舆出郭骧然至，谢家群从（舍弟涤生）复追陪，同荐溪毛杂蕉荔。酒酣道古穷千春，纵数王（曾）宋（庠）黄（观）商（辂）伦，湘龄（钱学士棨）老去今莲史（陈太守继昌），何减乌江射策人（七人皆三元）。

原载《安徽师范学院学报》1957年第2期

注释：

① 此从《谱传》。宋陈应行《于湖先生雅词序》云："于湖者，公之别号也。"又安国有《自赞》（《于湖集》十五）云："于湖，于湖，只眼细，只眼粗；细眼观天地，粗眼看凡夫。"

② 《于湖集》卅五《与严守朱新仲书》云："某伯父凡三人，长尚书，次尝得官矣。建炎俶扰，尚书奉大母冯夫人渡江，诸弟悉从。次伯父既娶，独顾松楸不忍去以死。惟余一女，于某姊也。冯夫人以其无父母，爱异他孙，嫁严陵朱氏。"据此则安国伯父不仅邵一人，其《与明守赵敷文书》云："某顷寓居郧郭余十年，王母冯夫人殁葬西山，皇姑孙夫人以妇从姑，而世父待制公，季父莆田承公以子从母，皆葬其下，故家视四明犹乡里。"此季父又非郧，因郧卒于安国后。

③ 按《江南通志》载无为州治墨池，宋米芾所凿。蛙声聒人，取片瓦濡墨书之，投诸池，蛙鸣遂绝。与此故事颇类，似皆无稽之谈。

苏轼在宋代文学革新中的领袖地位

姜书阁

千余年来，世之论唐宋两次文学革新运动者，几无不夸大韩愈、欧阳修两人的功绩，而不深究其实。我以为二人之功绩诚伟矣、峻矣，断不可没，但不能置于不适当的地位，以至于忘记了或降低了真正彻底而全面地完成唐宋文学革新事业的伟大文学家苏轼的巨大贡献。

把文学革新作为一个运动来看，对旧而已弊的文风，它必须有摧陷廓清之力；对新的用以代替过去的变革，必须提出明确的口号。譬如：白居易的新乐府运动，在诗歌的思想内容上主张"文章合为时而著，歌诗合为事而作"，简言之，即"惟歌生民病"，要为现实而作；在诗歌的艺术形式上主张"其辞质而径"、"其体顺而适"，换言之，就是"不求宫律高，不务文字奇"，要求做到"老妪能解"。又如韩愈的古文运动，在文章的思想内容方面主张"不惟其辞之好，好其道焉耳"，换言之，即"文所以为理"，而这个道理则是指儒家之道而言，也就是"文以明理"；在文章的艺术形式方面，他主张"沈浸浓郁，含英咀华"，主张"惟陈言之务去"，主张"言必己出"。总之，他们这些具有理论原则性的口号，对旧弊既可起摧陷廓清之功，对革新又有旗帜鲜明之效。在宋代的文学革新运动中，欧阳修提出了什么呢？苏轼又提出了什么呢？这都是必须研究清楚的。

我们要弄清宋代文学革新运动的真实历史，首先必须扫除千年来许多推尊欧阳修的文人学者所作的种种并无实证而故意拔高的论述之辞，然后再从欧阳修的全部遗集和苏轼的全部著作中，不存丝毫成见地考察他们各自在宋代文学革新过程中所作的贡献，才有可能比较正确地论断他们各自的历史地位。

一　欧阳修只是宋代古文运动的中心人物

欧阳修在宋代文学革新中所作的贡献，主要在于继三百年前唐代韩愈提倡古文之后，再一次举起古文运动的大旗，以古文变革了五代以来卑弱靡丽的文风。他在这方面的功绩，我们不能不承认，但也只是在柳开、孙复、穆修、石介等人倡之于先，苏舜钦、尹洙等相与影响之下，共同倡导，造成声势，而后来又得曾巩、王安石等人尤其是苏洵、苏轼、苏辙父子的大力支持，在理论上和创作上都有更大的发展，才取得最后的胜利。这在当时的人也是看得很清楚的。即如与欧阳修关系密切的一代名臣韩琦在为其撰写的墓志铭中，虽不无溢美之辞，却也记录了实情：

> 国初，柳公仲涂一时大儒，以古道兴起之，学者卒不从。景祐初，公与尹师鲁专以古文相尚。而公得之自然，非学所至，超然独骛，众莫能及。譬夫天地之妙，造化万物，动者植者，无细与大，不见痕迹，自极其工。于是文风一变，时人竞为模范。自汉司马迁没几千年，而唐韩愈出，愈之后又数百年，而公始继之，气焰相薄，莫较高下，何其盛哉！……嘉祐初，权知贡举。时举者务为险怪之语，号太学体。公一切黜去，取其平淡造理者，即预奏名。初虽怨讟纷纭，而文格终以复古者，公之力也。

苏辙所撰《欧阳文忠公神道碑》也说他：

> 将举进士，为一时偶俪之文，已绝出伦辈。……遂中甲科，补西京留守推官，始从尹师鲁游，为古文，议论当世事，迭相师友。与梅圣俞游，为歌诗相倡和，遂以文章名冠天下。

欧阳修自己也不讳言他学古文较诸友为迟。他学古文，始终以韩愈为式。据南宋胡柯于庆元二年所撰《庐陵欧阳文忠公年谱》云："公年十岁，在随，家益贫，借书抄诵。州南大姓李氏子好学，公多游其家，于故书中得唐韩昌黎文六卷，乞以归，读而爱之。"事实上，他在得第以前，并没有学古文，虽然早于十五六岁在随州时便已得到韩文而深慕之。他自己在《与荆南乐秀才书》中就说自己"少孤贫，贪禄仕以养亲"，"姑随世俗作所谓时文者"，"以为浮薄"。"及得第已来，自以前所为，不足以称有司之举，而当长者之知，始大改其为，庶几有立。"论者谓"是时，尹洙与修亦皆以古文倡率学者。然洙材下，人莫之与。至修文一出，天下士皆向慕，为之唯恐不及。一时文章大变，庶几乎西汉之盛者，由修发之"。关于他学韩愈古文的过程及其对韩文的夸赞，最明确的记录莫过于他自己所写的《记旧本韩文后》（见《欧阳文忠公集》卷二十三)）。

　　欧阳修之所以被评为宋代古文运动的主要倡导者，并不是因为他首先为古文于他人不为之时，也不是因为他"超然独骛，众莫能及，故天下翕然师尊之"，而是因为"修虽以文雄一时，然无忌前好胜之气，习推毂贤士而身下之，一时文人，多出其门"，他"奖引后进，如恐不及，赏识之下，率为闻人。曾巩、王安石、苏洵、洵子轼、辙，布衣屏处，未为人知，修即游其声誉，谓必显于世"。

　　欧阳修对于文论却基本上没有什么新的创见。大抵循守韩愈、李翱之旧。他对时文及对西昆的批评也没有超出宋初以来王禹偁、柳开、孙复、穆修、石介、尹洙等人的范围，甚至还不及他们的某些评论痛切。因此，欧阳修在北宋中期文坛上的主要功绩是，继三百年前韩愈古文运动已兴复弊的未竟之业，而使古文得以复行，"遂擅天下"。这一运动，在韩愈可以说有很大成分是假复古之名，而行革新之实；在欧阳修却只能说有很大成分是复三百年前韩愈之古，而几乎看不出多少文学革新的内容。

　　苏东坡将欧阳修的文章分为论大道、论事及记事三类，而各以古人第一流名家韩愈、陆贽和司马迁为比，但用语颇有分寸，只说其"似"而已，盖亦只言其类型相近，不言成就之高下也。虽然，这样比类究竟还是不够恰切，不如其父洵"论修文章，词令雍容似李翱，切近适当似陆贽"。《神宗实录》本传还说："至修作《唐书》、《五代史》，叙事不愧刘向、班固也。"东坡拟之司马迁，似尚不伦。

　　欧阳修的诗，苏轼以为似李白，这是不恰当的。刘熙载《艺概·诗概》已指出："其刻意形容处，实于韩为逼近耳。"又说："欧阳永叔出于昌黎。"这说法是对的。修诗散文化开宋人以文为诗之端，成为"宋诗"在形式上的主要特征之一。其实这就是他学韩而变本加厉的具体证明。修所作《赠李士宁》很明显地是学韩的，如其后半段云："吾闻有道之士，游心太虚，逍遥出入，常与道俱，故能入火不爇，入水不濡。常闻其语，而未见其人也。岂斯人之徒欤？不然，言不纯师，行不纯德，而滑稽玩世，其东方朔之流乎？"不仅词法、句法散文化，连章法都散文化了。这种情况只有从韩愈学得，李白诗中何尝有之？欧阳修学韩之以文为诗，而又变本加厉，别无创新的发展、提高，也就很难说他对诗的革新作了什么贡献。我们这样评论他，并没有否定他的存诗中确还有些较好甚至很好的作品，正如同我们说他在古文运动中只是复韩愈之古，并无新的创见，但不等于说他的存文中没有很好的作品一样。

　　欧阳修既不是宋代诗文革新的领导者，更不能称为宋代文学革新的领袖，这还有另一条重要理由，那就是他的词基本上仍袭南唐遗风，虽与《花间》略异，却仍属婉约之作，而以艳情为主。《欧阳文忠公集·近体乐府》和《醉翁琴趣外篇》所收即颇有些与《花间》相混者，而更多的是与冯延已、晏殊、晏几道、张先、李璟、李煜乃至后来的秦观、李清照的作品相混，像其所崇敬的范仲淹那样人物所写的沉郁苍凉的《渔家傲》、《苏幕遮》一类风格之作，在他的词集中连一首都找不到。这就可以证明他对词的革新是想都没有想过的。

词为宋代文人文学的重要体裁，论宋代文学的革新，不能只言文和诗而不及于词。欧阳修于诗文皆继踵韩愈，以复古救五代以来之衰弊，使人误认为革新而推尊为文学革新的领袖，只要从他在词上的完全保守的态度看出这一矛盾现象，我们就会正确认识到他并不是一个文学革新者，更不是宋代文学革新领袖，而是一个地地道道的文学保守派或复古派的中心人物。

但是，欧阳修对于宋代诗文的革新，确实也客观地起了很大作用，作出了贡献。他继承韩愈的衣钵，用韩、柳、李翱的古文战胜了当时所谓太学体的文章，用比较浅淡古朴的古近体诗代替了风靡四十年的以典事藻丽为务的西昆一派，给宋代诗文革新创造了条件，奠定了基础。而尤为不可没的，是他团结了许多有志革新的同辈，并培护了像苏轼那样的年轻一代的文坛新秀，终于真正领导起宋代的文学革新事业而卒底于成。

二 苏轼在宋代文学革新中的地位

苏轼始见知于欧阳修，在其二十二岁赴试礼部时，修与梅尧臣皆为考官，得其《刑赏忠厚之至论》，擢之高第，殿试中乙科。轼以书谢诸公（见《苏东坡集·续集》卷十一《谢欧阳内翰书》），修见之，书告梅尧臣（见《欧阳文忠公集·书简》卷六）云："读轼书，不觉汗出。快哉，快哉！老夫当避路，放他出一头地也。可喜，可喜。"轼对于这位座主恩师的奖藉揄扬，始终是感激在心、念念不忘的。当他"酒醒梦断四十秋"，自叹"颜老可羞"的时候，作诗《送晁美叔》，还提到当年欧阳修令美叔与己交游的话。他在颍州作《祭欧阳文忠公文》（见《苏东坡集·后集》卷十六）说自己龆龀之年即"谓公我师，昼诵其文，夜梦见之"。后十五年，乃克见公。公谓："此我辈人，余子莫群。我老将休，付子斯文。"后复见公于汝阴，公曰："我所谓文，必与道俱。"这些都足以见他们之间"凡二十年"的"师友之义"，今"虽无以报"，而一为门生，誓将"不辱其门"。由这些欧苏师友间相敬相爱的关系来看，相期多在道统而比较少及于文章，即使偶然提到，也只是漫然涉及，并非主要目的。尤其苏之对欧，虽亦盛赞欧之文章，却绝不似其赞叹韩愈那样突出了文的成就。他的《贺欧阳少师致仕启》，则立意独在德望事功，只以文章为陪衬："伏惟致政观文少师，全德难名，巨材不器。事业三朝之望，文章百世之师；功存社稷而人不知，躬履艰难而节乃见。……"《居士集叙》本作于"欧阳子没十有余年"，且系上溯韩愈、孟子，然亦着重在"其学推韩愈、孟子，以达于孔氏……以合于大道"，说"其言"不过"简而明，信而通"，故能"引物连类，折之于至理，以服人心，故天下翕然师尊之"。因此，在结束语中只能论之曰"欧阳子论大道似韩愈"，不能说他的文章——更不可能广泛地推崇及于他的诗、词均有什么革新成就了。

苏轼文风的形成，并非在他应礼部试受知于欧阳修以后，即并非是接受了欧的教导或影响的结果，而是他自幼即在其父洵的教育下，走着蜀郡眉州士子的文学传统道路，而加之以其个人的才性与努力创造出来的。他的《眉州远景楼记》云："始朝廷以声律取士，而天圣以前学者犹袭五代文弊。独吾州之士，通经学古，以西汉文词为宗师。方是时，四方指以为迂阔。至于郡县胥吏，皆挟经载笔，应对进退，有足观者。"又其《范文正公文集叙》说："嘉祐二年，始举进士，至京师……是岁登第，始见知于欧阳公。"这时，他写的《上梅龙图书》谈到考试诗、赋、策论，"君子以为近古"，接着自陈："轼长于草野，不学时文，词语甚朴，无所藻饰。意者执事欲抑浮剽之文，故宁取此以矫其弊。"这都是实际情况，并非徒为谦抑或故意阿谀。除蜀郡眉山自来习于西汉文风以外，他的文学观点也是以得之于其父洵者为多。不错，他"始总角，入乡校"，以道士张易简为师，但其思想则为父洵实左右之。其弟辙为作《亡兄子瞻端明墓志铭》曰："公之于文，得之于天。少与辙皆师先君。"铭亦曰："苏自栾城，西宅于眉，世有潜德，而人莫知。猗欤先君，名施四方，公幼师焉，其学以光。"他的主要文学观点，正是继承老苏的。嘉祐四年己亥，轼年二十四，与其弟侍父自蜀舟行适楚，集其父子三人舟中之作凡一百篇，曰《南行前集》，而为之叙（序）曰："夫昔之为文者，非能为之为工，乃不能不为之为工也。山川之有云，草木之有华，实充满勃郁而见于外。夫虽欲无有，其可得耶？自少闻家君之论文，以为古之圣人有所不能自已而作者。故轼与弟辙为文至多，而未尝敢有作文之意。"现在读《苏东坡集》，不论其文、其诗、其词、其赋，亦不论是记叙、论说、书简、章奏，皆"有触于中"，顺其自然，不得不发，"而非勉强所为之文也"。这就成为苏氏的文学观点，成为苏氏的文学风格特征，也是苏氏坚持以传授于后学的根本原则。苏轼这一文学基本观点确是得之于其父的。其父洵的《仲兄字文甫说》（见其《嘉祐集》卷十四）末段云："故曰'风行水上涣'，此亦天下之至文也。然而此二物者岂有求乎文哉？无意乎相求，不期而相遭，而文生焉。是其为文也，非水之文也，非风之文也。二物者，非能为文而不能不为文也，物之相使而文出于其间也，故此天下之至文也。今夫玉，非不温然美矣，而不得以为文；刻镂组绣，非不文矣，而不可与论乎自然。故夫天下之无营而文生之者，唯水与风而已。"这一段话虽然是苏洵对文的基本看法，也正是苏轼（包括其弟辙）的文学基本观点之所本。

苏轼的文学观点当然不止于上述这一条，但惟此为其最基本的原则，而其他都是由此产生或与之有联系的。这无疑就成为他革五代以来文章之弊的理论武器。他以此反对雕镂，反对浮艳，反对空言无实，反对不切于用，反对剽窃因袭。虽然他也给予韩愈以高度评价，对韩极为仰慕，但却并不以追蹑韩文遗踪而划然自止。他深刻而全面地考察了五代以来整个文坛的衰弊情况，较为清醒地抓到了其症结所在，提出了革新的基本原则，不傍前人脚后行，而是坚决地走自己的路，虽遭耻笑非议而不顾。

苏轼成为他那个时代文坛的真正中心，成为北宋中期文学革新的真正领袖。他团结了很多文章名士、诗坛名将、词曲名家在自己的周围，而皆以平等待之，从不视为后生。对这些人提拔揄扬，无微不至。即使他们某些观点与己不合，也绝不排斥。著名的"苏门四学士"——黄庭坚、秦观、晁补之、张耒以及"苏门六君子"——除黄、秦、晁、张外，再加上陈师道、李廌，当时皆有文名，虽均出于东坡门下，而其成就则不为苏门所限。除开这些大家以外，还有不少古文、诗、词作者，向他求教，也无不延接，给予指导，成为他在文学革新事业上的辅助力量。这从他现存的书简中可以知其大概。

苏轼的文学创作，也始终坚持自己的革新原则，意到笔到，不勉强作，也不勉强不作，更不违拗自己的思想感情而有所隐讳或矫饰。《石林诗话》载："熙宁初，时论既不一，士大夫好恶纷然。……时子瞻数上书论天下事，退而与宾客亦多以时事为讥诮。同极以为不然，每苦口力戒之，子瞻不能听也。出为杭州通判，同送行诗有'北客若来休问事，西湖虽好莫吟诗'之句。及黄州之谪，正坐杭州诗语……"即世所传"乌台诗案"也。他以后屡次贬官，几乎都是被嫉之者摭摘他的诗文中语，予以曲解，深文周内，陷于罪刑的。但他并不因此而止笔。贬在惠州时，他有《与程正辅书》二十四首，中有一首言及：

"子由及诸相识,皆有书痛戒作诗(原注:"有说,不欲详言。"),其言切甚,不可不遵用。"但事实又如何呢?他是一个有见必言,有感必发,言务尽意,发务尽情的大诗人、大作家,以文章为事业、为生命,怎能戒得了呢?在黄州、在惠州乃至再迁儋州,直至放还,死于常州,他的文章、诗、词何尝有一日停笔不作呢?这些也都体现了他的文学革新业绩。

三 苏轼对古文、诗、词革新的领导及其成就

以下分别论述。

1.古文

"古文",系与"时文"相对而言的。"时文"主要指"自五代之余,文教衰落,风俗靡靡,日以涂地"的"浮巧轻媚丛错采绣之文"(《谢欧阳内翰书》中语)而言;但是,自"圣上……思有以澄其源,疏其流,明诏天下,晓谕厥旨"以后,又产生了两种偏向:"求深者或至于迂,务奇者怪僻而不可读",以至"余风未殄,新弊复作",这虽名"古文",但其实也是另一种"时文"、"弊文"或新弊的古体时文,也应在革新之列。

苏轼所倡导的古文,乃是以"词语甚朴、无所藻饰"、"追两汉之余""能道意所欲言"之文,以矫五代以来文章"浮剽"之弊,而又不要"用意过当"、矫往过正,至陷"求深"、"务奇"、"迂阔"、"怪僻"之弊。这是韩愈没有提出过的,也是欧阳修所不曾明确的。韩愈要求"惟陈言之务去",戛戛独造,其弊则有象樊绍述那样艰涩至难句读的文章。如其《平淮西碑》,千古盛称,然而却不能否认它"句奇语重喻者少"。而有意于"复三代之故",并不畅达。欧阳修追蹑韩愈,亦步亦趋,在文论上无多新见,但他的古文往往表现了他是有"作文之意",而不是"风行水上涣,自然成文"。

苏轼及其弟辙在古文方面主要得之于其父洵,从理论到实践也都承之于父。苏洵之文似《孟子》、《荀子》或似《战国策》,轼文亦然。初,洵携其二子入京应试,以张方平之介;见欧阳修,献其文二十二篇,修谓"博辩宏伟",有荀卿子之风,乃荐之于朝,公卿士大夫争传之。(《故霸州文安县主簿苏君墓志铭并序》)"既而欧阳公为礼部,又得其二子之文,擢之高第。于是三人之文章盛传于世。得而读之者皆为之惊,或叹不可及,或慕而效之。自京师至于海隅障徼,学士大夫莫不人知其名,家有其书。"(见《南丰先生元丰类稿》卷四十一《苏明允哀词》)

轼既从其父洵学为文章，而又深造自得，故其成就或有超过其父之处，但基本观点则不必有异。刘熙载谓："苏老泉曰：'风行水上涣，此天下之至文也。'余谓大苏文一泻千里，小苏文一波三折，亦本此意。"（见《艺概·文概》）

苏轼论文之言，主要见于他的《答王庠书》和《答谢民师书》（均见《苏东坡集·后集》卷十四）。其旨大致相同。综而述之，苏轼以其古文理论做为他对文章革新的要求，大致不外：一、反对空文而少实用。二、要求能道所欲言，做到辞达，使欲说之文了然于心、于口与手。三、文理自然，如行云流水，行于所当行，止于所不可不止，不假任何勉强造作。四、反对故为艰深奥涩之词，以掩盖或文饰其浅近空泛的思想内容。无疑，这些都是针对五代文弊及当世"新弊"而提出的革新要求。

苏轼自己的古文写作实践又如何呢？是否实行了他所以告于后生学子的呢？轼自评其文曰：

> 吾文如万斛泉源，不择地而出。在平地滔滔汩汩，虽一日千里无难。及其与山石曲折，随物赋形，而不可知也。所可知者，常行于所当行，常止于不可不止。如是而已矣。其他，虽吾亦不能知也。（《文说》）

他的作品是否真的作到这地步呢？从其向罕为选家所录且亦不算他文集中名篇的《众妙堂记》来看，他不按一般此类文章的作法去作，既不言其堂构，亦不言其经营始末与作堂之用意，独就其堂名而发挥作记者之玄思奥蕴，但又不直说，却托之于梦，付诸自己幼年之师张道士及其二徒之口。委曲婉转，而线索清楚，语言浅近简洁，无浮词剩语，亦无不尽之意。文章有哲理，有故事，有情节，有人物，有对话，有形象，又有余味可寻。它既爽朗明快，又不失于庸熟浅露；行云流水，无造作之痕，无雕琢之迹，然亦非粗俗鄙陋者所能望其项背也。方诸前人，非独无愧，抑且过之。

世或以《东坡酒经》（《苏东坡集·后集》卷九）通篇以"也"字落句，共用十七个，是学欧阳修《醉翁亭记》的。袁枚谓："桐城汪稼门先生云：'欧阳公《醉翁亭》连用"也"字，仿唐人杜牧《阿房宫赋》："开妆镜也"、"弃脂水也"。杜牧又仿汉人边孝先《博塞赋》："分阴阳也"、"象日月也"。不知《诗》亦有之，《墙有茨》三章均用"也"字……。'"（《随园诗话·补遗》）这是对的。但若溯其源，皆莫若举《周礼·冬官考工记》，如云："粤之无镈也，非无镈也，夫人而能为镈也；燕之无函也，非无函也，夫人而能为函也；秦之无庐也，非无庐也，夫人而能为庐也；胡之无弓车也，非无弓车也，夫人而能为弓车也。"一连十二句，句句落以"也"字。以下之文，连用"也"字者尚多，如《轮人》章、《弓人》章皆是。然其文皆极顺畅，不使读者感觉别扭，就是因为用得恰当，毫不勉强。相比之下，欧阳修的《醉翁亭记》首段似即为要创造通篇皆用"×者，×也"的形式，而写出："有亭翼然临于泉上者，醉翁亭也。作亭者谁？山之僧智仙也。名之者谁？太守自谓也。"这无论如何也是极其勉强、毫无美感的笨拙语言。其故意做作的痕迹非常明显。《东坡酒经》则不然，通篇十七个"也"字句，没有一处采用"×者，×也"的句式，更没有故为不必要的问答句而强落以"也"字，那倒真是学自《考工记》或不得不同于《考工记》的。

刘熙载说："东坡文亦孟子，亦贾长沙（谊）、陆敬舆（贽），亦庄子，亦秦、仪（苏秦、张仪），心目窒碍者可资其博达以自广。"又说东坡文"其过人处，在能说得出，不但见得到已也"。正为如此，故其文奇而稳，工而易观，不但其弟辙奉父命师之，一代大家，如黄庭坚、晁补之、晁咏之（补之从弟）、秦观、秦觏、张耒、陈师道、李廌……皆出于东坡之门，而深受东坡文论与古文风格之影响，或全似，或得其一体。如东坡自言"秦得吾工，张得吾易"，盖二人皆在东坡函盖之中也。于是集众家而成一时文坛之盛，传至南宋，古文的优势遂以确立。明人所谓"唐宋古文八大家"者，唐仅韩、柳二人，宋则六人，居八家四之三，而"三苏"又居宋代六家之半。苏氏文风，当以轼为代表，其沾溉于当时及后世文人者，亦以东坡之影响为最大且最久。然则，宋代古文之巨大成就，实以苏轼为领袖而取得者，从可知也。陆游云："建炎以来，尚苏氏文章，学者翕然从之。而蜀士尤盛，有语曰：'苏文熟，吃羊肉；苏文生，吃菜根。'"观此亦可征矣。

2.诗

宋初以来，言文学革新者，大抵都是笼统地针对晚唐、五代整个文风的卑弱浮靡，并非单指骈俪四六之文，其中也包括了五七言古近体诗。稍后，以杨亿、刘筠、钱惟演等朝中居高位的文臣为代表的西昆派出，攻之者乃复转而集中于诗，因为西昆派的得名就是取之于杨亿所辑《西昆酬唱集》。其体"务故实而语意轻浅"，他们自谓宗李义山（商隐），而"后进效之，多窃取义山诗句"，识者病之。

宋初诗人虽也有不喜晚唐、五代而上慕元和以前人者，如王禹偁即是学白居易而颇有成就，自云："本与乐天为后进，敢期子美是前身。"今读其《小畜集》，良然。但是，作为宋初诗坛来说，占统治地位的不是王禹偁等少数头脑比较清醒，不愿随波逐流与世俗共浮沉者，而是趋炎附势，益煽浮靡之风的那些人。虽至欧阳修之时，极力推重梅尧臣的平淡和苏舜钦的豪健，似欲提倡新声，革除五代以来积弊者，但他的《六一诗话》中并没有提出他自己的诗论，只是转述了梅尧臣的名言："圣俞尝语余曰：'语家虽率意，而造语亦难。若意新语工，得前人所未道者，斯为善也。必能状难写之景，如在目前；含不尽之意，见于言外，然后为至矣。'"他似也不满于西昆体，然而态度暧昧，语亦模棱。此外，他还称誉了钱惟演、郑文宝的诗或诗句，都表现了他对诗的革新，旗帜并不鲜明。他自己认为平生最好的作品是《庐山高》一篇和《明妃曲》前后两篇，谓"今人莫能为"，甚至李白、杜甫亦或能或不能。（见叶梦得《石林诗话》卷中）这自然应该体现他的革新精神，可是，"今阅公诗者，盖未尝独异此三篇也"（叶梦得语），我们从这三篇中确实看不出他的革新精神所在。

宋诗自梅尧臣、苏舜钦经过欧阳修的推重与评价，而初定其基，但还是平淡与豪健各自分立。只有到了苏轼，方合二者而一，完成了后世称之为"宋诗"的代表风格。苏轼本着他"行乎其所不得不行，止乎其所不得不止"的文学观点，主张一切客观事物"凡耳目之所接者，杂然有触于中，而发于咏叹"，这种"充满勃郁"至于"不能不为"，而自然"见于外"，"而非勉强所为"的，才是好诗。他在《答王巩》中云，"新诗如弹丸"，意谓自然流转，亦有箭在弦上不得不发之意。《重寄孙侔》云，"好诗冲口谁能择"，则谓诗思诗情，蕴于胸中，感物斯发，冲口而出，不能选词择言，亦不能计及什么诗法诗律。《诗颂》说："冲口出常言，法度去前轨。人言非妙处，妙处在于是。"正是此意。

苏轼也称赞古代许多大诗人，也主张向他们学习，然而真正的好诗毕竟只能是自得于意言之外的。论者或谓其"机栝实自禅悟中来"（刘熙载《艺概·诗概》），也有一定道理。如他在《书黄子思诗集后》（《苏东坡集·后集》卷九）中说："苏、李之天成，曹、刘之自得，陶、谢之超然，盖亦至矣。而李太白、杜子美以英玮绝世之姿，凌跨百代，古今诗人尽废。然魏、晋以来高风绝尘，亦少衰矣。李、杜之后，诗人继作，虽间有远韵，而才不逮意。独韦应物、柳宗元发纤秾于简古，寄至味于淡泊，非余子所及也。唐末司空图崎岖兵乱之间，而诗文高雅，犹有承平之遗风。其论诗曰：'梅止于酸，盐止于咸，饮食不可无盐梅，而其美常在咸酸之外。'盖自列其诗之有得于文字之表者二十四韵，恨当时不识其妙。予三复其言而悲之。"这一段话实是东坡学诗、论诗、作诗的独到之见，也是他所领导并完成的宋诗革新的基本观点，论宋诗者当于此着意焉。

苏轼在诗歌方面，也和在古文方面一样，有他异于前人的成就。他的诗充分表现出一个语言艺术家的高度天才和他那开朗高旷的精神面貌；苏诗的艺术成就标志着宋诗革新运动的完成。他的诗更成为"宋诗"的典型代表。说苏轼是宋诗革新的领袖，从他留下的二千六百余首诗来看，确实是当之无愧的。

作为革新领袖，苏轼门下的"四学士"或"六君子"，其主要成就也多在诗的方面。苏轼的的确确和韩愈、欧阳修一样，注意培养后进，团结同道，故能成为继韩、欧遗踪而领袖一代文坛特别是诗坛的人物。

3.词

关于苏轼在词的革新上的领袖地位，本来是最重要的一个方面，因为他的前辈文人如欧阳修在古文和诗的方面都作了一定的革新（即使是复古，也对革弊有好处，为立新创造条件，扫清道路，故亦可谓革新的一部分），独于词则前人未曾倡导过，特别是历来学者所一致称道为北宋文学革新的领导者欧阳修，竟至根本没有过革新词体的动念。而苏轼却不顾包括他的门人在内的并世作者的讥评，坚决走自己的路，进行了词的革新，使词完全成为可以抒发任何一种感情的诗之一体，而不必如前此之专供歌妓舞筵演唱之用。

苏轼的门人陈师道指责"子瞻以诗为词"，说："虽极天下之工，要非本色。"（见《后山诗话》）后之论者，多袭其说，视为确评。其实把"绮筵公子"和"绣幌佳人"佐欢助兴之曲的词，移到文人案头上，而成为抒情诗之一体，从文学革新的角度看，正是东坡的目的，也是东坡的功绩。这个非曲子本色而能"极天下之工"的"以诗为词"，不过是舍"镂玉雕琼"、"裁花剪叶"，而"一洗绮罗香泽之态，摆脱绸缪婉转之度"，不过是打破词为"艳科"的晚唐、五代旧习，而开拓词境，在内容上"无意不可入，无事不可言"（用刘熙载《艺概·词曲概》中语）。这难道不是苏轼在文学革新上的最大又最突出的贡献吗？

苏轼作词也和他作诗、作古文一样，出于性情，触物而发，不假做作，即"未尝敢有作文之意"，盖"非能为之为工，乃不能不为之为工也"。他之扩大词的题材，也是出于"常行于所当行，常止于不可不止"的必然结果，行其所是，何恤人言！

他的门生故吏中，多能作词，而秦七（观）、黄九（庭坚）最为世称，成就亦较大。但他们虽皆得到他的吹嘘提携，不免多少受了他的影响，却都没有紧跟他走革新宋词之路，甚而有的还对他作了讥笑的评论。是否因此就可以否认他在宋词革新中的领袖地位呢？不可以，因为他确实对词作了全面的革新，而且坚持到底，使他的词作成为他"平生第一绝诣"，而出其"卓绝百代"的古诗古文之右（陈廷焯《白雨斋词话》卷七）。当时虽从之者少，但也非绝对没有。刘熙载说："东坡词在当时鲜与同调，不独秦七、黄九别成两派也。晁无咎坦易之怀，磊落之气，差堪骖靳，然悬崖撒手处，无咎莫能追蹑矣。"晁虽不能企及东坡，而自具苏词风格。即其他门人，尽管自立门户，而词境已多较前人扩大，不能说非受苏轼的影响。当然，苏轼革新宋词的主要影响，还在北宋末与南渡以后，特别是与苏并称为"苏辛词"的辛弃疾以及陈亮、陆游等为数众多的爱国词人，无一不是继承东坡词风而取得光辉成就的。

总之，从整个晚唐、五代以迄两宋这几百年的文学发展历史来深入研究，只要我们不存有先入为主的任何成见，就必然会得出这样的结论：苏轼，也只有苏轼，才是宋代文学革新的真正领袖，而这一历史地位则是他在文学领域内所作的全部贡献决定的。

原载《文学遗产》1986年第3期

宋词中的"豪放派"与"婉约派"

吴世昌

词兴起于晚唐，发展于五代（907—960），繁荣于北宋（960—1127），派生于南宋（1127—1279）。这样分期当然是极为简略粗疏的，只是为了便于说明问题，不能不在历史的大墙上暂时插几个钩子，以便挂上一些史实，看清它的上下左右的关系，免得抽象设想，不易捉摸，甚至弄得时代错识，史实乖舛。

从词的兴起到北宋末年，大约在二个世纪之中，词作为一种民间爱好，文人竞写的文学作品，已经达到它的黄金时代。也可以说，全部词中较好的那一半，产生在这一时期。以后，即在南宋时期，尽管派别滋生，作者增加，但就总的质量而论，已不如南宋以前的作品。那些作品及其作者，都是沿着自晚唐以来的一个传统而写作的。这个传统简单明了，即是后世所谓的"小调"。小调是民间里巷所唱的歌曲，其内容也颇为单纯，大都以有关男女相爱或咏赞当地风景习俗为主题。这本来是《三百篇》以来几千年的老传统、旧题材，而"感于哀乐，缘事而发"的汉魏乐府，则表现得更为突出。宋词与乐府的关系是非常密切的，宋人的词集有时就称为"乐府"，如《东山寓声乐府》、《东坡乐府》、《松隐乐府》、《诚斋乐府》等。晏几道自称其词集为《补亡》，他自己解释道："《补亡》一卷，补'乐府'之亡也。"意思是说，他的词正是宋代的"乐府"。

但是从五代到北宋这一词的黄金时代中，虽然名家辈出，作品如云蒸霞蔚，却从来没有人把他们分派别，定名号，贴签条。五代的作品，至少来自四个不同的区域——西蜀、荆楚、南唐、敦煌，但后来，也许为了讨论方便，提出了"花间派"这个名称，即用西蜀赵崇祚编的《花间集》的名称来定派别，这当然是不正确的，因为此集所选的温庭筠与韦庄的作品就大不相同，他们二人中的任何一人与波斯血统的李珣的一些作品又很不相同。但在北宋文人看来，《花间集》是当时这一文学新体裁的总集与范本，是填词家的标准与正宗。一般称赞某人的词不离"花间"，为"本色"词，这是很高的评价。[①]陈振孙称赞晏几道的词"在诸名胜中，独可追逼《花间》，高处或过之"。由此可见，南宋的鉴赏家，收藏家或目录学家以《花间》一集为词的正宗，词家以能上逮"花间"为正则。"花间"作风成为衡量北宋词人作品的尺度，凡不及"花间"者殆不免"自邻以下"之讥。事实上如何呢？我们看北宋几个大家，如欧阳修、范仲淹、晏氏父子、张先、贺铸、秦观、赵令畤、周邦彦其词作莫不如此。柳永和他们稍稍不同，但他所不同者无非是写他个人羁旅离恨之感，而其所感者仍不脱闺友情妇。对于这些作品，当时北宋南宋的词论家或批评家，谁也没有为它们分派别，只是寻章摘句，说说个人对某词某联的爱好欣赏而已。

北宋大词人的作风大都相像，这不稀奇，因为他们都是从《花间》一脉相承传下来的。他们的作品相互之间可以"乱楮叶"（楮 chǔ，语出《韩非子·喻老》篇，比喻模仿逼真），又可以和《花间》的作品乱楮叶，甚至可以和南唐的作品乱楮叶，因为南唐作家所处的生活环境、文化水平、情调趣味基本上和北宋作家相似，而所咏的题材又大致相类，封建文人的感情又相差不远，其表现方式也自不免相同，明显的例子是冯延己《阳春集》中的十四首《鹊踏枝》（即《蝶恋花》），其中有四首②见于欧阳修《六一词》，改名《蝶恋花》③，如除去这四首，则冯作只有十首了。又如用《六一词》为核对的底本，则问题更多，集中"旧刻"《蝶恋花》二十二首，今汲古阁本只剩十七首。毛晋在《蝶恋花》调名下注云：

> 旧刻二十二首。考"遥夜亭皋闲信步"是李中主作，"六曲阑干偎碧树"，又"帘幕风轻双语燕"俱见《珠玉词》。"独倚危楼风细细"，又"帘下清歌帘外宴"俱见《乐章集》。今俱删去。

这里毛晋指名删去的五首，尚有两首未点名。另外，毛晋明知一词见于两本，但似乎不敢断定是谁作，他就录存原词，同时注明亦见他人集子中。这种情形有四首："庭院深深深几许"一首，毛氏注云："一见《阳春录》。易安李氏称是《六一词》。"说明他之所以认为这是欧阳修的作品，也有根据。"梨叶初红蝉韵歇"一首，题下注云："一刻同叔（晏殊），一刻子瞻（苏轼）。""谁道闲情抛弃久"一首，注云："亦载《阳春录》。""几日行云何处去"一首，题下注云："亦载《阳春录》。"

其他北宋人词同一首见于两三人的集子中者，还有许多，这里不必详记。

我举这些例子，并不是要考证这些词的作者，以便研究某人的作品价值。而是为了说明一个历史现象：自唐五代到北宋，词的风格很相像，各人的作品榴像到可以互"乱楮叶"，一个人的词掉在别人的集子里，简直不能分辨出来，所以也无法为他们分派别。实际上北宋人自己从来没有意识到他的作品是属于哪一派，如果有人把他们分成派别，贴上签条，他们肯定会不高兴的。笼统说来，北宋各家，凡是填得好词的都源于"花间"。你说他们全部是"花间派"，倒没有什么不可，但也不必多此一举，因为这是当时知识分子人人皆知，视为当然之事，你要特别指出北宋某人作品近于"花间"，倒像说海水是咸的一样。所以我们如果说，五代北宋没有词派，比硬指当时某人属于某派，更符合历史事实。

于是有人提出不同意见了。他们说，明明北宋有"豪放派"、"婉约派"，苏东坡不是"豪放派"吗？几乎每一本文学史、词论，不都是这样说的吗？问题的要点是：他们这样说，有何根据？回答应该是他们的作品。那末，第一个问题是，东坡有哪些"豪放"词？于是翻开每一本文学史或词论，照例举出了"大江东去"、"老夫聊发少年狂"、"明月几时有"等几首，这些词怎么能称为"豪放"？"豪放"作品的例子，在东坡以前有李白，在东坡以后有辛弃疾。把这两个诗人的作品来比较东坡这几首经常为人引证的作品，便可看出东坡的这几首作品只能说是旷达，连慷慨都谈不到，何况"豪放"。"豪放"之说不知起于何时。陈登不理许汜，许汜说他"湖海之士，'豪气'未除"。显然说陈登傲慢，并非褒词。"放"字则似乎起于魏晋间"放浪形骸之外"一语，结合"豪"与"放"为一词而成为豪放，大概起于唐朝，《唐书》称李邕为"豪放不能治细行"则是指其品行。陆游为别人说东坡词"不能歌"辨护："公非不能歌，但豪放不喜剪裁以就声律耳。"也是说东坡为人性格"豪放"，不是说他的词属于豪放一派。因为北宋的词人跟本没有形成什么派，也没有区别他们的作品为"婉约"、"豪放"两派。当然，苏东坡有些长调，比起早期的欧、张、二晏来，题材的选择和表达的方式都有点不同，但这只能说苏东坡这位多产的诗人，除了写三百多首和"花间"词人同样的作品外，又写了少许和别的词人不同的作品。我们可以说，在北宋词的宝库中，苏东坡贡献了一些与众不同的作品。他的功绩是对词有所增加，而不是改变什么词坛风气。

除了增加一些不同内容的词以外，苏东坡并没有像胡寅说的"一洗绮罗香泽之态"，这完全是信口开河。《东坡乐府》三百四十多首词中，专写女性美的（即所谓"绮罗香泽"）不下五十多首，而集中最多的是送别朋友、应酬官场的近百首小令，几乎每一首都要称赞歌女舞伎（"佳人"），因为当时宴会照例有歌舞侑酒，有时出来歌舞的是主人的家伎（如《红楼梦》中唱戏的十二个女孩子）。所以在东坡全部词作中，不洗"绮罗香泽"之词超过一半以上，其他咏物（尤其是咏花）也有三十多首，脑中如无对"佳人"的形象思维是写不出来的。甚至连读书作画，也少不得要有"红袖添香"，说苏东坡这样一个风流才子，竟能在词中"一洗绮罗香泽之态"，将谁欺，欺天乎？

再以东坡毕生遭遇而论，他被环境所造成的性格才情，也只能是旷达而不是豪放。东坡对于他所际遇的经验，可以使他悲愤，使他哀怨，使他旷达，使他慷慨，独不能使他"豪放"。说东坡《念奴娇》"大江东去"这类吊古词是"豪放"词，是根本错误的。东坡曾在被拘留中把陶渊明诗全部和作，又亲手写了陶的诗文全集。陶诗本身炉火纯青，读陶而至于和陶，岂能不受其影响？能下这样功夫的人，早已收敛了"豪放"之气。如果一个人的诗词中有豪放之气，他必有生活经验中可以骄傲的得意之笔，才发为豪放之气④，李白是一个豪放诗人，但他流夜郎回来以后，恐怕写不出"豪放"诗来了，何况东坡的遭遇比李白要坏得多！

至于"婉约"一语则最早见于《国语·吴语》："故婉约其词，以从逸王之志。"意谓卑顺其辞。古代女子以卑顺为德，故借为女子教育之一种方式。《玉台新咏》序说："阅诗敦礼，岂东邻之自媒；婉约风流，异西施之被教。"《花间集》卷七孙光宪《浣溪沙》："半踏长裙宛约行，晚帘疏处见分明，此时堪恨昧平生。"又卷九毛熙震《浣溪沙》："偬不觑人空婉约，笑和娇语太猖狂。忍教牵恨暗形相。"同上《临江仙》："纤腰婉约步金莲。"

从上面所举例子，可以看出这个词在不同时代有不同含义，但近人用为与"豪放"对立的状词，似乎专指所谓"绮罗香泽"、旖旎风光的含蓄的有节制的表情。一旦被用在与"豪放"词对比的地位，婉约词就被视作保守的、不进步的、墨守成规的。有时甚至于说婉约词专写男欢女爱，离愁别恨的荒淫生活，甚至于说他们的思想是空虚的、苍白的等等。很显然，这种机械的划分法并不符合北宋词坛的实际，很难自圆其说。因此，有时也不能严格遵守这两派的门户界限，也不免有豪放派向婉约派乞灵的时候。例如说：

苏轼写传统的爱情题材，也以婉约见长。但婉约派词人（按苏轼时尚无此名号）大抵着力于抒情的真挚和细腻，他的词在真挚和细腻之中格外显得凝重和淳厚，如《蝶恋花》："花褪残红青杏小，燕子飞时绿水人家绕。枝上柳绵吹又少，天涯何处无芳草。墙里秋千墙外道。墙外行人，墙里佳人笑。笑渐不闻声渐悄，多情却被无情恼。⑤（见文研所编《中国文学史》第二册594~595页）

什么叫凝重，什么是淳厚，编者增字解经，却全不说何为凝重，何为淳厚，编者对于词中"天涯何处无芳草"这一主要的句子，全没搞懂，只好拉清初的王士禛来解围。但王也帮不了多少忙（因为他也不懂），只好顾左右而言他道："像柳永这样善做情诗的人也未必能超过这一句。"而远远躲开"天涯何处无芳草"这一关键性的主句。

这个例子很有意思，只要一说到苏轼，"豪放"论者就把所有的他认为可以证明苏轼是豪放派的全副仪仗全搬了出来，仿佛声势浩大，威仪堂堂。其实是极少的人在导演，让苏轼这个无兵将军唱独角戏，连跑龙套的也没有。碰着"红白喜事"（例如所谓"爱情题材"），又不得不向讨厌的婉约派小伙计通融了。

当然，我们说北宋没有豪放派，并不是说北宋就一定没有豪放词，少数格调比较昂扬，气魄比较恢宏的作品是有的，比如范仲淹的《苏幕遮》、《渔家傲》和苏东坡的"大江东去"。即使如此，我们也不能仅仅根据这几首词，就承认他们是一个"豪放派"。

又如有人说，苏轼词的用语"形成一种清新朴素、流利畅达的诗歌语言"，于是下结论道："所有这些，都表现了豪放词派的特点。"我看不出这两句话的逻辑关系。

这里我觉得有必要提到柳永，他在北宋词坛上是一个很重要的作家，他和"花间"传统的关系，既有继承，也有发展，如果我们说，苏轼扩大了"词"的题材范围，增加了前人只用以写诗的文人情感，那是对的，但这也不是说他借此就可以成立一个"豪放派"或"反对派"或"旷达派"。他的作品中增加了些以诗为词的创作，并没有减少他本来继承"花间"的传统作品，只能说他扩大了词的题材与可能的新的写法。但这种新的写法，柳永早就这样做了。柳永是专写男女情爱、绮罗香泽、锦心绣口、红情绿意的作家，所以他也没有脱离花间传统。但他在继承这个传统的同时，更使用歌女舞伎们所用的语言、词汇。他的作品"向下看"，用她们的语言工具来写她们的思想内容，这是苏轼所做不到的。因为他所周旋、应对的是文人学士。文人们求雅正。因此，他虽然也像柳永一样扩大了的词汇写词，但他是"向上看"而不是向下看，不是学市井的俗语以写词。所以从中国到西夏，凡饮井水处就会唱柳永词，柳永在语言运用方面走的是群众路线。苏轼正是受了柳永的启发，才在题材方面添入一些文人的感慨、牢骚和互相嘲笑以及咏物等前人少用或不用的题材。⑥因此他的作品给人以题材丰富的印象。柳永写他自己感慨的作品，如著名《八声甘州》、《雨霖铃》，也达到了新的境界。但因为他有新的境界，但因为他有时写妓女的生活，为宋代的道学先生所不喜，所以谈"豪放"词者专指苏轼而不及柳永。

以上所谈，只限于北宋。北宋大家如欧阳修、二晏等都以"花间"为正宗，已如上述，所以大家指北宋时期的词家为"婉约"派。文风和时代的生活情况有关。赵宋政府建国以后，为了加强中央集权，要求开国的功臣及时退休，作为一种交换的条件，政府鼓励他们为子孙买良田、美宅，养歌僮舞女以自娱，免得生事。⑦因此文人家中蓄养歌儿舞女是比较普遍的现象，北宋文人为了歌女演唱而写作，当然只能沿着《花间集》的传统。晏几道在他的《小山词》跋文中说：

> 始时沈十二廉叔，陈十君龙家，有莲、鸿、苹、云，品清讴娱客。每得一解，即以草授诸儿。吾三人持酒听之，为一笑乐。

这说明了晏几道的词是在什么情况下写出来的。这种情况，证以《石守信传》中所述情形，可知这不是个别情况，在这种"歌舞升平"的气氛之下，他们征歌选舞，是受政府鼓励的一种上流社会普遍的风气。再看看李清照《永遇乐》词中回忆北宋盛时开封的文化生活的情形，就会更加清楚。

但自靖康之变以后，北宋亡国、人民大量逃难到江南，流离颠沛之苦，妻离子散之惨，国土沦亡之痛，引起了大多数知识分子的悲惨感慨，怎么还有心思"品清讴娱客"？在这种局面之下写出来的作品，当然是慷慨激昂、义愤填膺的，所以南宋词人中多有所谓"豪放派"是理所当然的。其实"豪放"二字用在这里也不合适，应该说"愤怒派"、"激励派"、"忠义派"才对。"豪放"二字多少还有点挥洒自如、满不在乎、豁达大度的含义。所以豪放、婉约这些名目，在当时并无人用，只有后世好弄笔头或好贴签条的论客，才爱用以导演古人，听我调度。而且当时词的作风内容，主要也当然是受政局变化而引起的。在兵荒马乱之中写灯红酒绿的旖旎风光固然不相称。即使在危局略定的情况下忘乎所以地作乐寻欢，情调也不相称。文人作品主要受时代的变动而转变，并不是某人天生"婉约"或从小"豪放"，我们看向子諲的《酒边词》，是一个最恰当的例子。向子諲前半生生活在灯红酒绿的开封，他的词称为《江北旧词》，是道地的"婉约"派。靖康之难（1126）汴京沦陷，他逃难到杭州，这以后的作品称为《江南新词》，变成了道地的"豪放"派⑧。李清照的境遇也差不多，不过她后期的作品不是"豪放"而是悲苦，这也是理所当然的。如果向子諲、李清照的后期作品还是欢天喜地，那倒是全无心肝了。

至于从敌人占领之下带兵打游击来归附南宋的辛弃疾，其作品当然只有我们现在见到的慷慨激昂的作品。苏轼如果活到南宋，他的作品也许比我们现在所见的更为"豪放"。而像周邦彦那样被贴上"婉约派"、"格律派"签条的作家，如果也能活到南宋，我想，他也不会以"婉约"或"格律"派终其身的。

现在我录下两个著名词人的作品，先不要问是谁写的，但凭它本身的内容请读者判断哪一首是什么派或什么人写的。

一　金陵怀古　西河

佳丽地，南朝盛事谁记？山围故国绕清江，髻鬟对起。怒涛寂寞打孤城，风樯遥度天际。

断崖树，犹倒倚。莫愁艇子曾系。空余旧迹郁苍苍，雾沉半垒。夜深月过女墙来，赏心东望淮水。

酒旗戏鼓甚处是？想依稀、王谢邻里。燕子不知何世，向寻常、巷陌人家，相对如说兴亡，斜阳里。

二　意难忘

花拥鸳房，记驼肩髻小，约鬓眉长。轻身翻燕舞，低语啭莺簧。相见处，便难忘。肯亲度瑶觞。

向夜阑歌翻郢曲，带换韩香。别来音信难将。似云收楚峡，雨散巫阳。相逢情有在，不语意难量。些个事，断人肠。怎禁得恓惶。待与伊移根换叶，试又何妨？

当你读后，对它的内容，它的作者，以及它属于什么"派"，会提出什么高见呢？

注释：
① 关于"花间词"，可参阅本刊1982年10、11期拙作《花间词简论》。

② 即"谁道闲情抛弃久","几日行云何处去?""庭院深深深几许","六曲阑干偎碧树"四首。

③ 据四印斋本《阳春集》,其底本为明汲古阁藏宋嘉祐戊戌(1058)陈世修序本。

④ 陈登"豪气未除",因他讨吕布有功,加伏波将军,故瞧不起许汜。

⑤ 关于这首词的解释,可参看《文学遗产》1983年第二期拙文。

⑥ 咏物是古已有之的一种文学游戏,《荀子》的赋篇就是这一类,唐张鹭的《游仙窟》就有许多用语双关的"咏物"词。

⑦ 见《宋史·石守信传》赵匡胤对大臣的劝告。

⑧ 当然"豪放"派这名称也不合适。为说明问题,姑用此名。参看刘扬忠《论酒边词》。

原载《文史知识》1983年第9期

李清照论

李长之

一　引　子

在过去很有些人推崇李清照，在现在她也依然是受人欢迎的人物。可是那推崇常是不大得当，也有时太过火。

我们不否认她有着好的遗传，她父亲是曾为苏轼所赏识的李格非，这是一个"苦心工于文章，陵轹直前，无难易可否，笔力不少滞"的文学家，她母亲是王状元拱宸的孙女，也同样"工文章"①。我们也不否认她的生活有着相当的曲折，而且生逢民族斗争的大时代。她以十八岁嫁给赵明诚，过了二十几年的幸福日子，收字画，玩古董，品茗，填词，陪着那个多才多艺而富有情感的丈夫；不幸在靖康之耻的那一年（1126），她四十六岁，国家混乱了，字画古董大部损失了，她也就在次年南渡，开始了流徙不定的逃亡；更不幸的是，过了三年（1129），她四十九岁，而赵明诚死了，恩爱夫妇的岁月成了渺茫的回忆，她最后定居于浙江金华，把凄苦的残年一直度到六十岁左右的光景。我们更不能否认她的时代是处在许多大词人之间，她生时是欧阳修刚死了九年；在她二十岁时，秦少游、苏轼、黄山谷还都活着；到她四十五岁时，陆放翁生了；到她六十岁时，辛稼轩也已经出了世。

可是以她的成就去比那时代或身世所予她的精神上的财富时，我们不能不失望了！当我们看了后人对她所下的那些夸张的赞诔，我们不能不起着反感了！

二　李清照生活前期

为了对于李清照的评论公平起见，还是先要清楚她一生的遭遇。她生在宋神宗元丰四年（1081）②，在十八岁的时候出了阁③。她结婚时，赵明诚还是太学里的学生。我们读下面这几首词，大概可以想象她新婚前后的情景：

绣幕芙蓉一笑开，斜偎宝鸭衬香腮，眼波才动被人猜。　　一面风情深有韵，半笺娇恨寄幽怀，月移花影约重来。（《浣溪纱》）

晚来一阵风兼雨，洗尽炎光，理罢笙簧，却对菱花淡淡妆。　　绛绡缕薄，冰肌莹，雪腻酥香，笑语檀郎："今夜纱橱枕簟凉。"（《采桑子》）

"眼波才动被人猜"，这是多末清晰的一个少女的情影！"理罢笙簧，却对菱花淡淡妆"，这又是多末宛然地一个婚后的玉照；而"笑语檀郎，今夜纱橱枕簟凉"，更是非常具体地少年夫妇的情味的速写了。

我们虽然不能说这两首词多末好得了不得，但决不能在把它们的作者归给李清照时是什末侮辱。可是已往的批评家并不这样想。他们（像编订《四印斋漱玉词》的王鹏运）心目中却是先凭自己画就了一个李清照的肖像，凡不合这一个成见的描绘的，就加排斥，所以便只有说"肤浅"，或者"不类"，等等了。李清照婚后的幸福日子，我们还可以在她的《金石录后序》里见到。她和她的丈夫天天玩古董，赏字画。他们减衣缩食，为着收集。赵明诚在太学里读书的时候，每逢初一十五，便总在相国寺里买点字画碑文回来。——自然，他也带回来物质的食粮：糖果。他们夫妇便相对吃着糖果，展玩字画了。因为他们两家都是仕宦之家，便也特别有着见到珍品的运气。有一回，逢到徐熙的一幅牡丹图，他们十分珍爱，然而索价二十万，那时他们没有钱，只好留了几天，还是被人取回。他们为这耿耿了好几天。赵明诚原是早做过一个梦，要和女词人结婚的。他梦中曾读到一部书，其中有"言与词合，安上已脱，芝芙草拔"的话，他曾问过他的父亲。他的父亲说："这不明明是词女之夫四个字么？"④我们可以知道他在下意识里早已经愿意得到这样一个理想的伴侣了。后来竟然实现了，所以他们的家庭生活当然是分外觉得美满的。

郎才女貌本是中国人过去的婚姻理想，而李清照却又是不只有貌，而且也有才。这真是赵明诚的幸福！可是李清照却不是一个肯让人的女孩子。她恐怕常有以自己的文才来骄傲赵明诚的时候。赵明诚便也很想设法使他这位夫人心服。有一次，他费上三天功夫，忘了睡觉，忘了吃饭，作了五十多首词，把李清照的一首《醉花阴》也暗夹在里面，请他的朋友陆德夫说句公平话。可是陆德夫仔细看了那五十几首词之后，说其中只有三句作得极好。赵明诚忙问是哪三句？他说：就是"莫道不消魂，帘卷西风，人比黄花瘦"呵！其实这正是李清照《醉花阴》中的三句。结果赵明诚只好红了脸，认输了。⑤

赵明诚的父亲是赵挺之，他曾在宋徽宗崇宁四年（1105）到大观元年

（1107）当过宰相，曾和蔡京合作。他是一个典型的老官僚。他为了迎合蔡京一党，便十分排挤了所谓元祐党人。元祐党人中包括苏轼所倡导的蜀党，不幸李清照的父亲李格非却是接近苏轼的。所以当时也遭了排斥。李清照为这事很愤慨，曾有诗讽刺赵挺之道，"炙手可热心可寒"。又有"何况人间父子情"之句。这事大概在他新婚后两三年之内，因为赵挺之登了台以后，就又排挤蔡京，不用压迫元祐党以讨好了。

赵明诚和清照这时也有着了小别。原因是明诚靠了父亲的势力，出去做官了。李清照所作的许多怀人的词，我们相信有一部分是写成在这时候：

红藕香残玉簟秋；轻解罗裳，独上兰舟。云中谁寄锦书来？雁字回时，月满西楼。　　花自飘零水自流；一种相思，两处闲愁；此情无计可消除，才下眉头，却上心头。（《一翦梅》）

寂寞深闺，柔肠一寸愁千缕；惜春春去，几点催花雨。　　倚遍阑干，只是无情绪；人何处？连天衰草，望断归来路。（《点绛唇》）

萧条庭院，又斜风细雨，重门须闭。宠柳娇花寒食近，种种恼人天气。险韵诗成，扶头酒醒，别是闲滋味。征鸿过尽，万千心事难寄。　　楼上几日春寒，帘垂四面，玉阑干慵倚；被冷香消新梦觉，不许愁人不起。清露晨流，新桐初引，多少游春意；日高烟敛，更看今日晴未？（《壶中天慢》）

帝里春晚，重门深院，草绿阶前，暮天雁断，楼上远信谁传？恨绵绵。　　多情自是多沾惹，难拼舍，又是寒食也，秋千巷陌人静，皎月初斜，浸梨花。（《怨王孙》）

我们知道李清照生的地方是济南柳絮泉，柳絮泉的确切地点虽然我们不甚知道，但据俞正燮所编的《易安居士事辑》中所引《齐乘》的话，我们知道柳絮泉在金线泉东。金线泉却是我们现在还可以找到的，在抗日战争前，那地方曾是山东医专的后院，趵突泉即在其西。所以，我们也不难约略李清照的故里所在。她在十八岁结婚的地方却是当时的东京，也就是现在的开封。她什末时候到开封去的，我们已经不知道了。新婚以后，赵明诚之因仕出游，究竟到了些什末地方，我们也不晓得。但上面这些词，总应该是清照留在东京时所作，《帝里春晚》的一首，尤为明显。"一种相思，两处闲愁"，令我们想象这一对年轻夫妇小别后的心情；"此情无计可消除，才下眉头，却上心头"，见出清照之空无所倚的寂寞，她是这样坦率而畅所欲言地倾诉着了。这时她觉得春天的天气是那样分外恼人，就是写成了险韵的诗，喝过了酒，也依然是无聊。就因为一则心爱的人不在跟前，二则也忘不下她父亲的遭遇呵！

可是不久他们夫妇就重又团聚了。而且因为明诚的父亲赵挺之的死，他们扶枢回到了明诚的故乡山东诸城，他们在诸城一住就是十年。在赵挺之死后，蔡京又上台，一共又有十余年的光景。赵明诚之必须家居，也就恐怕受了这种影响。这十年的岁月，是他们共同生活中最久的一段。他们大概继续着像在开封时的赏玩书画的生活，而且一定更尽兴地这样生活着。他们是会欣取人生的人，他们每在饭后预备下一壶好茶，以对于某一书某一页某一行的记忆的比赛，作为吃茶的先后。可是因为太高兴了，都往往笑得茶也翻了，就是胜利者也会反而吃不着。以时间论，这大概便是清照二十七岁到三十七岁时的光景。我们现在所见到的李清照的画像，写着三十一岁的，就是在诸城家居的时候的留影了。她丈夫的题词是："清丽其词，端庄其品，归去来兮，真堪偕隐。"下面有"归来堂"几个字，这正是他们在诸城的堂名。这画像可能是李清照自己画的，因为她本人原也是一个画家。据宋濂的集子上说，陈查良便藏有李清照所画的一幅《琵琶行图》，而据陈继儒的《太平清话》上说，莫廷韩也曾买到过李清照画的一幅墨竹，可知她是兼会人物画和写意画的。在现在诸城还存有一块高达五尺的玲珑石，上面刻着"云巢"两个隶字，下面又有"辛卯九月德父易安同记"的字样，这恐怕也便是唯一可纪念的遗物了。

他们在诸城的十年生活，最大的收获，是《金石录》的开始纂集。赵明诚专心致志于他的美术史和考古，李清照则是他的一个最理想的助手。假若允许我用比的话，大概那时他们的生活，颇像现在的梁思成和林徽音之共同致力着建筑呢。

可是这样不知不觉到了李清照四十岁左右了。赵明诚做了东莱（现在山东掖县）的地方官。起初李清照没有跟到任所，她有分别赵明诚的词道：

> 泪湿罗衣脂粉满，四叠阳关，唱到千千遍。人道山长，山又断，潇潇微雨闻孤馆。　惜别伤离方寸乱，忘了临行酒盏深和浅。好把音书凭过雁，东莱不似蓬莱远。（《蝶恋花》）

蓬莱是神仙的虚无飘渺之乡，东莱却是她丈夫所在的现实的任所，她说总不能把现实的地方而书信稀少变成像仙乡那样辽远吧（在赵明诚到东莱之前，还曾一度作过青州的知府，李清照的词也可能是写在青州而不是诸城）。

集中另外一些怀人的词，大概也便是作于此时：

> 寒日萧萧上锁窗，梧桐应恨夜来霜，酒阑更喜团茶苦，梦断偏宜瑞脑香。秋已尽，日犹长，仲宣怀远更凄凉，不如随分樽前醉，莫负东离菊蕊黄。（《鹧鸪天》）

她的心情已不如从前那样"花自飘零水自流"似的浓郁了，这时虽然怀远而且凄凉，但她已低吟着"不如随分樽前醉，莫负东篱菊蕊黄"，有了些解脱。中年以上的人的感觉，毕竟是和往日的少妇情怀有着一些距离。

清照不久就也到了东莱任所，这是宣和辛丑（1121）八月十日，她应该是四十一岁了。他们在东莱有静治堂。因为政事清闲，晚间赵明诚就仍作考订金石的工作。大概又住了五六年的光景，赵明诚改为淄川的地方官，她便也随着到了淄川。这一年是靖康元年（1126），清照已四十六岁了。他们仍然继续着从前赏玩字画的生活。就在这一年，赵明诚有一天得到了一幅白居易所写的《楞严经》，他高兴得不得了，我们看那跋文便可以想像得出：

> 淄川邢氏□之村，邱地平瀰，水林晶澈，墙麓硗确布错，疑有隐君子居焉。问之，兹一村皆邢姓，而邢君有嘉，故潭长好礼，遂造其庐。院中繁花正发，主人出接不厌，以余为兹州守，而重余有素心之馨也。夏首复前后相经过，遂出乐天所书《楞严》相示。因上马疾驰归，与细君共赏。时已二鼓下矣，酒渴甚，烹小龙团，相对展玩，狂喜不支，两见烛拔，犹不欲寐，便下笔为之记。⑥

这里所谓小龙团乃是一种名茶，普通是一种茶饼，二两一个，现在加一"小"字，不知是不是比二两一个的更小一点，还是泛指？上面我们所引的词中，已有"酒阑更喜团茶苦"之句，可知这是一种很浓而味苦，可以醒酒的茶。照我们的想象，大概比现在云南的普洱茶和四川的沱茶（也是制成饼的）好得更多了。——他们夫妇在这方面也有着同嗜。

靖康这一年却是中国历史上有着大转捩点的一年，北宋的首都东京被金人攻陷了，北宋结束了，次年三月徽宗钦宗全被金人俘去了，这真是中国人奇耻大辱的一年。许多人的生活只好另转一个方向了，不放弃的也不得不放弃了。也就在这一年，李清照的幸福生活告了结束。

三 李清照前后期生活的分水岭

靖康元年的次年五月，宋高宗即位于南京，改为建炎元年（1127）。这是南宋的开始，也是中国民族进入了历史另一页的开始。——李清照也度入了另一种生活！

这时赵明诚的母亲死在了南京，他们夫妇乃南渡奔丧。当他们听到东京大乱的时候，就已经瞧着那些珍爱的书物而苦恼起来。现在真要迁徙了，看看哪一样也舍不得丢下。起初是先把不好带的大本的书丢下，又把太多的画幅以及美术品中不带款识或缺少考古的价值的丢下，但还是留下太多。最后又把容易得的版本和太平凡的字画减去。这样减来减去，却还剩下十五车。他们由东海，渡过了淮河，而到了南京。

谁知不幸的事又来了，原来他们在青州还有放置收藏美术品的屋子十余间，在这一年的十二月因为金人攻陷青州，而全部烧光。

他们慢慢在南京定居下来。赵明诚在建炎二年戊申（1128），当了南京的知府。李清照这时四十八岁了。她遭受着国家的大变，不能无动于衷。表现这个时候的观感的诗，即有"南来尚怯吴江冷，北狩应知易水寒"，以及"南渡衣冠少王导，北来消息欠刘琨"的句子。可知她对于收复失地的事，曾有所希望，却终于也有些失望了。

在个人没有办法的时候，她就又似乎苟安地过着她的诗人的生活。到了冬天的时候，她每每披蓑戴笠，去寻雪景。得到了好的句子，回来，就请明诚唱和，然而明诚才思总要逊她一筹，所以也常常很窘。⑦

然而无论如何，她这时作的词已罩上了国家的情感，故都的留恋，以及个人的渐入晚年的哀愁：

> 永夜恹恹欢意少，空梦长安，认取长安道。为报今年春色好，花光月影宜相照。　　随意杯盘虽草草，酒美梅酸，恰称人怀抱，醉莫插花花莫笑，可怜春似人将老。（《蝶恋花》）

将近五十岁的人，当然感到人将老了。她所谓长安，当然就是故都东京，她在梦中对于故都的街道是那样熟悉，然而却终于只是空梦，收复的希望是想也不敢想了。较这更为具体的追忆东京的作品，则是那一首有名的《永遇乐》！

　　落日熔金，暮云合璧，人在何处？染柳烟浓，吹梅笛怨，春意知几许？元宵佳节，融和天气，次第岂无风雨？来相召，香车宝马，谢它酒朋诗侣。

　　中州盛日，闺门多暇，记得偏重三五。铺翠冠儿，拈金雪柳，簇带争济楚。如今憔悴，风鬟雾鬓，怕向花间出去，不如向帘儿底下，听人笑语。

这首词曾感动了后来一个大词人刘辰翁。刘辰翁也作了一首《永遇乐》：

　　璧月初晴，黛云还澹，春事谁主？禁苑娇寒，湖堤倦暖，前度遽如许！香尘暗陌，华灯明昼，长是懒携手去。谁知道，断烟禁夜，满城似愁风雨。

　　宣和旧日，临安南渡，芳景犹自如故，缃帙流离风鬟三五，能赋词最苦。江南无路，鄜州今夜，此苦又谁知否？空相对，残红无寐，满村社鼓。

刘辰翁在这词的前面有一段小序道："余自乙亥上元，诵李易安《永遇乐》，为之涕下；今三年矣，每闻此词，辄不自堪，遂依其声，又托之易安自喻，虽词情不及，而悲苦过之。"我们知道乙亥这一年就是宋恭帝德祐元年（1275），是文天祥起兵的一年，那时宋朝已经真正要亡了！他读了李清照的作品而泪下，的确是因为他"悲苦过之"。刘辰翁生于公元1234，他作这词时年四十四岁，距李清照作那同一词牌的词的时候是过了五十年了。

　　李清照虽然在南京勉强踏雪寻诗，而内心的痛苦常在，她曾这样写道：

　　庭院深深深几许，云窗雾阁常扃。柳梢梅萼渐分明，春归秣陵树，人老建康城。　　感月吟风多少事，如今老去无成。谁怜憔悴，更雕零；试灯无意思，踏雪没心情。（《临江仙》）

"老去无成"的感觉总是盘旋在她的脑际，再加上家国之痛，所以就是踏雪也没心情了。

　　又过了一年，是建炎三年（1129）的三月，明诚罢了官。他们想迁居安徽，于是溯江西上。到了五月，他们刚到了安徽贵池的时候，明诚忽然又被召为湖州（浙江吴兴）知府了。明诚于是需要先单独到南京去请示。分别这一天是六月十三日，当时明诚的精神十分焕发，立刻下船欲行。清照的心情却很坏，就喊住他道："听说城里风声不大好，到时候怎末办？"明诚举手答道：

"看大伙儿怎末办，咱们怎末办。到不得已的时候，先去笨重行李，其次去衣服，再次去字画，更次去古董，至于要紧的钟鼎之类，只有自己背着，无论如何是不要丢的。别忘了。"说罢，就骑马去了。

李清照作有《凤凰台上忆吹箫》，可能就是这次别明诚而作：

> 香冷金猊，被翻红浪，起来人未疏头，任宝奁闲掩，日上帘钩。生怕离怀别苦，多少事欲说还休。新来瘦，非干病酒，不是悲秋。　　明朝这回去也，千万遍阳关，也则难留。念武陵人远，云锁重楼，记取楼前绿水，应念我终日凝眸，凝眸处，从今更添一段新愁。

我的理由是，既所谓"多少事欲说还休"便一定是生活上经过了很多波折才能道出的，决不是前几次的分别可比。

又有《生查子》一首：

> 年年玉镜台，梅蕊宫妆困，今岁不归来，怕见江南信。　　酒从别后疏，泪向愁中尽，遥想楚云深，人远天涯近。

或以为朱敦儒作（《花草粹编》，《词林万选》，《樵歌拾遗》），或以为朱淑真作（《诗词杂俎》，况周颐刻《断肠词》），但《历代诗余》和四印斋本的《漱玉词》都认为是李清照作。假若是李清照作，也应该作于此时。所谓"怕见江南信"，就是赵明诚去后，她已有着不大好的预感的吧。江南当指南京。只有"楚云深"的字样似乎地点不大对，但这可能是泛指，也可能是用楚王云雨的典故，代夫妇的情感生活而已。

谁知她那不好的预感竟应验了！因为是暑天，又因为马上劳顿，赵明诚到了南京，就病了。病是疟疾，这本不是什末不能治的大病，然而中国那时的医药太差，竟恶化起来。李清照在七月末接到这个消息，焦灼万分。她知道赵明诚的性子是急的，疟疾会发冷发热，发热时便一定大吃寒药，那就危险了。她立刻由水路东下，一天一夜走了三百里，到了南京，果然见明诚已吃过一些寒药，疟疾又加上痢疾，已经不中用了。八月十八日，明诚死，李清照四十九岁了。

她把明诚安葬了，并作有祭文，其中有这样的话："白日正中，叹庞公之机敏；坚城自堕，怜杞妇之悲深。"她的难过是可想见的。

他们那幸福的生活已经完了，一切陷在回忆中了！后来李清照作的词，再不是少女或少妇的情怀，也再不只是惜别或只是伤老而已了，却是像：

> 帘外五更风，吹梦无踪，画楼重上与谁同？记得玉钗斜拨火，宝篆成空。
> 回首紫金蜂，雨润烟浓，一江春浪醉醒中。留得罗襟前日泪，弹与征鸿。
> (《浪淘沙》)
> 藤床纸帐朝眠起，说不尽无佳思。沈香烟断玉炉寒，伴我情怀如水。笛
> 声三弄，梅心惊破多少春情意！　　小风疏雨潇洒地，又催下千行泪。吹箫
> 人去玉楼空，肠断与谁同倚？一枝折得，人间天上，没个人堪寄。(《御街
> 行》)

这都特别有一种凄楚。现在再没有人一块儿登楼望远了，也再没有人一块儿对炉
谈心了，纵然折了梅花，也没有人可送了！"人间天上"，这是不可挽回的两个世
界了！南京的紫金山，也现在泪眼模糊之中，一切是只有凄然的回忆而已了。

李清照从公元1127年到南京，至此只有三年。但这三年的变化太大了。这
三年的岁月，成了她前后两期的生活的分水岭！

四　李清照生活后期

在赵明诚死后，时局依然很紧张。这时他们的二万卷藏书和两千卷金石拓
片，又发生了存放的问题。因为赵明诚有妹夫当兵部侍郎，这时在洪州（现在
江西南昌）扈从隆祐太后（她是七月间到洪州的），清照便把行李托人送到那
里。谁知到了十二月，金人便攻下了洪州，所要保存的一部分便只有全部丢弃
了。反而一些随手带的小件，倒保存下。这是他们收藏的美术品的第二次损失。

至于李清照自己的行止呢，一则因为长江上游已不能去，这时有禁止渡江
的谣言；二则因为在赵明诚病时却又出了一个对于他们不利的传说，她必须到
朝廷上去分辩，这时宋高宗已经到越州（现在浙江绍兴）了，她便也必须跟到
浙江。

这一个对他们不利的传说是什末呢？原来仍由古玩而起。这就是在赵明诚
病倒在南京时，有一位张飞卿学士的，拿了一把玉壶来请他收买。他没有买，
就拿走了。他大概对这玉壶说了点赞美的话吧。人们便传说那玉壶乃是金质
的，赞美金质的壶也就是赞美金人了！这是多大的罪过？所以李清照听了十分
害怕，也不敢和别人商量，就带了一些铜器等，想藉此进贡，作一番表白。可

是当她到了越州的时候，又因为形势紧张，宋高宗已跑到四明（即宁波）了。这是建炎三年（1129）十一月的事，离赵明诚死后只有三个多月。她这些铜器，后来也被收编的叛兵抢光。

她自己因为有一个弟弟叫远的，在台州（浙江临海），她便只好去依他了。可是到了台州以后，台州又弃守了，她不得已而丢了些衣物，又由黄岩到了章安，章安在台州湾口，这时宋高宗也避在那里。后来又跟着宋高宗的御船到了温州（即浙江南部的永嘉）。也曾到了衢州（浙西的衢县）。

到了绍兴元年辛亥（1131），宋高宗因局势缓和，又回到了越州。清照在这一年的三月，也到了越州（即绍兴）。她住在姓钟的一位士人家里。她这时的收藏只剩下书画砚墨之类了，但也还有六七筐。她常常放在床下，取出来赏玩。可是忽然一天，墙被挖穿，被人盗去了五筐。她悲痛已极，出了很重的悬赏，想买回。过了两天，果然她的邻人钟复皓拿来了十八幅求赏。她心想其余的东西一定还没远去，可是无论如何再也追不出了。这是她的美术品的第三次损失，当然也是末次损失，因为所余实在无几了。——由十几间屋和十五车到只剩下一两筐！

她在第二年作了《金石录后序》，她感慨地说：

> 昔萧绎江陵陷没，不惜国亡而毁裂书画；杨广江都倾覆，不悲身死而复取图书，岂人性之所著，生死不能忘软？或者天意以余菲薄，不足以享此尤物耶？抑亦死者有知，犹斤斤爱惜，不肯留在人间耶？何得之艰而失之易也！呜呼，余自少陆机作赋之二年，至过蘧瑗知非之两岁，三十四年之间，忧患得失，何其多也！然有有必有无，有聚必有散，乃理之常。人亡弓，人得之，又何足道？所以区区记其终始者，亦欲为后世好古博雅者之戒云。绍兴二年玄默岁壮月朔甲寅，易安室题。

在这一段文字里，年月日最清楚，是绍兴二年壬子（1132）八月初一日，她的年龄也最清楚，是五十二岁（所谓过蘧瑗知非之两岁），这是考证她的一切生活的最基本资料。

清照在越州大概一共住了四年左右。这就是从绍兴元年（1131）到绍兴四年（1134）。在绍兴三年时，签书枢密院事韩肖胄及工部尚书胡松年奉命使金，李清照作有送他们的诗。送韩的诗是五言：

三年夏六月，天子视朝久，凝旒望南云，垂衣思北狩。如闻帝若曰："岳牧与群后，贤宁无半千，运已过阳九。勿勒燕然铭，勿种金城柳。岂无纯孝臣，识此霜雪悲？何必羹舍肉，便可车载脂。土地非所惜，玉帛亦尘泥，谁可当将命，币厚词益卑？"四岳佥曰："俞，臣下帝所知。中朝第一人，春官有昌黎，身为百夫特，行足万人师。嘉祐与建中，为政有皋夔。汉家贵王商，唐室重子仪，见时应破胆，将命公所宜。"公拜手稽首，受命白玉墀。曰："臣敢辞难，此亦何等时？家人安足谋，妻子不复辞。愿奉宗庙灵，愿奉天地威，径持紫泥诏，直入黄龙城。"北人怀旧德，侍子当来迎。圣孝定能达，勿复言请缨。俏持白马血，与结天日盟。

送胡的是七言：

胡公清德人所难，谋同德协心志安，解衣已道汉恩暖，离诗不怯关山寒。皇天久阴后土湿，雨势未回风势急，车声辚辚马萧萧，壮士懦夫俱感泣。闾阎嫠妇亦何知，沥血投诗干记室。葵丘践土非荒城，勿轻谈士弃儒生，愤王墓下马犹倚，寒号城边鸡未鸣。巧匠亦曾顾樗栎，刍荛之询或有益，不乞隋珠与和璧，但乞乡关新信息。灵光虽在应萧条，草中翁仲今何若？遗民定尚种桑麻，败将如闻保城郭。嫠家祖父生齐鲁，位下名高人比数，当年稷下纵谈时，犹记人挥汗如雨。子孙南渡今几年，漂零遂与流人伍，愿将血泪寄河山，去洒青州一抔土。

上一首是希望和议成功，下一首是怀念祖宗坟墓所在的故乡，都是当时情势的反映。"愿将血泪寄河山，去洒青州一抔土"，也够惨痛的了。

她现在的日子，完全是浸在愁苦里：

风住尘香花已尽，日晚倦梳头。物是人非事事休，欲语泪先流。　　闻说双溪春尚好，也拟泛轻舟，只恐双溪舴艋舟，载不动许多愁。（《武陵春》）

一切幻灭了，一切提不起精神来了。在绍兴之南有一条双江溪，不知道是不是她这里说的双溪？如果是的话，就可知道他这首词是作于到金华之前，俞正燮说是作于金华的话是不对的了。

就在绍兴四年的下半年，她又听说风声不好，乃经严子陵钓台（桐庐），而到了金华。金华便是她最后居住的地方。

在她刚到金华的时候，精神却又重日振起而有些愉快。她作有《晓梦诗》，代表她那时的心情！

> 晓梦随疏钟，飘然跻云霞，因缘安期生，邂逅萼绿华。秋风正无赖，吹尽玉井花，共看藕如船，同食枣如瓜。翩翩垂发女，貌妍语亦佳，嘲辞斗诡辩，活火烹新茶。虽乏上元术，游乐亦莫涯，人生能如此，何必归故家？起来敛衣坐，掩耳厌喧哗，心知不可见，念念犹咨嗟。

她简直有"何必归故家"的感觉了！不但这样，她在这一年的年底，还作有《打马图》和《打马赋》，这是对于博赌上的一种改良。打马是怎样的玩法，我们苦不详细。据她的《打马图》上说："按打马，也有二种，一种一将十马者，谓之关西马，一种无将二十马者，谓之依经马。……宣和间，人取二种马，参杂加减……所谓宣和马者是也。余独爱依经法。"可知她是想恢复"无将二十马"的一派的。《打马赋》中又有"用五十六采之间，行九十一路之内"的话，我们也可以约略想像这个玩法的大概。她不赞成象棋围棋，因为那是"止容二人"的，那末打马的游戏一定是不限于二人了。我们知道的止于此。李清照对于赌博很精，是专家，她说："余性专博，凡所谓博者皆耽之，南渡流离，尽散博具。"她对于"打马"的改革也看得很郑重，她说："不独施之博徒，亦足贻诸好事，使千百世后，知命词打马，始自易安居士也。"简直要以这不朽了！

因为她是赌博专家，所以她也有一套赌博的哲学，那就是："说梅止渴，稍苏奔竞之心；画饼充饥，亦寓踔腾之志。将求远效，故临难而不回；留报后恩，或相机而豫退。"她在《打马赋》的结尾上说："木兰横戈好女子，老矣不复志千里，但愿相将过淮水。"那末，她在赌博的改良之中，也许仍有一种民族意识的寄托了。

作《打马图》一文的日子是绍兴四年（1134）十二月二十四日，地点是金华，这是最后的惟一的年月可考的作品了。她在金华又住了几年，我们不晓得。但谢伋作的《四六麈谈》的序上称易安年已六十，那末至少她是生活到了六十岁，在金华是至少住了六年以上了。

我们总观李清照的一生，大概可以分为四期。一是自幼年至十八岁出阁为一期，可惜这一期里的生活，我们知道得最少。我们现在已不能确定她少年有什末作品。甚而我们也不清楚她那时的足迹到底在故乡济南的时候多，还是在东京（开封）的时候多。二是自出阁后到四十七岁的南渡为一期。这是她的幸福家庭的日子的一期。她的足迹在河南、山东之间。三是南渡后到她四十九岁时丈夫之死为一期。虽然只有短短的三年，然而是变化最多、感慨最大的时期。这是她渡入晚年的桥梁，奔波流徙于安徽和江苏的长江边上。四是自明诚死后，到她自己的生命也告了结束，为末期。大概有十余年的光景，过着凄苦逃难的生涯，地点却都在浙江。她所收藏的美术品大部分丢光了，像她的爱人赵明诚之不会再生一样，这些心爱的东西也永远散落在人间了。至于传说她再嫁的事，我们不必从道德观点出来辨证，只是就史实上看，她既没有那种功夫，也没有那种机会，而且更重要的，她没有那种心情，她也早超过了那种年龄了。——她是凄苦的，寂寞的，没看见中国的收复失地，而老死在金华而已。

五 李清照的性格之高贵面及创作上最高的成就

李清照的性格大概有好坏两方面，好的方面是高雅，不失为士大夫型的女性，坏的方面却是狭小、尖刻，只有冷冷地批评，而缺少理想上之热烈地执着。

因为她高雅，不仅饮酒赋诗赏花成了她日常的功课，而且就她爱好的花草看，似乎菊花和梅花特别吸引着她，——那正是她底人格之优秀的一方面的象征。

先说菊花。《多丽》一词，就是咏白菊的，其中"细看取，屈平陶令，风韵正相宜"，这不啻是李清照的自赞。此外，她所谓"秋已尽，日犹长，仲宣怀远更凄凉，不如随分樽前醉，莫负东篱菊蕊黄"（《鹧鸪天》），还有像有名的：

> 薄雾浓雾®愁永昼，瑞脑消金兽。佳节又重阳，玉枕纱厨，半夜凉初透。
> 东篱把酒黄昏后，有暗香盈袖；莫道不消魂，帘卷西风，人比黄花瘦。
> （《醉花阴》）

都有和菊花相倚为命的意味。在后一例里，那情致尤为深远，先是已经忘了自己，只同情于菊花之瘦，次又发现了自己之瘦，最后才见出自己之瘦还有过于菊花者，她的生命似早已与菊花化而为一了！从来欣赏这首词的入，只觉得那造句的新颖，其实那好处还在内容。

可是她对于菊花，还不如她对于梅花的爱。在她现存的词里，几乎有一半的词都咏叹着梅花。《满庭芳》一首，是标明咏残梅：

> 小阁藏春，闲窗锁昼，画堂无限深幽。篆香烧尽，日影下帘钩。手种江梅渐好，又何必临水登楼？无人到，寂寥，恰似何逊在扬州。　　从来知韵胜，难禁雨藉，不耐风揉。更谁家横笛，吹动浓愁？莫恨香消玉减，须信道扫迹情留。难言处，良宵淡月，疏影尚风流。

《玉楼春》一首，是标明咏红梅：

> 红酥肯放琼瑶碎，探着南枝开遍未？不知酝藉儿多时，但见包藏无限意。道人憔悴春窗底，闲拍阑干愁不倚。要来小看便来休，未必明朝风不起。

她为什么爱梅？爱的是"韵胜"，是"良宵淡月，疏影尚风流"，是"酝藉"，是"包藏无限"，那就是不俗，含蓄，有着士大夫的阶级的高雅！

菊花和梅花，同是士大夫的人格的象征，可是菊花终偏于男性，是隐逸的君子，不如梅花乃是可以作为隐逸君子的伴侣——所谓"梅妻"的。总之，菊花尚只是一个爱慕的对象，而梅花则是更进一步地切合自身了。在二者不得兼时，她宁取梅而舍菊，这也就是她在咏白菊的词的结尾所说"何须更忆泽畔东篱"的理由。

她爱梅是爱到这样的地步，每每头发上插着梅花，"睡起觉微寒，梅花鬓上残"（《菩萨蛮》），"夜来沉醉卸妆迟，梅萼插残枝"（《诉衷情》）；当她赏玩风光，也往往斗然地先发现了的是梅花，"淡荡春光寒食天……江梅已过柳生烟"（《浣溪纱》），"暖雨晴风初破冻，柳眼梅腮已觉春心动"（《一剪梅》），"春到长门草青青，江梅些子破，未开匀"（《小重山》），"庭院深深深几许，云窗雾阁常扃，柳梢梅萼渐分明"（《临江仙》），"髻子伤春懒更梳，晚风庭院落梅初，淡云来往月疏疏"（《浣溪纱》）。在她的生活里，最感觉遗憾的，也就是当她耽误了赏梅的时候，"玉瘦香浓，檀深雪散，今年恨探梅又晚"（《殢人娇》）；而最懊恼的事，也便是恐怕看不成梅花了，"今年海角天涯，萧萧两鬓生华，看取晚来风势，故应难看梅花"（《清平乐》）；反之，她最得意的，却是在梅花下试她的新装，和梅花比赛着：

　　素约小腰身，不耐伤春，疏梅影下晚装新。袅袅婷婷何样似？一缕轻云。歌巧动朱唇，字字娇嗔，桃花深径一通津；怅望瑶台清夜月，还照归轮。（《浪淘沙》）

她对于梅花的估价，高过一切，她曾说"此花不与群花比"：

　　雪里已知春信至，寒梅点缀琼枝。腻香脸，半开娇，旖旎当庭际，玉人浴出新妆洗。　　造化可能偏有意，故教明月玲珑地。共赏金尊沉绿蚁；莫辞醉，此花不与群花比！（《渔家傲》）

这是象征李清照自己看自己之高似的，才思和豪情，都不是"群花"比！
　　在她这高贵的一方面，确具有像一般最伟大的诗人所达到的境界。她对于自然，发挥了最深挚的爱：

　　湖上风来波浩渺，秋已暮，红稀少。水光山色与人亲，说不尽无穷好。
　　莲子已成荷叶老，青露洗蘋花汀草，眠沙鸥鹭不回头，似也恨人归早。（《怨王孙》）

我们读到她那"花影压重门；疏帘铺淡月，好黄昏。二年三度负东君，归来也，著意过今春"（《小重山》），不禁想到杜审言的名句"寄语洛城风日道，明年春色倍还人"，也不禁想到杜甫的"传语风光共流转，暂时相赏莫相违"，这统统是把自己的人格泯化于大自然的怀抱中了！我们再读到她那"为报今年春色好，花光月影宜相照"（《蝶恋花》），也不禁会想到她是多末会欣赏、陶醉于大自然中！在陶醉于大自然之中，并不是消灭了自我，却是扩大了自我，升华了狭小的自我，而上与造物者游，这是一切伟大诗人之所以伟大处！
　　只有在这种场合，不，是只有到了这种境界，一个诗人才可以具有深情，并且超越。代表李清照之深情的，莫如：

　　楼上晴天碧四垂，楼前芳草接天涯，伤心莫上最高梯！　　新笋已成堂下竹，落花都入燕巢泥，忍听林表杜鹃啼？（《浣溪沙》）

代表李清照之超越的，莫如：

> 天接云涛连晓雾，星河欲转千帆舞。仿佛梦魂归帝所，闻天语殷勤问我，归何处？　我报路长嗟日暮，学诗谩有惊人句，九万里风鹏正举。风休住！蓬舟吹取三山去。（《渔家傲》）

只有这两首词是可以把李清照提高到屈原、杜甫、李白一流大诗人的世界里去的。她在这里不是个人的哀怨或什末悼亡之类了，也不是什末悲秋病酒之类了，却是有博大的悲悯，超旷的飘举。

假若说李清照可以不朽，是不朽在这种地方。我们独怪自来推崇李清照的人，却并不是着眼在这里。我们分析那些推崇的理由，大概不外：一是专从"词匠"上着眼，最欣赏她处，是"绿肥红瘦"，是"宠柳娇花"②，是"寻寻觅觅冷冷清清凄凄惨惨戚戚"十四个叠字⑩，其实"绿肥红瘦"不过说了个叶大花残，"宠柳娇花"则不能给人以具体印象，十四个叠字充其量也只是利用了文字之音乐的美而已。"人比黄花瘦"，也很为人称道⑪，然而也并未能从它底含义上理解，只是觉得句子新鲜而已。二是专从"女人"上着眼，动辄说"以一妇人而词格乃抗轶周柳"⑫，"妇人有此，可谓奇矣"⑬，"创获自妇人，大奇"⑭……这完全是捧坤伶似的，我不晓得是恭维还是侮辱！却是一个潜意识的原因，一般人虽赏识李清照而未必清楚那所以赏识的原故，这就是由于"词"这种文学体裁的演变，由柳永、苏轼而下，到了周邦彦，几乎已将走入僵化，眼看就是史达祖、吴文英的堕落期了，却由李清照之出，而出了一点轨，给辛弃疾开了一点路，便仿佛又起死回生的光景。就是这末一点新鲜的刺戟，人们在欢迎着她！然而在讲"词"入了魔道的人，却不承认这话，他们愿意把李清照也拉入周邦彦、史达祖、吴文英之流，而把那李清照之正常处，美其名曰新丽。超过这个限度，他们也就不能理解了。最后一个理由是，词的境界大半限于闺阁，但以往写闺阁者是一些男性，仿佛妆扮的旦角，现在却是由一个女人来现身说法了，所以一般陶醉于词的世界的人更觉得满足！——过去推崇李清照的，不过如此。

又有推崇得过火而不着边际的，说她与李白、李后主可以并称，号为词家三李，理由呢，是"当行本色"⑮。殊不知李白的词还在真伪不定之天，而李后主的确是一个伟大的诗人，李清照却决不能和李后主比。如果说"当行本色"，那也未免太小看了李后主了！"当行本色"只是文学家应有的起码条件，当行本色而可称道，就犹如五官不缺就称为美人一样，中国诗人便未免太可怜了！——这只是周邦彦、史达祖、吴文英诸人造的孽，却万不能因为这些人扭扭捏捏就把不扭扭捏捏的人捧到天上！

王渔洋则曾说李清照为婉约主，辛稼轩为豪放主，这话很为沈曾植所称许⑯。其实李清照代表不了婉约派（她的作品太少），辛稼轩也不能以豪放限。——这话也有失分寸！

总之，我们认为，如果李清照伟大，还是在她那人格之高贵的一方面，像"屈平陶令，风韵正相宜"的菊，像"此花不与群花比"的梅，亦即在深情，在超脱!

六　李清照终不能伟大之故

可惜的是，她的作品留下的太少，而留下像我们所指出的那样堪与第一流大诗人比的作品尤其少！沈曾植说："易安跌宕昭彰，气调极类少游，刻挚且过山谷，篇章惜少，不过窥豹一斑。"这保留的态度，是高明的。

然而终于我们感到不满足。就现有的作品看，李清照不能时刻发挥她那高贵的一方面。假若我们把她放在屈原、李白、杜甫、李后主之列，我们终不免踌躇。

原因恐怕是在她的性格的特点。这就是我们已经提出来的狭小、尖刻。那个爱国而敢于和秦桧作对的张九成⑰，只因为对策中有"桂子飘香"的话，李清照便作了一幅对联挖苦他："露花倒影柳三变，桂子飘香张九成。"⑱在李清照以前的大词人已经不少，但她没有一个瞧出好处来的，全加以讥评，说："五代时江南李氏，独尚文雅，有小楼吹彻玉笙寒之句，及吹皱一池春水，语虽甚奇，所谓亡国之音，哀以思也。本朝柳屯田永，变旧声，作新声，出《乐章集》，大得声称于世，虽协音律，而词语尘下。又有张子野、宋子京兄弟，沈唐、元绛、晁次鹰辈继出，虽时有妙语，而破碎何足名家？至晏丞相、欧阳永叔、苏子瞻学际天人，作为小歌词，直如酌蠡水于大海，然皆句读不葺之诗耳。又往往不协音律。……王介甫、曾子固文章似西汉，若作小歌词，则人必绝倒，不可读也。乃知词别是一家，知之者少。后晏叔原、贺方回、黄鲁直出，始能知之，而晏苦无铺叙，贺苦少典重。秦少游专主情致而少故实，譬如贫家美女，虽极妍丽丰逸，而终乏富贵态。黄即尚故实，而多疵病，譬如良玉有瑕，价自减半矣。"⑲不是亡国之音，就是尘下；不是破碎，就是句读不葺之诗；或则缺少铺叙，或则不够典重；或则没有富贵态，或则多疵病。从李中主、李后主、欧阳修、苏东坡、到晏叔原、秦少游，几乎没有一个人及格，这批评够严格了！可是她所吸取于前人的是什末呢？恐怕也一无所有了！

难道这些大词人真一无可取么？别人不必说，难道李后主和苏东坡也可一笔抹杀么？她何以看不到他们的伟大？这原因只是由于她自己的狭小。否定一切的精神，恰足以反映自己的空虚。她不能容纳别人，不能欣赏别人，不能同情别人，当然自己的世界便不会太充实了！

就以她所指责的而论，也多半是些小节。柳永的"尘下"，有什末关系？苏东坡的"不协音律"，有什末重要？秦少游的"少故实"，与他之抒写伤感又有何损？李清照斤斤于这些小节，所以成就也就有限了。

狭小和尖刻，把李清照拘束着了！使她不能尽其才！

再说穿了，"词"这种文学体裁本是在一个小天地里。它的空间不出房间，它的内容不出窗前床上，它的精神不外面对着"檀郎"或"谢娘"，非撒娇即调情，它的主人公十九是妓女或一般所谓"浮浪子弟"，否则也是相当于妓女以及在某一刹那而拿出浮浪子弟的身份的人物，这个阶级是腐烂的所谓"上层"，所以周邦彦和柳永为人推崇为词中的标本，不是没有理由。帮闲，寄生，玩弄，鬼混，拘拘于什末"绣帘"呵，"画屏"呵，"宝枕"呵，"纱帐"呵，再填上一些在生活上退缩而病态的字样，如睡、瘦、伤心、断肠之类，这就是"词"！想在这个世界里而有伟大的文艺，本是一件奇迹！李清照之不能充分发挥其伟大，未必不是"词"害了她！

一般地说，"词"就是需要扭扭捏捏、哼哼唧唧，而不需要伟大的。我们看见不少堕于此道的人，连日常生活也不免扭扭捏捏、哼哼唧唧。——在这次民族大战争中，不少自命为词人的当了汉奸！

然而历史上毕竟有李后主、苏东坡、辛稼轩那样伟大的词人。只是他们之所以伟大却是在不十分合乎"词"的正统上。他们根本没为"词"的世界所限！这需要气魄和胸襟，而李清照终嫌在这方面有些不足！——狭小和尖刻给她画了一道界！

原载《文学杂志》第2卷第4期，此据《词学研究论文集》，

上海古籍出版社，1988年出版

注释：

① 《宋史》卷四百四十四。

② 李清照的生年据《金石录后序》绍兴二年（1132）为五十二岁（"过蘧瑗知非之两岁"）推出。但颇有异说。最大冲突为现存之李清照三十一岁画像，有赵明诚政和甲午的题字，甲午为政和四年（1114），倘此年三十一岁，则当生于公元1084，晚三年。我们唯一的解释是，可能赵明诚并非在画像的当年题字，那就仍可维持李清照生于1081之说了。

③ 《金石录后序》有"少陆机作赋之二年"语，自以十八岁嫁赵明诚为是，俞正燮《易安居士事辑》即从之，惟作元符二年（1099），则移后一年。其他书（如杨荫深《中国文学家列传》）则作廿一岁嫁明诚，未知何据。

④ 俞正燮引《嫏嬛记》。

⑤ 同上。

⑥ 见缪荃孙《云自在庵笔记》，兹据张寿林《李清照评传》页30引（二十年五月，新月书店版）。

⑦ 见宋周辉《清波杂志》。

⑧ "雾"字普通本作"云"，此据杨升庵改。

⑨ 如黄花庵："前辈称易安绿肥红瘦为佳，予谓宠柳娇花，亦甚奇俊，前此未有能道之者。"

⑩ 如张正夫："此乃公孙大娘舞剑手，本朝非无词之士，未曾有一下十四叠字者。"

⑪ 如王元美："字字俱妙。"

⑫ 见《四库提要》。

⑬ 陈亦峰语。

⑭ 沈天羽语。

⑮ 沈去矜语，见《词苑丛谈》引。

⑯ 沈曾植《菌阁琐谈》。

⑰ 《宋史》卷三七四《张九成传》。

⑱ 见《老学庵笔记》。

⑲ 见《苕溪渔隐丛话》。

宋诗选注序

钱钟书

一

关于宋代诗歌的主要变化和流派，所选各个诗人的简评里讲了一些；关于诗歌反映的历史情况，在所选作品的注释里也讲了一些。这里不再重复，只补充几点。

宋朝收拾了残唐五代那种乱糟糟的割据局面，能够维持比较长时期的统一和稳定，所以元代有汉唐宋为"后三代"的说法①。不过，宋的国势远没有汉唐的强大，我们只要看陆游的一个诗题："五月十一日夜且半，梦从大驾亲征，尽复汉唐故地"②。宋太祖知道"卧榻之侧，岂容他人鼾睡"，会把南唐吞并，而也只能在他那张卧榻上做陆游的这场仲夏夜梦。到了南宋，那张卧榻更从八尺方床收缩而为行军帆布床③。此外，又宽又滥的科举制度开放了做官的门路，既繁且复的行政机构增添了做官的名额，宋代的官僚阶级就比汉唐的来得庞大，所谓"州县之地不广于前而……官五倍于旧"④；北宋的"冗官冗费"已经"不可纪极"⑤。宋初有人在诗里感慨说，年成随你多么丰收，大多数人还不免穷饿："春秋生成一百倍，天下三分二分贫！"⑥最高增加到一百倍的收成只是幻想，而至少增加了五倍的冗官倒是事实，人民负担的重和痛苦的深也可想而知，例如所选的唐庚《讯囚》诗就老实不客气地说大官小吏都是盗窃人民"膏血"的贼。国内统治阶级和人民群众的矛盾因国际的矛盾而抵触得愈加厉害；宋人跟辽人和金人打仗老是输的，打仗要军费，打败仗要赔款买和，朝廷只有从人民身上去榨取这些开销，例如所选的王安石《河北民》诗就透露这一点，而李觏的《感事》和《村行》两首诗更说得明白："太平无武备，一动未能安……役频农力耗，赋重女工寒……"，"产业家家坏，诛求岁岁新，平时不为备，执事彼何人……"⑦。北宋中叶以后，内忧外患、水深火热的情况愈来愈甚，也反映在诗人的作品里。诗人就像古希腊悲剧里的合唱队，尤其像那种参加动作的合唱队，随着搬演的情节的发展，歌唱他们的感想，直到那场戏剧惨痛地闭幕、南宋亡国，唱出他们最后的长歌当哭："世事庄周蝴蝶梦，春愁臣甫杜鹃诗！"⑧

作品在作者所处的历史环境里产生，在他生活的现实里生根立脚，但是它反映这些情况和表示这个背景的方式可以有各色各样。单就下面选的作品而论，也可以看见几种不同的方式。

下面选了梅尧臣的《田家语》和《汝坟贫女》，注释引了司马光的《论义勇六札子》来印证诗里所写当时抽点弓箭手的惨状。这是一种反映方式的例子。我们可以参考许多历史资料来证明这一类诗歌的真实性，不过那些记载尽管跟这种诗歌在内容上相符，到底只是文件，不是文学，只是诗歌的局部说明，不能作为诗歌的唯一衡量。也许史料里把一件事情叙述得比较详细，但是诗歌里经过一番提炼和剪裁，就把它表现得更集中、更具体、更鲜明，产生了又强烈又深永的效果。反过来说，要是诗歌缺乏这种艺术特性，只是枯燥粗糙的平铺直叙，那末，虽然它在内容上有史实的根据，或者竟可以补历史记录的缺漏，它也只是押韵的文件，例如下面王禹偁《对雪》的注释里所引的李复《兵馈行》。因此，《诗史》的看法是个一偏之见。诗是有血有肉的活东西，史诚然是它的骨干，然而假如单凭内容是否在史书上信而有征这一点来判断诗歌的价值，那就仿佛要从爱克司光透视里来鉴定图画家和雕刻家所选择的人体美了。

下面选了范成大的《州桥》，注释引了范成大自己的以及楼钥和韩元吉的记载来说明诗里写的事情在当时并没有发生而且也许不会发生。这是另一种反映方式的例子，使我们愈加明白文学创作的真实不等于历史考订的事实，因此不能机械地把考据来测验文学作品的真实，恰像不能天真地靠文学作品来供给历史的事实。历史考据只扣住表面的迹象，这正是它的克己的美德，要不然它就丧失了谨严，算不得考据，或者变成不安本分、遇事生风的考据，所谓穿凿附会；而文学创作可以深挖事物的隐藏的本质，曲传人物的未吐露的心理，否则它就没有尽它的艺术的责任，抛弃了它的创造的职权。考订只断定已然，而艺术可以想象当然和测度所以然。在这个意义上，我们不妨说诗歌、小说、戏剧比史书来得高明⑨。南宋的爱国志士最担心的是：若不赶早恢复失地，沦陷的人民就要跟金人习而相安，忘掉了祖国。⑩不过，对祖国的忆念是留在情感和灵魂里的，不比记生字、记数目、记事实等等偏于理智的记忆。后面的一种是死记忆，好比在石头上雕的字，随你凿得多么深，年代久了，总要模糊消灭；前面的一种是活记忆，好比在树上刻的字，那棵树愈长愈大，它身上的字迹也就愈长愈牢。从韩元吉的记载里，看得出北方虽然失陷了近五十年，那里的人民还是怀念祖国①。范成大的诗就是加强地表白了他们这种久而不变、隐而未申的爱国心，来激发家里人的爱国行动，所以那样真挚感人。

下面选了萧立之的《送人之常德》，注释引了方回的逸诗作为参照，说明宋末元初有些人的心理是：要是不能抵抗蒙古人的侵略，就希望找个桃花源去隐居，免得受异族的统治。这是又一种反映方式的例子。一首咏怀古迹的诗虽然跟直接感慨时事的诗两样，但是诗里的思想感情还会印上了作者身世的标记，恰像一首咏物诗也可以诗中有人，因而帮助读者知人论世。譬如汪藻有一首《桃源行》，里面说："那知平地有青云，只属寻常避世人……何事区区汉天子，种桃辛苦求长年！"⑫这首诗是在"教主道君皇帝"宋徽宗崇道教求神仙的时候作的⑬，寄托在桃花源上的讽喻就跟萧立之诗里寄托在桃花源上的哀怨不同。宋代有一首海外奇谈之类的长诗、邹浩的《悼陈生》⑭，诗很笨拙，但是叙述的可以说是宋版的桃花源⑮。有个宁波人陈生，搭海船上南通泰县一带，给暴风吹到蓬莱峰，看见山里修仙的"处士"，是唐末避乱来的，和"中原"不通消息："'于今天子果谁氏？'语罢默默如盲聋"；这位陈生住了一程子，又想应举做官——"书生名利浃肌骨，尘念日久生心胸"——因此那个处士用缩地法送他回去，谁知道"还家妻子久黄壤，单形只影反匆匆"，陈生就变成疯子。邹浩从他的朋友章潜那里听到这桩奇闻，觉得秦始皇汉武帝求仙而不能遇仙，陈生遇仙而不求仙："求不求兮两莫遂，我虽忘情亦欷歔；仲尼之门非所议，率然作诗记其事。"邹浩作这首诗的时候，宋徽宗还没有即位，假如他听到这个新桃源的故事，又恰碰上皇帝崇道求仙、排斥释教，以他那样一种援佛入儒的道学先生，感触准会不同，也许借题发挥，不仅说"非所议"了。邹浩死在靖康之变以前，设想他多活几年，尝到了国破家亡的苦痛，又听得这个新桃源的故事，以他那样一个气骨颇硬的人，感触准会不同，也许他的"欷歔"就要亲切一点了。只要看陆游，他处在南宋的偏安局面里，耳闻眼见许多人甘心臣事敌国或者攀附权奸，就自然而然把桃花源和气节拍合起来⑯，何况连残山剩水那种托足之地都遭剥夺的萧立之呢？

宋代的五七言诗虽然真实反映了历史和社会，却没有全部反映出来。有许多情况宋诗里没有描叙，而由宋代其他文体来传真留影。譬如后世哄传的宋江"聚义"那件事，当时的五七言诗里都没有"采著"，而只是通俗小说的题材，像保留在《宣和遗事》前集里那几节，所谓"见于街谈巷语"⑰。这些诗人十之八九从大大小小的官僚地主家庭出身，经过科举保举，进身为大大小小的官僚地主。在民族矛盾问题上，他们可以有爱国的立场；在阶级矛盾问题上，他们可以反对苛政，怜悯穷民，希望改善他们的生活。不过，假如人民受不了统治者的榨逼，真刀真枪的对抗起来，文人学士们又觉得大势不好，忙站在朝廷和官府一面。后世的士大夫在咏梁山泺事件的诗里会说官也不好，民也不好，各打五十板⑱；北宋士大夫亲身感到阶级利益受了威胁，连这一点点"公道话"似乎都不肯讲。直到南宋灭亡，遗老像龚开痛恨"乱臣贼子"的"祸流四海"，才想起宋江这种"盗贼之圣"来，仿佛为后世李贽等对《忠义水浒传》的看法开了先路。在北宋诗里出现的梁山泺只是宋江"替天行道"以前的梁山泊，是个风光明秀的地区⑲，不像在元明以来的诗里是"好汉"们一度风云聚会的地盘⑳。

宋诗还有个缺陷，爱讲道理，发议论；道理往往粗浅，议论往往陈旧，也煞费笔墨去发挥申说。这种风气，韩愈、白居易以来的唐诗里已有，宋代"理学"或"道学"的兴盛使它普遍流播。元初刘埙为曾巩的诗辩护，曾说："宋人诗体多尚赋而比兴寡，先生之诗亦然。故惟当以赋体观之，即无憾矣。"㉑毛泽东同志《给陈毅同志谈诗的一封信》以近代文艺理论的术语，明确地作了判断："又诗要用形象思维，不能如散文那样直说，所以比兴两法是不能不用的。……宋人多数不懂诗是要用形象思维的，一反唐人规律，所以味同嚼蜡。"同时，宋代五七言诗讲"性理"或"道学"的多得惹厌，而写爱情的少得可怜。宋人在恋爱生活里的悲欢离合不反映在他们的诗里，而常常出现在他们的词里。如范仲淹的诗里一字不涉及儿女私情，而他的《御街行》词就有"残灯明灭枕头欹，谙尽孤眠滋味；都来此事，眉间心上，无计相回避"这样悱恻缠绵的情调，措词婉约，胜过李清照《一剪梅》词"此情无计可消除，才下眉头，又上心头"。据唐宋两代的诗词看来，也许可以说，爱情，尤其是在封建礼教眼开眼闭的监视之下那种公然走私的爱情，从古体诗里差不多全部撤退到近体诗里，又从近体诗里大部分迁移到词里。除掉陆游的几首，宋代数目不多的爱情诗都淡薄、笨拙、套板。像朱淑真《断肠诗集》里的作品，实在浮浅得很，只是鱼玄机的风调，又添了些寒窘和迂腐；刘克庄称赞李壁的《悼亡》诗"不可以复加矣"！㉒可是也不得不承认诗里最深挚的两句跟元稹的诗"暗合"㉓。以艳体诗闻名的司马槱，若根据他流传下来的两首诗而论㉔，学李商隐而缺乏笔力，仿佛是害了贫血病和软骨病的"西昆体"。有人想把词里常见的情事也在诗里具体的描摹，不过往往不是陈旧，像李元膺的《十忆诗》㉕，就是肤廓，像晁冲之《都下追感往昔因成二首》㉖，都还比不上韩偓《香奁集》里的东西。

二

南宋时，金国的作者就嫌宋诗"衰于前古……遂鄙薄而不道"，连他们里面都有人觉得"不已甚乎！"[27]从此以后，宋诗也颇尝过世态炎凉或者市价涨落的滋味。在明代，苏平认为宋人的近体诗只有一首可取，而那一首还有毛病[28]，李攀龙甚至在一部从商周直到本朝诗歌的选本里，把明诗直接唐诗，宋诗半个字也插不进[29]。在晚清，"同光体"提倡宋诗，尤其推尊江西派，宋代诗人就此身价十倍，黄庭坚的诗集卖过十两银子一部的辣价钱[30]。这些旧事不必多提，不过它们包含一个教训，使我们明白：批评该有分寸，不要失掉了适当的比例感。假如宋诗不好，就不用选它，但是选了宋诗并不等于有义务或者权利来把它说成顶好、顶顶好、无双第一，模仿旧社会里商店登广告的方法，害得文学批评里数得清的几个赞美字眼儿加班兼职、力竭声嘶的赶任务。整个说来，宋诗的成就在元诗、明诗之上，也超过了清诗。我们可以夸奖这个成就，但是无须夸张、夸大它。

据说古希腊的亚历山大大帝在东宫的时候，每听到他父王在外国打胜仗的消息，就要发愁，生怕全世界都给他老子征服了，自己这样一位英雄将来没有用武之地。紧跟着伟大的诗歌创作时代而起来的诗人准有类似的感想。当然，诗歌的世界是无边无际的，不过，前人占领的疆域愈广，继承者要开拓版图，就得配备更大的人力物力，出征得愈加辽远，否则他至多是个守成之主，不能算光大前业之君。所以，前代诗歌的造诣不但是传给后人的产业，而在某种意义上也可以说向后人挑衅，挑他们来比赛，试试他们能不能后来居上、打破记录，或者异曲同工、别开生面。假如后人没出息，接受不了这种挑衅，那末这笔遗产很容易贻祸子孙，养成了贪吃懒做的膏粱纨绔。有唐诗作榜样是宋人的大幸，也是宋人的大不幸。看了这个好榜样，宋代诗人就学了乖，会在技巧和语言方面精益求精；同时，有了这个好榜样，他们也偷起懒来，放纵了摹仿和依赖的惰性。瞧不起宋诗的明人说它学唐诗而不像唐诗[31]，这句话并不错，只是他们不懂这一点不像之处恰恰就是宋诗的创造性和价值所在。明人学唐诗是学得来维肖而不维妙，像唐诗而又不是唐诗，缺乏个性，没有新意，因此博得"瞎盛唐诗"、"赝古"、"优孟衣冠"等等绰号。[32]宋人能够把唐诗修筑的道路延长了，疏凿的河流加深了，可是不曾冒险开荒，没有去发现新天地。用宋代文学批评的术语来说，凭藉了唐诗，宋代作者在诗歌的"小结裹"方面有了很多发明和成功的尝试，譬如某一个意思写得比唐人透澈，某一个字眼或句法从唐人那里来而比他们工稳，然而在"大判断"或者艺术的整个方向上没有什么特著的转变，风格和意境虽不寄生在杜甫、韩愈、白居易或贾岛、姚合等人的身上，总多多少少落在他们的势力圈里㉝。这一点从下面的评述和注释里就看得出来。鄙薄宋诗的明代作者对这点推陈出新都皱眉摇头，恰像做算学，他们不但不许另排公式，而且对前人除不尽的数目，也不肯在小数点后多除几位。我们不妨借三个人的话来表明这种差别。"反古曰复，不滞曰变。若惟复不变，则陷于相似之格，其状如驽骥同厩，非造父不能辨……复忌太过……变若造微，不忌太过……若乏天机，强效复古，反令思扰神沮"——这是唐人的话㉞，认为"通变"比"复古"来得重要而且比较稳当。"不求与古人合而不能不合，不求与古人异而不能不异"——这是宋人的话㉟，已经让古人作了主去，然而还努力要"合"中求"异"。"规矩者方圆之自也，即欲舍之，乌乎舍？……乃其为之也，鲜不中方圆；何也？有必同者也"；"曹、刘、阮、陆、李、杜能用之而不能异，能异之而不能不同"——这是鄙薄宋诗的明人的话㊱，只知道拘守成规、跟古人相"同"，而不注重立"异"标新了。

毛泽东同志"在延安文艺座谈会上的讲话"早指出："人民生活中本来存在着文学艺术原料的矿藏，这是自然形态的东西，是粗糙的东西，但也是最生动、最丰富、最基本的东西；在这点上说，它们使一切文学艺术相形见绌，它们是一切文学艺术的取之不尽、用之不竭的唯一的源泉。这是唯一的源泉，因为只能有这样的源泉，此外不能有第二个源泉。……实际上，过去的文艺作品不是源而是流，是古人和外国人根据他们彼时彼地所得到的人民生活中的文学艺术原料创造出来的东西。我们必须继承一切优秀的文学艺术遗产，批判的吸收其中一切有益的东西，作为我们从此时此地的人民生活中的文学艺术原料创造作品时候的借鉴。有这个借鉴和没有这个借鉴是不同的，这里有文野之分，粗细之分，高低之分，快慢之分。……但是继承和借鉴决不可以变成替代自己的创造，这是决不能替代的。"㊲宋诗就可以证实这一节所讲的颠扑不破的真理，表示出诗歌创作里把"流"错认为"源"的危险。这个危险倾向在宋代以前早有迹象，但是在宋诗里才大规模地发展，具备了明确的理论，变为普遍的空气压力，以至于罩盖着后来的元、明、清诗。我们只要看六朝钟嵘的批评，"殆同书抄"㊳，看唐代皎然的要求，"虽欲经史，而离书生"㊴，看清代袁枚的嘲笑："天涯有客太冷痴，误把抄书当作诗"㊵，就明白宋诗里那种习气有多么古老的来由和多么久长的后裔。

从下面的评述和注释里也看得出，把末流当作本源的风气仿佛是宋代诗人里的流行性感冒。嫌孟浩然"无材料"的苏轼有这种倾向，把"古人好对偶用尽"的陆游更有这种倾向；不但西昆体害这个毛病，江西派也害这个毛病，而且反对江西派的"四灵"竟传染着同样的毛病。他们给这种习气的定义是，"资书以为诗"④，后人直率的解释是，"除却书本子，则更无诗"④。宋代诗人的现实感虽然没有完全沉没在文字海里，但是有时也已经像李逵假浇水，探头探脑的挣扎。

从古人各种著作里收集自己诗歌的材料和词句，从古人的诗里孳生出自己的诗来，把书架子和书箱砌成了一座象牙之塔，偶尔向人生现实居高临远的凭栏眺望一番。内容就愈来愈贫薄，形式也愈变愈严密。偏重形式的古典主义发达到极端，可以使作者丧失了对具体事物的感受性，对外界视而不见，恰像玻璃缸里的金鱼，生活在一种透明的隔离状态里。据说在文艺复兴时代，那些人文主义作家沉浸在古典文学里，一味讲究风格和词藻，虽然接触到事物，心目间并没有事物的印象，只浮动着古罗马大诗人的好词佳句④。我们古代的批评家也指出相同的现象："人于顺逆境遇所动情思，皆是诗才；子美之诗多得于此。人不能然，失却好诗；及至作诗，了无意思，惟学古人句样而已。"④这是讲明代的"七子"，宋诗的病情还远不至于那么沉重，不过它的病象已经显明。譬如南宋有个师法陶潜的陈渊⑤，他在旅行诗里就说："渊明已黄壤，诗语余奇趣；我行田野间，举目辄相遇。谁云古人远？正是无来无！"⑥陶潜当然是位大诗人，但是假如陈渊觉得一眼望出去都是六七百年前陶潜所歌咏的情景，那未必证明陶潜的意境包罗得很广阔，而也许只表示自己的心眼给陶潜限制得很褊狭。这种对文艺作品的敏感只造成了对现实事物的盲点，同时也会变为对文艺作品的幻觉，因为它一方面目不转睛，只注视着陶潜，在陶潜诗境以外的东西都领略不到，而另一方面可以白昼见鬼，影响附会，在陶潜的诗里看出陶潜本人梦想不到的东西。这在文艺鉴赏里并不是稀罕的症候。

再举一首写景的宋代小诗为例。沈约说古人写景的"茂制""并直举胸情，非傍诗史"，钟嵘也说古人写景的"胜句""多非补假，皆由直寻"，我们且看那首诗是否这样。四川有个诗人叫史尧弼，《四库全书总目提要》称赞他"天姿踔绝"，有同乡前辈苏轼的"遗风"；他作过一首《湖上》七绝："浪汹涛翻忽渺漫，须臾风定见平宽；此间有句无人得，赤手长蛇试捕看。"④这首诗颇有气魄，第三第四两句表示他要写傍人未写的景象，意思很好，用的比喻尤其新奇，使人联想起"捕捉形象的猎人"那个有名的称号④。可是，仔细一研究，我们就发现史尧弼只是说得好听。他说自己赤手空拳，其实两只手都拿着向古人借来的武器，那条长蛇也是古人弄熟的、养家的一条烂草绳也似的爬虫。苏轼《郭熙〈秋山平远〉》第一首说过："此间有句无人识，送与襄阳孟浩然。"㊾孙樵《与王霖秀才书》形容卢仝、韩愈等的风格也说过："读之如赤手补长蛇，不施控骑生马，急不得暇，莫可捉搦。"㊿再研究下去，我们又发现原来孙樵也是顺手向韩愈和柳宗元借的本钱；韩愈《送无本师归范阳》不是说过"蛟龙弄角牙，造次欲手揽"(51)么？柳宗元《读韩愈所著〈毛颖传〉后题》不是也说过"索而读之，若捕蛟龙、搏虎豹，急与之角，而力不得暇"(52)么？换句话说，孙樵和史尧弼都在那里旧货翻新，把巧妙的裁改拆补来代替艰苦的创造，都没有向"自然形态的东西"里去发掘原料。

早在南宋末年，严羽对本朝的诗歌已经作了公允的结论："近代诸公乃作奇特解会，遂以文字为诗，以才学为诗，以议论为诗，且其作多务使事，不问兴致，用字必有来历，押韵必有出处。"(53)因此他说："最忌骨董，最忌衬贴。"(54)明人对宋诗的批评也逃不出这几句话，例如："宋人之诗尤愚之所未解。……宋人多好以诗议论，夫以诗议论，即奚不为文而为诗哉？"(55)严羽看见了病征，却没有诊出病源，所以不知道从根本上去医治，不去多喝点"唯一的源泉"，而只换汤不换药地"推源汉魏以来而绝然谓当以盛唐为法"(56)。换句话说，他依然把流当作源，他并未改变模仿和依傍的态度，只是模仿了另一个榜样，依傍了另一家门户。宋诗被人弃置勿道的时候，他这条路线不但没有长满了蔓草荒榛，却变成一条交通忙碌的马路。明代"复古"派不读唐以后书，反对宋诗，就都不知不觉地走上了他的道路；更值得注意的是，他们也都不知不觉地应用了他们所鄙弃的宋人的方法，而且应用得比宋人呆板。西昆体是把李商隐"挦扯"得"衣服败敝"的(57)，江西派是讲"拆东补西裳作带"的(58)；明代有个笑话说，有人看见李梦阳的一首律诗，忽然"攒眉不乐"，旁人问他是何道理，他回答说："你看老杜却被献吉辈挦剥殆尽！"(59)"挦扯"、"拆补"、"挦剥"不是一件事儿么？又有人挖苦明代的"复古"派说："欲作李、何、王、李门下厮养，但买得《韵府群玉》、《诗学大成》、《万姓统宗》、《广舆记》四书置案头，遇题查凑。"(60)这不是"资书以为诗"是什么？只是依赖的书数目又少、品质又庸俗罢了！宋诗是遭到排斥了，可是宋诗的习气依然存在，只变了个表现方式，仿佛鼻涕化而为痰，总之感冒并没有好。清代的"浙派"诗"无一字一句不自读书创获"(61)或者"同光体"诗把"学人诗人之诗二而一之"(62)，这是可以理解的，因为他们自己明说承袭了宋诗的传统；可是痛骂宋诗的朱彝尊在作品里一样的"贪多"炫博，丝毫没有学宋诗的嫌疑的吴伟业在师法白居易的歌行里也一样得獭祭典故，这些不也是旁证么？

韩愈虽然说"惟陈言之务去"，又说"惟古于词必己出，降而不能乃剽贼"⑥³，但是他也说自己"窥陈编以盗窃"⑥⁴；皎然虽然说"偷语最为钝贼"，"无处逃刑"，"偷意"也"情不可原"，但是他也说"偷势才巧意精"，"从其漏网"⑥⁵。在宋代诗人里，偷窃变成师徒公开传授的专门科学。王若虚说黄庭坚所讲"点铁成金"、"脱胎换骨"等方法"特剽窃之黠者耳"⑥⁶；冯班也说这是"宋人谬说，只是向古人集中作贼耳"⑥⁷。反对宋诗的明代诗人看来同样的手脚不干不净："徒手入市而欲百物为我有，不得不出于窃，瞎盛唐之谓也。"⑥⁸文艺复兴时代的理论家也明目张胆地劝诗人向古典作品里去盗窃："仔细的偷呀！""青天白日之下作贼呀！""抢了古人的东西来大家分赃呀！"还说："我把东西偷到手，洋洋得意，一点不害羞。"⑥⁹撇下了"唯一的源泉"把"继承和借鉴"去"替代自己的创造"，就非弄到这样收场不可。偏重形式的古典主义有个流弊：把诗人变得像个写学位论文的未来硕士博士，"抄书当作诗"，要自己的作品能够收列在图书馆的书里，就得先把图书馆的书安放在自己的作品里。偏重形式的古典主义有个流弊：把诗人变成领有营业执照的盗贼，不管是巧取还是豪夺，是江洋大盗还是偷鸡贼，是西昆体那样认准了一家去打劫还是像江西派那样挨门挨户大大小小人家都去光顾。这可以说是宋诗——不妨还填上宋词——给我们的大教训，也可以说是整个旧诗词的演变里包含的大教训。

三

上面的话也说明了我们去取的标准。押韵的文件不选，学问的展览和典故成语的把戏不选。大模大样的仿照前人的假古董不选，把前人的词意改头换面而绝无增进的旧货充新也不选；前者号称"优孟衣冠"，一望而知，后者容易蒙混，其实只是另一意义的"优孟衣冠"，所谓："如梨园演剧，装抹日异，细看多是旧人。"⁷⁰有佳句而全篇太不匀称的不选，这真是割爱；当时传诵而现在看不出好处的也不选，这类作品就仿佛走了电的电池，读者的心灵电线也似地跟它们接触，却不能使它们发出旧日的光焰来。我们也没有为了表示自己做过一点发掘工夫，硬把僻冷的东西选进去，把文学古董混在古典文学里。假如僻冷的东西已经僵冷，一丝儿活气也不透，那末顶好让它安安静静地长眠永息。一来因为文学研究者是事实上只会应用人工呼吸法，并没有还魂续命丹；

二来因为文学研究者似乎不必去制造木乃伊，费心用力地把许多作家维持在"死且不朽"的状态里。

我们在选择的过程里，有时心肠软了，有时眼睛花了，以致违背这些标准，一定犯了或缺或滥的错误。尤其对于大作家，我们准有不够公道的地方。在一切诗选里，老是小家占便宜，那些总共不过保存了几首的小家更占尽了便宜，因为他们只有这点点好东西，可以一股脑儿陈列在橱窗里，读者看了会无限神往，不知道他们的样品就是他们的全部家当。大作家就不然了。在一部总集性质的选本里，我们希望对大诗人能够选到"尝一滴水知大海味"的程度，只担心选择不当，弄得仿佛要求读者从一块砖上看出万里长城的形势！

《全唐诗》虽然有错误和缺漏⑪，不失为一代诗歌的总汇，给选唐诗者以极大的便利。选宋诗的人就没有这个便利，得去尽量翻看宋诗的总集、别集以至于类书、笔记、方志等等。而且宋人别集里的情形比唐人别集里的来得混乱，张冠李戴、挂此漏彼的事几乎是家常便饭，下面接触到若干例子，随时指出。不妨在这里从大作家的诗集里举一个例。李壁《王荆文公诗笺注》卷四十一有一首《竹里》绝句："竹里编茅倚石根，竹茎疏处见前村；闲眠尽日无人到，自有春风为扫门。"李壁载注解里引了贺铸《题定林寺》诗，"破冰泉脉漱篱根，坏衲犹疑挂树猿；蜡屐旧痕寻不见，东风先为我开门"，还说王安石"见之大称赏"，因此贺铸"知名"，《竹里》这首诗"颇亦似之"。评点这部注本的刘辰翁和补正这部注本的姚范、沈钦韩等都没有说什么，都没有知道李壁上了人家的当⑫。这首《竹里》不是王安石所作，是僧显忠的诗，经王安石写在墙上的⑬；其次，贺铸作《定林寺》诗的时候，王安石已死，贺铸也早在三年前哀悼过他了⑭。王安石的诗集是有好些人在上面花过工夫的，还不免这样，其它就可以推想。清代那位细心而短命的学者劳格曾经把少数宋人别集刊误补遗⑮，尽管他偏重在散文方面，也总是为这桩艰辛密致的校订工作很审慎的开了个头，现在只要有人去接他的手。

有两部比较流行的书似乎这里非讲一下不可：吴之振等的《宋诗钞》和厉鹗等的《宋诗纪事》。这两部书规模很大，用处也不小，只是我们用它们的时候，心里得作几分保留。王安石的《唐百家诗选》据说是吃了钞手偷懒的亏，他"择善者签帖其上，令吏钞之；吏厌书字多，辄移荆公所取长诗签，置所不取小诗上，荆公性忽略，不复更视"⑯；钱谦益的《列朝诗集》据说是吃了钞手太卖力气的亏，是向人家借了书来选的，因为这些不是自己的书，他"不着笔，又不用签帖其上，但以指甲掐其欲选者，令小胥钞，胥于掐痕侵他幅，亦并钞，牧翁不复省视"⑦。在《宋诗钞》的誊写过程里是否发生这类事情，我们不知道，不过我们注意到一点：对于卷帙繁多的别集，它一般都从前面的部分钞得多，从后面的部分钞得很草率，例如只钞了刘克庄《后村居士诗集》卷一至卷十六里的作品，卷十七至卷四十八里一字未钞。老去才退诚然是文学史上的普遍现象，最初是作者出名全靠作品的力量，到后来往往是作品出名全亏作者的招牌；但是《宋诗钞》在《凡例》里就声明"宽以存之"，对一个人的早期作品也收得很滥，所以那种前详后略的钞选不会包含什么批判。其次，它的许多"小序"也引人误会，例如开卷第一篇把王禹偁说得仿佛他不是在西昆体流行以前早已成家的；在钞选的诗里还偶然制造了混淆，例如把张耒《柯山集》卷十《有感》第三首钞在苏舜钦名下，题目改为《田家词》。管庭芬的《〈宋诗钞〉补》直接从有些别集里采取了作品，但是时常暗暗把《宋诗纪事》和曹庭栋《宋百家诗存》来凑数，例如《〈南阳集〉补钞》出于《宋诗纪事》卷十七，《〈玉楮集〉钞》完全根据《宋百家诗存》卷十二。至于《宋诗纪事》呢，不用说是部渊博伟大的著作。有些书籍它没有采用到，有些书籍它采用得没有彻底，有些书籍它说采用了而其实只是不可靠的转引，这许多都不必说。有两点是该讲的：第一，开错了书名，例如卷四十七把称引尤袤诗句的《诚斋诗话》误作《后村诗话》，害得《常州先哲遗书》里的《〈梁溪集〉补遗》以讹传讹；第二，删改原诗，例如卷七和卷三十三分别从《宋文鉴》里引了孙仅《勘书》诗和潘大临《春日书怀》诗，但是我们寻出《宋文鉴》卷二十二和卷二十三里这两首诗来一对，发现《宋诗纪事》所载各各短了两联。陆心源的《〈宋诗纪事〉补遗》是部错误百出的书，把唐代王绩（改名王阗）和张碧的诗补在卷四十三和卷八十八里，把金国麻革的诗补在卷三十九里，卷二王嗣宗《思归》就是《宋诗纪事》卷二的王嗣宗《题关右寺壁》，卷三十一张袁臣的诗就是《宋诗纪事》卷四十六张表臣的诗，卷五十六危正的诗就是《宋诗纪事》卷五十六危稹的诗，诸如此类大约都属于作者自夸的补漏百余家里面的⑧。虽然这样，它毕竟也供给些难得的材料。在一篇古代诗人的事迹考里，有位大批评家说自己读了许多无用之书，倒也干了一件有用之事，值得人家感谢，因为它读过了这些东西就免得别人再费力去读⑨。我们未必可以轻心大意，完全信任吴之振、厉鹗等人的正确和周密，一概不再去看他们看过的书。不过，没有他们的著作，我们的研究就要困难得多。不说别的，他们至少开出了一张宋代诗人的详细名单，指示了无数探讨的线索，这就省掉我们不少心力，值得我们深深感谢。

　　我也愉快地向几位师友致谢。假如没有郑振铎同志的指示，我不会担任这样一项工作；假如没有何其芳同志、余冠英同志的提示和王伯祥同志的审订，我在作品的选择和注释里还要多些错误；假如没有北京大学图书馆和中国科学院文学研究所图书资料室诸位同志的不厌麻烦的帮助，我在书籍的参考里就会更加疏漏。希望他们接受我的言轻意重的感谢。

1957年6月

钱钟书《宋诗选注》，人民文学出版社，1982年

———————

注释：

　　① 郝经《陵川文集》卷十《温公画像》，赵沨《东山先生存稿》卷一《观舆图有感》第四首自注。

　　②《剑南诗稿》卷十二。

　　③ 徐梦莘《三朝北盟会编·炎兴下帙》卷五十四载吴伸《万言书》里还引了宋太祖那句话来劝宋高宗不要"止如东晋之南据"。

　　④ 宋祁《景文集》卷二十六《上三冗三费疏》。

　　⑤ 赵翼《廿二史札记》卷二十五"宋冗官冗费"条。

　　⑥ 张咏《乖崖先生文集》卷二《悯农》。

　　⑦《李直讲先生文集》卷三十六。

　　⑧ 马廷鸾《碧梧玩芳集》卷二十四《题黎芳洲诗集》引了这两句，还说："所谓长歌之哀非耶？"

　　⑨ 参看亚理斯多德《诗学》第一千四百五十一（乙）、一千四百六十（乙）。《左传》宣公二年记载锄麑自杀以前的独白，古来好些读者都觉得离奇难以相信，至少嫌作史的人交代得不清楚，因为既然是独白，"又谁闻而谁述之耶"？（李元度《天岳山房文钞》卷一《锄麑论》）。但是对于"长恨歌"故事里"夜半无人私语"那桩情节，似乎还没有人死心眼的问"又谁闻而谁述之耶"？或者杀风景的指斥"临邛道士"编造谎话。

　　⑩ 例如《三朝北盟会编·炎兴下帙》卷六十八载杨造《乞罢和议疏》讲到沦陷的人民，就说："窃恐岁月之久，人心懈怠。"

　　⑪ 参看辛启泰辑《稼轩集钞存》卷一《乾道乙酉进美芹十论》里《观衅》第三。

　　⑫《浮溪拾遗集》卷三。

　　⑬ 黄震《黄氏日抄》卷六十六。

　　⑭《道乡集》卷二。

⑮ 这桩奇闻当时颇为流传，例如张邦基《墨庄漫录》卷三就有详细的叙述，还说："又闻舒信道尝记之甚详，求其本不获。"南宋初康与之《昨梦录》记杨可试兄弟被老人引入"西京山中大穴"，内有"大聚落"，可供隐居，也正是桃花源的变相。

⑯ 《剑南诗稿》卷二十三《书陶靖节桃源诗后》："寄奴谈笑取秦燕，愚智皆知晋鼎迁；独为桃源人作传，固应不仕义熙年！"

⑰ 周密《癸辛杂识》续集卷上载龚开《宋江三十六赞》。

⑱ 魏禧《魏叔子诗集》卷一《读〈水浒〉》第二首："君不择臣，相不下士，士不求友，乃在于此！"

⑲ 例如宋庠《元宪集》卷十"坐旧州驿亭上作，亭下是梁山泊，水数百里"："长天野浪相依碧，落日残云共作红；鱼龟回环千艇合，菱蒲明灭百帆通"；韩琦《安阳集》卷五《过梁山泊》；苏辙《栾城集》卷六《梁山泊》，又《梁山泊见荷花忆吴兴》第五首："菰蒲出没风波际，雁鸭飞鸣雾雨中；应为高人爱吴越，故于齐鲁作南风"。

⑳ 例如《元诗选》三集庚陆友《杞菊轩稿·题宋江三十六人画赞》，刘基《诚意伯文集》卷十七《分赃台》（参看李贽《焚书》巷五"李涉《赠盗》"条），王士祯《古夫于亭杂录》卷五载丘海石《过梁山泊》。

㉑ 《隐居通议》卷七。

㉒ 《后村大全集》卷一百七十五。

㉓ 《后村大全集》卷一百七十四。

㉔ 陈起《〈前贤小集〉拾遗》卷五《闺怨》。

㉕ 见《墨庄漫录》卷五。

㉖ 《具茨先生诗集》卷十三。

㉗ 王若虚《滹南遗老集》卷四十。王若虚是师法白居易的，所以他说宋诗"亦有以自立，不必尽居其后"，算得一句平心之论，正像瞿佑《归田诗话》卷上论"举世宗唐恐未公"或者叶燮《己畦文集》卷八《黄叶村庄诗序》和《原诗》卷一论"因时善变"或者潘德舆《养一斋诗话》卷四引申都穆《南濠诗话》那几节一样，因为那些人也都是不学宋诗的。

㉘ 叶盛《水东日记》卷十记苏平语；那首诗是王珪的《恭和御制上元观灯》，见《华阳集》卷四。

㉙ 《古今诗删》卷二十二以李建勋和灵一结束，卷二十三以刘基开始；参看屠隆《鸿苞集》卷十七："宋诗河汉，不入品裁。"又陈子龙《陈忠裕全集》卷二十五《皇明诗选序》说宋诗跟明诗等不是"同类"而是"异物"。就因为讨厌何、李、王、李等前后"七子"的"复古"，明代中叶以后的作者又把宋诗抬出来，例如"公安派"捧得宋诗超过盛唐诗，捧得苏轼高出杜甫——参看袁宏道《瓶花斋集》卷九《答陶石篑》、陶望龄《歇庵集》卷十五《与袁六休书》之二；又谭元春《东坡诗选》载袁宏道跋，卷一《真兴寺阁》、《石苍舒醉墨堂》，卷五《赠眼医王彦若》附袁宏道评语。黄宗羲《明文授读》卷三十六所载叶向高《王

亦泉诗序》、卷三十七所载何乔远《郑道圭诗序》、《吴可观诗草序》和曾异撰《徐叔亨山居次韵诗序》也全是有激于"七子"的"复古"而表扬宋诗的，同时使我们看出了清初黄宗羲、吕留良、吴之振、陈讦等人提倡宋诗的渊源，有趣的是，许多宋人诗句靠明代通俗作品而推广，只是当时的读者未必知道是宋诗。举三个显著的例：《荷花荡》第三折里玉帝说的"淡月疏星绕建章，仙风吹下御炉香；侍臣鹄立通明殿，一朵红云捧玉皇"是苏轼《上元侍饮楼上呈同列》第三首，见《苏文忠公诗集》卷三十六；《鹦鹉洲》第三折里女巫说的"暖日熏杨柳，浓春醉海棠；放慵真有昧，应俗苦相妨"是陈与义《放慵》前半四句，见《简斋诗集》卷十；《金瓶梅》第八十回的"正是'人得交游是风月，天开图画即江山'"是黄庭坚《王厚颂》第二首后半两句，见《豫章黄先生文集》卷十五。参看宣统二年《小说时报》第六期《息楼谈余》记载赣州"清音班"唱本里所用黄庭坚的各联诗句。

㉚ 施山《姜露庵杂记》卷六。

㉛ 例如何景明《何氏集》卷二十六《读〈精华录〉》："山谷诗自宋以来论者皆谓似杜子美，固余所未喻也。"

㉜ 参看于慎行《谷城山馆文集》卷十一《冯宗伯诗序》："如画师写照……无一不似……了无生意……似之而失其真矣！"又《朱光禄集序》："大者摹拟篇章，小者剽剥字句……形腴神索。"这是曾受"七子"影响的一位过来人的话。

㉝ 这两个术语见方回《瀛奎律髓》卷十姚合《游春》批语，参看卷十五陈子昂《晚次乐乡县》批语。

㉞ 皎然《诗式》卷五"复古通变体"条。

㉟ 姜夔《白石道人诗集》自序之二。

㊱ 李梦阳《空同子集》卷六十二《驳何氏论文书》、《再与何氏书》；参看何良俊《四友斋丛说》卷二十六记顾璘驳李梦阳称杜甫诗如"至圆不能加规，至方不能加矩"。

㊲ 《毛泽东选集》第三卷第八百八十二页（人民出版社版）。

㊳ 《诗品》卷中。

㊴ 《诗式》卷一"诗有四离"条。

㊵ 《小仓山房诗集》卷二十七《仿元遗山〈论诗〉》第三十八首，所嘲笑的"无己氏"据说就指翁方纲。这首诗应该对照第五首称赞查慎行的诗："他山书史腹便便，每到吟诗尽弃捐。"参看《随园诗话》卷一论咏古咏物诗："必将此题之书籍无所不搜，及其成仍不用一典。"

㊶ 刘克庄《后村大全集》卷九十六《韩隐君诗序》，是用韩愈《登封县尉卢殷墓志》里的话。韩愈那句话在宋代非常传诵，例如强幼安《唐子西文录》里"凡作诗平居须收拾诗材以备用"条，文珦《潜山集》卷三《哭李雪林》、卷五《周草窗吟藁号〈蜡屐〉为赋古诗》等。

㊷ 王夫之《船山遗书》卷六十四《夕堂永日绪论》内编评苏轼黄庭坚。

㊸ 德·桑克谛斯（F.De Sanctis）《意大利文学史》（*Storia dell Letteratura Italiana*）1962年版第一册第三百四十二页。

④ 吴乔《围炉诗话》卷一。

⑤ 《默堂先生文集》卷四《小轩闲题》第二首："渊明吾之师"，卷五《次韵令德答天启》："我师陶靖节"。

⑥ 《默堂先生文集》卷五《越州道中杂诗》第八首。

⑦ 《莲峰集》卷二。

⑧ 《小红萝菔须》作者勒那（Jule Renard）在《博物小志》（Histoires Naturelles）里自称的话，见贝尔诺亚（F.Bernouard）版本第三页。

⑨ 《苏文忠公诗集》卷二十九。

⑩ 《孙樵集》卷二。

⑪ 《昌黎先生集》卷五。

⑫ 《唐柳先生集》卷二十一。

⑬ 《沧浪诗话·诗辨》节。

⑭ 《沧浪诗话·诗法》节。

⑮ 屠隆《由拳集》卷二十三《文论》。

⑯ 《沧浪诗话·诗辨》节。

⑰ 刘攽《中山诗话》。

⑱ 任渊《后山诗注》卷三《次韵〈西湖徙鱼〉》。

⑲ 李延昰《南吴旧话录》卷十八记谈田语；献吉就是李梦阳的表字。

⑳ 《船山遗书》卷六十四《夕堂永日绪论》内编。参看李良年《秋锦山房集》卷二十二《题周栎园诗后》又《宋诗啜醨集》潘问奇自序论明七子。

㉑ 吴骞《拜经楼诗话》卷四载汪师韩《跋厉樊榭诗》，那是《上湖分类文编》和《补钞》里没有收的。

㉒ 陈衍《近代诗钞》第一册评祁寯藻。

㉓ 《昌黎先生集》卷十六《答李翊书》、卷三十四《南阳樊绍述墓志铭》；参看李汉《昌黎先生集序》和李翱《李文公集》卷六《答朱载言书》，都反对"剽掠潜窃"，主张"陈言务去"。

㉔ 《昌黎先生集》卷十二《进学解》；参看李冶《〈敬斋古今黇〉补遗》卷一赞韩愈、柳宗元、欧阳修都是本领高妙的大盗。

㉕ 《诗式》卷一"三不同语意势"条。

㉖ 《溥南遗老集》卷四十。

㉗ 《钝吟杂录》卷四。

㉘ 《围炉诗话》卷六。参看焦竑《澹园集》卷十二《答友人论文》："夫古以为贼，今以为程。"

㉙ 唯达（Marco Girolamo Vida）（1480—1566）《诗学》（De Arte Poecita）卷三，据匹

特 (Christopher Pitt) 英译本，见恰末士 (A.Chalmers) 辑《英国诗人总汇》 (*Ehglish Poets*) 第十九册第六百四十七页。这是16、17世纪流传极广的理论，马利诺 (G.B.Marino) 指示作诗三法：翻译、模仿和盗窃——费莱罗 (G.G.Ferrero) 编《马利诺及其同派诗人选集》 (*Marinoei Marinisti*) 第二十六至三十页。后世的古典主义作家也保持类似的看法，例如蒲伯 (Alexander Pope) 的《与渥而许 (W.Walsh) 书》——休朋 (G.Sherburn) 辑《蒲伯书信集》 (*Correspondence*) 第一册第十九至二十页，法郎士 (Anatole France) 的《为抄袭辩护》 (*Apologie PourleP lagiat*) ——《文学生活》 (*La Vie littéraire*) 第四册第一百五十八至一百六十页。

⑦⓪ 隆观易《宁灵销食录》卷四评陆游诗；这句话对陆游太苛刻，但诗指出了旧诗词里那种现象。

⑦① 也许可以举两个跟宋人著作有关的例：《太平广记》卷四百九十五"哥舒翰"条引《乾膜子》，又钱易《南部新书》卷庚所载《北斗七星高》那首绝句跟洪迈《唐人万首绝句》五言卷二十所载《西鄙哥舒歌》有一半完全不同，《全唐诗》只收了洪迈搜采的那一首；程俱《北山小集》卷九《九日写怀》明明只借用了高适一句，《锦绣万花谷》前集卷四"重阳"门引了半首也注出是程俱的作品，《后村千家诗》卷四错把它当高适的诗，自明以来直到《全唐诗》沿袭了这个错误。

⑦② 李壁的话完全出于《王直方诗话》；胡仔《苕溪渔隐丛话》前集卷三十七引有王直方的那一节。

⑦③ 见《苕溪渔隐丛话》前集卷五十七，又何溪汶《竹庄诗话》卷二十一引《洪驹父诗话》，《锦绣万花谷》前集卷二十五"隐逸"门。王安石只把这个意思写入《渔家傲》词里："茅屋数间窗窈窕，尘不到，时时自有春风扫。"（《临川文集》卷三十七）附带可以提起，《全唐诗》把《竹里》误收入李涉的诗里。

⑦④ 《庆湖遗老集》卷六《寓泊金陵寻王荆公陈迹》（自注："戊辰三月赋"）："可须樽酒平生约，长望西州泪满巾。"《〈庆湖遗老集〉拾遗·重游钟山定林寺》（自注："辛未正月金陵赋"）

⑦⑤ 《读书杂识》卷十二。

⑦⑥ 邵博《邵氏闻见后录》卷十九，参看周辉《清波杂志》卷八。

⑦⑦ 阎若璩《潜邱札记》卷四上。在书本上掐指甲痕，以为这样就可以有痕无迹，看来是明代流行的习惯，刘若愚《酌中志》卷十三就讲起过。

⑦⑧ 《仪顾堂题跋》卷十三《〈宋诗纪事〉跋》。

⑦⑨ 莱辛 (Lessing)《索福克勒斯》 (*Sophokles*)，见彼得森 (J.Petersen) 与欧尔斯好森 (W.V.Olshausen) 合编《莱辛集》第十三册第三百九十六页，参看泼朗脱尔 (Carl Prantl) 的经典著作《逻辑学史》 (*GeschichtederLogik*) 第四册序文第三页。

从山谷诗的艺术特点谈到"江西诗派"

匡　扶

　　中国古典诗发展到北宋时期，特别是经过了诗体俱备、诗人辈出的唐的极盛时代，由于无数学、才兼富的有成就的诗人们努力创作的结果，在已基本上固定下来的几种形式之中，无论是谋篇立意，造句遣词；也无论是使典用事，谐律押韵，差不多都已达到了饱和的程度。因此，后来有思想、有才华的诗人，很不甘心于走老路、吃剩饭，在诗的创作上，力争能别出心裁，独具匠心，于继承中有发展，于师法中有创造，打开一个新的有生气的局面。北宋时期的几位大诗人，如欧阳修、梅尧臣、王安石、苏轼等，都是这一方面的代表人物。当然，也不应该忽略了"苏、黄"并称、向后开创了"江西诗派"的山谷。

　　宋诗能形成一种不同于唐诗的独特风格，原是从反西昆体运动开始的，而文学领域里的反西昆体运动，是同政治上的除旧布新运动互相配合着进行的。为了在诗歌创作上打好反西昆的这一仗，北宋初期一批优秀的诗人，不仅在理论上提出过自己的主张，而且在艺术技巧上也广加探索，积累经验。他们在对前人、特别是唐人优秀传统的多所继承的基础上，又能大胆地有所创造和发展，逐步形成了具有宋代的社会时代特点的自己的艺术风格。而欧、梅、王、苏都是以他们辛勤的诗歌创作实践，在宋诗艺术风格的形成上贡献了力量，并取得了显著的成绩。这一点，我在《两宋诗词概说》（《两宋诗词选》一书的代序）中谈到宋诗时，已经作了一些初步的探索。

　　山谷在当时虽与苏轼齐名，并称"苏、黄"，又出自苏的门下，但就诗的风格来看，二人却有很大的差异。苏诗正如清人赵翼所说的："才思横溢，触处生春。胸中万卷繁富，又足以供其左抽右旋，无不如意。"（《瓯北诗话》）可以说达到了极高的境界，也曾为同时和向后的许多诗人所推崇、学步，但并没有形成一个有力的宗派。山谷则不同，他有其独特的体制和方法，也有其独特的写诗的态度。严羽在《沧浪诗话》中说："宋诗至东坡、山谷，始出己意以为诗，唐人之风变矣。山谷用工尤为深刻，其后法席盛行，海内称为江西宗派。"刘克庄在《江西宗派小序》中也说："豫章会萃百家之长，究历代体制之变。搜猎奇书，穿穴异闻，作古律，虽只字半句，不轻出。"这些话，都是意在阐述山谷诗的渊源和特质，以及他之所以能形成一个强有力的宗派的原因。

东坡诗："天下几人学杜甫，谁得其皮与其骨？"实则北宋一代的几位重要诗人，几乎没有人不受杜甫的影响的。到了山谷，对学杜更具有其深厚的家世和师承的关系。山谷的父亲黄庶，母舅李常，前后两位岳父谢师厚和孙莘老，都是学杜有得的著名诗人。学杜而外，山谷初期也学过韩愈，并通过谢师厚间接得到了他前辈诗人梅尧臣的诗法。谢是梅的妻侄，曾最初编次过梅的诗集。至于山谷与王安石、苏轼两位大诗人的唱酬交往，就更不用说了。可见山谷不仅受到前一代现实主义伟大诗人杜甫，和基本上属于现实主义诗人行列中的韩愈的影响；同时，还从多方面集中了他同时代几位大诗人在诗歌创作上的艺术成就，又经过他创造性的发展变化，才逐步形成了他自己所独具的"生新瘦硬"的风格的。

山谷生平既在政治上很失意，一直沉沦下僚，遂专力以为诗，创作态度极其严肃而认真，并没有视诗为一种小技，而把"学诗"与"学道"摆在同等重要的位置上。过去论者认为山谷虽以学杜为本，但在谋篇、用韵等方面，实兼擅韩愈、孟郊之长，而又能加以融会贯通，出以己意。于杜则得其骨格，命意立言，力求沉着，时有一唱三叹之音；于韩则得其恣肆博大，有"匠石斫垩，运斤成风"之妙；于孟则得其奇险，炼字妥贴排奡，而不流于怪僻。这种说法，虽然失之于评价过高，但总算能发掘出山谷诗的一些与众不同之处，值得我们在论述山谷诗艺术特点时参证。

如上所谈，可见山谷在诗歌创作的主张和方法上，原是具备许多特点的，归纳一下来说，可有以下几个方面：

首先是山谷发展了拗句和拗律的体制。诗的拗体，本始于杜的七律。方回在《瀛奎律髓》中说："拗字诗，老杜七言律一百五十九首，而此体凡十九出，不止句中拗一字，往往神出鬼没，虽拗字甚多，而骨格愈峻峭。"到韩愈又加以扩大。杜、韩之后的诗人，虽有的偶一为之，但并不普遍。山谷却特倡此种体制，大量应用在他的诗歌创作方面，于是相沿成为江西诗派的特殊风格。所谓拗律，是指律句中平、仄的互换，使诗的音调反常；拗句则是句法组织上的变更，使文气反常。具体的作法是：拗律，在七言律中，每句的第五字应平者易为仄，应仄者易为平，使其音调反常，读起来拗口拗声，力求挺拔劲峭。杜诗中如："一双白鱼不受钓，三寸黄柑犹自青。"黄诗中如："只今满坐且尊酒，后夜此堂空月明。"等皆是。拗句则如以五言诗句法为例，本多上二下三的组织，他却改成上一下四，或上三下二。如黄诗的"石——吾甚爱之，勿遣牛砺角；牛砺角——尚可，牛斗残我竹"，以七言诗句法为例，本多上四下三的组织，他却改成上三下四，或上二下五。如黄诗的"管城子——无食肉相，孔方兄——有绝交书"，"蜂房——各自开户牖，蚁穴——或梦封侯五。"推原山谷的用心，无非在于标新立异，出奇制胜，以期能独创一格，既可前无古人，又能凌驾侪辈。只是后来学步他的人竟自变本加厉，巧立各种什么"单拗体"、"双拗体"和"吴体"等名目，花样繁多，近乎文字游戏，终于走向"以词害义"的形式主义的泥淖中去。

其次是山谷的变俗为雅、以故为新的主张。这一主张，原是来自他的老师苏轼，如《东坡题跋》中说："诗须要有为而作，用事当以故为新，以俗为雅。"到山谷手中又出己意加以创造性的实际运用。所谓变俗为雅，可能有两方面的含义：一方面是大量引用大众口语以为诗。以大众口语入诗，本为宋诗的特点之一，在苏、黄集中都曾习见。另一方面是吸取稗官野史和民间传说的事迹入诗，而与经史中的典故相并重。如《次韵子瞻赠王定国》："百年炊未熟，一坯蚁追奔。"用唐人传奇《南柯记》的故事。《戏赠彦深》："上丁分膰一饱饭，藏神梦诉羊蹢蔬。"用《启颜录》上的笑话："一人常食蔬，忽食羊肉，梦五藏神诉曰，羊踏破菜园……"至于以故为新，在山谷就是经常为人们所诟病的"脱胎换骨法"。《野老纪闻》载山谷的话："诗意无穷，而人才有限；以有限之才，追无穷之意，虽渊明、少陵不能尽也。不易其意而造其语，谓之换骨法；规模其意而形容之，谓之脱胎法。"山谷所谓的"脱胎换骨法"在实际运用上究竟是如何呢？后来是"人言人殊"的。脱胎法是否仅止于点窜古人诗句据为己有？换骨法是否仅止于照搬古人诗句意同语异？这些还都需要作进一步的分析研究。较早诋毁山谷这种诗法的是金人王若虚，他在《滹南诗话》中说："鲁直论诗，有脱胎换骨、点铁成金之喻，世以为名言，以予观之，特剽窃之黠者耳。"王氏之论，不过提到山谷曾有此"喻"，而又是"世以为名言"的。可见山谷此"喻"，和江西诗派末流因此所造成的模拟剽窃的恶习，是不应该混为一谈的，也是不应该由山谷来负其责的。

再次是山谷作诗强调"无一字无来处"，他曾以此推崇过杜、韩，自己也在这方面痛下功夫。如他在《答洪驹夫书》中说："老杜作诗，退之作文，无一字无来处。盖后人读书少，故谓韩、杜自作此语耳。"宋诗着重于用事的风习，苏、王时已开其端，到了黄就更进了一步。但他的用典，颇能作到精妙隐密、耐人寻味的地步，往往从一事中可令读者联想到许多，含有极为丰富的情思。如《登快阁》的"痴儿了却公家事"句，用《晋书·付咸传》上典故，包括了自嘲、自许、自放、自快等数重意义。同诗的"朱弦已为佳人绝，青眼聊因美酒横"二句，从伯牙、子期关系到嵇康被刑时的"广陵散绝"，含义也极丰富。又如《题李亮功戴嵩牛图》："觳觫告主人，实已尽筋力；乞我一牧童，林间听横笛。"暗用《南史·陶弘景传》中故事，据传载：梁武帝礼聘不出，画二牛，一牛散放山水草间，徜徉自得；一牛着金笼头，有人以杖驱之。武帝览图笑曰："此人岂有可致之理？"山谷的这首诗正是采取其意，表达他仕途失意、泥涂轩冕的志趣。宋代诗人的喜欢"掉书袋子"固然是个大毛病，但像山谷这样苦心孤诣地在使典用事上下大功夫，并取得相当的成就，也应予以一定的评价。

最后是山谷作诗的造语好奇尚硬，力避柔词滥调。他曾这样说过："宁律不谐，不使句弱；宁用字不工，不使语俗。"（《苕溪渔隐丛话》引）他的这种主张，无疑是从韩愈的"陈言务去"、"辞必己出"的精神演化而来的。他不仅是这样说的，而且在诗歌创作的实践中，也是这样作的。如《次韵杨君全送酒》中的"秋入园林花老眼，茗搜文字响枯肠"和《次韵柳通寄王文通》中的"心犹未死杯中物，春不能朱镜里颜"，分别把"花"字从名词、"朱"字从形容词转为动词。又如《听宋宗儒摘阮歌》中的"寒虫催织月笼秋，独雁叫群天拍水"，竟把"天"、"水"颠倒来使用。《容斋续笔》中说："黄鲁直'高蝉正用一枝鸣'句，'用'字初为'抱'，改为'占'、'在'、'带'……至'用'而定。"通过诸如这些字的特殊用法，可以看出，山谷在用字遣词上是如何的力求能翻新立奇，出人意表。《围炉诗话》中称"山谷专意出奇"，也正是指此而言的。至于山谷诗中古硬的特征，则是从韩愈的"横空盘硬语，妥贴力排奡"体会而来的。韩诗原是以此见长的，北宋初期的欧、梅就曾经走过这一路程，他们以此来力矫西昆体的柔靡之风。山谷一生确是在这上面下过苦功夫，更由于他能把"奇"和"硬"的诗法相互为用，从而达到了一种新的境界，使他的诗作终于形成一种独具的雄奇峭拔的风格，几乎一扫前人的陈词滥调。清人朱竹垞在《石园集序》中曾对这一点给予较高而公允的评价，他说："涪氏（指山谷）厌格诗近体之平熟，务去陈言，力盘硬语。"清代的大文学家姚鼐在《五七言今体诗钞自序》中也说："山谷刻意少陵，虽不能到，然其兀傲磊落之气，足与古今作俗诗者澡濯胸胃，导启性灵。"朱、姚二氏的这两段议论，确是对山谷这种"苦用心"的设身处地之谈，足资我们在探讨山谷诗艺术特点时的参考。

综观山谷的诗当以七言的古、律、绝为佳，其独特的风格是：新奇雄健，风骨耸峭，尽扫"嘲风月，弄花草"的华丽秾艳的积习。这在针对当时西昆体的余波的冲击来说，是有其积极的一面的。缺点在于流于粗拙、生涩，甚至寡情而乏味。正如他的老师苏轼所说："鲁直诗文如蝤蛑江瑶柱，格韵高绝，盘飧尽废，然不可多食，多食则发风动气。"（《东坡题跋》）张巨山也曾说："山谷酷学少陵，雄健太过，遂流而入于险怪；要其病在太著意，欲道古今人所未道语耳。"这些，都可谓是持平之论。

我们也必须看到，古典诗经历有唐和宋的前期，特别是在像李、杜、韩、苏这样一些巨匠的笔下，举凡五七言各种体裁的谋篇立意、造句遣词等的格与法，差不多都已运用得既熟且滥了。山谷生于李、杜、韩之后，刚接上同时代的苏轼，他作为一位有志气、有才华的诗人，欲想在此道中有所作为，就必须自己闯出一条新的道路来。而经过他毕生的严肃、辛勤的劳动，果然有所树立，以至向后开创一个影响深远的宗派——江西诗派。

严羽在《沧浪诗话》中，既已称山谷是"法席盛行，海内称为江西宗派"。全祖望在《宋诗纪事序》中也说："宋诗之始也，杨、刘诸公最著，所谓西昆体者也。庆历以后，欧、苏、梅、王数公出，而宋诗一变。涪翁以崛奇之调，力追草堂，所谓江西诗派者，而宋诗又一变。"朱竹垞在《裘司直集序》中甚至这样说："宋自汴梁南渡，学者多以黄鲁直为宗。……终宋之世，诗集流传于今者，惟江西最盛。"这就又给我们提出了江西诗派的问题，且于此约略论述之。

江西宗派之说，始于南宋的吕本中，据《苕溪渔隐丛话》载："吕居仁近时以诗得名，自言传衣江西，尝作《宗派图》，自豫章（山谷）以降，列陈师道、潘大临、谢逸、洪刍、饶节、僧祖可、徐俯、洪朋、林敏修、洪炎、汪革、李錞、韩驹、李彭、晁冲之、江端本、杨符、谢薖、夏倪、林敏功、潘大观、何颙、王直方、僧善权、高荷，合二十五人以为法嗣，谓其源流皆出豫章也。"吕更有《宗派图序》，其中说："国朝文学大备，穆伯长、尹师鲁始为古文，盛于欧阳氏。诗歌至豫章始大，出而力振之。后学者同作并和，尽发千古之秘，亡余蕴矣。录其名字曰江西宗派，其源流皆出豫章也。"（见《云麓漫抄》）吕氏的这段话，实际上是江西宗派正式成立的宣言，经过他的倡导，一时文士，景然风从，于是山谷竟成为当然的宗派首脑，后遂有江西诗派之称。另据《宋史·艺文志》所载：吕本中曾编次《江西宗派诗集》一百五十卷，曾纮编次《江西续宗派诗》二卷，竟是洋洋大观的了。

吕的《宗派图》中所列的二十五人，有的既非江西人，也不尽为知名之士，不免攀援附会，滥列姓名，出于标榜。这一点，在南宋当时就有人曾加以非难。如刘后村说："《宗派图》中，如陈后山（师道），彭城人；韩子苍（驹），陵阳人；潘邠老（大临），黄州人；夏均父（倪）、二林（敏修、敏功），蕲人；晁叔用（冲之）、江之开（端本），开封人；李商老（彭），南康人；祖可，京口人；高子勉（荷），京西人；皆非江西人也。同时如曾文清（几），乃赣人，又与紫薇公（即吕本中）以诗往还，而不入派，不知紫薇去取之意云何？惜当日无人以此叩之。"《苕溪渔隐丛话》中也说："（《宗派图》中）所列二十五人，其间知名之士，有诗句传于世，为时所称道者，止数人而已，其余无闻矣。居仁此图之作，选择弗精，议论不公，予是以辩之。"这些都是事实。金的诗人王若虚、元好问等，皆曾写诗攻击过江西诗派的无谓；而为之开脱者，则说本系居仁少日游戏之作，不足为凭。宋末方回在《瀛奎律髓》中，乃竟造作"一祖三宗"之说，一祖指杜甫，三宗分指黄庭坚、陈师道和陈与义。

曾受到江西诗派影响很深的南宋大诗人杨万里，对江西诗派有这样一段评论的话，很值得我们的重视。他在《江西宗派序》中说："江西诗者，诗江西也，人非皆江西也。而诗曰江西者何？系之也。系之者何？以味不以形也。"杨氏这段话之所以重要，主要因为他提出两个有关江西诗派的关键性的问题：一是二十五人是否江西人关系不大，二是"以味不以形"这句话的启示性的意义。根据杨氏的论断，江西诗派之所以能形成一个强有力的宗派，原是由于"味"的相同。而诗的"味"又是指的什么呢？我认为，只能解释为指的是诗的思想内容。也就是说，江西诗派之所以能形成这样一个大宗派，主要是由于他们在诗歌创作上所表现的思想内容的一致，从而使他们具有着内在的紧密联系。

如我在《山谷诗思想内容新探》（《甘肃师大学报》1980年4期）一文中所论，山谷的政治思想是以儒家的仁政爱民思想为其核心的，而山谷的大量诗作中所表现的思想内容，也以这种仁政爱民思想作为其主要的组成部分。仁政爱民思想在封建社会危机严重的北宋后期，当然是迂阔的，也是难于得到实现的，但却不能因此就说它是不必要的。吕本中是大理学家吕好问的儿子，另一大理学家吕祖谦则是他的孙子，可见他是出身于一个理学名家的家世。可以理解，他对山谷诗中所一再表达的仁政爱民思想，一定会是深有体会和备加赞赏的。也正由于山谷诗中具备着这种思想，吕氏和向后的方回，才一再把山谷同前一代的伟大现实主义诗人杜甫联系起来。基于同样的原因，他们又把从北宋到南宋的二陈与山谷并列起来。也属于现实主义、爱国主义行列中的南宋三大家——范成大、杨万里、陆游，之所以都受到江西诗派很深的影响，其前后联系的枢纽也正在于此。这也就是清代大诗人王渔洋称山谷"实足配食子美（杜甫）"，另一诗论家翁方纲称山谷是"以逆笔为学杜，是真杜也"的道理所在，不可不察。

综上所述，可见山谷是由于具备了较深厚的思想基础，才能顺利地、有效地驾驭了他所提出的一系列诗歌创作主张，独辟一条崭新的蹊径。山谷自己也曾屡次谈到这一点。如："好作奇语，自是文章病，但当以理为主，理得而辞顺，文章自然出群拔萃。"（《答王观复书》）"诗文不可凿空强作，待境而生，便自工耳。"（《苕溪渔隐丛话》引）"文章虽末学，要须茂其根本，深其渊源，以身为度，以声为律，不加开凿之功，而自闳深矣。"（《与秦少章帖》）山谷在这里反复所说的"理"、"境"和"根本"、"渊源"等等，实皆即思想基础的意思。可惜有的论者注意到了这一点，有的论者则忽略了这一点。逮及江西诗派的末流，虽然打着山谷的旗号，却不免泥沙俱下，鱼龙混杂，没有能从山谷这些根本上下功夫，仅止是从表面上追求什么用僻典，炼生词，押险韵，制拗句，以至于专事模拟等等。这样，他们对山谷诗的精髓固然是毫无所得，反而导致为崇尚形式，脱离现实，终于沦而成为山谷的罪人。不过这些都是山谷身后的事情，既非出自山谷的本意，当然更不应该由山谷来负其责了。

过去一些论者在事实面前，无法否定陈与义和范、杨、陆这些大家所受到江西诗派的影响，但止归结为他们各自有所创新，又能摆脱山谷诗的缺点。殊不知这种影响主要来自山谷诗的思想内容方面，不过时至南宋，社会时代有了很大的变化，由于北方的金统治者的入侵，北宋沦亡，民族矛盾已上升居于当时主要矛盾的地位，这就赋予山谷诗中所反复表达的那种仁政爱民思想以新的时代的内容。因而，陈与义和南宋三大家诗作的主要思想内容中，不能不既具有爱国主义的方面，也具有同情人民疾苦的方面，而爱国抗敌的思想内容，在山谷诗中还不可能占突出的位置。

进一步言，即使是《宗派图》中的二十五人，也不能一概而论，要对具体作家和作品一一作出具体的分析，任何笼统地加以一概肯定或一概否定的作法都是不正确的。领头的陈师道，和列为三宗之一的陈与义，久为人所熟知，在此姑且可以不谈。他如徐俯的《春游湖》，洪炎的《山中闻杜鹃》，韩驹的《夜泊宁陵》，江端友的《牛酥行》，晁冲之的《与秦少章题汉江远帆》，和吕本中本人的《兵乱后杂诗》、《连州阳山归路》，以及吕本中的诗友、陆游的老师、专学山谷的江西人曾几的《苏秀道中，自七月二十五日夜大雨三日，秋苗以苏，喜而有作》等诗篇，都是一些内容健康积极、风格活泼清新的可诵之作。其中徐、洪二人又都是山谷的外甥。元遗山《论诗绝句三十首》论黄云："古雅难将子美亲，精纯全失义山真。论诗宁下涪翁拜，未作江西社里人。"又论陈师道云："池塘春草谢家春，万古千秋五字新。传语闭门陈正字，可怜无补费精神！"清人查初白在谈元的论黄诗时说："涪翁生拗锤炼，自成一家，值得下拜。"翁方纲在谈到论黄、论陈二诗时也说："论黄一首并非不满江西社，论陈一首亦并非斥陈后山，此皆力争上游之语，读者勿误会。"足见清人论诗自是能深入一层，可作为我们评析山谷和江西诗派时的借鉴。

攻击山谷和江西诗派最有力的人物是金的王若虚，他一则曰："戏论谁知是至公，蜻蜓信美恐生风。夺胎换骨何多样，都在先生（指苏轼）一笑中。"再则曰："文章自得方为贵，衣钵相传岂是真。已觉祖师低一著，纷纷法嗣复何人。"可以看出，王是一方面极力推崇苏轼，一方面全面贬斥山谷和江西诗派。推崇苏轼是可以的，对山谷和江西诗派不加分析地剥得体无完肤，却是没有什么充分的道理的。其实苏、黄当日的关系，有些和唐代的李、杜相似，尽管他们诗的风格并不相同，但彼此双方却都能终身相重，而丝毫没有任何相轻之意的。这种情况，久成为文学史上的美谈，王某真可谓多此一举了。我认为，山谷诗还是可以基本上归之于现实主义行列之中的，这就是我所得出的初步的，也是大胆的结论。至于江西诗派呢？仍然是我上面说过的那两句话，那就是：要对其中具体的作家和作品，一一分别作出具体的分析。

原载《文史哲》1981年第5期

西昆诗派述评

程千帆

一 所谓"太极图的文学史观"

周作人先生在《中国新文学之源流》一书中，说及了中国文学史上的一种现象：两种文学主潮——载道派与言志派——互为循环。随后有陈望道先生，站在物观文学论者的立场上，与周先生以一种诙谐的批评，谥之为"太极图的文学史观"。

在剖解文学一方面，也如在其他方面一样，我们承认科学的辩证法之价值。依照辩证法之说法，宇宙中是可以有许多矛盾同时并存；矛盾尖锐化，乃有革命发生，革命以后的事物，则发展到较高阶段，不复是以前种种。"一阴一阳谓之道，互为终始"，这种见解固然是可笑；可是我们也要明了社会现象并非化学现象。氢气自燃，氧气助燃，化合为水，反能灭火；社会现象却不是如此。它是遵守着历史的法则而进展的。所以，一方面，它虽然经过了革命而发展到较高阶段，其中也仍然有以前的一些遗留；另一方面，虽然其中也仍然有以前的一些遗留，就全体说来，它当然是与前有别，不完全一样。这种遗留与区别的形成，是决定于各个的环境。故文学，一个时代的虽然决不与别一个时代的相同，却不能必其无一些相似。风格的相似常常与人们以附丽的印象，所谓载道派与言志派的循环，说穿了不过如是而已。

所谓载道（略同为人生而艺术），所谓言志（略同为艺术而艺术），是比较的对待的而不是绝对的，二者并无严格的界限。章炳麟文学总略云：

> 不得以感人者为文辞，不感者为学说。……学说者，非一往不可感人。凡感于文言者，在其得我心。是故饮食移味，居处缊愉者，闻劳人之歌，心犹怛然。大愚不灵，无所愤悱者，睹妙论则以为恒言也。身有疾病，闻幼眇之音，则感慨随之矣。心有疑滞，睹辨析之论，则悦怿随之矣。

便很可以代表这种意见。但普通说来，在广义的文学范畴中，总有两种畛域。虽然它们是，如前面所说，比较的，对待的。列表如下：

形式	特点	动机	范围
文	词胜	言志	美术的
笔	理胜	载道	哲学的

这里应当提及的，所谓"文"、"笔"，乃是由内容所决定。有韵者谓之文，无韵者谓之笔，虽然在中国书籍上是斑斑可考，可是文学观念演化到今日，倒反觉得决定两者的标准，还是内容来得适当些。如六朝人的书札，我们也可以称之为"文"，而宋朝道学先生的许多诗，却无疑地只能算"笔"的。

西昆诗派之兴，由于杨、刘、钱诸人作诗共学李义山；西昆诗派之亡，由于苏、梅革命。这一次的革命，不彻底的说（太极图的文学史说），又是一次由文变到笔的运动；彻底的说（辨证法的文学史观），则是模仿中唐的诗派（宗昌黎）与模仿晚唐的诗派（宗义山）的斗争，而形成了所谓"宋诗"。其实，杨亿、刘筠、钱惟演之学李义山，和苏舜钦、梅尧臣、欧阳修之学韩昌黎，都差不多，不过得其皮毛而已。时代不同，环境各异，当时诗坛上一种新风格之发生乃是不可免的事实，他们虽然力步古人的后尘，也是无济于事的。

以上算个楔子，下面，我们先述西昆诗派之兴亡，然后评论它的得失。

二 西昆诗派之史的发展

唐诗到了晚唐，已可算是日暮途穷。诗人尽朝小路走，因为大路已经被人走完了。高棅《唐诗汇》云：

> 降而开成以后，则有杜牧之之豪纵，温飞卿之绮靡，李义山之隐僻，许用晦之偶对……此晚唐变态之极。

当时词已兴起。诗人如温庭筠、韦庄之流皆已作这种新文体的尝试了。五代词盛，诗皆近于词的风格；又朝代短促，故诗坛没有什么大的变化。

直至北宋初，西昆诸人才揭开了诗坛的幕布，演出热闹的情境。按刘贡父《中山诗话》云：

祥符天僖中，杨大年、钱文僖、晏文献、刘子仪以文章立朝，为诗皆宗尚李义山，号西昆体。

而杨亿《西昆酬唱集序》则云：

> 余景德中，忝佐修书之任，得接群公之游。时今紫微钱君希圣，秘阁刘君子仪，并负懿文，尤精雅道。……予得以游其墙藩而咨其模楷。二君成人之美，不我遐弃……更迭唱和，互相切劘。

可见他们为诗之宗尚义山，不过是偶然相逢，志同道合而已。其所以能使天下风靡者，则全由他们的名位关系。他们或是翰林学士，或是直史馆，全是身居清要，为国家"立言"的人，无怪从者如云了。

他们的代表作品便是一部《西昆酬唱集》，共收诗二四八首。其中除几首是绝句外，其余尽是律诗，且唱和之作为多。作者十七人。至"西昆"二字的来源，则见该集杨亿的叙："取玉山策府之名，命之曰《西昆酬唱集》云尔。"

西昆诗派当日的盛况，简直难以尽述；所以后来虽然反对西昆末流很烈的欧阳修，在其《答蔡君谟书》里都说道：

> 先朝杨刘风采，耸动天下，至今使人倾想。

此外，还有一个很可笑的故事，见于刘贡父《中山诗话》：

> （西昆）后进多窃义山语句。尝内晏，优人有为义山者，衣服败裂，告人曰：吾为诸馆职扯持至此。闻者大噱。

"后进多窃义山语句"，驯至优人皆知，形之于滑稽戏中，可见当时之"耸动天下"了。

间接地，我们又可以从目录的记载中推得那时的盛况。历代史书目录著录义山的作品，各不相同，今择要列下：

《旧唐书·本传》：商隐有《表状集》四十卷。

《新唐书·艺文志》：李商隐：《樊南甲集》二十卷，《乙集》二十卷，《玉溪生诗》三卷，又赋一卷，文一卷。

《宋史·艺丈志》：李商隐：赋一卷，又杂文一卷，文集八卷，又《四六甲乙集》四十卷，《别集》二十卷，《诗集》三卷，《蜀尔雅》三卷，《杂纂》一卷，《杂藁》一卷，《金钥》二卷，《桂管集》二十卷，《使范》一卷，《家范》十卷。

明《文渊阁书目》：《李义山文集》一部，十册。《李商隐诗集》一部，四册。

清《四库全书总目提要》：《李义山诗集》三卷（内府藏本）。《李义山诗注》三卷，附录一卷（通行本）。《李义山文集笺注》十卷（通行本）。

根据上列，义山的述作真可称洋洋大观了。值得我们注意的是：《新唐书·艺文志》载他的作品不过五种，计四十五卷；而《宋史·艺文志》所载，则大大地增加，计十四种，都一百十一卷。其中内容有重复之处（如《杂纂》与《杂藁》是否本为一事，《使范》是否为《家范》中之一部分，都属可疑。可惜这些书现在多已亡失，无从断定了），但数量之增加则无可疑。为什么义山的遗书至宋代忽然发现了这许多呢？案清人冯浩在《樊南文集笺注·发凡》上已提起这个疑问，可是他没有解释。据我的观察，这全是西昆派在宋初宗奉义山的影响。这事实可以反映西昆派在当时的盛况。崇拜模仿研究义山的诗，遂旁搜他其他的著作，以便窥见其全部艺术与学问，这种假设是相当的合理的。且西昆诸人在当时政治舞台上都是很有地位，搜求遗书也不用费多大的力。这儿更有一个反证，宋以后诗人宗义山者日少，除其诗文因占晚唐重要地位，未全为人所弃外，其他作品无人注意，遂至逐渐散佚。到了清朝，据《四库提要》所云，则其文集也已全部散佚。后幸有朱鹤龄、徐炯、徐树谷、冯浩诸家努力搜集，考订真伪，才成为今日的《樊南文集》。由此，我们可以推知西昆盛衰与义山作品存佚之关系，这不是很显明的事实吗？

自从孔子删定《六经》，《诗三百篇》也就成为儒家经典之一。《礼记·经解篇》云：

> 孔子曰：入其国，其教可知也。其为人也，温柔敦厚，诗教也……

自从有了所谓"诗教"，凡文学作品都有被拉去"载道"的资格。《史记》一百十七《司马相如列传》：

> 太史公曰：……相如虽多虚辞滥说，然其要归，引之节俭，此与诗之风

谏何异？

《文选》十杨修《答临淄侯笺》：

> 今之赋颂，古《诗》之流；不更孔公，《风》、《雅》无别耳。

都是这种硬认本家的办法。至于四言诗，汉赋，五言诗，其源流区别如何，他们是不问的。西昆派那种作风，在服膺"诗教"的人们看来，当然有点叛教离道，何况当时且又这么盛行。

石介是一位《儒林传》中人物（《宋史》四三二有传）。其本传称：

> 介为文有气；尝患文章之弊，佛老为蠹；著《怪说》，《中国论》；言去此二者，乃可以有为。

看了这段介绍，我们可以知道他是韩昌黎的一脉相传的信徒。他的《怪说》就是专为攻击杨亿而作的。他给杨亿的罪名是：

> 穷研极态，缀风月，弄花草，淫巧侈丽，浮华篆组，刓镂圣人之经，破碎圣人之言，离折圣人之意，蠹伤圣人之道。

这些罪名，自今日看来，或许竟是毁之适以誉之的。《怪说》为了表示反对当时的声偶文学，辞句诘屈得很可以，同杨亿《西昆酬唱集序》中"入兰游雾，虽获益以居多，观海学山，叹知量而中止"这一类铿锵工整的句子对照起来，很可以看出石介"矫枉过正"的地方。

石介的《怪说》对于西昆派是一种不彻底的破坏工作，近于泼妇骂街之类，可以不发生什么效力。苏舜钦、梅尧臣在当时努力创作反西昆风格的诗篇才是最厉害的办法。

关于苏、梅的诗，应为专篇论列，此不详述。且说一说集反西昆之大成的欧阳修。考《宋史》三一九修传云：

> 宋兴且百年，而文章体裁，犹仍五季余留：锼刻骈偶，淟涊弗振。士因陋守旧，论卑气弱。苏舜元、舜钦、柳开、穆修辈咸有意作而张之，而力不足。

按右引所论，乃古文；诗一方面，亦复如此。所谓"力不足"，不过是官卑职小的意思。欧阳修自己的"诗古文辞"不见得就如苏、梅，不过史称他"奖引后进，如恐不及，赏识之下，率为闻人"（见本传）。所以他就俨然为一代宗师了。

反西昆，尊韩，欧阳修同石介一样，也是站在儒家文以载道的立场上的。苏轼《六一居士集序》可证：

> 自汉以来，道术不出于孔氏，而乱天下者，多矣。晋以老庄亡，梁以佛亡，莫或正之。五百余年而后得韩愈。学者以愈配孟子，盖庶几焉。愈之后三百余年而后得欧阳子，其学推韩愈、孟子以达于孔氏。

欧阳修与石介的不同，则是欧阳的攻击只限于对西昆末流使用，对于西昆首领，他是保存相当的尊敬的。前引《答蔡君谟书》可证。又其《六一诗话》云：

> 杨大年与钱、刘诸公唱和，自《西昆集》出，时人争效之，诗体一变。而先生老辈患其多用故事，至于语僻难晓。殊不知自是学者之弊。如子仪《新蝉》云：风来玉宇乌先转，露下金茎鹤未知。虽用故事，何害其为佳句也！

又如梅尧臣，是一个反西昆的健将，前面已经提及；然观《宋史》四四三其本传云：

> （尧臣）为河南主簿，钱惟演留守西京，特嗟赏之，为忘年交，引与酬唱，一府尽倾。

钱惟演即西昆派中江东三虎之一（余两虎为杨亿、刘筠），梅尧臣却与之为忘年交，与之酬唱，也可见于西昆首领无菲薄之心了。至如西昆末流之弊，前引"扯捽"故事，是说得很清楚的。

石介的大张挞伐，苏、梅、欧阳的步步为营，使西昆派的壁垒日益摧毁。而代替西昆派闭幕宣言的，是真宗的一道诏书。皇帝因为《西昆酬唱集》中曾提及"取酒临印"故事，不大高兴，乃下诏禁止文体浮艳。自此以后，西昆派便只有消声匿迹了。诏书见《宋史》七《真宗纪》，录如下：

大中祥符二年正月……诏：读非圣之书，及属辞浮靡者，皆严谴之。已镂板文集，命转运司择官看，详可者录奏。

三 从李义山到江东三虎

李义山的诗原是晚唐的一种"变态之极"。其本身的弱点，我们姑不具论。但西昆派除了在技巧方面以外，却更是与义山在任何方面都不相同。我们将两者比较一下，就可以明了何以义山尚有他的一点成功，而西昆派却无从延长生命到多久。（纵使无苏、梅之革命，恐亦是如此的。）——这是它本身无可解免的弱点。文学与时代环境关系的密切，我们随时随地都找得着例证。

持西昆与义山较，至少可以发现下列不同之点。这些，容或是义山诗的长处，而西昆诸人却没有的。

首先得说到的是他们的诗产生的社会背景是不同。唐末政治混乱，社会黑暗，人心烦闷，因而生活趋向于声色享乐方面，产生了义山他们这一派华藻浮艳的诗。这是世纪末知识分子浮动不安，乃有种种颓废病态的表现。反观西昆诸人所处的时代，却正是一个新朝的开始。群众当久乱之后，所需要的是安稳与和平；统治者也需要政治与思想的统一。这种时光，文学当然是粉饰太平的工具，卫道的工具。故就当时情势而论，这种世纪末的唯美的诗歌实无立足之可能；能够风靡一时，恐还属这班达官贵人的政治力量。——"上有好者，下必有甚焉"。然而结果也政治地由皇帝一道诏书而宣告寿终正寝了。

次则是他们的个人环境也不同。义山身丁乱离，贫贱羁旅，身世之感，自是极重。故他的诗虽然穿了使人眩目的外衣，内质也并不缺乏使人同感的情绪。因此就形成了他作品的完美。但西昆诸人皆身处太平之世，居"清要"之位，丰衣足食。故他们在外表上虽竭力描摹义山，而内中的情绪却是一种不过假造人为的东西，自然是差得多了。范元实《诗眼》云：

义山诗，世但称其巧丽与温庭筠齐名。盖俗学只见其皮肤，其高情远意，皆不识也。

所谓"高情远意"，即指丰富的乱世生涯中所磨练出来的真实情绪而言。西昆派中人无疑地是缺乏了这种可宝贵的内质的。

　　再次则要提到文字趋势之不同。义山这种作风，实始于李贺，而义山完成。这原是一种文体已经成熟后的"变态之极"，也是一种创造。但西昆诸人却是模仿的，纯粹的模仿。在文学史上，我们找不出一条模仿作品能胜过原来作品的例子；那末，西昆诸人不及义山也就无可怪了。苏、梅、欧诸人标榜复古尊韩，实际上却已透出所谓"宋诗"那种"笔"式诗特殊风格的端倪，这却是一种创造。以创造的来和模仿的竞争，苏、梅、欧是得胜了。

　　又其次则是义山与西昆派在文学观点上，亦复不同。义山诗，爱堆砌故实，但却不是完全只知堆砌故实。这是我们所应当知道的。否则，我们决无从看出他诗的许多好处。关于这一点，他自己也有过自白。其《漫成五章》之一云：

　　　沈、宋裁成矜变律，王、杨落笔得良朋。当时自谓宗师妙，今日观惟属对能。

这个"惟"字是下得很有分寸的。这不啻说他虽然也很欢喜沈、宋、王、杨那种精丽偶对的作风，却不以为只应该有那一种，他还要有些别的如"清新"之类，故其《漫成三首》之第一首云：

　　　沈约怜何逊，延年毁谢庄。清新俱有得，名誉底相伤？

特标"清新"二字。我们要知道，沈、何、颜、谢都是六朝诗人，沈约和谢庄的声律论，尤为后世称道。他们的作品，并不是以"清新"著称的哩！

　　再看，西昆派中人呢？不仅是内容缺乏真挚的情绪，即外形方面也取经太狭，只知堆砌故实，工对字面，不知其他。故刘后村《诗话》云：

　　　《西昆酬唱集》对偶字面虽工，而佳句可录者殊少。

魏泰《临汉隐居诗话》云：

　　　杨亿、刘筠作诗，务积故实，而语意轻浅，识者病之。

至于蔡宽夫的话，则说得更是清楚，其《西清诗话》云：

　　　义山诗合处信有过人，若其用事深僻，语工而意不及，自是其短。世人反以为奇而效之。故昆体之弊，适重其失。义山本不至是也。

　　述义山与西昆异如右。平心而论，西昆技巧，是有相当的成功，而缺点则在不明文学与时世的关系，故"事倍而功半"。苏、梅辈却张大了昌黎的风格，以为文之法为诗，开出中国诗的一个新境界，其意义是要较西昆为大的。

　　今举义山与西昆首领江东三虎所写之同题目同形式之《南朝》诗如下，以见他们步趋的状态，作为这小小研究的结束：

玄武湖中玉漏催，鸡鸣埭口绣襦回。虽言琼树朝朝见，不及金莲步步来。
敌国军营漂木柹，前朝神庙锁烟煤。满宫学士皆颜色，江令当年只费才！

——李义山

五鼓端门漏滴稀，夜签声断翠华飞。繁星晓埭闻鸡度，细雨春场射雉归。
步试金莲波溅袜，歌翻玉树涕沾衣。龙盘王气终三百，犹得澄澜对敞扉。

——杨亿

结绮临春映夕霏，景阳钟动曙星稀。潘妃宝钏光如昼，江令花笺落似飞。
舴艋临波朱火度，舳舻拂汉紫烟微。自从饮马秦淮水，蜀柳无因对殿帏。

——钱惟演

华林酒满劝长星，青漆楼高未称情。麝壁灯回偏照画，雀航波涨欲浮城。
钟声但恐严妆晚，衣带那知敌国轻？千古风流佳丽地，尽供哀思与兰成！

——刘筠

原载《文艺月刊》7 卷 6 期，1935 年

陆游及其创作

程千帆

一

南宋时代最杰出的诗人陆游及其创作，和当时最杰出的词人辛弃疾及其创作一样，是从中国人民爱国主义的肥沃土壤中生长出来，而又反过来以其业绩使得这一广大的精神生活的土壤变得更加肥沃了的。活了八十六岁的陆游，生于靖康事变的前两年，而死于蒙古势力已经在北方代女贞而兴起的时代。他亲身经历了南宋帝国整个的前半期，并且在其诗歌中如实地反映了这样一个长久的时代。他，是这个时代的见证人。

陆游（1125—1210），字务观，五十二岁起，又别号放翁，越州山阴（今浙江省绍兴县）人。他的祖父陆佃是王安石的学生，新政的赞助者；父亲陆宰，是当时著名的藏书家。当宋高宗绍兴初年，陆游还是一个孩子，但他已经从自己的父亲和父亲的朋友那里接受了爱国主义教育。这些长辈"言及靖康北狩，无不流涕哀痛"①，给了少年陆游以深刻的印象。同时，在这个有教养的家庭中成长起来，他又从小就表现了对于文学的酷爱。据诗人晚年的回忆，在十三四岁的时候，他"偶见藤床上有渊明诗，因取读之，欣然会心。日且暮，家人呼食。读诗方乐，至夜，卒不就食。"②这对于他后来成为一个伟大的爱国诗人，都起了良好的作用。

在三十岁以前，陆游还遭遇过一些令人不愉快的事情。他娶的妻子唐氏，和他母亲本是姑侄。小夫妻俩感情极好，而翁姑却不喜欢这个媳妇。陆游终于被迫离婚。唐氏也另行改嫁。这一不幸事件，在其后漫长的岁月里，一直折磨着诗人的心灵。此外，陆游在政治上，也遭到了奸相秦桧的打击。1153年，浙江举行考试，秦桧希望试官陈阜卿将第一名给与他的孙子秦埙。但这位爱才的试官却将陆游擢置第一，秦桧大怒。到了第二年，陆游到临安赴礼部试的时候，就被黜落了。一直到三十八岁，才被朝廷赐进士出身。诗人在晚年回想到这些事，都还很感慨。

1158年以后，陆游开始出任一些小官，有时在外地，有时在临安。这时，宋、金对峙虽然久成定局，但女贞贵族仍然不时南侵。它证明了和议之决不可恃。但南宋小朝廷却反而在1164年撤除两淮边备，向金人献媚，希望苟安。也就在这一年，陆游竟被一些毫无心肝的官僚弹劾，说他不该力劝爱国将领张浚对金用兵，而朝廷也就将他通判隆兴军府事的官职免去了。当然，这是不能也没有改变诗人对于时局的看法的。

1170年，陆游奉命担任通判夔州军州事。入蜀的壮游，对于这位已经成熟的诗人来说，是很合适的。他溯江西上，饱看了祖国长江沿岸雄丽的山川，并凭吊了屈原、杜甫的遗迹。入川以后，又因工作的调动，到过四川境内的许多名城如成都、嘉州、蜀州、汉州等。1172年，诗人并参加了宣抚四川的枢密使王炎的幕府，过了一段短时期的军事生活。王炎所宣抚的这一支部队，是南宋初年的名将张浚及其部下吴玠、吴璘所训练出来的，以忠勇善战著名，深为金人所畏惧。陆游在那里虽然住得不久，但从其作品中看来，这一段生活是充实了他的心灵和艺术的。四川的风物吸引着诗人，不仅使他在居川六年中写出了许多好诗，而且还使他将整部诗集定名"剑南诗稿"，用作纪念。

1178年，陆游出川东归。这时，他已经五十四岁了。在其后十多年当中，他仍然在福建、江西、浙江和临安等地，担任着一些不能抒展自己抱负的官职。六十六岁以后，才退居故乡，过着贫困而宁静的生活，但他对于祖国和人民的命运却至死不能忘怀。所以当韩侂胄请求他作"南园记"时，他明明知道韩侂胄是一个颇不理于众口的人，但又因为他是主张北伐中原的，还是毅然答应了，后来竟然因此得罪。在他逝世前一年写的一篇题跋里，他还写道："绍兴初，某甫成童，亲见当时士大夫相与言及国事，或裂眦嚼齿，或流涕痛哭。人人自期以杀身翊戴王室。虽丑虏方张，视之蔑如也。卒能使虏消沮退缩，自遣行人请盟。会秦丞相桧用事，掠以为功，变恢复为和戎，非复诸公初意矣。志士仁人抱愤入地者，可胜数哉！今观传给事与吕尚书遗帖，死者可作，吾谁与归！" ③

人民和一切爱国者力图反抗侵略，恢复中原，而无耻的投降派则"变恢复为和戎"，扼杀了爱国者神圣的意愿，终于使得不仅中原的恢复成为不可能，就是江南偏安的局面也难以保持，这就是陆游所生活着的时代的基本局势。陆游的诗歌正是充分地反映了这种局势的。同时，他还是以其诗歌作为武器，始终如一地为扭转和改变这一种局势而斗争，一直到死的。在《示儿》一诗中，诗人写道："死去原知万事空，但悲不见九州同！王师北定中原日，家祭无忘告乃翁。"这正是陆游的,也是当时中国人民的庄严的誓言。诗人洋溢着爱国主义的深厚感情的创作,在其后中国人民的反侵略斗争中,发挥着巨大的战斗作用。

二

陆游是一个豪放不羁,富于热情的人。他这种性格和当时的统治阶级的政治风尚是互相抵触的。因而虽然生活在一个大时代,又享有老寿的年龄,他的行迹却显得平常。只是在他的创作里,他的受到抑压的性格,才通过不同的反映,而得到完整的表现。

经历了一个漫长的创作道路,篇章异常丰富的陆游,其作品风格前后是有所不同的。大体上说,他早年的诗,显示了一个青年作者的才华,也显示了一般青年作者所容易产生的片面地追求技巧的偏向。三十岁以后,陆游认识了当时著名的前辈江西派诗人曾几,无论在思想上、艺术上,都受到了不少的启发。他每次见着曾几,"必闻忧国之言"④,同时,在诗风上,他也开始注意绚烂以外的平淡,藻绘以外的宏大。但陆游的浪漫性格与早年的修养,却使他只能为江西派的清新而不能为其瘦硬,只能为江西派的平淡而不能为其生涩。他终于以清新宏丽的语言、悲壮磊落的情调,发为感激豪迈的声音,而和一些江西派作者区别开来,自成一家。正如他自己所说的:"我初学诗日,但欲工藻绘。中年始稍悟,渐欲窥宏大。"⑤入蜀以后的壮游和短期的军中生活,则更助长了诗人在这一方面的发展。在其著名的作品《九月一日夜读诗稿有感,走笔作歌》中,诗人写道:

> 我昔学诗未有得,残余未免从人乞。力屏气馁心自知,妄取虚名有惭色。
> 四十从戎驻南郑,酣宴军中夜连日。打毬筑场一千步,阅马列厩三万匹。
> 华灯纵博声满楼,宝钗艳舞光照席。琵琶弦急冰雹乱,羯鼓手匀风雨疾。
> 诗家三昧忽见前,屈贾在眼元历历。天机云锦用在我,剪裁妙处非刀尺。
> 世间才杰固不乏,秋毫未合天地隔。放翁老死何足论,"广陵散"绝还堪惜!

从诗人这种对于自己所达到的艺术意境的精确描绘中,我们可以窥见他中期作品成就的一斑。陆游从四十六岁入蜀以后到六十六岁左右的诗,是大致可以归入这一时期的；而三十岁到四十六岁左右，则是他和江西派由离而合，再由合而离的一个时期。

陆游六十六以后的作品，虽然仍在一定程度上保持着其中期的豪壮风格，但退居生活的各方面，却成了他最习见的诗题，因此风格更趋于闲适淡泊。对于陆游来说，这正是"志士仁人，抱恨入地"的悲愤的另外一种表现方式。清人郑燮论及陆游诗多题少的缘故，认为这是由于"南宋时君父幽囚，栖身杭越，其辱与危亦至矣。讲理学者，推极于毫厘分寸，而卒无救时济变之才。在朝诸大臣，皆流连诗酒，沉溺湖山，不顾国家大计。是尚得为有人乎？是尚可辱吾诗歌而劳吾赠答乎？直以'山居'、'村居'、'夏日'、'秋日'了却诗债而已。"⑥这是一个有见解的论点，而它用之于说明陆游最后二十年的创作，是更其适合的。

陆游是中国文学史上有数的著述宏富的大作家之一。平生所写的诗，有一万多篇，现存的还有九千多篇。此外，还写了《南唐书》、《入蜀记》等有价值的著作和为数不多的可是相当优秀的词。《唐宋诗醇》曾经概括地评论这位诗人的思想和艺术说："观游之生平，有与杜甫类者。少历兵间，晚栖农亩，中间游沉在外，在蜀之日颇多。其感激悲愤、忠君爱国之诚，一寓于诗。酒酣耳热，跌荡淋漓，至于渔舟樵径，茶碗炉熏，或雨或晴，一草一木，莫不著咏歌以寄其意。此与杜甫之诗，何以异哉？诗至万首，瑕瑜互见，譬之深山大泽，包含者多，不暇剪除荡涤。若捐疵类，存英华，略纤巧可喜之词，而发其闳深微妙之指，实可与李、杜、韩、白诸家异曲同工，追配东坡而无愧者也。"这些意见，我们认为大体上是中肯的。

三

作为一个伟大的诗人，陆游对于当时时代的要求和人民的愿望，是有着深切的理解的。那是一个广大人民爱国精神高涨的时代。兴复祖国，驱除敌寇，成为人民最普遍的和最迫切的愿望。这种愿望，也正是陆游最重大的主题和题材。在诗人六十多年的创作生活中，对于祖国命运的无限关怀，像一道不竭的流泉，从头到尾贯注在他的诗篇里。尽管从数量上来说，这类作品不是最多的；但从质量上来说，它们却是最高的。爱国主义给与了陆游以强大的力量，使之成为一个永垂不朽的伟大作家。

陆游是从不同的角度来迫近这一重大主题的。首先，他对反侵略的正义战争作了正面的歌颂。在南渡初年的宋、金战争中，宋军曾打过几次大胜仗，如韩世忠黄天荡之捷、吴玠兄弟和尚原及仙人关之捷，对南宋政权都起了积极的巩固作用。这时，诗人还在儿童时代，没有能将这些振奋人心的事绩收入诗篇。可是，当1140年（绍兴十年），岳飞在河南大破金兵，收复了西京（洛阳）等重镇，形成北伐胜利的空前有利形势的时候，陆游已经十六岁了，他立刻就写出了如下的一个名篇：

> 白发将军亦壮哉！西京昨夜捷书来。胡儿敢作千年计？天意宁知一日回。
> 列圣仁恩深雨露，中兴赦令疾风霜。悬知寒食朝陵使，驿路梨花处处开。
> ——《闻武均州报已复西京》

不可遏止的欢欣鼓舞使得这一篇作品具有非常愉快的情调。特别值得注意的是：诗篇不只是歌颂了目前的胜利，而且透露了诗人对今后取得更大胜利的信心。这使得诗篇在现实的描写中渗和着浪漫的色彩。这正是陆游爱国诗篇的特征之一，而它是在早期的作品中就出现了的。

不幸的是，在其后的年代里，值得诗人正面歌颂的胜利却并不很多。因此，往往只是一点传闻，也能够引起他的激动。如在六十岁的时候，他曾有"闻虏酋遁归漠北"诗。在六十一岁所写的《秋夜泊舟亭山下》诗中，则有"羽檄未闻传塞外，金椎先报击衙头"的句子，并自注道："闻虏酋行帐为壮士所攻，几不免。虏语谓酋所在为衙头。"而其实，这些消息都是道路传闻之误。尽管这类的作品是较少的，但渴望胜利，渴望自己有机会歌颂胜利，却正是陆游创作的主要动力。

像神话中被巨灵的手掌劈开的两座山永远强烈地要求着复合在一起一样，在南宋种族政权下生活的人民和在女真侵略者统治下的人民都为祖国的胜利和统一而不懈怠地斗争着。但在异族压迫下过着水深火热的生活的沦陷区人民，实际上却是更其痛苦的。他们迫切地希望回到祖国的怀抱，可是老是得不着事实上的答复。他们对祖国是那么忠诚，然而腐朽的赵氏皇朝却对他们那么冷漠。陆游于是不得不宣泄他们的心声，并且尽情地颂扬着他们对于祖国的深厚无比的情感。

> 公卿有党排宗泽，帷幄无人用岳飞。遗老不应知此恨，亦逢汉节解沾衣。
> ——"夜读范致能'揽辔录'，言中原父老见使者多挥涕。感其事，作绝句"

> 三万里河东入海，五千仞岳上摩天。遗民泪尽胡尘里，南望王师又一年。
> ——"秋夜将晓，出篱门迎凉，有感"
> 忆昨王师戍陇回，遗民日夜望行台。不论夹道壶浆满，洛筍河魴次第来。⑦
> 关辅遗民意可伤，蜡封三寸绢书黄。亦知虏法如秦酷，列圣深恩不忍忘。⑧
> ——《追忆征西幕中旧事》

这些小诗非常真实地写出了沦陷区普通人民的感情。壮丽雄竣的祖国河山，本来就随时随地能够激发人们的爱国情怀，使人对之发生无条件的向往，何况还看到祖国派来的使节呢？然而，这些忠于祖国的生活在敌人铁蹄下的遗民，却还不知道那个偏安的小朝廷是如何地倒行逆施，残害忠良，谄事敌寇，"竭民膏血而不恤，忘国大雠而不报"⑨，如果知道了，更不知道会陷于怎样的痛苦了。陆游在前两篇诗中所写的，是遗民的感情，更是自己的感情。因为他是生活在小朝廷所在的南中国，对于这些可悲的事实，是比北中国的遗民知道得更多，因而也就更加伤痛的。

后两篇绝句则写出了另外一个历史事实，即许多中国人民虽然被迫屈身异族，可是对自己的祖国却永远念念不忘。他们非常希望王师的到来，甚至冒着生命的危险，不断地提供敌方的军事情报，但赵宋皇朝却同样地辜负了他们。当诗人晚年想到这些情况的时候，不只是慨叹，而且是愤怒的。所以在这一组诗的第一篇中，他就说："大散关头北望秦，自期谈笑扫胡尘，收身死向农桑社，何止明明两世人！"

有忠勇善战的将士，有成千上万心甘情愿为祖国献出生命的爱国者，为什么还不能打退敌人的侵略，使破碎的河山重归一统呢？陆游不能不指出：统治阶级应该负责。他不能不严厉地谴责他们。

> 和戎诏下十五年，将军不战空临边。朱门沉沉按歌舞，厩马肥死弓断弦。
> 戍楼刁斗催落月，三十从军今白发。笛里谁知壮士心，沙头空照征人骨。
> 中原干戈古亦闻，岂有逆胡传子孙。遗民忍死望恢复，几处今宵垂泪痕。
> ——《关山月》
> 客从城中来，相视惨不悦。引杯抚长剑，慨叹胡未灭。我亦为悲愤，
> 共论到明发。向来酣斗时，人情愿少歇；及今数十秋，复谓须岁月。
> 诸将尔何心，安坐望旄节？
>
> ——《客从城中来》

诸公可叹善谋身，误国当时岂一秦？不望夷吾出江左，新亭对泣亦无人。

——《追感往事》

《关山月》，托为老军人的自白，揭露了那些放弃了保卫祖国的神圣责任而沉溺于狗马声色之好的将军们。和这些无赖们对照着，陆游在诗篇中也写出了普通战士恢复中原的壮心和中原人民对于恢复的殷切期待。《客从城中来》是可以和前一篇互相补充的。由"和戎诏下十五年"到"及今数十秋"，对于任何一个爱国者来说，不能不是一个难堪的漫长过程。对于那些拥兵自重，只图自己升官发财的将帅们，陆游是再也无法忍住他尖利的讽刺了。《追感往事》指出的是：秦桧虽然在其死后遭受到了批判，然而实际上，只知道全驱保妻子的误国大臣何只秦桧一人？同时，诗人也想到：东晋之初还有为祖国的被侵略而流放的周颛等人，更有不屑于流泪而一心一意要"戮力王室，克复神州"⑩的江左夷吾王导，可是，现在连流泪的人都找不着了，难道不更可悲吗？事实上，南宋政权稳定之后，贵族官僚们都在南方置了良田美宅，买了舞女歌儿，同样地过着奢侈荒淫的生活，早把恢复中原的大计，置之脑后了。这些愤怒的控诉和深沉的叹息，正是现实局势的真实写照。

陆游的恢复中原的雄心大志，他对于人民愿望和现实政治局势之间的矛盾的深刻体会，都使得他不能不产生一种悲愤的感情。随着年龄的日益增长而发生的英雄迟暮之感，也掺和在这一种悲愤里。它是强烈的，同时又是低沉的。以这种感情为原料，陆游给自己塑造了一个寂寞的可是又不甘寂寞的英雄形象。

蜀栈秦关岁月道，今年乘兴却东游。全家稳下黄牛峡，半醉来寻白鹭洲。
黯黯江云瓜步雨，萧萧木叶石城秋。孤臣老抱忧时意，欲请迁都泪已流。

——《登赏心亭》

夷甫诸人骨作尘，至今黄屋尚东巡。度兵大岘非无策，收泣新亭要有人。
薄酿不浇胸垒块，壮图空负胆轮囷。危楼插斗山衔月，徙倚长歌一怆神！

——《夜登千峰榭》

早岁那知世事艰，中原北望气如山。楼船夜雪瓜洲渡，铁马秋风大散关。
塞上长城空自许，镜中衰鬓已先斑。出师一表真名世，千载谁堪伯仲间？

——《书愤》

买醉村场半夜归，西山落月照柴扉。刘琨死后无奇士，独听荒鸡泪满衣。

——《夜归偶怀故人独孤景略》

在这些作品中，我们分明地看出了他对恢复事业的由追求而幻灭的过程。早年的陆游，也和南渡初年的许多作家一样，对反侵略斗争的胜利，是满怀着信心，抱着无限的希望的，但事实的教训却不能不使他感到哀伤。他所经历的，乃是一个由激昂而消沉的时代。他几十年的生命就暗暗地消磨在投闲置散的命运当中。他十分企羡诸葛亮、祖逖、刘琨、王导、刘裕、檀道济这些能有机会为祖国效命的古人，他对历史上王业偏安的局面感到由衷的不满足。然而诗人的遭遇却还不如那些古人，他改变当时偏安局面的崇高愿望，也始终没有可能实现，结果就只有闻鸡落泪，对月长歌。在这些诗篇里，陆游不仅刻画了自己沉痛心情，并且透过这种心情，也将当时社会政治情况很典型地反映了。

在诗人为祖国而歌唱的诗篇中，这一类抒写自己悲愤的作品，占了很大的比重。它们多半是陆游入蜀以后的作品。值得注意的是：这种作品是悲愤的、感慨的，却不是消沉的、颓唐的。存在于陆游创作中的强大的爱国精神使得他与悲观主义绝了缘，因此，即使是他在极其难堪的心情之下写出的作品，也依旧能够鼓舞我们前进。

陆游的一部分诗篇是具有强烈的浪漫色彩的。诗人对现实的深刻不满迫使他驰聘着美丽的想象来满足自己的也同时是人民的合理愿望。这是他歌颂祖国的胜利，迫切地要求祖国早日得到胜利的一种特殊表现形式。

> 人生不作安期生，醉入东海骑长鲸；犹当出作李西平，手枭逆贼清旧京。
> 金印煌煌未入手，白发种种来无情。成都古寺卧秋晚，落日偏傍僧窗明。
> 岂其马上破贼手，哦诗长作寒螀鸣？兴来买尽市桥酒，大车磊落堆长瓶。
> 哀丝豪竹助剧饮，如钜野受黄河倾。平时一滴不入口，意气顿使千人惊。
> 国雠未报壮士老，匣中宝剑空有声。何当凯旋宴将士，三更雪压飞狐城。
>
> ——《长歌行》
>
> 天宝胡兵陷两京，北庭安西无汉营。五百年间置不问，圣主下诏初亲征。
> 熊罴百万从銮驾，故地不劳传檄下。筑城绝塞进新图，排仗行宫宣大赦。
> 冈峦极目汉山川，文书初用淳熙年。驾前六军错锦绣，秋风鼓角声满天。
> 苜蓿峰前尽亭障，平安火在交河上。凉州女儿满高楼，梳头已学京都样。
>
> ——"五月十一日，夜且半，梦从大驾亲征，尽复汉唐故地，见城邑人物繁丽，云：西凉府也。喜甚，马上作长句，未终篇而觉，乃足成之。"

《长歌行》曾被清代批评家方东树推为陆诗的压卷之作。它体现着陆游的牢骚和希望，也体现着他抑郁难堪的环境和豪迈无前的精神。诗篇中所显示的矛盾是尖锐的，而转折变幻的布局，和一气贯注的节奏，又使得这个矛盾非常成功地展开了。

陆游有不少的写梦的诗。作为对于现实的不满足的一种补偿，他是常常梦到自己的投笔从戎，梦到祖国北伐中原的胜利的。凉州的收复，正是诗人的美梦之一。这篇诗写得如火如荼，而结局两句，又出人意外地给人以温柔绮丽的感觉。它显示了诗人的才能，同时，更重要地，它还显示了诗人对于祖国胜利对人民生活的影响无所不在这一重要事实的深刻认识。

这些带有浪漫色彩的诗篇，从某一方面来说，也是诗人的寂寞心情的反映。自然，在事实上，陆游并不是一个孤独者，和他的思想感情一致的，还有千千万万的人民。但在当时的士大夫中间，随着时局的发展，他的确是愈来愈寂寞了。在这种时候，他不能不"尚友古人"。古代的一些爱国者，就很自然地成了他追怀的对象。如前面所已指出的，古代的许多忠臣义士，曾经反复出现在他的诗作中，而下列这几篇小诗，则是他对另一些爱国者直接的歌颂和吊念。

> 豪杰何心后世名，材高遇事即峥嵘。巴东诗句澶州策，信手拈来尽可惊。
> ——《秋风亭拜寇莱公遗像》
> 中原草草失承平，戎火胡尘到两京。扈跸老臣身万里，天寒来此听江声。
> ——《龙兴寺吊少陵先生寓居》
> 江上荒城猿鸟悲，隔江便是屈原祠。一千五百年前事，只有滩声似旧时。
> ——《楚城》

在这些诗篇里，陆游怀念着寇准、杜甫和屈原。他赞美寇准力请宋真宗亲临前线，以激励士气，后来果然大胜契丹的澶州决策；他同情流亡西蜀，对朝廷不胜眷恋的杜甫；他也为有志未伸，以致祖国终于覆灭的屈原发出沉重的叹息。分明可以看出，陆游的吊古，也就是伤今；在他对三位古人的歌咏中，陆游同时向读者显示了自己的精神状态。

陆游在晚年自订词集时，曾说："予少时汩于世俗，颇有所作，晚而悔之，然渔歌菱唱，犹不能止。"①可见他是不曾专力于词的。因此，无论在数量或质量上，陆游的词都不能和其诗相比。但值得注意的是，他对祖国的忠诚，对敌人的憎恨，他的悲愤，他的愿望，也都同样地表现在其词里。这样，就使得它们中间的一部分具有激昂慷慨的风格，很接近辛弃疾。这也就是说，在以词这一文学样式来鼓吹爱国主义这一点上，陆游和辛弃疾是共同的。在论述到陆游创作中最重要的主题时，他的词也值得我们重视。

> 雪晓清笳乱起，梦游处，不知何地？铁骑无声望似水，想关河，雁门西，青海际。　睡觉寒灯里，漏声断，月斜窗纸。自许封侯在万里。有谁知：鬓虽残，心未死？
>
> ——《夜游宫》（"记梦，寄师伯浑"）
>
> 壮岁从戎，曾是气吞残虏。阵云高，狼烟夜举。朱颜青鬓，拥雕戈西戍。笑儒冠自来多误。　功名梦断，却泛扁舟吴楚。漫悲歌，伤怀吊古。烟波无际，望秦关何处？叹流年又成虚度！
>
> ——《谢池春》
>
> 家住苍烟落照间，丝毫尘事不相关。斟残玉瀣行穿竹，卷罢黄庭卧看山。贪啸傲，任衰残，不妨随处一开颜。原知造物心肠别，老却英雄似等闲！
>
> ——《鹧鸪天》

《夜游宫》写的是诗人对自己又一次豪壮的梦的感受，它的生活基础，则是他在南郑的短期戎幕经历，如《谢池春》中所写的。活了八十六岁的陆游，只有在那短短的几个月当中，生活是最理想的，意气是最发扬的，因而就老是忘不了它，一次又一次地提到它。这两篇词，就是陆游对照着其后截然不同的遭逢，执着地、反复地怀念那些"气吞残虏"的旧梦，而发出的慷慨悲歌。在《鹧鸪天》中，我们看到了一位被强迫装扮成为隐士模样的英雄。这正是爱国者陆游晚年最真实的和最不愉快的写照。

陆游的爱国诗篇是其全部创作中最重要的组成部分。在上举的少数具有代表性的作品中，陆游对于祖国和人民的热爱，对统治者的谴责，对侵略者的憎恨，都是非常清楚的。但我们还应当注意到：陆游之所以这样地感受和抒写，主要是因为祖国神圣的主权、人民和平的生活受到敌人的侵犯和破坏。陆游写了许多鼓吹爱国主义、主张对外作战的作品，但它们并不是大汉族主义和穷兵黩武等错误思想的宣传品。诗人要求的只是祖国的统一强盛、人民的和平安乐，而不是将敌人斩尽杀绝。所以他曾经说："尽诛非无名，不足烦戈铤。还汝以旧职，牧羊辽海边。"[12]又说："不须绝漠追败亡，亦勿分兵取河湟。但令中夏歌时康，千年万年无馈粮。"[13]由此可见，陆游是不仅以其崇高的爱国主义，也以其崇高的人道主义教育着我们一代又一代的。

四

除了服务于当时反侵略斗争的作品之外，陆游还给读者留下了别的许多好诗。例如，陆游笔底下的农村生活、农民形象，就是我们应当注意的。

> 春深农家耕未足，原头叱叱两黄犊。泥融无块水初浑，雨细有痕秧正绿。绿秧分时风日美，时平未有差科起。买花西舍喜成婚，持酒东邻贺生子。谁言农家不入时，小姑画得城中眉。一双素手无人识，空村相唤看缫丝。农家农家乐复乐，不比市朝争夺恶。宦游所得能几何？我已三年废东作。
>
> ——《岳池农家》
>
> 有山皆种麦，有水皆种粳。牛领疮见骨，叱叱犹夜耕。竭力事本业，所愿乐太平。门前谁剥啄，县吏征租声。一身入县庭，日夜穷笞荆。人孰不惮死，自计无由生。还家欲具说，恐伤父母情。老人倘得食，妻子鸿毛轻。
>
> ——《农家叹》

这两篇诗分别描写了生活在不同环境中的农民。虽然农民们的感情都是善良而纯朴的，他们的劳动也是极度辛勤的，但只有当统治阶级所加于他们的负担比较地轻微时，才能得到一些生活上的乐趣。但这样的机会并不是很多的。诗人将在岳池所看到的农民们难得的欢乐收入诗囊，并且对他们自耕而食，自织而衣的平静生活发生企羡之情，也正是同情他们、尊重他们的表现。不幸的是，当时的多数情况却是如《农家叹》中所写的那样。于是诗人的"农家农家乐复乐"的歌声也只好收拾起来，而在更多的诗篇中发出"有司或苛取，兼并亦豪夺，正如横江网，一举孰能脱"⑭的慨叹了。在陆游的诗集中，反映农民生活的作品并不太多，但仍然可以看出，当时农民的命运并不在这位作家的关心注意之外。

陆游平生的行踪是相当广阔的，他半世的游历使他有机会从多方面接触到各种名胜古迹和自然风物。诗人的内心世界，便也往往透过对于这些事物的题咏而呈露出来。

> 我来访古涪之滨，不辞百阅冀一真。走马朝寻海棕馆，斫鲙夜醉鲂鱼津。

越王高楼亦已换，俯仰今古堪悲辛。督邮官舍最卑陋，栋挠楹腐知几春？
巍然此壁独无恙，老楂劲翮完如新。向来劫火何自免，叱呵守护疑有神。
妖狐九尾穴中国，共置不问如越秦。他时此物合致用，下韝指呼端在人。
会当原野洒毛血，坐令万里清烟尘。老眼还忧不及见，诗成肝胆空轮囷。

——"绵州录事参军厅观姜楚公画鹰，少陵为作诗者"

杜甫避难入蜀以后，曾经到过绵州，在这个地方写过《海棕行》、《观打鱼歌》、《越王楼歌》、《姜楚公画角鹰歌》等著名作品，以纪游踪，抒怀抱。现在，陆游也来到自己所敬爱的和自己的境遇相类似的前辈所流连过的地方了。他追随着、寻觅着杜甫的遗踪，居然找到了姜楚公画的角鹰，怎么能不引起思古之幽情呢？但诗人并没有将自己的感情停顿在这一点上，他的诗笔也没有局限在壁画的描写。继续着杜甫题画咏物诗的传统，他在诗的后半生发了绝大的感慨。

层台缥缈压城闉，倚杖来观浩荡春。放尽尊前千里目，洗空衣上十年尘。
萦回水抱中和气，平远山如蕴藉人。更喜机心无复在，沙边鸥鹭亦相亲。

——《登拟岘台》

行遍梁州到益州，今年又作度泸游。江山重复争供眼，风雨纵横乱入楼。
人语朱离逢峒獠，棹歌欸乃下吴舟。天涯住稳归心懒，登览茫然却欲愁。

——《南定楼遇急雨》

看花南陌复东阡，晓露初干日正妍。走马碧鸡坊里去，市人唤作海棠颠。
为爱名花抵死狂，只愁风日损红芳。绿章夜奏通明殿，乞借春阴护海棠。
丝丝红萼弄春柔，不似疏梅只惯愁。常恐夜寒花索寞，锦茵银烛按凉州。

——《花时遍游诸家园》

东湖仲夏草树荒，屋古无人亭午凉。萱房微呀不见日，筍箨自解时吹香。
野藤蟠屈入窗罅，湿菌扶疏生屋梁。跨沟数橼最幽翳，涨水及槛雨败墙。
静涵青苹舞藻荇，闲立白鹭浮鸳鸯。芙蕖虽瘦亦弥漫，照眼翠盖遮红妆。
水纹珍簟欲卷却，团团素扇懒复将。天风忽送塔铃语，唤觉清梦游潇湘。

——《怡斋》

从上举的几篇诗中，我们可以看到陆游在景物描写这方面的成就。前两篇都是登高名胜的咏歌，但给人的印象是完全不同的。《登拟岘台》一篇充满了愉快的气氛，它显示着诗人与所面对着的景物融洽无间的契合，萦回的水、平远的山、浩荡的春光、忘机的鸥鹭，对于他来说，都是可喜可亲的。《登南定楼》一篇写于1178年（宋孝宗淳熙五年）准备出川的时候。它乡风物之美和久客怀土之情，在诗人心中是有矛盾的。他的立功立事的壮怀和投闲置散的遭遇也是有矛盾的。在这座高楼上，他看到重复的江山、纵横的风雨和烟波浩渺的归途，就很自然地产生了一种茫然的心情。它们都适如其分地刻画了不同的景物，也通过不同的景物，适如其分地透露了作者的精神世界。后两题对于花木禽鸟的描绘，也各有其特征。在《花时遍游诸家园》几篇绝句中，诗人的感情是狂热的，诗境是绚烂的。《怡斋》虽写得那么冷僻荒凉，却又非常奇妙地显示了：自然界的一些小生命，即使在寂寞当中，仍然是那么生气勃勃。

爱情在陆游的创作中似乎不是很重要的主题。但他为其前妻唐氏写的一些诗词，却使得祖国文学宝库中的这类作品增加了分量。在他们夫妇俩被迫离婚以后，唐氏改嫁了赵士程。1155年（绍兴二十五年）春天，陆游到故乡禹跡寺南边的沈园去玩，偶然和赵士程、唐氏遇见了。唐氏告诉了她的后夫，又特地送了一些酒食过来，表示殷勤。这时，诗人感慨万分，就题了一篇《钗头凤》在园壁上，申诉了自己的哀思。后来，能文的唐氏知道了，也依调和了一篇：

红酥手，黄滕酒，满城春色宫墙柳，东风恶，欢情薄，一怀愁绪，几年离索。错，错，错！　　春如旧，人空瘦，泪痕红浥鲛绡透。桃花落，闲池阁，山盟虽在，锦书难托，莫，莫，莫！

——陆游

世情薄，人情恶，雨送黄昏花易落。晓风干，泪痕残。欲笺心事，独语斜阑。难，难，难！　　人成各，今非昨，病魂常似秋千索。角声寒，夜阑珊。怕人寻问，咽泪妆欢。瞒，瞒，瞒！

——唐氏

不久，唐氏就因愁怨而死去了。这，当然使陆游陷入了更深的悲痛。特别是在他晚年退居故乡之后，重游故地，这些前尘影事，就更加鲜明地浮上心头，每一次进城，必然到沈园去凭吊。于是，他写出了如下的一些荡气回肠的作品：

枫叶初丹槲叶黄，河阳愁鬓怯新霜。林亭感旧空回首，泉路凭谁说断肠？

坏壁醉题尘漠漠，断云幽梦事茫茫。年来妄念消除尽，回向禅龛一炷香。

——"禹迹寺南有沈氏小园。四十年前，尝题小阁壁间。偶复一到，而园已易主，刻小阁于石。读之怅然"

城上斜阳画角哀，沈园非复旧池台。伤心桥下春波绿，曾是惊鸿照影来！

梦断香消四十年，沈园柳老不吹绵。此身行作稽山土，犹吊遗踪一泫然。

——《沈园》

前一篇是1192年（宋光宗赵惇绍熙三年）写的。这时陆游是六十八岁。后两篇则是1199年（宋宁宗赵扩庆元五年）写的，诗人已经七十五岁了。陈衍说："古今断肠之作，无如此前后三首者。"又说："无此绝等伤心之事，亦无此绝等伤心之诗。就百年论，谁愿有此事？就千秋论，不可无此诗。"⑮这种评论，也可以说是推崇备至了。这些无比深挚的作品，反映了诗人爱情生活中的悲剧和他对于这种悲剧的抗议。诗人对于人类幸福美好的生活的追求，在这里同样是获得体现的。

总的说来，陆游对生活深刻的和广阔的体验，出色的才华和认真的劳动，都使得他成为一个值得后人效法的大作家。但这位作家更其值得我们效法的，还在于他对祖国和人民的至死不渝的忠诚，他燃烧在内心的永不熄灭的战斗的火焰。从这一点来说，陆游首先是一个战斗者。的确，他的诗歌在当时就是起了战斗作用的，所以在一个诗题里，他写道："予十年间两坐斥，罪虽擢发莫数，而诗为首。"在谈到苏轼的一篇文章时，他又说："士抱奇材绝识，沉压摈废，不得少出一二，则其肝心凝为金石，精气去为神明，亦乌足怪。"⑯陆游的诗，也正是一位奇材绝识之士被抑压的肝心精气所形成的。只有理解到这一点，我们才能够从他极其繁富的创作中把握住他最主要的精神。

原载《文学研究》1957年第1期

注释：

① 陆游：《跋周侍郎奏稿》。

② 《跋渊明集》。

③ 《跋传给事帖》。

④ 《跋曾文清公奏议稿》。

⑤ 《示子遹》。

⑥ 《板桥家书》。

⑦ 原注："在南郑时，关中将吏有献此二物者。"

⑧ 原注："关中将校密报事宜，皆以蜡书至宣司。"

⑨ 胡铨《请斩秦桧、孙近、王伦，羁留房使疏》。

⑩ 《世说新语·言语篇》。

⑪ 《长短句序》。

⑫ 《长歌行》。

⑬ 《观运粮图》。

⑭ 《书叹》。

⑮ 《宋诗精华录》。

⑯ 《跋东坡祭陈令举文》。

"别才"和"别趣"

——《沧浪诗话》的创作论和鉴赏论

吴调公

一

生活在动荡的时代，怀抱着无穷的苦闷，没有勇气面对现实，只好沉浸在自己精心结构的但却是空虚的诗境中：这是司空图的悲剧，也是严羽的悲剧。

生在北宋之季的严羽，看饱宋诗的沧桑，他有可能做宋诗的总结了。这情况也和生丁晚唐的司空图总结唐诗的经验一样。当然，还不止此。他们在总结的同时，有共同倾心的一点，那就是对盛唐的向往。他们固然欢喜盛唐诗歌的气象雄浑和韵味醇厚，但也更怀抱着"繁华事散"的悲哀，为"九天阊阖开宫殿，万国衣冠拜冕旒"那一个隆盛时代的消逝而嗟叹。他们都是有雄心壮志的。司空图自称是"平生臂鹰手"；严羽因为宝剑的不用而发出这样慷慨激昂的呼声："吾将抱愤恝玉帝，手持此剑上天飞！"然而当他们被现实挤得后退时，他们都希望从心造的幻影中找寻慰藉：司空图是"挑灯自送佛前钱"；严羽是"赏惟静者惬，法对高僧论"。

就在这情况下，高蹈诗人不但在生活和创作上找到了理想的诗境，更用诗歌理论阐发了诗境。司空图首先是在现实生活中，欣赏"群木澄幽寂，疏烟汎沉寥"的牛头寺，然后更在诗论中展现了"畸人乘真，手把芙蓉"的境界。严羽首先是欣赏"松色入天尽，岩花落地闲"的山居天籁，然后更在诗论中向往于"羚羊挂角，无迹可求"和"高、古、深、远"的极致。

就在这情况下，高蹈的诗境成为诗人的精神避难所。为了缓和心灵的苦痛，这诗境披上一层羽纱。羽纱是美丽而朦胧的，唯其美丽，才使诗人醉心；唯其朦胧，就可以远离现实。司空图的"幽人空山"的含蓄和严羽的"透彻玲珑"的意趣，说明同一问题。

就在这情况下，原来是反映富强昌盛国力的盛唐诗境，在司空图手里成了变种的东西：不是雄浑而是淡浑：人，其淡"如菊"；境，"杳然空踪"。但也正因为如此，严羽的《沧浪诗话》（以下简称《诗话》）有看中司空图的可能。没有消尽的雄图使诗人追求雄浑，而冲夷淡泊的怀抱却导致诗人倾心淡浑；终于采取了盛唐中"澄淡雅致"的一面，而以"盛唐"标榜。这是司空图的醉心和无力回天的悲剧，也是三百余年后严羽在一定程度上重复了前人诗论的历程。

就在这清况下，"神韵"成为理想诗境的主要因素。《诗品》固然强调"离形得似，庶几斯人"。《诗话》也强调"入神"。从消极方面说，神韵是朦胧的羽纱，但从积极方面说，却寓有追求形象本质的深意。"神韵"来自诗人的灵感；灵感之来，又由于诗人投入大自然的怀抱，并与之溶为一体。看不到诗人的形象活动，而只看到诗人的情感不断渗透着景物，这是王维的艺术特色。发展到司空图手里，成为融情于景，"思与境偕"的主张；再发展到严羽，成为"不涉理路，不落言筌"的更为玄化的观点。他们歌颂诗人与自然的和谐，为含蓄淡远的风格而探索。但他们的艺术天地却只是"别有天地非人间"的辋水沧涟的华子冈，五峰挺秀的王官谷，再不然便是"坐落秋山午梦凉"的莒溪丘壑。不过，在艺术上也有好的一面，那就是由于大自然的陶冶和通脱精神的"落落往来"。他们懂得诗人流露真性情和朴素美的宝贵，懂得形象的无言魅力。这可以说是以盛唐田园诗的经验总结为渊源和以司空图意境说为奠基的严羽诗论的要点。

严羽的《诗话》是司空图诗论的后劲。由于作者有意识地从各方面阐发诗论，因此对"人"和"境"的问题有了较透彻的发挥，使司空图总结的盛唐诗境说得到有力的补充（虽说也有不少出入）。为了完成这诗境，诗人应该进行怎样的创作准备？为了再现这诗境，批评者又应如何对待形象的特色？这些，在司空图诗论中都是谈得比较片断的，但是《诗话》里却有了一脉源流的但却是新鲜的阐发：有关诗人心灵的研究主要归结为"别才"问题；有关诗境魅力的研究主要归结为"别趣"问题。

二

《诗话》说："夫诗有别才，非关书也；诗有别趣，非关理也。然非多读书，多穷理，则不能极其至。"

严羽之所以提出这一主张，在于补偏救弊，纠正江西、四灵、江湖之失。他在《答出继叔临安吴景仙书》中说过："仆之《诗辨》，乃断千百年公案，诚惊世绝俗之谈，至当归一之论。其间说江西诗病，真取心肝刽子手。"尽管这说法有些夸张和不切，但从全书的精神看来，江西派毕竟是沧浪诗论的主要对立面。

由于受了理学家论道和禅宗谈禅的影响，更由于诗歌散文化偏至的影响，一般说来，江西派不大讲究诗人的才情和境界，忽略诗歌的抒情因素和诗人应有的深微的艺术体验。被奉为江西始祖的黄山谷，认为诗人首先应该是"精读千卷书"的"力学"之士（《书旧诗与洪龟父跋其后》），而诗境之佳在于以理见长，即所谓"以理为主，理得而辞顺"（《与王观复书》）。当然，没有古人借镜，诗歌是写不好的；不注意思想脉络和结构安排，诗歌也就没有灵魂，没有章法。不过江西派因为过分强调"书"和"理"从而忽视诗人的灵感和诗境中的审美特性，也造成了许多不良影响。针对着晦涩生硬、愈变愈僵木的江西末流，严羽主张是：必须"吟咏情性"，并且"明目张胆"地要大家从江西派的清规戒律下解放出来，深化诗境。

江西派认为理想的诗人，应有丰富的学养，善于用事，亦即能剪裁古人的篇章字句化为己有。而对诗境的看法则着重"命意"。但这里的"命意"并不等于思想性，而主要是指谋篇布局。从前者说，优点是善于借镜；缺点是学习而不得法，就成为"掉书袋"和变相的剽窃。严羽的纠正是必要的。他既反对用"书"代"诗"，突出诗歌构思的艺术规律，但又说："然非多读书，多穷理，则不能极其至。"诗人是应该有丰富的学养，更要懂得广博的人生道理的。从后者说，谋篇布局自然也是布境所必需，然而如山谷所说，"有一篇命意，有句中命意"，分明指艺术形式的安排，偏于意与文的关系，而意与物的关系，如"收视反听，耽思傍讯"①的构思功夫，他却不免疏忽。严羽针对这一缺点，强调作品的完整，并反对形象的割裂。江西派重视表现技巧的锤炼，严羽重视艺术体验能力的培养。江西派把学和理强调得过偏，严羽则提出才和情，但也不反对学和理。

《诗话》和四灵派的主张也有对立之处。四灵学贾岛、姚合，希望用清新工致和格调便利，救江西生涩之失。但由于过分雕琢，笔触太纤，局面不大，缺少浑厚，也缺少含蓄。继承司空图的味外之味和反对贾岛"蹇涩"的严羽，对这些诗自然没有好感。学最上乘、具正法眼的"别才"说正所以补救"四灵"的轻才小慧之弊，"别趣"的浑涵汪茫，正所以纠正偪侧支离、缺少舒卷凝炼的诗境之弊。当然，四灵派对诗境能心领神会地揣摹，并善于运用借景抒情的方法进行构思，毕竟还是继承唐诗"兴象"的传统的，因而严羽和他们的对立，没有和江西派的对立更尖锐。

《诗话》的主张和江湖派的对立，比起和四灵的对立来更微妙。当然，江湖派中的刘克庄，出语浅率，跟严羽的"一唱三叹"和"去俗"主张是对立的；戴复古的刻意学习储光羲的冲淡而有斧凿痕，同他的"透彻玲珑，不可凑泊"、强调灵感的主张也是对立的。但我们也不要忘记还有联系的一面。出于四灵的意境清新之说而去其纤巧雕琢之弊、向流转爽朗一路发展的江湖派，本有可能和严羽携手，因为严羽的诗，有豪迈之作，有清新之作，豪迈于刘克庄为近，清新于方岳为近。加之严羽曾和部分的江湖诗人交游，事实上也受到他们的影响而颇多性灵的诗篇。更何况在反江西这一点上，江湖派比四灵派斗争得更彻底些，这自然更是立志取江西诗病"心肝刽子手"的人乐于引为同道的。江西派的忠实服膺者方回在刘克庄《赠翁卷》一诗的评语中，扬四灵而贬后村，②这正说明江湖之与江西比四灵之与江西，距离更远。由于以上种种原因，严羽和江湖派的主张实有相通之处。如严羽主张"言有尽而意无穷"，刘克庄则亦不满于"四灵抉露无遗巧"，而赞美"含蓄有余意"③的诗。严羽主张"书"能培养和丰富诗才，而不主张代替诗；刘后村也看到"资书以为诗失之腐，捐书以为诗失之野"④。严羽谆谆表示以诗的"情性"为重，而在谈到山谷的"深刻"时好像还褒中有讽；刘后村则更分明地指出山谷的"锻炼精而情性远"⑤。

严羽为纠正江西的生涩和韵味的短浅，救之以"深"、"远"、"飘逸"；为纠正四灵派的支离纤弱，救之以"雄浑"、"悲壮"和"长"；为纠正江湖派的浅率、平庸，救之以"高"、"古"和"凄婉"。四灵纠江西，江湖纠四灵，而都不免偏向另外的一边；但它们又都各有所长，多少克复了对立面的缺点。严羽就是在这样的基础上沿着前人的螺旋形道路而有所提高。《诗辨》篇九种风格的提出，正可以说是宋诗经验的总结，从正面倡论中见补偏深意的风格主张。虽说严羽不可能像我们今天的批判吸收，但他还是能从多方面研究问题的。如果说"优游不迫"主要是四灵之长，"沉着痛快"主要是江湖之长，那么严羽在反对两个诗派缺点的同时，却还是能兼收并蓄它们的优点的。

"别才"和"别趣"、诗人和诗境问题看法的提出，主要目的，固然是针对江西派的"书"和"理"而发，但对四灵和江湖亦复有其纠偏作用。这正因为，严羽认为四灵、江湖既在反对江西派中对"才"和"趣"的看法上暴露缺点，为了更好地克服江西派的流弊，自然也不得不同时清算一下志大才疏、变而不得其法的四灵和江湖的主张。四灵学力不厚，失之浅薄；江湖风骨不高，失之粗浮；但总的说来，却都是在反对江西派以书袋累诗和以抽象的说理语言入诗的同时，自己犯了不肯"多读书，多穷理"的毛病。

由此可见，"别才"、"别趣"是达到"九品"的前提，也是具有"九品"的理想诗歌的情和境的特点。从"别才"、"别趣"中，不仅可以看出严羽的基本立论，还可以看出它的对立面和对立面的对立面的层层折光。

三

什么是严羽的所谓"别才"？

严羽的"别才"指诗境中有悠然韵味的诗人。这见解渊源于司空图的诗境说。司空图认为诗歌之所以有风格和诗品，由于诗境有特色，而诗境之所以有特色，又由于诗境中渗透着诗人个性、诗人之神。《诗品·形容》："风云变态，花草精神，海之波澜，山之嶙峋。"没有生命的风云山海之所以有精神，实际还是由于风云山海背后诗人的精神起了作用。司空图发展了《文赋》的"心懔懔以怀霜，志渺渺而凌云"和《文心雕龙·物色》篇的"珪璋挺其惠心，英华秀其清气"的理论，而严羽则发展了司空图"思与境偕"的理论。"诗者，吟咏情性"的提出，说明诗人端正对诗的认识的重要，不应"以文字为诗，以才学为诗，以议论为诗"，但也说明了诗中应有人在。惟其有情性，才有"本色"的自然之趣，也才能感动读者，如《诗话·诗评》篇所说："高、岑之诗悲壮，读之使人感慨；孟郊之诗刻苦，读之使人不欢。"

"别才"从何而来？

严羽对这一点的解释，既注意性分，又注意学力。他认为理想中诗人的情性应该是没有俗气的。研究《诗话》的人谈到严羽"去俗"，往往只注意到《诗法》篇第一节的"除五俗"，而忽略了同篇第十五节反对词气"乖戾"，从思想内容上进一步反俗的立论。根据他所说的"词意可颉颃，不可乖戾"看来，诗的气势既要波澜壮阔、富有变化，而笔意却绝对不可乖谬粗豪。这种雄而浑、壮而和的诗人风度是严羽倾心的。严羽生在南宋之末那一个民族矛盾和阶级矛盾都十分尖锐的时代，过着"烽火关河隔，兵戈宇宙连"的生活，加以受了《楚词》和李陵、苏武这一类"凄怆怨者之流"⑥作品影响，自然就形成了"一唱三叹"纤曲幽咽的风格，而受了李、杜的"金鹉擘海，香象渡河"的诗境启发，又导致他对盛唐汪茫气象的倾心。因此，他的感慨郁塞之气是以《诗话》所说的"雄浑悲壮"出之，不象四灵"清苦"的低调，也不像刘克庄有时几乎近似唱莲花落的破喉咙的高调。严羽的所谓"不俗",大约有这两个方面:一是偏于《诗辨》篇所说的"优游不迫"一面,也就是《诗品·典雅》篇描写的"落花无言,人淡如菊"的那种雅士。《沧浪吟卷》里有一首《寄山中同志》,摹状的诗人倒很有点相像。"我有三足麂,放之在碧山,别来几千日,昨梦忽来还。……"另一面,不俗的风度也意味着前引的同一条中的"沉着痛快"。"振衣千仞冈"的踔厉风发,大约属于这一面。严羽自己的《梦中作》是一个标本:"少小尚奇节,无意缚珪组,远游江湖间,登高屡怀古,前朝英雄事,约略皆可睹。将军策单马,谈笑有荆楚,高视蔑袁、曹,气已盖寰宇。"

严羽的"透彻玲珑"的诗境论似更偏于"优游不迫",创作实践似更偏于"沉着痛快"。当然,这两者决不是对立的。如果只看到严羽受禅家影响而大谈"兴趣"和"妙悟",就认为他理想的"不俗"只是"雅人深致",自然是不全面的。他在《诗评》篇里分明说过:"诗道本正大,孟郊自为之艰阻耳。"诗人和诗境、气局必须舒展的主张,这固然是一个说明,而在同篇评价孟浩然诗一条中,也未始不透露出同样的消息:"孟浩然之诗,讽咏之久,有金石宫商之声。"在欣赏人所皆知的孟诗的"淡"外,更能注意人所忽略的"壮",这不仅说明严羽有眼力,也说明他对"壮"的爱好。"优游不迫"的一面得力于王、孟,"沉着痛快"的一面得力于李白和高、岑。接近王、孟的一面,导致他在理论上提出"不落言筌"的主张,曲折地反映了禅宗的"悟入"和陆象山理学一派的"尽心穷理"的主观唯心主义思想;接近李白和高、岑的一面,导致他在诗歌创作中写下了许多喑呜叱咤的古诗,如《剑歌行赠吴会卿》、《古剑行》等,反映了诗人的爱国忧民的襟抱和慷慨豪迈不能忘怀现实的心情。

严羽的性情就是充满这样的矛盾,严羽理想中的诗人也就是充满这样的矛盾。在诗歌理论方面,这位"优游不迫"的诗人因为不适当地强调"含蓄"而倾心于空虚玄寂的神韵之说;在创作实践方面,"沉着痛快"的诗人却高唱着慷慨悲歌,为抒发性灵本色树立标本。但毕竟创作特色和理论精神也有沟通的一面,那就是两者都集中在"入神"一点上:反对烦琐的技巧研究,反对臃肿的辞章堆砌,反对取消艺术特色的种种"构思",而以发抒情性、启发灵感为主。由于如此,诗歌理论的"入神"说,固然主要表现为含蓄的主张,但也并不完全排斥显豁。严羽创作中英雄本色的发抒的经验,未尝没有概括到理论中,因而它表现为:既倡论神韵,如"语忌直,意忌浅,脉忌露,味忌短……";又倡论性灵,如:"发端忌作举止,收拾贵在出场";"意贵透彻,不可隔靴搔痒；语贵洒脱，不可拖泥带水"；"须是本色……"等等。而这些，显然都可以在《沧浪吟卷》里找到印证。

由此可见，严羽理想中具有"别才"的诗人是神韵悠然的，也是天然本色的，是"优游不迫"和"沉着痛快"兼而有之的，而以"优游不迫"为主。

这种风格固然本于情性，但也非倚赖学力培养不可。学力的培养，严羽认为以"识"为主，即"入门须正，立志须高"之说。具体的途径是："工夫须从上做下，不可从下做上。先须熟读《楚词》，朝夕讽咏以为之本；及读《古诗十九首》，乐府四篇，李陵、苏武、汉魏五言皆须熟读，即以李、社二集枕藉观之，如今人之治经，然后博取盛唐名家，酝酿胸中，久之自然悟入。虽学之不至，亦不失正路。此乃是从顶颔上做来，谓之向上一路，谓之直截根源，谓之顿门，谓之单刀直入也。"这样学古的好处有二。第一，从文学流变的角度摸索每一段历史时期的作家作品，较易见其间的因革、长短，对开拓眼界、提高识见确有好处。当然，另一面也有局限性，就是把古人经验完全作为艺术源泉看待，置生活于不顾。第二，能把学古和"悟入"方法结合起来。所谓"酝酿胸中"也就是得诗人、诗篇之神而深切领会，并从中汲取营养，如《诗评》所谓："观太白诗者，要识真太白处。""读《骚》之久，方识真味。"这就不同于江西派"脱胎"、"换骨"说的取貌遗神、舍本逐末。当然，把鉴赏古人作品和善于借镜说得像禅悟一般玄而又玄是错误的，尽管艺术魅力的确微妙，但也毕竟还是可以言传的。

情性和识见，二者都是严羽重视的，但前者毕竟为主，因为他认为丰富学识的目的在于丰富灵感，而灵感的涌现，有助于性分的自然而婉委的流露，从而形成浑灏流转、韵味悠然的诗境。因此他在《诗辨》篇首先点出："诗有别才，非关书也。"然后再补充说明，并非束书不观。当然，他的所谓"书"、所谓"识见"，还是从艺术着眼，都是为提高艺术识别力、培养艺术灵感和加强艺术判断力而服务，为他所乐道的"悟入"而服务，有关安身立命，知人论世的识见的根本问题，他却并没有注意。后于严羽的古代批评家没有击中这一要害，相反地倒是歪曲了他的"非关书也"而责备他教人废学，说来也真可笑。其实他的真正苦心还在于反对"以书为诗"，宋人范晞文的《对床夜语》和明人都穆的《南濠诗话》都看到这一点。⑦

严羽既然提倡发抒情性并以情性的抒发寄托于神韵悠然的境界，因此他的"别才"说和标志着风格流派的"家数"说二者能密切结合。因为境而入神，固然说明抒发诗人的情性，而初、盛、中、晚唐的不同"苍素"，也体现了不同历史时期不同作家群的各有情性、各有擅长、各有神貌："子美不能为太白之飘逸，太白不能为子美之沉郁。"这两位并代大家风格的评价多么精湛，多么得当！真是垂千古而不废！没有诗人的别才，不足以见情性、见风格，自然也不可能进一步谈家数和家数的流变。善于悟入的"别才"是培养诗人风格的基础，也是形成"家数"的前提。我们今天须要从创作角度研究作家的艺术道路，更从文学史角度研究作家风格和流派风格的关系，玩味这一些，也许可以得到他山之助吧。

四

"别趣"和"别才"是密切连系的。"别才"是产生"别趣"的根源，"别趣"是"别才"的必然成果；必须饶有"别才"的诗人，才能创造出饶有兴趣的诗境。

"别趣"有广、狭二义：就广义言，它表示诗歌形象的特色和形象的魅力；就狭义言，它意味着一种最富于形象魅力的诗歌即唐诗的特色，"盛唐诸人惟在兴趣"，便是指此。这两者是相因为用的。前者指对诗的要求，后者指符合要求的标本；但前者又是在评论家领略了后者的佳趣后产生的。

先说广义的别趣。严羽谈"别趣"主情，并俨然以唐诗之情与宋诗的理对称。《诗话》说："诗有别趣，非关理也。"这句话也和别才非书一样，引起后人的反感，被误会为诗境可以不符合人生道理，亦即今语的生活规律。这自然是不符合严羽本意的。《诗话》分明说过："诗有词理意兴，南朝人尚词而病于理，本朝人尚理而病于意兴；唐人尚意兴而理在其中。"严羽所反对的"理"，是脱离"意兴"的"理"；融于"意兴"的"理"，他还是需要的。从唐、宋诗歌构思特色的对此，可以看出严羽的诗趣说渊源于司空图"思与境偕"之说。司空图要诗人的思维不离开具体的形象化的境界，严羽要诗人的"理"不离开丰富的灵感和生动的形象化的构思（"意兴"），目的都在于保持诗歌创作和欣赏中的美感特色。

至于狭义的"别趣"，极"兴趣"之致的唐诗韵味，严羽认为它的特色偏于蕴藉含蓄一路。境界中的诗人"性情"固然是通过"吟咏"而表现的，然而表现手法"忌直，忌浅，忌露，忌短"，而必须气象"浑厚"。这很有点像司空图《与李生论诗书》中的"醇味"。浑厚的特点有三：第一，由于诗人学力充沛和构思时的即景会心，情景交浃，精神团聚，形象的侧面虽多，而仍然能保持高度的完整性，如《诗评》篇所说："建安之作，全在气象，不可寻枝摘叶。"第二，由于诗人的风神悠远，摹状的语言给读者以遐想的余地，如所谓"不必太着题"式的淡写《黄庭》，从而诗境能保持"言有尽而意无穷"的凝缩性。第三，由于诗人感情的真挚和构思绝不塞涩，刻词状物没有斧凿痕，锤炼中见自然，流转中见沉着，就能保持诗境的朴素性。《诗话》说的"盛唐人，有似粗而非粗处，有似拙而非拙处"，也正是这意思。完整、凝缩、朴素三要素，大约这就是浑厚的内容，也就是由形象性发展到艺术性的最高表征了。

严羽死了七百多年了，他的那段"他乡生白发，故国见青春"的忧患余生的岁月早已成为过去，但他的"无迹可求"的"挂角""羚羊"却还一直被后世的人频频道及。赞同的人各取所需，从而吹捧，如明代的不少诗人以盛唐的膜拜者和江西派反对者的姿态而赞美；清初的王士禛从禅味的角度而颇感会心，实际上是扩大了《诗话》里空虚寂灭的因素。反对的人往往是抓住一点，不及其余，如黄道周⑧、周容⑨等讥讽严羽的"别才"是束书废学；钱谦益则硬是抹煞了严羽对唐诗分期只是"论其大概"的精神，找出许多跨代诗人的例子，作为反击⑩；此较击中要害的还要算《严氏纠缪》的作者清人冯班，他指出了"言微"而"意玄"的诗歌，只是表现方式上不同一些，断无"不落言筌"之理。他的有些论点是正确的，但也有不少偏激的地方。对于严羽这一位纠江西派偏重艺术技巧之失而自己也陷在另一个象牙之塔里的诗人，我们今天，在毛泽东文艺思想的光辉照耀下，有可能做到严羽所说的真正的"辨白是非，定其宗旨"了。

我们的"宗旨"是：批判继承。

我们的"是非"是："别才"和"别趣"的本质是创作过程和鉴赏过程的玄化："吟咏情性"的玄化表现为"别才"；"熟参"古人诗味的玄化表现为"别趣"。诗人由于玄化，感情的涌现和艺术形象的再现成为迷离恍惚的、没有意图、没有规律的东西。这是一种把艺术特点绝对化的美学思想，是禅宗的"不立文字，教外别传"⑪，以心传心的反映，也是庄子所说"言之所不能论、意之所不能察致"⑫的无精无粗的不可知论的反映，总之，这种主观唯心主义思想必须批判。但是，从《诗话》的艺术规律探索说来，也还有不少可供借镜的地方。如：通过培养"别才"、"别趣"的"识见"问题的阐发，我们可以了解艺术判断的重要性，特别是把创作和鉴赏结合在"入神"一点，更可以启发我们："诗才"固然要"吟咏情性"，善于创造自己的诗境，与此同时还应该善于辨识古人的诗境，如《诗话》所说的"读骚之久"而"涕洟满襟"。这样，我们也就可以了然于"有眼高而手低者，无眼低而手高者"的深意。通过《诗话》对诗境展现过程的细微探索，我们可以在批判审美和构思过程的神秘化的同时，克服陷入另一端错误的简单化的倾向；特别是诗人所突出的抓韵味、抓风格以及设身处地、体贴入微地揣摹韵味、风格而步入形象世界深处的主张，更可启发我们：只有做好鉴赏，才能真正理解古人，也才能更好地批判古人并从古人得到借镜。当然，通过"家数"的研究，我们还可以看到作者从不同方面用比较方式研究风格的方法：有的是以时代为分野的，如开后世唐诗分期先河的初、盛、中、晚之说；有的是从同时代双峰并峙的作家着眼的，如对李、杜二家的比较；有的是从同一文体中不同作家着眼的；有的则从同一作家的不同篇章着眼。当然，他的所谓"家数"不止意味着流派，有时也跟体裁、格式和表现方法纠缠一起而显得很庞杂。但这一失败的经验也告诉了我们：要做好文学分类，标准必须统一而不容两歧。

原载《江海学刊》1962年第9期

注释：

① 陆机：《文赋》。

② 《瀛奎律髓》卷四十二《赠翁卷》评："后村诗比四灵斤两轻，得之易，而磨之犹未莹也；四灵非极莹不出，所以难。……"

③ 《宋希仁诗》，见《后村先生大全集》卷九十七。

④ 《韩隐君诗》，见《后村先生大全集》卷九十六。

⑤ 《后村诗话》卷二。

⑥ 钟嵘：《诗品》卷上《李陵》。

⑦ 均见《历代诗话续编》。

⑧ 见《漳浦集》卷廿三《书双荷庵诗后》。

⑨ 见《春酒堂诗话》。

⑩ 见《有学集》卷十五《唐诗英华序》。

⑪ 见《五灯会元》卷一《佛祖》。

⑫ 《庄子·秋水》。

黄庭坚诗论再评价

吴调公

旧评价的褒贬纷纭及其得失

任何一个作家，一个流派，几乎完全被誉，或者几乎完全遭毁，这一种情况在文学史上和批评史上是存在的。但也有一些流派和作家，评论者对其誉毁不一，褒贬纷陈。甚至这种情况在较长的一段历史过程中持续。某一个时期表现为誉多于毁，而另一个时期则又毁多于誉。这种纷歧的形成一方面固然反映了不同时代社会思潮和文艺风尚的不同，另一方面也说明作为评论对象的文艺主张或创作倾向的复杂性，从而导致评论者见仁见智，掌握评论对象的整体性与本质之不易。

清人施山谈到黄山谷诗就曾涉及过这一个问题。他说：

> 黄山谷诗，历宋、元、明，褒讥不一，至国朝王新城、姚惜抱又极力推重。然二公实未尝学黄，人亦未肯即信。今曾相国学韩而嗜黄，风尚大变，大江南北，黄诗价重，部值十金。[①]

尽管施山所举的山谷诗只是指清朝一代的兴衰，一鳞半爪，也没有接触到关键问题，但他能看到山谷诗在宋、元、明三代的"褒讥不一"，却是富于概括性的，大可引起深思。

笼统地说，黄庭坚的诗和诗论（在一定程度上包括江西派）有"褒讥不一"的现象，但委实是讥多于褒。为了便于回顾和分析，褒讥大致可以分为下列三方面：

第一，有关思想性方面的指摘和非难。由于黄庭坚历经党祸，最后遭贬而死，"仕路风波"的险恶使他潜心佛道，力求藏锋，退避现实，怕谈政治。特别是因为他不赞成用诗文搒击时政，采用"怒邻骂座"和"强谏争于庭"的方式，曾引起当代人黄彻的不满，从而痛斥。认为"忠臣义士"，自应"安君定国"，如何能不激切陈词，落入"优柔婉晦"②一路。

对此，我们不必为贤者讳。黄彻对山谷的批评是公允的。世以"苏黄"称，然而二人性格各不相同。苏轼"笔"既"锐"而"口"又"快"，由于念及民生疾苦而直言敢议，指陈得失，以致触讳身危。他自己也知道以"小官"而"僭议朝政"，并"以此获罪"者屡，然而他仍然坚决表示："受性于天，不能尽改。"③ 黄庭坚就不同。在忧国忧民方面他是比不上苏轼的。不过，在这里有一个问题我们要正确对待：就人民性和关心现实程度，肯定两人有高低之不同，是可以的，但如果因此而将黄庭坚诗论与创作的思想性过分低估，甚或抹煞，那就错误了。思想性的内涵很丰富。对古人来说，可以表现为对人民的态度和政治的关心，但也可以表现为品格的纯良、意趣的高洁、待人的真诚、作风的淳朴，以至气质的敦厚等等。作为古代作家的思想性的范畴，对黑暗政治的抗争和关心民瘼诚然是极其重要的方面，但不应以此局限。对黄庭坚来说，他的诗论中最主要的思想性，是"妙在和光同尘，事须钩深入神"（《赠高子勉》）。他刚强正直，表里如一。为人如此，在文艺主张上也是如此。他不仅要写出外物的"神"，也写出自己的肺腑。他曾说过："一丘一壑，自须其人胸次有之，但笔间那可得？"④真诚之笔的理论和实践，是艺术性，但归根到底，更是思想性。

在光风霁月的诗人形象中，在为塑像而惨淡经营的自我观照中，在淳朴的人格美经过提炼而化为一丝不苟的艺术美的过程中，无处不显示黄庭坚的思想性。尽管在这方面不是毫无弱点，然而从人格到风格以至到精神状态说来，他是一个带有慈祥气质、作风上比较保守而艺术锤炼上有较高成就的诗人和诗论家。对此，晁补之的评论是大体准确的：

> 鲁直于治心养气，能为人所不为，故用于读书、为文字，思致高远，亦似其为人。⑤

正因为黄庭坚在文人中要算是最最表里如一的人，所以论文不能撇开论人，这道理对他说来就更为重要。

其次，黄庭坚在诗歌的艺术技巧，特别是借镜古人上，有所谓"夺胎换骨"之说，引起了人们较多的指摘。

什么叫"夺胎换骨"？宋人惠洪曾经做了一个相当明白的解释：

> 不易其意而造其语，谓之换骨法；窥入其意而形容之，谓之夺胎法。⑥

由于这说明比较含混，二者较难区别。按照我的初步看法，夺胎是借前人意境启发而有所变化，再通过自己文词加以改写。"换骨"是不变前人旨趣和意蕴，但改用新创的语言加以表达。尽管二者相比，"夺胎"法高出一筹，但毕竟主要都是从句法、字法着眼，为了企图纠正晚唐和西昆的堆砌、臃肿、软弱、平沓之弊，力求在出奇制胜上下功夫，片面追求技法和冷辞僻典，而尤其醉心所谓"诗眼"的古人警句、警字，暴露了为人所诟病的片面猎求形式的流弊，引起了后来极多的非议。宋人胡仔说他"太尖新，太巧"⑦，意思是不浑融，不自然，近于标新立异。王夫之说他"巧"而"生意索然"⑧。吴乔说他"专意出奇"，而没有创新，"终是唐人之残山剩水"⑨。攻击得最最刻毒的是崇尚平易自然一路的元代文论家王若虚了。他对"夺胎换骨"法的批评大有痛心疾首之态：

> 鲁直论诗，有夺胎换骨、点铁成金之喻，世以为名言。以予观之，特剽窃之黠者耳。⑩

这位遗老先生不免把山谷肆意丑化了。更不幸的是由此造成长期影响，引起后人错觉。近代以来，则更有人把鼓励作者剽窃、蹈袭的罪名加给了黄庭坚，也有人说，山谷的做法导致了懦夫懒汉的创作思想。

当然，在艺术素养和艺术技巧上加以肯定的情况也还是存在的，但这一派力量较弱。针对非难"夺胎换骨"法的议论进行反驳，相反地认为黄确有创见的，主要是极力崇拜宋诗的清人吴之振。他说：

> 夺胎换骨义难羁，诗到苏、黄语益奇。⑪

针对对山谷所谓生吞活剥的责难，相反地认为山谷学古而能自立门户，不同于摹古的，则有清人方东树。他说：

> 山谷之学杜、韩，在于解创意造言不似之，正以离而去之为难能。⑫

既学之，而又能"离而去之"，这评价是相当高的。不过，对黄庭坚说来，这评论大体符合实际。它和李慈铭所说有宋一代诗家中，苏、黄、陆三人均能"自立"，⑬以及陈衍说的"脱胎于杜"而能"自辟门庭"⑭均极相似。自辟门庭的诗人，岂能是"文抄公"能手？王若虚的批评的确是失之偏激了。

再次，认为取法古人而难以变化创新，也是黄庭坚被责难较多的一点。细加分析有三方面。一是说他过多地强调写诗要有学问，没有陆游之主张"诗内"工夫与"诗外"工夫相结合的提得全面。⑮二是说他学习古人限于语言技法而未能重其胸襟志气。这两方面的批评，前面都已涉及了。我们可以看看第三方面对他的不满，即取法杜甫问题。

作为黄庭坚的渊源，不止一二古人，有庄子，有屈原，有陶潜，在唐人中更有杜甫、韩愈、孟郊；不过应该说以杜甫为主。杜甫的诗转益多师，其擅长不止一个方面，可谓博大精深。他的盘硬、奇拗一面是山谷所心仪的。山谷的父亲、舅父、前后妻父，都是杜诗的忠实信徒，所以他不仅有条件身体力行地揣摹和学步杜诗，也曾大力提倡杜诗，有乐于自作传人之意。

杜老为旷古宗师，以学杜而名世的人当然比较容易引人注意，但也引人议论。认为山谷之学杜得法而褒之者固然有人，认为其学杜不当或不足而贬之者，为数似乎还要略多。前者如理学家陆九渊，以为"杜陵之出……诗家为之中兴……至豫章而益大肆其力……"⑯晚至同光，以江西派后学著称的陈衍，则更显然指出黄氏取法于杜，实有创新。但与此相反，也有人认为山谷学杜而只是从形式着眼，舍本逐末。如宋人张戒说：

> 黄鲁直自言学杜之美，子瞻自言学陶渊明，二人好恶，已自不同。鲁直学子美，但得其格律耳。⑰

清代神韵派领袖王渔洋在这方面的推崇最是具体。他认为：

> 宋明以来诗人学杜子美者多矣，予谓退之得杜神，子瞻得杜气，鲁直得杜意……⑱

得"杜神"者大概是指学习了杜甫的沉雄恢奇；得"杜气"者大概是指学习了杜甫的纵横开合，奔逸自如；说黄庭坚之得"杜意"，大概是指他近于杜甫的性情真挚，形成了沉浑的风格。

说黄庭坚侧重于取法老杜的盘拗一体，未始没有一定理由，然而他这一种风格的借镜，决非渊源于杜甫一人，而应该说是融和了杜甫、韩愈、孟郊的结晶。也正因为这样，黄庭坚并没有因为学杜而消失了他自己的独特风格。百花酿蜜，就不可能是某一诗人的翻版了。

黄庭坚之学杜甫，有其特殊造诣，也有其偏枯和缺陷。我们既不能攻其一点，不及其余，也不能把他的学杜捧得过高。黄庭坚确实说过这样的话，即其所艳称的老杜诗"无一字无来处"⑲。而对于其胸怀海岳、骨肉苍生，则注意极少。说他学杜偏重于格律，确有根据，但说是限于格律，这就不符事实了。

综上所述，黄庭坚诗论和创作评价之所以如此分歧，究竟是什么原因？概括地说，大概有三点：

第一，由于宋代党争几度反复，文人互为褒讥，往往带着党派色彩。起初旧党当政，继而出现了王安石变法，被目为新党。元丰八年（1085），宣仁太后高氏听政，旧党又复得势。等到哲宗亲政，新党章惇等位居要津。其后哲宗去世，旧党短期得势，但转眼又转为新党蔡京擅权。特别是到了绍圣时期，显赫一时的蔡京，就更私心利用王安石的新法，起了极其恶劣的、极端相反的作用，把一切异己言论，指为"元祐学术"，加以禁锢。苏轼、黄庭坚原本同王安石私交极好，对王的才学也很钦佩，但终因隶属旧党，他们的文集印版，在元祐后一度被烧毁。

宋代诗话的作者，立场站在新党一边而心存偏颇，对黄庭坚进行污蔑和指摘的，就我所知，似乎为数不多，但也不是绝对没有。如曾布私党魏泰所著《临汉隐居诗话》一书，对山谷诗的否定，就有些异于常人。有些人评黄语气虽苛，但毕竟出于学术见解的分歧，而并非意气用事。魏泰就不然。他曾写过这么一首小诗，意存嘲讽：

> 端求古人遗，琢抉手不停。方其拾玑羽，往往失鹏鲸。

口吻相当尖刻。此外，我们再看一件趣事。蔡京的儿子蔡绦"为徽猷阁待制时作《西清诗话》一编，多载元祐诸公（即司马光执政时旧党诸人，包括苏、黄——引者注）诗词。未几，臣僚论列，以为绦所为诗文，专以苏轼、黄庭坚为本，有误天下学术，遂落职勒停"⑳。蔡绦背叛了老子蔡京，恰恰与魏泰相反，可谓特操独行，但结果却受到政治干涉和行政处分。仅此二事，我们已不难推想，由于新、旧党之争而造成人身攻击、捏造流言、或捧或骂等等现象，在两宋之间是常有的事。黄庭坚在当时之受波及，还不算是特别严重的。

再次，黄庭坚的诗论和诗作的褒贬之争，实际还反映了对唐、宋诗倾向之争。这也是对黄庭坚褒贬不一的一个原因。山谷是宋诗的主要代表性人物之一。尽管他地位在苏、陆以下，但却被捧成了一个作为影响较大的流派的祖师。除了在明代寂寞了一个时期以外，可以说代有承传；在晚清则更一度煊赫。原来黄庭坚的创作个性和艺术风格，作为宋诗的代表性说来，是极强的。议论纵横，理趣深湛，排奡入奇，瘦拔拗峭，不管是在理论上或者作品中，都可以说是比较典型而集中地代表了宋诗的部分风格。而且，这些艺术特征，也是贯穿其毕生的。既不像陆游后期有所变化，更不像杨万里晚年在一定程度上转向晚唐。由于如此，五体投地地崇拜白居易的王若虚，对山谷自然不会有好评。相反地说来，一意提倡宋诗的翁方纲，就不免把黄拔高过甚，说他是"精力沉蓄，囊括千古"㉑了。虽说我们不应把唐、宋诗崇尚之不同简单对立，并归结到对待黄庭坚褒贬之异这一个问题上。那种划线法是极不科学的。但无论如何，唐、宋诗之争，在某些方面，不无与黄诗的褒贬纷呈有一定关系。

再次，对黄庭坚诗论的褒贬纷纷也不无反映了古代文人对诗法的兴趣。在我们这一个古老的万紫千红的诗国中，诗论之宏伟灿烂，名著之纷呈，可以说争奇斗胜，美不胜收。然而研讨具体诗歌表现手法而自成一家的，并不很多。先秦至魏晋间，谈论诗的起源、功用、流变者多。唐代以后，研讨意境者多，也有涉及诗的体制、作法、格调的，但有些失之于饤饾，玄虚。黄庭坚诗论，则除了谈韵味、意境（这一点，古文论研究者往往对他忽略）外，还具体地结合他切身的创作经验，论述诗歌作法以及创作准备（如储备渊博的学识），发为创见，使人们耳目一新，而有志学诗者则更感到有门径可寻。纵使在诗法论述方面（也只是这一方面），有形式主义倾向，但我认为有关这方面的评论不够全面，不够准确。肆意引申者有之，引述失实者有之，责难粗暴者有之，终于形成施山所谓"历来褒贬不一"而实则是贬多于褒的现象。这在古代文论流派中确是比较罕见的。

为了贯彻取精去糟从而达到古为今用的目的，我愿就黄庭坚诗论进行一次再评价。

在拗峭诗境的背后……

尽管历来评论黄庭坚诗论的说法各有不同，然而极大多数人都几乎把全部精力放在对他的所谓"夺胎换骨"法的指摘上，而对他的全部文艺主张却很少涉及，以致他所重视的境界、风趣等有价值的见解，长期湮没；至于从他的具体诗作中掘发其诗歌规律从而探究其文艺主张，那就更少有人去注意了。

黄庭坚的过分强调炼字炼句，或者为了猎求新奇，竭意追求雕琢，这些短处，大可不必讳言；但更重要的是，应该尽量掘发一些过去评论家所忽略的精华所在。这些精华，这些文艺主张，这些创作实践，有些确乎是同他的形式主义倾向相矛盾、相出入的。它们并非从形式主义着眼；相反地倒是力求让艺术形式的锤炼更好地为创立主题、开拓境界、深入构思而服务。令人遗憾的是，对这一些较有真知灼见的看法，由于诗人言而不详，或者因为历来论者，往往把他们的评论集中到对"夺胎换骨"的驳难之上，结果就落得攻其一点，不及其余了。

黄庭坚不是不讲究思想内容。他所论及的"诗意无穷"㉒，他所称评的"兴寄高远"㉓，他对作者叮咛的"凡作一文，皆须有宗有趣"㉔，无一不说明他决不是一个形式主义者。他的形式主义倾向确是应该批评，但除此以外，也还有许多大可借镜的文学主张值得掘发。而况他不仅仅是一个大文学家，也是一个大书法家、大鉴赏家，他的文艺见解和美学思想涉猎极广，而其艺术主张与诗歌主张又往往相通，这就需要我们用全面观点去进行整体的研究。

黄庭坚的风格有时冷僻，有时生硬，有时执着地反俗求奇，这都是事实。但这些特点的背后，却也反映了一个值得玩味和深思的问题，即风格派生于他的精神风貌，他的拗崛的创作个性。他是一个极其平易的人，待人"一以恩意为主"㉕，但也并不全然和光同尘。有一次，就因为棱角毕露，开罪于人，由此得祸。原来他晚年的贬死宜州，固然同赵挺之对他私仇有关，而在其间推波助澜的，则导源于闽人陈举的中伤。原来黄庭坚为荆州承天寺建塔，写了一篇碑文，可陈举却想在碑文上挂上个名字；黄没有答应，想不到就此种下了深仇大恨。㉖由此可见，黄的风骨之坚，对沽名钓誉的人他是厌恶的。他自己知道他不是长袖善舞的人，他也知道他不合时宜；然而他并不改变作风。他以和同怀高洁的友人相与啸傲为乐，相濡以沫：

> 仕路风波双白发，闲曹笑傲两诗流。故人相见自青眼，新贵即今多黑头。……（《次韵盖郎中……二首》之一）

在这种世态饱更的情况下，他有郁勃，也有凄凉，但决不减其兀傲之气：

> 地褊未堪长袖舞，夜寒空对短檠灯。（《次韵几复》）

特别是有时受到某些富于浩荡飒爽之气的外物触发，于是原来蟠聚在胸中的庄凝端直的情怀，便突然喷薄而出。那就是他看到一幅画竹横幅时的块垒：

> 酒浇胸次不能平，吐出苍竹岁峥嵘。卧龙偃蹇雷不惊，公与此君俱忘情。（《次韵黄斌老》）

这样一位拗峭的诗人，这样一位深谙世态而又不可能明朗地深砭时弊的诗人，这样一位从书本中看尽了前辈们对人情物态的描写深有所得而却又要摆脱窠臼、力求创新的诗人，他的人格的反映和艺术提炼，就必然要化为他的拗峭的诗歌风格和诗歌主张了。原来有一个诗人叫黄体元，风格有些像江西派，人家说他和黄庭坚恰好相似；可吴澄不以为然，认为二人之间大有区别，涉及到山谷的诗和诗论。吴文有云：

> 黄体元妙年有诗，评者谓似江西派，余谓不然。氏，黄也；诗，不黄也。何也？黄沉重，此（指黄体元，下同。——引者注）轻飘；黄严静，此活动；黄密塞，此疏通；黄硬健，此软美。不必其似，而唯其可。㉗

吴澄说的是黄庭坚的风格，但也未尝不可以说兼指黄的人格和诗歌主张。事实很清楚。诗的"沉重"，与人的诚笃有关；诗的"严静"，与人的思理细密，作风"平易"㉘有关；风格密塞，大概是指镕裁偏于紧密，删汰过多，与人的好胜有关；风格硬健，则更明显地和山谷为人刚强、达观有关。虽说我们不必把风格完全归结为人格，但却应该承认风格基本反映人格。人格不仅通向风格，也通向文艺观和诗论。黄庭坚诗论，按照一般论著经常触及的，不外字字有来处、夺胎换骨、好奇尚硬三个主要方面；过去所忽略的，不外化锻炼为自然和笔墨中见胸次、见韵味两方面。然而如果把以上五方面综合起来观察，按照我的浅见，作为轴心的东西似乎是"拗峭"的风格。黄庭坚经常受非难的诗论三方面，无论是遣词用典，师法古人，脱落窠臼，都不外乎去陈反俗。唯其要去陈反俗，所以要力求排奡，以异古人，而排奡之偏，就不免流于拗峭。左冲诗挺拔而谐畅，姜夔词挺拔而清空，都不算拗峭。当然，拗峭确有其汗漫盘空、纵横险谲之美，这是山谷所取法的韩愈的当行本色；但有时却流于生硬粗糙、炫奇耀博。至于"拗峭"风格和过去较少论及的另外两个方面的内在联系，则更分明。"拗峭"是苦炼的结果，"自然"是防止苦炼成为艰涩的要素。黄庭坚注意锻炼，几乎尽人皆知，然而他又何尝不提倡锻炼要归诸自然？"子美诗妙处，乃在无意于为文。"㉙ 这是黄庭坚的论杜。"意从境中宣出"㉚，这是宋人普闻的论黄。二者可以互证。这说明黄庭坚的文艺主张并非空话，而是能付诸实践的。至于从笔墨中见胸次一节，则可以用黄为人的表里如一作为印证。当王安石在台上时，新党中一些政治投机的宵小利用新政为非作歹，以致民怨沸腾。黄庭坚不畏权暴，不惮身危，为人民作诗呼吁。及至王安石下台时，正是旧派得势之日，但他决不落井下石，敢于指出王的政绩、优点，甚至誉其为"不朽"。这精神该是何等伟大！要达到这种实事求是的境界，没有忠于真理和表里如一的精神是不行的。黄庭坚能做到这一点，表明他的骨头之硬。推本穷源，他的"拗"，一反随波逐流，更不是阿谀媚骨。他的"峭"，表明他的亮节、高标，如山之巉，如竹之挺。

这种"拗峭"是黄庭坚人格的外化。既化为诗的风格，也化为诗论的基本倾向；既化为文学意境，也化为书法风格和艺术鉴赏的共鸣。

作为"拗峭"风格的诗论和作品，首先是苦思和风趣的结合。就苦思而言，黄庭坚因为本来是一个气质偏于内向的诗人，加以长期受佛、老影响较深，在艺术趣味上又近于杜甫的"老境渐于诗律细"一路，所以他的"拗峭"的美学理想，特别表现为"深邃"特征。早年他在家乡洪州分宁的一段时期，曾经皈依祖心禅师为师，另外还得到祖心的几个大徒弟的指点不少。正像唐、宋大部分文人一样，他也是宗仰禅宗的。禅宗注重"机锋"。既要随机应变，智慧融通，又要就实论虚，随时随处注意点悟。明明是一个眼前无意接触到的普通事物，看来了无深意，可经过此中"高手"随手拈来，却成为"点化"或"悟人"的绝妙事例。这种"机锋"，只有在长期苦思冥索中培养起来。"心似蛛丝游碧落，身如蜩甲化枯枝"（《奕棋》），原来是写棋局变幻和奕者的心机复杂变化的，然而却被黄庭坚借用过来，不仅表现奕棋的巧妙，也说明诗人思悟的成功。如果他不是一个深思精微的人，要锻炼出这样既富于形象而又长于思辨的佳句，是决不可能的。按说事在眼前，但却意在言外，这好像有点和司空图的"味外之旨"㉛ 与严羽的"言有尽而意无穷"㉜ 相同。其实不然。尽管三个人都涉及意境之说，但司空图强调的是从清空澄澹的风格中获得理想的诗境，严羽是强调要从透彻玲珑的风格中获得理想的诗境，而黄庭坚却是强调要从盘空排奡的风格中获得理想的诗境。一句话，黄庭坚之所以并非是一个形式主义者，之所以讲究意境、情趣，和"先立大意"，其关键所在为：积极意图是创新，消极条件是反俗，创作准备则是要求作者学养丰富，取精用宏，并力戒其"不可凿空强作，待境而生，便自工耳"㉝。

这样的诗境说，在立意取材上是做到"荟粹百家之长"㉞的丰富性，在创作态度上是做到"下笔无草草"㉟的严肃性；而缺点则是有时琢雕太过，因反俗而落入怪僻。这里，不妨以同属江西派中人，山谷好友陈师道与他相比。陈有黄的奇峭清新之气，而无黄的丫杈生硬之习。在这一点上，黄的大醇小疵就可以看出了。

但是，这样的诗境，思致覃微只是一个方面，另一面，风趣之境也不应忽视。

风趣之境自然也还是来自黄庭坚的为人。晚清张佩纶对山谷十分同情，认为他一生侘傺，与李商隐相同，"终其身竟无展眉舒气之一日"㊱。这话是相当沉痛的。但山谷由于受到佛、道思想的影响，加上性格的坦荡、达观，即使遇到拂逆，诗中不无有某些灰暗情调，但其基本倾向是乐观的。或而破涕为笑，或而把现实中的蛮触之争付诸一笑，或而因为相濡以沫，得到心灵滋润，彼此戏谑而笑。

说来渊源很久。早在黄庭坚供职翰林时，他就常常和一个姓顾的同僚开玩笑。顾体丰，夏天多在馆午睡。黄就趁此在他胸腹间写字开玩笑。没有办法，顾改为伏案而眠。醒后，顾得意地对黄表示，这可无奈他何了。可等他一回家，顾妻发现了丈夫背上，居然又留下了黄的手迹。这倒不是山谷自己的杰作，原来是他抄了一首现成的咏背的诗。㊲俗说，观人于微。虽说这是一个小小的生活细节，但黄的风趣诙谐，由此可见。而后来，诗人一生的拂逆，特别是最后贬往宜州，"横祸所加，随处安受，不悔不折"㊳，就更说明他的诙谐、达观，都是从不同角度表现他的胸襟浩荡的本质。尽管他学杜有时偏于格律，但在沉郁顿挫的根本上，他是下了功夫的。他的风趣和自得其乐，同杜也有某些相似之处。

苦思之境和风趣之境的结合，从不同角度体现了黄庭坚的拗崛风格。苦思偏于哲人的探索，以理蕴胜；风趣偏于达士的通脱，以情韵胜。这样的境界就是平易中见宏伟了。

谁说黄庭坚只是斤斤于僻典和字句的推敲呢？他分明说过这话："平淡而山高水深。"（《与王观复书三首》之二）由风趣而来的平易，适足助其"平淡"。由"苦思"而得的取精用宏，适足助其"高深"。这是字法、句法的问题，但更是炼境问题。

拗峭的表层是盘空硬语，是格律峻峭，是奇事僻典，特别是一般评论家经常引为诟病的"夺胎换骨"；然而真正作为"拗峭"中心标志的是风格，是境界，是韵味——这是我们今天进行再评价时必须予以重视的。

作为文艺的内容与形式的结合体而表现其特定美学范畴的是风格。作为意与境相交融而表现为作者的特定生活情趣和作品的特定艺术魅力的是境界。为文艺欣赏者提供一种不同于寻常的、引人入胜的审美体会，是韵味。尽管三者不完全等同，但在黄庭坚眼中是都同等重见并融为一体的。他的拗峭的美学理想实际是创新、奇巧的别称。他的设想之高，宋人朱弁早就看出，说他的理想是要造"老杜浑成之地……此禅家所谓更高一著也"[39]。"拗峭"只不过是从风格和境界上对"高深"的诠释。

由于过分要求高深，要求"更高一著"，结果就带来了许多副作用、反作用，而经过江西派中的一些人及后代末流的变本加厉，山谷的所谓"高深"，就在不同程度上流为怪僻，违反他的本意了。

黄庭坚早就把文章之"奇"和"理"并提，认为"奇"的前提必须合"理"，即"以理为主"。所谓"理"，不外合乎事物的必然之道，是人人心中所有，但又是笔下所无的描绘。有了这种新奇，作品就有"韵"[40]了，也就是臻于山谷所说的"平淡"中的"高深"了。（当然，平淡中的"高深"，黄庭坚并没有能真正实践。）

"夺胎换骨"漫轻诮

"夺胎换骨"，按照过去歪曲的理解，剽窃古人或者换汤不换药，这自然是必须坚决反对的。但如果我们把这一提法的真正本意加以澄清，那么，就不应再继续加以粗暴地指摘了。我们应该看到黄庭坚提法的不全面和不科学的地方，而同时，还要认识其精华所在，即使在今天，也还有不少可资借镜的遗产。

关于"夺胎换骨"问题，前文已经涉及。对此，我们要具体分析，区别对待。既然是"窥入其意而形容之"，可见虽然是来自旧的诗文，已经经过孕育变化，自然也就有了新意。整个一部文化史，原来就是经过吸取和剔除相结合而不断演变、不断发展的。大至文艺思潮、创作方法，小至一篇作品的细节、一篇文章的观点，都有个承传问题。尽管黄庭坚所提倡的"夺胎换骨"说不能和文化史的承传相提并论，但不应将其一概抹煞。像历来评论家所讥诮的什么以借镜代创造、以重袭拼凑代推陈出新等等，都不免失之片面、夸大。

首先，黄庭坚之所以提出这一个纲领性的主张，原来是有其深意的，只是解决问题的方法不完全正确。他认识到"诗意无穷而人之才有限，以有限之才追无穷之意,虽渊明、少陵不得工也"㊶。因此他想,主要从诗歌的表达技巧上解决借镜问题,企图找一个捷径,于是"夺胎换骨"之法被他揄扬过甚,浸至一时风靡,成为尔后不少诗话的金科玉律,并成为一个长期泥于古人的流派。

学习优秀遗产本来是正确的,包括黄庭坚和江西诗派的主张,"夺胎"也好,"换骨"也好,虽然稍有差别,但在不同程度上都暴露了某些错误和缺点。这正因为,他们没有注意到古代伟大诗人艺术之所以卓越,首先源于他们的襟抱高超、视野广阔,而不是首先由于文字技巧的精湛。此其一。古代伟大诗人诚然是学问渊博,然而这所谓"学问",决不仅仅意味着多掌握一些典故或者一些佳辞妙句。真正的学问应该是把佳辞妙句镕裁得恰到好处,成为一篇好诗好文,而典故辞句与其所表达的思想内容是统一的,思想内容本身是深辟的。即使从诗人艺术素养来说,也还有一个"才、胆、识、力"是否具备的问题。清人叶燮在这方面的主张,确有其说服力。㊷黄庭坚不仅没有把握文字技巧和内容的内在关系,同时,连文字技巧如何提高的正确道路,以及什么才算是最重要的学问,对于这两方面,他也不免有些迷糊。此其二。

对于这种迷糊,我们不必深责,因为片面强调艺术而忽视思想的错误认识,在古人中是常见的,不限于黄庭坚。我们不必用王充的"疾虚妄"说或者刘勰的"文质"论来指责黄庭坚;而况古代文论家的长短也互不相同。即使就他们所做出的艺术贡献而言,也是各有千秋。事实上往往有这么一种现象,同一文艺观点,精华中存在着某些糟粕,而糟粕中也可能包含着某些可取之处。这正是高尔基所说的蜜糖和砒霜相拌和。黄庭坚的极力提倡"夺胎换骨",亦复如此。就其目的性来说,是"以故为新"㊸,也就是不满于因袭,要使读者的耳目一新。尽管他在有关"夺胎换骨"的具体阐述中,以及江西派人为他的主张进行复述和引伸中,给后人带来了一些坏影响,这些铁的事实都应该承认,无需为他们讳言,但另一方面,如果不掌握"夺胎换骨"的全面理论,不联系黄庭坚由于把他的诗歌主张运用到具体创作实践中,从而产生了确乎是"以故为新","点铁成金"的效果,对这些视而不见,那也是不全面、不公平的。

唯其认识到"诗意无穷",我们才能认识黄庭坚重视诗境和诗境的阔大。一味"妄自随人说短长"的人,惯喜把黄庭坚执着地提倡借镜古人诗法的论述作为话柄,说什么他是引人变相抄袭,七拼八凑。言外之意,舍本逐末,他自己也只能写写"小文",而"不能长江大河"㊹。其实何尝是如此呢?他在诗论中,分明强调要"陶冶万物"。"陶冶"二字,意蕴无穷。万取一收,这是何等卓越!此外,他既强调境界要"山高水深",又在《答洪驹父》的信中强调要正确对待诗境，"推之使高"。究竟是怎样一个"高"法？他自己有过一段形象表述：

> 如泰山之崇崛，如垂天之云，作之使雄壮，如沧江八月之涛，海运吞舟之鱼……

这种境界很容易使人们联想到黄庭坚的几联名句：

> 落木千山天远大，澄江一道月分明。（《登快阁》）

这是立足点之"高"。

> 桃李春风一杯酒，江湖夜雨十年灯。（《寄黄几复》）

这是从时间之长见友谊之深。

> 春风春雨花经眼，江北江南水拍天。（《寄子由》）

这是从时间、空间二者的高度概括，表达两地睽隔的知友的缅念之情。总的说来，黄庭坚得力于古人诗境而开拓了自己的诗境，结合他拗崛的风格，形成了阔大的形象画面，的确是以浩荡的胸襟把诗境"推高"了。他曾为苏轼所写的一幅枯木画作题，誉东坡为"胸中原自有丘壑"，其实也可以说是他的自况。境界的陶镕如此博大，要说它出于一个文章剽窃贼之手，那真是太可笑了！

唯其注意到"陶冶万物"，所以黄庭坚不但以幽眇的思路深刻地观察和体验事物，观照自我，而且深知反复推敲的甘苦和益处，因此得到这一美誉："清新奇峭，颇道前人未尝道处。"⑤全面否定黄庭坚和江西派的人，往往只是孤立地抓住他的"夺胎换骨"，强调因袭古人的一面，而决不细心分析他的"夺"、"换"二字的深意，更忘记了他的文艺观的根本，有着一个"陶冶万物"的精神。他是立足于创新、着眼于独造的。如果我们真正耐心把他的诗作揣摩一番，那么，就会发现他的确是开拓了前人未曾有过的诗境。"春风春雨"，"江北江南"，都是十分寻常的词语，没有什么希奇，然而经过他的"陶冶"，勃勃然有了生意，景物的特定动态和从动态中酝酿而生的特定气氛都出来了。而作者和正在贬官中的苏辙迢迢相望的感喟之情，也就跃然纸上。幸福的华年悄悄在仕路沧桑中消逝，而萦回在心头的友情波澜，又恰恰和眼前江水一起崩腾。这种陶冶以理路细密为胜，和唐人陶冶以气象浑成为胜不同，但却各有千秋；而黄庭坚之所以能去陈反俗的，也正因为善于陶冶，善于利用思路细密，窥入其意，从而进行"夺胎换骨"。由此可见，黄庭坚在创作实践中确是把"陶冶万物"付诸行动的，问题在于从理论角度的提法上有偏差。"陶冶万物"在他文中只不过是抽象地提了一下，而学问的陶冶，则是反复强调的。

唯其能坚持"以故为新"，所以黄庭坚在一定程度上是个出新者，而决非如王若虚对他的污蔑，说他干什么"剽窃"勾当。摹仿而不因袭，借古人意境、章法和文辞的触发，因旧生新，浮想联翩，这决不是坏事；对初学者说来就更需要。中外古今，决非例外。陈子昂《登幽州台歌》，是千古不磨的名篇，除了生活给了他源泉之外，阮籍的《咏怀》也给他以启发。"前不见古人，后不见来者"，不显然是以阮籍的"去者余不及，来者吾不留"变化而来的吗？李白有名的《上三峡》有这么四句：

三朝上黄牛，三暮行本迟。三朝又三暮，不觉鬓成丝。

而古代民歌《三峡谣》早有云：

朝发黄牛，暮宿黄牛。三朝三暮，黄牛如故。

这显然也是对前人的利用和改造。此外，还有一种利用前人字句更为具体的仿效。如李嘉祐有"水田飞白鹭，夏木啭黄鹂"句。经过王维巧妙地利用改造，就成为"漠漠水田飞白鹭，阴阴夏木啭黄鹂"，韵味和气氛就显得格外丰满了。在古散文中与此类似的情况也很多。韩愈的《画记》仿效《周礼·考工记》，柳宗元的《柳州山水近治可游者记》仿效《山海经·南山经》。

利用和改造不能一概而论。利用、改造得好，则应表彰之，借镜之；利用、改造得不好，则应批评之，并引为警戒。一般说来，黄庭坚的成果还是不少的，应该说是"点铁成金"者多，而"点金成铁"者少。我们不妨引用古人对他的"夺胎换骨"的诗例中的一段评论，作为印证。

诗家有换骨法，谓用古人意而点化之，使加工也。刘禹锡云："遥望洞庭湖翠水，白银盘里一青螺。"山谷点化之云："可惜不当湖水面，银山堆里看青山。"孔稚圭《白苧歌》云："山虚钟磬彻。"山谷点化之，云："山空响管弦。"……学诗者不可不知此。㊻

尽管以上的例未必完全精当，但一般说来，可以看出黄庭坚的夺胎换骨确是出以新意的。他的"夺胎"之作，有不少是汲取原作的某些构思和章法的精粹，引为触媒，尽情生发，脱去了对前人的依傍，可以说是从借镜而创境。至于"换骨"之作，即使是沿用原作一部分意思，但因为经过用自己的文字改写，其作用就不可轻估。这就是说，经过形式的反作用于内容，实际也就是征服和改造了原有内容。再说，两篇作品题材彷佛而文字表达不同，有时后来居上，就更显得别出心裁。特别是还有一种反其意而用之的手法，表现为石破天惊的创造性。对待这样一些情况，在艺术技巧上加以适当肯定，我认为是合理的。当然，有一点必须明确。我们所借镜的古人的妙词警语和精湛的谋篇布局，归根到底，来自他们的生活。如果丢开现实生活和题材内容不管，而只是片面强调要培养学问，汲取遗产，步趋古人文字，那么，就很容易带来摹古、泥古之风和形式第一的流弊。

黄庭坚诗论是尊重诗歌技巧的理论。他的"技巧"并非如历来所非议的只限于表达范畴的文字"技法"，这是应该为他声辩的。他讲究艺术形式，但往往局限于作为形式因素之的"文字"，未免所见者小。

他有形式主义倾向，但并非形式主义者。

他有些诗歌创作，表现了很好的诗境，说明他创作的指导思想，并非不注意"境"和"趣"，这和他在书论中强调"韵"是沟通的。我之所以为此感到兴趣的，正因为他在创作中体现了别有具眼的艺术规律，而这些，实际已经为我们提供了一种"饱和着艺术倾向的诗歌理论的种子"。遗憾的是它们长久被人们忽略了。

我之所以要进行再评价者，原因在此。

原载《社会科学战线》1984年第4期

注释：

① 施山：《姜露庵杂记》卷六。

② 黄彻：《䂬溪诗话》卷十。

③ 苏轼：《辩贾易弹奏待罪札子》（《东坡奏议集》卷九）。

④ 黄庭坚：《题七才子画》（《豫章黄先生文集》卷二十七）。

⑤ 晁补之：《书鲁直题高求父杨清亭诗后》（《鸡肋集》卷三十三）。

⑥ 惠洪：《冷斋夜话》卷一。

⑦ 胡仔：《苕溪渔隐丛话》（前集卷四十八）。

⑧ 王夫之《夕堂永日绪论》云："若但于句求巧，则性情先为外荡，生意索然矣……黄鲁直、米元章益堕此障中。"

⑨ 吴乔：《围炉诗话》卷五。

⑩ 王若虚：《滹南遗老集》卷三十九《诗话》。

⑪ 吴之振：《论诗偶成》（《黄叶村庄诗集·后集》）。

⑫ 方东树：《昭昧詹言》卷八。

⑬ 李慈铭《越缦堂诗话》（卷上）："宋人自苏、黄、陆三家外，绝无能自立者。"

⑭ 陈衍：《石遗室诗话》卷十一。

⑮ 陆游曾私淑吕本中、曾几。其《追怀曾文清公诗》云："律令合时方妥帖，功夫深处却平夷。"可见他对诗歌艺术技巧的重视。尔后经过中年从戎，生活视野扩大，对察物、穷理、多见多闻，加深了认识。其《示子遹》有云："汝果欲学诗，功夫在诗外。"可谓鞭僻入里，语重心长。

⑯ 陆九渊：《与程帅》（《象山先生全集》卷七）。

⑰ 张戒：《岁寒堂诗话》卷上。

⑱ 王渔洋：《池北偶谈》。

⑲ 黄庭坚：《答洪驹父书》（《豫章黄先生文集》卷十九）。

⑳ 曾敏行：《独醒杂志》卷二。

㉑ 翁方纲：《石洲诗话》卷二。

㉒ 参看惠洪《冷斋夜话》引黄庭坚语。

㉓ 黄庭坚：《与王观复书三首之一》（《豫章黄先生文集》卷十九）。

㉔ 黄庭坚：《与洪驹父书》（《豫章黄先生文集》卷十九）。

㉕ 李之仪《姑溪居士文集》（卷三十九）："黄庭坚于亲旧间，上承下逮，一以恩意为主。"

㉖ 参看丁传靖《宋人轶事汇编》卷十二。

㉗ 吴澄：《黄体元诗序》（《临川吴文正公集》卷十）。

㉘ 脱脱等《元史·本传》（卷四四四）云："知太和县，以平易为治。"

㉙ 黄庭坚：《大雅堂记》（《豫章黄先生文集》卷十二）。

㉚ 普闻：《诗论》。

㉛ 司空图《与李生论诗书》："倘复以全美为工，即知味外之旨矣。"

㉜ 严羽：《沧浪诗话·诗辨》。

㉝《王直方诗话》引黄庭坚论诗语。

㉞ 刘克庄：《江西诗派》(《后村先生大全集》卷九五)。

㉟ 胡祗遹：《跋山谷书稿》(《紫山大全集》卷二)。

㊱ 张佩纶：《涧于日记·光绪辛卯六月初九日》。

㊲ 同注㉖。

㊳ 包恢：《跋山谷书范孟博传》(《敝帚稿略》卷五)。

㊴ 朱弁：《风月堂诗话》卷下。

㊵ 黄庭坚论书画经常强调要有韵，大意是语少意密、引人入胜、富有气势、构思出奇。可参看其《题摹燕郊尚父图》、《题绛本法帖》诸文，均见《豫章黄先生文集》)。

㊶ 惠洪《冷斋夜话》引述黄庭坚语。

㊷ 参看叶燮《原诗·内篇》。

㊸ 黄庭坚《再次韵杨明叔小序》云："盖以俗为雅，以故为新，百战百胜，如孙吴之兵；棘端可以破镞，如甘蝇飞卫之射，此诗人之奇也。"

㊹ 李涂《文章精义》有云："(黄) 但作长篇，苦于气短，又且句句要用事，此其所以不能长江大河也。"

㊺ 陈严肖：《庚溪诗话》。

㊻ 葛立方：《韵语阳秋》卷二。

《陈与义集校笺》前言

白敦仁

陈与义字去非，号简斋，洛阳人。生于北宋哲宗元祐五年（1090），卒于南宋高宗绍兴八年（1138），终年四十九岁。

与义二十四岁以太学上舍释褐，被分到开德府（治今河南濮阳）做了几年教授，回东京后又先后做了两任教官。由于他的《墨梅》诗受到徽宗赵佶的赏识，由太学博士、著作佐郎、司勋员外郎很快擢升到符宝郎。后因宰相王黼得罪受到牵连，谪监陈留酒税。靖康之难，他从陈留避地南奔，开始了五年多的流亡生活，由河南、湖北、湖南、广西、广东、福建、浙江，于绍兴元年最后到达当时的行在所会稽。以后，历任兵部员外郎、起居郎、中书舍人、吏部和礼部侍郎，出知湖州，入为给事中、翰林学士等职。在政治上，他积极支持主战派张浚。张浚秉政，与义为参知政事。不到一年，张浚罢相，与义亦引疾求去，不久病死在湖州。他的生平事迹详见《宋史》卷四百四十五《文苑》七《陈与义传》和张嵲《紫微集》卷三十五《陈公资政墓志铭》。

与义生活在南北宋交替时代，民族矛盾和阶级矛盾非常尖锐。他的一生，经历了北宋灭亡，南宋偏安，方腊起义，钟相、杨幺起义；经历了崇宁、大观以来中央王朝党派倾轧的激烈斗争。特别是靖康以来的战乱使他接触到广阔的现实生活，民族的苦难，国家的破败和屈辱，流亡生活的痛苦和艰辛，遍及南北的广大人民抗金救亡的呼声，这一切，激励着诗人，他终于唱出了充满爱国激情的战歌：

中兴天子要人才，当使生擒颉利来。正待吾曹红抹额，不须辛苦学颜回[①]。

这一类公然宣称要上马杀敌的雄壮歌声，反映了人民的意愿，和同时代另一位诗人曾几《茶山集》中的一些战斗诗篇，同样可以看作伟大爱国诗人陆游的先河。

自从方回论诗，把陈与义和杜甫、黄庭坚、陈师道拉在一起，硬派做江西诗派的一祖三宗②，人们也就习惯把陈与义算作江西诗派诗人，这实际上是一种误会。

我们知道，陈与义早在开德任教官时就和吕本中的叔父兼诗友吕知止一起写诗，他和吕本中本人也不止一次在一起互相唱酬③。可是，吕本中论诗，从来没有提到过陈与义，更没有把他的名字列入江西宗派图。一些和与义接近或稍后一点的人也只说他"上下陶、谢、韦、柳"④，或者把他和崔鶠相提并论⑤，而不算他做江西派。陈善《扪虱新话》上集卷四云"世以简斋诗为新体"，也没有提江西。严羽《沧浪诗话》论诗体则列有"陈简斋体"一项。注云："亦江西之派而小异。"这条注文很值得研究。

首先来看所谓"亦江西之派"。我们知道，当陈与义作为一个青年诗人登上诗坛时，正是黄、陈诗风风靡一世的时候，要他一点也不受影响是不能想像的。试把他的《邓州西轩书事十首》和黄庭坚的《病起荆江亭即事十首》这两组七言绝句拿来比较，则其所受黄诗的影响是再显然不过的。此外，与义论诗十分推重陈师道，把陈诗看做是"不可不读者"⑥，刘辰翁也认为与义的诗是"以后山体用后山"⑦。严氏所谓"亦江西之派"指的不外就是这些内容。只要想一想陆游、杨万里、姜夔这些诗人的创作生活的早期都曾受过江西派的影响，则陈与义的"亦江西"是不足为怪的。这里重要得多的倒是严氏说的后半句"而小异"三字，正是这点"小异"，才足以说明陈简斋之为陈简斋。

与义少时当学诗于崔鶠⑧，他后来经常提到崔鶠给他的两点启示：一是"忌俗"，二是"不可有意用事"⑨。这两点，实际上是说对于当时流行的江西派诗风，必须扬长避短。"忌俗"本来是江西派的主张，黄庭坚就说过"宁用字不工，不可语俗"，陈师道也主张"宁僻毋俗"。这种主张，就其唾弃凡庸、不主故常、提倡诗歌创作中的独创精神来说，是具有积极意义的。葛胜仲在评论与义时就指出，他的诗"务一洗旧常畦迳，意不拔俗，语不惊人，不轻出也"⑩。这正是"忌俗"精神的体现。所谓"不可有意于用事"，则显然是针对江西派所提倡的"脱胎换骨"、"点铁成金"、"无一字无来历"之类的"以学为诗"的不良倾向提出的。与义的诗歌创作在一定程度上实践了崔鶠给他的这一启示。他尝举"开门知有雨，老树半身湿"（《休日早起》）二语以示人，认为这是平生最得意的句子；而龚相、朱松也特意拈出这两句诗来揣摩简斋诗法⑪。这种冲口直致、浅语入妙的诗和江西派"猎奇书，穿穴异闻"⑫的作风何止是"小异"？而这恰恰是陈与义努力追求的诗境。张戒在《岁寒堂诗话》中叙述自己和与义论诗，曾举出与义《贞牟书事》中的"神仙非异人，由来本英雄"，

"苍山雨中高，绿草溪上丰"几句大加赞扬⑬。这也是钟嵘所谓"多非补假，皆由直寻"的好诗，和江西派末流的"拘挛补衲"也是大相径庭的。

陈与义不像那些"预此宗流，便称才子"（钟嵘语）的人，对于诗，他有自己的见解和风格。刘克庄说："元祐以后，诗人迭起，一种则波澜富起而句律疏，一种则锻炼精而性情远，要之不出苏、黄二体而已。及简斋出，始以老杜为师。""以简严扫繁缛，以雄浑代尖巧，第其品格，当在诸家之上。"⑭刘辰翁说："惟陈简斋以后山体用后山，望之苍然，而光景明丽，肌骨匀称。""则后山比简斋刻削，尚似矜持未尽去也。"⑮这些评论，着重指出与义诗能在苏、黄、陈诸大家影响之外自开户牖，自辟畦径，发展自己独特的诗歌风格。这一点，与义自己是清楚地意识到了的，他说："要必识苏、黄之所不为，然后可以涉少陵之涯涘。"⑯为了摆脱苏、黄的影响，他广泛地向前代诗人学习。他不仅提倡学建安，学六朝⑰，而且有取于晚唐的苦吟；然其心目中的最高标准始终是杜甫。他主张"取诸人语，而掇入少陵绳墨之中"⑱。如果说与义前期诗歌主要是从艺术技巧方面去学习杜甫，那么，经过靖康之难这个天崩地塌的大变动，他"在流离颠沛之中，才深切体会出杜甫诗里所写安史之乱的境界，起了国破家亡、天涯沦落的同感"，从而认识到杜甫是自己"患难中的知心伴侣"；"要抒写家国之恨，就常常自然效法杜甫这类悲壮苍凉的作品"。⑲与义靖康元年避地南奔的第一首诗《发商水道中》说："草草檀公策，茫茫杜老诗。"他的《正月十二日自房州城遇虏至》诗又说："但恨平生意，轻了少陵诗。"他对杜甫有了更深的领会，他的诗进了一步，有了雄阔慷慨的风格。今集中五律如《发商水道中》、《至叶城》、《闻王道济陷虏》、《渡江》、《刘大资挽词二首》等，七律如《登岳阳楼二首》、《巴丘书事》、《再登岳阳楼感慨赋诗》、《除夜》、《次韵尹潜感怀》、《伤春》等，五古如《次舞阳》、《次南阳》、《北征》、《正月十二日自房州城遇虏至》、《均阳舟中夜赋》等，都写得苍凉悲壮，忧愤深广；特别是七律，沉郁顿挫，颇能逼近杜甫，而又不失与义个人的特色。与义的五言排律和七言古诗写得不多，但五言排律如《道中书事》、《感事》，七古如《居夷行》、《雷雨行》，都显然带着学杜的色彩，但力量较弱，不能达到杜甫那种苍莽横绝、波澜壮阔的境界。总之，在宋代诗人学杜中，陈与义是较有成绩的一个，因为他能够做到骨肉停匀。

与义诗除了学习杜甫，集中的许多诗篇，就其语言风格而论，往往接近于韦应物、柳宗元。特别是一些五言古诗，格瀓而奇，趣新而妙，在宋诗中是别具特色的。这大约和他早年受到崔鷗的影响有关。崔鷗有《婆娑集》三十卷，今已无传，但从他的一些佚诗看，其造诣是较高的。《宋史·崔鷃传》称他"清峭雄深，有法度"。晁公武也称他"清婉敷腴，有唐人风"。刘克庄云："诗至于深微，极玄绝妙矣。""唐人惟韦、柳，本朝惟崔德符、陈简斋能之。"⑳这就透露了此中的消息。张嵲称陈与义诗"体物寓兴，清邃超特，纡徐闳肆，高举横厉，上下陶、谢、韦、柳之间。"近人冯煦也说与义诗具有"一种萧寥遹峭之致，譬之缭涧邃壑，远绝尘埃"㉑。这些评论，大约都是就其五言古体说的。集中如宣和五年在汴京写的《夏日集葆真池上以绿阴生昼静赋诗得静字》一首就是这方面的代表。明代的评论家一般鄙薄宋诗，但像与义的"云间落日淡，山下东风寒"，"生身后圣哲，随俗了悲欢"（《江行晚兴》）；"微阴拱众木，静夜闻孤泉"（《今夕》）；"残晖度平野，列岫围青春"（《瞑色》）。这些诗句，在当时也被誉为是"脍炙艺林"的㉒。大抵与义五古重意境，善白描，每每从闲淡处取神，这和江西派诗风也是各异其趣的。

陈与义的七言绝句也很有自己的特色。除《墨梅五首》乃其成名之作，《邓州西轩书亭十首》等学杜、学黄，但又"不为已甚"者外㉓，张邦基则称其"中庭淡月照三更"（《秋夜》），以为不减王荆公"极为清婉"之作㉔；叶寊举其"忽有好诗生眼底，安排句法已难寻"（《春日》），以为"静中置心，真与见闻无毫末隔碍，始得此妙"㉕；王士禛对与义颇有微词，但也称引"独凭危堞望苍梧"（《坡上晚思》），以为"可追踪唐贤"㉖；潘德舆则举出"卷地风抛市井声"（《清明》），以为"与唐人声情气息，不隔累黍"，"明珠美玉，千人皆见"㉗。试看下面这首《中牟道中》：

> 杨柳招人不待媒，蜻蜓匹马忽相猜。如何得与凉风约，不共尘沙一并来！

这是宣和四年夏秋之间，与义丁母忧服除，自洛归京道中之作。寄兴深微，把当时中央王朝党派倾轧的黑暗现实，诗人洁身自好、防嫌畏祸的矛盾心情，曲折地表现了出来；而诗歌摄取的生活形象又是那么清新、真切，可以感觉，发人深省。

陈与义在中国文学史上是一位有影响的诗人。早在南宋时候，朱熹就称他"词翰之绝伦"㉘。他的父亲朱松、叔父朱槔，以及龚颐正的父亲龚相，与义的表侄张嵲都是陈与义诗风影响下的诗人㉙。陆游集中也有《追和陈去非韵》的诗㉚。连道旁逆旅偶然出现一首无名人的题诗，人们也一见而知其为"盖学陈简斋诗法者"㉛。到了宋末元初，由于刘辰翁、方回等人的推崇和提倡，学简斋诗的越来越多。程文海《雪楼集》卷十五："自刘会孟尽发古今诗人之秘，江西诗为之一变，今三十年矣，而师昌谷、简斋最盛，馀习时有存者。"特别值得一提的是，一个名叫陈从古的诗人竟然次韵和了《简斋集》中全部五百多首诗㉜。这除了东坡和陶，方千里、杨泽民、陈允平《清真词》，在文学史上也是很少见的。到了明代，"那些推崇盛唐诗的明代批评家对'苏门'和江西派不甚许可，而看陈与义倒还觉得顺眼"㉝。清代如万鹗、陈沆都是专学简斋诗的。清末学宋诗之风大行，受他影响的人就更多了㉞。而他的"微波喜摇人，小立竢其定"，寄兴深微，七百多年后，还在人们心中引起强烈的共鸣㉟。

陈与义除了写诗，在他创作的后期，还写了数量不多但质量却很高的词，收在现存《无住词》中的仅仅只有十八首，曾慥曾将其全部选入《乐府雅词》。这些词黄升称之为"语意超绝，识者谓可摩坡仙之垒"㊱，王灼称他"佳处一如其诗"㊲。元好问说："坡以来，山谷、晁无咎、陈去非、辛幼安俱以歌词取称。吟咏性情，留连光景，清壮顿挫，能起人妙想；亦有语意拙直，不自缘饰，因病成妍者，皆自坡发之。"㊳如果说，陈与义的某些爱国诗篇开了陆游诗的先河，那么，《无住词》在某种意义上说也开了稼轩词的先河。

最先给陈与义集作注的是南宋光宗绍熙年间的胡稚仲孺。胡氏的生平事迹不详。楼钥称他"约居力学，日进不已"，大约是一位名位较低的士人。这个注本和其它几种宋人注宋诗相比虽非上选，但人们对它的评价还是比较好的。楼钥说它"贯穿百家，出入释老，旁取曲引，能发简斋之秘"㊴，阮元也说"凡集中所与往还诸人，亦一一考其始末，固读与义集者所不能废也"㊵。这些评论，大体上是符合实际的。盖胡氏去简斋年代不远，耳目相接，一些材料可能得自故老相传，对于我们今天的读者来说，弥可珍贵。可是，也正因为时代相隔太近，一些我们今天能够见到的东西，在当时尚未流传，胡氏反而不能见到（如葛胜仲的《丹阳集》之类）。这就使胡注不可避免地会出现某些失误和漏略，亟有待于后人的补正。

本书就是为补正胡氏旧注而作的。总的说来，在笺语部分用力尤多，其要点在于人、地、时、事的征实，意在为治简斋诗者提供一些更具体的背景材料。例如开卷第一首诗中的文骥、刘宣叔、张景方以及全书中许多较偏僻的历史人物如王道济、夏致宏、叶天经等等，胡氏或未注，或语焉不详。本书则详加考索，或为读者提供一些进一步探讨的线索。毫无疑问，弄清作者本人的生活经历及其友朋往来踪迹，对于理解作品，是十分必要的。例如，不了解与义建炎二年曾有一段权摄知均州的经历及其与席益的先后任关系㊶，则《江行野宿寄大光》（卷二十四）诗中"平生正出元子下"云云的用事精切，就不能得到说明；而《均阳官舍》、《同通老用渊明韵》（卷十九）诸诗也就难于索解。不了解与义和葛胜仲的亲密关系，则与义在汝州三年的生活和创作，他后来谪监陈留酒税的原因、特别是《外集》中的大量诗篇就很难解释清楚。本书对与义友朋唱酬之作，如葛胜仲、吕本中、张元干、张嵲诸人的作品亦尽力加以搜求，各笺入有关诗篇之后，意在更有力地显示出当时创作的具体环境和与义诗的独创风格。其无具体诗篇可附者，则编入书末附录四《制诏酬赠哀祭》卷内，以为读者知人论世之一助。这里值得一提的是陈从古《和浯溪诗》一首，是直接录自崖壁，七百多年来还是第一次得到记录，也是他《和简斋集》五百多首诗中保留下来的唯一一首诗；厉鹗《宋诗纪事》也未提到这个诗人。

与义诗有看似易懂，但如果不弄清其具体历史背景实难真正读懂，甚至产生误解的。如：《书怀示友》（卷三）诗之"试数门前客，终岁几覆车"云云，本书根据《靖康要录》、《三朝北盟会编》诸书所载史实，说明诗人"门前覆车"之叹决非无病之呻吟。又如《若拙弟言汝州可居》（卷六）诗，则详细考查了李彦查田之病民以及葛胜仲与与义兄弟的特殊关系，从而较具体地阐明了诗人陈与义的政治态度。它如《闻王道济陷虏》（卷十九）、《避贵寇入洞庭》（卷二十一）、《伤春》（卷二十六）诸诗的历史背景均有非注不可而胡氏未注或注而不详的，则广引群书，加以必要的补充。其有由于不了解写作的时代背景而造成对诗意的误解的，如《秋日客思》（卷十六）之"诸公共得何侯力，远客新抄陆氏方"二语，则确有所据地对方回、纪昀的误解提出不同看法。又《襄邑道中》（卷四）一诗的编年问题，是理解与义早期诗歌的关键，胡氏年谱将此诗编在政和七年，造成了一系列的矛盾。又《书怀示友》诗第七首，胡氏牵涉"北虏背盟"事，亦与时代、诗旨不合，凡此皆就鄙见所及，一一加以厘正。

胡氏于诗中典故、成语出处的笺注用力尤勤，创获亦多，本书的注文部分亦多加采用，但也进行了一番爬梳整理工作，包括补题篇卷，增注缺略，删汰繁琐，订正失误等。对于胡注所引诸书，绝大多数查对了原文。经过整理，对胡氏原文颇有更改。因此，除了一些必要的地方，一般不题"胡注"云云。非敢掠美，实有所不得已者。鉴于《简斋集》刻本错讹，注文尤甚，实有不胜其校者。今既不题"胡注"，遇有错讹，则根据原书或有关资料直接加以订正，省去对注文另出校语。如《中秋不见月》（卷十）诗注文引《宣室志》，颇多错讹。则据《类说》、《太平广记》所引加以订正。有些地方，对于今天读者是非注不可的。如《同周绍祖分茶》（卷六）的"分茶"二字胡氏无注，则加以补注。至于胡注本身的显然失误，如《葛工部写经》（卷七）诗的"葛工部"，胡氏误注为葛胜仲，则据《丹阳集》、《归愚集》有关资料改为胜仲之兄和仲。《寄若拙弟兼呈二十家叔》（卷六）诗"政须青山映白发"乃用苏轼《子由复至齐安以诗迓之》"早晚青山映华发"，胡注误引作柳子厚诗。《和渊明止酒》（卷八）诗"奈何刘伶妇，苦语见料理"的"料理"，胡注引桓冲云云，刚把意思弄反了。此条钱钟书先生已有驳正，则据《管锥编》加以订正。按钱氏《管锥编》中论及简斋诗各条，极多精辟之见，又张相《诗词曲语辞汇释》对与义诗中某些词语的疏解亦颇多胜义，本书注文部分亦多所采用。

又《刘须溪评点简斋诗集》十五卷本，对胡注进行了删节，又加了一些新注。新注有的注明"增注"，有的没有。这个"增注"未知出于何人之手。据《夜赋寄友》诗增注有"须溪先生诗中用米嘉，亦此例"云云，可以肯定不是刘辰翁本人手笔，很有可能是他的门人弟子所为。增注中常常引"中斋云"，按中斋乃邓剡之号。剡字光荐，号中斋，庐陵人。景定三年进士，祥兴时历官礼部侍郎。剡乃文天祥客，和刘辰翁是同乡，常在一起唱酬，宋亡以义行者。有《中斋集》，今佚。厉鹗《宋诗纪事》卷七十九载其诗八首，唐圭璋《全宋词》辑其词一卷，丁传靖《宋人轶事绘编》卷十九引《遂昌杂录》载其《鹧鸪词》及《文丞相画像赞》各一首。增注或补充胡注，或订其讹误，或评品诗词，颇有一定的见地。本书亦颇加采用。这样，本书的注文部分实具有集注的性质。

《外集》中的诗历来无注本，今则新为之注。这并不是一项简单的工作，例如，开卷第一首诗中"易元光"的出处，我是求索多年不得，最后还是在我的朋友谢宇衡同志的帮助下才找到的。这使我感到，即使要达到胡注的水平也大非易事。《外集》诗中偶有双行夹注，从内容、语气看有部分是与义自注，有部分则注者未详，今一并沿用。

陈与义集的最早刻本是绍兴十二年壬戌毗陵周葵于吴兴所刻，葛胜仲为之序。周葵字立义，常州宜兴人，《宋史》卷三百八十五有传。宣和四、五年间，与义任太学博士，葵"时为诸生，专取先生之文以为准的"（本集卷十七《无题》诗胡注）。与义参知政事，尝用葵为湖南提刑未就；又尝密荐之于朝[42]。葵后除殿中侍御史，以忤秦桧落职，起知湖州。至是取《简斋诗》"离为若干卷（按周刻十卷，见刘须溪评本《葛工部写经》诗增注），委僚属雠校而命工刻版"[43]。时距与义之殁甫四年也。晁公武《郡斋读书志》卷十九云："周葵得其家所藏五百余篇刊行之，号日《简斋集》。"是周葵刻本所据为陈氏家藏稿。沈曾植《寐叟题跋》卷一云：《墨林快事》"宋刻《陈简斋集》是公自书上木，醇古丰圆，出自《黄庭》，然则周葵所刻非但为公自订本，且为自书本也。"今按《墨林快事》十二卷，明安世凤撰，北京图书馆有抄本六册，王兰泉旧藏。沈氏所引见原书卷七。然考安氏原文有"诗则又集中最合作者"及"况于集之大全，恨不及请益"等语，则安氏所见非全集，沈氏以为即周葵刻本，恐不足据[4]。自胡笺本行而周刻遂亡，不识天壤间尚有此绍兴刻本否。

与义诗宋代刻本除周刻绍兴本及胡注绍熙本二种外，据刘须溪评本增注所引尚有武冈本、闽本二种。这两个本子未见诸家著录，赖增注保留了一些佚文，弥足珍贵。例如胡注本卷二十六无《次周漕示族人韵》至《别诸周》七首，瞿、黄、蒋刻皆同；丁氏八千卷楼藏旧抄本、聚珍本有之，查增注，始知出于武冈本所附拾遗。又《别诸周》一首，丁抄、聚珍本均误"周"作"州"，此本不误。又与义建炎四年避地邵阳依紫阳周氏以居，拙著《陈与义年谱》尝疑周氏盖与义妻族，今此本所引古汴姜桐跋语果有"紫阳周氏甥馆"之语，给鄙说提供了直接证据，这些都是极可贵的。

我此次校勘《陈与义集》采用《四部丛刊》影印瞿氏铁琴铜剑楼藏宋本《增广笺注简斋诗集》及《四部丛刊》影印元抄本《简斋诗外集》作为工作底本（简称原本）。因为《四部丛刊》流行较广，其据以影印的底本又都是现存与义集最早的版本。《丛刊》所据的两种底本今并藏北京图书馆，已取与影印本对校。此外，还校了以下各本：

一、黄丕烈藏宋本《增广笺注简斋诗集》三十卷，《无住词》一卷。卷十至三十系抄配，现藏北京图书馆。《北京图书馆善本书目》题作元刻本。（简称黄本）

二、蒋国榜影刻宋本《增广笺注简斋诗集》三十卷，《无住词》一卷，《简斋诗外集》一卷。其《外集》则据瞿氏所藏元抄本影刻。（简称蒋本。又中华书局《四部备要》本据蒋本校刊，错讹较多，且多臆改，今不以入校。）以上二本与瞿本同出一源，但亦小有异同。

三、李盛铎藏日本翻刻明嘉靖朝鲜本《须溪先生评点简斋诗集》十五卷，现藏北京大学图书馆。今据1982年中华书局版点校本《陈与义集》转引（简称李氏藏本）。由于未见原书，凡所称引，皆标明"点校本引"，以示不取掠美；且冀能得原书一复校也。

四、丁氏八千卷楼藏旧抄本《简斋诗集》十五卷，现藏北京图书馆，书面题"八千卷楼支架"。（简称丁抄）

五、武英殿聚珍本《简斋集》十六卷。（简称聚珍本。冯校称库本，同）

六、宜秋馆本《简斋诗外集》一卷（简称宜秋馆本），北京图书馆藏。

七、汲古阁《六十名家词》本《无住词》一卷。（简称毛本）

八、朱祖谋刻《彊村丛书》本《无住词》一卷。

此外，还参校了以下诸书：

一、万历刻本潘是仁编《宋元诗四十二种》，北京图书馆藏。（简称潘本）

二、《宋诗钞》一百六卷，通行本。

三、《瀛奎律髓》四十九卷，道光间纪昀《刊误》本。

四、《永乐大典》二百册，影印本。所收乃胡注本。

五、蔡正孙《诗林广记》十卷，中华书局1982年新校弘治本。

六、《全芳备祖》前集二十七卷，后集三十一卷。农业出版社影印日本藏宋刻残本配旧抄本。

此外，还校了几种与义手书诗稿：

一、故宫博物院藏与义手书《水仙诗》墨迹，故宫周刊影印。

二、明嘉三十七年长洲文氏《停云馆帖》刊《陈简斋诗卷》。

三、清镇洋毕氏《经训堂帖》刊《简斋诗卷》所据旧校，则有：

（一）黄丕烈校本。北京图书馆藏黄氏藏本有校语多条。（简称黄校）

（二）莫友芝校本。刘翰怡旧藏，原书未见，据冯煦校本转引。（简称莫校）

（三）冯煦校本，蒋刻本后附校勘记。（简称冯校）

其它据以参校诸书尚有祝穆《方舆胜览》等地理书及名种诗话、杂著，不一一列出。

末了，关于书后的几种附录，还有几句话要说。一是关于佚诗文，这里只是一个初步的辑集。由于得书不易，像北京图书馆所藏明抄本《诗渊》这一类的资料都没有见到。我希望以后能有机会加以增补。又，关于几篇辑自《宋会要》和《建炎以来系年要录》的奏议，可能经过史臣删节，未必是与义原本。鉴于与义遗文传世不多，片言只句都是可贵的，因而把它搜在一起，希望读者分别观之。二是年谱，仍然采用胡氏原谱，以其首创之功，作为历史文献理应加以保留。拙著《陈与义年谱》五卷，已由中华书局出版，篇幅较大，未便附入。拙著《年谱》与诗笺各有侧重，可以相辅并行。三是前人对与义诗的评论，涉及某一首诗的，即附于原诗之后；无具体诗篇可附的，则收入集评。至于论者的褒贬不一，言各有当，皆保存其本来面目，希望读者自己去择别。

原载《成都大学学报》1990年第4期

注释：

① 本集卷十七《题继祖蟠室三首》之三。

② 散见于方回著作里。例如《桐江集》卷五《刘元贞诗评》，《桐江续集》卷三十一《孟衡湖诗集序》，《瀛奎律髓》卷十六陈与义《道中寒食》诗批语等。

③ 详见本集卷一《送吕钦问监酒受代归》卷十一《游慧林寺分韵》卷二十七《次韵谢吕居仁》诗笺。

④ 张嵲《紫微集》卷三十五《陈公资政墓志铭》。

⑤ 刘克庄《后村诗话续集》卷二。

⑥ 徐度《却扫编》卷中。

⑦ 《增广笺注简斋诗集》卷首《简斋诗笺序》。

⑧ 据王象之《舆地纪胜》卷六十七又称与义少时尝学诗表兄张会川，而会川之子张嵲后来又学诗于与义。所称会川《沧浪集》及与义所作《沧浪集引》均已失传，无由加以论列。

⑨ 方勺《泊宅编》（十卷本）卷九，徐度《却扫编》卷中。

⑩ 《丹阳集》卷八《陈去非诗集序》

⑪ 胡稚《续添简斋诗笺正误》卷十二，龚颐正《芥隐笔记》，傅自得《韦斋集序》。

⑫ 刘克庄《江西宗派小序》。

⑬ 张戒《岁寒堂诗话》卷一。

⑭ 《刘克庄后村诗话前集》卷二。

⑮ 刘辰翁《简斋诗笺序》。

⑯ 《简斋诗外集》卷首载晦斋《简斋诗集引》。

⑰ 张戒《岁寒堂诗话》卷一。

⑱ 葛立方《韵语阳秋》卷二。

⑲ 钱钟书《宋诗选注》，1979年版，第116至117页。

⑳ 晁公武《郡斋读书志》卷十九，刘克庄《后村诗话续集》卷二。

㉑ 张嵲《陈公资政墓志铭》，冯煦《增广笺注简斋诗集序》。

㉒ 安世凤《墨林快事》卷七。（北京图书馆藏抄本）

㉓ 胡应麟《诗薮外编》卷五。

㉔ 张邦基《墨庄漫录》卷六。

㉕ 叶寘《爱日斋丛钞》卷三。

㉖ 王士禛《池北偶谈》、《带经堂诗话》卷九。

㉗ 潘德舆《养一斋诗话》卷五。

㉘ 朱熹《文公文集》卷八十一《跋陈简斋帖》。

㉙ 朱松、龚相见注②。朱槔《玉澜集》有《夜坐池上用简斋韵》。张嵲见《宋史》卷四百四十五《文苑张嵲传》。

㉚ 陆游《剑南诗稿》卷四十六有《闲中信笔二首其一追和陈去非韵其一追和王履道韵》诗。

㉛ 魏庆之《诗人玉屑》卷十九引《玉林诗话》。

㉜ 周必大《省斋文集》卷三十四《朝散大夫直秘阁陈公从古墓志铭》，同书卷十七《跋陈晞颜从古和陈简斋去非诗》，杨万里《诚斋集》卷七十九《陈晞颜和简斋诗集序》。参看本集卷二十七《同范直愚单履游浯溪诗》笺。

㉝ 钱钟书《宋诗选注》。

㉞ 陈衍《石遗室诗话》卷三。

㉟ 李慈铭《越缦堂日纪》第四十三册云："(沈) 子培言及人情之变幻，因举似东坡诗云：'微波偶摇人，小立待其定'，为我辈今日说法也"。按所引乃陈与义《夏日葆真池上分韵诗》，《日记》偶误。

㊱ 黄升《中兴以来绝妙词选》卷一。

㊲ 王灼《碧鸡漫志》卷二。

㊳ 元好问《遗山文集》卷三十六《新轩乐府引》。

㊴ 楼钥《简斋诗笺叙》，此叙载胡注本《简斋集》卷首，今本《攻媿集》失收。

㊵ 阮元《研经室集》卷三。

㊶ 此事本传、墓志、年谱均不载，惟王象之《舆地纪胜》卷八十五载之。

㊷ 详见拙著《陈与义年谱》绍兴八年条。

㊸ 葛胜仲《陈去非诗集序》。

㊹ 参看本书附录六《诸家著录题识》。

宋初诗坛及"三体"

白敦仁

方回《桐江续集》卷三十二《送罗寿可诗序》云："宋划五代旧习,诗有白体、昆体、晚唐体。白体如李文正、徐常侍昆仲、王元之、王汉谋;昆体则有杨、刘《西昆集》传世,二宋、张乖崖、钱僖公、丁崖州皆是;晚唐体则九僧最逼真,寇莱公、鲁三交("交"当作"江",鲁交有《三江集》)、林和靖、魏仲先父子、潘逍遥、赵清献之父("父"当作"祖",指赵汴祖湘,湘有《南阳集》)。凡数十家,深涵茂育,气极势盛。"杨亿《文公谈苑》亦列举宋初三代诗人名目及其选句,凡三十九人。其称"前辈"者有杨徽之、梁周翰等五人;称"侪流"者,郑文宝、薛映等十人;称"后来著声"者,路振、钱熙等二十四人。至于达官如李昉、寇准,处士如杨朴、魏野、郭震、潘阆,缁流如九僧(胡应麟谓九僧当与寇准、杨亿同时),尚未道及。《谈苑》所举,除徐铉、王禹偁、刘筠、钱惟演、林逋外,一般很少有人提到。所举如杨钦之、姚宝臣(疑即姚铉,铉字宝之),厉鹗《宋诗纪事》亦未载。(《谈苑》多误字,所举如范宗当即范杲,吴俶当即吴淑,李洪当即李拱,王鲁当即王曾,李堪当即李湛。)以上诸人,杨氏以为"并工诗者也"。则宋初诗坛并不寂寞。至其风格流别,则方回"三体"之论是比较符合实际的。一些文学史论著谈到宋初诗坛,仅仅提一下王禹偁和西昆体;有的甚至把王禹偁描写为反对西昆体的英雄;有人又说宋初惟白居易一派最风行,晚唐、昆体皆后出。这些看法颇值得商榷。本文拟对宋初八十年诗坛面貌作一简单论述并涉及"三体"间的关系。

一 白 体

《蔡宽夫诗话》云:"国初沿袭五代之余,士大夫皆宗白乐天诗,故王黄州主盟一时。"这个提法很值得注意。有人说,王禹偁学白居易是为了反对五代诗风(包括方回"划五代旧习"的提法),这就不够准确了。因为"士大夫皆宗白乐天诗",正是"沿袭"五代余习。为了弄清问题,有必要回顾一下五代诗坛的情况。至于像李昉、徐铉这些著名的白体诗人本身就来自五代，就毋庸多说了。

白居易诗在唐代本来就毁誉不一，尽管有不少反对他的人，但始终不能阻止他广泛而巨大的影响。诋毁白居易诗最厉害的无过李德裕，他根本就不屑看白居易的诗。另外，皇甫湜、李珏、杜牧都是反对白居易诗的。皇甫湜说它是"桑间濮上之音"；李珏从政治的角度说是"轻薄之徒，讽刺时事"，以"鼓扇名声"；杜牧则称之为"纤艳不逞"。尽管如此，白居易诗的影响仍然不断扩大。晚唐诗人皮日休称之为"真才"，他在《七爱诗》中说："吾爱白乐天，逸才生自然。""立身百行足，为文六艺全。"钱易《南部新书》称白居易是"人才绝"。黄滔《黄御史集》云："前有李杜，后有元白。"张为《主客图》称之为"广大教化主"。白诗在当时广泛流行的情况正如元稹在《白氏长庆集》序中所说："二十年间，禁省、观寺、邮堠墙壁之上无不书，王公、妾妇、牛童、马走之口无不道。至于缮写模勒，街卖于市井。"所谓"价重鸡林"更是有名的故事。杜牧是反对白居易诗的，但也不能不承认它的影响之大，"流于民间，书于墙壁，子父女母，交口教诵，淫言媟语，冬寒夏热，入人肌骨，不可除去"。最奇怪的是所谓"白舍人行诗图"，《全唐诗话》赵武建条记载："有人周身用白乐天诗意刺涅"，号称"白舍人行诗图"。王士禛《带经堂诗话》亦云，"荆州街子葛青，自项以下遍身刺白乐天诗，凡三十余处"，人称"白舍人行诗图"。

但是，人们喜爱的究竟是白居易的哪些诗？这才是问题的关键所在。这个概念和我们今天不同，我们今天一提到白居易诗就会想到《新乐府》、《秦中吟》，但历史上白诗的主要影响却不在这方面。元稹就说过："乐天《秦中吟》、《贺雨》、讽谕等篇时人罕能知者。"白居易自己也说："人所爱者悉不过杂律诗与《长恨歌》以下耳。"陈寅恪在《元白诗笺证稿》中指出，当时见相仿效的所谓元和体，不是《新乐府》、《秦中吟》，而是那些通俗流畅，音韵优美，"次韵相酬之长篇排律"和"杯酒光景间之小碎篇章"。有没有人重视白居易的讽谕诗呢？有的。《南部新书》就记了两个人：一是四明胡抱章，有《拟讽谕诗》五十首，流行于东南，但"其辞甚平"；另一个是孟昶时人杨士达，也有仿白居易《讽谕诗》五十首，钱易说他"颇讽时事"。此外，《宋史·孟蜀世家》说欧阳迥也写过五十首《讽谕诗》，但都没有流传下来，恐怕都是由于"其辞甚平"吧？至于宋人，更是有意识地避开白居易的这一面，例如张舜民就指出白居易《新乐府》是"近乎骂"，并写了五十首《孤愤吟》以"压之"。王禹偁在白体诗人中的卓越之处，不在于他一般地学习白居易，而在于他继承和恢复了白居易诗中的现实主义传统。他说："本与乐天为后进，敢期子美是前身。"他把白居易和杜甫连在一起说，这就和一般白体诗人有了很大的不同。他对杜甫诗的看法也与前人不同，他说，"子美集开诗世界"，着眼于杜甫诗的"开来"方面，而不是强调他的"集大成"，强调他的"继往"方面。

毛奇龄《西河诗话》论到白居易诗之所以广泛流传及其在历史上产生的积极的和消极的影响。他说：从盛唐开、宝全盛之后，诗人们"皆怯于旧法"，感到像盛唐诗人那种高格响调不容易学，于是"思降为通俗之习"。白居易开其端，元稹等继之，诗变得容易做了。这就是白诗广泛流行的原因。至其影响，从好的方面说，"能者为之，变官样而就家常"，即是说，他抛弃了那些冠冕堂皇的官样文章，使诗歌更接近生活，连身边琐事都可以入诗，扩大了诗的题材范围。但坏的方面，"不能者为之，卑格贫相，小家数，驵侩气，无所不至"。这话是很有道理的，白居易自己也说他的诗"非求宫律高，不务文字奇"。明人江进之《雪涛小书》说："白居易诗不求工，只是好做。"这种"只是好做"的结果，正如王世贞《艺苑卮言》所说："张打油，胡钉铰，此老（白居易）便是作俑。"

五代士大夫好学白居易，正是着眼于白诗的浅俗易做方面，像冯道就是其中的代表。胡应麟《诗薮·杂编》云："自欧氏不立《文苑传》，世率以冯瀛王辈俚语为五代诗，不知亦颇有工细者。"胡氏虽意在为五代诗辩护，但也承认冯道诗在五代士大夫中是有代表性的。宋人笔记载冯道诗如："但知行好事，莫要问前程"，"须知海岳归明主，未省乾坤陷吉人"之类，真是俚俗之气可掬（吴处厚《青箱杂记》载其全篇）。吴处厚还记载他在相国寺买到冯道诗一帙，拿给邵尧看，邵说："子诗格似白乐天，今又爱冯瀛王，将来捻取个豁达李老。"（原注：庆历中，京师有人号豁达李老，好吟诗而诗多鄙俚。）这说明冯道正是所谓"学白乐天"者。至于《青箱杂记》所载如《孩儿诗五十韵》、《老儿诗五十韵》之类，望其题目即可断定其为打油、钉铰无疑。

宋初白体诗人中较有成绩的如徐铉，前人称他文思敏捷，往往执笔立就，未尝沉思。他尝说："文速则意思敏壮，缓则体势疏慢。"所以他的诗往往使人感到"流易有余，而深警不足"（《四库提要》）。但如《喜李少保卜邻》诗"井泉分地脉，砧杵共秋声"这样的句子，也未尝不饶有思致。徐铉之所以"敏捷"，固然由于他的高才宿学，但白体诗"容易做"，恐怕也不无关系。另一个著名白体诗人李昉，前人称他"诗务浅切，效白乐天体"（《续资治通鉴长编》）。王禹偁《司徒相公挽歌》悼李昉也说他"须知文集里，全似白公诗"。他的著名的《禁林春直》诗"一院有花春昼永，八方无事诏书稀"，被方回称为"宋朝善言太平第一人"。但核对事实就不对了。据《续资治通鉴长编》卷六百二十一记载：雍熙三年，国子博士李觉上书说当时农村"富者有弥望之田，贫者无卓锥之地"，阶级矛盾是尖锐的。同书卷七百六十六载吕蒙正的话说："都城外死者甚众。"但李昉却说"八方无事"。这种诗，达官贵人可以接受，老百姓是不会点头的。

大抵宋初诗人学白居易体的，不仅继承了他那"非求宫律高，不务文字奇"的清浅平易的特点，同时也继承了元、白诸人次韵唱酬的习气。宋太宗就常常令从臣应制赋诗，并且"皆用险韵"（元、白唱和就尝用"蔌"、"絮"、"车"、"斜"这样的险韵），王禹偁诗"分题宣险韵，翻势得仙棋"，"恨无才应制，空有表虔祈"。写出了一时风气。现存宋人唱和诗最早的有苏易简等人的《禁林宴会集》，今存洪迈《翰苑群书》中。《青箱杂记》载李昉晚年经常与李至互相唱酬，二人诗格相类，世传有《二李唱和集》（罗振玉刊《宸翰楼丛书》引《二李唱和集序》）。这种分题限韵、连篇次韵的应制、唱酬之作，往往"因文造情"，更谈不上用诗歌反映深广的现实生活内容。宋真宗也爱写诗，《庚溪诗话》说他"每观一书毕，即有篇咏，命近臣赓和"。他的诗也是白居易体。《续资治通鉴长编》载真宗曾两次下诏表彰白居易：一次是景德四年，一次是大中祥符二年。景德四年，以白居易的后裔白利用为河南府助教，专门看守白居易的坟墓，修葺白居易祠堂；大中祥符二年命江州修葺白居易故宅。据说这是因为"嘉其能保名节"。其实，唐人中"能保名节"的何止一个白居易，独独表彰他，恐怕和当时统治阶级偏爱白体诗有关。

欧阳修《六一诗话》记了一个笑话："仁宗朝有数达官以诗知名，常慕白乐天体，故诗多得于容易。尝有一联云：'有禄肥妻子，无恩及吏民。'有戏之者云：'昨日通衢遇一辎骈车，载极重，而羸牛甚苦，岂非足下肥妻子乎？'"这个笑话说明人们对那些学白体诗的达官贵人们言不由衷、因文造情的诗风表示出来的不满。更坏的是还有一批粗制滥造的东西。宋代理学侵入诗歌，北宋虽不如南宋之甚，但已有相当的势头。《宋诗纪事》卷十一载一个精于《易》理的人叫丘濬写了两句诗："丑却天下妇人面，正得世间男子心。"真是村腐之气逼人。另外一个叫杜默的，曾经得到欧阳修的称赞说："杜默东土秀，能吟凤凰声。"但这只凤凰叫得很怪，他的《送石守道》诗说："圣人门前大虫，学海波中老龙，推倒杨朱、墨翟，扶起仲尼、周公。"简直是老鸦的声音。这样，王禹偁在宋初白体诗人中当然特别突出了。方回说，"元之诗学乐天"，但与一般白体诗人但求浅易者不同，有些诗"殊觉高古"。叶适《习学记言序目》云："王禹偁文简雅古淡，由上三朝未有及者，而不甚为学者所称，盖无师友议论故也。"然而，即使是王禹偁，在其《小畜集》中，深刻反映现实像《对雪》、《叹流亡》、《竹𥊚》、《对雪示嘉祐》之类的作品仍然不是很多；大抵五言古诗反映的生活面广一些，深一些，近体诗则多写个人生活及友朋酬答之作。这样，人们对于诗歌的要求，单靠白体诗就远远不能满足。因此，晚唐体也和白体一样，同样盛行于一时。

二　晚唐体

近来有一种说法，认为晚唐体和西昆体一样，都出现得较晚，宋初诗坛主要流行的只有白体一种。这是值得商榷的。持这种看法的，其主要根据是九僧等人登上诗坛的时间。不知九僧以前晚唐体已大有人在。事实是，和白体一样，晚唐体也是"沿袭五代"的又一种诗风。前引胡应麟《诗薮·杂编》称五代诗"亦颇有工细者"，正是指晚唐体。

王定保《唐摭言》卷十二云："元和中，元白尚轻浅，贾岛独变格入僻，以矫浮艳。"这句话值得注意，说明贾岛诗派的出现，一开始就是有意与白居易一派立异的。贾岛诗盛行于晚唐、五代，其影响之大可以说是很少见的。《唐摭言》卷十载李洞用铜铸贾岛，"事之如神"。李洞诗确实很像贾岛，如："马饥餐落叶，鹤病晒残阳。"全是浪仙句法，带有一种苦吟味和病态美。《资暇录》记：孙晟"尝画贾岛像置屋壁，晨夕事之。"《十国春秋》记：刘洞得贾岛诗法，长于五言律，自号"五言金城"。例子很多。闻一多先生《唐诗杂论》中有一篇论贾岛的文章，对贾岛诗派的出现及其在唐末、五代广泛流行的原因作了极好的分析，大意谓元和以来的时局愈来愈黑暗，诗人对时局也发出过自己的呼吁。可是无论是孟郊的怒骂还是白居易的泣诉，都无济于事。于是人们厌倦了，失望了，需要休息，而贾岛就在这时出现了。面对着那个"走上了末路的、荒凉、寂寞、空虚、一切罩在一层铅灰色调中的时代"，他不像"孟郊那样愤恨，或白居易那样悲伤，反之，他却能立于一种超然地位"去"端详它，摩挲它"；"他爱静，爱瘦，爱冷，也爱这些情调的象征——鹤，石，冰雪。……他甚至爱贫、病、丑和恐怖"。对于那些在苦闷中傍徨的青年人，"这里确乎是一个理想的休息场所"。"贾岛毕竟不单是晚唐、五代的贾岛，而是唐以及各时代共同的贾岛。"这段话，对于了解无论是九僧还是后来的四灵，都是很有启发意义的。

事实表明，宋初晚唐诗体（主要是学贾岛）的流行，和白体一样，都是"沿袭五代之余"，并不是九僧以后才流行的。《续资治通鉴长编》卷五十二记真宗时有个军人，殿前副都指挥使保静军节度使王汉忠酷爱贾岛、李洞诗，足见其影响范围之广。人们甚至拿贾岛作为评论诗歌的标准，例如，王溥《谢进士张翼投诗两轴》云："格调宛同罗给事，功夫深似贾司仓。"赵逢《怀梦英大师》云："吟容贾岛称诗匠，醉许刘灵（伶）作酒仙。"这都是九僧以前的情况。

宋初诗人学贾岛的很多，如李涛："扫地树留影，拂床琴有声。"欧阳詹："横琴遮远洞，举手出高峰。"卜震："雨壁长秋菌，风枝落病蝉。"又："老筇支瘦影，寒木凭吟身。"孟贯："扫叶林风后，拾薪山雨前。"孟贯诗在当时受到杨徽之的称赞，而杨徽之是所谓"十联诗在御屏风"的鼎鼎大名的诗人。杨本人不是晚唐体，但他的《湘江舟行》中"新霜染枫叶，皓月借芦花"之类的句子亦带有晚唐体的味儿。又如《四库》著录的释重显的《祖英集》二卷，句云："草随春岸绿，风倚夜涛寒。""片石幽笼藓，残花冷衬云。"也是晚唐体的明显例子。不一一举了。晚唐体诗人一般长于五言律，正如方回所说：他们"诗学贾岛、周贺，清苦工密，所谓景联，人人着意"，"每首必有一联工，又多在景联"，"往往有句无篇，缺乏盛唐浑成气象，但亦有锻炼之功"。

九僧活动的时期大约与寇准、杨亿同时前后，但欧阳修已举不出他们全体的名字，只记得一个惠崇。司马光《温公诗话》说，元丰元年秋在万安山玉泉寺得到九僧诗集，才把九个名字记下来。欧阳修所举惠崇的名句有"马放降来地，雕盘战后云"，"春生桂岭外，人在海门西"。并称"其佳句多类此"。但《六一诗话》同时又记了一个故事：士人许洞和诸僧一起做诗，提出禁用山、水、风、云、竹、石、花、草、雪、霜、星、月、禽、鸟等字，诸僧于是搁笔。说明他们题材的狭窄。惠崇可能是九僧中的冠冕，他曾自选平生佳句为《百句图》，刻石于长安。说明这些晚唐体诗人得意在一联半句，思路十分枯窘。例如，列在《百句图》中的"河分岗势断，春入烧痕青"一联，就有人讥讽他盗袭刘长卿、司空曙（《温公诗话》），说明这些诗人不仅思路狭窄，而且在意境方面也往往重复前人，少有自己的创造性开拓。

总的看来，宋初诗坛，学白体的多半是一些达官贵人，学晚唐体的除了寇准，多半是一些僧侣和布衣隐逸之士，这现象是很值得注意的。此外，白体诗人除王禹偁等少数几人外，一般流入浅易平庸，晚唐体又显得小巧零碎。这样，人们对于诗美的需要，不能不进行其它方面的探索，而西昆体就在这种情况下出现了。

三　西昆体

西昆体的出现，从总的方面说，在宋代诗歌发展中是一种消极现象，但在宋人眼里，并不否认它在当时所具有的某种革新的性质。方回在《瀛奎律髓》中指出："《西昆酬唱集》主旨华丽，盖一变晚唐诗体、香山诗体而效李义山。"又说："昆体一变，亦足以革当时风花雪月、小巧呻吟之病，非高才学博未易到此。"又说，西昆有"首变国初诗格"之功。大抵杨、刘都是很渊博的人，钱惟演也是"家储文籍侔秘府"（《本传》）。还应该看到当时刻本书的流行对文化、文学的巨大影响。《续资治通鉴长编》卷七十四记：大中祥符三年，有一次真宗召大臣、词臣一起赋诗，真宗命题，刘筠的诗写得最好。真宗说："筠词采颇赡。"接着说："今士大夫易得书籍。"向敏中马上补充说："国初惟张昭家有三史，今三史、《三国志》、《晋书》皆镂板，士大夫不劳力而家有旧典。"这些远离社会生活的词臣们，书读多了，自然对白体的淡泊无味，甚至俚俗，晚唐体的小巧呻吟、贫乏狭窄感到不满，于是，作为骈体文的孪生姊妹，选中了李商隐来学。"资书以为诗"，不仅是后来的江西派，也是昆体诗人们引以自豪的地方。

欧阳修并不一般地反对西昆体诗，《六一诗话》云："《西昆集》出，时人争效之，诗体一变。而先生老辈患其多用故事，至于语僻难晓，殊不知自是学者之弊。"他举出刘筠的《新蝉》："风来玉宇乌先觉，露下金茎鹤未知。"说："虽用故事，何害其为佳句也？"又引杨亿"峭帆横渡官桥柳，叠鼓惊飞海岸鸥"说："其不用典，又岂不佳乎？"（参《隐居诗话》）总而言之，"盖其雄文博学，笔力有余，故无施而不可。非如前世号诗人者区区于风云草木之类，为许洞所困者也"。这最后两句话很值得注意，说明欧阳修的肯定杨、刘，是针对晚唐体而言的。田况《儒林公议》也说，欧阳修认为西昆体虽雕琢，但"五代以来芜鄙之气由兹尽矣"。其着眼点仍然放在"首变国初诗格"方面的。《四库提要》云："《后山诗话》云：'《西昆酬唱集》对偶字句虽工，而佳句可录者殊少，宜为欧公之所厌。'又一条云：'君仅以诗寄欧公，公答曰：

"先朝杨、刘风采耸动天下，至今使人倾想。"岂公特恶其碑版奏疏，其诗之精工稳切者，自不可废欤?'二说自相矛盾。平心而论，要以后说为公矣。"联系上引《六一诗话》看，《提要》的说法是有道理的。欧阳修反对的是杨、刘等人的骈四俪六之文，并不一般地反对西昆体诗。

值得注意的是黄庭坚对西昆体的态度。袁枚《随园诗话》曾经提出这个问题，说："以山谷之奥峭，宜薄西昆矣，而诗云：'元之诗砥柱，大年若霜鹤，王杨立本朝，与世作郛郭。'"这问题袁枚没有回答。其实，叶梦得《石林诗话》已经说过："杨大年、刘子仪皆喜唐彦谦诗，以其用事精巧，对偶新切。黄鲁直诗体虽不类，然亦不以杨、刘为过。"《许彦周诗话》云："作诗浅易鄙陋之气不除，大可恶。客问何以去之，仆曰：熟读唐李义山诗与本朝黄鲁直诗而深思焉，则可也。"把李义山和黄鲁直联在一起说，这是一个很深刻的观点。又《风月堂诗话》云："李义山拟老杜诗云：'岁月行如此，江湖坐渺然。'真是老杜语也。……然未似老杜沉涵汪洋，笔力有余也。义山亦自觉，故别立门户成一家。后人捃其余波，号西昆体，句律太严，无自然态度。黄鲁直深悟此理，乃独用西昆体功夫，而造老杜浑成之地。"这段话在很深刻的程度上说明了山谷诗和李义山以及西昆体之间的联系和区别。简言之，在"资书以为诗"这点上三家实有共通之处（虽然所资之书不同）；在学杜一点上，则山谷与义山相通，而昆体则背离了玉溪精神；杨亿甚至说杜甫是"村夫子"，这就是西昆诗人不能真正学到李义山的原因。吕本中《童蒙诗训》从另一个角度指出山谷诗与李义山诗的关系，他说："义山《雨》诗：'槭槭度瓜园，依依傍水轩。'此不待说雨自然知是雨也。后来鲁直、无己诸人多用此体，作咏物诗不待分明说尽，只仿佛形容，便见妙处。如山谷《酴醾》诗：'露湿何郎试汤饼，日炙荀令炷炉香。'"这主要是从描写技巧方面说的。

西昆体是一个复杂的问题，需要从更多的方面加以研究，找出它失误的根本原因及其某些可取之处，以论定它在历史上的地位和作用。简单地加以肯定或否定都是容易的，但不能说明什么问题。

总之，宋初诗坛并不寂寞，但还没有超出中、晚唐诗的影响范围。直到欧、梅、苏登上诗坛，这情况才开始改变，而宋诗也才开始显示出自己的面貌。

原载《文学遗产》1986年第3期

南宋《江湖前、后、续集》的编纂和流传

胡念贻遗著

南宋《江湖前、后、续集》，今所存者大体见于《四库全书》所收《江湖小集》和《江湖后集》。《江湖小集》共收南宋诗人小集六十二家，它和明清时代流传的一套南宋人小集的一些钞本和刻本内容基本相同，名称却不一致。如汲古阁景钞宋本称《南宋群贤六十家小集》；吴焯收集到六十四家，序中称之为《江湖群贤小集》；而晚清传抄的吴焯本则题名《南宋人小集》；嘉庆时顾修读画斋重辑刊本称《南宋群贤小集》。《江湖后集》则是清代修《四库全书》时从《永乐大典》中辑录所得。《江湖前、后、续集》，我们可以称之为诗歌丛刊，因为它所收的每一家都有集名，而且各自独立。这一套丛刊，明清时代传抄和刊印保存下来的有七十余家，《四库全书》从《永乐大典》中所辑有四十余家①，总共一百一十余家。南宋诗歌借以保存的有一万余首，这是一个可观的数字。虽然它收在一个丛刊之内，但由于丛刊卷帙繁富，原本失传，而所收各家诗集，又都可以独立，传之者可以各随其便，各取所好，因此分合不一，小则十家、二十余家，多则六十余家至七十余家。编纂者又有陈起和陈思两说。这套丛刊是研究南宋重要诗歌流派江湖派的重要资料，研究南宋诗，不能不对它十分重视。研究这套丛刊时，应当对它的编纂和流传情况作必要的了解。

一 编纂者是陈起还是陈思

人们都知道，南宋陈起曾刻过《江湖集》。关于《江湖集》，方回《瀛奎律髓》卷二〇刘后村《梅花》诗后有一段批语："潜夫淳熙十四年丁未生，二十五为靖安尉，嘉定中从李大江制幕监南岳庙以归，诗集始此，有《南岳五稿》。……当宝庆时，史弥远废立之际，钱唐书贾陈起宗之能诗，凡江湖诗人皆与之善。宗之刊《江湖集》以售，《南岳稿》与焉。宗之赋诗有云'秋雨梧桐皇子府，春风杨柳相公桥'，哀济邸而诮弥远，本改刘屏山之句也。敖臞庵

器之为太学生时，以诗痛赵忠定丞相之死，韩侂胄下吏逮捕，亡命。韩败，乃始登第，致仕而老矣。或嫁'秋雨'、'春风'之句为器之所作。言者并潜夫《梅》诗论列，劈《江湖集》板，二人皆坐。初，弥远议下大理逮治，郑丞相清之在琐闼，白弥远中辍，而宗之坐流配，于是诏禁士大夫作诗。"这段记载很清楚，陈起刊《江湖集》，时间在理宗宝庆初②。这部《江湖集》里，刊有刘克庄的《南岳稿》，还刊有陈起的诗，此外所收，已难详考③。板被史弥远所毁，这部书可以想见在当时流传不多。待到史弥远死，诗禁解后，陈起遇赦，重操旧业，又刻起当时江湖诗人的诗集来，仍用"江湖"之名。《四库全书》所收《江湖小集》题陈起编；吴焯给所辑《江湖群贤小集》六十四家所写序中称"南宋钱唐人陈起，以鬻书为业，颇精雕板，当时称行都坊陈解元书肆"，认定《江湖群贤小集》中诗是他所刻；顾修读画斋重辑刊本《南宋群贤小集》题陈起编：这都是有根据的。

但是，另外一方面，除汲古阁景钞宋本未题编者名氏外，顾修《读画斋重刊〈群贤小集〉例》里说，查昌岐本题"宋陈思编"；晚清钞本吴焯本题"宋陈思选"。吴晗《江浙藏书家史略》于"陈思"条称"曾汇刻《群贤小集》，自洪迈以下六十四家，流传甚罕"；于"陈起"条下则说："尝刊《江湖集》以售，后以集中语有敖器之言，论列劈《江湖集》版，坐流配。"他认为陈起只刻过《江湖集》，而把《群贤小集》归到陈思。持陈思说者，实大有人在。

因此，《江湖前、后、续集》丛刊究竟是陈起编还是陈思编，这是应当解决的一个问题。

有人也许是想把这二说调和，于是提出了以下两种说法：

一种说法是陈思为陈起之子。

顾修在《读画斋重刊〈群贤小集〉例》里说："按起以能诗见重于时，编中有《芸居乙稿》，起所著也。思号续芸，殆起之子欤？别有《小字录》，《书小史》行世。"王昶《重刻〈江湖群贤小集〉序》里亦持此说，称"起父子"。按照此说，既然这套丛刊是"起父子"编刻，署名陈起或陈思都无妨，这样，矛盾似乎就解决了。但此说是不能成立的。

说陈思号续芸，不知有何根据，然而此说决不可信。陈起确有一子叫续芸，但他不是陈思。陈起约死于理宗宝祐四五年间④，李龏为周弼《端平诗隽》作序，末署宝祐丁巳（五年）冬至日，其中称"俾万人海中续芸陈君书塾入梓流行"，可见这时陈起已死，由续芸继业。陈起死后，陈起的朋友朱继芳有一首《赠续芸》的诗："谁谓芸居死，余香解返魂。六丁将不去，孤子续犹存。

科斗三生债，蟫鱼再世冤。向来诗作祟，挥涕对人言。"⑤从这首诗看出，续芸在陈起死后，虽然继承父业，在他的父辈面前，不过是被看作"孤子"。黄文雷《挽芸居》诗中，有"芸叶一窗千古在，好将事业付佳儿"⑥句，也表明陈起事业的继承者是一个青年。周端臣的《挽芸居》第二首有这样几句："遽闻身染患，不见子成名。易箦终婚娶，求棺达死生。"⑦这也说明陈起的儿子有"成名"的希望而还没有"成名"，并且婚娶未久。这当然包括续芸在内。

而陈思又怎样呢？陈思在理宗绍定五年，就编辑刊行了一部《宝刻丛编》，魏了翁、陈伯玉等替他作序。从魏、陈的序文看，陈思当时已是书肆老手。魏了翁称陈思"多为余收揽散逸，扣其颠末，辄对如响"，陈伯玉称陈思"且售且读，久之所阅滋多，望之辄能别其真赝"。陈起死时，上距陈思刻《宝刻丛编》已二十余年。假定陈思刻《宝刻丛编》时三四十岁，到陈起死时已是五六十岁了。陈思在度宗成淳三年刻了一部《书小史》，谢愈修作的序里说他对于陈思，"识之五十余年，每一到都，必先来访，证订名帖，饱窥异书"。序的末尾有一行："谢愈修书于西湖寓舍，时年七十有四。"谢愈修和陈思相识五十余年，二人年岁必然大体相当。这足以证明，陈起死时，陈思年已五六十岁决没有疑问。陈思怎么能够成为陈起的儿子呢？朱继芳等人诗里的续芸，怎么会像一个五六十岁的书肆老手呢？

另一种说法是将陈起和陈思合为一人。

《两宋名贤小集》中署名朱彝尊的跋即有此意。《两宋名贤小集》是清初发现的一部宋人诗集汇编，收集了两宋诗人小集二百余家，少者四五首，多者达三四百首。其中包括《江湖前、后、续集》丛刊的六十余家。署名"宋陈思编，元陈世隆补"。卷首有朱彝尊跋："按陈思所编《群贤小集》，当时艺流游客，多挟此以干谒时贵，称为'国宝新编'，又称《江湖集》者是也。镌本已属罕觏，近日海内藏书家间有钞本，而现在著名之集率皆不录，所以只有六十余家不等。噫！假非陈思编辑之力，此六十余家者保无有湮没勿传者乎？宜一书贾而为大儒所嘉叹也。此外百四十家，系其从孙世隆所编。"

又说："思所编《群贤小集》，皆其同时不甚显贵之人，刻于宋宝庆、绍定间。史弥远柄国，疑刘过集中有谤己之言，牵连逮捕，思亦不免，诗版遂毁。其从孙世隆，当元至正之末，复合两宋名人之诗，选而梓之。甫完数家，复遭兵燹。其稿本流传，日以散逸。而吾乡曹倦圃先生，仅得其十之二三，率皆糜坏，乃补缀成编，复汰其近日盛行诸集，留得二百余家，选宋诗者，当于此中求之。"

朱彝尊的这个跋，《四库全书总目》疑为伪托，说："案刊《江湖集》者，乃陈起非陈思。且《江湖集》所载，皆南渡以后之人，而是书起自杨亿、宋白，二书迥异，彝尊牵合为一，纰缪殊甚。然考彝尊《曝书亭集》，有《宋高菊磵遗稿序》，中述陈起罹祸之事甚悉，未尝混及陈思，而集中亦不载此跋，当由近人依托为之，未必真出彝尊手。"此跋是否朱彝尊手笔，当然还可研究。但是，《四库书目》所提出的怀疑理由，却不充分⑧。一、《四库书目》所说的"牵合为一"，按之跋文，并无此事。跋中说《江湖集》为六十余家，其余为陈世隆"当元至正之末，复合两宋名人之诗，选而梓之"。照跋文的意思，"书起自杨亿、宋白"，这是陈世隆所增补编次的结果，非指《江湖集》，说得很清楚，这不能说它"纰缪"。二、朱彝尊《曝书亭集》卷三六《信天巢遗稿序》确曾有"当宋嘉定间，东南诗人集于临安，茶寮酒市，多所题咏。于是书坊取南渡江湖之士以诗驰誉者，刊为《江湖集》。至宝庆初，李知恭为言官，见之弹事，于是刘克庄潜夫、敖陶孙器之、赵师秀紫芝、曾极景建、周文璞晋仙一时同获罪，而刊诗之陈起亦不免焉"之语。其来源出自周密《齐东野语》。《瀛奎律髓》和《齐东野语》都是习见之书；陈起刊《江湖集》获罪，为人们所熟知之事。朱彝尊知道《江湖集》为陈起所刊，跋里却说是陈思，这是因为把陈起和陈思当作一人。如果这作"跋"者不是朱彝尊，但这个作"跋"者也是读过《瀛奎律髓》、《齐东野语》等书的，跋中有"史弥远柄国，疑刘过集中有谤己之言"可证。他不可能不知道刊《江湖集》者为陈起，他在跋里说陈思，也正是把陈起和陈思当作一人。三、朱彝尊集中不载此跋，这可能是编集时漏收。《两宋名贤小集》中张尧同《嘉禾百咏》后也有一条朱彝尊跋："观列岫一诗，乃知系秀州人也。按宋庆元后始立嘉兴府，而尧同称吾州，且所咏间及宁宗时事，当是宁宗时人，存之以俟博雅者。"这很难说是伪托，作伪者没有必要在书中伪此一跋。这似乎可以说明朱彝尊曾见过此书，写过题跋。

朱彝尊确实有"纰缪"处。他在《信天巢遗稿》里认为所见到的"宋本临安府陈解元书籍铺刊行"的《菊磵小集》就是宝庆初见弹的"《江湖集》中之一"，他没有想到《江湖集》已被禁劈板，似乎也不知道陈起还刻印了《江湖前、后、续集》。《两宋名贤小集》跋文也认为《群贤小集》六十家是"刻于宝庆、绍定间"，即被毁板的《江湖集》，其误与《信天巢遗稿序》相似，可见朱彝尊对陈起其人及其所刻《江湖前、后、续集》并没有作过认真的研究，甚至没有什么了解⑨。如果跋文是他人依托，这位依托者也是如此。

这里还要解释两个问题。

一个问题是，《两宋名贤小集》中既然包括了陈起所刻《江湖前、后、续集》中六十余家，为什么此书题陈思编？此书究竟是否可靠？我想应当这样说：这部书确是陈思编和陈世隆增补的。书中收入了一些明清书目中未见著录的诗集，可见其由来已久。陈思是南宋的书商，他编选一部宋人诗集，其中可以收入陈起的《江湖前、后、续集》丛刊的一部分，这在宋代，不以为嫌。陈起的《江湖集》就收入了一些同时人的刻本。

另一个问题是，朱彝尊等人为什么把陈思和陈起混为一人？陈起和陈思，本来有使人容易发生混淆之处。首先，他们都在临安作书商，都刻了许多书。其次，他们都称陈道人。据方回《瀛奎律髓》卷四二刘后村《赠陈起》诗后批："此所谓卖书陈彦（秀？）才，亦曰陈道人，宝庆初以'秋雨梧桐皇子府，春风杨柳相公桥'，为史弥远所黜。……予及识此老，屡造其肆。别有小陈道人，亦为贾似道编管。"厉鹗《南宋杂事诗》："《江湖集》列几名家，陈道人诗颇足夸。摊向睦亲坊畔卖，相公语禁累梅花。"这都是说陈起称陈道人，而陈思也称陈道人。陈思所编《宝刻丛编》孔山居士序说："辛卯之秋，余箧中所藏书厄于郁攸之焰，因求所阙于肆。有陈思道人者，数持书来售。"又陈思编《书小史》谢愈修序："《书小史》者，中都陈道人所编也。"这两个"陈道人"，是容易被人牵合为一的。《四库全书总目》中《江湖小集》条说："起字宗之，钱唐人，开书肆于睦亲坊，亦号陈道人。今所传宋本诸书，称临安陈道人家开雕者，皆所刻也。"《四库全书总目》作者在这里只看到陈起称陈道人，他们如果看到《宝刻丛编》孔山居士序和《书小史》谢愈修序，就会要重新考虑的。把凡陈道人家开雕的书都认作陈起所刻，其中难保没有陈思所刻在内。

然而陈起和陈思决非一人。陈思不是陈起，也同陈思不是续芸一样。从两人刻书的经历和有关记载，可以证明其不合。如前所述，陈起死于宝祐三四年间，而在陈起死后的十余年，即咸淳三年，陈思还活着，而且还刻了《书小史》。

必须指出，他们两人虽然都是书商，虽然都在经营书铺以外还从事著述，但他们著述的内容和他们的活动各不相同。

陈起是一个诗人，在《江湖前、后、续集》丛刊内，有他的诗集《芸居乙稿》。他以书商兼诗人的特殊身分，比较广泛地结交当时一些官职低微或者流落不偶或者隐居不仕的知识分子，替他们刻诗集，借给他们书看。他们之间声气相应，在诗歌创作中自成一派，称江湖诗派。陈起在江湖诗派中虽然在诗歌创作上难说有特殊成就，但在实际行动中起一种联系、指引和推动的作用。一些诗人对他的友谊和热情帮助留下了深刻的印象，写诗赞扬他，怀念他。如叶茵《赠陈芸居》："气貌老成闻见熟，江湖指作定南针。得书爱与世人读，选句长教野客吟。富贵天街纷耳目，清闲地位当山林。料君阅遍兴亡事，对坐萧然一片心。"⑩又如杜耒《赠陈宗之》："往年曾见赵天乐，数说君家书满床。成卷好诗人借看，盈壶名酒母先尝。对河却见桐阴合，隔壁应闻芸叶香。老不爱文空手出，从今烦为蓄仙方。"⑪又如赵师秀《赠陈宗之》："四围皆古今，永日坐中心。门对官河水，檐依绿树阴。每留名士饮，屡索老夫吟。最感烧书尽，时容借检寻。"⑫此外如张弋《夏日从陈宗之借书偶成》说，"案上书堆满，多应借得归"⑬；许棐《陈宗之迭寄书籍，小诗为谢》说，"君有新刊须寄我，我逢佳处必思君"⑭；黄简《秋怀寄陈宗之》说，"惭愧陈征士，赊书不问金⑮"。诸如此类，举不胜举。

从这些描述中，我们可以看到陈起生活中的某些侧面，可以看到他和同时代一些诗人的来往交情。他比较具有诗人的气质，他的生活圈子离不开那些江湖诗人。

陈思是一个书商兼学者，他所编纂的书，有《宝刻新编》、《海棠谱》、《书苑菁华》、《书小史》、《小字录》，这些都完整地保存下来了。书中纂集了大量的资料，属于考证性质，具有参考价值。从魏了翁、陈伯玉、谢愈修等人给这些书写的序言和这些书的内容看来，陈思是一个精通图书业务，并且治学精勤的人。

由此可见，陈思和陈起的差别是很明显的。

从汲古阁景钞宋本《南宋群贤六十家小集》和顾修读画斋重刻《南宋群贤小集》知道《江湖前、后、续集》有时在某个诗人小集后刻上"临安府棚北大街陈宅书籍铺印行"或"临安府棚北大街陈解元书籍铺印行"字样。其中"陈解元"三字值得注意。曹庭栋《宋百家诗存》陈起小传说陈起"宁宗时乡试第一，时称陈解元"，不知其何所据。"陈解元"一词，恐怕也同《武林旧事》所载南宋说话人"张解元"、"陈进士"一样，只是一种流行称呼，并非真正考了什么解元。

陈解元不一定就是陈起。危稹有《赠书肆陈解元二首》："巽斋幸自少人知，饭饱官闲睡转宜。刚被旁人去饶舌，刺桐花下客求诗。""兀坐书林自切磋，阅人应似阅书多。不知买得君书去，不负君书人几何。"⑯

危稹是宋孝宗淳熙十四年进士⑰，比陈起至少早生二三十年。他曾两次到临安作官。前一次任临安府学教授，大约在孝宗、光宗⑱时。后一次作到秘书郎、著作郎等，在宁宗嘉定十一二年间。最后离开临安在嘉定十二年十一月⑲。

如果这两首诗作于前一次在临安时，则陈起还幼，恐怕不曾涉世；如果作于后一次在临安时，陈起虽然可能已涉世途，但阅历还不深，和"阅人应似阅书多"的诗句不合。此诗看来似是作于前一次在临安时，诗题所说的"陈解元"，恐怕是陈起的先世。"陈解元书籍铺"，恐怕是袭了先世的铺号。像陈起那样一位风雅之士，翰墨中人，如果他确曾中过解元，也不至于用"解元"来自我标榜和炫耀；如果他没有中过解元，更不会冒一个解元之名。

陈起和陈思可能有一些关系，但他们的关系现在还不能弄清楚。他们当然不是父子，但他们是否兄弟或其他亲属呢？如果"陈解元"是陈起的先世，陈思又是"陈解元"的什么人？这些问题由于书缺有间，可能无法解决，但这也许是无关宏旨的。

二 《江湖前、后、续集》的编纂

《江湖前、后、续集》编纂的情形怎样，只能从完整保存下来的六七十种小集里略窥一二，此外不能找到其他旁证材料。经我们考察，这套丛刊在编纂中，大概有以下几种情形：

（一）陈起直接向诗人索稿或诗人把稿子交给陈起请求编选刊印。

陈起索稿的事，见于黄文雷《看云小集》自序："芸居见索，倒篋出之。料简仅止此。自《昭君曲》而上，盖经先生印正云。"《看云小集》一共五十首。从这几句中，可以看出陈起先曾读过黄文雷的一部分诗稿（《昭君曲》以上），表示称许。"印正"即有赏识之意。陈起大约因读过他稿子而进一步向他索取诗稿刊印。

诗人的稿子交给陈起的事，笔者发现两起。一是许棐《梅屋四稿》末的许棐自题："右甲辰（按：即淳祐四年）一春诗，诗共四五十篇，录求芸居吟友印可，棐皇恐。"许棐把他的《梅屋四稿》录交陈起"印可"，自然是婉转之词，实际是请他刊行。许棐在这以前还有《梅屋稿》、《融春小缀》、《梅屋三稿》，陈起已给他次第刊行了。

另一起见张至龙《雪林删余》自序："予自髫龀癖吟，所积稿四十年，凡删改者数四。比承芸居先生又为摘为小编，特不过十四之一耳。……予遂再挽芸居先生就摘稿中拈出律绝各数首，名曰《删余》……芸居所删，非为芜滓设，特在少而不在多耳。"这位张至龙诗人，把他的诗一再请陈起替他删定。第一次删定稿刊行与否，不得而知。第二次删定稿诗六十八首，称《雪林删余》，收在《江湖前、后、续集》丛刊里。从这里可以看出陈起和同时诗人的密切关系。他乐于替人删定诗稿，并且替人刊布。

这两件事具有一定的代表性，我们从这里可以看到陈起编印这套丛刊时所费的大量心力。他兼作"陈解元书籍铺"编辑、印刷、发行之事。

（二）收入这套丛刊的，并非都是陈起所编定和原刻，他还采用了一些已刊的诗集。如薛师石《瓜庐诗》，据赵汝回序说："死后，人士尤远近争致其诗。其子弟手钞不能给，于是相与刻之。"《南宋群贤小集》本在这序的后面还保存了"王师安刊"四字，可见这部诗集原非陈起所刻。又如释绍嵩《亚愚江浙纪行集句》，在自序里称永上人向他索取，"力请至再至三，又至于四。遂发囊与其编录，得三百七十有六首，离为七卷，题曰《江浙纪行》，以遗之"。《南宋群贤小集》本《亚愚江浙纪行集句》卷七后有"嘉熙改元丁酉良月师孙奉直命工刊行"。编定和刊行这部诗集的也非陈起。又如乐雷发《雪矶丛稿》自序中说："尝得李抑抄书，必欲为之刻梓，即尝谢之。继而友人朱嗣贤何尧卿捐泉布又有请焉，辞之再四，而请益坚。余诗本无可传，而诸贤之惓念者如此，仆不敢辞矣。"据此，《雪矶丛稿》的刻梓者为朱嗣贤，亦非陈起。薛师石、释绍嵩和乐雷发都是陈起的同时代人，陈起将他们已刊的诗集收入自己所编的丛刊时，必然重新刊印。在刊印薛师石和释绍嵩的诗时，还保存了原刊者纪录，如"王师安刊"之类，这在古代雕版史上可说是一项有意义的资料。

（三）在这套丛刊里，还收入了一些前辈已死诗人的集子。其中如：

《雅林小稿》，作者王悰，高宗时人。
《小山集》，作者刘翰，高宗时人。
《皇荂曲》，作者邓林，孝宗时人。
《雪窗小集》，作者张良臣，孝宗时人。
《抬山小集》，作者刘仙伦，孝宗、光宗时人。
《白石道人诗集》，作者姜夔，经历孝宗、光宗，死于宁宗初。
《巽斋小集》，作者危稹，孝宗、光宗、宁宗时人。

这些人的生活年代，最晚如危稹，也只活到了宁宗末年。到陈起编印《江湖前、后、续集》时，都已死去。这些人的诗集，先曾刊印与否，今已难考，很可能是陈起初次刊印。陈起把这些人的诗集收入他的丛刊，大约是认为这些人应当算是江湖诗派的前驱吧！

（四）有的诗集由于陈起已死，由陈起的儿子续芸继续刊行。周弼《端平诗隽》李龏序说："汶阳周伯弜……尝手刊《端平集》十二卷行于世。……声腾名振，江湖人皆争先求市。但卷帙中有晚学未能晓者稍多。予恐有不行之弊，滋（兹）于古体歌诗、五言律、七言律并五、七言绝句，摘其坦然者，兼集外所得者，近二百首，目为《端平诗隽》，俾万人海中续芸陈君书塾入梓流行，庶使同好便于看诵。"李龏从已故友人周弼的诗集里选出一部分交陈续芸刊行，此时必是陈起已殁。如果陈起还在，刊印不会交付续芸，更不会称书肆为"续芸陈君书塾"。李龏的序作于宝祐五年。《江湖前、后、续集》丛刊中，还有比这刊行更晚的诗人小集。如毛珝《吾竹小稿》，李龏序，写在宝祐六年。刘翼《心游摘稿》，林希逸序，写在景定二年。陈续芸继续刊刻这套丛刊，可能由于得到李龏以及陈起其他一些生前友好的支持。

三 《江湖前、后、续集》丛刊的流传

《江湖前、后、续集》丛刊的印行，《四库全书总目》在《江湖后集》条有这样两段猜测性的话："其书刻非一时，版非一律。""今检《永乐大典》所载有《江湖集》，有《江湖前集》，有《江湖后集》，有《江湖续集》，有《中兴江湖集》诸名，其接次刊刻之迹，略可考见。"清末邓邦在影印汲古阁本景钞宋本《南宋群贤六十家集》时写的序里，也说"意当时得一家即刻一家"。这些猜测看来都近乎事实。当时很可能是印出一批，即发行一批，故有"前集"、"后集"、"续集"等名称。《江湖集》是最早所刻，旋被劈板，流传可能不广。《中兴江湖集》也许是适应读者需要，从《江湖前、后、续集》中抽选出来的。

这套丛刊当时印出后在社会上发生了影响，一些江湖诗人很喜爱它。如胡仲参《竹庄小集》里有一首《夜坐与伯氏苇航对床阅〈江湖诗〉，偶成一首》："对床因话弟兄情，话到山林世念轻。几上《江湖诗》一卷，窗前灯火夜三更。《茶经》未展神先爽，香片才烧味较清。吟罢忽闻谯角动，石桥霜晓有人行。"这里的"《江湖诗》一卷"，就是指的《江湖前、后、续集》丛刊，它在当时成为流落江湖的知识分子的精神上的慰藉。又如许棐《赠叶靖逸诗》："借得城居一丈宽，五车书向腹中安。声华馥似当风桂，气味清于著露兰。朝士时将徐俸赠，铺家传得近诗刊。回看旧隐西湖上，谁伴沙鸥度岁寒。"[20]流传在"铺家"的叶靖逸的"近诗刊"，想必是《江湖前、后、续集》丛刊中的《靖逸小稿》。我们大致可以断定，像叶绍翁当时这种身世寂寥的境况下，他的诗不大可能有其他刊本[21]。而且"铺家传得近诗刊"，正是表达了他的朋友闻讯他的诗作在这个丛刊中刻印出来的喜悦心情。

《江湖前、后、续集》流传到明清有两个宋本。一个是明末毛晋汲古阁的景钞本，一个是清曹寅藏本。汲古阁的景钞本，清末影印了。此书景钞很精工，逼近原刻；清末影印本不难见到。曹寅藏本几经易主，嘉庆时鲍廷博曾见之于"吴门钱君景开书肆"，"与之百金不肯售，许借校仇，才及三之一，匆匆索去，以售汪君雪礓。不数年，雪礓死于金阊，平生所藏书画尽化为云烟，而是书遂不可踪迹。"[22]这两个宋本所收都是六十家，但并非同一刊本。曹寅藏本已不可见，但鲍廷博曾见到。鲍廷博在顾修重刻《南宋群贤小集》前曾取宋刻本校，可惜只校了二十五家（种），就被书肆索回。二十五家（种）中的《前贤小集拾遗》和《增广圣宋高僧诗》为汲古阁本所无。另外，顾修《读画斋重刊〈群贤小集〉例》说："乐雷发《雪矶丛稿》五卷，宋刻所有，鲍君以未及校正。"而《雪矶丛稿》亦汲古阁本所无。从这些可以推知二者所收是有出入的。

两个宋本都非陈起原刻。据《永乐大典》，陈起原刻有《前集》、《后集》、《续集》等名称，不论是汲古阁本的六十家，还是曹寅藏本的六十家，都不可能是《前集》，更不是《后集》、《续集》。说它们不是《前集》，因为汲古阁本收入了宝祐五年以后才编印的周弼《端平诗隽》和毛珝《吾竹小稿》、刘翼《心游摘稿》等，这都是陈起死后所刊，时间已经很晚。曹寅藏本也有《吾竹小稿》和《心游摘稿》，这和汲古阁本同。说它不是《后集》、《续集》，因为二者都收入了武衍的《适安藏拙稿》和黄大受的《露香拾稿》。《适安藏拙稿》有端平三年方万里序，《露香拾稿》有淳祐元年郑清之序，时间都比较早。

因此，这两个宋本，似乎都是从《江湖前、后、续集》中选出的，都包含了《江湖前、后、续集》各集中的一部分诗人小集，刊印者并非一家。这可以说明《江湖前、后、续集》丛刊在南宋末年的流传情况。有的书商大约看到这套丛刊颇受欢迎，就从卷帙浩繁的一百余种中选出一半左右刻印出售。这就是汲古阁景钞本和曹寅藏本的由来。

还有《四库全书》所收的《江湖小集》本共六十二家，和汲古阁本、曹寅本数目相近。《四库全书》本注明是"两淮盐政采进本"，它也许是一个钞本。《四库全书》本和汲古阁本比较，少岳珂、周弼、赵汝鐩、林希逸、郑清之、释永颐六家，而多洪迈、林同、薛师石、李昴、乐雷发、吴渊、严粲、释绍嵩八家。

除了这三个本子外，《两宋名贤小集》中所收《江湖前、后、续集》丛刊的诗也是六十余家，和三个本子的出入都不大。这个数目说明，在《江湖前、后、续集》丛刊的一百一十余家中，从南宋开始，主要是六十余家。

在清朝初期，《江湖前、后、续集》丛刊中所收各家诗陆续传出，一些收藏家竞相收罗。较早的收藏家，所收的家数都比较少。徐乾学所收，有《传是楼宋人小集》，见《四库全书存目》，所录凡二十二家，都是汲古阁本所收录的。除释永颐《云泉诗集》外，也都见于《四库全书》本《江湖小集》。

曹溶《静惕堂书目》中属于《江湖前、后、续集》丛刊书目所有的，只载乐雷发《雪矶丛稿》和宋伯仁《西塍集》二种。

朱彝尊《潜采堂书目宋元书》所收 "宋人小集" 只载十家。王士禛《居易录》说 "竹垞检讨所辑宋人小集" 有四十家，他列举了二十六家。北京图书馆善本室藏《宋四十名家小集》，有胡重跋，说是 "朱氏曝书亭故物"，这也许就是王士禛所曾见的吧！

此外，王昶在《重刻〈江湖群贤小集〉序》中称 "于乾隆丙子曾见于扬州马氏小玲珑山馆，然不及三十种"；"庚寅、辛卯间，复于大兴朱氏见十四种"；"嘉庆己未于京师法君式善处见三十余种"。

从这些记载，可见这套丛刊在清初大都是零散出现。然而在清初也有收集较全的。徐秉义《培林堂书目》所列就有六十余家之多；康熙、雍正年间，吴焯用十年工夫，搜求得六十四家。曹庭栋编《宋百家诗存》，披阅了近五十种，加以选录，这是《江湖前、后、续集》中的一部分第一次较大规模出现在宋诗选本中，并得到刊印传布。

清嘉庆年间，顾修用吴焯的六十四家为底本，再加上翁卷、赵师秀、徐照、徐玑四家，和《中兴群公吟稿戊集》中的五家，以及《增广高僧诗选》和《前贤小集拾遗》，合刻一起，称《南宋群贤小集》。并将《四库全书》中辑录的《江湖后集》同时刊印出来。《江湖前、后、续集》丛刊的现存诗篇首次有了刊行本。当然，顾修的这项工作还是有可商议之处的：首先，由于他没有见到汲古阁本，不知道岳珂《棠湖诗稿》一卷和郑清之《安晚堂集》七卷也在《江湖前、后、续集》之内，因而漏收。其次，"四灵" 诗为叶适所编选，陈起虽曾为之刊印[23]，但它是否曾收入《江湖前、后、续集》丛刊，尚难断定。汲古阁本和《四库全书》中《江湖小集》本都未收，《四库全书》中《江湖后集》所引《永乐大典》佚文亦未列入。再次，《中兴群公吟稿》虽为宋刻，但它恐怕不在《江湖前、后、续集》之内，和《中兴江湖集》恐怕也不是一回事。尽管如此，顾修此举是很有意义的，这两部书的刊印，给南宋后期诗歌的研究带来很大的便利。

从顾修读画斋以来将近二百年，没有人对此书重新加以整理刊印。今天读画斋本流传已少，一般已不易见到。研究宋诗的人，多么希望得到此书的新的版本啊！

原载《文史》第16辑，中华书局，1982年

注释：

① 《四库全书》所辑必有疏漏，如岳珂《棠湖诗稿》一卷，见于汲古阁景钞宋本南宋六十家小集中，《永乐大典》不当全无所引，《四库全书》所辑无之。

② 周密《齐东野语》卷一六亦载此事，但略有出入。

③ 据周密《齐东野语》所载，还有曾极的诗，又说："同时被累者如敖陶孙、周文璞、赵师秀皆不得免。"似有此数人之诗。

④ 张至龙《雪林诗删序》写于宝祐三年，其中写到请陈起为他删定诗稿，这时陈起还活着。

⑤ 《静佳乙稿》。

⑥ 《江湖后集》第二十一卷。

⑦ 《江湖后集》第三卷。

⑧ 《四库全书总目》指出《两宋名贤小集》魏了翁序是窜改《宝刻丛编序》而成，这是对的。这个作伪者可能时代比较早。不能因为魏了翁序是伪，因而推断朱彝尊跋也是伪的。

⑨ 当时藏书家不一定留心考证。吴焯搜求《江湖前、后、续集》丛刊"不下十年"，然而他在《江湖群贤小集序》中说陈起"后竟以名取祸"，也认为这套丛刊就是在取祸以前所刻的《江湖集》。

⑩ 《顺适堂吟稿丙集》。

⑪ 《前贤小集拾遗》卷三。

⑫ 《清苑斋集》，一作《赠卖书陈秀才》。

⑬ 《秋江烟草》。

⑭ 《梅屋四稿》。

⑮ 《前贤小集拾遗》卷四。

⑯ 《巽斋小集》。

⑰ 《宋史》卷四一五。

⑱ 《宋史》卷四一五。

⑲ 《南宋馆阁续录》卷八及《宋史》卷四一五。

⑳ 《梅屋稿》。

㉑ 《宋史·艺文志》中无叶绍翁集。

㉒ 顾修《读画斋重刻〈南宋群贤小集〉目次识语》。

㉓ 见许棐《融春小缀·跋四灵诗选》。

梦窗词：梦幻的窗口

陶尔夫

　　艺术上有独创性的作家，往往在常态性批评中遭致误解，这多半是因为他的作品超轶出传统的创作模式并有悖于传统的欣赏习惯。吴文英就算得上是这样的词人。700年间，对他的《梦窗词》毁誉参半，众说纷呈，分歧的焦点则不外是晦涩难懂。与梦窗同时的沈义父说："梦窗深得清真之妙。其失在用事下语太晦处，人不可晓。"（《乐府指迷》）张炎说："梦窗词如七宝楼台，眩人眼目，碎拆下来，不成片断。"（《词源》卷下）清代的周济说：梦窗词"惟过嗜饾饤，以此被议"（《宋四家词选序论》）。又说："君特意思甚感慨，而寄情闲散，使人不能测其中之所有。"（《介存斋论词杂著》）王国维认为："梦窗诸家，写景之病，终在一'隔'字。"（《人间词话》）

　　梦窗词扑朔迷离，与众不同，由此而遭致误解，主要是因为历代读者经常被"隔"在"七宝楼台"之外。事实上，梦窗词已不是一般地、直接地去描写或反映客观现实，不是一般地、直接地去抒写自己的情感，而是习惯于通过梦境与幻觉、曲折地反映他的内在情思与审美感受，并由此而构成整体上与其他词人迥然异趣的梦幻型歌词。如果我们试图准确理解梦窗词，做梦窗词的"知音"，首先必须注意观察那"七宝楼台"之上的数不清的"梦幻的窗口"，注意窗口上闪映出的一幅幅画面，然后才能越过屏障直探"楼台"之中的奥秘。"梦幻之窗"是开启词人心灵的唯一通道。

窗口：梦幻世界的频闪与回眸

　　往事如烟，温情似梦。一个在现实中受了伤害，把一切都视之为梦幻的词人，他不再有其他办法，而只能在自己编织的梦境之中，把自己的心当一张眠床，让那同样受到伤害并已不复存在的恋人来休眠将养。作为现实中清醒的读者是无法跟生活在梦幻中的词人谈到一起去的。读梦窗词，似乎就有点儿近似这种情况。王国维说："梦窗之词，吾得其词中之一语以评之曰：'映梦窗，零乱碧。'"（《人间词话》）王氏摘用梦窗的词句来概括梦窗词的整体面貌，本来借以用作贬意，但是，如果我们剔除主观好恶，用比较客观的态度来进行审视，那么，王国维所引词句，不仅生动形象，而且符合梦窗作品的实际。词人把"人不可晓"的潜意识投射到屏幕上来，这不就是"映梦窗"么？梦幻世界是来无踪、去无迹的，"零乱碧"不正是梦幻世界波谲云诡、腾天潜渊的跳跃性与神秘性的具体反映么？初步统计，在现存340首梦窗词中，仅"梦"字就出现171次（不包括虽写梦境但却无"梦"字的作品）。在古代词人中，除晏几道以外，很少有人像梦窗这样全神贯注地创造梦幻境界的作者了。

梦窗词中的梦幻世界是丰富多彩的。他的向往与追求，回忆与悔恨，叹息与悲伤，甚至连抚时感事、黍离之悲、登临酬唱与吊古伤今的作品均可通过梦幻境界来表达。当然，其中最多的仍属恋情与悼亡之作。有的词虽短，但却展示了入梦的全过程。如《夜游宫》：

> 窗外梢溪雨响，映窗里，嚼花灯冷。浑似潇湘系孤艇。见幽仙，步凌波，月边影。　香苦欺寒劲。牵梦绕，沧涛千顷。梦觉新愁旧风景。绀云欹，玉搔斜，酒初醒。

词前有一小序，交待了这首词的创作缘起："竹窗听雨，坐久隐几就睡，既觉，见水仙娟娟于灯影中。"据此，则首句写的就是"竹窗听雨"了。词人听到窗外雨打竹梢，仿佛雨滴洒在溪水之中沙沙作响。窗里，一灯如豆，像樱唇在细嚼红茸（李煜《一斛珠》"烂嚼红茸，笑向枝郎唾"），此刻却逐渐暗淡。听着，听着，这居室竟似系在潇湘江边的孤艇一般轻轻晃动起来；又仿佛看见湘水女神若隐若现，踏着凌波微步向艇边贴近，月光映现出她那苗条身影。下片换头以"香苦欺寒劲"略作推宕。"梦觉新愁"，承上启下，但仍处于似醒未醒的迷濛状态，那仙女似乎已进入孤艇之中了。结拍三句是写人，写梦，还是写水仙？已不必得出确切结论。"牵梦绕，沧波千顷"，明确表现出词人对被迫离去的爱姬一往深情。值得注意的是，词中用了两个"窗"字，两个"梦"字，通过这四个字把"窗里"、"窗外"，"梦绕"、"梦觉"连成一片。这是其他词中罕见的。是有意还是无意？梦窗竟把他的自号两度嵌入57字之中。上述这类梦词，在梦窗词集中随处可见。如《浪淘沙慢》①、《梦芙蓉》②、《新雁过妆楼》③、《祝英台近》④、《八声甘州》⑤等。

然而，重要的是词人还能把其他现实与历史题材纳入梦幻境界。如《齐天乐·齐云楼》：

> 凌朝一片阳台影，飞来太空不去。栋宇参横，帘钩斗曲，西北城高几许？天声似语，便阊阖轻排，虹河平溯。问几阴晴，霸吴平地漫今古。
> 西山横黛瞰碧，眼明应不到，烟际沉鹭。卧笛长吟，层霾乍裂，寒月溟濛千里。凭虚醉舞，梦凝白阑干。化为飞雾。净洗青红，骤飞沧海雨。

词写苏州齐云楼。楼名取《古诗十九首》"西北有高楼，上与白云齐"句意。起拍"凌朝"、"阳台"，来自写梦境的名篇《高唐赋序》中之"朝朝暮暮，阳台之下"。"天声似语"、"卧笛长吟"，在画面变幻跳跃的同时，传来难以想象的画外音。是天声，还是人语？是笛奏，还是"层霾乍裂"，石破天惊？这些全然难以分辨，弥漫出一片浓重的梦幻色调。杨铁夫说："用一'梦'字幻出一片化境。'梦'承'醉'字来，'醉'从题目上暗藏之'宴'字来。"又说："结拍转出'雨'字一境，大有将上文所有'寒月溟濛'、'飞雾'、'凝白'诸境一扫而空之象。梦窗常用此法，不止另出一境也。"（见《梦窗词选笺释》）全词画面重叠，镜头跳跃，仙境、人境、梦境、物境，这诸种境界的相互渗透，使人眼花缭乱，已很难分清哪里是齐云楼了。只觉得该楼神龙天矫，奇彩盘空，气势非凡，不类人世，仿佛一切均在虚无缥缈之中。

一般而言，吊古伤今的作品是不易进入梦幻境界的，然而在梦窗笔下却能出现奇迹。如《八声甘州·陪庾幕诸公游灵岩》：

> 渺空烟四远，是何年、青天坠长星？幻苍崖云树，名娃金屋，残霸宫城。箭径酸风射眼，腻水染花腥。时靸双鸳响，廊叶秋声。　　宫里吴王沉醉，倩五湖倦客，独钓醒醒。问苍天无语，华发奈山青。水涵空，阑干高处，送乱鸦斜日落渔汀。连呼酒、上琴台去，秋与云平。

词人一开始就把苏南平原上的灵岩山当作从天而降的彗星，所以，起拍之后立即用一"幻"字领出与吴王夫差和西施相关的历史传说，于是那实实在在的"苍崖云树，名娃金屋"便恍忽匆匆地进入了历史隧道，甚至眼里都会感受到夫差时代那股酸风的吹拂，鼻孔里满是当年"宫娃"们泼弃脂水与香花的"腥"味，耳边仿佛传来当年宫女们在"响屟廊"上靸着鸳鞋走过的声响。夫差在宫中沉迷酒色，招致灭亡，而范蠡却清醒地意识到不可与统治者共欢乐，于是偕西施扁舟五湖，不知所终。结拍，词人从梦幻中醒来，面对历史兴亡禁不住要像屈原那样向上天大声发问，结果却是"苍天无语"。人生转瞬即逝，历史不断掀开新的篇章，而自然山水却万古长青，依然旧态。这里所深涵的哲思，包括历史与现实、变化与永恒等等，是无法用简短词语回答得了的。

《金缕歌·陪履斋先生沧浪看梅》，歌赞的是抗金名将韩世忠的"英雄陈迹"，对"后不如今今非昔"的现实有切肤之痛。但作者却能翻进一层，借韩世忠魂魄有知，重返故土，面对统治集团寻欢逐乐而南宋已岌岌可危的现实感到无比悲痛，于是词里出现了："梦断神州故里"，"华表月明归夜鹤，叹当时，花竹今如此。枝上露，溅清泪"。词里有梦境、幻境，有化鹤归来的英魂。那枝上晶莹的露珠，也就是当年沧浪亭主人魂返故里洒下痛伤亡国的泪滴。

由上可见，梦窗词中的梦境，千变万化，杂彩纷呈，时而仙骨珊珊，时而鬼气森森。当然，其梦词并非只此而已。

词里有"清梦"："清梦重游天上，古香吹下云头。"（《西江月》）"尽是当时，少年清梦，臂约痕深，帕香红皱。"（《醉蓬莱》）"三十六矶重到，清梦冷云南北。"（《惜红衣》）

还有"幽梦"："算南北幽梦，频绕残钟。"（《江南好》）"和醉重寻幽梦，残衾已断熏香。"（《风入松》）"湘佩寒，幽梦小窗春足。"（《蕙兰芳引》）"送幽梦、与人间绣芳句。"（《绕佛阁》）

还有"旧梦"："二十年旧梦，轻鸥素约，霜丝乱，朱颜变。"（《水龙吟》）"十年旧梦无寻处。"（《思佳客》）

有"醉梦"："醉梦孤云晓色，笙歌一派秋空。"（《风入松》）

有"昨梦"："昨梦西湖，老扁舟身世。"（《拜星月慢》）"昨梦顿醒，依约旧时眉翠。"（《惜秋华》）

有"新梦"："明朝新梦付啼鸦，歌阑月未斜。"（《醉桃源》）

"春梦"："心事孤山春梦在，到思量，犹断诗魂。"（《极相思》）"春梦笙歌里。"（《点绛唇》）"春梦人间须断。"（《三姝媚》）"醉花春梦半香残。"（《丑奴儿近》）"客随春梦到人间。"（《望江南》）

"秋梦"："伴鸳鸯秋梦，酒醒月斜轻帐。"（《法曲献仙音》）"阿香秋梦起娇啼。"（《烛影摇红》）"恍然烟蓑，秋梦重续。"（《秋霁》）

不仅如此，这屏幕上还交替出现"晓梦"、"午梦"、"晚梦"、"倦梦"、"残梦"、"客梦"、"寻梦"、"冷梦"、"孤梦"、"续梦"、"断梦"、"寒梦"、"飞梦"、"别梦"等等，不胜枚举。

梦的种类多彩多姿，梦的形态与运作过程更是变化莫测。其中有"梦长"、"梦短"、"梦远"、"梦杳"、"梦惊"、"梦觉"、"梦回"、"梦断"、"梦冷"、"梦隔"、"梦轻"、"梦云"、"梦雨"、"梦影"、"梦醒"，还有"香衾梦"、"新岁梦"、"桃花梦"、"花蝶梦"、"五更梦"、"城下梦"、"双头梦"等等。于是，"梦"，便无边无际地扩散开来，弥漫在梦窗词所构筑的广阔时空之中。词人对梦境的回眸与塑造是自觉的，他所写的也就是没完没了的难圆的梦。

这种自觉追求还体现在"梦"与"窗"这两个字的紧密联系与苦心安排上。除前引"映梦窗，零乱碧"（《秋思》）以外，还有"湘佩寒，幽梦小窗春足"（《蕙兰芳引》），"为语梦窗憔悴"（《荔枝香近》），"燕子重来，明朝传梦西窗"（《高阳台》），"西窗夜深剪烛，梦频生，不放云收"（《声声慢》），"欢事小蛮窗，梅花正结双头梦"（《风入松》），"临水开窗，和醉重寻幽梦"（《风入松》）等。另外，还有同一首词中出现这两个字，但结合较远者，如《塞垣春》："弶绿窗"，"惊梦回"。《宴清都》："吟窗乱雪"，"千载云梦"。《法曲献仙音》："败窗风咽"，"梦里隔花时见"。《花犯》："小窗春到"，"行云梦中"。《诉衷情》："半窗灯晕，几许芭蕉，客梦床头。"《澡兰香》："彩篷云窗"，"黍梦光阴渐老"。《烛影摇红》："楚梦留情未散"，"晓窗移枕"。又《烛影摇红》："秋星入梦隔明朝"，"正西窗灯花报喜"。《喜迁莺》："孤梦到，海上玑宫，玉冷深窗户。"《声声慢》："碧窗宿雾濛濛"，"春夜梦中"。《点绛唇》："梦长难晓"，"窗粘了，翠池春小"。"乡梦窄，水天宽，小窗愁黛澹秋山"。等等。"窗"字在梦窗词里就出现48次之多。以上不惜词费地罗列同一首词中出现"梦"、"窗"二字以及这两个字的复杂组合，目的在于说明这两个字在词人心中的重要位置，包括词人自号"梦窗"的深刻含蕴与潜在动机。

"窗口"，在梦窗词里是诗，是画，是乐章。没有了这"窗口"，便意味着黑暗骤降，意味着窒息与死亡。有了这"窗口"，也便有了晚霞与朝阳，有了星星和月亮，有了自由和选择、沟通与交往，还能听见风声的低语，鸟儿的欢唱。现实中缺失了的，通过这"梦幻之窗"便可以重新获得，生可以死，死可以复生，可以自由出入于历史的长廊。词人正是靠这"窗口"进行呼吸，让灵魂长上翅膀的。

景列：潜层心理的敞显与屏蔽

词人之所以自号"梦窗"并在作品中反复组合这两个字，绝非偶然。其中不仅反映了词人创造梦幻境界所获得情感与心理上的某种补偿，同时也反映了他的审美价值取向与新的艺术追求。

文学艺术形态是复杂多样的。就文学作品而言，如果从反映现实方式这一方面来加以区别，一般可分为三类，即再现型、表现型与象征型。简言之，再现型强调文学作品是社会现实生活的反映，是现实生活的一面镜子，致力于典型的塑造。表现型则强调主观精神的开掘，强调直觉、移情以及意境的创造。象征型主要借助一个或一组意象，以暗示事物的本质特征，寄寓着某种思想，使形象性的艺术与抽象性的思想概念相互融通。梦窗词中这三种类型的作品都有一些，但又很难用其中的某一种类型来概括其整体特征。事实上，梦窗词巧妙地综合了这三种类型的艺术经验与技法，成功地用于策划并营造他人笔底所无而为词人所独钟的梦境与幻象世界，终于推出了一个新的类型：梦幻型。下面准备从视象的密丽幽深、结构的奇突幻变、气氛的迷离缥缈、感觉的错综叠合等四个方面，对梦窗词有别于其他类型的艺术品格加以论述。这四个方面恰恰都有悖于读者传统的欣赏习惯。

首先是视象的密丽幽深。梦窗词与前此所有梦词的最大区别，便是词语的视象性，强调画面的悬置呈示而淡化旁白、解说与个人的直抒。具体说来，梦窗词主要靠景框、构图与影像三大要素完成的。他追求的是画面效应。在梦窗生活的那个时代，当然想不到600多年后会有电影和电视这样崭新的艺术品种出现，但他却意识到"窗口"与"画面"之间的相似关系。"映梦窗"，也就是画面的悬置呈示。"零乱碧"，则可视之为画面的剪接、变换与连缀而形成的"景列"。"景框犹如窗框，而这扇窗户是向世界敞开的。"⑥"文学用文字来描写，而电影用画面。"⑦梦窗词正是用诗的语言构绘画面并剪接成"景列"的，但他并不在画面上，或在"景列"中将其蕴涵的思想讲明白，说清楚，也不像导游者那样，耐心地指引你如何进入"七宝楼台"；而只让你看那窗口上悬置的画面和"景列"的表层，能否进入"画境"，进入"楼台"，那是观众自己的事。试以《踏莎行》为例：

润玉笼绡，檀樱倚扇，绣圈犹带脂香浅。榴心空叠舞裙红，艾枝应压愁鬟乱。　　午梦千山，窗阴一箭，香瘢新褪红丝腕。隔江人在雨声中，晚风菰叶生秋怨。

短短十句的小令，每一句均可视之为一幅独立的画面，连缀起来的"景列"，便是用移动镜头拍摄下来的美人午睡图。它所敞显的画面虽然优美，但画境却幽隐深微，有所屏蔽。它不仅仅诉诸读者的视觉，还诉诸读者的想象，调动读者积极参与创造而不是被动的接受。因为画面内有多重转折，拐了好几个弯儿，必须逐层剖析，进行必要的文化解读，才能由表及里地把握其内在深蕴。让我们先从画面入手。第一幅是"润玉笼绡"。如按字面直解，则为：温润的美玉笼罩在白色的纱绡之中。这种直解，立即使全词索然无味了。因为词中用的是借代手法。"润玉"是形容女子白润如玉的肌肤，亦即"玉肤"之意也。杜牧《宫词》之二："蝉翼轻绡传体红，玉肤如醉向春风。""润玉"句，实由此化来。第二幅："檀樱倚扇"。"樱"，同样用以代唇，形容女子嘴唇的红艳。但此句还有两层深意：一、暗指其歌女身份；二、暗示此女为词人爱姬。据孟棨《本事诗·事感》："白尚书（居易）姬人樊素，善歌；妓人小蛮，善舞。尝为诗曰：'樱桃樊素口，杨柳小蛮腰。'"晏几道《鹧鸪天》："舞低杨柳楼心月，歌尽桃花扇底风。""扇"，暗点善歌，非只写其驱暑之用也。第三幅："绣圈犹带脂香浅"。将绣花的围饰与嗅觉之"香"一并交待，似难以在画面上体现，但从"绣圈"下垂紧贴酥胸，其"香"亦可想见矣。第四幅："榴心空叠舞裙红"。此句承"扇"字，续点其善舞。"空叠"，非指"舞裙空置"，放在一边以示"无心歌舞"。"叠"字与下句"压"字前后呼应，其义互见，应作重叠、皱叠解，即午睡时将"石榴裙"压皱是也。第五幅："艾枝应压愁鬟乱"。"艾"，点节候。夏历五月五日端午节，江南民间妇女喜用真艾或用绸、纸剪成艾花戴在头上。以上从肌肤、面颊、胸饰、红裙再将镜头推至头部，美人午睡的姿容、身份、时令特点均已交待清楚。过片"午梦"两句，点明以上乃梦中之所见。下面，"香瘢新褪红丝腕"，是全词的重点。评家对此句解释出入很大。有解作"设想家人此际之瘦损"，有解作"系着采丝的手腕上的印痕似因消瘦而宽褪"，诸解均似有未安。"香瘢"者，"守宫朱"是也。古代女孩有的自幼便在手腕上用银针刺破一处，涂上一种特地用七斤朱砂喂得通体尽赤的"守宫"（即壁虎，又名蝘蜓）血，刺破之处留下一个痣粒般大小的红瘢点，可以同贞操一起永葆晶莹鲜艳，直至婚嫁破身后才逐渐消失。（见张华《博物志·卷四》）李贺《宫娃歌》："蜡光高悬照纱空，花房夜捣红守宫。""新褪",暗示新婚不久。"红丝",端午节系于手腕上的五彩丝线。"红丝"、"香瘢",二者相映生辉,印象极深,醒后仍在眼前浮现不去,故用高倍放大的特写镜头,并聚焦于"香瘢"之上,使之占满整个屏幕,成为全词耀眼生光的亮点。如只解作手腕瘦削而红丝宽褪,则不免与前面五句("润玉"等)犯复,且全词过于质板单调而无纵深之立体感了。其实,"香瘢"这一意象早已沉潜于词人心底,积淀为"处女崇拜"情结,因此,在其他词中也不时出现。如《满江红·甲午岁盘门外寓居过重午》:"合欢缕,双条脱,自香消红臂,旧情都别。"《澡兰香》、《隔浦莲近拍》等词中也有类似词句。这些词中所写,便是词人在苏州结合的一位歌女。据夏承焘《吴文英系年》,梦窗曾娶过两个姬妾,"集中怀人诸作,其时夏秋,其地苏州者,殆皆忆苏州遗妾;其时春,其地杭者,则悼杭州亡妾"⑧。最后,镜头推向远处:"隔江人在雨声中,晚风菰叶生秋怨。"词人醒后,在如醉如痴的情态下,只听得江声、雨声、风声、菰叶的摇动声响成一片,梦境已消失在这自然音籁之中,梦中的爱姬仿佛已被隔阻在大江的彼岸,词人也由此而把五月仲夏错当成令人生悲的秋季。"秋怨",指离愁,亦即词人《唐多令》所说之"何处合成愁?离人心上秋"是也。王国维对梦窗词多有贬抑,唯对此二句大加赞赏:"介存谓梦窗词之佳者,'如天光人影,摇荡绿波,抚玩无斁,追寻已远'。余览梦窗甲乙丙丁稿中,实无足当此者。有之,其'隔江人在雨声中,晚风菰叶生秋怨'乎?"(《人间词话》)画面优美,色彩浓艳,特写镜头,放大的细节,应当说这"画面",这"景列"开放,足够的敞显了,然而情感与潜层心里活动却被屏蔽于其中,人不可晓。这类"画面深深深几许"的作品,在梦窗词中俯拾皆是。

其次是结构的奇突幻变。梦窗词中的梦境是从一个个画面剪接而成的"景列"中展示出来的。因词体形式的限制,作者要在有限的"景列"中把奇幻的梦境显示出来,就只能把已经定型于胸的画面有选择地悬置,只能强化动作的中心而无暇顾及故事的边缘。加之词人是用语言描绘的画面,"景列"的剪接不可能像电影那样,在画面起幅、落幅之间有渐隐、渐显的过渡,而只能是垂直切断;再加之以梦境来无踪,去无迹,这就更加增大画幅之间的跳跃性。前首《踏莎行》即是如此。再看《琐窗寒·玉兰》:

> 绀缕堆云,清腮润玉,汜人初见。蛮腥未洗,梅谷一怀凄惋。渺征槎、去乘阆风,占香上国幽心展。遗芳掩色,真姿凝澹,返魂骚畹。
> 一盼,千金换。又笑伴鸱夷,共归吴苑。离烟恨水,梦杳南天秋晚。比来

时，瘦肌更销，冷薰沁骨悲乡远。最伤情、送客咸阳，佩结西风怨。

词题是"玉兰"，而实写苏州遗妾。作者将人与玉兰打并成一体，写花实即写人。一起三句，写"初见"之第一印象：秀发浓黑，容颜俊美，但却不离"玉兰"形态。继之用"氾人"（即鲛宫神女）状去姬品性高洁，即使被打入凡尘，仍不掩其"国香"本色。"征槎"、"阆风"，在花与人之外再拓出一派仙境。"骚畹"，用《离骚》树兰"九畹"故实。下片，用画面映现其顾盼神飞，倾国倾城，一笑千金的美质。"离烟恨水"以下引出短暂结合与被迫诀别的悲剧。同时辅之以"瘦肌更销"等画面，状别时的瘦损难禁与刺骨寒心的悲痛。结拍用李贺"送客咸阳"诗句，将全词收束。杨铁夫认为"此词独于去姬之来踪去迹，详载无遗，可作一琴客小传读"（《梦窗词选笺释》）。这首词结构上的跳跃性十分强烈。正如胡适所说："你看他忽然说蛮腥，忽然说上国，忽然用楚辞，忽然说西施，忽然说吴苑，忽然又飞到咸阳去了。"⑨胡适是从批评梦窗词"堆砌"的角度来说上面这段话的。其实，这是结构的跳跃性，而并非堆砌，是梦境来去无端这一性质决定的。一般作品习惯于依照客观现实的逻辑进程来组织作品的框架结构，可称之为客观现实性结构。而梦窗词（包括某些非梦幻性作品）却习惯于依据个人主观心理活动的逻辑来组接作品，是一种主观心理结构。在梦幻型歌词的创作中，出于需要，作者往往把现今、过去、未来三者之间的界限打通并使之相互渗透，甚至用颠来倒去的手法处理作品的时空关系，形成诗歌中的一种意识流手法⑩，亦可称之为心灵梦幻性结构。这首词便具有这种特点。

再次是气氛的迷离缥缈。在梦幻型作品中，词人的审美对象多为非实在性对象，激活的是一种"幻觉情感"。作者在这虚无缥缈的梦境中重新生活了一遍。同时又是那样虔诚地把梦幻当作真实的存在，这已经就有了不同寻常的神秘性。在此基础上，再加之以百怪千奇的内容和变化莫测的剪接，这就更加浓化了作品的神秘气氛。请看下面这首《浣溪沙》：

门隔花深梦旧游，夕阳无语燕归愁。玉纤香动小帘钩。　　落絮无声春堕泪，行云有影月含羞。东风临夜冷于秋。

本篇是悼念杭州亡妾之作。经过长期分别之后，当词人重返杭州之时，其爱妾早已不在人世。词人对此痛苦万分，禁不住要追忆过往的游踪遗迹，以寻求心灵的慰安。这首词便是凭吊旧居时所激活的一种幻境：深锁的门户，深密的花丛，仿佛一道无情的铁幕把词人同爱妾永远隔开了；但这铁幕却隔不断词人的记忆与梦幻的翅膀。词人久久地徘徊在门外，孤独地，一任回忆啮食他那滴血的心房。夕阳悄无声息地走下地平线，只有燕子在诉说归来的忧伤。此刻，是现实，还是梦幻？反正奇迹出现了：词人久久凝望的那扇窗子上，突然，小小银钩在夕阳下晃动，闪闪发光。窗帘被纤纤玉手挂起来了，无形的铁幕被掀开了：是熟悉的面孔出现了么？不然为什么会飘来一阵幽香？词人久久在门外徘徊，只见柳絮在无声地坠落，是春天在默默哭泣，还是自己的眼泪在流淌？行云把自己的身影投向大地，那躲在行云背后的，是月亮，还是她含羞的面庞？词人忘记了一切，就像在梦中一样，久久徘徊，把东风吹拂的春夜错当成寒冷的深秋时光。画里含香，情思溢雅。"玉纤香动"一句，写的是一种错觉，一种幻境，极富神秘感，甚至带有某种"鬼"气。"夜"与"冷"加重了这种种神秘气氛。前引《踏莎行》是这样，《夜游宫》、《琐窗寒》、《齐天乐》也是这样。这些词通过构图与造型，使心灵梦幻连续投映到"梦幻之窗"的景框上，静态的画面转化为动态的影像，其矩形空间有了回旋跃动，有了景深，于是便构成了动态的三维空间或多维空间。这空间又因色彩与光学的变幻，使业已形成的空间更加迷离缥缈。可意得却难以言宣，可神会而不可形求。陈洵在《海绡说词》说此词"游思缥缈，缠绵往复"，讲的就是这种神秘性。

最后是感觉的错综叠合。视象的丰富，是词人感觉敏感的反映。据统计，在人类日常生活中，视觉活动占有的比重是百分之七十。梦窗词中的视觉活动不仅超过了这一比重，其感受质量也有过常人。在梦窗词171个"梦"字所分布的16l首词中，作为视觉形象的"花"字出现了130次，"风"110次，"云"109次，"月"80次。视觉的色彩感也极其丰富，如"红"字出现106次，"清"68次，"翠"62次，"青"52次，"幽"38次，"碧"31次。此外，还有"紫"、"绛"、"黄"，甚至连"金"、"银"、"铜"、"铅"也都成为画面常见的颜色。前人所说"藻彩组织"、"务出奇丽"、"眩人眼目"等，均指此而言。当然，梦窗并非仅以视象性取胜。他同样十分注意其他感觉的体验。如嗅觉，他的梦词中仅"香"字就出现了131次。重要的是，他那些名篇往往是各种感觉错综叠合的整体反映。如"香苦欺寒劲"，五字之中包含有嗅觉、味觉、视觉、肤觉与心灵体味。"嚼花灯冷"、"箭径酸风射眼，腻水染花腥"、"香瘢新褪红丝腕"、"冷薰沁骨悲乡远"等句，也非一般"通感"所能解释清楚的。感觉的错综叠合在其他词中也层出不穷。如《庆宫春》："残叶翻浓，余香栖苦，障风怨动秋声。云影摇寒，波尘销腻，翠房人去深扃。"形体、色彩、气味、光线、声音、动作都自然而然地交糅在一起，大自然的整体形象、气韵生动地向读者扑来。又如《醉桃源》："金丸一树带霜华，银台摇艳霞。烛阴树影两交加，秋纱机上花。"再加之以"飞醉笔，驻吟车，香浮小隐家。明朝新梦付啼鸦，歌阑月未斜"。词中所写，似乎已不是"叠印"、"意向叠加"所能说清楚的了。再如《过秦楼》："藻国凄迷，麴尘澄映，怨人粉烟蓝雾。香笼麝水，腻涨红波，一镜万妆争妒。湘女归魂，佩环玉冷无声，凝情谁愬？又江空月堕，凌波尘起，彩鸳愁舞。"这样的画面，这样的镜头，它带给读者的已不仅是色彩的世界，而是色彩的旋律，是艺术家全部感觉的和弦，是人对大自然，对大千世界所有感觉的同频共振，是人同大自然的交融与和谐，并且充分体现出梦幻的特色，因为在无拘无束的梦幻世界最容易使各种感觉相互贯通、交叉、叠合。前人对梦窗词中这种感觉的错综叠合缺乏理解，很少道着，只有况周颐有所发现。他举例说："'心事称、吴妆晕红'⑪七字兼情意、妆束、容色，梦窗密处如此。"他还用"芬菲铿丽"⑫这样的语言来赞美梦窗词，这四个字本身就包含有感觉的多重叠合，用以形容梦窗词，是很有创见的。

梦窗词通过"七宝楼台"的"窗口"向世界敞开，其沉潜心底的"画面"与"景列"才得以显示。但这"敞显"是有限的，因为"楼台"之中的绝大部分内容仍被厚重的墙皮所掩蔽。梦窗词的艺术品格正是在"敞显"与"屏蔽"这二者之间所形成的张力之中展开的。其艺术上的优长与缺欠均来自这里。

梦幻：既定边界的疏离与跨越

梦窗之所以"缒幽抉潜，开径自行"⑬，跨越传统方式的既定边界而另辟梦幻型歌词之新途，原因很多。其中，传统继承、个人遭际、个性与词学主张以及时代影响等，均有不可忽视的作用。应当说，在一个特殊的时代和社会环境里培养出的人格决定了梦窗词的创变及其独特的艺术品格。

梦幻型文学作品在古代文学中并不罕见。最早，作为概念或意象，在《卜辞》、《尚书》、《左传》中就已有较多记载，因多与占梦联系在一起，带有原始巫祝与迷信色彩，是一种意指客体（即作预测、说明或解释之用），还不是独立的审美对象。开始作为审美客体、作为艺术形象纳入作品并对后世产生深远影响的梦幻，当从《庄子》和《楚辞》算起。《庄子·齐物论》中的"梦蝶"故事，原来用以论证"物化"（即物我之间的转化），申明其万物融合为一的哲理，但它却启迪了后代诗人的审美想象，影响到历代文学创作并已成为常识性典故，在梦窗词中就出现20余次。楚辞《离骚》等作品"驱虬乘鷖"的神仙世界与诡谲的想象，还有《高唐赋序》中襄王梦巫山神女故事，都影响了历代梦幻作品的产生，梦窗词中也多次提及。此后"游仙"、"梦游"以及李白、李贺、李商隐的某些诗歌，唐宋传奇，元明清戏曲小说中的梦幻故事，无不受这几方面的影响。

就词史而言，从文人词产生那天开始，便不断有带"梦"字的作品出现。温庭筠71首词中"梦"字出现13次，韦庄54首词中"梦"字出现18次，冯延己110首词中"梦"字出现32次，李煜45首词中"梦"字出现15次。其主要特征是把"梦"当成情感型意象，寄托着恋情相思或慨叹人生如梦，还不是严格意义上的独立的审美对象，还没有成为歌词创作的重要内容。只有韦庄《女冠子》等极少数篇章描绘了入梦过程及感情经历[14]，对苏轼《江城子》（十年生死两茫茫）等作品产生过明显影响。这一时期可称之为梦词的发轫期。北宋晏几道是最早的梦幻词人，在他240余首作品中，仅"梦"字就出现了60次（不包括虽有梦境但无"梦"字的作品）。他把"梦"当作与现实截然不同的审美情感世界，在睡梦中雕塑着清醒的恋人，同时还开创了"梦态的抒情"手法，可称之为梦词的创变期[15]。直到南宋末年吴梦窗的出现，才将梦词的创作发展到极致，跨越了传统方式的既定边界，并使之进入定型期。吴梦窗以后，梦词已不再有新的发展。

梦窗的梦词与小晏的梦词有许多近似之处，但又有明显不同：一、从内容上看，梦窗的梦词比之小晏更为复杂多样。小晏写的只是一个睡着的词人和四个醒着的歌女之间的恋情关系而不曾旁及其他。梦窗除恋情相思、怀旧悼亡以外，还将梦幻型作品扩展到咏物兴怀、登临酬唱、抚时感事与吊古伤今等广阔空间。二、从形式上看，小晏的梦词均为小令，梦窗除用小令以外，还大量运用长调，增大了梦词的容量（如240字的《莺啼序》就形象地重现了梦窗与亡妾悲剧的全程）。三、艺术上，梦窗吸纳了小晏"梦态的抒情"手法，同时又全力创构"窗口"上的画面，致力于"景列"的剪接，技法新颖并已配套成龙。四、风格不同。小晏梦词所写的爱情悲剧仍较开朗、外向，清壮流利。梦窗则较为内向，意境隐约朦胧，密丽深涩。五、小晏梦词并非完全自觉，梦窗却十分自觉，他自号"梦窗"便是公开化了的自觉的目标意识。以上五点充分说明，梦窗在梦幻歌词的创作上比小晏走的更远了。他不是一般的、机缘性的、表层的"人生如梦"的慨叹，而是来自心灵深层的梦幻意识，来自创作过程中逐渐形成的梦幻性艺术思维。他所写的客观现实生活，经过梦幻心灵的锻冶，已非复旧观，而带有浓淡不同程度的梦幻色调。咏物兴怀、登临酬唱、抚时感事与吊古伤今的作品中游动着梦幻的魔影；恋情相思、怀旧悼亡的梦境中又沉潜有物是人非的厚重历史内容。这些作品又都程度不同地指向一个共同的轴心，即始终环绕着灵与肉、生与死、动与静、时代与历史、变化与永恒以及自我与自我的冲突等来加以展开，有深层的哲理意蕴。强调用"重、拙、大"三个字来品评词人的况周颐说："重者，沉着之谓；在气格，不在字句。于梦窗词庶几近之。"他甚至认为："梦窗与苏、辛二公，实殊流而同源。"如果从最深心灵层次上看，梦窗的梦幻型作品同样具有苏轼、辛弃疾厚重的人性品格与时代内涵，不同的只是"致密其外"而已⑯。

梦窗经历的是不幸的一生，悲剧的一生。作为传统士子，他刻苦读书，才华出众，自视甚高。他在《满江红》中说："看高鸿飞上碧云中，秋一声。"这应看作是他个人远大抱负的形象写照，然而他却始终未能登第，未获任何官职，爱国志意自然无法施展。相反，他始终寄人篱下，过的是清客幕僚生活。貌似尊重，实际上的白眼，有时还不得不向权贵们特别是向贾似道之流投词祝寿，这大大挫伤了他孤傲的心灵。他在《醉落魄》中说："柔怀难托，老天如水人情薄。"句中融入的正是他个人的辛酸。本为翁氏传人，却又被过继为吴氏，心灵上的阴影始终拂之不去。有过真正的情爱，结果却一个生离，一个死别。这一连串的屈辱与不幸，是其他词人难以体验的，而梦窗却十分敏感地把这一切体验全都纳入充满梦幻的心灵深处，积累、凝定、奔突，终于从词的创作这方面找到了突破口。他那些带有悲剧色彩的恋情相思、怀旧悼亡诸作，都程度不同地融入了美的破灭与时代没落的深长悲痛，而不能简单地视之为梦境的实录。他那些只有"梦"字而无梦境的词篇，多半是这种如梦如幻、心绪零乱无可言告的反映。他的某些梦词，难以一一指实，也不必落实。

除歌词以外，梦窗没有留下其他任何形式的作品，只是在沈义父《乐府指迷》中，间接地记录下他的一段词学主张。他说：

> 盖音律欲其协，不协则成长短之诗。下字欲其雅，不雅则近乎缠令之体。用字不可太露，露则直突而无深长之味。发意不可太高，高则狂怪而失柔婉之意。思此则知所以为难。

这是梦窗现存唯一的词论，中心是维护词体的纯洁性。他强调从"协律"、

"下字"、"用字"、"发意"等四个方面，使词体跟"诗"及"缠令"严格区分开来。文字虽短，却几乎涵盖了词的内容、形式、艺术、风格等许多重要问题，实际上是他的美学追求，是带有纲领性质的词学本体论。他忠实于这一主张，并且用音律协畅、词语雅丽、发意柔婉、韵味深长这四根支柱，撑起一个广阔空间，使他那梦幻性心灵得以充分展现，梦幻性艺术思维得以自由驰骋。在别人看来，他的要求与追求，几乎有点儿像走钢丝绳一样为"难"，而他却视之为坦途，最后终于跨过了当时歌词创作的既定边界，轶出了传统的创作模式，并且使词之本体所应该具有的特殊韵味得以充分发挥，他的作品也由此成为符合词体要求的、醇之又醇的、真正意义上的歌词。

梦窗之所以跨越传统方式的既定边界，还与南渡后词坛的历史与现实密切相关。北宋灭亡，宋室南渡，抗金复国已成为南宋历史发展的逻辑起点，遗憾的是，南宋王朝既未高举收复被占领土、完成国家统一的旗帜，又未能维护其自身独立与领土完整，而是在侵略面前步步退让，最后终于退到南海之中，遭到灭顶之灾。这是违反历史逻辑而遭致的必然后果。但是，作为诗体形式之一的词则恰恰相反。南宋词自始至终响彻了反对投降、主张反攻复国的时代强音，其主要特征之一便是由此而产生的一个"变"字。"时运交移，质文代变。"（刘勰《文心雕龙·时序》）"变"，是南宋词史的逻辑起点，也是南宋词史发展的归结。南宋词史发展的四个时期（词坛的重建期、词史的高峰期、词艺的深化期、宋词的结获期），都紧紧围绕这一个"变"字而加以展开。在北宋就已成名的词人，南渡后立即改变了北宋时期剪红刻翠、浅斟低唱的柔靡词风。他们通过爱国豪放词的创作完成了词坛重建期的历史使命，并为词史高峰期的到来作好准备。30 年以后，由北南归的辛弃疾登上了词坛。他以 620 余首的大量词篇，鞺鞳的音响，雄健的风格，完成了审美视界的转换，把词的创作推上了词史的高峰期。当时及稍后的词人，不论其审美情趣如何，都于不知不觉间向辛弃疾爱国豪放词风倾斜。姜夔的出现，标志着词艺深化期的到来。他不仅继承周邦彦的传统，还上承儒家之"仁"，诗教之"雅"，还继承了诗歌与音乐合一这一传统的精髓，在"词中有乐，乐中有词"这一方面，做出了开拓性贡献。他把家国兴亡之叹与个人身世之感，巧妙融入词中，达到"野云孤飞，去留无迹"的高水平。他是继辛弃疾之后以独创性成就登上词史高峰的第二位大词人。吴文英生于辛、姜之后，要想超越这两位大词人，就吴文英的才、学、识、特别是他当时所处的位置与他的经历，几乎是不可能的了。他生活于南宋灭亡前夕，既不能沿着辛弃疾雄豪博大的词风继续爬升，又不能沿着姜夔的幽韵冷香亦步亦趋。所以，他只能另拓新境，大量撰制梦幻型作品，在词的表现力方面进行新的创变，继辛、姜之后第三个登上了词史的高峰，形成辛、姜、吴三足鼎立的历史新格局。当然，吴文英还从周邦彦上溯到温庭筠，上溯到庄子的"梦蝶"、楚辞的"惊采绝艳"、宋玉高唐神女的幻变，使人生艺术化，生活艺术化，梦境艺术化。"诗中有画，画中有诗"这一传统，通过"梦幻之窗"达到了中国诗歌史上新的最高层次。正因为辛、姜、吴在词境、词艺方面的高峰态贡献与共同影响，所以继他们之后的宋词结获期，到南宋灭亡之后还延续了30余年时间，创造出诗歌史上极为罕见的奇迹。这一时期，继续发挥辛、姜、吴的思想境界与艺术技法，完成了"变"这一历史与逻辑统一的演进全程。

"梦窗"，是吴文英的自号，更是一种审美视界，是他毕生的艺术追求。他的这一追求，似乎取得了他同时或稍后其他著名词人的认同。他们在与梦窗相关的作品中，都把这两个字意识鲜明地组织进去。周密在《玉漏迟·题吴梦窗霜花腴词集》中说："西窗梦短谁凭？是几番宫商，几番吟啸？泪眼东风，回首四桥烟草。"万俟绍之《江神子·赠妓寄梦窗》："十年心事上眉端。惊梦残，琐窗寒。云絮随风，千里度关山。"张炎虽批评梦窗词"不成片断"，但并非完全否定，对"梦窗"二字也极为珍视。他在《声声慢》中说："烟堤小舫，雨屋灯深，春衫惯染京尘。舞柳歌桃，心事暗恼东邻。浑疑夜窗梦蝶，到如今犹宿花阴。"可以明显看出，这些词人对"梦窗"二字的理解以及对梦窗艺术追求的称许。

元、明两代梦窗词遭到冷落，直至清代中叶才开始升温，清末民初竟然出现了"梦窗热"。吴梅在《乐府指迷笺释序》中说："近世学梦窗者几半天下。"但梦窗热中的仿效者却很少获得成功。"冷落"与"过热"这两方面都有着同一个盲点或误区，即对"梦窗"字的美学涵蕴，对梦窗词特别是他的梦幻型作品缺乏足够理解。

通过上述分析，可以看出，梦窗词中的梦幻型作品数量多，用力深，技法高，影响大。从自号梦窗，到反复把"梦"、"窗"二字组织在句中、篇中，再加之以作品中梦幻世界的多彩多姿与广泛展示，最终又以"梦窗"二字名其词集，这一切都充分说明了他有意识地疏离并跨越了传统歌词创作的既定边界，自觉地追求并开拓出新的梦幻型歌词创作。梦窗词的艺术独创与晦涩难懂，都来自梦幻型作品本身。弄清楚梦幻型作品与其他类型作品之不同（包括其形成原因），不仅有助于正确评价梦窗词，也有助于对宋词的批判继承。

原载《文学遗产》1997 年第 1 期

——————————

注释：

① "梦仙到，度峨云滑。溪谷冰绡未裂，金铺昼锁乍掣。……有新燕，帘底说……年年谢桥月。"

② "惨淡西湖柳底，摇荡秋魂，夜月归环佩。……梦断琼娘，仙云深路香。城影蘸流水。"

③ "梦醒芙蓉，风檐近、浑疑佩玉丁东。翠微流水，都是惜别行踪。"

④ "旧尊俎，玉纤曾擘黄柑，柔香系幽素。归梦湖边，还迷镜中路。……又相对、落梅如雨。"

⑤ "记行云梦影，步凌波、仙农剪芙蓉。"

⑥ [法] 罗伯-格里叶《我的电影观和我的创作》，《世界电影》1984 年第 6 期。

⑦ [德] 鲁道夫·爱因海姆《电影作为艺术》，中国电影出版社 1985 年版，第 118 页。

⑧ 夏承焘《唐宋词人年谱》，上海古典文学出版社 1955 年版，第 469 页。

⑨ 见胡适《国语文学史》第五章 "南宋的白话词"。

⑩ 参阅拙文《说梦窗词〈莺啼序〉》，《文学遗产》1982 年第 3 期。

⑪ 见梦窗词《塞翁吟·赠宏庵》。

⑫ 见况周颐《蕙风词话》卷二。

⑬ 朱祖谋：《梦窗词集跋》。

⑭ 韦庄《女冠子》："昨夜夜半，枕上分明梦见。语多时，依旧桃花面，频低柳叶眉。半羞还半喜，欲去又依依。觉来知是梦，不胜悲。"

⑮ 参见拙文《晏几道梦词的理性思考》，《文学评论》1990 年第 2 期。

⑯ 见况周颐《蕙风词话》卷二。

晏几道梦词的理性思考

陶尔夫

或许因为人类经常做梦，所以一般情况下，读者对文学作品中出现的梦，已经习以为常了。然而，有的作家经常写梦，大量写梦，如果对此未予充分注意，那就有可能忽略作家的甘苦用心。北宋晏几道就是一个大量写梦的词人。在他的《小山词》里，"梦"字竟出现60余次。他自己还直言不讳地说："所记悲欢合离之事，如幻、如电，如昨梦前尘。"如果我们对其"如幻"、"如梦"的作品没有足够重视，岂不辜负了他这一段自白与戛戛独造的艺术匠心？本文试对《小山词》中梦境的闪回、梦中的热恋、梦态的抒情以及梦因的透析等，作一粗浅分析。

梦境的闪回：与现实截然不同的审美情感世界

应当说，晏几道是一个沉溺在睡梦中的词人。这句话有两层意思：一是他的词内容题材十分狭窄，除极少数作品具有某种社会历史内容外，其余大部作品均未离开恋情相思与别恨离愁范围，他把"自我"封闭在一个脱离当时社会现实的狭小空间；二是他的词执着于梦境的描写，热衷于梦境的开拓，他自始至终在编织着缤纷多彩的梦。

梦，是绚丽的，又是虚幻的，但它却给人以自由。许多现实中不可思议、不可想象的事情，在梦中却异乎寻常地变为现实，使人体味到理想实现与愿望得到满足以后那种难以抑制的激动。《小山词》中就有不少篇章闪映着梦中欢乐的场面。如《鹧鸪天》：

> 小令尊前见玉箫，银灯一曲太妖娆。歌中醉倒谁能恨，唱罢归来酒未消。春悄悄，夜迢迢，碧云天共楚宫腰。梦魂惯得无拘检，又踏杨花过谢桥。

词中跳动着欢快的情调。这欢快的情调与奔放的节奏，在《小山词》中是殊为少见的。上片写词人同妖娆的歌女一见钟情，产生了传说中唐韦皋与玉箫两世姻缘般的恋情。下片写词人冲破时空局限，踏过撒满杨花的小桥与恋人在梦中欢会。欢会的具体情景隐而未宣，但从"碧云天共楚宫腰"一句可以想象出，词人得到的是楚王遇巫山神女这类的好梦。

在现实社会中，人总是要受法律的、伦理的、道德的规范与约束，他们的情感不可能自由渲泄，行为不得越轨，否则就要受到礼法制裁与道德审判。但是，人仍有不受约束的内在天地，那就是人的心灵范畴与情感范畴。梦，就是突破一切社会秩序而进入无法无天的绝对自由的新天地，它可以最大限度地超越现实。爱之愈深，思之愈切；压抑愈久，爆发愈烈。这首《鹧鸪天》就是争得心灵自由的欢歌。北宋著名道学家程颐读了这首词的最后两句说："鬼语也。""鬼语"，不就是梦幻之语么？这种发自人类天性的对爱情的呼唤和追求，连最讲孔孟之道的儒学大家也不得不为之动容："意亦赏之。"① "鬼语"的艺术魅力，实在够大的了。"归来独卧逍遥夜，梦里相逢酩酊天。"（《采桑子》）"别后除非，梦里时时见得伊。"（《采桑子》）"行云无定，犹到梦魂中。"（《少年游》）这样的梦，是迷人的，值得追求的。

然而，并非所有的梦都是美丽的，有时连梦中的追寻也难实现。所以《小山词》中还有不少伤心的梦，凄凉的梦。如：

> 梦入江南烟水路，行尽江南，不与离人遇。睡里消魂无说处，觉来惆怅消魂误。（《蝶恋花》）
> 金风玉露初凉夜，秋草窗前，浅醉闲眠，一枕江风梦不圆。 （《采桑子》）
> 衾凤冷，枕鸳孤，愁肠待酒舒。梦魂纵有也成虚，那堪和梦无。
>
> （《阮郎归》）

新春来临，词人在梦中寻访久别的恋人，山一程、水一程，行遍江南，却毫无踪影。当金风送爽，连天上的牛郎织女都要一年一度跨过银河会面，而词人在梦中却难得团圆。进入冬季，甚至连梦也无处可寻了。

都说人的欲望永无满足之日，其实，人的要求有时是很少的。就晏几道的词来看，他要求的不过是真挚的情爱罢了。然而真正的情爱并不属于他。他只能寻求唯一的安慰：梦。谁知如今连梦也不属于词人了，他怎能不悲从中来？

因为词人长期经受好梦难成的折磨，有时奇迹般出现的久别重逢，他甚至会误以为是虚假的、难以置信的梦。请看《鹧鸪天》：

> 彩袖殷勤捧玉钟，当筵拚却醉颜红。舞低杨柳楼心月，歌尽桃花扇底风。
> 从别后，忆相逢，几回魂梦与君同。今宵剩把银釭照，犹恐相逢是梦中。

词中出现两个"梦"字。一个是真实的"梦"，一个是虚无的"梦"。前者是别后相思的梦，后者是久别重逢疑真似假的梦。相思的梦是欢乐的，尽管短暂；相逢的梦是凄凉的，尽管是现实。这两个"梦"上下辉映，前后对比，在更深层次上衬托出词人潜在情感的真淳、强烈、持久。

为了获致更多的好梦，为了能有更多、更长的睡梦时间，词人往往要借助醉酒的力量。在小山词中，"酒"与"醉"常常同"梦"紧密联系在一起，成为孪生姊妹。上引诸词，几乎均有"酒"字或"醉"字，甚至"酒"、"醉"、"梦"三者样样齐全。再看《踏莎行》：

> 绿径穿花，红楼压水。寻芳误到蓬莱地。玉颜人是蕊珠仙，相逢展尽双蛾翠。　　梦草闲眠，流觞浅醉，一春总见瀛洲事。别来双燕又西飞，无端不寄相思字。

上片全是梦境：词人穿过绿草平铺、红花夹路的小径，登上临水的红楼，与绝色的"蕊珠仙"女不期而遇。从"双蛾"、"展尽"一句可以看出，这种相逢是十分欢快的。不仅如此，词人整个春天一直沉浸在这美好的梦境之中："一春总见瀛洲事"。"瀛洲"，也就是上片的"蓬莱"仙境。之所以能有如此众多的好梦，原因在于"流觞浅醉"。"梦"与"醉"已难解难分。"劝君频入梦乡来，此是无愁无恨处。"（《玉楼春》）"醉中同尽一杯欢，醉后各成孤枕梦。"（《玉楼春》）"从来往事都如梦，伤心最是醉归时。"（《踏莎行》）"新酒又添残酒困，今春不减前春恨。"（《蝶恋花》）人睡着时可以比清醒时更少受客观社会现实的约束，他可以借梦境纵情抒发自己的感情。但梦境是虚幻的，难以把捉。有时一觉醒来便忘得一干二净。晏几道却有所不然。他对梦有特别的偏爱，也分外珍惜。他存储的梦实在够多的了。他怕梦境失落，及时让梦境闪回，用诗的语言，把他的梦凝固下来。于是，《小山词》便成为作者的梦的画廊。这画廊里的梦是五光十色的。诸如："梦中"、"梦后"、"梦回"、"梦觉"、"梦雨"、"梦云"；还有"春梦"、"秋梦"、"夜梦"、"虚梦"、"残梦"；再加上"鸳屏梦"、"巫峡梦"、"桃源梦"、"蝴蝶梦"、"高唐梦"、"阳台梦"等等。这60余个"梦"字已占近250余首《小山词》的四分之一了。如果再加上"酒"字55次，"醉"字48次（"酌"、"尊"、"觞"字均未计算在内），共160余次，已超过全词二分之一。假如再把具有暗示意义的"高唐"、"云雨"、"朝云"之类与"梦"有关（但并无"梦"字）的词语加在一起，那么这个数字便接近全词的三分之二了。这就是晏几道词的现实，是需要另眼相看的一种心态，一种现象。

晏几道之所以如此热衷于梦境的描写，在于他执着于创造一个与现实社会相对立的另一个审美艺术新天地。他把恋情双方的外在审视，转化为正面的、对象化的内在审视。词人的审美视野已由体态、服饰、环境与自然景物的描写，转向恋情心态的深层开掘。他把潜在的美的必然性，自然而巧妙地转化为物质的现实性。在抒情主人公的性格美与情感执着（包括审美对象的美质）方面，虽不免有某种程度的夸张，但就其整体而言，却已作出了前人不曾有过的贡献，在中国词史上，这种转化也是具有某种开创意义的。

梦中的热恋：睡着的词人在雕塑着清醒的恋人

到底是什么样的女性，值得晏几道如此全心倾注，无比眷恋？

晏几道生平资料传世甚少，其恋情本事也知之无多。从他自撰《小山词序》中可以得知，他热恋的不外是朋友家的歌儿舞女而已。序文中说：

> 始时沈十二廉叔，陈十君宠家，有莲、鸿、苹、云，品清讴娱客。每得一解，即以草授诸儿。吾三人持酒听之，为一笑乐。已而君宠疾废卧家，廉叔下世。昔之狂篇醉句，遂与两家歌儿酒使，俱流转于人间。……追惟往昔过从饮酒之人，或垅木已长，或病不偶。考其篇中所记悲欢离合之事，如幻、如电，如昨梦前尘，但能掩卷怃然，感光阴之易迁，叹境缘之无实也。

沈、陈二人，大约是与词人出身、经历、性格有某些相近的知心好友。莲、鸿、苹、云不仅善于歌唱弹奏，而且人品、风韵也与世俗之辈大不相类，所以词人才能从并非倾心相许而逐渐发展成为生依死恋的极境。《小山词》中关于莲、鸿、苹、云的形象以及她们与词人的恋情关系，均有生动反映。先看《鹧鸪天》：

> 守得莲开结伴游，约开萍叶上兰舟，来时浦口云随棹，采罢江边月满楼。

花不语，水空流，年年拚得为花愁。明朝万一西风劲，争尚朱颜不奈秋。

词里出现"莲"、"萍"、"云"等字，似乎有意把四位歌女"结伴"在一起。

其他篇章还分别刻画了四位歌女的不同形象。写小莲的有《木兰花》：

> 小莲未解论心素，狂似钿筝弦底柱。脸边霞散酒初醒，眉上月残人欲去。
> 旧时家近章台住，尽日东风吹柳絮。生憎繁杏绿阴时，正碍粉墙偷眼觑。

词中对小莲的姿容、体态均有具体描绘。另外一些词还在不断补充，使小莲的形象逐渐丰满。"梅蕊新妆桂叶眉，小莲风韵出瑶池。云随绿水歌声转，雪绕红绡舞袖垂。"（《鹧鸪天》）"柳下笙歌庭院，花间姊妹秋千。记得春楼当时事，写向红窗月夜前。凭谁寄小莲。"（《破阵子》）"浑似阿莲双枕畔，画屏中。"（《愁倚阑令》）

直接刻画小鸿的词不多。《虞美人》："年年衣袖年年泪，总为今朝意。问谁同是忆花人，赚得小鸿眉黛，也低颦。"有些词虽未直接写小鸿，但同音假借，似也可看成是对小鸿的描写。如《玉楼春》：

> 红绡学舞腰肢软，巧织舞衣宫样染。织成云外雁行斜，染作江南春水浅。
> 露桃宫里随歌管，一曲霓裳红日晚。归来双袖酒成痕，小字香笺无意展。

"红绡"、"红日"、"雁行"均可使人联想到"鸿"字。

"苹"字在小山词中出现较多，有时作"颦"，有时作"萍"，似乎就是一个人。《临江仙》（梦后楼台高锁）写到"小苹初见"时的第一印象。《玉楼春》则有更为周详的刻画：

> 琼酥酒面风吹醒，一缕斜红临晚镜。小颦微笑尽妖娆，浅注轻匀长淡净。
> 手挼梅蕊寻香径，正是佳期期未定。春来还为个般愁，瘦损宫腰罗带剩。

小苹似是娴静少女，一颦一笑，尽态极妍，淡妆浓抹却有一笑倾城的魅力："小颦若解愁春暮，一笑留春春也住。"（《木兰花》）

小云出现的场面不多。《虞美人》下片说她："双星旧约年年在，笑尽人情改。有期无定是无期，说与小云新恨、也低眉。"《浣溪沙》词中多次出现

的 "朝云"，有的似指小云，但又不可一概而论。

词中反复出现的 "碧玉"、"念奴"、"小琼"、"玉真"、"玉箫"、"阿茸" 等，也都似代指四位歌女或特指他最倾心的那一个。

这四位歌女的美貌、风韵、舞姿、歌喉，是那样久久地拨动着词人的心弦。"体态的美丽，亲密的交往，融洽的旨趣等等"②促使词人从表层上的愉悦、吸引进而转为灵魂深处的倾心相爱。他对这四位歌女的塑造，也大体经历了由浅入深的过程。而这一过程的转折点便是生离死别的打击。

晏几道是晏殊的暮子。他生于侯门之中，长于妇人之手，正经过了一段锦衣玉食的好日子。但他的婚姻却仍脱不了 "父母包办，当事人则安心顺从" 这一封建社会普遍存在的法则。因此，真正的爱情关系并不存在于包办婚姻的夫妻之间，而往往同 "官方社会以外的妇女——艺妓"，产生真正的恋情③。恩格斯在《家庭、私有制和国家的起源》中对这一现象的精辟分析，是完全符合中国封建社会和晏几道当时现状的④。但是，由于门第、社会、文化教养诸多方面的差异，晏几道不可能同歌女中的任何一位结合。这已是注定了的。随着沈、陈二位友人的 "疾废"、"下世"，悲剧发生了。"爱而不得所爱"，这就是《小山词》中贯穿始终的矛盾冲突。对此，一般情况下，可有两种选择：一是坚持信守，坚决抗争，直至不顾生死；一是把恋情珍藏于心底，在孤独时刻作为美好回忆以求得安慰。晏几道这两方面都有一些，但他的行动又与这二者不尽相同。一方面，因为家庭的由盛变衰，他无法改变自己的命运，更无法改变这四位歌女的命运；另一方面又因这种感情具有 "超生死，忘物我，通真幻" 的巨大力量，这就逼促词人不得不采取行动。当然，他的行动不是直面社会现实，而是使美好情感对象化与物质化，这就是他的歌词创作。在经历了生离死别的摧残与考验以后，他从两方面来进行美的升华：一是通过梦境或激情的自由来塑造自我，一是通过梦幻和虚构来雕塑四个清醒的恋人。

随着家境的中落，政治上的挫折，晏几道几乎从富贵的峰颠跌落到贫困的低谷。在生活的浪潮之中，他是一个被放逐出来的流浪汉。表面上看，这四位歌女是因生活无着而 "流转于人间" 的。其实，真正被放逐的不是别人，而是晏几道自己。他无力拯救这四个柔弱的生命，最终被剥夺了相爱的权利而成为失意者。他内心充满了悲痛、自谴与漂泊感。这种感情除了寄托给梦境以外，有时还要作激情的自白：

　　长相思，长相思，若问相思甚了期，除非相见时。　　长相思，长相思，欲把相思说似谁，浅情人不知。

在《小山词》中，《长相思》只有这唯一的一首。陈廷焯说："此亦小山集中别调。"⑤ 调名与内容结合紧密，"相思"二字出现六次之多。低回往复，情深意长。这样的自白在《小山词》中比比皆是：

> 泪弹不尽临窗滴，就砚旋研墨。渐写到别来，此情深处，红笺为无色。（《思远人》）
>
> 相思处，一纸红笺，无限啼痕。（《两同心》）
>
> 题破香笺小砑红，诗篇多寄旧相逢。（《鹧鸪天》）
>
> 凭谁细话当年事，肠断山长水远诗。（《鹧鸪天》）
>
> 欲写彩笺书别怨，泪痕早已先书满。（《蝶恋花》）

书简、诗词都是用泪水和心血写成的。这讲的是词人自己，也讲的是他的恋人。上引诸句，很难分清是用词人自我口吻还是用歌女口吻写成的了。词人还善于将心比心，在睡梦中雕塑恋人的形象：

> 曲阑干外天如水，昨夜还曾倚。初将明月比佳期，长向月圆时候，望人归。
> 罗衣著破前香在，旧意谁教改？一春离恨懒调弦，犹有两行闲泪，宝筝前。
> （《虞美人》）
>
> 一醉醒来春又残，野棠梨雨泪阑干。玉笙声里鸾空怨，罗幕香中燕未还。
> 终易散，且长闲，莫教离恨损朱颜。谁与共展鸳鸯锦，同过西楼此夜寒。
> （《鹧鸪天》）
>
> 泪痕揾遍鸳鸯枕，重绕回廊。月上东窗，长到如今欲断肠。
>
> （《采桑子》）

词人热恋着对方，甚至认为对方比自己更多情，更多一重相思的折磨。他把自己的审美意识全部倾注于社会地位低下的歌女身上，用自己的美好感情去创造她们，改造她们，丰富她们。甚至认为她们经历了最悲惨的"流转"以后，仍能保持其出污泥而不染的高尚品德：

> 日日双眉斗画长，行云飞絮共轻狂。不将心嫁冶游郎。　　溅酒滴残歌扇

字，弄花熏得舞衣香。一春弹泪说凄凉。（《浣溪沙》）

词人把她们幻想成纯情的少女，幻想成大自然的精灵。她们被塑造得愈完美，同时也就愈加可望而不可即，从而更增添无限深情。罗曼·罗兰说过："只要有一双忠实的眼睛和我们一道流泪的时候，就值得我们为了生命而受苦。"晏几道和他恋人的泪水已汇流到一起了。他是甘心忍受这种折磨的。

晏几道是在睡梦中塑造理想的恋人。他是在同梦境中的恋人谈情说爱。幸亏他没有清醒过来，从而保持了他恋人的完美与崇高。这一切又都与晏几道的"痴"密切相关。据黄庭坚《小山词序》讲，小晏为人有"四痴"："仕宦连蹇，而不能一傍贵人之门，是一痴也。论文自有体，不肯一作新进士语，此又一痴也。费资千百万，家人寒饥而面有孺子之色，此又一痴也。人百负之而不恨，己信人，终不疑其欺己，此又一痴也。"晏几道痴情地相信他所爱的人永生永世钟情于他。他的词就是献给恋人的赞美诗。

四位歌女是否像词人想象的那样完美无瑕，无须深究。但有一点似乎可以肯定，即她们是清醒的。不然，怎么能适应"流转于人间"的生活？梦境是美丽的，自由的；但"人间"却是残酷的，悲惨的。面对悲惨的世界，梦是无能为力的。值得庆幸的是词人闭眼睡着，他并不知她们的具体遭遇和变化，从而保持他恋人头上那耀眼的光环，并永远咀嚼那份苦涩的甘甜。

法国著名作曲家柏辽兹年轻时热恋上在巴黎演出《哈姆雷特》的英国演员史密森，但被史拒绝。他在失恋中继续编织着热恋之梦，并为此写出一部著名的《幻想交响曲——一个艺术家生活中的情话》。四年后，这部交响曲在巴黎演出获得成功，恰巧史密森也在观众席里，并感知这部交响曲写的就是她。他们结合了。新婚过后，柏辽兹才发现史密森原来是一个极端庸俗、目光短浅、心胸狭窄的英国女人，根本不是什么天使。他后半生被她折磨得才华丧尽。柏辽兹侥幸没有与史密森过早结合，否则便不会有《幻想交响曲》传世了。晏几道始终没有走上柏辽兹的道路，因而保持了他旺盛的艺术生命，使他雕塑成的恋人形象的异彩，永不凋萎。

梦态的抒情：审美情趣与心灵形态的多向开掘

为了适应梦的艺术形态的创造，为了适应梦境的特殊建构方式，晏几道在词的艺术表现上，相应地有所更新和创造，这就是梦态的抒情或称之为醉态抒情。其主要特点是：丰富性与多样性；跳跃性与模糊性；象征性与暗示性；可视性与音乐性。

所谓丰富性与多样性，主要指梦境的缤纷多彩与表现手法的翻新。词人的喜、怒、哀、怨，所有心理感受几乎均可通过梦境的闪回予以重现。有时是线性的延伸，有时是点状的定格或辅之以阶段性的回缩。时间是一线性的流动过程。既可表现为线性的发展，如前引《踏莎行》（绿径穿花）、《蝶恋花》（梦入江南烟水路）；有时还可固定于一个画面，然后围绕此画面作梦境的回缩，包括激情的自白，如《留香令》（画屏天畔，梦回依约）、《采桑子》（无端恼破桃源梦），有时还可作波浪式的皱叠。这种手法又称顿挫或衬跌[6]，沈祥龙则称之为"透过"、"翻转"、"折进"[7]，"用意深而用笔曲"。如前引《阮郎归》："梦魂纵有也成虚，那堪和梦无。"《木兰花》："欲将恩爱结来生，只恐来生缘又短。"《胡捣练》："异香直到醉香来，醉后还因香醒。"《蝶恋花》（梦入江南烟水路）的十句之中竟有四次翻转、折进，极尽波澜起伏，顿挫回环之妙。黄庭坚说小晏词"寓以诗人句法，清壮顿挫，能动摇人心"[8]，即指此而言。梦，在词人心中存储的愈多，其表现形态也愈加色彩纷呈。

跳跃性与模糊性。跳跃性是伴同梦境大幅度空间转换而出现的，它与线性的延伸、回缩不同，它是在二维或多维空间展开的。梦的时空与现实生活中的时空多有不同。梦的时空是虚拟的，其目的不在生活本身，而在于传达作者潜在的心理趋向，它不受现实生活时空形态的制约，显示出充分的自主性与跳跃性。梦的发生、展现无任何规律可循，它来无影，去无踪，意象、画面、情节、人物的出现、发展、过渡、衔接、转换，令人难以把握。加之小令字数有限，不可能把梦的来龙去脉作全景式的展开，因而更加重了词的跳跃与闪动。随之又出现了情境的模糊性。如《临江仙》：

> 梦后楼台高锁，酒醒帘幕低垂。去年春恨却来时。落花人独立，微雨燕双飞。　　记得小苹初见，两重心字罗衣。琵琶弦上说相思。当时明月在，曾照彩云归。

起句点"梦"，接句点"酒"，"梦"、"酒"二字已笼罩全篇。但"梦"却难以落实。何日之"梦"？何时之"酒"？一下难以说清。"楼台"在何处？"帘幕"在何方？甚至连"高锁"、"低垂"也难确指。第三句又突然回到"去年"，"去年"指一、二两句，还是指三、四两句？下片"记得"、"当时"，似乎已具备时间的确定性。但联系全篇，把下片解成梦境，甚至梦中之梦亦无不可。时空的跳跃与情境模糊，更浓化了梦的虚无缥缈和神秘气氛，并由此形成隐性抒情。

象征性与暗示性。所谓象征，乃是指词人通过使事用典或嵌入某种传统文化意识、意象以暗示深层心理的骚动。再看上引《临江仙》。如能将首句"梦后楼台高锁"与结句"曾照彩云归"联系起来作整体考察，那么，这首词中的"梦"，已非一般形态的梦。而是楚王梦巫山神女这类性质的梦了。"楼台"即《高唐赋序》中的"高台之观"；"彩云"似即赋中的"朝云"。正如李商隐所说："一自高唐赋成后，楚天云雨尽堪疑。"（《有感》）自宋玉这篇赋出现后，凡是文学作品中出现的"高唐"、"朝云"、"阳台"、"云雨"、"巫峡"、"楚梦"等词语，便均暗示男女恋情与欢合。在唐以前，上述词语，一般均不属亵语。在小晏词中，也只是象征恋爱双方所决意争取的那一份相爱与完美结合的自由。为了争得这份自由，词中曾反复出现上述词语：

> 晓枕梦高唐，略话衷肠。（《浪淘沙》）
> 疑是朝云，来作高唐梦里人。（《采桑子》）
> 朝云信断知何处，应作襄王春梦去。（《木兰花》）
> 凭谁问取归云信，今在巫山第几峰？（《鹧鸪天》）
> 此后锦书休寄，画楼云雨无凭。（《清平乐》）
> 倚枕片时云雨事，已关山。（《愁倚阑令》）

从《高唐赋》衍化、积淀逐渐生成的系列意象，在长期流传、运用过程中，吸附了浓厚的感情内容，并逐渐凝固为歌咏爱情炽烈并通向峰颠的主题句。一个简单的抒情主题，通过实境与梦境两个层次的叠合，在相互辉映中使美得以升华。有时还形成实境、梦境、梦中之梦等多维、多层次的立体表现。

值得指出的是，有时词人还原来结合十分紧密的"云雨"一词拆卸开来，以新的方式重新组合。如"坠雨已辞云，流水离南浦"，"无端轻薄云，暗作廉纤雨"，通过拆散、扩展、楔入，把主体包含的内容重新填充，引出一种隐而未宣的亮点，吸引读者参与并进行再创造，由此构成情感内涵十分丰富而且带有神秘色彩的象征世界。黄庭坚最早发现这一特点，他说："至其乐府，可谓狭邪之大雅，豪士之鼓吹，其合者高唐、洛神之流，其下者岂减桃叶、团扇哉？"⑨

可视性与音乐性。在可视性方面，小晏词主要发挥了视觉功能的造型作用。一是使心态动作化。词人特别敏感地捕捉反映人物潜意识的小动作，如"琵琶弦上说相思"。"说"，在此传达出旋律以外的某种情感。"试倚凉风醒酒面"，"半镜流年春欲破"，"晓妆呵尽香酥冻"，"倚"、"破"、"呵"均表达出潜在复杂心态，而不宜作浮面的理解。二是情绪的色彩化。如"彩袖殷勤捧玉钟，当筵拚却醉颜红"，"说着西池满面红"，"红烛自怜无好计，夜寒空替人垂泪"，"霞觞熏冷艳，云髻嫋香枝"。三是情感的意象化。如"两重心字罗衣"，"恼乱层波横一寸，斜阳只与黄昏近"，"小字还家，恰应红灯昨夜花"，"月细风尖垂柳渡，梦魂常在分襟处"，"细"、"尖"，亦不只一般的意象造型，而是死别生离之情的外现，反映出深层的心理情绪。

所谓音乐性，即充分发挥词体之音乐性节奏的艺术功能。词，本属音乐性文学。因音乐旋律之差异，于是便出现了长短不齐的句式与词体。能否发挥其音乐性特长并使之与抒情主题相结合，这已成为词人是否能在艺术上有所创造的关键。小晏词在这方面是成功的。他的词读起来往往具有一种难以言传的音乐感。缪钺先生在分析小晏《鹧鸪天》（彩袖殷勤）时说：这首词"上半阕用了许多漂亮的颜色的字面"，"写得非常绚烂"，"像一幕电影，在眼前一现，化为乌有"；"下半阕写久别重逢的惊喜"，"运用声韵配合之美，造成一种迷离惝恍的梦境"。缪先生指出下半阕27字中，共用16个阳声（字尾带m、n、ng），读起来"仿佛是听一首谐美的乐曲，其中经常有嗡嗡的声音。引入一种似梦非梦的境界"⑩。这一分析十分精彩。注意运用音响效果创造梦的气氛，还表现在其他词篇之中。如《临江仙》：

斗草阶前初见，穿针楼上曾逢。罗裙香露玉钗风。靓妆眉沁绿，羞脸粉生红。　　流水便随春远，行云终与谁同？酒醒长恨锦屏空。相寻梦里路，飞雨落花中。

全词58字，阳声字竟有34字之多："前"、"见"、"穿"、"针"、"上"、"曾"、"逢"、"裙""香"、"风"、"靓"、"妆"、"沁"、"脸"、"粉"、"生"、"红"、"便"、"春"、"远"、"行"、"云"、"终"、"同"、"醒"、"长"、"恨"、"锦"、"屏"、"空"、"相"、"寻"、"梦"、"中"。有时一句几乎全是阳声字，如"穿针楼上曾逢"、"酒醒长恨锦屏空"。这是词中的关键句，比较恰切地表现出梦回酒醒后的迷惘。此种音响效果与梦境相互配合，

增添了 "天光云影，摇荡绿波，抚玩无斁，追寻已远"①的韵味，使读者久久回荡在梦境的抒情气氛之中。

上述四点并非刻意求之，而是出自作者天性。作者以善感善觉之才，遇可感可觉之境，于是触物生情，而发于自觉不自觉的心灵意态，即所谓 "秀气胜韵"，"得之天然，将不可学"⑫。他的艺术技巧不是简单追求起承转合所能达到的。

梦因的透析：一种自觉但并非心甘情愿的选择

晏几道并非一开始就沉溺在梦境之中。早年，他是一个非常清醒的人。据黄升《花庵词选》晏几道《鹧鸪天》注："庆历（1041—1048）中，开封府与棘寺同日奏狱空，仁宗于宫中宴集，宣晏叔原作此，大称上意。"⑬据夏承焘《二晏年谱》，这年晏几道约十五六岁⑭。他这首词已写得相当不错了：

> 碧藕花开水殿凉，万年枝上转红阳。升平歌管随天仗，祥瑞封章满玉床。
> 金掌露，玉炉香，岁华方共圣恩长。皇州又奏圜扉静，十样宫眉捧寿觞。

透过歌舞升平的词句，可以看出，词人所写的乃是一片欣欣向荣的初夏风光。象征着北宋王朝正向它繁荣的峰颠爬升。此时，他自己也满怀希望。他 "潜心六艺，玩思百家"，"文章翰墨，自立规模，持论甚高。未尝以沾世"⑮。

然而，好景不长。随着晏殊去世，家道中落，晏几道沉浮于生活激流之中，后来竟因郑侠反对新法被拘而牵连入狱。因从郑侠家查出晏几道一首短诗，神宗才把他释放⑯。其实，这首诗恰恰是讽刺新贵的，不过神宗没有看出而已⑰。

入狱、出狱，对一个贵公子来说，不论身、心，均是难以承受的打击。早年，他无论如何不曾想到会有这一步。但他对前途并未失去希望。元丰五年（1082），在他监颍昌许田镇时，曾将新词进呈府帅韩维。《邵氏闻见后录》说："晏叔原临淄公晚子，监颍昌府许田镇，手写自作长短句，上府帅韩少师。少师报书：'得新词盈卷，盖才有余而德不足者，愿郎君捐有余之才，补不足之德，不胜门下老吏之望云。'一监镇官敢以杯酒间自作长短句示本道大帅，以大帅之严，犹尽门生忠于郎君之意。在叔原为甚豪，在韩公为甚德也。"⑱晏几道对韩进献新词，是最大的尊敬和信任，然而得到的却是爽直的批评。"才有余"、"德不足"的士子，在北宋道学兴盛的历史时期更无法求得宦途的伸展了。在多次挫折之后，他自然要转而把自己封闭于狭小天地之中。他还未到年龄就提前退休了；"叔原未至乞身，退居京城赐第，不践诸贵之门"⑲。即使苏轼这样著名的文学家，他也拒绝接见。"元祐中，叔原以长短句行。苏子瞻因鲁直欲见之。则谢曰：'今日政事堂中半吾家旧客，亦未暇见也。'"⑳ 好友黄庭坚引荐也不行。黄庭坚说他"不能一傍贵人之门"，"磊隗权奇，疏于顾忌"，"常欲轩轾人，而不受世之轻重"。㉑ 孤高耿介，目中无人。这样的文人是无法被当时上层社会圈所接受的。从这一点上看，他是个落伍者。

正是在这无可奈何的情境下，他才在沈、陈二位朋友家饮酒、听歌，追求"一笑"之乐："补亡一编，补乐府之亡也。叔原往者浮沉酒中，病世之歌词，不足以析酲解愠，试续南部诸贤绪余，作五、七字语，期以自娱。"㉒ 他明确表示他的创作走的是"花间"、南唐词的道路。这是一种"自娱"。他同沈、陈家四位歌女之间的恋情，则是他精神世界的最大寄托。然而好景不长。沈、陈二友或病或殁，四位歌女又"流转于人间"。词人唯一的心灵寄托已化为泡影。从政，无门；理财，无能。"四痴"之中，他只剩有两"痴"了：一是"论文自有体，不肯一作新进士语"；一是"人百负之而不恨，己信人终不疑其欺己"。晏几道正是凭借他对四位歌女的信赖与痴情，凭借他那不媚俗、不跟风的笔，才在梦境的创造上，超越了他以前的词人。

据不完全统计，晏几道以前的词集，如《敦煌曲子词集》（王重民）161首词中，"梦"字出现7次；《唐五代词》（林大椿）1 140余首词中，"梦"字出现180余次。入宋后的情况是：晏殊，12次；欧阳修（包括《全宋词》附录），20余次；张先，12次。晏几道词中的"梦"，正是晏殊、欧阳修、张先的总和。当然，小晏词的成功并不在于量的优势，而决定于他作品的美质。前人对此有很高评价。陈振孙说："叔原词在诸名胜中，独可追逼花间，高处或过之。"㉓ 毛晋说："诸名胜词，删选相半。独小山词直逼花间。""晏氏父子俱足追配李氏父子。"㉔ 周济十分赞赏毛晋的评语："子晋欲以晏氏父子追配李氏父子，诚为知音。"㉕

现实世界把晏几道拒之门外，沉潜于意识深处的梦幻世界收容了他。离现实世界愈远，对"梦"的迷恋便愈深。"梦"，反而成为晏几道难以释解的情结。艺术家就其天性而言，本就适宜于生活在想象和情感构成的审美世界之中。时代摧残了他，又成全了他。

倘一定要问：晏几道"梦"词有什么价值与意义可言？为避免小晏词贬

值，似可凑成以下几条。

首先是心灵情感方面的价值。在宋代日益膨胀起来的、追逐官能享受的历史条件下，小晏词主要从心灵体验与情感跃动方面进行多侧面、多层次、多维性开掘，揭示出精神活动的极大丰富性。他的词里，很少有低级庸俗的描写。即使梦魂中无遮拦的曝光，也绝少猥亵。不独"梦词"，甚至包括其全部作品，都比较清雅纯正，艺术质量也较均匀整齐。

其次，在周敦颐、程氏兄弟与邵雍等理学风行一时之际，晏几道借助自己的词作揭示人性与情感的复杂内涵，客观上构成了对"存天理，去人欲"的一个冲击。程颐对"梦魂惯得无拘检"的赞赏，不就是人情味淡化了道学气，人性冲击着天理的明证么？

第三，从词体自身着眼，小山词还把小令的创作推向一个新台阶，使词更具有它本身的特点。如叶嘉莹先生所说，晏几道的词在历史发展中是"回潮之中的开新"[26]。"回潮"，主要表现在内容与形式两方面。就内容而言，他在柳永词内容开新与苏轼拓展词境的大潮中却只集中于恋情相思的写作。就形式而言，他在慢词兴起之后而只用小令这一体式进行创作，表现出他观念的保守与对新事物的某种排拒。但他又不是单纯意义上的"回潮"，在"回潮"中又有所"开新"，而且以"开新"为主。他的"开新"（如前三节所述），由此而更加艰难了。

晏几道不顾别人怎样生活，怎样写作，而只沿着他情感的垂直线向狭深的内心世界开掘。开掘，终于掘出别的词人不曾特别珍视的东西：无理性却又孕含着人生哲理的"梦"。

原载《文学评论》1992年第2期

———————————

注释：

① 邵博：《邵氏闻见后录》卷十九。

②《家庭、私有制和国家的起源》，《马克思恩格斯选集》第四卷，第72页。

③《家庭、私有制和国家的起源》，《马克思恩格斯选集》第四卷，第72页。

④ 参见沈祖棻《宋词赏析》第131~133页，上海古籍出版社，1980年版。

⑤ 陈廷焯：《白雨斋词话》卷七。

⑥ 刘熙载《艺概·词曲概》："词之妙全在衬跌。如文山《满江红》和王夫人云：'世态

便如翻复雨，妾身元是月分明'。"

⑦ 沈祥龙《论词随笔》，《词话丛编》，中华书局，1987年版，第4 057页。

⑧ 黄庭坚：《小山词序》。

⑨ 黄庭坚：《小山词序》。

⑩ 缪钺《论晏几道〈鹧鸪天〉词》，《灵溪词说》，上海古籍出版社，1988年版，第169页。

⑪ 周济：《介存斋论词杂著》。

⑫ 王灼：《碧鸡漫志》卷二。

⑬ 黄升：《花庵词选》卷三。

⑭ 夏承焘《唐宋词人年谱》，上海古典文学出版社，1955年版，第226~227页。

⑮ 黄庭坚：《小山词序》。

⑯ 赵德麟《侯鲭录》卷四："熙宁中，郑侠上书，事作下狱，悉治平时往还厚善者。""侠家搜得叔原与侠诗云：'小白长红又满枝，筑球场外独支颐。春风自是人间客，主张繁华能几时。'裕陵称之，即令释出。"

⑰ 参看叶嘉莹《论晏几道在词史中之地位》，《灵溪词说》，上海古籍出版社，1988年版，第175~176页。

⑱ 邵博：《邵氏闻见后录》卷十九。

⑲ 王灼：《碧鸡漫志》卷二。

⑳ 陆友：《砚北杂志》卷上。

㉑ 黄庭坚：《小山词序》。

㉒ 《小山词》自序。

㉓ 陈振孙：《直斋书录解题》卷二十一。

㉔ 毛晋：《汲古阁本小山词跋》。

㉕ 周济：《介存斋论词杂著》。

㉖ 缪钺、叶嘉莹《灵溪词说》第174页，上海古籍出版社，1988年版。

放翁词论

喻朝刚

一

宋代作家兼擅诗词者为数不少，但在两方面都取得重大成就，而且均能自成一家的人却并不多。其中苏轼是最突出的一位，他的诗、词和散文造诣都很高，影响也同样十分深远。此外，还有欧阳修、王安石、黄庭坚、陆游、刘克庄等，在当时文坛也是著名的多面手。他们不限一式，不拘一体，多方探索，辛勤笔耕，为开创百花竞放的局面，繁荣宋代文学，做出了可贵的贡献。

陆游是南宋四大诗人之一，其成就主要在诗歌创作方面。他自称"六十年间万首诗"，所著《剑南诗稿》虽经作者多次删除，今存作品尚有九千三百余首。其用力之勤，收获之巨，在中国诗史和世界诗坛上实属罕见。相对而言，词在他的全部创作中所占比例极小，仅存一百四十余首，不到诗作总数的百分之二。

这一事实说明：陆游对诗、词两种文体是有所偏向的。而这一偏向的形成，显然与他重诗轻词的认识和态度有关。且看他的论述：

> 古声不作久矣！所谓诗者，遂成小技；诗者果可谓之小技乎？学不通天人，行不能无愧于俯仰，果可言诗乎①？
>
> 雅正之乐微，乃有郑卫之音。郑卫虽变，然琴瑟笙磬犹在也；及变而为燕之筑，秦之缶，胡部之琵琶、箜篌，则又郑卫之变矣。风、雅、颂之后为骚、为赋、为曲、为引、为行、为谣、为歌，千余年后乃有倚声制辞起于唐之季世，则其变愈薄，可胜叹哉！予少时汨于世俗，颇有所为，晚而悔之；然渔歌菱唱，犹不能止。今绝笔已数年，念旧作终不可捈，因书其首，以识吾过②。

这两段文字充分说明陆游重视诗歌的社会价值，而轻视"其变愈薄"的倚声之作。他对自己早年写的一些长短句感到很后悔，可是又不能完全搁笔，表现出一种矛盾的心态。为什么会出现这种现象呢？原因大约有二：其一是他受当时"诗庄词媚"传统文学观念的影响，其二是由于他不满花间派词人流连歌酒、毫不关心民生疾苦的绮靡词风。陆游晚年在一则论词短文中曾说：

> 《花间集》皆唐末五代时人作。方斯时，天下岌岌，生民救死不暇，士大夫乃流宕如此，可叹也哉！或者亦出于无聊故耶③？

对于一生以天下为己任、时刻关怀国家民族命运的陆游来说，鄙薄花间词风乃是理所当然的事。但是，花间派毕竟只是词坛的一股支流，因此不应由批评花间派而导致否定作为一种独立文学形式的词体。

在《跋后山居士长短句》、《跋东坡七夕词》、《徐大用乐府序》以及另一篇写于开禧元年（1205）的《跋花间集》等文中，陆游对唐宋以来一些词人的作品又给予了充分的肯定。或称其"语意工妙"、"简古可爱"，或赞为"居然是星汉上语，歌之曲终，觉天风海雨逼人"。于是给人造成一种印象：似乎他论词忽褒忽贬，并无定见。其实陆游的褒贬都是针对具体对象而发的。对于以花间派为代表的浮艳浅薄的词风，他持批判、否定的态度；而对以苏轼为代表的高旷清雄的词风，则持赞赏、肯定的态度。陆游似乎已朦胧地意识到词坛存在着两种倾向，但由于历史条件的限制，他对词体的看法未能从感性认识上升到理性认识，因此难免失之偏颇。他总觉得词不如诗，二者的社会价值不能相提并论，于是才会有"晚而悔之"、"以识吾过"等等之类的自白。

有了这样的思想，必然要影响他不可能像辛弃疾那样集中精力从事歌词创作，从而也难免会产生一些粗率的作品。据夏承焘、吴熊和《放翁词编年笺注》，陆游入蜀前及蜀中时期词作计五十九首，东归后和晚年词作计五十六首，另有二十九首作年莫考。如果以1189年陆游被弹劾罢官回到山阴之后为其创作的晚期，那么这二十年间他只写了二十多首词，平均每年仅只一首而已。可是同一时期，他写的诗却特别多。《剑南诗稿》凡八十五卷，自二十一卷起均为1189年后作，占去全集的四分之三以上。其中八十四岁那年竟然作诗五百八十四首，而前六十多年仅为存稿的四分之一。词则与此相反，除不知作年者外，1189年前所作约为四分之三，1189年后只占四分之一。由此可见，对于诗词创作，陆游不但用力不同，而且早年和晚年的侧重点也有明显的差别。

《四库全书总目提要》指出："（陆）游平生精力，尽于为诗，填词乃其余力，故今所传者，仅为诗集百分之一。……杨慎《词品》则谓其纤丽处似淮海，雄快处似东坡。平心而论，游之本意，盖欲驿骑于二家之间，故奄有其胜，而皆不能造其极。要之诗人之言，终为近雅，与词人之冶荡有殊。其短其长，故具在是也。"这一评价基本符合实际，是较为中肯的。

纵观两宋词坛，放翁词虽未能"造其极"，却又是不应当被忽视的。刘克庄《后村诗话》说："放翁长短句……其激昂感慨者，稼轩不能过；飘逸高妙者，与陈简斋、朱希真相颉颃；流丽绵密者，欲出晏叔原、贺方回之上；而世歌之者绝少。"冯煦《宋六十一家词选例言》认为："剑南屏除纤艳，独往独来，其逋峭沉郁之概，求之有宋诸家，无可方比。"他们从比较角度谈问题，分寸也许掌握得不够准确，评价或者过高一些，但其充分肯定放翁词的基本观点则是可取的。我以为放翁词的成就不如东坡乐府和稼轩长短句，但的确不在陈与义、朱敦儒、晏几道、贺铸等人之下。特别是在南宋前期词风变化过程中，陆游也起过积极作用，他的词无论在思想上和艺术上都很有特色，完全能够自成一家，应当予以充分的肯定。

二

况周颐《蕙风词话》卷一引《倚声集序》，将唐、五代、两宋词分为"诗人之词"、"文人之词"、"词人之词"和"英雄之词"四类，而且指出："有英雄之词，苏、陆、辛、刘是也。"这种分类方法未必十分科学，但应当承认其中也包含着某些合理的因素。

在词被视为"艳科"，"偎红倚翠"习已成风的时代，到底有没有所谓的"英雄之词"呢？当然是有的。这类作品虽然不多，却也是不可否认的客观存在。请看：

　　神州沉陆，问谁是一范一韩人物？……拜将台敧，怀贤阁杳，空指冲冠发。阑干拍遍，独对中天明月。

——胡世将《酹江月》

　　何日请缨提锐旅？一鞭直渡清河洛。却归来、再续汉阳游，骑黄鹤。

——岳飞《满江红》

　　调鼎为霖，登坛作将，燕然即须平扫。拥精兵十万，横行沙漠，奉迎天表。

——李纲《苏武令》

念腰间箭，匣中剑，空埃蠹，竟何成！时易失，心徒壮，岁将零。渺神京。干羽方怀远，静烽燧，且休兵。冠盖使，纷驰骛，若为情？闻道中原遗老，常南望、翠葆霓旌。使行人到此，忠愤气填膺，有泪如倾！

——张孝祥《六州歌头》

尧之都，舜之壤，禹之封。于中应有，一个半个耻臣戎。万里腥膻如许，千古英灵安在，磅礴几时通？胡运何须问，赫日自当中。

——陈亮《水调歌头》

事无两样人心别。问渠侬、神州毕竟几番离合？汗血盐车无人顾，千里空收骏骨。正目断、关河路绝。我最怜君中宵舞，道男儿、到死心如铁。看试手，补天裂。

——辛弃疾《贺新郎》

这些词作者或为抗金英雄，或为爱国志士，他们的出身、经历与生活道路虽然不同，却有一个共同的理想和奋斗目标，那就是：抗敌御侮，振兴宋朝，光复失地，统一祖国。他们站在反对民族压迫、反对投降主义斗争的前列，高唱"还我河山"的时代最强音。这类作品气势磅礴，深沉悲壮，意象雄浑，音调高亢，洋溢着力挽狂澜、慷慨赴敌、试手补天的战斗豪情。可以说是名副其实的"英雄之词"。

放翁词中最富社会价值、最能动人心弦的，也正是这类所谓的"英雄之词"。试读以下各篇：

羽箭雕弓，忆呼鹰古垒，截虎平川。吹笳暮归野帐，雪压青毡。淋漓醉墨，看龙蛇飞落蛮笺。人误许，诗情将略，一时才气超然。　　何事又作南来，看重阳药市，元夕灯山，花时万人乐处，欹帽垂鞭，闻歌感旧。尚时时流涕尊前。君记取，封侯事在，功名不信由天。

——《汉宫春》

此阕系乾道九年（1173）陆游在成都时所作。一年多前，他从夔州奔赴南郑，在四川宣抚使王炎幕中任"干办公事兼检法官"。作者为能走向抗金斗争前线而感到十分兴奋和自豪："投笔书生古来有，从军乐事世间无。"（《独酌有怀南郑》）他披上战袍，跨着铁马，手挽长枪，风尘扑扑地往来于岐渭秦陇之间，踏勘地形，了解民情，视察战备，为筹划北伐积极进行准备。闲暇时也和战友们手牵黄犬、臂擎苍鹰，行猎于深山密林和平川旷野之中，并亲自刺死过一只斑斓猛虎。经过几个月的调查研究，陆游向王炎"陈进取之策，以为经略中原必自长安始，取长安必自陇右始。当积粟练兵，有衅则攻，无则守"④。可是不久朝廷下令召回王炎，解散幕府，他也被迫脱去戎装，放下武器，来到锦官城里作一名无所事事的闲散小官。这首词所表露的正是作者当时感叹英雄无用武之地的苦闷心情。上片追叙在南郑军中围猎刺虎、青毡宿营、醉酒草书的豪迈生活，描绘出一位才华横溢、文武双全的英雄战士的形象；下片通过重阳寻药、元夕观灯、走马看花、闻歌感旧等场面，说明目前官闲身散，生活很不得意。结拍处振起笔锋，满怀信心地写道："君记取，封侯事在，功名不信由天。"全词情感强烈，跌宕起伏，有愤懑而不消沉，遭挫折却不气馁，深信杀敌报国的理想终将实现，体现了陆游川陕时期爱国诗词的特点。

《夜游宫·记梦寄师伯浑》是陆游在蜀中写的另一首爱国词作。乾道九年（1173）夏，作者自成都前往嘉州任代理知州。途经三苏故里眉山时，结识了西蜀名士师伯浑。他们志趣相投，一席唔谈遂为莫逆之交。同年晚秋，师伯浑来到嘉州看望陆游，相从十余日而去。别后陆游写了这首词寄给他：

> 雪晓清笳乱起，梦游处不知何地？铁骑无声望似水。想关河，雁门西，青海际。　　睡觉寒灯里，漏声断、月斜窗纸。自许封侯在万里。有谁知，鬓虽残，心未死！

本篇题为"记梦"，实际也是作者遥向友人剖诉自己的心曲。上片叙梦，写踏雪出征：那是一个大雪纷飞的清晨，胡笳之声彼伏此起，词人梦中不知来到了什么地方。只见浩浩荡荡的骑兵衔枚疾进，军容整肃，从远处望去像一股铁流，正在向前滚滚奔腾。这是什么地方呵？想必是雁门关以西或者是青海湖一带吧！词中通过梦境，描绘出壮阔的边塞风光和威武的北伐之师，表达了作者日夜盼望奔赴前线为国杀敌的崇高理想。下片抒愤，言处境寂寞：一觉醒来，"铁骑"、"关河"都消失了，唯有一盏孤灯在寒夜中闪着微光，铜壶计时的滴水声已经停止，残月斜映在窗纸上，天也快亮了。一幅多么萧瑟、凄清的画面。作者躺在床上，回首往事，不禁心潮翻滚。当年立志以身许国，决心立功于万里之外，如今虽然鬓发衰残，老大无成，但壮志并未销磨，雄心一如既往，仍希望走上抗金杀敌的战场。可是这一切又有谁能理解呢？全词虚实并举，两片对比鲜明，深刻反映了现实与理想的矛盾，形象地表达了抱负不能实现的悲凉心情，也是一曲激越、凄怆的失意英雄之歌。

热爱祖国山河，是陆游创作的主要内容之一。他常常在观图、读书、题画时激起灵感，并借以抒发怀念中原故土的深情。诗中如《观大散关图有感》、《夜读东京记》、《龙眠画马》等，都是这方面的代表作。词里也运用了这种借题发挥的抒情方式，如《桃园忆故人·题华山图》：

> 中原当日三川震，关辅回头煨烬。泪尽两河征镇，日望中兴运。　　秋风霜满青青鬓，老却新丰英俊。云外华山千仞，依旧无人问。

陆游对中原长期沦陷深感悲痛，曾写过许多诗篇咏赞祖国北方的大好河山。如在《寒夜歌》中，诗人深情地唱道："三万里之黄河入东海，五千仞之太华摩苍旻。坐令此地没胡虏，两京宫阙悲荆榛。"这首词表达了同样的思想感情。作者面对画中那高耸入云、雄伟险峻的华山，不觉心潮澎湃，百感交集，于是和泪挥笔题下了这阕悲壮动人的小词。全篇通过四幅画面，深刻而概括地反映了宋金对峙、南北分裂时期的历史。上片就沦陷区而言，突出表现民族矛盾。开头两句叙述金兵入侵，中原大地遭到蹂躏践踏的情景。三四两句描写北方同胞处境悲惨，日夜盼望宋朝中兴的迫切心情。下片就南宋方面而言，揭示爱国与投降的矛盾。过片两句抒发英雄豪杰报国无门、虚度岁月的无限愤懑。结拍两句略点图中之景，展示华山英姿，谴责南宋投降派不图恢复、置大好河山于不顾的可耻行为。全词爱憎鲜明，忧国忧民之情溢于言表，意蕴深沉，风格悲壮，与一般文人的题画诗词迥然异趣，着眼点不在艺术的鉴赏，而是含着热泪呼吁抗金、光复祖国的大好河山。

陆游晚年作词较少，偶有涉笔，亦多为"渔歌菱唱"。但不时也发出"烈士暮年，壮心不已"的深沉慨叹。例如下列两阕：

> 壮岁从戎，曾是气吞残虏。阵云高，狼烽夜举。朱颜青鬓，拥雕戈西戍。笑儒冠，自来多误。　　功名梦断，却泛扁舟吴楚。漫悲歌、伤怀吊古。烟波无际，望秦关何处？叹流年又成虚度。
>
> ——《谢春池》
>
> 当年万里觅封使，匹马戍梁州。关河梦断何处？尘暗旧貂裘。　　胡未灭，鬓先秋，泪空流。此身谁料，心在天山，身老沧洲！

此二阕大约都是陆游六十五岁被弹劾罢官回到鉴湖三山故居后写的。两篇的情调、构思相近,都是以当年从戎南郑的豪迈生活与如今寂寞孤独的晚境相对照,抚今思昔,沉哀茹痛,老泪横流地抒发了有心报国、无路请缨的悲怆之情。

唐代有边塞诗派,宋代虽无边塞词派,但也有一些以边塞生活为题材的词作。例如被欧阳修讥为"穷塞主之词"的范仲淹的《渔家傲》,原为"数阕",现仅存一首,均以"塞下秋来风景异"为首句,可以说是宋人最早的边塞词。其后如苏轼的《江城子》(老夫聊发少年狂)、黄庭坚的《水调歌头》(落日塞垣路),无论就题材或风格论,都具有边塞词的特点。经历过宋金战争的南宋爱国词人,更有不少作品抒写渴望奔赴边防为国杀敌立功的抱负。如辛弃疾的"燕兵夜娖银胡䩮,汉箭朝飞金仆姑"(《鹧鸪天》)、刘过的"万马不嘶,一声号角,令行柳营"(《沁园春》)、吴泳的"跨征鞍,横战槊,上襄州"(《上西平》)、黄机的"旗帜倚风飞电影,戈铤射月明霜锷"(《满江红》)、刘克庄的"铁马晓嘶营壁冷,楼船夜渡风涛急"(《满江红》)等等。这些作品虽非全以边塞生活为题材,却具有边塞词的部分因素和特质。

上文论及的几阕放翁词,均为忆昔怀旧之作,其实并非写于边塞。不过陆游曾经有过从军边塞的生活经历和亲身体验,而这恰恰是构成此类作品内容和意境的基本要素。因此如果把它们纳入边塞词的系统之内,也是有一定根据的。

陆游写于西北边防前线的词,大约有七八首。其中以《秋波媚》一阕较有代表性:

> 秋到边城角声哀,烽火照高台。悲歌击筑,凭高酹酒,此兴悠哉。
> 多情谁似南山月,特地暮云开。灞桥烟柳,曲江池馆,应待人来。

乾道八年(1172)七月十六日夜,作者登上南郑内城西北高兴亭,遥望汉唐故都长安和终南山,等待从大散关和骆谷口传来的平安烽火。亭上秋风阵阵,城头号角声声,陆游与幕府同僚们击筑酹酒,引吭高歌,豪情勃发,诗兴大作,于是乘着一轮明月,吟成此阕,祝愿王师早日北伐,收复中原失地。词的境界壮阔,意象生动,尤其是用拟人手法赋予"南山月"和"灞桥烟柳"、"曲江池馆"以丰富的感情,写得含蓄深永,耐人寻味。可以说是一首优秀的、名副其实的边塞词。

陆游的爱国词、英雄词、边塞词,常常是三位一体,难以截然分开的。它们同属一个系列,是放翁词中的精华,决定作者在词坛地位的基石。这类作品约占全集的十分之一，数量和比例虽不如异军特起的稼轩词，却也不比张元干、张孝祥、陈亮、刘过等人少。由此可见陆游是南宋时期以辛弃疾为代表的爱国词人群体中的重要成员之一。

三

放翁词题材较为广阔，除抒发爱国情思外，还有不少描绘湖山风光，表现闲适隐逸情趣，托闺思抒写怀抱，以及游宴赠答唱和之作。这些作品思想内容比较复杂，有积极因素，也有消极因素，应当实事求是地进行分析和评价。

陆游一生足迹遍及东南和川陕，游历过不少名山大川，所到之处多有题咏。然而他在词中写得最多的还是蜀中风物和故乡的山光水色。例如下面这首《好事近》：

> 挥袖上西峰，孤绝去天无尺。拄杖下临鲸海，数烟帆历历。　　贪看云气舞青鸾，归路已将夕。多谢半山松吹，解殷勤留客。

此阕题为"登梅仙山绝顶望海"，作于东归之后。梅仙山又称梅山，在绍兴城东北七里处，与放翁三山故居相距不到二十里。作者挥袖健步登临西峰绝顶，纵目遥观沧海，只见烟波浩渺，云兴霞蔚，帆影点点，不觉流连忘返。归途晚风习习，松枝轻轻地摇摆，仿佛在劝客人留下。词中寓情于景，表达了词人对祖国壮美河山的深深热爱。

陆游晚年的"渔歌菱唱"，多以山阴鉴湖为背景，描写作者披渔蓑，泛烟波，趁明月，钓孤蓬的隐居生活。且举《长相思》五阕中的三首为例：

> 云千重，水千重，身在千重云水中。月明收钓筒。
> 头未童，耳未聋，得酒犹能双脸红。一尊谁与同？
> 　　　　　　　　又
> 桥如虹，水如空，一叶飘然烟雨中。天教称放翁。
> 侧船篷，使江风，蟹舍参差渔市东。到时闻暮钟，
> 　　　　　　　　又
> 悟浮生，厌浮名，回视千钟一发轻。从今心太平。
> 爱松声，爱泉声，写向孤桐谁解听？空江秋月明。

作者沉浮宦海数十年，自谓“此身恰似弄潮儿，曾过了，千重浪”（《一落索》）。一旦归来，“脱尽利名缰锁”（《桃源忆故人》），顿觉天高地阔，无拘无束，可以自由自在地投身于大自然的怀抱，求得暂时的平静和解脱。这类作品意境淡远，既流露出世无知音、甘心终老云水之乡的寂寞心情，也反映了作者的消极出世思想。

陆游受道家影响较深，有的词写他对炼丹、游仙之类虚幻世界的追求。如《秋波媚》（曾散天花芯珠宫）、《一丛花》（仙姝天上自无双）、《隔浦莲近拍》（骑鲸云路倒景）以及六首《好事近》等等。这类作品约占十分之一，实属放翁词中的下乘之作。刘师培在其《论文杂记》中评论说：“剑南之词，屏除纤艳，清真绝俗，逋峭沉郁，而出以平淡之词，例以古诗，亦元亮、右丞之匹，此道家之词也。”说放翁词为“道家之词”，似是而非，以偏概全，虽无贬意，实乃误解。且不说此类作品并非放翁词的主流，即以描写道家、隐士生活的词作而论，也不是陆游真心实意的追求。他曾在一首诗中说过“丹成不服怕成仙”，可见炼丹、修道，以隐士自居，不过是陆游在政治上失意时所寻求的一种精神解脱。他虽熟读《黄庭》，结交方外，其实并不迷信神仙；尽管放浪林泉，与渔樵为伍，自称“身闲心太平”，却无意去做不问世事的隐者。且看下而两首词：

采药归来，独寻茅店沽新酿。暮烟千嶂，处处闻渔唱。　　醉弄扁舟，不怕沾天浪。江湖上，遮回疏放。作个闲人样。

——《点绛唇》

家住苍烟落照间，丝毫尘事不相关。斟残玉瀣行穿竹，卷罢《黄庭》卧看山。贪啸傲，任衰残，不妨随处一开颜。元知造物心肠别，老却英雄似等闲！

——《鹧鸪天》

两阕都是写的闲居生活，看似十分消沉，然而却透露了作者内心深处的隐秘：原来这闲人并非真闲人，不过是“作个闲人样”而已。须知他是被迫赋闲、罢官归隐的英雄志士呵！放翁晚年词作，多于闲散衰飒中寄托着这种深深的感慨。

前人认为放翁词“一扫纤艳”，就总的倾向而言，是可以这样说的。不过应当看到，陆游也写过若干具有婉约风格特色的作品。这类词或为赠妓之作，如《浣溪沙》（浴罢华清第二汤）、《鹧鸪天》（南浦舟中两玉人）、《风流子》（佳人多命薄）等；或借宫词、托闺思以写怀抱，如《夜游宫》（独夜寒侵翠被）、《清商怨》（江头日暮痛饮）、《月照梨花》（闷已萦损）等。在陆游的婉约词中，最富于感染力的是他为怀念被迫离异的前妻唐婉而作的《钗头凤》。这首词通过作者自身的经历和遭遇，反映了在封建礼教压迫下的婚姻悲剧，是一曲和着血泪谱写的爱情悲歌，在读者中曾经引起过强烈的共鸣。陆游对唐婉的怀念，不仅表现在这首词中，而且在他晚年所写的一些诗篇里也时时有所流露。如《沈园》、《禹祠》、《春游》等等。其中有一首七律题为《禹迹寺南有沈氏园。四十年前尝题小阁壁间，偶复一到而园已易主，刻小阁于石，读之怅然》。诗曰：

> 枫叶初丹槲叶黄，河阳愁鬓怯新霜。
> 林亭感旧空回首，泉路凭谁说断肠。
> 坏壁醉题尘漠漠，断云幽梦事茫茫。
> 年来妄念消除尽，回首禅龛一炷香。

从这首诗的题目、内容和情调看，沈园相会、陆游为赋《钗头凤》的传说是可信的。放翁词中另有两首值得注意：

> 江头绿暗红稀，燕交飞。忽到当年行处，恨依依。　洒清泪，叹人事，与心违。满酌玉壶花露，送春归。
> ——《上西楼》
> 泪淹妆薄，背东风伫立，柳绵池阁。浸细字、书满芳笺，恨钗燕筝鸿，总难凭托。风雨无情，又颠倒、绿苔红萼。仗香醪破闷，怎禁夜阑，酒醒萧索。
> 刘郎已忘故约，奈重门静院，光景如昨。尽做它、别有留心，便不念当时，两意初著。京兆眉残，怎忍为、新人梳掠。尽今生、拚了为伊，任人道错。
> ——《解连环》

这两首词写作年代均不可考，细味词意似非泛写男女情事，或许也是伤念前妻唐婉之作，亦未可知。

陆游从二十九岁赴锁厅试，因"喜论恢复"被秦桧黜免，一生仕途坎坷，屡遭贬谪，经常受到巧诋苛绳，处境十分不妙。但他始终坚持自己崇高的理想、抱负和情操。绝不改变抗金救国的主张和立场。他常以梅花不畏严寒、不惧风霜，迎着冰雪怒放的倔强性格来激励自己。陆游写了许多咏梅诗，且多含有很深的寓意。例如：

> 若耶溪头春意悭，梅花独秀愁空山。
> 逢时决非桃李辈，得道自保冰雪颜。
> 仙去要令天下惜，折来聊伴放翁闲。
> 人中商略谁堪比，千载夷齐伯仲间。
>
> ——《梅》

同样的思想感情，在他的《卜算子·咏梅》词中，也得到了形象、生动的表现：

> 驿外断桥边，寂寞开无主，已是黄昏独自愁，更著风和雨。　无意苦争春，一任群芳妒。零落成泥碾作尘，只有香如故。

本篇托物寄意，通过对梅花高风亮节的咏赞，表达了作者在与邪恶势力的斗争中，宁愿粉身碎骨、化作尘土，也绝不同流合污的美好品德。词中主体与客体融合无间，既刻划了梅花的性格和精神，同时也是诗人自我形象的艺术写照，具有较高的美学价值。

总之，放翁词所反映的社会生活比较丰富，突破了"艳科"的藩篱，开拓了新的意境，他和辛弃疾等人一道，继承发扬苏轼的传统，为宋词的发展做出了一定的贡献。

四

放翁词的风格与稼轩词相似，以豪放为主，同时又具有多层次、多样化的特点。前人或以苏、陆、辛、刘并举，或谓放翁、稼轩、后村鼎足而三，多认为他是豪放派的一员。也有人说他欲驿东坡、淮海之间，"纤丽处似少游，雄壮处似东坡"⑤。放翁受东坡影响是很明显的。至于说他与秦观词风相近却没有多少根据。可以这样说，在南宋前期词坛，除辛弃疾而外，陆游是写作豪放词较多的作家之一。"感慨激昂"、"屏除纤艳"、"雄快"、"超爽"，是放翁词的主体风格，他的许多作品在艺术上都具有这样的审美特征。

早在入蜀参军之前，陆游已经开始了豪放词的写作，据《宋史》本传载，隆兴元年（1163），陆游因斥责佞臣曾觌、龙大渊"招权植党"，触怒孝宗，被贬为京口通判。次年冬天，友人韩元吉来京口省亲，他们怀着忧国之情，踏雪出游，指点江山，纵论国事，并以诗词相唱和。后来韩元吉将他们当时所写的作品编为《京口唱和集》。据陆游回忆说："凡与无咎（韩元吉字）相从者六十日，而歌诗合三十篇。然此特其略也，或至于酒酣耳热，落笔如风雨，好事者从旁掣去，他日或流传乐府，或见于僧窗驿壁，恍然不复省识者，盖又不可计也。"⑥可见陆、韩京口唱和之作，流传既很广，影响也是不小的。因《京口唱和集》不传，收入其中的三十篇作品多已散佚，仅从保存下来的几首放翁词看，已显示出豪放派的特点。

这里还须指出，隆兴二年（1164）秋，陆游在京口通判任上，陪知府方滋上北固山，游甘露寺，登多景楼所写的《水调歌头》，在思想内容和艺术风格方面都是一首比较成熟的豪放词：

> 江左占形胜，最数古徐州。连山如画佳处，缥缈著危楼。鼓角临风悲壮，烽火连空明灭，往事忆孙刘。千里曜戈甲，万灶宿貔貅。　露沾草，风落木，岁方秋。使君宏放淡笑，洗尽古今愁。不见襄阳登览，磨灭游人无数，遗恨黯难收。叔子独千载，名与汉江流。

词写登楼眺望，即兴抒感。全篇情景交融，意境宏阔，笔力遒劲，表达了作者为国建功立业的理想，在当时颇有影响。词人毛幵读后深为感动，特writing于千里之外写了一首"次韵"之作。著名爱国词人张孝祥曾为此词写了题记，并亲自"书而刻之崖石"⑦，流传也因而更广了。此阕与辛弃疾四十年后任镇江知府，登京口北固亭怀古所作《永遇乐》（千古江山）和《南乡子》（何处望神州）二词，颇有异曲同工之妙。

放翁词风与稼轩词风相近，前人早已作了论述。如南宋刘克庄《后村诗话》就曾指出："放翁稼轩，一扫纤艳，不事斧凿。"肯定了他们审美追求的共同点。由于两位作家处于同一时代，都是坚贞不渝的爱国志士，又都遭到投降派的排斥和打击，故其作品的情调、旨趣和风格出现某些相似之处，是很自然的事。不仅如此，他们对艺术形式和表现手法的探索，也有许多一致的地方。例如稼轩词喜发议论，故毛晋《稼轩词跋》曾谓："宋人以东坡为词诗，稼轩为词论，善评也。"如果从时间上看，以词论事，陆游比辛弃疾更早。试读乾道二年（1166）他在山阴所写的《沁园春》：

电转雷惊，自叹浮生，四十二年。试思量往事，虚无似梦；悲欢万状，合散如烟。苦海无边，爱河无底。流浪看成百漏船。何人解，向无常火里，跌打身坚。　　须臾便是华颠，好收拾形骸归自然。又何须著意，求田问舍；生须宦达，死要名传。寿夭穷通，是非荣辱，此事由来都在天。从今去，任东西南北，作个飞仙。

此词各本未收，《放翁词编年笺注》据明汪砢玉《珊瑚网》和倪涛《六艺之一录》补入。调名原作《大圣乐》，字句格律与《大圣乐》相近而略异，与《沁园春》全同，疑为真迹题跋者所误。稼轩词中恰好也有一首题作"将止酒，戒酒杯使勿近"的《沁园春》，试引录如下，略加比较：

杯，汝前来。老子今朝，点检形骸。甚长年抱渴，咽如焦釜；于今喜睡，气似奔雷。汝说刘伶，古今达者，醉后何妨死便埋？浑如此，叹汝于知己，真少恩哉！　　更凭歌舞为媒，算合作人间鸩毒猜。况怨无大小，生于所爱；物无美恶，过则成灾。与汝成言："勿留亟退，吾力犹能肆汝杯。"杯再拜，道："麾之即去，召亦须来。"

两词的题旨、意趣颇为接近，而其以文为词，反复说理，纵横议论，打破传统写法的词风更为相似。故明李日华题放翁此词即云："亦辛稼轩之流也。"⑧不过这种相似并非有意模仿，也不是谁受谁影响的问题，而是两位词人在各自创作道路上探索尝试的结果。陆游的《水调歌头》（江左占形胜）和《沁园春》（电转雷惊）均作于隆兴、乾道年间，其时辛弃疾仅二十余岁，渡江南来不久，尚未在词坛显露头角，陆游不会受到他的影响。反之，辛弃疾虽然很尊重陆游，但他们相识很晚，稼轩词中也找不到与放翁唱和、受其影响的痕迹。他们同属豪放派，词风相近，是由于处在同一个时代，而且思想性格、生活际遇、审美情趣又有许多相似之处。这大概只能说是英雄所见略同吧！

原载《社会科学战线》1987 年第 3 期

注释：

① 《渭南文集》卷十三《答陆伯政上舍书》。

② 《渭南文集》卷十四《长短句序》。

③ 《渭南文集》卷三十《跋花间集》。

④ 《宋史·陆游传》。

⑤ 《坚瓠集》补集卷五。

⑥ 《渭南文集》卷十四《京口唱和序》。

⑦ 《于湖居士文集》卷二十八。

⑧ 《六研斋笔记》卷一。

宋诗的分期及其标准

陈植锷

前几年关于宋代诗歌的讨论，大抵侧重于如何概括宋诗的特点，如议论化、散文化等等。作为中国诗歌史上一种风格的代表，通过一句或几句概括性很强的话描述宋诗，将它同唐诗的风格特征区别开来，是可以的。但是再往前迈进一步，用来概论整个宋代诗歌，那就不见得恰当了。换言之，作为风格特征的"宋诗"，和作为一代文学面貌的"宋（代）诗（歌）"，是两个部分重合却并不完全相同的概念。如何从文学史的立场出发，将赵宋一代的诗歌，依其自身发展演变的过程，划分为若干不同时期而加以比较深入的研究，力图从总体上把握宋代诗歌的全貌，就显得十分必要了。本文拟对此加以初步的探讨。

一

关于宋代诗歌发展期的划分，我想下列几个标准是必须加以考虑的。

(一) 体现宋诗自身发展的特点

晚清陈衍编《宋诗精华录》，仿南宋严羽《沧浪诗话》、明代高棅《唐诗品汇》对唐诗的分期方法，将宋诗分为初、盛、中、晚四期，依次辑为四卷。其书卷一按语略云：

> 今略区元丰、元祐以前为初宋；由二元尽北宋为盛宋，王、苏、黄、陈、秦、晁、张具在焉，唐之李、杜、岑、高、龙标、右丞也；南渡茶山、简斋、尤、萧、范、陆、杨为中宋，唐之韩、柳、元、白也；"四灵"以后的晚宋，谢皋羽、郑所南辈，则如唐之有韩偓、司空图焉。此卷系初宋，西昆诸人，可比王、杨、卢、骆；苏、梅、欧阳，可方陈、杜、沈、宋。宋何以甚异于唐哉！

对宋诗正式作出明确的分期，大抵以此说为最早。近人又将宋诗初、盛、中、晚各析为二，一共略分为八个时期，即以陈衍此说为滥觞。两种分法虽有粗细详略之别，但指导思想则一。这样，正如人们常常习惯于以唐诗为标准来评判宋诗一样，仿照唐诗的发展过程给宋诗分期，宋诗自身的特点也就跟着淹没在唐人的光芒之中了。

南宋黎靖德编的《朱子语录》卷一二八有这样一段记载：

> 唐殿庭间种花柳，故杜诗云："香飘合殿春风转，花覆千官淑景移。"又云："退朝花底散。"国朝惟植槐楸，郁然有严毅气象。

朱熹此语本以唐诗为例，论证唐宋宫庭环境美的差异，反过来正可以作为两朝诗歌艺术美的比较：一个热烈，一个冷静；一个激人奋发，一个引人深思，适成鲜明的对照。宋诗的分期研究，应当总结并体现出这种与唐诗迥然不同的特色来。比方说盛唐气象的形成，是值得唐诗发展史乃至整部中国文学史大书特书的，而以大诗人李、杜前后的盛唐诗为中心，分唐诗为初盛中晚四个阶段的传统观点，实际上也就是依照了这一需要。"盛唐"的提法，流行于文学史著作而很少为研究政治史的专家所采用，即是一个明证。从此出发去要求宋诗，去剪裁宋代诗歌的发展史，后者在盛唐诗的强烈光耀之下，自然也就显得黯然失色了。宋诗的发展，实有自己的独特道路。

(二) 打破旧史王朝体系的框架

文学作为一种观念形态，与社会政治经济的发展不完全一致，与封建王朝的更替更没有必然的联系。以赵宋一代的诗歌发展的全过程为分期对象，不能局限于王朝体系的段落划分。比方说南北宋之际，被后世列入江西诗派的几位重要作家如韩驹、徐俯、曾几、吕本中、陈与义以及刘子翚等人，在北宋末年均已负诗名。进入南宋之后，诗歌反映的社会内容虽在不同程度上均有所开拓，但从创作方法上讲，变化并不是很大，就不必依据皇室南渡而强分为两个时期了。

另如南宋灭亡之后，不少遗臣如谢翱、林景熙、郑思肖等人的创作，无论从诗歌题材还是作品风格上讲，都应属于宋诗的一部分。他们本人，也均以赵宋遗民自居，审美意识与价值观念，均与其他宋代诗人属于同一个体系。

(三) 兼顾诗歌风格流派的演变

诗歌之分派别，一般认为始于中晚唐时期，见于文字的有张为的《诗人主客图》。入宋之后，诗派越来越多，如北宋前期有白体、晚唐体、西昆体，南宋后期则有"永嘉四灵"、江湖诗派等等,尤其是跨越南北宋两个时期的江西诗派,其影响远及元、明诸朝。这种情况,同唐中期之后,尤其是到北宋,知识分子群体化的倾向越来越强有关。这种倾向在政治上的表现是无休无止的朋党交哄,在学术上的表现如王学、洛学、蜀学等等儒学支派的门户之争,在文学上的表现则为北宋中期众多的诗歌派别。

根据现代关于文学流派的概念,一个诗派应当有明确的组织和纲领,是一些有共同文学爱好和创作风格的诗人有意识聚合而成的群体。而所谓"元祐体"、"晚唐体"等,大抵出于后人的概括,当时人并无明确的认识,与今天所理解的严格意义上的流派意义不尽相符。但作为对一种诗歌风格的共同追求而自觉形成的诗派,在宋代也已经有了。西昆体之得名,本缘杨亿的《西昆酬唱集序》,此序不啻于一篇西昆体诗人结社的纲领。此后以吕本中《江西诗社宗派图》定名的江西诗派,由叶适定名故又称"水心派"(叶适号水心先生)的"永嘉四灵",以陈起编印《江湖集》等起名的江湖诗派,均形成于当时。不过无论出于后人概括,还是出于参与者的自觉,一个流派所包括的作家,大体上都是生活在同一时期的人,反映了一定时期诗歌风格的共同价值取向。因此这两种意义上的宋诗流派名称,均可以使用。而后人以某种比较一致的诗风去概括一批生活在同一历史阶段的作家,实际上已经触及分期问题,因而也可以用来作为研究宋诗分期的参考。从另一个角度讲,将宋诗划分为若干时期加以表述的同时,兼顾流派,也正可以体现宋诗分期不同于唐诗分期模式的特点。

实际上,对流派观念已经形成并见诸现实的宋代,不顾及风格与流派而要对诗歌发展作出符合规律的分期是不可能的。即如《沧浪诗话》而言,所采用的分析和归纳方法,有"以时而论"和"以人而论"的两种部分重合的方法,与本节提出的兼顾原则相类,只不过《沧浪诗话》囿于盛唐之说,过于菲薄本朝之诗,未能将这一原则贯彻到底罢了。

(四) 重视作家活动年代的顺序

要对宋诗分期作出宏观的研究而揭示宋诗发展的客观规律,最值得注意的是不要从某种需要出发,不顾作家活动年代的自然顺序,依照事先想好的一定的框架,随心所欲地将文学现象和作家作品剪裁,填充进去。比如说有的文学史著作将宋代分为北宋、南宋两个部分,北宋部分又分前、中、后三个时期,中后期的分界线定为哲宗元符三年,而编入后期列为专节介绍的主要作家,如黄庭坚,在北宋后期只活了五年,陈师道只活了一年,秦观则已经去世了。

这种年代颠倒的毛病,前人有时也不能免,如清代王子任谈到北宋中期的

诗风:

> 自天圣以后缙绅间为诗者益少,惟丞相晏元献、钱文僖,翰林杨大年、刘子仪皆宗李义山,号西昆体,雕章丽句,照映当时。二宋高才,诗多昆体。惟王黄州师法乐天,独开有宋风气。(《宋诗类选序》)

天圣一共十年,上序提到的七个人中,真正属于天圣以后的只有晏殊及宋庠、宋祁兄弟,即所谓二宋。杨亿(大年)卒于天禧四年,至天圣元年便已作古三年。王禹偁(王黄州)死于咸平四年,其时宋祁才四岁,宋庠才六岁,晏殊也才十一岁。其年代错榫,一至于此!

对作家活动年代的忽视有时会导致错误的判断。如有人撰文批评朱熹所说"宋代妇人能文者,唯魏夫人及李易安二人而已",说他竟未提到张玉娘的文学成就,即是一例。按,张玉娘生于宋末,活动在元代,朱熹何能论及!

(五) 辨识前人成说的正误

古人不少著作中常有某些片断的论说而为近人所乐于引用。重视这些传统的说法,无疑是十分必要的。但应该注意的是,由于历史条件的限制,这些意见往往不免有理论上的偏颇和史料本身的讹误。比方说《宋史·文苑传序》说:

> 国初,杨亿、刘筠犹袭唐人声律之体,柳开、穆修志欲变古而力弗逮。庐陵欧阳修出,以古文倡,临川王安石、眉山苏轼、南丰曾巩,起而和之,宋文日趋于古矣。

《穆修传》又说:

> 自五代文敝,国初,柳开始为古文。其后,杨亿、刘筠尚声偶之辞,天下学者靡然从之,修于是时独以古文称,苏舜钦兄弟多从之游。

显而易见,《序》以柳开"志欲变古"系于杨亿、刘筠之后,犯了年代颠倒的错误,《穆修传》则不误。为什么同一部书,同一《文苑传》中,竟前后牴牾如此?其源盖出于序、传的作者并非同时之人。这是由于元修《宋史》之仓促造成的。

前人论说的片面性,有时还同个人的主观感情有关。如方回与严羽年代相接，同为南宋末年人，对本朝江西派的褒贬，却迥然不同。至于清人反对明人鄙薄宋诗而有意抬高西昆体、江西派，其间的主观成分尤其应当注意。

(六) 注意社会文化背景的影响

假如以时代为标志来表述中国古代文化的成就，最具代表的大抵是汉文化、唐文化、宋文化。假如再由文化内部构成的各个侧面看，汉文化以学术的成就为最大，唐文化则主要以文学的繁荣而著称，宋文化可谓兼而有之。就学术论，习惯上以"汉学"、"宋学"并提；就文学而言，中国文学史上最辉煌的一段就是唐宋诗词。作为漫长的中国封建社会发展中的一个转折点，宋代不仅是传统民族文化的集大成者，而且在社会政治的各个方面，塑造了近代中国的面貌。范仲淹的庆历新政、王安石的变法运动、以靖康之难为高峰的民族矛盾的大爆发，以及程朱理学在11世纪到12世纪的产生和确立，都对宋诗的发展带来重大的影响。这些也都是研究宋诗分期时所必须考虑到的。

二

参酌上列六个原则，试将宋诗分为六个时期并简述如下。

(一) 沿袭期

由太祖建隆元年至仁宗天圣八年，约七十余年，是宋诗的沿袭期。

这一时期的诗歌创作，风格上主要沿袭唐人，流派有白体、晚唐体、西昆体等。白体即白居易体，主要代表作家有王禹偁及其前辈李昉、徐铉等人。主要活动是在10世纪后半期。11世纪初叶崛起的西昆体则以仿效晚唐诗人李商隐自居，主要代表作家是杨亿、刘筠和钱惟演。这两派诗人大都身居高位，所作以官场应酬消遣的唱和诗为多。西昆体最突出的特点是堆砌词藻、排比故事，白体则浅近易晓、不尚雕饰。两家适成对照。

北宋到真宗初年，已呈现兴旺景象。作为这种政治局面在文学上的反映，是所谓"国朝祥符中，民风豫而泰，操笔之士，率以丽藻为胜"（《徂徕集》卷十八《石曼卿诗集序》）。于是，"杨、刘风采，耸动天下"（《后村诗话》前集卷二录欧阳修语），"后进争效之，风雅一变"（《六一诗话》）。可知西昆体以富丽堂皇之辞，一改白体坦夷俚俗之气，正从一个侧面反映了宋诗草创时期由于政局的稳定和经济的繁荣而带来的审美观和民俗的变化。

比西昆体兴起稍早，承接白体而在宋初诗坛上活跃一时的还有林逋、魏野和九僧惠崇等人为代表的晚唐体，为诗重五言近体，境界偏于纤小、平弱，多

抒山林之趣。此外与白体、昆体还有一个明显的区别是，本派人物多山野隐士
与僧人。

本期诗歌虽有三流派之别，但总的特点是沿袭唐风，故称沿袭期。

(二) 复古期

由仁宗天圣九年至嘉祐五年，凡三十年，是宋诗的复古期。

天圣八年刘筠卒，前二年林逋卒，后四年钱惟演卒，沿袭期最后两个诗派
西昆体、晚唐体的代表作家基本上离开了人世。同年，欧阳修中进士，次年到
洛阳担任西京留守推官，与正在河南县主簿任上的青年诗人梅尧臣相遇，两人
相与唱和，并团结了一伙青年同志如尹洙兄弟，后来还有石介、苏舜钦等人，
揭起了诗歌复古的大旗。

作为一个新起的流派，他们的主要宗旨是反对讲究形式的西昆体和晚唐
体，要求诗歌注重思想内容，恢复以《诗经》、《离骚》为代表的古代优秀传
统。梅尧臣的两首反映他诗论的古体诗，可以视为这一派诗人的纲领性主张：

> 我于诗言岂徒尔，因事激风成小篇。辞虽陈陋颇刻苦，未到《二雅》未
> 忍捐。安取唐季二三子，区区物象磨穷年。(《答裴送序意》)

末两句是对晚唐体诗风而发。

> 屈原作《离骚》，自哀其志穷。愤世嫉邪意，寄在草木虫。迩来道颇丧，
> 有作皆言空。烟云写形象，葩卉咏青红。人事极诙诡，引古称辨雄。经营唯
> 切偶，荣利因被蒙。(《答韩三子华韩五持国韩六玉汝见赠述诗》)

"烟云写形象"、"经营唯切偶"云云，是针对西昆体讲究藻饰的声律之体。重
近体而轻古体，重形式而轻内容，乃西昆、晚唐二体之所同。复古期诗人一反
沿袭期作家的作为，转而大量创作古体诗，力图以朴素的形式，不加修饰的语
言，像古代的《诗经》和《离骚》那样直接反映社会生活和自己的政治见解，
有深刻的社会背景。

11世纪40年代，是北宋历史上的一个重要转折点。从政治上讲，此时正值
庆历新政和庆历党争交织进行的当口；从思想上讲，儒学的复兴已掀起了巨大
的波澜。欧阳修等人，既是范仲淹新政的积极参加者和支持者，又是儒学复兴

运动的斗士或盟友。他们所发动和领导的古文运动、诗歌复古运动，正与庆历新政和儒学复兴相表里。以庆历时期为中心，复古派的诗歌创作又可分为前、中、后三个时期。

复古前期在创作上作出较大成绩的是梅尧臣，他那些反映民间疾苦的优秀作品《田家》、《陶者》以及《田家语》、《汝坟贫女》即产生于这一时期。欧阳修的长篇七言古体《答杨辟喜两长句》，苏舜钦的《己卯冬大雪有感》也都是复古前期的代表作品。康定元年，石介的学生杜默从泰山去开封见欧阳修，临走时欧阳修送了他一首诗，末段云：

> 京东聚群盗，河北点新兵。饥荒与愁苦，道路日以盈。子盍引其吭，发声通下情。上闻天子聪，次使宰相听。何必九色禽，始能瑞尧庭。子诗何时作，我耳久已倾。愿以白玉琴，写之朱丝绳。

由此可知这一时期复古派诗人的创作心理状况以及如何以反映国计民生、人间痛苦为己任并互相勉励的情况。

正是以这种高度自觉的社会责任感，欧、梅诸人进入了复古派诗歌创作的高潮——复古中期。庆历年间尖锐、激烈的政治斗争，使这一派诗人由对民间疾苦的关心转向了对国家大事的批评。"平生事笔砚，自可娱文章。开口揽时事，论议争煌煌"（《镇阳读书》）。欧阳修这首诗颇可引来作为这一时期诗歌创作的具体写照。在他的《读圣俞蟠桃诗寄子美》、《读〈徂徕集〉》和梅尧臣《杂兴》、《送苏子美》、《梦登河汉》等诗中，尤其是苏舜钦的《庆州败》、《吾闻》、《城南感怀呈永叔》、《吴越大旱》等长篇古体诗中都有明显的反映。

庆历新政失败之后，苏舜钦死于苏州贬所，欧阳修也长期被放外任，开始对社会现实有了更深切的认识。复古派诗人的后期创作也就更加趋于深沉和富于人民性。欧阳修诗集中比较深刻地反映百姓痛苦的如《喜雨》、《边户》、《食糟民》等均创作于此一时期。另一方面，一些为后世所称道的欧、梅之诗，如《庐山高》、《啼鸟》（以上欧阳修），《春日拜垄经田家》、《江上遇雷雨》、《重过瓜步山》、《金陵三首》、《秋日家居》、《东汉》（以上梅尧臣）等也均作于这段时间，标志着复古期诗歌在艺术上的成熟。似乎可以这样说，欧阳修等人追随范仲淹的政治上的改革尝试虽然很快失败了，诗歌复古运动（以及古文运动）却终于取得了胜利。这一胜利成果，还表现在由欧阳修提拔和培养的一大批青年诗人如王安石、苏轼等人的成长。

（三）创新期

由仁宗嘉祐六年至徽宗建中靖国元年凡五十年。

嘉祐五年梅尧臣卒，前此一年王安石以其名作《明妃曲》轰动诗坛，后此一年苏轼登第，欧阳修"放他出一头地"（《欧阳文忠公文集·书简》卷六《与梅圣俞书》），宋诗也就进入以王安石、苏轼、黄庭坚等人为代表的创新期。

这一时期是宋诗创作的鼎盛时期，也是宋诗的第一个高峰期，其特点是大家多、个人风格显著。所谓宋诗四大家王安石、苏轼、黄庭坚、陆游，其中三家就属于这一时期。

结成流派，虽是宋诗自别于唐诗的一大特色，但真正的大诗人、大艺术家，是不能由某一流派来拘限的。他们要么"天马行空，独往独来"，要么高踞于流派之上。前者如王安石、苏轼，后者如黄庭坚。早在宋诗复古期，欧阳修已经注意到他们之间个人风格的差异，如《六一诗话》即有"子美笔力豪隽，以超迈横绝为奇；圣俞覃思精微，以深远闲淡为意"云云。到此一时期，随着儒学的繁荣和王安石变法所引起的大辩论，宋诗作者的个性也得到了空前自由的发抒和扩张。陈师道概述当世诗歌风格的个性和共性时说：

> 诗欲其好，则不能好矣。王介甫以工，苏子瞻以新，黄鲁直以奇。而子美之诗，奇常，工易，新陈，莫不好也。（《后山诗话》）

陈氏此处以"工"、"新"、"奇"分别概括王、苏、黄三人的创作特点，可以说已经看到了同一时期各个大家之间个人风格的不同。另一方面，他又指出三人的诗歌风格，全包括在杜甫博大精深、无所不包的诗风之中，可谓一针见血地指出了创新期诗歌创作的共性。

杨万里评论王、苏诗云：

> 东坡云："春宵一刻值千金，花有清香月有阴。歌管楼台人寂寂，秋千院落夜深深。"介甫云："金炉香尽漏声残，剪剪轻风阵阵寒。春色恼人眠不得，月移花影上栏干。"二诗流丽相似，然亦有甲乙。（转引自《诗人玉屑》）

以"工"而言，当推前面举出的苏诗。如同是叠声词的使用，苏诗分别安排在三、四句，"寂寂"对"深深"，就比王诗组织在同一句即次句的"剪剪"和"阵阵"要工整、谐和。而从"新"方面讲，两诗相较当以王诗最后两句为高。

可知"新"也好，"工"也好，乃是此两位诗坛巨子的共同特征。"奇"也是这一时期创新派诗人共有的艺术追求。据说苏轼以乌台诗案入狱，狱吏引其《双桧》诗问："《桧》诗'根到九泉无曲处，世间惟有蛰龙知'，有何讥讽?"东坡答道："王安石诗云：'天下苍生望霖雨，不知龙向此中蟠。'此龙是也。"狱吏哑然失笑。由蛰龙取喻，无论是取象还是立意，均不乏奇想。王安石另有《金山寺五首》，其二"孤根万丈沧波底，除却蛟龙世不知"，与苏诗更像。

由上引诗例可知，同前期诗人的作品相比，创新期诗人无论在意境的开拓或是语言的锤炼方面，都已大不相同。

黄庭坚虽列入"苏门四学士"，是学生辈，但基本上与苏是同一时代的人。在苏轼的门徒中，黄庭坚是最受赏识而成就又最高的一位。但他之所以备受赏识的原因，并不是他学苏轼的诗体，而恰恰是因为他能够在大纛之下另树一帜。苏轼对学生这种独创精神的赞许，正好体现了宋诗创新期注重建立个人风格，提倡百花齐放的时代精神。尤为可贵的是，苏轼还将这位得意门生的诗歌风格定名为"庭坚体"，并仿作了一首转赠给他。下引一首是黄庭坚的和诗《子瞻诗句妙一世，乃云效庭坚体，次韵道之》：

> 我诗如曹、邻，浅陋不成邦；公如大国楚，吞五湖三江。赤壁风月笛，玉堂云雾窗；句法提一律，坚城受我降。枯松倒涧壑，波涛所春撞；万牛挽不前，公乃独力扛。诸人方嗤点，渠非晁张双；袒怀相识察，床下拜老庞。小儿未可知，客或许敦庞；诚堪婿阿巽，买红缠酒缸。

诗歌以小国、大国谦喻己诗同苏诗的高下，以"枯松倒涧壑"、"万牛挽不前"比喻自己的诗歌风格和傲兀性格，以"坚城受我降"和"公乃独力扛"比喻自己对苏轼的佩服和苏轼对他的赏识，都是一些奇特而又新颖的意象。《后山诗话》所称的"黄庭坚之奇"，举此一例，可以概见。其实，"奇"和"新"本是相应的两个侧面。着意作奇，非"新"不可，一个新的意象，新的比喻，在常人看来也就是"奇"。至于"工"，由上引黄诗的斟字酌句可知，这也是庭坚诗歌的特点之一。即庭坚之拗体，实有意为之。有意识地自创格律，一方面是"奇"的表现，一方面则也是另一种意义上的"工"，或者叫做"奇"中之"工"。

与复古期以"平淡"、"古朴"、"简易"自举的诗风适成一个明显的对照。从某种意义上讲，宋诗之所以能作出自己的贡献，在强大的唐诗影响之下站立起来，与王、苏、黄的创新是分不开的，所以我们把宋诗发展史上第一个高峰称为宋诗创新期。总结并接受了这一时期诗歌革新成果的，则是黄庭坚。陈师道谈到自己的诗风演变过程时说：

> 仆于诗，初无师法，然少好之，老而不厌。数以千计，及一见黄豫章，尽焚其稿而学焉。（《后山居士文集》卷十《答秦觏书》）

陈师道亦列"苏门四学士"之中，其由问学苏轼转而师法黄庭坚，中间已透露出创新期诗风传承的消息。黄、陈两人合流后即形成江西诗派。陈师道与苏轼死于同一年，越四年黄庭坚卒，此后，宋诗也就进入了第四个时期。

（四）凝定期

由徽宗建中靖国二年至南宋高宗绍兴三十一年，凡五十年，是宋诗的凝定期。作为这一时期诗风的主要代表即所谓江西诗派：

> 吕居仁近时以诗得名，自言传衣江西，尝作《宗派图》，自豫章以降，列陈师道、潘大临……合二十五人，以为法嗣。谓其所流皆出自豫章也。（《苕溪渔隐丛话前集》卷四十八载）

江西诗派的提法，大抵以此为最早。可知此一派诗人虽以黄庭坚、陈师道为宗主，但黄、陈在世之时，本不知有"江西派"一说。由两人的活动年代和创作实践来看，都与苏轼属于同一历史阶段。假如把江西诗派分为前、中、后三个不同的发展阶段而以黄、陈为前奏的话，可以说江西诗体的产生乃是两宋诗坛的一种创造性贡献。拙稿前文将黄、陈列为创新期作家，而不把黄、陈同王安石、苏轼的诗文革新分开，也正有见及此。属于宋诗凝定期的，只是江西诗派的中期和后期。

江西诗派进入发展中期时形成了一支庞大的队伍，假如能在诗歌意境的开拓和创新方面下工夫，他们所提倡的"以故为新"本不失为一个积极的口号，但这一伙人恰恰离开了这关键的一点，只在句法（造硬语，用拗律）、用典等方面苦苦琢磨。所谓"夺胎换骨"，逐渐蜕变为改头换面模仿前人的代名词；"点铁成金"则反而成了"点金成铁"。黄、陈时期创立的诗体在他们手中变成了僵化的模式，整个诗坛也就呈现出一种凝定胶着的状态。所以我们把这一时期叫做宋诗的凝定期。作为理论上的总结，则有《王直方诗话》、《洪驹父诗话》以及《凌阳先生室中语》等。

到南渡之际，江西诗派后期的代表人物陈与义、吕本中、曾几等力纠江西末流的弊病，试图给它注进一股新鲜的空气。如吕本中主张"学诗当识活法"（《夏均父集序》）和"作文必要悟入处"（陈鹄《西塘集·耆旧续闻》引吕氏语），为后来杨万里的"诚斋体"开了先声。但从总体上讲，这一期诗人最终未能挣脱束缚而自创新格。

（五）中兴期

由高宗绍兴三十二年至宁宗庆元六年前后，凡五十年，是宋诗的中兴期。

杨万里在《江湖集序》中写道："予少作有诗千余篇，至绍兴壬午年七月皆焚之，大概江西体也。"绍兴壬午年杨万里三十八岁，范成大三十九岁，陆游四十岁，尤袤三十八岁。后一年孝宗即位，主张北伐，主战派诗人在创作上开始表现得十分活跃，陆游也在这一年获得赐进士出身的荣耀。陆、范、杨、尤称"中兴四大诗人"，"中兴"两字原指当时的政治形势。不过就这一时期诗坛的复苏和繁荣的情况来看，其成就仅次于北宋时代的创新期，形成了宋诗的第二个高峰。将此一时期称为宋诗的中兴期，亦当之无愧。

最能代表中兴期创作成就的是大量爱国诗的涌现，如范成大使金时写的七十二首绝句、陆游入蜀任夔州通判以后创作的军旅诗及其后陆续写成的梦境诗和纪梦诗以及杨万里奉命迎金使过淮河时所作的四绝句等等。以诗的形式抒发爱国之情，像南宋中兴期诗人那样普遍、强烈、反复、持久地表现这一主题，则是空前的。宋诗特立于唐诗之外而自成一格，这一期诗人的创作，不能不占有一个重要的地位。

另一点值得注意的是，"中兴四大诗人"并非一个流派的名称。作为宋代文坛上出现的一个新的诗歌流派，从一开始就具有两面性。当新诗派开始从旧传统中挣脱出来的时候，它有利于团结同好，形成一股强大的冲击力量。但新流派日后又变成旧势力的代表，用种种清规戒律阻碍作家个人才智的发展。纵观两宋诗坛可以发现，诗歌创作最繁盛、成就最高的时期，都不是某一诗派占主导地位之时。陆游、杨万里、范成大诸人之所以成为杰出的诗人而在文学史上占据重要的一席，就在于他们早期虽然都从学习江西体入手，但很快就从流派的束缚之下独立出来，一改江西诗派迷恋书本、迷恋传统的做法，转而面向生活、面向现实，建立起自己的独特风格。如陆游的名作《秋夜将晓出篱门迎凉有感》：

三万里河东入海，五千仞岳上摩天。遗民泪尽胡尘里，南望王师又一年！

范成大则有《州桥》：

> 州桥南北是天街，父老年年等驾回。忍泪失声询使者，几时真有六军来。

杨万里的《初入淮河》其四则曰：

> 中原父老莫空谈，逢着王人诉不堪。却是归鸿不能语，一年一度到江南。

同是借中原父老的口来诉沦陷之耻，抒沉痛之情，杨诗借助的是前人的现成意象"归鸿"，范诗着眼的是"天街"，陆游采用的意象则是"三万里河"、"五千仞岳"，境界虽有大小，手法虽有高低，但均自成一格。此与沿袭期诸诗派对唐人亦步亦趋的模仿、凝定期之谨守江西家法而不敢越雷池一步，适成鲜明的对照，乃是中兴期诗人继革新期诗人之后给宋诗提供的宝贵贡献。

中兴期诗人对宋诗的贡献不仅在于创作方法的多元化，而且还在于创作题材的多样化。除了作为宋诗精华的一个重要组成部分——爱国诗外，他们的另一个共同方面是对自然界和农村生活的浓厚兴趣，如范成大的田园诗，陆游的农村诗，杨万里的写景诗等等。它们有的亲切明快，有的平易流畅，有的自然活脱，读来新鲜明快，可见诗人生活面的开阔和兴趣的广泛。

值得一提的还有朱熹和他为代表的理学诗派。理学家的主要事业在于著书立说，作诗乃是读书之余的消遣，但朱熹生平却最不满意江西诗人只从书本中寻找诗材，把诗歌创作变成"嵌字"游戏。他独推陆游而谓"近世唯见此人为有诗人风致"（《答徐载叔》）。这大概与理学开创时期不重注疏，自成一说的创新精神有关，而其中所体现的诗歌美学思想，与宋诗中兴期的时代精神正相一致。这种时代精神在语言风格上的表现，则是通俗平易、明白如话。通观杨万里、陆游、范成大和朱熹等人的诗歌，在这一点上也是一致的。黄庭坚与"以故为新"同时提出的"以俗为雅"（《再次韵杨明叔》），到中兴诸家手中真正成了意象更新的一个重要手段。

(六) 飘零期

由宁宗嘉泰元年至元初，历时近百年，是宋诗的飘零期。

宁宗开禧二年，韩侂胄北伐之举遭到严重挫败，南宋王朝从此一蹶不振，许多力主抗敌而在朝野影响较大的作家如辛弃疾（1140—1207）、陆游等相继辞世，南宋诗坛也就进入了最后的飘零时期。

"永嘉四灵"和江湖诗派是这一时期诗风的主要代表。"四灵"中徐照、徐玑、赵师秀到本世纪初已进入创作的后期,只有翁卷,是"四灵"中最晚死的一位。其诗"有口不须谈世事,无机惟合卧山林"(《行药作》),可以看作这一派诗人的共同生活态度和心理状况。叶适说,"四灵"出"而唐诗由此复行矣"(《徐文渊墓志铭》)。但他们所崇尚的"唐诗",其实只是晚唐贾岛、姚合等人清苦冷僻的诗风。

以钱塘书贾陈起编刻的《江湖集》(宝庆二年)得名而成派的江湖诗人,在学晚唐这一点上与"四灵"相似,但人数比较多(《江湖小集》共收六十二人诗),对现实的态度与"四灵"也有所不同,少数诗人如刘克庄成就在"四灵"之上。另如戴复古则出入于两派之间。这种情况说明同学晚唐诗风,两派本来就有相通的地方。

统观宋诗首尾两期的诗坛情况,很容易使我们想到两点相似之处,一是小诗派多,二是都以晚唐诗风为榜样。关于第二点,从表面上看起来似乎是一个螺旋式运动的历史循环,但实际上晚唐诗风分别在宋初、宋末两次出现却有着质的区别。简单地说,宋初直承强大的唐诗影响之余,沿袭无异于模仿。"四灵"、江湖面对的是本朝的江西诗风、理学诗风以及中兴期诸名家自成一格的诗风(如"诚斋体"),却敢于弃之不顾,转而提倡直承唐人以相对抗,则并非随波逐流之辈。可惜才力不足,未能像中兴诗人一样,建立起完全属于自己的文学风格,反而又使宋诗落回唐人的窠臼之中。宋诗也就不可避免地连同"身世飘摇雨打萍"的作家们,沦入了每况愈下的飘零期。

文天祥、谢翱等人创作的爱国诗和正气歌,是宋诗在这一时期闪出的最后一道光芒。宋亡前后,许多爱国志士的诗歌作品,写得真实、深沉、感人。"飘零忧国杜陵老",这是戴复古《论诗十绝》中的句子。宋人自王禹偁以来提倡向杜甫学习者历朝不断,江西诗派且以祖承老杜自命,但真正能得杜诗沉郁悲壮之精神实质者,可以说还是宋诗飘零期后半段出现的这些爱国作品(此外就是中兴期陆游等人的爱国诗)。宋亡之后,仍有不少诗人如林景熙、郑思肖等以赵宋遗民自持,继续创作爱国内容的诗歌,充分表现了宋代知识分子临危不惧的精神。

兹将宋诗分期表列于下,作为本文的总结。

	分　期	时间起止	流派或主要代表作家
1	沿 袭 期	960—1030	白体、西昆体、晚唐体
2	复 古 期	1031—1060	欧阳修、梅尧臣、苏舜钦
3	创 新 期	1061—1101	王安石、苏轼、黄庭坚
4	凝 定 期	1102—2261	江西诗派
5	中 兴 期	1162—1200	陆游、杨万里、范成大、朱熹
6	飘 零 期	1201—13 世纪末	永嘉四灵、江湖派、遗民诗

原载《文学遗产》1986年第4期

试论王禹偁与宋初诗风

陈植锷

一

王禹偁（954—1001），字元之，济州钜野（今山东巨野县）人，晚岁曾知黄州，故后世又称王黄州。禹偁一生经历了北宋太祖，太宗、真宗三朝，主要活动是在太宗时期。北宋立国之初（960年），他方七岁。太宗太平兴国八年（983年）禹偁中进士登仕途，时年三十。真宗咸平四年（1001年）五月禹偁卒于蕲州，年四十八。有《小畜集》三十卷、《小畜外集》二十卷（残存卷七至十三）及《五代史阙文》一卷传世。王禹偁前后共做了十八年的官，担任过当时号为清贵之职的翰林学士，但仕途并不顺利，曾三任知制诰（皇帝的秘书），三受黜落，做朝官与做地方官的日子刚好是一半对一半。

关于王禹偁在文学上的成就，清人吴之振等《宋诗钞》作过如下的评价：

> 是时西昆之体方盛，元之独开有宋风气，于是欧阳文忠得以承流接响。

指出王禹偁是欧阳修等人发动的北宋诗文革新运动之前开风气的人物，十分允当。王禹偁不仅第一个提出"传道而明心"①的文学主张，为诗文革新奠定了理论基础，且以自己的创作实践给欧阳修等人提供了成功的经验。在诗歌方面，他是北宋提出向杜甫学习并身体力行的第一人；在古文方面，他最早倡"句易道，义易晓"②说，开了以平易晓畅为特色的宋代散文的先声。欧阳修曾不无感慨地说："想公风采常如在，顾我文章不足论!"③

但《宋诗钞》那段话是有缺陷的，它把王禹偁的开有宋一代风气说成是"西昆之体方盛"之时，犯了颠倒年代的错误。"昆体"的提法，大致始见于欧阳修的《六一诗话》：

盖自杨（亿）、刘（筠）唱和，《西昆集》行，后进学者争效之，风雅一
变，谓之"昆体"。

据此则西昆体的产生，乃在《西昆酬唱集》刊行之后。而西昆结集，是在大中
祥符元年（1008年）④，其时王禹偁殁已七年矣。又据杨亿自述，他同刘筠、
钱惟演等人"更迭唱和，互相切劘"，始于真宗景德二年（1005年）受命修
《册府元龟》之时⑤，是则昆体成派，即使从杨、刘诸人馆阁酬唱活动的开始时
间算起，最早也只能定于禹偁死后四年⑥。钱钟书先生在《宋诗选注》的序言
中批评《宋诗钞》说："它的许多《小序》也引人误会，例如开卷第一篇把王
禹偁说得仿佛他不是在西昆体流行以前早已成家的。"⑦但成书于钱选之后的文
学研究所之《中国文学史》宋代部分却又说：

> 宋初诗文主要是继承了晚唐、五代的风气，词藻典丽而内容空虚，以至
> 形成西昆体。而以柳开、穆修为代表的一派，则反对当时流行的这种倾向，
> 积极努力于提倡韩愈、柳宗元的古文，开欧阳修、王安石诗文改革的先声。⑧

柳开生于947年，卒于1000年，比王禹偁还早死一年，此处竟把他说成是西昆
体的反对者⑨。对宋初文坛的具体情况的这种模糊不清，从表面上看来似乎只
是几个作家年代的次序颠倒问题，其实不然。一九七九年出版的十三院校编大
学文科教材《中国文学史》下册，关于这一段文学史作如下概述：

> 宋初五十年间，由于政局相对稳定，社会生产有一定的发展，曾一度出
> 现比较繁荣的局面，这时，雕章琢句，点缀升平的"西昆体"（其作者也称
> 西昆派），盛极一时，曾独霸文坛近半世纪之久。

此处绕开王禹偁、柳开等人，而说是西昆体独霸宋初文坛五十年，是否就符合
宋初文坛的实际情况了呢？回答是否定的。北宋从太祖建隆元年（960年）开
国到真宗大中祥符元年（1008年）《西昆集》成书，刚好半个来世纪。如前所
述，西昆体的"盛极一时"，并不在这五十年之间，而是在这五十年之后！
　　那么，左右宋初文坛达五十年之久的，究竟又是什么诗风呢？有的文学史
著作就干脆笼统地称作"晚唐五代诗风"。如1964年1月初版、1979年11月重印
的高校统编教材《中国文学史》（三）说：

北宋初期的文学基本继承晚唐五代浮靡的作风，片面追求声律的谐协和词采的华美。以杨亿、刘筠为代表的西昆体诗文，晏殊、张先等的词，就是在这种文学风气之下产生的。

关于西昆体诗歌是否"浮靡"？是不是晚唐五代诗风的继续？笔者拟另撰文讨论。这里只想先提出，所谓晚唐五代诗风，宋人的理解与我们今天是大不相同的。近时通行的几部文学史，对于晚唐五代诗家流派，大抵采用二分法：一、浮靡诗派（即所谓反现实主义诗派），以温庭筠、李商隐的艳情诗和韩偓的《香奁集》等为主要代表；二、现实主义诗派，代表作家则有皮日休、陆龟蒙、罗隐和聂夷中、杜荀鹤等人。但在宋人的眼里，所谓晚唐五代诗风，一般指的却并不是上述两派中的任何一派，他们所侧重的却是这两派之外以贾岛、姚合为宗主的"苦吟派"。例如成书于北宋后期的《蔡宽夫诗话》说：

> 唐末五代流俗，以诗自名者……大抵皆宗贾岛辈，谓之"贾岛格"。

此即所谓"晚唐体"。关于宋初是否存在过这种晚唐体，他们又有两种不同的意见。一是认为诗学晚唐自南宋的"四灵"始。如南宋严羽《沧浪诗话·诗辨》说：

> 国初之时，尚沿袭唐人。王黄州学白乐天，杨文公（亿）、刘中山（筠）学李商隐……近世赵紫芝（师秀）、翁灵舒（卷）辈，独喜贾岛、姚合之诗，稍稍复就清苦之风，江湖诗人，多效其体，一时自谓之唐宗。

一是宋末元初的诗人方回在《送罗寿可诗序》⑩中提出了不同的看法，他说：

> 诗学晚唐，不自"四灵"始。宋铲五代旧习，诗有白体、昆体、晚唐体。白体如李文正（昉）、徐常侍昆仲（铉及弟锴）、王元之、王汉谋（奇）；昆体则有杨、刘《西昆集》传世，二宋（宋庠、宋祁兄弟）、张乖崖（咏）、钱文僖（惟演）、丁崖州（谓）皆是；晚唐体则九僧最逼真，寇莱公（准）、鲁三交、林和靖（逋）、魏仲先父子（野及子闲）、潘逍遥（阆）、赵清献（抃）之徒。凡数十家，深涵茂育，气极势盛。

两种说法，究竟谁是谁非呢？平心而论，宋初诗坛基本上还是笼罩在唐人诗风的影响之下，这一点他们是一致的。只不过严羽过分强调了他的"诗必盛唐"说，在叙述的时候详此略彼，不免带有一定的片面性。方回的三分法，囊括了北宋初期李昉、徐铉、王禹偁等主要诗人，虽然仍有其不足之处，但总的来说，还是比较全面、客观的。

至于方氏之说的不足之处，最明显的是分派的标准不一致。如昆体，若依风格分，就不应把张咏、丁谓列入⑪。如果以《酬唱集》中是否刊有诗篇作为分派的标准，则不应把二宋列入。他们当属北宋中期了。方回这段话最大的缺陷是只罗列三个诗派而没有区别年代的先后，遂造成了宋初三派诗风并存的错觉。实际上，以西昆体直接上绍晚唐五代固然是错误的，而认为宋初诗坛以晚唐体的风行为先导，同样不符合历史事实。只要我们把方回开列的各派代表作家的活动年代排比如下，便可一目了然：

太祖太宗		真 宗	
白 体		昆 体	晚唐体
主要代表	李昉（925—996） 徐铉（917—992） 王禹偁（954—1001）	杨亿（974—1020） 刘筠（970—1030） 钱惟演（977—1034）	林逋（968—1028） 魏野（960—1019）
其他诗人	徐锴（920—974） 王奇	宋庠（996—1066） 宋祁（998—1061） 张咏（946—1015） 丁谓（966—1037）	寇准（962—1023） 九僧（约与林逋同时） 潘阆 鲁三交⑫ 魏闲（980—1063） 赵抃（1008—1084）

由此可知，所谓昆体和晚唐体的繁盛，均在真宗一朝，而在他们之前风靡了近半个世纪（包括太祖、太宗两朝）的诗风，则是以当时的文坛巨子李昉、徐铉及他们的后起之秀王禹偁为代表的白居易体。关于这一点，宋人早有论述。南宋严羽论王黄州学白乐天一节已见前引，即如成书年代较《沧浪诗话》为早的《蔡宽夫诗话》，也曾明确地指出：

> 宋初沿袭五代之余，士大夫皆宗白乐天诗，故王黄州主盟一时。祥符（1008—1016）、天禧（1017—1021）之间，杨文公、刘中山、钱思公（惟演）专喜李义山，故昆体之作，翕然一变。

据南宋潜说友《咸淳临安志》卷六十五《人物志》载，林逋的诗名为世所知，即是由景德以后隐居西湖孤山开始的，而真宗诏赐粟帛、遣吏劳问，乃在大中祥符五年六月间[13]。魏野则是由于"祥符中，契丹使至，因言本国喜诵魏野诗，但得半帙，愿求全部，真宗始知其名"[14]。所以陆游《跋林和靖帖》[15]说：

> 祥符、天禧间，士之风节、文学名天下者，陕郊魏仲先（野）、钱塘林君复（逋）二人，又皆工于诗。方是时，天子修封禅、告太平，有二人在，天下麟凤芝草，不足言矣。

这些说法，都可以证明：把王禹偁的卒年或西昆结集作为区别白体和昆体、晚唐体的界限，基本上是适当的。关于北宋的历史分期，史学界有把真宗咸平元年（997）作为初期和中期分界线的，若依这种分法，白体与昆体、晚唐体则属于两个不同历史时期的诗风，界线越发清楚。既然如此，后世学者为什么要把它们颠倒过来呢？我想，原因之一是对晚唐体中"最逼真"的九僧，其活动年代究竟比王禹偁等白体诗人早还是晚弄不清楚。关于九僧的生平，由于资料湮没，所知甚少，因此一般学术著作提到九僧时均以"宋初有九僧"概而言之，至于"初"到什么程度，则置而弗论了。其实，如果将九僧的创作活动和同时代的其他作家联系在一起考察，对于他们作为一个诗派的代表而在诗歌艺术舞台上占有一席地位的时间，还是可以大致确定的。

从留传到今天的史料来看，宋人关于九僧的最早记载，恐怕也见于欧阳修的《六一诗话》：

> 国朝浮屠以诗名于世者九人，故时有集，号《九僧诗》，今不复传矣。余少时，闻人多称之。其一曰惠崇。余八人者，忘其名字也。余亦略记其诗。有云："马放降来地，雕盘战后云。"（锷按：此宇昭《塞上赠王太尉》诗）又云："春生桂岭外，人在海门西。"（锷按：此希昼《怀广南转运陈学士状元》诗）其佳句多类此。其集已亡，今人多不知有所谓九僧者矣。是可叹也！当时有进士许洞者，善为词章，俊逸之士也。因会诸诗僧分题，出一纸，约曰："不得犯此一字。"其字乃山水、风云、竹石、花草、雪霜、星月、禽鸟之类，于是诸诗僧皆阁笔。

可知在欧阳修的时代，九僧的情况已不大清楚了。司马光撰《温公续诗话》称已得《九僧诗集》⑯，九僧的名字也因而获知：

> 欧公云《九僧诗集》已亡，元丰元年秋，余游万安山玉泉寺，于进士闵交如舍得之。所谓九诗僧者，剑南希昼、金华保暹、南越文兆、天台行肇、沃州简长、（贵）［青］城惟凤、淮南惠崇、江南宇昭、峨眉怀古也。直昭文馆陈充集而序之。其美者亦止于世人所称数联耳。

据此可知：（一）所谓九僧，生非一地，寺非一岳，其合称"九僧"，当因《九僧诗集》而得名；（二）当时与九僧集体活动有关的人除进士许洞外，还有一个为之编集并作序的直昭文馆陈充。

按许洞字洞天，苏州吴县人，咸平三年（1000）考取进士，与晚唐体诗人林逋、潘阆等均有交往，与昆体的主要诗人杨亿、刘筠、钱惟演也有诗文往来。

陈充字若虚，益州成都人，曾任直昭文馆，景德中，与赵安仁同知贡举。其集序《九僧诗》的时间，据南宋陈振孙《直斋书录解题》卷十五《总集类》载：

> 九僧者……凡一百七首，景德元年直昭文馆陈（克）［充］序，目之曰"琢玉工"，以对姚合"射雕手"。

"景德元年"，南宋周辉《清波杂志》卷十一作"景德五年"⑰。马端临《文献通考》卷二四八作"景德初"。景德只有四年，"五年"似为"元年"之误。据此，陈充作序乃在景德年间当可断言。则"九僧"之名出现于真宗之时必无疑矣。

复考宋祁《景文集》卷十有《过惠崇旧居》诗二首，第二首自注云："予为郡之年，师之去世已二纪矣。"宋祁初守寿阳郡（今安徽淮南市附近，惠崇旧居在境内），在仁宗康定二年（1041），时年四十四，早二纪为二十岁，乃真宗天禧元年（1017）。由此可知惠崇卒于1017年，与杨亿、魏野等人的卒年相去不远。同时，据北宋吴处厚《青箱杂记》卷九所录《惠崇句图》及《闲居诗话》等载，惠崇与杨亿、刘筠、寇准、林逋等辈均有诗文来往。余如希昼、宇昭等人，与刘筠、魏野之徒也有交往，今传刘筠《赠希昼》诗，宇昭《赠魏野》诗各一首。前者见《杨文公谈苑》所录，后者收入《九僧诗集》中。

由此可知，九僧在诗坛上有影响的年代，与昆体诗人及晚唐体其他作家相同，大体是在真宗时期。可见，在他们以前左右宋初文坛近半个世纪的主要诗风，当以王禹偁等人为代表的白居易体无疑。难怪林逋在《读王黄州诗集》一诗中不无感慨地说：

> 放达有唐惟白传，纵横吾宋是黄州！⑱

二

后世学者在论述宋初诗风的时候，所以误认为西昆体或晚唐体，除了对诗人的活动年代有失详考以外，另一个重要原因是对所谓白居易体的理解与宋人不同。现在提起白居易的诗，一般都着眼于前期创作的《新乐府》与《秦中吟》，把他当作所谓现实主义诗歌传统的代表。但宋人理解的"白体"，一般却不是这样。如南宋初年许颢《彦周诗话》在谈到王禹偁的诗时说：

> 本朝王元之诗可重，大抵语迫切而意雍容。如："身后声名文集草，眼前衣食簿书堆。"又云："泽畔骚人正憔悴，道旁山鬼谩揶揄。"大类乐天也。

禹偁集中不乏学习白居易新乐府精神，反映民间疾苦之作，如常被解放以来各种文学史著作所引的《对雪》、《感流亡》等篇（具体分析详后）。但许颢所谓"大类乐天也"之诗，却并不是这些。由他所引王禹偁的两联佚诗"身后声名文集草，眼前衣食簿书堆"等来看，（白居易《编集拙诗，成一十五卷，因题卷末，戏赠元九、李二十》有句："世间富贵应无分，身后文章合有名。"）显然着眼于那些属对工切、"吟玩情性"的"杂律诗"。一个大作家具有多方面的风格，本不奇怪，例如白居易的前期诗风与后期诗风就很不一样。问题是后世提倡者的注意力究竟放在哪一面。宋初文人所欣赏的，大率是白居易的"杂律诗"和"唱酬诗"这一类。这种风气一直延续到仁宗时候。蔡居厚《诗史》说，苏子容（颂，1021—1101）专爱白居易、元稹、刘禹锡等人的唱和诗，特别是汝、洛唱和，几乎能背下来，苦不爱李白等人的诗。他最欣赏的诗如《汝洛集》⑲的《九日送人》："清秋方落帽，子夏正离群。"认为"假对工夫，无及此联"。即此可见宋人对白体推戴之一斑。《沧浪诗话·诗评》谈到中晚唐唱和诗风对宋文坛的影响时说：

> 和韵最害人诗。古人酬唱不次韵，此风始盛于元、白、皮、陆。本朝诸

贤，乃以此而斗工，遂至往复有八九和者。

一般地讲，大量创作唱和诗，并依次押韵，前后不差，则自元、白始⑳。唱和诗编成集子，元、白之前更少见。据《旧唐书·王维传》载，维"尝聚其田园所为诗，号《辋川集》"，即今本《王右丞集》所收的与裴迪和答诗，然仅止二十首，也非协韵。白居易的唱和集子，不但卷帙浩博，而且名目繁多。当时唱和成集的还有令狐楚、李逢吉等，但影响远不如白居易与元稹、刘禹锡之大。皮日休、陆龟蒙唱和，今传《松陵集》十卷，当时吴中轰动。诗歌唱酬之风经白居易诸人的鼓吹，再通过皮日休、陆龟蒙等辈的激扬，到了五代，不断滋蔓。南唐、两蜀的风流君主且不论，即如地偏东隅的吴越王钱镠，也搜罗了大批名士、文人如罗隐之徒，供养起来，同他们饮酒唱和。

主盟宋初诗坛的官僚文人如李昉、徐铉等，大多是由五代十国入宋的，他们不仅是北宋王朝振兴文化的骨干力量，而且也是把元、白、皮、陆的唱和诗风带到宋初的始作俑者。方回列举白体的五个代表作家，王禹偁是本文所要论述的重点。徐锴、王奇的诗集惜已散佚，均已无法窥其全豹，徐铉则有完整的《骑省集》传世。铉字鼎臣，越州会稽人，初仕南唐为词臣，曾官翰林学士，当时就有诗名。入宋后，官左散骑常侍，以文章冠朝列，在文人中颇有影响。淳化二年（991）徐坐尼道安诬告事遭谴，为他申辩同时被贬官的名士就有知制诰王禹偁、翰林学士宋白等六人。《骑省集》共三十卷，其中寄赠、唱和之作占四分之三强。这个统计，仅据题名明显标为"送"、"和"、"寄赠"、"依韵"等篇章。其他有的诗题虽没标明，据内容看也是唱酬之作，如卷二《秋日雨中与萧赞善访殷舍人于翰林座中作》之类。因此，实际上所占的比例可能还要大一些。

李昉，字明远，深州饶阳（今属河北省）人。昉乃后周宿儒，入宋后颇为太祖、太宗倚重，曾两度拜相。所谓"宋代四大书"（《太平御览》、《太平广记》、《文苑英华》、《册府元龟》），前三部就是他主持编修的。他是宋初"三朝文匠"（王禹偁语）、白体诗派的开山祖师。《太宗实录》、《续资治通鉴长编》说他"为文章慕白居易，尤浅近易晓"。王禹偁《司空相公挽歌》亦谓："须知文集里，全似白公诗。"关于他的诗歌唱和活动，北宋吴处厚《青箱杂记》卷一曾有如下记载：

　　　昉诗务浅切，效白乐天体。晚年与参政李公至为唱和友，而李公诗格亦相类，今世传《二李唱和集》是也。

李昉有文集五十卷，今已不传，《二李唱和集》倒基本上保存下来了（此书我国久已散佚，日本留传有两种北宋残本，其一为富冈氏桃华庵藏本。清末光绪、宣统年间，分别由陈榘和罗振玉购归，两本合刊，除第13页脱漏外，其余皆全，共有诗一百五十六首[21]）。此书辑成于太宗淳化四年（993年）五月十五日，李昉自序揭橥其纂集总旨曰：

> 昔乐天、梦得有《刘白唱和集》，流布海内，为不朽之盛事。今之此诗，安知异日不为人之传写乎？

据此可知李昉等人向白居易学习的主要目的以及宋初诗坛"效白乐天体"的具体内容。以此书非习见，兹录二李往还诗各一首，以飨读者：

> 出门何所适，秘阁倚宫墙。
> 风递禁中乐，日闻天外香。
> 移屏画鹤立，开帙蠹鱼藏。
> 不觉新诗债，朝来又一箱。
> ——李至咏《出门何所适》（五首之一）
> 且喜身无事，因行过宫墙。
> 闲题僧舍壁，静爇佛家香。
> 竹户蜘蛛挂，莎阶蟋蟀藏。
> 唱酬聊取乐，不觉又盈箱。
> ——李昉和《且喜身无事》（五首之一）

昉诗颈联"竹户蜘蛛挂，莎阶蟋蟀藏"，虽可使人想起隋代薛道衡的名句"暗牖悬蛛网，空梁落燕泥"，但作为一枚"磨光了的铜币"，镶嵌在这类无聊的文字游戏之中，却只能给诗歌增添几分庸俗的气味。综观《二李唱和集》，不外是反映官场生活的应酬、消遣之作。内容上，流连光景，吟玩情性，寻求闲适；形式上，依韵相酬，属对工切，讲求声律；表现手法上，浅近刻露，圆熟流利，追求平易。体现了宋初白体唱和诗的一般特色。

李昉以后周旧臣入宋，徐铉随南唐后主归赵，一是北方士林的巨擘，一是江南文苑的泰斗，北宋初年在这两个文学巨子的带领下，唱和诗风大行，所谓白居易体垄断了整个文坛。流风所播，后来甚至连一些武人鄙夫，也附庸风雅，以能哼几句酬唱诗为荣。这种诗歌创作庸俗化的倾向，在北宋文坛上延续了很长一段时间，直到欧阳修《六一诗话》还有这样的记载：

> 仁宗朝，有数达官以诗知名，常慕白乐天体，故其语多得于容易。尝有一联云："有禄肥妻子，无恩及吏民。"有戏之者云："昨日通衢遇一辐辊，车载极重，而羸牛甚苦，岂非足下'肥妻子'乎？"闻者传以为笑。

"其语多得于容易"，这句话正是北宋诗文革新运动开始以后人们对白居易体的概括和评价。如前所述，宋初的几位君主，特别是太宗，十分重视振兴文教事业。全国的统一、政治局面的安定、经济基础的逐步巩固，促进了文化建设的深入发展，知识分子的学问修养因而大大提高，不但非唐季五代动荡时期的士大夫所可企及，即使李昉、徐铉等本朝学界前辈，也相形见绌。这样，作家们对停留在鄙俚、浅近水平上的文学创作当然不会满意，作为诗歌艺术表现上的追求，西昆体、晚唐体也就应运而生。西昆体以李商隐诗为楷模，致力于藻饰，多用故事，组织华丽。整部《西昆酬唱集》，基本上就是一批堆砌典故的饾饤和獭祭。晚唐体奉贾岛、姚合为宗主，偏重于构思，风花雪月，小巧清丽。历来传颂的一些名篇如林逋《咏梅》、寇准《江南春》且不论，即从下引魏野《盆池萍》也可略窥一斑：

> 乍认庭前青藓合，深疑鉴里翠钿稠。
> 莫嫌生处波澜小，免得漂然逐众流。

此诗构思精巧，不乏理趣，然顾影自怜，境界总嫌褊小。而此派整个的诗风，也正如这首诗。欧阳修《六一诗话》曾论昆体与晚唐体的优劣说：

> 杨大年与钱、刘数公唱和。自《西昆集》出，时人争效之，诗体一变。而先生老辈患其多用故事，至于语僻难晓。殊不知自是学者之弊。如子仪《新蝉》云："风来玉宇乌先转，露下金茎鹤未知。"虽用故事，何害为佳句也！又如："峭帆横渡官桥柳，叠鼓惊飞海岸鸥。"其不用故事，又岂不佳乎？盖其雄文博学，笔力有余，故无施而不可，非如前世号"诗人"者，区

区于风云草木之类，为许洞所困者也。

晚唐体诗人大都是在野的僧侣士绅，昆体作者则基本上是在朝的达官贵人，欧阳修早年曾充钱惟演幕僚，上述评价未免带有几分势利的眼光，但至少反映了当时那些处在文化高潮中的封建文人，常把多用故事、雕琢字句作为文学创作形式美的主要标准，何况是在争奇斗胜、驰巧逞能的唱酬诗风大盛之际。从这个意义上说，《西昆酬唱集》的出现，正是宋初唱和诗风发展到登峰造极的一个必然产物。因此，与其把同时存在的晚唐体认作西昆体滋生的土壤，倒不如把白氏元和体的唱和诗风看作西昆酬唱的滥觞，或者说西昆体乃是元和体的一个变种。关于昆体同白体的关系，是个很值得探讨的问题，限于篇幅，暂且不论。这里只想着重讨论一下：为什么唱和诗风在宋初文坛上能够广泛流行？这得从当时的社会风尚说起。

蔡绦《西清诗话》和邵博《闻见后录》卷十七都载有这样一个故事：毕士安为济州从事，某次宴席上出对曰："鹦鹉能言宁比凤。"座客皆不能对。时禹偁正好替他的父亲给公府送面（禹偁出身贫苦，世业磨面），来到阶下，抗声曰："蜘蛛虽巧不如蚕。"毕士安叹息道："经纶之才也！"并预言他"将且名世"，呼为"小友"。禹偁此对，为什么能获得毕士安这样高的评价呢？因为它符合诗歌唱酬的两个标准：属对快而且工巧。而这一点是十分重要的，有了它，就能优游自如地应付官场唱酬活动。王禹偁年纪虽轻，这方面的才能却超过座上所有的客人，毕士安因此断定他将会蜚声当代。

文人们对唱和活动的重视，与最高统治者的提倡也分不开。北宋结束了唐季以来长期混乱的局面，版图虽然不算很大，但与五代相比，气象已自不同。它初期的几位君主，特别是太宗，就以太平天子自命，处理朝政之余，常常舞文弄墨，吟诗作赋，附庸风雅，点缀升平。他又写得一手好草书，每逢庆赏、宴会，经常宣示御制诗篇，令侍臣唱和。雍熙二年（985）太宗召两省五品以上官僚和三馆学士宴于后苑，赏花钓鱼，张乐赐饮，即席赋诗，自此成为故事。应制诗又多用险韵，往往使和者不能成篇。臣下不得已相率上表，请求免和。王禹偁《谪居感事》云："分题宣险韵，翻势得仙棋。竞举窥天管，争燃煮豆萁。恨无才应副，空有表虔祈。"就是当时这种情况的真实写照。

皇帝有此癖好，朝臣自然不得不花数倍的力气去奉承他。北宋释文莹《玉壶清话》卷三载有李昉晚年致仕后的一件逸事：至道元年灯夕，宋太宗曾与他谈起平日藩邸唱和之事，李昉赶紧站起来，当场口诵御制诗七十余篇，一句不讹。太宗问他："何记之精耶?"李昉回答说:"臣自得谢无事,每晨起盥栉,坐于道室,焚香诵诗,每一诗日诵一遍。"一方面自己要不断地做唱和诗,一方面又得记熟皇帝的唱和诗,直到退休以后还要如此。照此看来,上引昉诗"竹户蜘蛛挂"之类,与其认为是无聊的消遣,毋宁说是一种为了适应皇帝嗜好的经常性练习。同样地,王禹偁"蜘蛛虽巧不如蚕"的抗声应对,也正是为企求仕宦而打熬出来的功夫。王禹偁三十岁中进士,三十五岁即做右拾遗,三十六岁擢为左司谏、知制诰,除了他的政治才干受到封建朝廷的赏识以外,这一手本领恐怕也帮了他不少的忙。仅举二例如下。

端拱元年 (988) 正月初二,太宗草《喜雪》五言二十韵,赐宰相李昉等属和。然后叫王禹偁、罗处约写《诏臣僚和御制[贺]雪诗序》,作为中书(政事堂)的考试。写成以后,深得皇帝赞赏。王禹偁也就在当月初八被起用为右拾遗,罗处约为著作郎。[22]

端拱二年 (989) 三月,太宗亲试贡士,又让禹偁写一首《皇帝亲试贡士歌》。禹偁一挥而就。太宗对近侍叹道:"此歌不逾月遍天下矣。"[23]当场任命他为左司谏、知制诰。

皇帝在上面提倡,臣僚在下面响应,"风动于上,波震于下",遂使唱和活动越演越烈。当时官僚之间无休止的文酒之会,正是这种情况下产生的时代性病态现象。成于淳化二年十二月的《禁林宴会集》,即是一例。流风所被,后来逐渐变为知识分子一个时髦的标志。即使官不做,唱和还是要奉陪的。如林逋、魏野,是两个最不要做官的读书人了,但也常常与官场中人互相唱酬。真宗天禧四年至乾兴元年 (1020—1022),王随任杭州知州,常与林逋唱和,过往甚密。益州知州薛田《东观集序》则说自己与魏野交游三十余年,"凡遇景遣兴,迭为酬唱,每筒递往还,则驰无远迩"。

由此可见,诗歌唱和,乃是从皇帝到官僚,从官僚到一般士子都必须具备的本领,是宋初官场和文化界的一种主要交际方式。

宋初唱和诗风盛行,还有文学自身发展演变方面的原因。文学、艺术同哲学及其他社会科学的区别是它必须以形象为手段来反映生活;文学同其他艺术样式的区别是它需要通过语言为媒介来塑造形象,以意象经营为基本方式的诗歌创作,尤其与语言的表现息息相关。宋初文学正处在诗的全盛时期——唐诗时代刚刚过去的真空地带,正如王安石所慨叹的:"世间好语言,已被老杜道尽;世间俗言语,已被乐天道尽"。[24]这种随着诗歌语言的纯熟化而产生的诗歌意象的定型化,给宋初诗人造成了一个非常优越的条件,使他们在酬唱的时候能够比较顺当地随手拈取现成的意象连缀成篇（如《西昆酬唱集》中的七律《泪》，杨、刘、钱三人连和六首，句句用事，绝少重复）；另一方面也给他们带来了巨大的困难，使他们一时难以挣脱唐诗的强大影响，建立起自己的独特风格。因此，前文所引各家对宋初诗坛的论述，虽均有所侧重，但有一点则是相同的，即以唐诗的某一风格来概括宋初的某一诗派。"白乐天体"、"晚唐体"等从名称一看便知的且不论，所谓"西昆体"，当时即有持扯义山之谑，固亦以唐人李商隐为滥觞矣。

治比较文学史者常常喜欢征引西方近代的文艺现象与我国中世纪的诗歌创作互论短长。从某种意义上说，在近代欧洲引起过连锁反应的诗歌，因其文学中心地位被小说等别的文学样式所代替而产生的停滞现象，与我国入宋以后诗的缓慢发展，倒有几分相似之处。例如弗·梅林《马克思传》在记述恩格斯的学诗经过时引歌德的话说："德国语言已经发展到这样的程度，以致每一个人都可以轻松愉快地用诗歌来表达自己，因此，任何人都不应该把这种才能看得了不起。"年轻的恩格斯感到歌德的劝告对自己非常适用，他也就把诗歌只当作歌德所说的"愉快的消遣"。他虽然像别的青年那样，仍不时把自己的诗送到杂志去发表，但相信它们"并不会提高或降低德国文学的水平"。这种"诗的没落"，在英、法等国也都先后发生过。我国北宋初期片面学习白乐天体而形成的唱和诗风，正是这样一种由于诗歌语言的纯熟化、定型化而带来的直接结果：诗歌变成了应酬和消遣的工具。在这种情况下，要改变人们的习俗，力图对诗歌发展作出一些新鲜的贡献，的确十分困难，而惟其困难，才显得更加可贵。李昉、徐铉作为宋初文坛的早期代表效法白居易而绝少成就，后世一般文学史著作都很少提到他们的诗，就足以说明问题。这段时间内学习白体而能作出一些贡献的，当推王禹偁。

三

王禹偁自幼就喜读白居易的诗，稍长即与济州从事毕士安为唱酬之友。他早年对白诗喜爱的侧重面与当时一般文人是相同的。下面是他二十五岁写的《酬安秘丞见赠长歌》中的一段：

> 迩来游宦五六年，吴山越水供新编。
> 还同白传苏杭日，歌诗落笔人争传。

白居易五十一岁至五十五岁在杭州、苏州等地做官，后来编入《元白唱和集》、《三州唱和集》，以及《杭越寄和诗集》中的酬唱诗，大多写于此时。可见禹偁青年时代所推重的，正是白居易那些用于官场应酬、放情山水的"杂律诗"。

禹偁三十岁中进士以后，刚到成武县主簿任上，就与鱼台主簿传翱相约："仍夸县尹风骚客，应有秋来唱和诗。"㉕次年移知长洲县，同年进士罗处约正好来知吴县。面对名山秀水，他们自然要想起当年"乐天曾守郡……五马来松间"㉖的愉快生活。于是，两人步白居易之后，开始大量创作唱和诗章："公暇不妨闲唱和，免教来往递诗筒。"㉗白居易在杭州做刺史时，元稹正在越州任浙东观察使，两人唱和，互相赠答，常以竹筒贮诗投递。白诗《醉封诗筒寄微之》"为向两州邮吏道，莫辞来去递诗筒"，即记此事。王禹偁与罗处约有意仿效，且年少气盛，大有"前不见刘、白，后不见皮、陆"㉘之慨。在此期间，仅与太湖游览有关的"唱和赞献之句"，就写了一百首之多。罗诗今已佚，《小畜集》录有王禹偁《除夜寄罗评事同年》三首，下面引的是第一首：

> 岁暮洞庭山，知君思浩然。
> 年侵晓色尽，人枕夜涛眠。
> 移棹灯摇浪，开窗雪满天。
> 无因一乘兴，同醉太湖船。

这可以作为他早期学习白居易诗风的代表。全诗写得最好的是"移棹灯摇浪，开窗雪满天"一联，但也无非与《彦周诗话》所引的两联佚诗相同：从形式上讲，对仗工稳而又语近意浅；从内容上讲，不外放情山水、留连光景。因此王禹偁晚年编定《小畜集》的时候，三十一岁以前的诗仅收入二十首，其中与罗处约唱和的诗也只是上面提到的四首。这种对早年诗风的否定，是王禹偁日后的态度。就当时而言，这一时期与罗处约的酬唱活动，却给他赢得了进京做官的好机会。雍熙四年（987）八月，王、罗诗名传播京师，太宗下令召他们赴阙待命。禹偁《谪居感事》追述此事说："三年无异政，一箧有新词。多恋南园卧，俄从北阙追。"紧接着就是那两次受太宗青睐的升迁机会。

诗歌唱酬作为一种交际的手段，不仅是宋初士大夫仕途顺利时互相取乐，图谋进身的需要，而且在他们仕途失意的时候，也常常用来互相安慰，自我排遣。在这种情况下，一些正直的官僚，往往也能写出有真情实感的好诗。如淳化元年（990），宋初有名的"直臣"田锡（时与王禹偁同任知制诰）因直谏获罪，出知陈州，禹偁一连赠酬了他八首诗，其中《寄田舍人》一首云：

> 出处升沉不足悲，羡君操履是男儿。
> 左迁郡印辞纶阁，直谏书囊在殿帷。
> 未有金谐征贾谊，可无章疏雪微之。
> 朝行孤立知音少，闲步苍苔一泪垂。

此诗名义上是送人，实际上也是自明心迹、躬行直道，"耿然如秋霜夏日，不可狎玩"㉙读来感人至深。但总的来说，这样的好诗不多，作为官场应酬之作，同样的内容一再重复，又受既定韵律的限制，常常不免流于文字游戏。

白居易《与元九书》曾列举诗歌唱和的功能说："小通则以诗相戒，小穷则以诗相勉，索居则以诗相慰，同处则以诗相娱。"宋初取法白居易而变本加厉的唱和诗风，更是渗透到官场活动的每个角落，成为政治生活中不可缺少的一个部分。下面是王禹偁一篇给人送行的文章，约作于淳化元年知制诰任上，题为《送李蕤学士序》。全文如下：

> 唐韦处厚由考功员外郎出刺盛山，为诗十二章，当时名士自元、白而下皆和之。韩文公为之序，以为考功显曹，盛山僻郡，非处厚道胜自遣，不能乐于诗什。流播编简，以为美谈。
>
> 司封李学士常（尝）以文行，策名江左。上即位之二祀，锁厅举进士，中甲科。在馆殿十余年，其间司外计、典大郡亦多矣。又以名曹史职出佐庐江，而怡然自得，何道胜之若是耶？将见乎吟咏江山，传闻辇毂，俾朝之名士若元、白者，属和成集。某希韩者也，愿为序以继其美。告行有期，聊以为送。

李蕤由近臣贬外任，王禹偁作序送行，从字面上看，既没有激励的话，也没有安慰的话，通篇只讲了一件事，希望他像元、白以及韦处厚那样，多写唱和诗篇。但此序读后却使人感到充满了劝慰、勉励之情，因为在当时，既然唱酬活动与官场的关系那么密切，"满腹知心话"也就"尽在不言中"了。但想不到这篇序竟应到了王禹偁自己身上。

次年（淳化二年）九月，王禹偁因抗疏论尼道安诬告徐铉事得罪太宗，被革去了知制诰的职务，贬为商州团练副使。这是他政治生活中受到的第一次挫折。当年禹偁三十八岁，直到四十岁那年四月量移解州不久归阙，他在商州谪居近二年。这二年是王禹偁平生创作最旺盛、收获最大的时期，也是他的诗歌发生关键性转变的时期。

初到商州的时候，由于生活遭遇的相似，他对白居易的诗歌更加倾倒。正像李虚遭谪时王禹偁劝其向白居易等人学习，多写唱和诗篇一样，此时李昉之子直昭文馆学士李宗谔（965—1013）给他捎来了一封信，信中说："看书除庄、老外，乐天诗最宜枕藉。"禹偁自己也就以白居易自况：琴酒图"三乐"，诗章效《四虽》。③联下夹注云："白公有《四虽》诗。"白诗杂言《吟四虽》，列举韦长史绩等四位同僚的不足之处以自譬，明宦海浮沉、"忘荣知足"之志。所谓"三乐"，即用白居易《北窗三友》诗意："三友者为谁？琴罢辄举酒，酒罢辄吟诗。三友递相引，循环无已时。"王禹偁这一年写作的《寄海州副使田舍人》有联云："眼前有酒长须醉，身外除诗尽是空。"说的也就是这个意思。在这种思想的影响下，王禹偁创作了大量唱和诗篇。据他自己说，到那一年时间就写了上百篇，曾纂为《商于唱和集》一册。此书成集比《二李唱和集》还早。这些诗同他在苏州写的唱和诗一样，自编《小畜集》时绝大部分舍弃了。其曾孙王汾搜集编订的《小畜外集》今存残本诗仅卷六卷七的一部分，所收主要就是王禹偁与同年进士商州知州冯伉的往还诗。下录一首《仲咸以予编成〈商于唱和集〉，以二十韵相赠，依韵和之》，较具体地反映了这方面的情况：

> 诗战虽非敌，吟多偶自编。齐强侵北鄙，许败守东偏③。犹恨多虚日，何妨且系年。龙媒难趣逐，驽驾赖驱牵。拙句传非梦，雄词纵自天。一嘲花灼灼，再咏雁翩翩。……谪居叨属和，都志命迍邅。

由"一嘲花灼灼，再咏雁翩翩"等句即可略窥《商于唱和集》以及成集后继续创作的唱和诗之一斑。

前面谈到，王禹偁早期与罗处约、冯伉等人互相赠答，写了大量唱和诗，后自编《小畜集》时却很少录入。早年大量创作唱和诗，是他与宋初其他白体诗人的共同之处；晚年编集时很少收进，说明他又有高于一般白体诗人的地方。清人贺裳《载酒园诗话》说："王禹偁秀韵天成……虽学白乐天，得其清而不得其俗。"㉜这话讲得虽然笼统了一点，但看出了禹偁学习白体而又不同于白体的特点，可谓知言。关于禹偁诗风的改变，商州任内，正是一个重大的转折点。淳化三年，当李宗谔"劝教枕藉乐天诗"的时候，他就在回信中透露了这样的意思：

> 左宦寂寥惟上洛，穷愁依约似长沙。
> 乐天诗什虽堪读，奈有春深迁客家。㉝

禹偁贬官期间，多次在诗中以汉初政治家贾谊自许（贾曾谪为长沙王太傅），常有"自惭非贾傅，宣室讵重求"㉞之叹，这种积极用世的进取精神，与白居易晚期那种"知足保和"的闲适心理显然不会合拍。这一矛盾反映在创作上就是开始转而着意学习和发扬白居易早期任谏官写作讽谕诗时的诗风。早在三十五岁左拾遗任上，王禹偁就曾经试作他的第一首讽谕诗《对雪》。这一杰出诗篇的问世，虽然同苏州等地几年的地方官生活体验直接有关，但与他有意于模仿白居易新乐府精神也是分不开的。大量创作反映社会现实、关心民间疾苦的作品，则在贬官商州以后。贬官商州是王禹偁政治上遭受打击的开始，残酷的政治斗争使他对现实逐渐有了比较清醒的认识，促使他写出了《感流亡》、《金吾》、《竹䑕》、《秋霖二首》、《畲田词》、《乌啄疮驴歌》、《对雪示嘉祐》等一系列思想性较强的作品。此等作品以白居易那些"惟歌生民病"㉟的古体诗为典范，代表了诗人学习白诗的另一方面。

游国恩先生曾经把白居易的讽谕诗从表现手法上分为三类㊱：第一类，直说的，如《伤宅》、《买花》等。第二类，比较的，如《观刈麦》、《轻肥》等。第三类，隐喻的，可分为二种，全篇用比喻并不点破的，如《感鹤》；篇末点明比喻正意的，如《有木名凌霄》等。王禹偁每一类都有仿效之作。先从第三类说起。通篇用比喻而不点破的，如《乌啄疮驴歌》。此诗作于淳化三年（992），即禹偁贬官商州的次年，全诗通过驴已负疮、乌复伤之的惨酷事实，暗寓对贪官污吏的谴责。虽用比喻而篇末点破的，如同年创作的《竹䑕》：

> 商岭多修篁，苍翠连山谷。有鼠生其中，荐食无餍足。春笋啮生犀，秋筼折寒玉。……不知商山民，爱尔身上肉。有锸利其锋，有锥铦于镞。开穴窘如囚，洞胸声似哭。膏血尚淋漓，携来入市鬻。
>
> 竹也比贤良，鼠兮类商俗。所食既非宜，所祸诚知速。吁嗟狡小人，乘

时窃君禄。贵依社树神，俸盗太仓粟。笙簧佞舌鸣，药石嘉言伏。朝见秉大权，夕闻罹显戮。李斯具五刑，赵高夷三族。信有司杀者，在暗明如烛。彼狡勿害贤，彼鼠无食竹！

诗歌直以山中之竹比贤良，食竹之鼠比奸佞，认为善者必须得到保护，恶者应当受到惩罚，表现了作者嫉恶如仇的刚肠和异常鲜明的爱憎。以此诗与《白居易集》卷一古调诗《紫藤》诸作并列，也不逊色。

第二类比较的写法，实际上也可分两种，一种是通过不同阶级（或阶层）生活的互相对比来突出主题。如淳化三年左千牛卫上将军曹翰死去，禹偁当年就写了一首《金吾》，直言斥责曹翰早年屠江州，杀害无辜百姓，"老小数千人，一怒尽流血"的暴行，力斥报应说之虚妄，对其死后"赠典颇优崇，视朝为之辍"的排场表示极大的不满。篇末联想到"无故不杀羊"的穷官，最后又提到了比他们更加贫困的劳动人民："何况宾祀间，贫苦无羊杀！"这种结尾突起一个对立面而又戛然止住，造成鲜明对比，给人以深刻印象的手法，与白居易的《轻肥》、《歌舞》诗如出一辙。

另一种是现身说法，拿劳动人民的生活直接同自己作比较。淳化二年，陕西旱灾歉收，民多转徙，禹偁到任后，目睹悲惨情状，十分感慨，次年即写了著名的《感流亡》：

> 谪居岁云暮，晨起厨无烟。赖有可爱日，悬在南荣边。高春已数丈，和暖如春天。门临商於路，有客憩檐前：老翁与病妪，头鬓皆皤然。呱呱三儿泣，茕茕一夫鳏。道粮无斗粟，路费无百钱。聚头未有食，颜色颇饥寒。试问："何许人？"答云："家长安，去年关辅旱，逐熟入穰川。妇死埋异乡，客贫思故园。故园虽孔迩，秦岭隔蓝关。山深号'六里'，路峻名'七盘'。襁负且乞丐，冻馁复险艰。唯愁大雨雪，僵死山谷间。"
>
> 我闻斯人语，倚户独长叹：尔为流亡客，我为冗散官。左宦无俸禄，奉亲乏甘鲜。因思筮仕来，倏忽过十年。峨冠蠹黔首，旅进长素餐。文翰皆徒尔，放逐固宜然。家贫与亲老，睹尔聊自宽。

此诗前半篇以无限同情的笔调，真实地揭露了当地农民的痛苦遭遇；后半篇以"尔为流亡客，我为冗散官"数语陡地一转，感叹起自己的身世来。言外之意，实际上也是对那些尸位素餐者的讽刺。"同是天涯沦落人，相逢何必曾相识"。

从取材立意的角度上讲，此诗有点像白居易的名作《琵琶行》；就反映现实的深度而论，则更像《观刈麦》和《村居苦寒》㉟等篇。面对民间疾苦，不但满怀同情地将它们反映出来，而且推己及人，深自鞭策，这种崇高精神，在《对雪》一诗中发挥得更加充分。《对雪》与《村居苦寒》取材相同，结构也相似，作者在缕述了冰天雪地之中"输税供边鄙"、"阒寂荒陂里"的河朔民和"荷戈御胡骑"、"牢落穷沙际"的边塞兵之痛苦遭遇以后，深深自责道：

> 自念亦何人，偷安得如是！深为苍生蠹，仍尸谏官位。謇谔无一言，岂得为直士？褒贬无一词，岂得为良史？不耕一亩田，不持一只矢；多惭富人术，且乏安边议。空作对雪吟，勤勤谢知己。

如果我们从上述诸诗的比较中看到的仅仅是结尾手法的雷同、遣词造句的近似，那是大大不够的。其相似主要在于他们那一颗面向劳苦大众的赤心。从作品中表露的忧国忧民的胸怀同自我解剖的精神来看，禹偁《对雪》较之乐天《村居苦寒》，似略胜一筹。

王禹偁这一关心劳动人民、刻苦自励的美好情怀，在另一篇《对雪示嘉祐》中，则是通过直率的语言，痛痛快快地倾诉出来。其诗略云：

> ……秋来连澍百日雨，禾黍漂溺多不收。如今行潦占南亩，农夫失望无来辨。尔看门外饥饿者，往往僵殍填渠沟。峨冠旅进又旅退，曾无一事裨皇献。俸钱一月数家赋，朝衣一袭几人裘。安边不学赵充国，富民不作田千秋。胡为碌碌事文笔，歌时颂圣如俳优。一家衣食仰在我，纵得饱暖如狗偷。况我眼昏头渐白，安能隐几勤校雠。何时提汝归田去，卖马可易数只牛。深耕浅种苟自给，藜羹豆粥充饥喉。黍畦锄理学元亮，瓜田浇灌师秦侯。素餐免作疲人蠹，开卷免对古人羞。未行此志吾戚戚，对酒不饮抑有由。斯言不敢向人道，语尔小子为贻谋。

本篇成于淳化四年（993），可以作为第一类即直说的代表。全诗自然流畅，明白如话，实开宋人以文为诗之先声，体现了禹偁古体诗的一般特色。

《小畜集》五百三十三首诗中，共有古体（包括歌行）九十六首，大部分创作于谪宦商州以后，光商州时期写的就有三十多首，占总数的三分之一。从质量上讲，更是精华所在。由流传下来的宋初诗集看，昆体作者如杨亿自不待言，晚唐体诗人林逋、魏野、寇准等，也均以近体特别是五、七言律诗为主而绝少古体，白体的其他诗人如徐铉亦大体如此㉘。一般地讲，个人抒情多用近体，反映民生与国事则常用伸缩性较大的古体，这是杜甫以来诗人们约定俗成的习惯。白居易讽谕诗毫无例外地采用古体。至于唱和，大抵用的是句式整齐、讲究声偶的律体，宋初诗人沿而未改。在唱酬游戏之作风靡了一代诗坛，尽人皆堕其窠臼之际，王禹偁独能从积习中解脱出来，提倡白居易的早期诗风，创作了这么多面向现实、关心民间疾苦的古体诗，无异于黑暗深处闪出的一道亮光。

关于白居易前、后期诗风的不同，前此不少研究者曾经指出过，关键在于创作态度的改变，其分水岭就是"文章合为时而著，歌诗合为事而作"㉙。南宋杨万里曾在《答建康府大军库监门徐达书》㊵一文中抨击元、白以来的唱和诗风说：

> 大抵诗之作也，兴上也，赋次也，赓和不得已也。我初无意于作是诗，而是物、是事适然触乎我，我之意亦适然感乎是物、是事。触先焉，感随焉，而是诗出焉。我何与哉？天也。斯之谓"兴"。或属意一花，或分题一草，指某物课一咏，立某题征一篇。是已非天矣，然犹专乎我也。斯之谓"赋"。至于赓和，则孰触之、孰感之、孰题之哉？人而已矣。出乎天，犹惧戕乎天；专乎我，犹惧强乎我。今牵乎人而已矣。尚冀其有一铢之天、一黍之我乎？盖我未尝觏是物，而逆追彼之觏；我不欲用是韵，而抑从彼之用。虽李、杜能之乎？而李、杜不为也。是故李、杜之集无牵率之句，而元、白有和韵之作。诗至和韵而诗始大坏矣。故韩子苍（驹）以和韵为诗之大戒也。

所谓自然感物的"兴"法和主观立意的"赋"法，大体与白氏"为时而著"、"为事而作"的提法相当，这里提出的是诗歌创作的一个重要原则：感发兴动。用今天的话来说，就是在生活中产生了某种感受，或者想借某事表达某种看法，有了强烈的冲动之后才从事创作。历来好作品大都经由了这一阶段。白居易前期的《新乐府》、《秦中吟》诸作，王禹偁学习白诗这一部分所写的古体诗，即是。杨万里指出，那些既非感兴而发，又非即事名篇的赓和之作所以不好，就是因为它们一不是出于自我的创作冲动，二又为既定韵律所囿，充其量不过是一些"牵乎人而已矣"的文字游戏，因此他引韩驹之语奉劝那些有志于创作者不要写这种诗。这是卓有见地的。

末了，我们还要指出：王禹偁不仅由学白居易晚年唱和进而学白居易早年讽谕，而且更由学白进而学杜。下面先看王禹偁商於唱和的《喜雪贻仲咸》：

> 半冬无雪懒吟诗，薄暮纷纷喜可知。
> 衣上惹来看不足，竹边听处立多时。
> 光迷曙色侵窗早，片舞寒空到地迟。
> 今日使君吟望好，一车飞絮醉塞帷。

这是禹偁留传下来的唱和诗篇中写得最好的一首，诗歌描述夜观雪景的情况，从前一日的薄暮写到第二天"曙色侵窗"（白诗《春夜喜雪有怀五十二》："窗引曙色早，庭销春气迟"），末了是对次日的展望。同样依照时间的连续性咏物写景的律诗，在杜甫笔下则是：

> 好雨知时节，当春乃发生。
> 随风潜入夜，润物细无声。
> 野径云俱黑，江船火独明。
> 晓看红湿处，花重锦官城。[41]

除了时间线索的相似以外，两诗首联点明喜雪（雨）的原因，均因雨、雪及时，农事不误而感奋，其忧国忧民之心也颇有一致之处。但从诗歌意境的开拓方面一分析，优劣就马上显示出来了。

先看杜诗。结构精密，跳跞有致，放得开而又合得拢。首联点明"喜雨"之由，颔联从听觉方面略写春雨之态，颈联即撇开"雨"字，把视线转向黑云、明火这两个极能表现雨夜氛围的描述性意象，作烘染之笔。尾联预测清晨城外一片"红湿"、"花重"的盛况，看起来是为了收结一夜逢雨的喜悦心情，实际上却又把读者的遐想推进了一个新的境界。从造语方面讲，"潜"字、"湿"字、"重"字，有锤炼功夫，含味隽永，耐人咀嚼。但王诗《喜雪贻仲咸》之所以给我们以浅近、显露的感觉，主要不是由于语调的平易、字句的缺少磨砺。从语言方面讲，王诗具有白体那种明朗圆熟、畅快流利的优点，尚不失为自成一格。此类律诗的浅易，在于章法的缺少变化。诗以"喜雪"为题，句句遂不脱"雪"字。首句点明"雪"字为后文张目，次句以"纷纷"极写雪下之状，三句写眼中之雪，四句写耳中之雪，五句写雪光，六句写雪片，七句写吟雪，末句"一车飞絮"，所比喻的还是雪。这种按部就班的写法，正是白诗谋篇布局的特点。白居易的律诗，不能像杜甫那样，大量使用跳跃性的语言和大开大阖的结构，将若干各自独立的意象连缀成篇，致力于诗句的简练、多变和意境的新奇、深远；而是按照既定题目，紧扣某一线索，一层一层地展开，一步一步地推进，力求诗境的平易、用韵的和谐与结构的弥合无间。这种亦步亦趋的作诗方法，有时就不免流于板滞，显得粘皮着骨了。南宋魏庆之《诗人玉屑》卷十四曾录苏辙论杜、白优劣的诗话一则，曰：

> （老杜）词气如百金战马，注坡蓦涧，如履平地，得诗人之遗法。如白乐天诗词甚工，然拙于纪事，寸步不遗，犹恐失之，此所以望老杜之藩垣而不及也。

此话可以直接移来品评上引《春夜喜雨》和《喜雪贻仲咸》两诗。白体这一艺术性方面的弱点，禹偁也曾经意识到了。淳化三年，他给冯伉家集作序曾正面阐明自己的诗歌主张说："词丽而不冶，气直而不讦，意远而不泥。"[42]这三条标准，特别是最后一条，"其意伤于太尽"[43]的白诗是不大够格的，禹偁因而转向杜甫集中去寻求诗歌艺术表现的新世界。《蔡宽夫诗话》所录禹偁佚事一则，即发生于此年：

> 元之本学白乐天诗，在商州尝赋《春（日）［居］杂兴》云："两株桃杏映篱斜，装点商（州）［山］副使家。何事春风容不得，和莺吹折数枝花！"其子嘉祐云："老杜尝有'恰似春风相欺得，夜来吹折数枝花'之句，语颇相近。"因请易之。王元之忻然曰："吾诗精诣，遂能暗合子美邪？"更为诗曰："本与乐天为后进，敢期（杜甫）［子美］是前身。"卒不复易。

"本与乐天为后进"，乃学白之总结；"敢期子美是前身"，正学杜之自勉。两句是禹偁一首七律的颈联，全诗见《小畜集》卷九。此诗表明了禹偁向杜甫学习的决心，标志着诗风转变的开始。嘉祐所引杜诗即《绝句漫兴》其二：

> 手种桃李非无主，野老墙低还是家。
> 恰似春风相欺得，夜来吹折数枝花。

两诗的确十分相像,据诗话的解释是"暗合"即偶合,其实王诗之于杜诗,还是存在着递相沿袭关系的。《绝句漫兴》是一连九首的组诗,《春居杂兴》也有四首(正集二首,外集二首),其中相似的不止上引一首,他如《绝句漫兴》其七:

> 孰知茅斋绝低小,江上燕子故来频,
> 衔泥点污琴书内,更接飞虫打着人。

《春居杂兴》相袭的一首是禹偁自编集时舍弃了的,见外集卷七:

> 闲写新诗十数篇,晓来铺向竹窗前,
> 无端燕子欺人睡,故落春泥污彩笺。

旧时代的知识分子,因为生活环境的类似,他们在表现某种共同的思想感情时,常常会有差不多的构思,有时候甚至采用某些相同或相近的诗歌意象组合成篇。这本不奇怪。作为前代某种风格的追随者,其开始之时由模拟创作入手,亦不失为学习、承继之一途。但就诗歌继承与创新之关系而论,假如能够吃透前人的艺术手法,将它融化到自己独特的生活底子中,创造出新的诗歌境界,应该说比那些徒以用语的酷肖、意境的雷同求得形似更为珍贵。从这一点上说,禹偁学杜以后创作的诗歌,最值得一提的是《杏花》其一:

> 红芳紫萼怯春寒,蓓蕾粘枝密作团。
> 记得观灯凤楼上,百条银烛泪阑干。

组成此诗的是两幅并非一时一地的景象,从时间观念上说,一写眼前,一写做朝官之时,相隔二年之久;从空间观念上讲,一在穷乡僻壤的贬所商州,一在灯火阑珊的京城开封,相距数百里之遥。它与杜甫的《绝句》"两个黄鹂鸣翠柳,一行白鹭上青天,窗含西岭千秋雪,门泊东吴万里船",写法虽然不完全一样(老杜此绝,一句一个画面,各自独立,但总的来说却又可以在同一个视野之内),然而诗人的成功之处,就在于把两个从表面上看来毫不相关的境象(杏枝上密粘之蓓蕾和凤楼上纵横之烛泪)剪接在一起,让我们从镜头的突然变换中获得强烈的对比,感受到作者隐藏在这两幅画面背后那种忧国忧民、京华望切的无限深情，一似现代电影艺术中所见。这种跌宕捭阖、意匠经营的工夫，如前所述，正是老杜作诗的奥秘所在。

诚然，我们这样提出问题并不等于说学习前人的优秀传统只能采取单一的方法，相反地，由于各人生活经历、文化素养、欣赏习惯诸方面的差异，在艺术传统的学习和继承方面自然不会完全相同。中唐以后，为诗而学杜者代不乏人，但仍然各有特色，就是一个很好的说明。禹偁学杜既注意到从造语的相像之处入手，又重视在意境的创新方面从严要求（或者说努力由形似臻于神似），并在两个方面都有所收获，应该说是不错的。

这里所举禹偁学杜的例子是绝句。杜甫的绝句，一方面发扬了盛唐绝句那种富于意象的传统，另一方面又吸收了民歌的特点，形成一种既形象鲜明，又语调平易的独特风格。作为诗风崇尚浅易的白体诗人王禹偁学杜而从绝句入手，这是很自然的。下面再以淳化三年秋天创作的二首七律为例，看一看禹偁学杜以后在律诗方面所起的变化：

> 露莎烟竹冷凄凄，秋吹无端入客衣。
> 鉴里鬓毛衰飒尽，日边京国信音稀。
> 风蝉历历和枝响，雨燕差差掠地飞。
> 系滞不如商岭叶，解随流水向东归。
>
> ——《新秋即事》三之一
>
> 马穿山径菊初黄，信马悠悠野兴长。
> 万壑有声含晚籁，数峰无语立斜阳。
> 棠梨叶落胭脂色，荞麦花开白雪香。
> 何事吟余忽惆怅，村桥原树似吾乡。
>
> ——《村行》

摆在我们面前的，乃是即景寓目、发自心灵深处的歌唱。与那些杯酒花月、流连光景的无病呻吟形成鲜明对照的，是充盈在字里行间的那一股对故土、对国事念念不忘的真情实感和动人心弦的力量。这样的诗，已经非复"赖驱牵"的"驽驾"，而是自由驰骋的骏马。再加上作者在创作的时候有意识地以杜甫谨严、峻拔的诗风为榜样，因此无论在风格的沉郁方面，抑或字句的锤炼方面，均远非前此那些应酬凑趣之作所可同日而语。由意象经营的角度而论，两诗也很见功夫。《新秋即事》末联"商岭叶"的意象，与"流水"组合，恰到好处地传达了作者滞留商州、遥望京华的无限情思;《村行》则通过"数峰无语"这一创造性的意中之象,曲尽此时此地吟余惆怅,触景思乡的百转愁肠。

这段时间禹偁还创作了五言古体《怀贤诗》三首、《五哀诗》五首,是效杜甫《八哀诗》的;后来又有《甘菊冷淘》,是仿杜诗《槐叶冷淘》的。在五言诗方面最值得一提的是长篇排律《谪居感事》,此即《沧浪诗话·诗体》作为典型例子标举的"律诗至百五十韵者"。严羽自注云:"少陵有百韵律诗,白乐天亦有之,而本朝王黄州有百五十韵五言律。"此诗当是禹偁学杜最卖力气的一首。(锷按:杜甫有《秋日夔府咏怀奉寄郑监审、李宾客之芳一百韵》,《国学基本丛书》本曾将此诗误入《小畜外集》残卷六。又禹偁《谪居感事》计一百六十韵,非一百五十韵,沧浪偶误。)但从艺术成就上讲,都不如前面提到的几首七言诗。当然,这样说并不意味着上引诸诗已经把杜甫的好处完全学到手了。作为"集大成者"的诗界泰斗,杜甫诗歌的风格是多方面的,即使是到了"学诗者非子美不道,虽武夫女子皆知尊异之"[44]的北宋中期以后,每个杜诗的追随者,充其量也只能得其一体,何况是在"谁怜所好还同我,韩柳文章李杜诗"[45]的北宋初期。王禹偁在众人迷恋忘返于唱和之区、沉溺于白居易晚期诗风不能自拔之际,不仅转而创作"惟歌生民病"的讽谕诗,而且盛赞"子美集开诗世界"[46],提倡"诗效杜子美"[47],"为杜诗于人所不为之时"[48],其开有宋一代尊崇杜甫诗风的功绩,当不容磨灭。

毋庸讳言,自从淳化四年(993)离开商州直到病死的几年里,禹偁的诗歌创作并没有太大的进展,在当时所造成的影响也不是很大。除了去世过早以外,接二连三的贬斥也是一个重要原因。"一生几日?八年三黜"[49]。"谬掌斯文虽未丧,欲行吾道即无权"[50]。颠沛流离的生活,不仅使他的身心健康遭受了严重的摧残,而且使他无法得到一个像欧阳修那样成功地领导诗文革新运动的比较稳固的政治地位,以争取群众,贯彻自己的文学主张,这是很可惋惜的。后来宣扬以杜甫为祖的江西诗派巨子黄庭坚曾撰《题王黄州墨迹后》[51]一诗赞叹王禹偁,篇中略云:

> 世有斫泥手,或不待郢工。
> 往时王黄州,谋国极匪躬。
> 朝闻不及夕,百壬避其锋。
> 九鼎安盘石,一身转秋蓬。

山谷此诗充分肯定了禹偁的文学成就和政治才干，并对他屡遭飘泊终于壮志难酬的厄遇，表示了深切的同情。而苏轼则在《王元之画像赞并叙》一文中以更加热烈的语句，赞颂禹偁"以雄文直道独立当世"的动人形象，感奋之余，自言"愿为执鞭而不可得"。以此与拙稿开头所引欧阳修赞语并读，可以想见，王禹偁的文学理论和实践，在宋初虽然一时没有引起应有的重视，但作为北宋诗文革新运动的先驱，其开辟草莱之功，在我国文学史上所产生的积极影响，是多么地巨大而深远！

原载《中国社会科学》1982年第2期

注释：

① 《小畜集》卷十八《答张扶书》。以后凡引本集，除篇名外，不再标。

② 《小畜集》卷十八《答张扶书》。

③ 欧阳修《书王元之画像侧》，《欧阳文忠公文集》卷十一。

④ 关于《西昆酬唱集》的成书时间，传统的说法是景德四年（1007），徐规先生考定为大中祥符元年秋冬之间，详《王禹偁事迹著作编年》，中国社会科学出版社1981年版。

⑤ 详见《西昆酬唱集·序》。

⑥ 与《宋诗钞》大体相似的错误提法，还屡见于清人的其他著述。如王史鉴的《宋诗类选》、赵熟典的《重校宋王黄州〈小畜集〉序》和汪槐堂的《题〈宋百家诗存〉后》等，直至近代仍被某些文学史专著所沿用，如胡云翼先生的《宋诗研究》说："当西昆风靡一时之际，尽人皆堕其薄篱，独王禹偁能够别开生面，自创一格。"

⑦ 《宋诗钞》的这一错误说法对学术界影响至大、束缚甚深。如1978年第二期的《四川大学学报》温靖邦《宋诗不用形象思维的原因之一》一文仍云："王禹偁列数'西昆派'罪状，主要一条是说他们没有'传道明心'……"锷按："传道而明心"是王禹偁至道元年（995）四十二岁上写的《答张扶书》中提出的文学主张，比西昆成派要早十四年。

⑧ 中国社会科学院文学研究所《中国文学史》（二），人民文学出版社1962年初版，1979年重印。

⑨ 这一错误，早就见于《宋史·文苑传序》："国初，杨亿、刘筠犹袭唐人声律之体，柳开、穆修志欲变古而力弗逮。庐陵欧阳修出，以古文倡，临川王安石、眉山苏轼、南丰曾巩起而和之，宋文日趋于古矣。"疑此说即为文学研究所《中国文学史》所本，不同的是，《宋史》仅就古文而论，文学研究所编的文学史则泛指散文和诗歌。可见宋初文坛的具体情况，在元代就已经模糊不清了。

⑩ 见《桐江续集》卷三二。

⑪ 据今传张咏《乖崖集》的诗来看，与《西昆酬唱集》中的作品区别十分明显。《苕溪渔隐丛话》说："乖崖诗，句清词古，与郊、岛相先后。"而他的名作《悼蜀四十韵》，揭露官兵镇压李顺起义后在四川残害百姓的暴行，与白居易的讽谕诗又有几分相像。张咏是王禹偁的姻家，丁谓的文学曾受到王禹偁的赏识和推荐。丁谓诗集已失传，据零星保存的几首如《宋文鉴》卷二十四辑录的《山居》，其颈联"草解忘忧忧底事，花能含笑笑何人"，也颇清新可喜。王禹偁《荐丁谓与薛太保书》曾推许他"其文类韩柳，其诗类杜甫"，虽不免为溢美之词，但至少说明他前期的作品与杨、刘等人纯以"雕章丽句"为务还是有所区别的。

⑫ 鲁三交，生平不详。方回《瀛奎律髓》卷二八云："潼川人鲁交，诗曰《三江集》，山谷称为鲁三江，今从之。"又清人厉鹗《宋诗纪事》卷十二："鲁交，字叔达，梓州人，仕至虞部员外郎，有《三江集》。"疑鲁三交即鲁交或鲁三江之误书，俟详考。

⑬ 详见李焘《续资治通鉴长编》卷七八。

⑭ 北宋释文莹：《玉壶清话》卷七。

⑮ 见《渭南文集》卷三十。

⑯ 《九僧诗集》，《四库全书总目》未收。毛晋《汲古阁书跋》附子毛扆康熙五十一年 (1712) 跋《九僧诗》云："欧公当日以《九僧诗》不传为叹，扆后公六百余年得宋本弄而读之。"据此知《九僧诗集》自司马光以后又不甚流传，赖毛氏得以保存。此后直到1936年方有丁福保医学书局影印本。

⑰ 见《丛书集成》初编本。

⑱ 见《林和靖先生诗集》卷三。

⑲ 据《宋史·艺文志·总集类》，刘禹锡有《汝洛唱和集》三卷。

⑳ 北魏杨衒之《洛阳伽蓝记》卷三《正觉寺》载王肃入魏，舍江南故妻谢氏而娶魏元帝女，谢氏寄以五言诗曰：

本为箔上蚕，今作机上丝。

得路逐胜去，颇忆缠绵时。

其继室代答云：

针是贯线物，目中恒任丝。

得帛缝新去，何能纳故时。

《四库全书总目提要》即以此为依韵唱和之始。又《全唐诗》卷二八六载大历诗人李端《野寺病居喜卢纶见访》诗：

青青麦垅白云阴，古寺无人新草深。

乳燕拾泥依古井，鸣鸠拂羽历花林。

千年驳藓明山履，万尺垂萝入水心。

一卧漳滨今欲老，谁知才子忽相寻。

同书卷二八〇又载卢纶《酬李端公野寺病居见寄》诗：

野寺钟昏山正阴，乱藤高竹水声深。

田夫就饷还依草，野雉惊飞不过林。

斋沐暂思同静室，清羸已觉助禅心。

寂寞日长谁问疾，料君惟取万方寻。

二诗当系依韵唱和之七言律而在元、白之前者，然亦仅偶一见之，且就诗题来看，也非有意识的和韵之作。自觉地写作依韵相酬之诗，成为定格，并对后世发生巨大影响者，当自元、白始。宋人多持此说，如成书于南宋初年的张表臣《珊瑚钩诗话》（《历代诗话》本）卷一亦云："前人作诗，未始和韵。自唐白乐天为杭州刺史，元微之为浙东观察，往来置邮筒倡和，始依韵。"

㉑ 关于《二李唱和集》的篇数，据李昉自序为一百二十三首，疑集成后续有增补。日本学者吉川幸次郎《宋诗概说》（岩波书店昭和三十七年十月日文版）谓二李唱和诗共一百二十三首，似即据日本某一残本的序文。

㉒《长编》卷二九端拱元年正月条误为"著作佐郎"，今据徐规先生《王禹偁编年》改正。

㉓ 北宋苏颂：《小畜外集序》。

㉔ 南宋胡仔：《苕溪渔隐丛话》前集卷十四。

㉕《寄鱼台主簿传翱》。

㉖《游虎丘》。

㉗《官舍书怀呈罗思纯（处约）》。

㉘《桂阳罗君游太湖洞庭诗序》。

㉙ 苏轼《王元之画像赞并叙》，《苏东坡集》卷二十。

㉚《谪居感事》。

㉛ "败"字《四部丛刊》本作"贩"，今据清人孙星华增刻本校改。

㉜ 转引自清人吴乔《围炉诗话》（借月山房汇抄本）卷五。

㉝《得昭文李学士书报以二绝》（其二）。

㉞《元日作》。

㉟《寄唐生》，《白居易集》卷一。

㊱ 详见游国恩《白居易及其讽谕诗》，《人民文学》1953年2月号。

㊲《观刈麦》大家比较熟悉，下录《村居苦寒》，以资对比：

八年十二月，五日雪纷纷。竹柏皆冻死，况彼无衣民！回观村闾间，十室八九贫。北风利如剑，布絮不蔽身。唯烧蒿棘火，愁坐夜待晨。乃知大寒岁，农者尤苦辛。

顾我当此日，草堂深掩门。褐裘覆绝被，坐卧有余温。幸免饥冻苦，又无垅亩勤。念彼深可愧，自问是何人！

㊳ 另一个例外是王禹偁的好友田锡。其《咸平集》载有不少古风、歌行，但多是拟古之作，热衷近体而鄙薄古体，乃宋初诗坛流俗之所趋。直到苏舜钦、梅尧臣的时代，还是"作

为古歌诗杂文，时人颇共笑之"（《苏氏文集序》，《欧阳文忠公文集》卷四十一）。

㊴ 见《与元九书》。

㊵ 《诚斋集》卷六七。

㊶ 《春夜喜雨》。

㊷ 《冯氏家集前序》。"泥"，《四部丛刊》本作"诋"，此从《国学基本丛书》本。

㊸ 南宋张戒：《岁寒堂诗话》卷上。

㊹ 《蔡宽夫诗话》。

㊺ 《赠朱严》。

㊻ 《日长简仲咸》。

㊼ 《送丁谓序》。

㊽ 《宋诗钞》。

㊾ 《三黜赋》。

㊿ 《和屯田杨郎中同年留别之什》。

(51) 见《豫章黄先生文集》卷二。

图书在版编目（CIP）数据

20世纪中国文学研究论文选.宋代卷/张燕瑾,赵敏俐丛书主编;诸葛忆兵选编.
—北京:社会科学文献出版社,2010.1
ISBN 978-7-5097-1166-8

Ⅰ.①2… Ⅱ.①张… ②赵… ③诸… Ⅲ.①古典文学–文学研究–中国–宋代–
文集 Ⅳ.①I206-53

中国版本图书馆CIP数据核字（2009）第201367号

20世纪中国文学研究论文选·宋代卷

丛书主编 / 张燕瑾　赵敏俐

选　编 / 诸葛忆兵

出 版 人 / 谢寿光
总 编 辑 / 邹东涛
出 版 者 / 社会科学文献出版社
地　　址 / 北京市西城区北三环中路甲29号院3号楼华龙大厦
邮政编码 / 100029
网　　址 / http://www.ssap.com.cn
网站支持 / (010) 59367077
责任部门 / 人文科学图书事业部 (010) 59367215
电子信箱 / bianjibu@ ssap.cn
项目经理 / 宋月华
责任编辑 / 薛　义　段景民　梁运华
责任校对 / 龚道军　李　丛
责任印制 / 岳　阳　郭　妍　吴　波

总 经 销 / 社会科学文献出版社发行部
　　　　　(010)59367080　59367097
经　　销 / 各地书店
读者服务 / 读者服务中心(010)59367028
排　　版 / 北京春晓伟业
印　　刷 / 三河市文通印刷包装有限公司

开　　本 / 787mm×1092mm　1/16
印　　张 / 34
字　　数 / 604千字
版　　次 / 2010年1月第1版
印　　次 / 2010年1月第1次印刷

书　　号 / ISBN 978-7-5097-1166-8
定　　价 / 1680.00元(共十卷)